한국어문학
여성주제어 사전 1

인간 관계

한국어문학
여성주제어 사전 1

인간 관계

김미현 최재남 최형용 곽승미 김경숙 박나리 양현진
유정선 이은정 임정연 전진아 정선희 조경하 조남민

보고사

최초이자 최대인 한국어문학
여성주제어 연구의 보고(寶庫)

세상의 절반은 여성이지만, 그 절반의 세상에서 여성은 전체이기도 하다. 남성도 마찬가지이다. 세상의 역사는 이 절반과 전체의 교집합과 차집합이 만들어 내는 합집합의 심화와 확대로 구성된다. 가장 비슷하면서도 가장 다르기에 가장 이중적인 대화를 여성과 남성이 나눌 수밖에 없는 이유도 여기에 있다. 그리고 그 목소리에 귀 기울일 수밖에 없는 것이 바로 문학의 소명일 것이다. 소명은 거부할 수 없는 자들의 몫이다. 그래서 맹목적이기도 하고 편파적이기도 하다. 위험하지만 생산적인 여성의 목소리를 담는 것이 '절반의 실패'가 아닌 '절반의 성공'으로 자리매김 될 수 있는 것 또한 이런 문학적 소명 때문이다.

여기에 선보이는 『한국어문학 여성주제어 사전』 다섯 권은 한국 문학 현장에서 여성의 삶을 농축한 주제어들을 발굴해 그들의 삶을 재구한 방대한 기록이자 실체이다. 고전과 현대의 시간을 아울러 여성의 시대정신을 투사한 문학 언어를 어학과 접속시키고 문화 체계 안에 배치하고자 한 유례없는 시도이기 때문이다. 그래서 이 책은 여성의 정신사이자 문학 주제론으로 분류되어도 좋고 언어문화학적 글쓰기를 실천한 사례로 인용되어도 좋을 것이다. 그만큼 연구의 부피가 커서 여러 영역과 닿아 있기 때문이고, 시간의 질량과 밀도가 그 부피를 능가할 만큼 높은 작업이기 때문이기도 하다.

그러면 다시, 이 책은 왜 기획되었으며, 이 책에서 무엇을, 어떻게 읽어야 할까.

하나, 『한국어문학 여성주제어 사전』은 '여성'을 읽을 수 있는 책이다.

한국어문학 텍스트를 '여성' 중심으로 읽는다는 것은 새삼스러운 일이 아니다. 포스트모던의 지평에서 근대성 극복의 방편으로 '여성적인 것'에 대한 관심이 대두된 이래 어문학 연구 영역에서는 이미 다양한 방식으로 '여성'을 읽어왔기 때문이다. 남성과 여성의 경계를 가변적으로 보는 최근 젠더 연구 경향에 비추어 보더라도 이런 식의 접근방식은 순진하기 이를 데 없어 보인다. 바야흐로 성차를 앞세우는 페미니즘의 시각이 더 이상 문학적 정의(正義)로 인정받을 수 없는 시대를 살고 있는 것이다.

그러나 이 모든 전방위적인 견제에도 불구하고 이 책의 시각과 태도는 여전히 '여성적'인 것에 기초해 있다. 기획 단계부터 여성 연구자들의 경험과 지식, 감수성으로 여성의 텍스트를 읽어보자는 순정한 의지가 이 연구를 견인해 왔기 때문이다. 여성을 표현하고 여성적 의미를 객관화하는 일의 난점은 이러한 작업의 수단이 되는 학문 형식이 여전히 그리고 아직도 '여성적'이지 않다는 데 있다. 어학이든 문학이든 모든 학문 체계는 '남성 중심적'이며, 이 안에서 '여성적'인 것을 표현하고자 하는 시도는 운명적으로 내용과 형식이 충돌하는 모순에 처하게 된다. 그래서 여성은 자신의 이야기를 생래적 기질과 동떨어진 해석에 기대어 전할 수밖에 없었던 것이다. G. 짐멜의 말을 빌리자면 '여성적'인 존재는 항상 자신을 '이방인'으로 경험할 수밖에 없기 때문이다.

하지만 바로 그 이방인의 경험이야말로 여성들의 집단적 감정 구조(structure of feeling)를 형성시키는 핵심이다. 감정 구조는 그 안에 녹아있는 사회적인 경험들에서 비롯되며 그 경험은 다시 집단 문화와 시대감각을 형성시킨다. 문학 속 여성들이나 그 여성을 표현하고자 했던 또 다른 여성들, 그리고 그 이야기를 읽는 우리의 감각은 모두 유사한 문화적 경험에 연루되어 있다. 그녀들이 여성이기에 겪어야 했던 잠재적 불평등과 내면적 균열은 여전히 지금 우리의 문제이며 이것은 동일한 감정 구조를 발생시킨다. 그런 의미에서 그녀들은 우리와 명시적인 경험을 공유하지는 않았지만 공동의 운명을 꾸려가는 심층적 공동체, 즉 타자 공동체를 형성하고 있는 셈이다. 어떤 지적 세례를 받았든, 어떤 문화 경험과 문학 훈련을 해왔든 간에 우리가 체화한 감각의 동일성, 이것이 바로 동어반복을 무릅쓰고 이 연구를 기획할 수 있었던 윤리적 근거이며 미학적 자원이다.

둘, 『한국어문학 여성주제어 사전』은 '주제어'를 통해 여성을 읽을 수 있는 책이다.

'주제어'를 중심으로 여성을 읽는다는 것은 여성의 감정이 어떤 식으로든 구조화되고 응축되어 언어에 반영되어 있다는 관점에 기반을 둔다. 여기서 여성주제어는 여성의 감정 구조와 관련한 모티프, 소재, 이미지, 상징을 함축하는 개념이라 할 수 있다. 그래서 주제어는 때론 구체적인 모티프로, 때론 추상적인 이념 혹은 상징으로 모습을 드러낸다.

그런데 모든 여성주제어들은 여성들에게 유사한 감정 구조를 야기한 배경으로 '가부장제'를 지목하고 있다. 가부장 제도와 의식이야말로 여성 문제를 파생시킨 진원지로, 한 시대 여성의 삶에 깊은 외상을 남기고 뒤이은 시대의 지층을 관통하면서 여성의 삶에 광범위하게 영향을 미치기 때문이다. 그러므로 여성주제어는 가부장 의식에 맞서 인정투쟁을 벌이며 고단하게 살아온 여성들이 보여주는 삶의 세목 그 자체라고도 할 수 있다. 여성주제어는 그 자체로 여성의 인식과 감정을 구성하는 정신적 질료이면서 여성의 삶을 증언해줄 자료인 셈이다. 이 책의 여성주제어들은 이러한 여성의 역사를 압축적으로 개관하고 효과적으로 요약해 준다.

다만 문학이 불변의 실체가 아니듯 주제어의 의미 역시 당대의 사회 역사적 조건이나 독자의 심리에 의존해 다채롭게 변한다. 때문에 주제어 연구의 관건은 변화의 지류를 찾아내 그 흐름이 어떻게 순환, 반복, 지속, 굴절의 양상을 보여주는지 간파하는 데에 있다. 이렇게 해서 여성주제어는 각 시기 여성에 대한 지식담론 해부와 문화적 성찰, 그리고 문학 분석을 가능하게 하는 매우 타당하고도 유용한 장치로 기능할 수 있는 것이다.

셋, 『한국어문학 여성주제어 사전』은 '사전' 형식으로 여성주제어를 읽을 수 있는 책이다.

여성주제어를 총괄하고 주제어를 읽는 방법을 체계적으로 안내해 준다는 점에서 이 책은 '사전'의 성격을 지닌다. 사전으로서 이 책은 선별된 주제어를 모아 일정한 순서대로 배치하고 어원, 의미, 용법 등을 상술하고자 했다. 그리고 어학과 고전 및 현대문학의 용례를 광범위하게 수집해 국어학, 고전문학, 현대문학 세 영역의 자료를 효율적으로 확인할 수 있게 했다. 한국어문학에서 여성과 관련된 거의 모든 것의 역사와 의미, 개념과 상징을 한자리에서 대비할 수 있는 최초의 한국어문학 사전 형식이라고 할 수 있다.

그러나 이 책은 사전이기에 다음과 같은 점을 좀 더 세심하게 고려했다.

우선 전문성과 보편성을 동시에 추구했다. 문학의 언어는 심미화된 언어이기에 이를 해독하기 위해서는 관습, 기교, 장르적 특성에 대한 이론적 지식과 더불어 훈련된 감수성과 인식력이 필요하다. 그래서 어학, 고전문학, 현대문학의 전문 연구자들이 각자의 학문적 배경에서 축적된 젠더 지식과 감각을 동원해 공정하게 기록하고자 했다. 그러나 동시에 문학의 언어는 현실적인 언어이기에 이를 해명하기 위해서는 한국 여성의 보편적 삶에 대한 공감과 시대감각이 필요하다. 그래서 각 연구자는 '집단으로서의 개인'이 지녀야 할 시각을 견지하면서 객관성과 형평성을 유지하도록 노력했다.

또한 실용성과 편의성을 염두에 두었다. 개념을 확정하기보다 예문과 용례를 다양하게 수록해 학술 활동에서의 실효성을 도모하고자 했다는 뜻이다. 문학 연구의 본령은 원칙을 제시하는 데 있지 않고 질문을 생성함으로써 다양한 해석의 가능성을 열어주는 데 있다고 믿기 때문이다. 이 책에 수록된 주제어들은 앞으로 한국 여성어문학 연구의 코퍼스(corpus)로 자리매김함으로써, 일차적인 자료로서의 가치뿐만 아니라 이차적인 해석의 기준이 되는 '상징적 사건'으로서의 의의를 지니게 될 것이다.

『한국어문학 여성주제어 사전』은 범주별로 다음과 같은 구성과 체제를 갖추고 있다.

먼저 이 책의 거시구조를 이루는 다섯 개의 표제는 모든 주제어들의 상위 범주에 해당한다. 〈제1권: 인간 관계〉는 인간관계로 규정되는 여성의 정체성을, 〈제2권: 몸〉은 정신과 육체의 주체로서 여성 존재를, 〈제3권: 제도와 이데올로기〉는 이념과 제도의 산물로서 여성의 위상을, 〈제4권: 공간과 사물〉은 여성 공간의 젠더적 성격을, 〈제5권: 자연〉은 여성의 심리적 상관물로서 자연을 다룬다.

다음으로 다섯 개의 표제에 해당하는 주제어들이 하위 범주를 구성한다. 주제어는 여성들의 일상, 체험, 정서, 인식 등을 형상화하는 어휘들을 유형별로 분류해 상위 개념으로 통합해가는 추상화 과정을 거쳐 선별되었다. 즉 여성주제어들은 연역적인 방법이 아니라 텍스트에 대한 공시적, 통시적 접근을 통해 공통분모를 추출해가는 귀납적 방법으로 선정된 것이다.

마지막으로 주제어는 다시 몇 개의 소제목들로 구성된다. 주제어가 하나의 텍스트라 하면 하부텍스트(subtext)를 구성한 셈인데, 이는 잠재된 텍스트들이 중첩되어 또 다른 의미를 파생시키는 문학 텍스트의 특징을 그대로 재현한다는 의미가 있다. 따라서 소제목들을 따라 읽다보면 주제어의 의미가 변화하는 양상을 일목요연하게 파악할 수 있을 뿐 아니라 의미가 스스로 분열하고 충돌하는 흔적 또한 감지할 수 있을 것이다.

앞선 연구 성과들과 비교해 특히 강조하고 싶은 이 책의 특징이 있다면 다음 세 가지일 것이다.

첫째, 주류 문학 연구가 누락시켰거나 배제해 왔던 주제어를 추가하고 이에 대해 재독을 시도했다는 점이다. 이것은 남성적 시각에서 만들어진 여성 표상을 해체하고 재구축하는 일과 밀접한 관련이 있다.

예를 들면, 〈몸〉편에서 '얼굴'과 '머리카락'은 여성의 아름다움을 표상하는 대표적인 신체 부위임에도 불구하고 이들이 독립적인 테마로 주목받은 경우는 드물었다. 있다 하더라도 젠더 차이를 고려하지 않은 관습적 해석이거나, 대상화된 여성 이미지에 대한 비판적 관점에서였다. 이 책은 얼굴과 머리카락을 별도의 주제어로 내세워 여성 스스로가 이들에 대한 문화적 관습 혹은 문학적 은유에 어떻게 반응하는지 세심하게 읽어내고자 했다. 무엇보다 고전문학과 현대 문학 텍스트의 풍성한 사례들은 상대적으로 여성들이 얼굴과 헤어스타일의 변화를 통해 자신의 실존 상황을 고백하는 경우가 많다는 상식을 문학적 사실로 증명해 주었다. 나아가 이것이 타인의 내면 변화를 감지하는 데 익숙한 여성적 감수성의 정체를 해명하는 단서가 될 수 있다는 가능성 하나를 추가할 수 있었다. 뿐만 아니라 자기 몸의 자율권을 행사하는 여성들의 능동적 행보를 따라가다 보면, 얼굴과 머리카락이 여성미를 가름하는 절대불변의 표식이 아니라 얼마든지 변형 가능한 수단이 되고 있는 장면을 목격하게 된다. 여성들은 사회적 시선을 역이용하는 페르소나를 계발하는 데 능숙할 뿐 아니라(정이현 「순수」), 더 이상 '페이스 오프(face off)'에 대한 욕망을 감추지도 않는다(정수현 『페이스 쇼퍼』). 머리카락을 '격정적으로' '넌출대는 춤'(이경림 『머리카락 이야기』) 혹은 '선물'로 받은 '날카로운 털'(성미정 「불멸의 털2」)로 긍정하는 여성들에게 여성의 아름다움은 불온한 관능의 상징이 아니라 여성 고유의 역동적인 힘이자 무기일 뿐이다. 이처럼 여성과 관련되는 주제 영역을 확장하고 주제어의 세부 목록을 덧붙임으로써 자기 몸의 이력을 주체적으로 읽고 써 온 여성들의 이야기를 좀 더 밀도 있게 풀어나갈 수 있으리라 생각한다.

둘째, 여성주제어에 대한 어학과 문학의 통합적 연구를 시도했다는 점이다. 결국 주제어란 어휘의 사전적 의미와 확장된 의미의 총화라 할 수 있을 텐데, 이를 통해 어학과 문학은 상호 교섭하고 문학 전통은 굴절과 변이를 노출하게 된다.

가령 〈공간과 사물〉 편에 속해있는 주제어 '부엌'의 경우를 보자. '브섭', '브섭', '브석'이라는 형태의 어원을 거슬러 살펴보면 부엌은 본래 '불(火)'과 관련해 신성함의 의미가 부각된 공간이었다는 사실을 알게 된다. 그러므로 부엌이 '밥 짓고 음식 만드는' 여성의 노동과 희생을 대표하는 공간으로 젠더화한 배경에는 필연적으로 사회 공동체의 합의 과정이 개입했다고 추정해 볼 수 있다. 또한 1960년대 이후 서양식 스위트 홈을 표상하던 유행어 '주방'의 흔적을 좇다 보면 주방이 이미 17세기 문헌자료에 등장하고 있다는 사실을 발견하게 된다. 그러니 주방은 신조어가 아니라 부엌이 상징하는 전근대적 이미지를 상쇄하고 이국적이고 세련된 주거 스타일을 강조하기 위해 호출된 '키친'의 차용어라 할 수 있다. 이는 고전·현대문학에서 부엌과 주방이 가족애를 상징하는 성스럽고 이타적인 공간으로 형상화되고 있는 사실과 무관하지 않다. 이렇듯 어학과 문학의 협력은 공간이 성별 경계를 강화하고 권력을 영토화하는 알레고리로 작용하는 한국어문학의 역사와 현재를 비판적으로 성찰하는 데 힘을 실어준다.

셋째, 고전문학과 현대문학의 연계를 통해 지속성과 변화를 통시적으로 파악하고자 했다는 점이다. 이렇게 각 시대의 젠더 구조가 생산되고 유통되는 경위를 훑어가다 보면 특정 주제어에 대한 관습적 정의가 산출되는 방식에 반론을 제기할 수 있게 된다.

〈인간 관계〉 편에서 '딸'과 '아내'라는 주제어를 예로 들어보자. 두 주제어는 고대와 현대를 발전적으로 인식하고 각 시대 여성의 위상을 선험적으로 규정해 버리는 태도가 얼마나 위험할 수 있는지를 보여주는 사례이다. 아내나 딸을 지칭하는 다양한 어휘들은 그들이 집 안에서 부차적이고 잉여적인 존재라는 통념을 뒷받침한다. 그러나 실제로 고전문학 속에서 딸과 아내는 이 같은 통념에 반하는 모습을 하고 있다. 고전소설『소현성록』과 고전시가「팔부답가」에서는 딸이 가권(家權)을 물려받을 정도의 높은 위상과 스스로 귀한 존재라는 자존감을 지니고 있었음을 볼 수 있다. 또한 김삼의당의 한시「與夫子書」나 고전소설『박씨전』, 이사호의 시가「부여교훈가」에 등장하는 당당한 아내들의 모습에서는 남편과 동등한 지위의 동반자이자 멘토로서 집 안의 한 축을 담당한다는 자부심을 읽을 수 있다. 이로써 현대 문학에서 익숙하게 재현되어 온 딸과 아내의 모습이 사실은 근대 초기 보수적 여성 교육과 통념에 속박된 결과임을 다시 한번 확인할 수 있다. 이렇게 고전문학의 지원을 받으며 현대문학은 여성이 강요된 정체성과 자의식의 욕망 사이에서 고투하는 모습을 의미 있게 주목하고, 나아가 자기 서사를 회복해가는 과정을 폭넓고도 새롭게 조망할 수 있게 된다.

『한국어문학 여성주제어 사전』총 5권은 '여성의, 여성에 의한, 여성을 위한' 이야기를 발굴하고 증언한 총체적 기록이다. 물론 아무리 순도 높은 해석을 지향한다 한들 대문자 여성의 이야기가 소문자 여성들의 그것을 빠짐없이 대변하거나 여성들 내부의 차이와 충돌을 온전히 설명할 수는 없을 것이다. 그러나 적어도 성실히 읽고 성실히 목격하고 성실히 전달할 수는 있다는 믿음으로 연구를 진행했다. 이 연구를 통해 여성을 둘러싼 통념은 언제나 풍문으로 얼룩져 있으며 그렇기에 언제든 다시 의문을 제기할 수 있어야 한다는 진실을 재확인할 수 있었다. 어쩌면 이것이 연구팀의 가장 큰 수확일 수 있다. 이 책을 읽는 동안 독자들 역시 낯익은 장면들을 만날 수도, 거북한 진실들과 마주칠 수도 있을 것이다. 그러나 이를 통해 이론이 상식을 비판하고 경험이 상식을 배반한다는 사실에 공감하게 될 것이다. 이 같은 사실은 배타적으로 연구해왔던 주제들을 교차시켜 새로운 주제를 발굴하고자 하는 한국어문학 전공자들에게도 참조점이 될 수 있을 것이다.

이 책은 통독해도 좋고 필요에 따라 각 권의 특정항목을 골라 읽어도 무방하다. 한 주제어에서 다른 주제어로, 텍스트에서 텍스트로, 텍스트 내부에서 외부의 컨텍스트로 자유롭게 넘나들면서 읽어도 좋겠다. 전통적 지식 규범이 교란되고 통합 지식을 창출하는 일에 시선이 모아지고 있는 이때, 이 책이 사유와 사유, 사유와 현실 사이에 해석학적 순환이 이루어지도록 하는 데 기여할 수 있기를 기대한다.

　이 책은 많은 사람들의 손길을 거쳤다. 5년여 동안 이어진 연구에 참여하면서 해석과 토론으로 하나의 연구공동체를 이뤘던 저자들의 경험은 그 자체로 문학적 드라마였다. 그리고 그런 저자들의 작업을 그림자처럼 수행하며 도와준 강수진, 권정혜, 김소륜, 김아영, 김옥천, 김현진, 김혜림, 박경현, 박구비, 박진아, 성세정, 손달임, 신지혜, 신혜수, 오윤경, 우현주, 이금진, 이한민, 이혜원, 이효린, 장보영, 정수희, 최지혜, 최희은, 한은주, 허윤 등 연구보조원들에게 다시 한번 감사의 말을 전한다. 기초연구지원사업으로 선정된 이래 지원을 아끼지 않은 한국연구재단과, 이화여대 국어국문학전공 및 국어문화원의 배려와 관심에도 힘입은 바 크다. 무엇보다 이 책의 모든 지면에 기꺼이 이름을 빌려준 무명, 유명의 여성 작가들에게, 그리고 이 책의 질료와 형상이 되어준 그들의 삶에 경의를 표한다.

2013년 5월에
저자 일동

차례

9
이웃

일러두기

1. 모든 분야의 작품은 여성이 창작한 여성문학 작품으로 한정한다.

   단, 고전소설의 경우 작가 미상의 작품이 많으므로 모든 작품을 대상으로 했으며, 고전시가의 경우 시집살이 민요, 규방가사, 기녀시조를 중심 자료로 삼았다. 현대문학은 1920년대 이후 2012년까지 발표된 작품을 대상으로 한다.

2. 작품 인용은 부분 인용을 원칙으로 하고 전문(全文) 인용일 경우만 따로 밝힌다. 예문 인용 시 짧은 생략은 '중략'으로, 긴 생략은 '//'로 표기한다.

3. 예문 표기 원칙은 각 분야별로 다음과 같다.
   • 국어학 분야에서 인용한 예문은 해당 문헌의 표기 방식을 그대로 따랐다.
   • 고전소설은 한글 고어인 경우 원문을, 한자인 경우에는 원문과 번역문을 같이 제시했다.
   • 한문학은 원문과 번역문을 함께 제시하되, 다른 장르와의 통일성을 고려해 작가 이름은 한글로 표기했다.
   • 현대문학은 고어의 경우 원전의 의미를 살리되, 뜻이 잘 전달되도록 하기 위해 현대어 표기로 바꾼 부분이 있다.

4. 예문 뒤에 명기된 숫자는 작품 발표 연도이며, 본문 괄호 안의 작품 제시 순서와 예문의 배열 순서는 이 순서를 따르되 각 분야의 세부 원칙은 다음과 같다.
   • 국어학은 시대별로 여러 가지 표기가 공존하는 경우 표기 형태가 같은 용례를 함께 제시하는 것을 우선시했다.
   • 고전소설의 작품 창작 시기는 학계의 추정을 고려해 대략적으로 밝혀 썼다.
   • 고전시가 규방 가사 중 화전가 계열 작품들은 동일한 제목의 작품들이 다수

이므로 작가명과 창작 추정연대를 부기하고 일련번호를 매겨서 구분했다.

• 현대소설은 단·장편 공히 발표 연도를 기준으로 하되, 연재물의 경우 처음 발표를 시작한 연도를 표기했다. 발표 연도가 확인되지 않는 경우, 단행본 수록 연도로 대신했다. 본문 괄호 안의 작품 제시 순서는 예문의 순서를 따르되, 같은 작가의 작품은 연달아 제시했다.

• 현대시의 연도 표기는 시집 및 게재집 수록 연도를 기준으로 하였으며, 예문은 내용 전달의 효율성을 고려해 진술 순서대로 배열했다.

5. 색인에 수록한 작품 출전은 발표 게재지가 아닌 수록 작품집명과 작품집 출간 연도를 기준으로 했다.

6. 국어학 분야에서 참고한 사전, 저서, 논문 및 기타 자료는 참고문헌에 제시했다.

1
어머니

자기 자신을 낳아준 사람을 의미하는 어머니는 그 본래의 의미로부터 확장되어, 자기의 어머니와 연배가 비슷한 여성을 친근하게 일컫거나 '자기를 낳아 준 여성처럼 삼은 사람'을 지칭할 때도 사용된다. 자식이 그 어머니로부터 기원했듯 무엇이 배태되어 생겨나게 된 근본을 비유적으로 말할 때도 어머니라고 쓴다. 어머니는 생명을 잉태하고 성장하게 하는 힘이라는 점에서 성스러운 대지적 상상력과 연계되곤 한다.

어머니는 자식이 성장하는 동안 자애롭게 보살피고 사랑해주는 정신적 지주이다. 그러므로 결혼 후 부모형제 곁을 떠나야 하는 여성의 삶에서 가장 그리운 대상은 어머니이다. 고전 여성 작가의 시문에서 어머니는 특히 늙고 병들고 외로운 이미지로 나타나곤 하는데, 이것은 어머니를 향한 연민과 사랑을 더욱 애절하게 드러내는 배경이 된다. 고된 시집살이를 한탄하는 시집살이 노래에서 자신을 시집보낸 어머니를 원망하는 내용 역시 그 본질은 어머니에 대한 사랑과 그리움이다. 정신적인 의지처이자 고단한 삶의 동료인 어머니에게 자신의 고통을 호소하며 자기 존재를 환기하는 것이다. 이러한 자애롭고 희생적인 어머니 상은 핍박하는 악한 계모나 시어머니를 통해 더욱 부각된다.

대지가 만물을 틔우고 생장하게 하듯 베풀고 감싸 안는 가이아로서의 어머니 상은 현대문학에서도 지속된다. 여성 시에서 어머니는 모든 것을 허여하며 자기희생적인 삶을 순리로 받아들이는 '곡신'의 존재로 자주 표현된다. 시련과 고통을 극복하고 의연한 생명의 화신으로 등장하는 어머니 상은 중요한 문학적 상징이다.

그러나 근대에 이르러 여성 작가들은 이상화된 모성에 대한 의구심을 어머니와 딸의 관계 속에서 드러내기 시작한다. 근대의 딸들은 가없는 사랑을 실천하는 어머니의 희생적 삶에 공명하는 동시에 또한 대립하면서 어머니의 이질적인 정체성에 주목하기 시작한다. 신격화된 모성이 어머니의 주체성이나 욕망을 삭제하고 있음을 간파한다. 모성에 대한 찬송을 일찍이 거둔 딸들은 가부장 세계를 수호해온 엄마의 삶을 부정하며 딜레마에 빠지는 한편, 엄마의 언어를 해독하며 엄마를 이해하고 포용하게 된다. 모성의 신성불가침에 대한 인식이 변화하면서 모성 본능만큼 모성 거부도 자연스러운 현상이 된다. 모성이라는 이름으로 무한 희생을 요구하는 모성신화는 여성을 억압하는 기제라는 인식 아래, 모든 여성 안에는 어머니와 반어머니가 공존하고 있음을 인정하는 것이다. 최근에는 모성의 거부가 결연한 저항이나 심각한 회의로 치부되지 않고, 삶의 명랑한 감각과 실존적 유머의 양상으로 다뤄진다. 이미 깨어진 가정을 아이를 위한다는 명목으로 유지하는 것은 어리석을 뿐이며, 어머니가 행복해야 아이도 행복할 수 있다는 논리 아래 이혼의 긍정성을 유쾌하게 펼친다.

한편 가부장제적 이데올로기를 모방하는 어머니는 사랑보다는 엄격한 규율을 가르치고, 개인적인 감정보다는 사회적 가치를 우선시한다. 이때의 어머니는 자신이 처한 상황과 역할에 대한 자의식이 드러나지 않는 대상화된 존재로서, 여성 작가들에 의해 비판적으로 그려진다. 이와 달리 창조적 모성은 사회적으로 구성되거나 학습되는 것이 아닌, 자발적이고 새로운 에너지이다. 모성을 창조성과 기쁨의 잠재태로 수용하고, 개인적인 문제가 아니라 사회적인 힘으로 인식하는 새로운 어머니들이 나타난다.

어머니, 엄마, 어미

'어머니'는 자기 자신을 낳아 준 사람을 의미한다. 이는 아주 오랜 전통을 갖고 있는 호칭어로 삼국시대에서도 발견된다. 『삼국사기(三國史記)』에 나오는 '阿莫城(아막성)'과 '阿暮城(아모성)'의 '阿莫(아막)'과 '阿暮(아모)'가 바로 '모(母)'를 뜻한 우리말을 표기한 음차자(音借字)로 추정한다. 만주어에서는 '부(父)'를 'ama'라 하고 '모(母)'를 'əmə'라 하는데 '양(陽)'을 'a'라 하고 '음(陰)'을 'ə'라 했던 것으로 보아 후대 우리말의 '아버지, 어머니'와도 관련이 있을 것으로 본다. 또한, 'ama'는 몽골어의 '에메(아내)', 추바슈어의 '아마(여자, 아내)' 등과 음상(音相)이 유사하여 '여성', '아내'와의 관련성을 짐작케 한다.

따라서 '어머니'의 어원을 '엄(母)'과 접사 '아니'가 결합하여 '어마니>어머니'의 변화가 이루어졌다고 보기도 하고, '엄(母)'에 호격 조사 '아'와 삽입음 'ㄴ', 그리고 사람을 의미하는 명사 '이'가 결합하였다고 보기도 한다. 또한, '엄(母)+엇(親, 始, 初, 小, 幼)+니(여성접미사)'로 분석될 수 있다는 견해도 있는데 이는 '여형(女兄)', 즉 '언니'와 그 어원적 구조가 같음을 근거로 한 것이다.

삼국시대의 '아마'는 15세기에 이르러 제1음절의 모음 '아'가 '어'로 변한 '어마'로 나타난다. 문헌에서 '어머니'가 소급하는 최초의 형태는 15세기의 '어마님'인데 '어마님'의 제2음절 모음이 선행 모음에 동화된 결과로 '어머님'이 나타났다고 본다. '어마님'은 '엄(母)+-이(명사 형성 접사)+-아(호격조사)+-님(존칭접미사)'로 분석하는데, 당시 어간 내부의 모음조화가 일반적으로 지켜졌으므로 모음조화에 위배되는 '어마'는 단일어가 아닌 '엄'에서 파생된 형태로 추정하는 것이다. 즉, '어비+어싀'가 15세기에 '어버싀'로 나타나며 'ㅣ'모음이 이 과정에서 탈락한 것처럼 '어미'에 '아'가 결합하면서 모음 'ㅣ'가 탈락하여 '어마님'이 된 것으로 보는 것이다. 17세기와 18세기에는 '어머님'과 '어마님'의 어말 'ㅁ'이 탈락한 '어머니'와 '어마니'가 나타나며, 19세기에 나타나는 '어먼니'는 실제 발음을 표시한 것이 아니라 중철표기에 의한 것으로 추정한다. 이처럼 '어머니'는 '엄마'만큼 그 쓰임의 역사가 오래되지 않았다. '어마니'는 존칭형 '어마님'으로부터 변형되어 나왔지만, 존칭이 아니라 줄곧 평칭으로 존재해 왔다. '어머니'

라는 단어가 등장하자 '모(母)'와 관련된 평칭어들은 기존의 '어미'와 '어마'(또는 '엄마')를 포함하여 세 단어로 늘어난다.

　지금의 '엄마'는 이 '어마'의 제2음절의 두음 'ㅁ'이 첨가된 어형으로 본다. '엄마'가 문헌에 등장하는 시기는 18세기인데, 엄마는 어린아이들이 주로 쓰는 평칭 호칭어로 그 지위가 유지되어 왔다. 한편, 현재 사용되는 '어미'는 어머니가 자신을 낮추거나 자식이 상대에 대하여 자신의 어머니를 낮추는 말로 사용되어 '너는 어찌 어미 말을 안 듣느냐?' 혹은 '저는 불행히도 나이 열다섯에 어미를 잃었습니다' 등과 같이 쓰이며, 평칭으로 '그는 제 어미도 못 알아보았다' 등과 같이 사용된다. 또한, 출가한 딸이나 며느리를 부르는 호칭으로 '어미야, 가서 물 좀 갖다 주렴' 등과 같이 사용되기도 하고, 어른 앞에서 자기 아내를 낮추어 '어미가 오늘 어디에 좀 간답니다'와 같이 사용되기도 한다. 이처럼 '어미'가 18세기 말 이후 비칭화되어 친족 어휘로서의 기능이 약화되자 '모(母)'의 어휘체계는 다시 '엄마'와 '어마니' 중심으로 조정된다. '어마니'는 19세기 말에 오면 '어머니'로 변한다. 제2음절의 '아'가 '어'로 변한 결과다. 이것은 '父'의 '아바니'가 '아버니'로, '아바지'가 '아버지'로 변한 것과 같다.

시어머니, 계모

'시어머니'는 남편의 어머니, 즉 시모(媤母)이다. 혼인을 함으로써 새로이 맺게 되는 직계가족의 웃어른으로서 시어머니는 며느리와의 관계에서 혹독한 시집살이를 대표하는 인물이다. 민담, 설화, 민간의 속설과 속담 등에서 시어머니와 며느리의 관계가 잘 드러난다. 시어머니는 예외 없이 며느리를 구박, 괄시하는 인물이며, 며느리는 고된 시집살이를 개탄, 비난하며 시어머니(시부모)의 죽음을 기원함으로써 시집살이가 끝나기를 바란다.

　'계모(繼母)'는 정식으로 혼례를 갖추어 들어온 아버지의 후처(後妻)를 말하며, '의붓어미, 의붓어머니' 또는 '의모(義母), 후모(後母), 서모(庶母)' 등으로 지칭된다. '계모'는 15세기 문헌에서 일찍이 출현하며, 당시 고유어로 '다슴어미'라고 불렸음을 알 수 있다.

　　繼母ㅣ 우리를 어엿비 너기거시늘:繼母ᄂᆞᆫ 다슴어미라 (『삼강행실도(三綱行實圖)』 烈(1434))

계모 거상을 니브딕 (『동국신속삼강행실도(東國新續三綱行實圖)』 孝(1617))

또한, 17세기 문헌에 보면 계모에 대하여 자신을 낳아 준 어머니를 '자모(慈母), 친모(親母), 싱모' 등으로 부르는 것을 알 수 있다.

繼母를 爲ᄒ며 慈母를 爲ᄒ예니 (『가례언해(家禮諺解)』 6(1632))
슈졀흔 繼母는 親母로 더브러 혼가지니라 (『경민편언해(警民編諺解)』(1658))
계모늘 셤김을 싱모ᄀᆞ티 ᄒ고 (『동국신속삼강행실도(東國新續三綱行實圖)』 孝(1617))

계모는 새로이 혼인함으로써 전처소생의 의자녀(義子女)와 모자관계를 맺는다. 그러나 전통적으로 계모와 의자녀는 상속제도나 복상제도에서 차별이 있었는데 이것은 계모가 친모와 다름을 전제했기 때문이었다. 계모의 입장에서는 의자녀로부터 친모와 같은 대접을 받을 수 없었을 것이고, 『경국대전』에서 계모와 친모의 구분 없이 계모 사후 삼년을 복을 하도록 하였으나 실제로 이루어지기는 어려웠다. 그러므로 당시 문헌의 내용을 살펴보면 계모를 올바로 섬기도록 강조하는 언급이 자주 나타난다. '계모'의 시묘, 상사에 대해 소홀하지 말 것과 계모 섬기기를 생모와 같이 해야 함을 가르친다.

계모 니시 업스매 미쳐 시묘ᄒ야 종상ᄒ더라 (『동국신속삼강행실도(東國新續三綱行實圖)』 孝(1617))
계모 상ᄉ의 ᄶᅩᄒᆞᆫ 졍과 녜를 다ᄒ야 (『동국신속삼강행실도(東國新續三綱行實圖)』 孝(1617))
계모 셤기며 셔모 셤기기를 아비 이실 젹ᄀᆞ티 ᄒ고 (『동국신속삼강행실도(東國新續三綱行實圖)』 孝(1617))
부모와 계모 거상에 다 시묘ᄒ고 졔ᄉ에 졍셩을 다ᄒ고 (『동국신속삼강행실도(東國新續三綱行實圖)』 孝(1617))
계모늘 셤김을 싱모ᄀᆞ티 ᄒ고 (『동국신속삼강행실도(東國新續三綱行實圖)』 孝(1617))
계모를 셤기ᄃᆡ 더욱 삼가더라 (『동국신속삼강행실도(東國新續三綱行實圖)』 孝(1617))
계모를 잘 셤겨 순히 ᄒ야 어글웃디 아니ᄒ고 (『동국신속삼강행실도(東國新續三綱行實圖)』 孝(1617))

이와 같은 『동국신속삼강행실도(東國新續三綱行實圖)』에서의 언급은 역으로 당시 계모와 의자녀 관계가 순탄하지 못했음을 나타내는 것이라고 할 수 있다. 예나 지금이나 계모와 의자녀 관계는 서로 미움이나 증오, 그리고 경원시하는 불편함으로 묘사된다. 「장화홍련전」이나 「콩쥐팥쥐」 등과 같은 민간의 설화에서 계모는 으레 악모, 악처로 나타나곤 하는데 이것은 실제로 가정불화의 큰 원인이 되었기 때문이었다.

계모는 '후처', 혹은 '서모' 등으로 불렸다 하더라도 정식으로 혼례를 거쳐 한 가족이 된 것이었으므로 정실부인이었지만, '재취(再娶)'라고 하는 꼬리표는 항상 따라다니며 초혼 자리보다 낮은 취급을 받았다. 따라서 재취로 들어온 여성들은 지체가 낮은 것이 상례였고, 기존의 가족에 편입되어야 하는 만큼 처음부터 가족으로 인정받기 어려웠다. 그러므로 존경받는 계모나 극진히 효도하는 의자녀는 당시 칭송을 받았다.

어머니 항렬 여성 친족어, 아주머니

여성 친족 호칭어로서 의미를 갖는 '아주머니'의 최초의 어형은 『계림유사(鷄林類事)』에서 발견된다.

叔伯母皆曰了子彌 姨妗亦皆曰了子彌

'了子彌'는 음차표기로 원형을 '*아즈미'로 재구할 수 있다. '아즈미'는 '아즈'와 '미'로 분석될 수 있는데, 이 '미'가 '할미'에서도 나타난다. 이것은 어근 '압/업/엄'이나 '마/미' 등을 친족 호칭어 형태파생의 어근으로 볼 수 있다. '아즈미'의 고형으로 '앚아미'를 소급하는데 이것은 '아즈미'가 '母'의 의미를 갖는 '어미/ᄋᆞ미'를 어근으로 한 '앚-' 파생어라는 사실을 함축한다. 『계림유사(鷄林類事)』와 『훈몽자회(訓蒙字會)』 등의 문헌에서 나타나는 어휘자료를 근거로 음운사적으로 '아즈미'는 '앚'과 '어미'의 결합으로 '앚'의 양모음 '아'의 힘이 바로 연접된 음절의 음모음 '어미'의 '어'를 '아'로 변하게 하고, 그 뒤 'ᄋᆞ'로 변한 것으로 추정할 수 있다. '아〉ᄋᆞ'의 음운 변화는 국어 음운사 연구에서 지금까지 논의되지 않았던 변화이나, 중세국어에서 비어두 음절의 이러한 모음변화는 종종 일어났음을 보았을 때, 문헌에서 발견되는 '아자바님〉아즈바님', '아자버이〉아ᄌ버이'로의 변화나 『훈몽자회』의 '盜 도ᄌᆨ 도, 賊 도ᄌᆨ 적'에서 '도ᄌᆨ'은 분명 한자어 '盜賊'에서 온 것인데, 이 '賊'의 자음 '적'이 'ᄌᆨ'으로 변화가 이를 뒷받침한다.

그러므로 '*아저미〉*아자미〉아ᄌ미'로의 형태변화를 추정할 수 있으며 '앛' 에 대해서는 직계가 아닌 방계를 나타내는 의미로 추정한다. '앗보치'와 '아촌 아ᄃᆯ/아ᄌ나ᄃᆯ, 아촌ᄯᆯ, 아ᄎᆯ미' 등에서 분석되는 '앗, 앛'과 '앛'이 중세국어에 서 유사한 의미기능을 한다. 즉, '앗보치'가 '從子, 아촌아ᄃᆯ/아촌ᄯᆯ'이 '孫, 아 ᄎᆯ미'가 '微' 등을 의미한다고 보았을 때, '앛'의 의미는 '小, 微'임을 짐작하게 한다. 또한, 이들 예로써 알 수 있는 것은 방계 존속(傍系 尊屬)의 호칭에는 '앛' 이 쓰이고, 비속(卑屬)의 호칭에는 '아촌'이 쓰인 점이다. '아ᄌ미'는 15세기 문 헌, 『훈몽자회(訓蒙字會)』에 다음과 같이 나타난다.

妗 아ᄌ미 금, 嫂 아ᄌ미 수, 嬸 아ᄌ미 심, 姑 아ᄌ미 고, 姨 아ᄌ미 이

위의 예 '아ᄌ미'가 어머니 항렬의 '이모, 외숙모, 숙모, 고모'로부터 형제 항 렬의 '형수(嫂)'에 이르기까지 세대를 넘어서는 통칭으로 사용되었다는 점이 특 이하다. 또한, '아ᄌ미' 이외에 후기 중세국어에 존칭형 호칭어 '아ᄌ마님'이 드 물게 나타나는데(迦毘羅國에 가아 아바닚긔와 아ᄌ마닚긔와 아자바님내ᄭᅴ 다 안부하 ᅀᆞᆸ고(『석보상절(釋譜詳節)』 6)), 이것은 '아ᄌ미'의 호칭어 형태인 '아ᄌ마'에 존칭 형 접사 '-님'이 결합한 것으로 볼 수 있다.

19세기에 이르면 '아ᄌ마니'의 형태가 나타나는데, 이는 접미사 '-니'가 존칭 의 '-님'의 변화형임을 추정할 수 있다. 아ᄌ마님'이 '아ᄌ마니'로 형태변개를 겪는 것은 말음절 '-님'의 'ㅁ'탈락 현상에 의한 것인데, 당시 국어 친족어휘의 존칭형에서 '아바님〉아바니, 어마님〉어마니' 등과 같이 일반적으로 일어나는 현상으로 볼 수 있다. '아ᄌ마'는 후기 중세국어 시기에 지칭어인 '아ᄌ미'와 더 불어 기능을 달리하는 평칭 호칭어로 존재하다가 현대국어에 '아줌마'로 형태 가 변화하였다. '아ᄌ마〉아즈마〉아주마〉아줌마' 등의 형태 변화를 유추해 볼 수 있으나, 그 과정을 증명하는 예가 문헌에 드러나지 않아 '아줌마'로의 형태 가 언제 고정되었는지는 확실치가 않다. 다만, '아ᄌ마'의 제2음절에서 'ㆍ〉ㅡ' 로 모음변화가 일어나 '아즈마'가 되고, '아즈마'의 2음절 'ㅡ'는 근대국어에서

'믈〉물, 블〉불, 플〉풀'과 같은 순음 'ㅁ, ㅂ, ㅍ' 아래에서 모음의 원순화를 겪어 'ㅡ〉ㅜ'로 변하여 '아주마'가 되었으며, 그 후 동음첨가 현상에 의해 '아주마'가 '아줌마'가 된 것으로 설명할 수 있다. 이와 평행된 현상으로 '아주마님'은 우선, '아주마님〉아즈마님〉아주마님〉아주머님'의 변화과정을 거친 것과 '아주마님'의 탈락형 '아주마니'는 '아주마니〉아즈마니〉아주마니〉아주머니'의 변화를 겪은 것으로 이해된다.

'아주머니'와 '아주머님', 그리고 '아줌마'는 19세기에 이미 등장했을 것으로 짐작되나, '아주머니'를 제외하고 '아주머님'과 '아줌마'의 문헌상 등장은 20세기에 와서 찾을 수 있다. 특히, '아줌마'는 현대국어에서 여성 친족 호칭어로서의 기능은 거의 상실하고 여성 일반 호칭어로 의미변화가 일어나 가장 일반적으로 사용되는 여성 호칭어가 되었고, 현대 한국 사회에서 새로운 사회문화적 의미를 획득하게 되었다.

어머니 항렬 여성 친족어의 변화　15세기에 여성 친족어의 통칭으로 사용되던 '아주미'가 18세기에 이르면 한자어로 대체되기 시작한다는 점이다. '아주미'가 지칭어의 기능을 하는 어휘였다는 점을 감안하면, 대체된 한자어도 지칭어로서의 기능을 했을 것으로 추정되지만 한자어 여성 친족어는 호칭과 지칭의 기능에 따라 분화되어 있지 않았으므로 한자어로 대체되면서 지칭과 호칭의 기능을 겸하였을 것으로 보인다.

이렇게 볼 때 '아주미' 계열의 어휘는 새로운 어휘의 등장(큰/작은어머니)과 한자어 계열 어휘의 등장(고모, 숙모, 이모, 외숙모, 형수, 제수)으로 '형수, 이모, 외숙모' 등을 의미하는 일부 경우를 제외하고는 여성친척 호칭어의 의미는 쇠퇴한 것으로 보인다. 이것은 친척 호칭어에 대한 방언 분포에서도 나타나는데, 그것은 방언에 지난 시기의 어휘의 흔적이 남아 있기 때문이다.

1960년대 당시 가족 호칭에 대한 지역 간 친족 호칭어의 차이가 확연히 발견된다. 『한국방언사전』, 『경북방언사전』, 『함북방언사전』, 『전남방언사전』, 『평안방언사전』, 『평북방언사전』, 『남해 사투리 사전』 등을 참조하여 '아주머니' 계열 어휘의 호칭 대상과 지역적 분포를 정리하면 다음과 같다.

	백모	숙모	외숙모	형수	제수	고모	이모
서울	큰어머니	작은어머니 작은엄마	아주머니	아주머니	계수씨		아주머니
경기	큰어머니		아주머니 웨삼촌댁 웨숙모	형수 새아주머니 아주머니 아주머님 형수씨 아지미 아주멈	계수 계수씨 제수씨	고모	이모 아주머니
충청	큰어머니	작은어머니 작은엄니	아주머니	아주머니	제수씨	고모	아주머니
전라		작은어므니 작은엄마	에숙모 (아짐)	아지미 형수 (아짐)		고모	이모
경상	큰어매	작은어매 숙무 아지맴	에숙모	아짐 아지매	제수	고모	이모
강원	큰어머이		아주머이 외숙모		제수요	고무 고모	이모
평안	큰오마니	작은오마니 삼춘오마니	외삼춘오마니	아즈마니	제수님	고모	이모
황해		작은오마이	아즈마	아즈마이	아즈마	고모	이모
함경	마다매 마다머니 모다매 큰아매 큰제미 큰어머니	작은어머이 작은엄마 삼촌(춘)댁 아재미 아주마/머니 아주/즈마이 아즈마/머니 아즈마이 아즈매/미 아지매/미 아짐	외삼춘댁	형쉬 아지미 아즈마니 아주마이 아주머니 아주머이 아즈마이	제수 메수	고모 (마다매, 모다매, 아재, 아즈미, 아지미)	이모 아지미 아주머이 (아짐, 작은 아매)
제주	큰어머니 큰어멈	족은어멍		아지마님	아지망		

'아ᄌ미'는 여러 여성 친족을 의미하던 다의어로서 '백모, 숙모, 고모, 이모, 외숙모, 형수, 제수' 등을 가리키던 지칭어였다. '아ᄌ미'와 거의 동일한 의미를 가졌을 것으로 보이는 호칭어 '아ᄌ마'는 '아ᄌ미'와 더불어 17세기에 들어서면서 한자어 및 다른 어휘로 대체되면서 의미축소를 겪게 된다.

통칭되었던 친족어는 후대로 가면서 자연발생적으로 분리해서 호칭해야 할 필요성이 제기되었을 것이다. 그러므로 '아ᄌ미' 계열의 여성 친족어는 근대로 가면서 일부의 의미 기능은 한자어 친족어로, 그리고 백·숙모 계열은 '묻/아ᅀ 아ᄌ마'를 거쳐 '큰/작은어머니' 계열 어휘로 대체되면서 의미의 축소가 이루어 졌던 것으로 보인다. 또한, 동시에 근대 사회에 이르러 여성 친척을 부르는 호 칭어로서 구체적인 의미를 가진 어휘가 의미의 일반화를 겪으면서, '여성', '친 척(백숙모, 고모, 이모, 형수/제수, 외숙모)'이라는 특수한 의미가 '친척이 아닌 여 성'이라는 일반적의 의미로 확대되었다고 볼 수 있다.

1.2. 어머니 관련 어휘의 상징성

어머니의 은유성　어머니는 그 본래의 의미로부터 확장되어 자기 의 어머니와 연배가 비슷한 여성을 친근하게 일컬을 때 쓰거나 '자기를 낳아 준 여성처럼 삼은 사람'을 의미하기도 한다.

어머니, 저 영준이 친구 상호입니다.
그는 선생님을 어머니로 섬겼다.

이러한 쓰임은 '어머니'에 대해 '사랑으로써 뒷바라지하여 주고 걱정해 주는 사람'이라는 함축을 더하게 되었고, 자기에게 있어서 '어머니'와 같은 존재를 비유적으로 말할 때 '어머니'를 언급하게 되었다.

고향은 어머니의 품처럼 포근하다.
공의회 교부들은 마리아를 교회의 어머니라고 부르기를 꺼렸다.

또한, 자식이 그 어머니로부터 기원했듯 무엇이 배태되어 생겨나게 된 근본 을 비유적으로 말할 때 '어머니'라고 쓴다.

노력은 성공의 어머니
모방은 창조의 어머니

르네상스는 유럽 전역에 큰 영향을 미치며, '서양 문화의 어머니'로 비유되기도 한다.

이처럼 '어머니'는 생명의 모태(母胎)이자 우리의 삶을 보호하는 큰 보금자리로 상징된다. 어머니가 있어 새 생명을 얻고 또 어머니가 있어 그 생명을 보호받고 유지한다. 그러므로 자식은 나이와 상관없이 즐겁거나 괴로울 때 어머니를 찾고 의지하게 된다.

그 어머니를 부르는 가장 일반적인 호칭어는 '엄마'와 '어머니'이지만, 한자어 '모(母)'는 일부 명사 앞에 접사하여 어떠한 것에서 갈려 나오거나 생겨난 것의 근본이 됨의 뜻을 나타내게 되었다. 따라서 '모기업(母企業)'은 이미 있던 기업에서 한 기업이 독립하여 나왔을 때, 그 모체가 되는 기업을 이르는 말이며, '모은행(母銀行)'은 '대리점' 형태의 은행과 대비되는 개념으로 '대리점 은행'은 '모은행'에 대한 대리역할을 하는 은행을 의미하게 되었다.

아줌마와 아주머니의 의미 분화 '아즈마'와 '아즈마니' 계열 어휘는 '평칭 여성 친족 호칭어'라는 공동의 의미 영역을 형성하고 있었다. 근대 이전 조선 사회는 가족 중심의 폐쇄적인 사회였으므로 이를 벗어나 사회적 관계로 맺어지는 대상에 대한 호칭이 발달되어 있지 않았다. 또한, 친척이 아닌 여성을 호칭하는 경우가 흔하지 않았으므로 일반 여성 호칭어가 발달하지 못하였으나, 19세기말 20세기에 이르러 신분제 사회가 무너지고 여성의 사회 참여가 가시화됨에 따라 성인 여성에 대한 일반 호칭어의 필요성이 대두가 되었는데, 이것이 이들 어휘가 여성 친족어를 벗어나 일반 여성 호칭어로의 새로운 의미 영역으로 넓힐 수 있는 계기가 된 것으로 보인다.

근대 시기에 여성의 사회 참여는 여러 가지 사실로 방증된다. 19세기 후반부터 20세기 초에 이르는 시기에 여성들은 대도시를 활보할 수 있게 되었고, 남성의 공적 영역에 접근한 여성들, 해외로의 여행, 유학에 도전하는 여성들이 생겨났다. 여성이 쓴 대부분의 기행가사 작품(의유당 「관북유람일기」, 이부인 「기행가사」, 장씨 부인 「금강산 유람기」 등)들은 여행이 자유롭게 허용된 19세기 작품이다. 또한, 여성 교육을 위한 학교 설립 독촉 상소문이 1898년 제기된 이후, 1899년 이화학당을 시작으로 배재학당, 정신학교, 일신학교 등에서 여성교육이 실시되었으며, 20세기에 들어서 여성 노동력의 필요성이 생기면서 취업을 통한 사회, 경제 활동에 참여하게 되었다. 또한, 근대 시기의 성인 여성들은 일찍 결혼을 했기 때문에 대부분의 성인 여성을 '아주마니' 혹은 '아주마님' 등으로 불리는 것이 전혀 이상할 것이 없었으리라 추측된다. 그러므로 당시 광범위하게 사용되고 있던 여성 친족 호칭어 '아즈마니' 계열의 어휘가 일반 여성에 대한 호칭어로 자리를 잡은 듯하다. 다음은 19세기 후반과 20세기 초반에 '아주머니' 계열 어휘가 일반 여성 호칭어로 쓰인 예들이다.

잠간이라 총총 거러 관문으로 드러갈 졔 관속드리 졀ᄒ며 아즈마니 그 ᄉ이
안령ᄒ옵시오 (『남원고사(南原古詞)』 5(19세기))
형님네들과 아즈머니 팀평ᄒ시고 (『남원고사(南原古詞)』 3(19세기))
그는 나의 안해를 보며 "아지머니 좀 구경하시랍니까?" 하더니 (현진건 『빈처』
(1921))

20세기 초에 이르러서도 '아주머니'로 대표되는 '아즈마니' 계열의 어휘와 '아줌마'로 대표되는 '아즈마' 계열의 어휘는 동일한 의미 영역에 속하게 된다. 그러나 이미 19세기 후반에 '아즈마니' 계열의 어휘는 보편적으로 나타나는 형태인 반면, '아즈마' 계열의 어휘는 '아즈마니' 계열의 어휘에 비하여 그 사용이 안정적으로 나타나지 않는다. 그러므로 일부 남아있던 '형수, 이모, 외숙모' 등을 대체하는 '평칭 여성 친족호칭어'의 기능과 일반 여성 호칭어로의 기능이 '아주머니'로 귀착하게 되었고, '아줌마'라는 어휘는 새로운 의미 영역을 찾게 되었다. 이것이 현대국어에서 '아줌마'가 획득한 사회언어학적 의미의 원인 중의 하나로 볼 수 있다. 따라서 '아즈마'와 '아즈마니'의 경우 유사한 의미 영역을 공유하고 있다가 각각의 의미 영역을 확보하며 다른 단어로 분화한 것으로 볼 수 있다. 현대국어에서 '아줌마'라는 어휘가 독특한 의미 영역을 획득하고 있다는 사회언어학적, 문화적 논의들이 이를 뒷받침한다.

1.3. 자애와 희생의 모성

여성이 나이가 들어 결혼을 하면서 부모형제를 떠나 이별하는 것은 선택의 여지가 없이 강요된 규범이었다. 그로 인해 여성은 친정을 그리워하게 되는데 이는 '사친시(思親詩)'로 자리 잡았고 여기서 여성이 그리는 대상은 주로 어머니였다. 어머니를 그리는 심정은 유교윤리의 근간인 '효(孝)'와 연결되어 있었기에, 사회적으로 정서적 공감을 획득할 수 있었다. 그러나 이러한 사친시는 현재 생각만큼 많이 전하지는 않는다. 아무리 사회적으로 공감을 얻었다 하더라도 조선 후기로 갈수록 여성의 시가(媤家)에서의 역할이 강조되었기 때문으로 보인다. 그러므로 여성 작가의 시문에서 어머니 혹은 부모님은 늙고 병들고 외로이 있는 이미지로 나타난다. 언제라도 달려가서 만나고 싶고 그 앞에서 재롱을 피워 즐겁게 해드리고 싶지만 현실은 그럴 수 없기에, 여성은 친정을 찾아가 어머니를 만나고 싶은 애절한 심정을 시를 통해 표현했다. (신사임당 「思親」, 남정일헌 「思歸寧」)

한편 어머니는 딸을 출가(出嫁)시키는 슬픈 심정을 드러내면서, 딸이 시집에서 행동을 잘해 『내칙(內則)』에서 정한 규범을 잘 지키기를 바랐다. 이는 가문의 명예를 위한 것이기도 하였으나 근본적으로 딸이 시집에서 편하게 지내기를 바랐기 때문이었다. 늙고 병든 어머니는 외지로 떠나간 아들 역시 그리워한다. 아들은 대부분 공적인 일로 떠났고 이는 막을 수도 없고 돌아올 날도 기약하기 힘들다. 이에 어머니는 죽기 전에 아들이 돌아오길 기도하는 모습으로 형상화되었다. (안동 장씨 「鶴髮詩」)

고전소설에서 애지중지하며 키운 딸이 시가에서 박대 받는 것을 알게 된 친정어머니는 안타까움에 홀로 눈물을 흘린다. 그런 집안에서 뛰쳐나오라고 할 수도 없는 상황이라면 슬픔은 배가된다. 오랜만에 친정에 온 딸의 기색을 살펴, 그동안 말은 못하고 혼자 앓던 딸의 마음과 정황을 알게 된 어머니는 안타까워하고 슬퍼할 수밖에 없다. (「완월회맹연」, 「명주보월빙」) 어머니의 이런 애틋한 마음과 함께, 시어머니의 며느리에 대한 사랑을 묘사하는 대목도 종종 등장한다. 조선 후기에는 여자가 시집을 가면 친정어머니와의 관계보다는 시어머니와의 관계가 더욱 중요했음을 보여주는 예이다. 며느리가 힘들어하면 시어머니가 그 모습을 보고 눈물 흘리며 위로한다. 심지어 시어머니가 맛있는 음식을 직접 만들어다 주고 침소로 불러 위로하는데, 그러면 며느리는 그 애정에 감사하면서 더욱 효성스럽게 시어머니를 대한다. 술 찌꺼기나 보리죽만 먹어도 된다고 하면서 태연하게 대하기도 한다. (「명주보월빙」)

　어머니는 딸로 성장해온 시절 동안 자신을 자애롭게 보살피고 사랑해준 존재이자 정신적인 지주이다. 딸이 바라보는 어머니는 자식을 사랑하고 희생하는 존재로서, 모녀간 유대 관계는 깊다. 이러한 유대의식에는 같은 여성으로서 고단한 삶을 살아가는 동질감이 자리한다. (오천 정씨 부인 「정부인자탄가」, 고성 이씨 「답사친가」, 정씨 부인 「나의 회고록」, 장씨 부인 「기천가」) 어머니와 딸의 유대감은 고전시가에서 딸이 어머니를 반복적으로 호칭하는 행위에서 더욱 강렬하게 환기된다. '어머니'가 직접 불리는 것이 대부분 딸인 화자에 의해서라는 점도 이들의 특별한 관계를 드러낸다. 혼인 후에 어머니를 찾고 부르는 것은 어머니로부터 분리된 상황에서 오는 그리움과 함께 현재의 고통에 대한 호소이다. (「여자소회가」, 「붕우사모가」) 민요에서 "엄매 엄매 우리 엄매 멋할라고 ~든가"라는 감정 토로의 구문을 반복하여 말하는 형식의 노래는 자신을 시집보낸 어머니를 원망하는 내용을 담고 있다. 이들 노래가 표면적으로는 어머니에 대한 원망을 표출하지만 이 역시 어머니에 대한 사랑과 그리움에 근거한다. 여성적 삶의 고통을 공유하는 연대의식 속에서 딸이 정신적 의지처인 어머니에게 자신의 고통을 호소하며 자기존재를 환기하는 것이다. (「경북 안동 시집살이 민요」, 「전남 고흥 신세타령」)

>　천리 밖 고향은 첩첩 산 너머
>　돌아가고픈 마음 꿈속에 길이 있네
>　한송정 가 외로운 둥근 달
>　경포대 앞 한바탕 부는 바람
>　모래 위 흰 갈매기 항상 모였다 흩어지고
>　물결 머리 고깃배들 각자 동으로 서로 오고 가리
>　언제 강릉 길 다시 밟아
>　**때때옷 입고 춤추며 슬하에서 바느질 하리**
>　千里家山萬疊峯 歸心長在夢魂中 寒松亭畔孤輪月 鏡浦臺前一陣風

沙上白鷗恒聚散 波頭漁艇各西東 何時重踏臨瀛路 綵舞班衣膝下縫

—신사임당 「어머니를 그리며 思親」(16세기 전반)

여자가 시집가면 친정 부모 멀리 있다지만
부모님 계신 곳이 꿈속에 자주 보이네
사랑에 홀로 계신 시아버님
규중의 박명한 이 내 몸에 의지하네
고향이 가까이 있다고 해도
친정 한 번 가겠다고 아뢸 수가 있으랴
내 정성 까마귀만 못하다 해도
아침저녁 문안 인사라도 드려 봤으면
女子之行遠兩親 釣淇陟岵夢遊頻 仰惟堂上鰥居舅 專靠閨中薄命身
雖是故鄉三舍近 敢因師氏一言陳 私情不及飛鳥鳥 晨去昏來定省均

—남정일헌 「친정 생각 思歸寧」(19세기 후반~20세기 초반)

늙으신 어머니 병들어 누웠는데
아들은 부역하러 만 리 밖을 나갔네
만 리 먼 길 떠난 아들
언제나 돌아오려나

늙으신 어머니 병이 깊어
돌아가실 날 멀지 않았네
손 모아 하늘에 빌지만
어찌 저리 하늘은 대답 없는가

늙으신 어머니 병든 몸 무릅쓰고
일어나다 쓰러지다 하시네
지금도 마음이 이리 아픈데
이별하고 떠나던 날은 어떠했으리
鶴髮臥病 行子萬里 行子萬里 曷月歸矣
鶴髮抱病 西山日迫 祝手于天 天何漠漠
鶴髮扶病 或起或踣 今尙如斯 絶裾何若
〈고모부가 부역을 나갔는데 그 노모가 숨이 졌다 다시 살아나고 하면서 거의
죽을 지경에 이르렀다. 내가 이 소식을 듣고 슬픈 마음에 이 시를 지었다. 姑之

夫行役 其八十老母 絶而復蘇 幾至減性 余聞而哀之 因作此詩〉

— 안동 장씨 「늙으신 어머니를 노래함 鶴髮詩」(17세기)

쇼졔 지극흔 셩효 우자로뼈 친부의셔 흔번 하향의 례와 남을 일시의 실산흐여 ㅅ싱 거쳐를 모르믈 들오미 오닉 여할흐고 구곡이 욕녈흐여 참통 이상흐미 흔갓 일흔 ㅈ를 위흘 뿐 아니라 조모와 부슉의 과도 비통흐시믈 혜아려 주주야야의 흉금이 젼싁흐니 능이 슉식을 평상이 못흐미 여러 셰월의 졈졈 더으니 디란 ㄱ튼 약딜이 형고 싁슈흐여 위틔흔 거동이 보기 두려오니 됴태ㅅ 부부와 금오 부쳬 위흐여 젼인흐여 슬허흐여 침불안셕흐고 식불감미흐며 됴어시 쇼져의 졍시 그러흐믈 모로지 아니흐딕 존젼의 화긔를 작위치 못흐여 ㅅㅅ지통을 강인치 못흐고 무익디녀를 허비흐미 먹디 못흐고 ㅈ지 못흐여 존당 부모의 이우흐는 비 되믈 불녈 미흡흐더니 이월 긔망의 졍태부 튼강일을 당흐미 쇼져 슈습년 전 조부 탄강일의 닌셩으로뼈 야야 계후를 뎡흐고 부모의 즐기시던 일을 싱각고 통도흐믈 이긔지 못흐여 침쇼의셔 튼셩 오읍흘 즘의 쥬부인이 이르러 보고 어로만져 위로흐고 녁시 눈물을 나리와 슬픠 넉이믈 마지 아니니 쇼졔 쏘흔 존고를 어러는 졍셩이 ㅈ모의 감치 아니믈 나죽이 졍ㅅ를 이고흐고 년ㅈ흐시는 셩은을 사흐더니 어시 됴당으로셔 도라와 모친이 졍시 침쇼의 가시믈 듯고 취경각의 니르니 부인이 쇼져의 슬프믈 위흐여 상연 츌쳬흐믈 금치 못흐고 쇼졔 옥용이 쳑쳑흐여 옥셩이 비졀흐며 간간이 경녈 불셩셜흐여 효셩 쌍안의 징패 징낙흐는지라

— 「완월회맹연」(18세기)

누년 상니흐엿던 친당의 도라오니 즐거오미 업셔 근심이 가득흐니 뉴시 쏘흔 총명흔 고로 녀ㅇ의 긔싁을 붉히 이라 힝혀도 간모를 알게 이니흐고 그 옥비셤슈를 어로만져 이듕흔 졍을 니긔디 못흐다가 비샹잉혈이 완연흐고 하가 ㅈ부 녀지 완연흐니 경악흐믈 니긔지 못흐여 눈물을 흘녀 왈 셕군이 경ㅇ를 박딕흐미 각골비한이 어늘 너를 셩혼 오직의 금슬 후박을 남ㄱ치 모로고 디금 남녀간 싱산치 못흐믈 한흐더니 이졔 너의 비홍을 보니 하랑의 박졍을 뭇지 아녀 알니로다 너의 사룸되오미 용화긔질과 빅힝ㅅ덕이 일무소흠이라 쵸군 특이흐미 실노뼈 너ㄱ튼 ㅈ를 구흐여 만나기 어렵거늘 하싱은 하등지인이완딕 천고명염의 졀싁슉녀를 박딕흐미 이 디경의 밋쳣느뇨 아디 못게라 져의 눈의 므슨 허믈을 뵈엿느뇨

— 「명주보월빙」(19세기)

조부인이 당시흐여는 ㅈ긔 신셰의 괴로오믄 닛치이고 식부의 블평흐고 간초흔 졍경을 년이흐여 고식의 졍이 모녀의 감치 아냐 구파로 흐여곰 궁극히 진찬 화미를

간신이 장만ᄒ여 틈을 타 쇼져를 ᄌᄀ긔 침소로 블너 어로만져 무이ᄒ며 진미를
권ᄒ여 당위를 눅이며 가듕 형셰를 혜아리미 슬픈 흔을 니긔지 못ᄒ니 명쇼졔
죠고의 무이지졍을 황공 감사ᄒ고 가듕 참참ᄒ 곡경이 무궁ᄒᄆᆯ 보미 디극ᄒ 효심
의 졀인ᄒ 근심이 가득ᄒ여 ᄌᄀ긔 괴로오ᄆᆯ ᄭᆡ닷지 못ᄒ더니 이졔 도로혀 존괴
ᄌᄀ긔를 유렴ᄒ여 이ᄃ도록 ᄒ시ᄆᆯ 블승감은ᄒ여 이의 브복 쥬왈 ᄋ히 비박지질노
만ᄉᆡ 블초ᄒ옵거늘 존문 용되 군핍ᄒ여 핍졀ᄒ미 잇ᄂᆫ디라 쇼년비 직강 믹듁이
죡ᄒ온라 아히 엇지 아ᄉ홀 비 잇스리잇고 복망 존고ᄂᆫ 믈녀ᄒ쇼셔
                                    —「명주보월빙」(19세기)

우리어매 한번도 눈ᄀ드듯지 안이하며 한번도 미질아니하니 글시를 가라칠지요
용지연 비로무릐 할임학ᄉ 멱을가라 당황모 무심필노 반만듕듕 푸려ᄌ바 ᄌ간도
졍히하고 한줄시고 두줄시고 셕줄실지 목고개가 셩길시라 (중략) 형직슉질 가ᄂᆡ
동유 잘가거라 하직한다 가마안이 드려안ᄌ 옛날이를 싱각하니 구곡간졍 갈발업
다 우리어마 나긔울지 밤니면 한비개요 나지면 한ᄌ리이 슈죡갓치 ᄭᅵ니시고 쥬옥
갓치 ᄉ랑하여 줌시라도 아니잇고 ᄉ랑드니 빅니타향 이지가니 우리어마 날바리
고 어니할고 늬만지든 이가그릇 다셜거지 ᄒ여늬여 이짐바리 실려늬니 방안은
빈방이요 늬단여든 화초밧티 ᄌ최도 업셔지니 쥬야로 압뮈비인 그간즁 그회표를
뉘이셔 위로할고 방안이 잇난듯고 졍지안이 오난듯다 눈이삼삼 결여잇고 ᄭᅮᆷ이죵
죵 보일시라 이십연 키운공이 헛부고 가소롭다 우리어마 거동보소 가마문을 거더
들고 안질ᄌ리 편키하고 요강도 만지보며 머리도 시셔보기 구곡간즁 다녹난다
                                    —오천 졍씨 부인 「졍부인자탄가」(미상)

인생천지 말물중에 친하고 가작한이 모녀밧게 또잇ᄂ냐 유한졍졍 우리자당 봉친
지효 골물하여 다사무가 하온중에 불초녀를 거렴하사 몃번이나 ᄂ끼신고 여중요순
우리왕모 사종사덕 구비하고 천셩자애 유명하사 천륜의 자별지애 강슉모 귀령마다
소손을 생각하여 비희병출 몃번이고 광음이 여수같애 다섯가을 되엇도다
                                    —고성 이씨 「답사친가」(1914)

계묘사월 염사일에 우리자친 하셰하니 게미연 생연으로 팔십일셰 향연일셰 연
세비록 쳔수이나 반평생 독거생활 심졍은 어셔하며 ᄃᆡ종가 종부로셔 하자업시
싹은부덕 평범히 생각하면 용이한 것 갓지마는 곰곰이 추상하면 불상하기 그지업
ᄂᆡ 옛날의 여중군자 금일에 졍렬부인 우리자친 이름일셰 아이들에 희망걸고 근근
히 살아온중 저의들 남혼여가 경신연에 마감하고 차ᄅᆡ로 취직식켜 동셔로 벌여늑

코 손남여 십여종반 장중의 보옥일세 이디로 만연자황 남들이 흠선하늬

－정씨 부인 「나의 회고록」(20세기 전반)

　우리어마 천신만고 구비구비 생각하니 간장은 최절이요 구곡은 이쳐지네 (중략) 백척간두 백구묘책 미왕여생 우리어마 이것저것 다바리고 우리형제 업고안고 친고로 돌아오니 외가도 넉넉지못 외구님네 지성지우 서로서로 상의하야 근근이 지나가니 강보유치 양육하기 어떠한 고생이며 어떠한 풍상일고 지각들고 생각하니 구비구비 슬프도다 슬프다 우리어마 액운도 많고많다 무정세월 언제가서 우리형제 당혼하니 팔자좋은 터수이며 자황이라 하련마는 어줄업쉰 이혼인을 뉘를잡고 의논하며 뉘를잡고 상의하리 외구님들 성덕으로 좋은자리 택제하여 나먼저 출가하니 구택은 성덕이요 가군은 현랑이라 내몸은 편타만은 어마앞을 생각하니 침상에 솟난눈물 뉘라서 금하리요

－장씨 부인 「기천가」(20세기 전반)

　처음으로 집을써나 경곤이라 업실손가 홀홀하다 시월리야 몃히나 박귀던고 실푸다 이늬마암 오미일염 어미싱각 자모안면 보고저라 자모성음 듯고저라 보고져라 눈이삼삼 듯고져라 귀이징징 연심하고 병든모양 매별하고 더늘는다 남다른 즈이심경 근심하고 안즈난가 오날이나 소식듯지 늬일이나 긔별알가

－「여자소회가라」(미상)

　슬푸다 오모쥬야 오신으로 안신하야 쥬야상이 우지터니 비유다인 적실하다 신축시월 쵸사일은 지자우긔 하여셔라 져자모랄 떳쳐두고 옛법으로 도라셔니 십칠년이 식쥬인고 아복아 중한은히 사정업산 고법이야 불쵸효심 창겸지회 모쥬시 슬푼죤안 위로할길 바이업다 우혈업산 비참슈회 여할여식 하건마난 군자지심 나이모야 구고봉양 극진하고 군자뜻을 승슌하라 부창부슈 열여적분 어미설치 쾨히하라 정듸하신 허다직분 교훈깊히 심어부탁 울입문하 이존당이 가즌은혜 무휼코나 애하사 기츈갓치 사랑하신 니고혈이 자란인싱 사뭇여한 하건마난 슬푸다 오가모쥬 불쵸막심 이여식을 안전기화 사랑타가 광풍락지 헛뿐심회 뉘랄보고 관회할고 싱각고 못잇쳐라

－「붕우사모가」(미상)

　어메어메 울어메야 조선없는 나를키워 딸하나 외동딸 삼대만에 왜동딸 하나 날키워 왜이라노 시집살이 말도 많고 숭도 많고 어메어메 울어메야 내고생하는 줄을 위에 아노 날 뭣 때문에 웅천동네 보내가주 요고상도 내하노 뭣 때문에 어메

어메 울어메야 나를키워 왜요만한거 보내가주고 숱한고상 내다한다
— 「시집살이 민요」 경북 안동군 북후면(미상)

어매 어매 우리 어매 멋 할라고 나를 나서 날 이런 데 여왔는가 울어머니 날
슬 때는 온갖 노물이 다 쎘는디 곰곰초를 원했든가 아무래도 못 살겄네 어매 어매
울어매가 날 슬 때나 시어마니 딸 슬 세나 나무장반에다 물 실은 듯이 반반 질러
생각하믄 어뜬 사람이 시집을 못 살게 어매 어매 우리 어매 요내 나를 데려가소
— 「신세타령」 전남 고흥(미상)

1.4. 핍박하는 악한 계모와 시어머니

고전소설의 경우 친어머니의 자애로움과 대비되도록 설정된 것이 계모나 양
어머니의 핍박이다. 계모는 가문에 새로 편입된 불안함과 자기 아들이 가계(家
系)를 잇지 못할 것에 대한 염려와 함께, 전처의 딸이 시집가면서 가져갈 재산
을 아까워하는 마음이 컸다. 그랬기에 전처의 딸이 음란한 행실을 하여 잉태하
고 낙태까지 하였다는 누명을 씌우게 되는 것이다. (「장화홍련전」) 양어머니도
마찬가지로 자신의 소생이 아닌 아들을 사람들 없는 곳에서 때리고 박대한다.
그러나 소설의 주인공들은 하나같이 그런 계모나 양모를 미워하거나 원망하지
않고 더욱 효성스럽게 대한다. (「명주보월빙」) 마찬가지로 혈연으로 연결되지 않
은 어머니인 시어머니도 며느리를 핍박하기 일쑤인데, 이 경우에도 의붓아들이
가권을 계승할 것을 두려워하여 그와 그 아내인 며느리를 못살게 구는 경우가
대부분이다. (「창선감의록」, 「조씨삼대록」) 아들의 가권 계승이 그 어머니의 위상
을 좌우하기에 민감한 문제였던 것인데, 아이러니하게도 이때에 희생되는 것은
딸과 며느리 등 여성들이었다.
민요에서도 전실 자식들을 구박하는 계모, 며느리를 핍박하는 시어머니가
등장한다. 시집살이 민요에서 시어머니는 주로 개별적으로 호명되기보다는 시
아버지와 함께 호명되며, 학대하는 시집식구의 일원으로 나타난다. 시어머니의
학대는 며느리에게 배타적이고 적대적인 태도를 취하는 것으로 나타나는데, 그

박대 행위는 직설적으로 묘사된다. 일상에서 드러나는 시어머니의 성격은 비유적으로 표현되면서 그 대립적인 관계를 드러낸다. (「경남 김해 첩살이요」, 「경남 진주 밭매는 소리」, 「경남 의령 시집살이 민요」, 「충남 금산 시집살이 민요」, 「부녀가」)

차시 흉녀ㅣ 챵틈으로 엿듯고 더욱 분노ᄒ야 흉게를 싱각ᄒ다가 문득 씨닷고 계 자식 장쇠를 불너 큰 쥐를 잡아오라 ᄒ야 가만이 튀ᄒ야 피를 바르고 낙태ᄒᆫ 모양으로 만드러 장화 자ᄂᆫ 방에 들어가 이불 밋히 넛코 가만이 나와 좌슈 들어오기를 기다려 이것을 뵈려 ᄒ더니 맛춤 좌수 들어오거ᄂᆞᆯ 허씨 좌수를 보고 졍식ᄒ며 혀을 치ᄂᆞᆫ지라 좌수 고이히 녁여 그 연고를 무른대 허씨왈 가즁에 불측ᄒᆫ 일이 잇스나 낭군이 반다시 첩에 모히라 ᄒ실듯ᄒ기로 처음에 감히 발셜치 못ᄒ엿거니와 낭군은 친어버이라 나면 이르고 들면 반기ᄂᆞᆫ 졍을 자식들은 젼혀 모르고 부졍ᄒᆫ 일이 만흐되 닉 쏘ᄒᆫ 친어미 안인 고로 짐작만 ᄒ고 줌줌ᄒ엿더니 금일은 늣도록 긔동치 아니ᄒ기로 몸이 불평ᄒᆫ가ᄒ야 들어가본즉 과연 낙태ᄒ고 누엇다가 첩을 보고 밋쳐 수습지 못ᄒ야 분황ᄒ기로 첩의 ᄆᆞ음에 놀라옴이 크나 져와 나만 알고 잇건이와 우리ᄂᆞᆫ 대대양반이라 이런 일이 누셜될진딕 무슴 면목으로 셰상의 셔리오 ᄒ고 가장 분〃ᄒᆫ지라

—「장화홍련전」(미상)

뉴시 희텬으로 ᄋᆞ돌을 완뎡ᄒᆡ 것츠로 ᄌᆞ이 근근ᄒ여 귀듕ᄒᄂᆞᆫ 거동을 태위 보게 ᄒ니 공은 소활ᄒ다라 그 흉악을 모로고 인지상졍으로 아라 근심치 아니니 희텬이 홀노 견딕지 못ᄒᆯ 경계를 당ᄒ니 엇지 잔잉치 아니리오 뉴시 희텬을 친ᄌᆞ식 올 심인 지 슈ᄉ의 공직 동동쵹쵹ᄒᆫ 효셩이 싱모의 감ᄒᆡ미 업ᄉᆞ나 뉴시 고요ᄒᆫ 셔와 이목이 업순즉 공ᄌᆞ를 블너 만단 슈퇴 왈 십셰젼 쇼이 간흉요악ᄒ여 태우긔 미양 참소ᄒ여 부모를 블화케 ᄒ다 ᄒ여 혹 ᄌᆞ가를 욕살지의 이셔 간계를 싱각ᄒᆫ다 ᄒ여 그 몸을 혜지 아니코 강악ᄒᆫ 힘을 다ᄒ여 치딕 그 낫츨 상치 아니케 ᄒ여 태위 모로게 ᄒ니 공직 구세치이로딕 사롬되오미 셩회 츌텬ᄒ고 역냥이 하히ᄀᆞᆺ트니 양모의 간험ᄒᆞᆷ믈 모르지 아니딕 셩효를 다ᄒ여 감동ᄒ기를 ᄇᆞ랄 ᄯᅟᅵᆫ이오 일호 질원치 아니코 싱모긔도 괴로오믈 고치 아니니 조부인이 지극 총명ᄒ고 광텬공직 남달니 신능ᄒ나 오히려 뉴시의 그딕도록 ᄒᆞᆷ믈 모르니 츠ᄂᆞᆫ 뉴시 희텬을 칠 적마다 사롬이 보디 못ᄒᄂᆞᆫ 곳의 가 치니 가듕이 모르더라

—「명주보월빙」(19세기)

심씨는 난향과 계향으로 하여금 소저를 끌어오게 한 뒤 발을 쾅쾅 구르며 꾸짖었

다. "천한 계집 빙선아! 흉악한 마음을 품고 천한 자식의 편에 서서 감히 적자의 지위를 빼앗고자 하여, 먼저 적모부터 없애버리려고 천한 종년 취선이과 함께 은밀하게 일을 꾸미느냐?"

沈氏使蘭香桂香 捽致小姐 頓足罵曰 賤女娉仙 敢懷凶心 符同賤子 圖奪長位 而欲先去嫡母 與賤婢翠蟬 綢繆謀議耶

조쇼졔 니시 드러오므로붓터 더욱 존괴 셔어ᄒ게 굴고 블인은 구부인이 날노 더ᄒ나 쇼싱의 여텬디 무궁ᄒ 졍이 구조이 부인은 ᄒ가지로 대졉ᄒ나 기실은 조시긔 온젼ᄒ여 빅년을 ᄂᆞ즈게 너기는 ᄯᅳᆺ이 이시니 간인의 싀호지심은 날노 더으고 존고의 박졍홈과 쇼고의 동심모의며 냥 젹인의 싀오ᄒᆞ미 다 조시의게 도라가니 쇼졔 비록 냥평의 지혜 이시나 흉계를 엇지 방비ᄒ리오 이 가히 텬도를 탄ᄒ염즉ᄒ더라

— 「조씨삼대록」(18세기)

수십개야 수만개야 만리동동 우리아배 전처에 자슥두고 홋장갤랑 가지마소 보리밥이 밥일랑강 상한고기 고길랑강 헌두더기 옷일랑강 의붓애비 애빌랑강 다선어미 어밀랑강 애고애고 우리아바 전처에 자슥두고 홋장갤랑 가지마소 석자시치 명주수건 눈물닦아 다썩었소.

— 「첩살이요」 경남 김해군 진영읍(미상)

불겉이라 덥은날에 외꽃겉은 지섬밭에 한골매고 두골매고 삼십골로 매고나니 짐슴때가 지즉하네 아래남강 모욕하고 웃남강에 목욕하고 집이라꼬 찾아가니 시어머니 하는말쌈 그것도일이라꼬 점슴차리 찾아오나 시어마니 하는말쌈 아가아가 며늘아가 그것도 일이라꼬 집이라꼬찾아오나 밥이라꼬 주는거는 엊지녁에 묵던개떡 사발눈에 볼라주고 쟁이라꼬 주는거는 접시눈에 볼라주고 아홉폭에 줄이처매 한폭따서 고깔짓고 두폭따서 바랑짓고 그나머지 남는거는 중으장승 지어입고 절간으로 올라갔소

— 「밭매는 소리」 경남 진주시 사봉면(미상)

부고왔소 부고왔소 부모죽은부고왔소 시금시금시오마님 명지베윈댓자를 날아놓고 가라한다 날아놓고 갈라커니 베짜놓고 가라한다 그러구로 다해놓고 밀도없는 물동우다 물여놓고 가라한다 그러구로 다해놓고 댕기풀어 에걸고 비네빼여 품에꽂고 신은벗어 손에들고 한모랭이 돌아가니

— 「시집살이 민요」 경남 의령군 지정면(미상)

40 인간 관계

시어머님전 하시는 말씀 메가 같이 지슨 밭을 밭을 매라고 하시는데 나무 호맹이
로 가여나 갖고 한골 매고 두골 매고 삼시골을 매다보니 불과 같이 뜨거운 날이
메가 같이 지신 밭을 이골 매고 저골 매니 점심때가 지었구나 나무 호맹이 던져나
놓고 집이라고 들어가니 시어머님전 하시는 말씀 뭐하로야 밭을 안매고 오시는고
메가 같이 지슨 밭을 삼시골을 매다 보니 점심때가 지어같고 밥을 먹으로 들옵니다
아따 그 년 비우도 좋으네 배고픈 줄을 아는 개벼 메가 같이 지슨 밭은 반의 반도
못 다매고 그 말을 듣고 다시 돌아서

—「시집살이 노래」 충남 금산(미상)

불승ㅎ다 여ㅈ신명 부모형제 다바리고 여필종부 업을쪼ᄎ 싱면부지 나무가문
어른만코 법도만타 범갓탄 시아밧이 굿정날가 쥬야걱정 여시갓탄 널근시모 이리
비틀 져리비틀 벌씌갓탄 시누졸ㅣ 들낭낭낭 씻글씻글 말믜같은 여러동셔 이리슉
덕 져리슉덕 방정마젼 우릿가장 불고사정 쳐ㅈ박듸 이룻타시 엄한ㅈ틱 북그럽고
어린소견 하든일도 못하깃고 오른일도 결녀가내

—「부녀가」(미상)

1.5. 가이아(Gaia)로서의 어머니

가이아는 대지의 신이자 만물의 창조자인 모신(母神)이다. 생명을 잉태하고
생산할 수 있다는 점에서 여성과 자연은 성스러운 상상의 원천으로 인식된다.
그러나 그 같은 생물학적 친연성은 여성과 자연을 오히려 도구적인 존재로 인
식하는 근원이 되기도 한다.

대지가 만물을 틔우고 생장케 하듯, 베풀고 감싸 안는 어머니는 생존과 성장
의 힘이다. 고난과 희생을 감수하며 사랑을 실천하는 어머니 상은 문학 속에서
끊임없이 재생산된다. (강경애 「모자」, 「지하촌」, 『소금』) 무한한 애정과 희생으로
점철된, 어머니의 고단하고 숭고한 삶에 대한 증언은 지금도 계속되고 있다.
(윤영수 「착한 사람 문성현」, 이혜경 『길 위의 집』, 신경숙 『엄마를 부탁해』) 시련과
고통을 극복하고 의연한 생명의 화신으로 등장하는 어머니 상은 중요한 문학적
상징이다. (박경리 「불신시대」) 강인하고 희생적인 어머니는 숭배의 대상이며,

가족과 국가는 이와 같은 굳건한 모성에 기대고 있다.

현대시에서 어머니는 모든 것을 허여하며 자기 희생적인 삶을 순리로 받아들이는 '곡신'의 존재로 자주 표현된다. 어머니는 모든 존재가 갈라져 나온 원초적 근원이면서 만물의 어머니로서 '하느님을 낳으신' 강인한 존재이지만 (김초혜「어머니 1」, 모윤숙「어머니」, 고정희「어머니, 나의 어머니」), 이는 동시에 희생적이고 몰아적인 모성을 육화하는 의미로 기능하고 있다. 가이아로서의 어머니가 갖는 이미지는 병든 세계를 치유하고 회복하게 하는 신적인 어머니로 의미가 확장되어 흙과 대지의 상상력으로 형상화되기도 한다.

현대문학은 이상화된 모성에 대한 의구심을 어머니와 딸의 관계 속에서 드러내기 시작한다. 근대의 딸들은 가없는 사랑을 실천하는 어머니의 희생적 삶에 공명하는 동시에 또한 대립하면서 어머니의 이질적인 정체성에 주목하기 시작한다. (백신애「나의 어머니」, 「혼명에서」) 어머니는 자의식을 가진 자유롭고 개체적인 인간으로 인식되기보다 신화화되고 신격화된 모성을 체화해 개인의 주체성이나 욕망이 지워진 존재로 표상된다. (김승희「쌍봉낙타」, 김선우「내력」, 나희덕「뿌리에게」)

> 나는 감격에 받쳐 다시 가슴이 찌르르 하여졌다. 나 까닭에 썩는 속을 오빠를 생각하여 눌러버리고 오빠를 생각하여 애끊는 장을 그나마 조금 편히 곁에 앉힌 나를 위하여 억제하려는 가슴은, 어머니 나는 그 어머니의 가슴을 잘 안다. 그 괴로움을 숨쉴 때마다 느낀다.
>
> ─백신애「나의 어머니」(1929)

> "승호야! 아가!"
> 그는 안타까와서 이렇게 부루루 승호의 입에 그의 입술을 대고 입김을 흠뻑 빨았다. 그것은 아들의 백일기침이 자기에게로 옮아오고 말았으면 하는 생각으로 그는 언제나 승호가 기침을 내놓을 때마다 이렇게 하군하였다.
>
> ─강경애「모자(母子)」(1935)

> 해종일 김매기에 그 몸이 고달팠겠고, 더구나 산에 가서 나무를 해오려기에 그 몸이 지칠대로 지쳤으련만, 또 아기에게서라도 시달림을 받으니, 오늘날이라도 잠만 들면 깨지 못할 것 같다.
>
> ─강경애「지하촌(地下村)」(1936)

그들은 털끝만치도 나를 이해해 주려고는 생각하지 않아요. 다만 끝없이 사랑할 줄만 압니다.

—백신애 「혼명에서」(1939)

'그렇지, 내게는 아직 생명이 남아 있었다. 항거할 수 있는 생명이!'
진영은 중얼거리며 잡나무를 휘어잡고 눈 쌓인 언덕을 내려오는 것이다.

—박경리 「불신시대」(1957)

하기야 어머니에게…… 역설적이지만 어머니에게, 그는 쓸모가 있었는지 모르겠다. 어머니의 귀한 희생정신과 헌신이 찬란히 타오르기 위한 도구로서, 성치 않은 자식을 통하여 어머니는 이 세상의 지고한 어머니 상을 완성한 것이다. 다른 모든 사람이 알아주지 않는다 해도 어머니는 참 훌륭한 분이었다.

—윤영수 「착한 사람 문성현」(1997)

한 여자. 태어난 기쁨도 어린 시절도 소녀시절도 꿈도 잊은 채 초경이 시작되기도 전에 결혼을 해 다섯 아이를 낳고 그 자식들이 성장하는 동안 점점 사라진 여인. 자식을 위해서는 그 무엇에 놀라지도 흔들리지도 않은 여인. 일생이 희생으로 점철되다 실종당한 여인. 너는 엄마와 너를 견주어보았다. 그럼에도 불구하고 엄마는 한 세계 자체였다. 엄마라면 지금의 너처럼 두려움을 피해 이렇게 달아나고 있지 않을 것이다. //
숨을 거둔 아들의 겨드랑이를 감싸고 있는 성모의 손가락들이 길게 뻗어나와 너의 뺨을 어루만지는 것 같았다. 성당 안에 인적이 끊길 때까지 너는 못자국이 선명한 아들의 팔을 간신히 늘어올리고 있는 성모 앞에 무릎을 꿇은 채 앉아 있었다.

—신경숙 『엄마를 부탁해』(2007)

윤 씨를 잃었다는 전화를 받았을 때, 이상하게도 효기의 뇌리에 떠오른 건, 젊은 날의 윤 씨였다. 효기가 이따금 정기를 업어주면 좋아하던 어머니, 네가 벌써 이렇게 커서 어밀 돕는구나, 하며 바라보던 그 눈.
말없이 정 깊던 그 어머니, 참고 견디는 것만으로 일관한 어머니를 효기는 알고 있었다.

—이혜경 『길 위의 집』(1995)

한몸이었다
서로 갈려

다른 몸 되었는데

주고 아프게
받고 모자라게
나뉘일 줄
어이 알았으리

쓴 것만 알아
쓴 줄 모르는 어머니
단 것만 익혀
단 줄 모르는 자식

—김초혜 「어머니 1」(1992)

그러나 어머니 내 어머니
오직 하나 빼앗기지 않을 것은
이 못난 자식만은 어머니
잃어버리지 말아 주셔요.
(중략)
그래도 어머니
오직 하나 빼앗기지 않을 것은
어머님 마음 속에 깊이도 담긴 이 피는
갈라서 보내지 말아 주셔요.

—모윤숙 「어머니」(1929)

내가 내 자신을 다스릴 수 없을 때
북쪽 창문 열고 불러본다 어머니
동트는 아침마다 불러본다 어머니
아카시아 꽃잎 같은 어머니
이승의 마지막 깃발인 어머니
종말처럼 개벽처럼 손잡는 어머니

천지에 가득 달빛 흔들릴 때
황토 벌판 향해 불러본다 어머니
이 세계의 불행을 덮치시는 어머니

만고 만건곤 강물인 어머니
오 하느님을 낳으신 어머니
　　　　　　　　　　－고정희 「어머니, 나의 어머니－땅의 사람들 8」(1987)

해인이와 왕인이가
내 등 위에 올라타 앉아 있다.
엄마는 낙타.
목이 말라도 몸이 아파도
뜨거운 모래 위를
무거운 짐을 지고도 걸어가야만 한다.
(중략)
우울증에 신경질에 죄악 망상
파라노이아 증상까지 겹쳤어도
내가 사는 것은
내가 죽지 않고 가는 것은
내 등위에 짐지워진
두 개의 육봉 때문일까.
오, 라후라라고
부처님께서 부르신,
부처님께서 버리신 피의 인연으로
　　　　　　　　　　　　　　　　－김승희 「쌍봉낙타」(1995)

봄져누운 어머니의 예순여섯 생신날
고향에 가 소변을 받아드리다 보았네
한때 무성한 숲이었을 음부
더운 이슬 고인 밤 풀여치들의
사랑이 농익어 달 부풀던 그곳에
황토먼지 날리는 된비알이 있었네
비탈진 밭에서 젊음을 혹사시킨
산간 마을 여인의 성기는 비탈을 닮아간다는,
세간 속설이 내 마음에 천둥 소낙비 뿌려
어머니 몸을 닦아드리다 온통 내가 젖는데
경성드뭇한 산비알

열매가 꽃으로 씨앗으로 흙으로
되돌아가는 소슬한 평화를 보았네

―김선우 「내력」(2000)

깊은 곳에서 네가 나의 뿌리였을 때
나의 막 갈구어진 연한 흙이어서
너를 잘 기억할 수 있다
네 숨결 처음 대이던 그 자리에 더운 김이 오르고
밝은 피 뽑아 네게 흘려 보내며 즐거움에 떨던
아 나의 사랑을

먼 우물 앞에서도 목마르던 나의 뿌리여
나를 뚫고 오르렴,
눈부셔 잘 부스러지는 살이니
내 밝은 피에 즐겁게 발 적시며 뻗어가려무나
(중략)
깊은 곳에서 네가 나의 뿌리였을 때
내 가슴에 끓어오르던 벌레들,
그러나 지금은 하나의 빈 그릇,
너의 푸른 줄기 솟아 햇살에 반짝이면
나는 어느 산비탈 연한 흙으로 일구어지고 있을테니

―나희덕 「뿌리에게」(1991)

1.6. 어머니, 딸의 원형

　어머니와 딸은 다른 어떤 관계보다 복합적인 애증의 관계이다. 더없이 다정한 유전자를 공유한 일상적인 관계이기도 하지만, 서로의 모습에서 자신의 과거와 미래를 읽으면서 이 관계는 진화해 간다.
　어머니를 통해 딸은 여성으로서의 삶을 예감한다. 딸은 시대와 고통에 휩쓸리는 무기력한 어머니의 삶을 거부하고 싶지만 자신 역시 여성적 삶의 구획에서 벗어날 수 없음을 깨닫는다. (오정희 「중국인 거리」 「목련초」, 윤영수 「생태 관찰」, 은희경 「명백히 부도덕한 사랑」, 신경숙 「풍금이 있던 자리」, 김숨 「지진과 박쥐의 숲」, 김명순 「재롱」) 아름답고 능력 있는 새어머니에 대한 갈망은 어머니에 대한 반감을 우회적으로 표현하는 모티프이다. (강신재 「점액질」, 신경숙 「풍금이 있던 자리」, 전경린 「안마당이 있는 가겟집 풍경」)

그러나 딸들은 감추어져 있던 어머니 삶의 궤적을 추적하면서, 혹은 자신 안에 똑같이 내재해 있는 어머니의 유전자를 발견하면서 어머니의 선구적 삶을 이해하고 적극적으로 뒤따르게 된다. (정이현 「신 김연실전」, 강영숙 『라이팅 클럽』, 한강 『바람이 분다, 가라』) 모성에 대한 찬송을 일찍이 거둔 딸들은 가부장 세계를 수호해 온 어머니의 삶을 부정하며 딜레마에 빠지는 한편, 어머니의 언어를 해독하며 어머니를 이해하게 되고 그들은 벗과 동지로 화해하게 된다. 즉, 딸들은 어머니 세대가 겪은 대로 사회적 정체성을 획득하기 위해 어머니로부터 분리되어 아버지의 세계로 진입해 어머니의 욕망을 아버지의 이름으로 대체해야 한다고 생각하는 한편, 상상적 모친 살해를 거부하고 상상계 속의 어머니와 적극 결합해 어머니를 품고 극복하면서 새로운 여성으로 거듭나는 자의식을 갖게 된다. (성미정 「동화-가방엄마」, 김상미 「어머니와 나」, 이경림 「걸친, 엄마」)

어머니는 딸을 통해 새로운 삶을 살고자 한다. 딸이 자신과는 다른 삶을 살길 바라는 어머니는 딸을 공부시켜 세상을 살아갈 힘을 얻도록 만든다. (박완서 「엄마의 말뚝 1」, 정이현 「신 김연실전」, 신경숙 『엄마를 부탁해』) 어머니의 삶은 딸을 통해 발전적으로 각색된다. 생래적인 모성과 학습된 모성, 그리고 여성으로서의 주체적인 자아 사이에서 갈등해 온 어머니들은 자신의 비극적인 역사를 딸에게 대물림하고 싶지 않아 비장하고 결연하게 딸로 하여금 엄마 부정과 엄마 유폐를 선취하게 한다. (김승희 「엄마의 발」, 김정란 「엄마 버리기, 또는 뒤집기」, 김혜순 「딸을 낳던 날의 기억」, 노혜경 「엄마와의 전쟁 9」)

임신의 징후였다. 이제 제발 동생을 그만 낳아주었으면 좋겠다고 생각하며 나는 처음으로 여자의 동물적인 삶에 대해 동정했다. 어머니의 구역질은 비통하고 처절했다. 또 아이를 낳게 된다면 어머니는 죽게 될 것이다.

—오정희 「중국인 거리」(1979)

남편이 돌아오지 않는 새벽마다 나는 이러한 어머니의 모습을 떠올리고 어머니가 뜨겁고 슬프고 한스러운 감정을 나비야 나비야 청산 가자로 체념해 버리듯 나도 역시 어느새 어머니의 흉내를 내며 질식할 듯 차갑고 깨끗한 새벽의 공기를 피해 어두운 골목을 돌아 집으로 돌아오곤 했던 것이다.

－오정희 「목련초」(1975)

　문 계장이 우리 엄마였다면, 동생들도 이렇게 많이 낳아 나를 궁지에 몰아넣지도 않았을 텐데, 하는 것이 솔직한 내 심정이었다. 그녀라면 결코 이렇게 많은 실패를 하지는 않았을 것이 정녕 분명했다.

－전경린 「안마당이 있는 가겟집 풍경」(1995)

　……그 여자처럼 되고 싶다……
　이것이 제 희망이었습니다. 그 여자가 우리집에 와서 심어놓고 간 일들을 구체적으로 간추려서 뭐라고 써야 하나? (중략) 찹쌀로는 그저 시루에 찰떡만 쪄주시던 어머니, 그 여자는 어느 날 대추 밤을 썰어넣어 찹쌀 약식을 해주었죠. 찹쌀의 끈기가 그렇게 맛있는 것인 줄 그 여자를 통해 알았습니다.

－신경숙 「풍금이 있던 자리」(1992)

　"어서 이곳을 떠나렴, 불쌍한 내 딸아. 어느 날 꿈속에서 내가 검은 길을 걷고 있는 너를 불러줄게."
　"하지만 어머니……."
　"글로리아, 어서 가거라."
　글로리아는 집을 뛰쳐나왔습니다.
　검은 길 안에서 글로리아가 뒤를 돌아다보았을 때, 뜨개질을 하는 여인 아나의 집이 모래로 지은 집처럼 힘없이 무너져내리고 있었습니다.
　글로리아는 이제 오래 전의 어머니 아나만큼이나 늙고 지쳤습니다. 글로리아…… 그녀는 아직도 숲속의 검은 길 안을 헤매고 있습니다. 어둠이 찾아오면 글로리아는 검은 길 안에 쓰러져 잠이 듭니다. 그리고 꿈을 꿉니다. 오래 전에 꿈에서처럼 아나는 검은 털실로 목도리를 뜨고 있습니다. 아무런 무늬가 없는 목도리를…… 어머니 아나의 발 아래로 펼쳐져 있는, 끝없이 긴 목도리를 바라보는 글로리아의 마른 입술이 절망적으로 벌어집니다.
　어머니, 검은 길이에요……

－김숨 「지진과 박쥐의 숲」(2001)

엄마를 보았다. 엄마는 다만 물끄러미 저를 내려다보고 있었다. 연실은 안심하며 다시 잠 속으로 빠져들었다. 완전히 눈을 떴을 때는 캄캄한 밤이었다. 머리맡에는 꼬깃꼬깃 접힌 종이 한 장이 놓여 있었다. 누렇게 콧물 눈물이 말라붙어 알아보기도 힘든 종이 속 글자들을 연실은 또박또박 커다랗게 읽고 또 읽었다.

'이 못난 어미를 죽었다고 생각해라.' //

길을 떠난 그녀가 그 뒤 어떻게 되었는지는 확실하지 않습니다. 입산 수도 끝에 한국 고백체 소설의 효시가 되었다는 설, 유부남과 연애하다 사생아를 낳았다는 설, 결국엔 행려병자가 되어 동경 시립 정신병원에서 생을 마감했다는 설 등등 미확인된 가설들이 조선 천지에 분분하였으나 진실은 오직 하나, 그녀가 흔적 없이 사라졌다는 것뿐. 모든 걸 끊고, 모질게 끊고 먼 길을 떠났다는 것뿐이었습니다. 아무도 간 적 없는.

—정이현 「이십세기 모단걸—신 김연실전」(2002)

그녀들은 똑같은 눈을 가졌습니다.
그녀들은 살아남지 못했습니다.

—한강 『바람이 분다, 가라』(2007)

엄마와 나는 늘 의견이 맞지 않아 티격태격하면서도, 엄마에 대한 내 사랑이야말로 내 인생에서 가장 오래 지속된 사랑이었다. 그 사랑은 내가 잉태되던 날 시작되어 거의 반세기가량 유지되어 오고 있단다. 게다가 엄마의 사랑이야말로 유일하게 무조건적인 진실한 사랑이지. 아무리 열정적인 연인들이나 효자들도 그렇게는 사랑하지 못할 거다. (중략) 지금 엄마는 나와 함께 마드리드에 있단다. 지금 김 작가는 나와 함께 병원에 있단다. 나도 낳지도 않은, 있지도 않은 내 딸을 향해 그렇게 말한다. 지금 우리 엄마 김 작가는 나와 함께 병원에 있단다. 내가 뭘 어떻게 해야 하니?

—강영숙 『라이팅 클럽』(2010)

오오 어머니
나의 광명이
온 세상에 비춰요

호호 그 애가
잠은 안 자고
재롱만 피우느냐

어머니 옛말하시요
한 옛적에도
나 같은 이가 있었소

이야기가 없다
내 딸에게 매 저녁
말주머니를 털리어서

―김명순 「재롱」(1922)

엄마의 발은 크지만
사랑의 노동처럼 크고 넓지만
딸아, 보았니,
엄마의 발은 안쪽으로 안쪽으로
근육이 밀려 꼽추의 혹처럼
문둥이의 콧잔등처럼
밉게 비틀려 뭉그러진 전족의
기형의 발
(중략)
딸아, 보아라,
가고 싶었던 길들과
가보지 못했던 길들과
잊을 수 없는 길들이
오늘밤 꿈에도 분명 살아 있어
인두로 다리미로 오늘밤에도 정녕
떠도는 길들을 꿈속에서 꾹꾹 다림질해 주어야 하느니
네 키가 점점 커지면서
그림자도 점점 커지는 것처럼
그것은 점점 커지는 슬픔의 입구,

―김승희 「엄마의 발」(1989)

나는 한 구석쟁이에서, 잡풀더미 사이에 감추어져 있는 무덤을 하나 발견한다.
무덤은 파헤쳐진 석관을 하나 드러내보이고 있다. 절반쯤 뚜껑이 열린 石棺. 그리
고 부패되고 있는 시체. 시체의 상반신은 석관 뚜껑으로 가려져 있다. 얼굴을 알
수 없는 정체불명의 봄눙이.

그런데 누구일까. 내 안에서 자신 있게 말하는 이 음성은? "그건 엄마야, 그 무덤을 뛰어넘어야 해." 내 몸뚱이는 그 자신 있는 목소리의 경쾌함에 실린다. 나는 가볍게 그 무덤을 뛰어넘는다. 가볍게. 나는 전혀 엄마에게 미안하지 않다.
— 김정란 「엄마 버리기, 또는 뒤집기」(2000)

거울을 열고 들어가니
거울 안에 어머니가 앉아 계시고
거울 열고 다시 들어가니
그 거울 안에 외할머니가 앉으셨고
외할머니 앉은 거울을 밀고 문턱을 넘으니
거울 안에 외증조할머니 웃고 계시고
외증조할머니 웃으시던 입술 안으로 고개를 들이미니
그 거울 안에 나보다 젊으신 외고조할머니
돌아앉으셨고
(중략)
청천벽력.
정전. 암흑천지.
순간 모든 거울들 내 앞으로 한꺼번에 쏟아지며
깨어지며 한 어머니를 토해내니
흰옷 입은 사람 여럿이 장갑 낀 손으로
거울 조각들을 치우며 피 묻고 눈감은
모든 내 어머니들의 어머니
소그만 어머니를 들어올리며
말하길 손가락이 열 개 달린 공주요!
— 김혜순 「딸을 낳던 날의 기억」(1985)

푸른 보자기에 엄마는 수를 놓고 있다. 하얀 비단실로 엮는 것은 나의 길다란 팔과 다리. 검디검은 팔꿈치.
파란 실로 그린 망아지 한 마리.

이 망아지가 네 눈에 보이거든 너는 네 갈 길로 가라고 엄마는 말씀하신다. 나는 필사적으로 눈을 부릅뜨고 본다. 푸른 망아지는 보자기의 집이 너무 잘 들어맞는다. 엄마는 울면서 바늘끝을 찔러 얼룩을 낸다. 망아지는 조금 자라나, 발바닥에 그늘이 진다. 나는 손바닥이 다 벗겨지도록 쓸어본다. 푸른 말의 갈기가 언뜻 잡힌다. 나는 그것이 바람인지 말인지 알지 못한다. 엄마는 울면서 손목을 자른다. 푸른 말의 더운 콧김이 훅 끼친다. 나는 조용히 말의 잔등에 눕는다. 꿈속과 같은 고요한 박동, 쿵쿵거리는 심장, 그러나 나는 그것이 땅의 울부짖음인 줄 알지 못한다. 엄마는 울면서 목을 자른다. 엄마의 검은 머리털이 바다로 흘러들어간다. 엄마는 울면서 배를 열고 가슴을 가르고 마침내 한 장의 보자기가 되어 눕는다.

나는 바람처럼 별처럼 하늘을 향해 날아오르는 푸른 말이 된다.

─노혜경 「엄마와의 전쟁 9」(1989)

여행을 떠나야 했다 여행은 길고 험할 것이므로 튼튼한 가방이 필요했다 욕심을 낸다면 이미 여행의 경험이 있는 노련한 가방이었으면 했다 가방을 파는 모든 곳을 헤맸다. 여행이 시작되기도 전에 발바닥엔 물집이 솟았다 어쩌면 가방을 찾아 헤맬 때부터 여행은 시작된 것인지도 모른다 요구를 만족시킬 만한 가방을 만나는 건 쉬운 일이 아니었다 그러던 끝에 가방 엄마를 만나게 되었다 가방 엄마의 몸은 잘 무두질된 소가죽이었다 아마 나의 엄마처럼 평생을 쉬지 않고 움직인 소였을 거다 온몸을 내주고 끝끝내 비린내나는 내장까지 비운 이젠 말라버린 주머니인 가방 엄마는 나의 엄마와 다르지 않았다 여행이 시작되었다 물이 바뀔 때마다 낯선 사람을 만나야 했다 그건 두려운 일이었다 가방 엄마는 그런 두려움까지 모두 맡아주었다 여행이 계속되면서 가방 엄마도 들어줄 수 없는 상처와 추억이 생겼다 그때마다 내 몸은 조금씩 어두운 공간으로 변해갔다 여행이 끝날 무렵 가방 엄마는 끈이 떨어지고 군데군데 뜯어졌다 더 이상 짐을 들어줄 수 없었다 그러나 그때 나는 가방이 되었다 낡고 병든 가죽 쪼가리에 불과한 가방 엄마를 내 속에 품어주었다 진정한 여행은 그렇게 시작되었다

─성미정 「동화-가방엄마」(1997)

이젠 친구를 위해 눈물을 흘려야 할 때가 왔다.
사십여 년 어머니는 내 친구였다.
어머니와 나는 남자들이 가꾸다 버린 들판에 집을 짓고 살았다.
그 집은 새와 바람들이 잠자다 떠나는 호텔,
아침이면 미래에 대한 쓰라린 생각들이 커피 물처럼 끓어올랐다.
그래도 우리는 나무를 심고 꽃에다 물을 주었다.
햇볕을 받아 반짝이는 돌멩이들은 보석처럼 아름다웠다.
나는 대지처럼 부드러운 어머니의 무릎을 베고 시집을 읽었다.
(중략)

어머니가 돌아가셨을 때,

나는 돌부리에 걸려 넘어진 아이처럼 울었다.

울어도 울어도 내 몸에 새겨진 어머니의 사랑은 지워지지 않았다.

나는 살아갈 용기를 얻기 위해 어머니의 집을 버리고

한 권의 책 속으로 들어왔다.

―김상미 「어머니와 나」(2003)

한 달 전에 돌아간 엄마 옷을 걸치고 시장에 간다

엄마의 팔이 들어갔던 구멍에 내 팔을 꿰고

엄마의 목이 들어갔던 구멍에 내 목을 꿰고

엄마의 다리가 들어갔던 구멍에 내 다리를 꿰고 나는

엄마가 된다

걸을 때마다 펄렁펄렁

엄마 냄새가 풍긴다

―엄마…

―다 늙은 것이 엄마는 무슨…

걸친 엄마가 눈을 흘긴다

―이경림 「걸친, 엄마」(2005)

1.7. 모성성의 거부와 부정

모성의 신성불가침에 대한 인식이 변화하면서 모성 본능만큼 모성 거부도 자연스러운 현상이 되었다. 모성이라는 이름으로 무한 희생을 요구하는 모성신화는 여성을 억압하는 기제이며 동시에 여성 자신의 정체성을 무화해가는 과정이라는 인식 아래, 모든 여성 안에는 어머니와 반어머니가 공존하고 있음을 드러낼 수 있게 된 것이다.

작중 인물이 모성에 대해 지니는 선명한 갈등은, 비록 작품의 말미에서는 모성으로의 회귀가 나타날지라도, 여성의 삶과 욕망에 대한 새로운 깨달음을 제시한다. (최정희 「정적기」 「곡상」 「인맥」 「천맥」, 공선옥 「술 먹고 담배 피우는 엄마」 「어미,) 차마 제 정신으로는 모성을 버릴 수 없었던 어머니가 술에 취해 광기를 드러내거나(함정임 「병신 손가락」), 치매에 걸려 평생에 누릴 수 없었던 평화와 자유를 얻기도 한다. (박완서 「환각의 나비」) 물론 책임져야 할 생명을 유기해 버리는 어머니의 행위가 긍정적일 수는 없다. 자식을 버리거나 방임하면서도 죄의식을 느끼지 않을 뿐만 아니라 낳아준 값으로 봉양을 요구하는 어머니는 파렴치한 인물로 그려진다. (윤정모 「바람벽의 딸들」, 박완서 「부끄러움을 가르칩니다」, 전혜성 『마요네즈』, 은희경 『마지막 춤은 나와 함께』, 이혜경 「멀어지는 집」) 그러나 육아를 중시하지 않는 어머니의 행태는 맹목적인 모성을 재고하게 한다는 맥락에서 의미를 지닌다.

순응과 저항, 침묵과 절규, 안정과 혼돈 속에서 갈등하면서 여성은 생물학적 모성이데올로기를 벗어나고자 "엄마를 죽여라! 랄라."를 선언하며 모성을 회의하고 부정하고 성찰한다. (김승희 「제도」, 김선우 「엄마의 뼈와 찹쌀 석 되」) 물론 모성신화를 부정하며 모성을 거부하는 결연한 의지를 체득하더라도, 실제 삶에서 이를 실천하기란 쉽지 않고 또한 모성의 거부를 선언하기란 순조롭지 않다. 따라서 현대시에서 엄마들은 모성을 연기(演技)하거나 '엄마 행세'를 하면서 모성으로부터 탈주하면서 모성을 거부하는 시적 상상을 감행한다. 이는 자기 안에 있는 엄마 죽이기, 엄마 버리기, 엄마 뛰어넘기 등의 상상을 통해 드러나며, "난자의 우아한 아름다움"을 잃어버린 엄마, '박물관'이라는 남성영웅의 상징물 안에서 아이를 잃은 채 모성과 자아정체성 사이에서 헤매는 엄마, "아직도 니 엄마로 보이니?"라고 섬뜩하게 물을 수 있는 엄마들의 언어로 표현된다. (김승희 「네 발 달린 사랑」, 「미스터 엄마」, 김혜순 「중앙박물관 길」 「엄마」, 김민정 「용용 죽겠지」)

최근에는 모성의 거부가 결연한 저항이나 심각한 회의로 치부되지 않고, 삶의 명랑한 감각과 실존적 유머의 양상으로 다뤄지고 있다. 이미 깨진 가정을 아이를 위한다는 명목으로 유지하는 것은 어리석을 뿐이며, 어머니가 행복해야 아이도 행복할 수 있다는 논리에서 이혼의 긍정성을 유쾌하게 펼친다. (전경린 『엄마의 집』, 공지영 『즐거운 나의 집』) 자신만 생각하는 이기적인 어머니가 오히려 삶을 책임질 줄 아는 지혜롭고 주체적인 딸을 길러내는 아이러니한 이야기도 무겁고 갑갑한 모성의 신화를 희석한다. (강영숙 『라이팅 클럽』) 가출했던 어머니가 어느 날 등장해서 가족의 의미를 새로이 정립하는 이야기는, 기존의 어머니답지 않은 어머니를 통해 열린 가족의 개념을 말한다. (윤영수 「광고맨 강과 그의 사랑하는 아들」)

아이는 엄마 발 밟은 것이 잘못되어서 어색한 얼굴을 지었다. 그럴 때마다 나는 아이의 그 얼굴에서 문득 저의 아버지 모습을 발견하고 소름이 쭉 끼치여 아이를 두세 번 **뺨**을 후려갈겼다.

―최정희 「정적기」(1938)

문수는 아버지가 돌아온 후, 어머니가 전같지 않고 가끔 화를 버럭버럭 잘 내고 종종 때리기도 하며, 언젠가 남이 바느질해 놓은 걸 아버지가 훔쳐갔을 때도 제 잘못이 없건만, 학교도 못 가게 하고 하루종일 홍두깨를 붙잡고 다듬일 하면서 신경질하던 일도 있기는 했지만, 오늘밤처럼 무섭게 맞아본 일은 없었다.

―최정희 「곡상(穀象)」(1938)

내가 읽은 책들이 가르치듯이 모성애가 세상의 무엇보다 가장 강하고 고귀하고 또 그것처럼 참된 것이 없는 것을 알면서도 그 강한 것, 그 고귀한 것, 그 참된 것 때문에 내가 가진 다른 감정을 버릴 수는 없습니다. 내게는 모성애가 강하고 고귀하고 참된 것이나 마찬가지로 그이를 생각하는 내 감정도 세상의 무엇보다 강하고 고귀하고 참되다 생각했습니다.

―최정희 「인맥」(1940)

나는 옥례를 따라 넓은 마루방으로 들어갔다. 거기 잇대어 분홍빛 불이 흘러나오던 방이 바라보였다. 그리고 긴 의자 앞 양탄자 위에 전신에 불빛을 받아, 피어난 꽃송이같이 화려해보이는 젊은 여성이 비스듬히 앉아 있는 것이 시야에 들어왔다. //
그 여자는 굉장히 젊었었다. 옥례보다도 젊은 것 같았다. 하나 물론 옥례보다 더 어릴 까닭은 없었다. 너댓 살은 위일 것이었다. 다만 느낌이 그처럼 발랄한 것이다.
옥례는 나를 마주 쳐다보며 천천히 아주 이상스러운 투로 한마디 한마디 발음하였다.
"우리 엄마야."

―강신재 「점액질」(1966)

나는 무서워서 온몸이 오그라드는 것 같았다. 아마 그 순간 내 내부의 부끄러움을 타는 여린 감수성은 영영 두터운 딱지를 붙이고 말았을 게다. 제 딸을 양갈보 짓 시키지 못해 눈이 뒤집힌 여자를 어머니로 가진 여자, 그 가슴의 그 징그러운 젖을 빨고 자란 여자가 어떻게 감히 부끄럽다는 사치스러운 감정을 간직할 수 있을 것인가.

—박완서 「부끄러움을 가르칩니다」(1974)

그녀는 어머니를 위해 겨울 바람을 피하도록 스카프를 단단히 고쳐 매주고 마지막으로 전체 옷 매무새를 점검해주며 입술 윤곽을 보다 분명하고 진하게 자주색 루즈로 덧칠해주었다. 어머니는 그녀의 보살핌을 마다하지 않았다. 오히려 고마워, 라고 눈웃음치며 젊을 적 교태를 슬쩍 뽐내었다. 그녀는 사뿐사뿐 계단을 내려가는 어머니의 뒷모습을 물끄러미 바라보며 문을 잠갔다. 흘러가는 세월의 급류와 맞서 싸우다가 어느 날 철새처럼 훌쩍 떠나가리라. 할머니인 어머니의 뒷모습은 자칫 속아넘어갈 정도로 젊었다.

—함정임 「열애」(1993)

—달아, 넌 우리 엄마를 알고 있니? 기모노를 입었을 때도, 넌 보았니? 그리고 양코배기 애를 낳아서 고아원에 갖다 줬단다. 넌 보았니? 우리 엄마의 성이 내 성이라는 것도 넌 아니? 우리 아버지가 누군지, 달아, 넌 알고 있니?

—윤정모 「바람벽의 딸들」(1994)

나를 보자 엄마는 이미 허여멀겋게 틀어진 눈동자를 더욱 심하게 굴리며 거푸 몇 잔을 더 들이켰다. 그것이 독처럼 강인하던 엄마의 이성을 할퀴고 마비시켰는지 엄마는 채 오 분도 되지 않아 이성을 잃었다. 술의 힘으로 엄마는 지긋지긋하고, 무겁고, 두꺼운 가면을 벗어버렸다. 가면 뒤의 광기. 그 둘을 감당하기에는 나는 너무 어렸다. 평소 허기가 홀쭉한 엄마는 그날 그 시간만은 괴인처럼 힘이 세었다. 몸부림으로 광란하는 저 여인이 밤이면 따스하게 팔베개를 내주는 내 엄마인가. 획 돌아간 눈자위가, 비뚤어진 입이, 변해버린 목소리가 믿을 수가 없어졌다.

—함정임 「병신 손가락」(1995)

몸집에 비해 큰 승복 때문에 그런지 어머니의 조그만 몸은 날개를 접고 쉬고 있는 큰 나비처럼 보였다. 아니아니 헐렁한 승복 때문만이 아니었다. 살아온 무게나 잔재를 완전히 털어버린 그 가벼움, 그 자유로움 때문이었다. 여지껏 누가 어머니를 그렇게 자유롭고 행복하게 해드린 적이 있었을까. 칠십을 훨씬 넘긴 노인이 저렇게 삶의 때가 안 긴 천진 덩어리일 수가 있다니.

─박완서 「환각의 나비」(1995)

영례가 자기 딸애만한 어린애였을 때 영례엄마는 밤도망을 쳤다. 아버지는 노름쟁이였다고 했다. 술담배도 안 하고 오입질도 안하고 정말로 다른 건 다 좋은데 딱 한 가지 그놈의 화투장만은 손에서 떼어내지 못했다고 했다. 눈이 펑펑 쏟아지는 한겨울 밤, 주막집 뒷방에서 자기 것도 아닌 큰집 암소 한 마리를 걸고 도릿짓고 땡을 벌이던 아버지는 끝내는 싸움질을 하다 사람을 다치게 하여 감방엘 갔다고 했다. 아버지가 감방에 간 사이에 엄마는 영례, 영남이 두 계집아이를 큰집에 놓아두고 쪽지 한 장 남기고 떠나갔다.

─공선옥 「어미」(1996)

애기들을 떼어낸 애기엄마 몸은 처녀보다 더 가벼웠다. 나는 행복했다. 무엇보다 남편이 나와 아이들을 버렸는데, 버리고 저만 살겠다고 어디론가 가버린 참인데 나만 애기 버린 죄를 뒤집어쓸 필요가 있겠는가, 싶었다. 죄는 남편에게 뒤집어씌워버리면 그만이었다. 나는 그렇게 새끼들을 아주는 아니라도 잠시 버려야만 살 수 있다는, 그래야 '우리가' 살 수 있다는 변명이 준비되어 있지 않은가.

─공선옥 「술 먹고 담배 피우는 엄마」(1998)

나는 중절 수술을 두 번 한 적이 있다. 그때의 기분이 어땠었는지 자세히는 기억나지 않는다. 기억할 필요가 없다고 생각하여 기억을 폐기해버린 것도 같다. 어쨌든 약간 참담했다. 생명에 대한 죄의식도 있었겠지만 그보다는 내게 맡겨진 운명을 받아들일 수 없는 처지라는 사실이 견디기 힘들었다.

─은희경 『마지막 춤은 나와 함께』(1998)

그가 돌아오는 날에 그녀는 은하수 문을 일찍 닫고 저녁준비를 한다고 수선을 피웠다. 그는 고추기름을 넣은 육개장이나 북어무곰을 더 좋아했는데 그녀는 주로 포크커틀릿이나 감자샐러드를 만들었다. 저녁준비가 끝나면 그녀는 마늘냄새 나는 손으로 내 머리를 땋아주곤 했다. 눈이 찢어지도록 머리카락을 잡아당기는 그녀의 손끝은 언제나 차고 매웠다.

─천운영 「월경」(2001)

화장품 외판원을 하면서 너희를 키우던 그 무렵엔 밤마다 다리가 얼마나 부었던지 하면서 정맥류가 불거진 다리를 걷어 보이고, 혼자라고 만만히 보는 남자들의 수작을 떼어내던 생각을 하면서 진저리치고, 니들은 엄마가 니들 떼어놓고 혼자 호강한 줄 알지만 재취로 간 여자 팔자 이미 금간 뒤웅박 꼴이고, 그렇게 전전하다가 장성한 전실 소생 있는 집에서 살기가 어찌 쉬웠겠으며, 효도는 못 볼망정 어찌된 게 내 신세는 이렇게 늘그막까지 곤고해야 하는지…… 졸졸졸, 엄마의 한탄은 어떤 가뭄에도 말라붙은 적 없는 질긴 물줄기처럼 이어진다.

—이혜경 「멀어지는 집」(2002)

당분간 너희들끼리 지내는 거다. 그러니까 너희들은 엄마가 돈을 벌어 올 때까지 집에 꼭꼭 숨어서 기다리는 거다. 다른 사람들한테 들키면 안돼. //
엄마 뱃속에서 자기를 끌고 나온 것은 저수지에 사는 괴물이었다. 괴물은 엄마의 비명 소리를 견디다 못해 기다란 혓바닥을 내밀어 엄마 뱃속을 핥았다. 피가 묻은 둘째의 몸뚱이를 핥아준 것도 괴물이었다. 괴물의 혓바닥이 붉은 것은 다 그 때문이었다.

—편혜영 「저수지」(2005)

"내가 열 살 때 집을 나가셨으니 정확히 33년 만이네요. 어디서 뭘 하다 지금 나타나셨어요?"
살그머니 열어 놓은 문틈으로 무겁고 음울한 아빠의 말소리가 들려왔다.
"저녁밥을 먹는데 텔레비전에서 네가 나오더라. 단박에 알아봤지. 아무리 세월이 흐른들 제 새끼를 못 알아보겠니."

—윤영수 「광고맨 강과 그의 사랑하는 아들」(2006)

엄마, 엄마, 크레파스가 금 밖으로
나가면 안되지? 그렇지?
아이의 상냥한 눈동자엔 겁이 흐른다.
온순하고 우아한 나의 아이는
책머리의 지시대로 종일 금 안에서만 칠한다.

내가 엄마만 아니라면
나, 이렇게, 말해버리겠어.
금을 뭉개버려라, 랄라. 선 밖으로 북북 칠해라.
나비도 강물도 구름도 꽃도 모두 폭발하는 것이다.
살아 있는 것이다. 랄라.
선 밖으로 꿈틀꿈틀 뭉게뭉게 꽃피어나는 것이다

위반하는 것이다. 범하는 것이다. 랄라.

나 그토록 제도를 증오했건만
엄마는 제도다.
나를 묶었던 그것으로 너를 묶다니!
내가 그 여자이고 총독부다.
엄마를 죽여라! 랄라.

—김승희 「제도」(1995)

내 죽은 담에는 늬들 선산에 묻히지 않을란다
깨끗이 화장해서 찹쌀 석 되 곱게 빻아
뼛가루에 섞어달라시는 엄마 바람 좋은 날
시루봉 너럭바위 위에 흩뿌려달라시는

들짐승 날짐승들 꺼려할지 몰라
찹쌀가루 섞어주면 그네들 적당히 잡순 후에
나머진 바람에 실려 천.지.사.방.훨.훨.
가볍게 날고 싶다는
찹쌀 석 되라니! 도대체 언제부터
엄마는 이 괴상한 소망을 품게 된 걸까

저 여자, 흰꽃무당버섯의 정원이 되어가는
버석거리는 몸을 뒤척여
가벼운 흰 알들을 낳고 있는 엄마는
아기 하나 낳을 때마다 서말 피를 쏟는다는
세상의 모든 엄마들처럼
수의 한 벌과 찹쌀 석 되
벽장 속에 모셔놓고 기다리고 있는 것이다
기다려온 것이다

—김선우 「엄마의 뼈와 찹쌀 석 되」(2000)

내가 엄마가 되어서
너희들의 엄마가 되어서
엄마가 되고

아직도 어머니가 못 되어서
네 발을 가진
털투성이 사랑을 가져서
날고 싶었는데
네 발 달린 포유류
기어 다니는 사랑만을 하게 되어서
기어 다니는 사랑으로도
날 수가 있는지
실험을 해보느라고
또 유목민이 되어서
너희들까지 유랑하게 되어서
젖가슴만 아니라면 날 수 있다고
젖을 먹이는 포유동물은
날 수가 없다고
저녁마다 유방을 칼로 도려 파면서
그러나 먹여야 할 유방은

―김승희 「네 발 달린 사랑」(2000)

어쩌다가 저렇게 망가졌을까,
이마엔 정맥이 물컹물컹 돋아나고
손등엔 모래사막을 거느린 알타이 산맥 같은 힘줄이 불끈불끈,
엄마는 왜 저렇게 험악하고 향기가 없나

흰 눈을 마구 짓밟으며
김장독을 들고 땅구덩이에 묻으러 가다 막무가내 엎어지며
진흙 속의 햇빛을 쫙쫙 밟아 급기야 때려눕히는 그녀,
난자의 아름다운 우아함이라고는 전혀 사라진……
엄마라는……

―김승희 「미스터 엄마」(2006)

이조시대관에서 아이를 잃어버린 걸 알았다.
나는 왕의 밥그릇, 술잔, 수저를 잊혀진 후궁처럼 바라보다 말고 백자 연적의
연꽃잎들을 주르르 흘리며 고려시대관으로 달려간다 나는 비취빛 화병들 사이로
뛴다. 병들이 한쪽으로 쏠리며 무너지는 것 같다. 튀어오르는 가는 鶴, 어린 소나

무, 바닥에 떨어지는 민물고기, 나는 정신없이 뛴다. 뛰면서 조그맣게 아이의 이름을 불러본다. 부르는 소리는 그릇 굽는 불가마 속으로 들어간 불쏘시개처럼 흔적이 없다. 나는 다시 달려 나간다. 고려에서 신라로, 개성에서 경주로 문을 박차고 나간다. (중략) 그곳에서 코카콜라를 판다. 나는 누군가와 부딪치면서 콜라 세례를 받는다. 흰 치마에 콜라가 썩은 피처럼 번진다. 징징거리면서 계단을 내려간다. 다시 올라온다. 사각의 미로 같다. 그러다 어느 방에 갑자기 고꾸라지듯 들어선다. 철기 시대. 철로 만든 검. 철로 만든 방패. 철로 만든 모자. 철로 만든 창을 등지고 다시 나온다. 그러나 계단 위로 꿈결처럼 아이가 걸어 올라오는 것을 본다. 엄마 이게 뭐야? 으응 이건 철갑옷이야. 칼로 싸울 때 맞지 않으려고 입는 거야. 무거운 옷일 거야. 우리는 철기 시대 철갑 병사 앞에서 두 손을 맞잡는다.

—김혜순 「중앙박물관 길」(1990)

나는 엄마다
딸이 나를 엄마라고 부르고
내가 또 새끼를 근엄하게 훈계하고
먹여서 기르니
나는 엄마다
엄마이기 때문에
나는 엄마 행세를 한다
그건 안 돼!
하지 마!
때릴 거야!

그전엔 난 엄마가 아니었다
어렴풋한 기억 저편
나에게도 엄마가 있었다
두 눈이 전우주를 향해 열려 있고
손가락들이 해왕성 명왕성을 꼬집고 놀 때
나에게도 엄마가 있었다
나의 엄마도 나에게 엄마 행세를 했다
별 떨어질라 푸르른 창공 아래엔
지붕을 덮고
바람 불라 넓은 벌판 한가운데
벽을 세우는

엄마가 있었다

—김혜순 「엄마」(1985)

엄마가 찾아다 주신 맛있는 갈치
살살 갈치의 살만 발라 엄마가
내 밥숟갈 위에 얹어주고 있어

옴마야! 근데 이상해 엄마,
갈치를 먹었는데 내 입 속에서 비눗방울이 퐁퐁 솟고
있잖아

너 는 내 가
아 직 도 니 엄 마 로 보 이 니 ?

—김민정 「옹용 죽겠지」(2005)

1.8. 부계적 모성, 억척 어멈

일반적으로 어머니의 딸 사랑은 자애롭고 따뜻할 것이라 생각한다. 하지만 자신의 분신이기도 한 딸에 대한 기대와 어머니로서의 책임감은 어머니를 차갑고도 무섭게 만들기도 한다. 사랑보다는 엄격한 규율을 가르치는, 개인적인 감정보다는 사회의 이데올로기로 무장된 어머니의 모습이 보이기도 하는 것이다. (「소현성록」) 남편 없이 홀로 세 아이를 키우는 상황이므로 더욱 그러했을 테지만 유배 가는 딸에게 하는 가르침은 매섭기만 하니 삶의 인도자나 지혜로운 모성 등을 떠올리기 힘들다. 그녀는 딸에게 여러 가지를 당부한 후에, 『열녀전(烈女傳)』을 주면서 절개를 지키기 위해 목숨까지 버린 여성을 거론한다. 딸에게 이들을 본받으라고 경계하고는, 만약 절개를 잃어서 가문에 욕이 미치면 저승에서도 보지 않을 것이라고 한다. 어머니가 이렇게 규율에 입각하여 매섭게 딸을 교육하는 이유는 딸을 자신의 분신으로, 계승자로 생각하기 때문이기도 할 것이다. 어머니는 어머니이되 아버지가 했던 역할을 그대로 하고 있다고 할 수 있다.

현대문학에서 아버지 같은 어머니의 모습이 도드라질 때는 아버지가 부재할 경우이다. 외세의 침략으로 국가의 안위가 흔들리고 가족의 생존이 어려워질 때 아버지 대신 생업에 뛰어들어 자식들을 먹이고 기른 어머니들의 삶은, 아버지의 부재에 대한 대체자로서의 의미를 지닐 뿐 근본적으로 여성의 삶에 대한 새로운 평가나 인식을 드러내지는 못한다. 가부장제적 이데올로기를 모방하는 어머니는, 아버지의 권리는 지니지 못한 채 노동의 의무만을 힘겹게 수행한다. 이때의 어머니들은 자신이 처한 상황과 역할에 대한 자의식이 드러나지 않는 대상화된 존재로서, 여성 작가들에 의해 비판적으로 그려진다. (오정희 「유년의 뜰」, 하성란 「개망초」, 천운영 「명랑」)

이 가온대 녀종편과 도미의 안해며 빅영공쥐며 녁듸 졀부의 힝젹이 이시니 네 맛당이 덕소의 가져가 좌우의 쩌나디 아니면 심산궁곡의 호랑 ᄀ튼 무리 비례로 구박ᄒᄂ 즈연 몸이 십만 군병이 옹위흠도곤 구드며 도호미 옥 ᄀ튼야 졀을 일티 아니려니와 만일 이를 어그릇츠면 가문의 욕이 밋츠리니 구천의 가나 서ᄅ 보디 아니리라 (중략) 네 타향의 덕거ᄒ나 몸을 조히 ᄒ야 도라올 거시어늘 믄득 실졀ᄒ야 죽은 아비와 사랏ᄂ 어믜게 욕이 미츠며 조션의 불힝을 깃치니 엇디 츠마 살와 두리오 친가의 불쵸 녀ᄋ 구가의 더러온 겨집이 되여 텬디간 죄인이니 당〃이 죽엄즉흔 고로 금일 즈모의 졍을 굿쳐 ᄒ 그릇 독쥬를 주ᄂ니 쾌히 먹으라 (중략) 네 스스로 네 몸을 싱각ᄒ면 죽으미 타인의 지쵹을 기ᄃ리디 아니려든 어ᄂ 면목으로 용샤 두 지 나ᄂ뇨 내의 즈식은 이러티 아니리니 낡ᄃ려 어미라 일콧디 말나 네 비록 덕소의셔 약ᄒ므로 졀을 일허시나 도라오매 거졀ᄒ미 올커늘 믄득 서ᄅ 만나믈 언약ᄒ야 거듀를 ᄀᄅ쳐 이에 츠자 와시니 이ᄂ 날을 토목ᄀ티 너기미라 내 비록 일 녀진나 즈식은 쳐티ᄒ리니 이런 더러온 거슬 가듕의 두리오 네 비록 구천의 가나 니싱과 네 부친을 어ᄂ ᄂ츠로 볼다

－「소현성록」 (17세기)

다녀오마.
어머니는 저고리 소매에 손수건을 살짝 찔러넣고 꽃가지라도 꺾어든 양 한들한들 걸어나갔다. //
밤늦어 어머니가 돌아오자 앉아서 꼬박꼬박 졸던 할머니가 밥상을 차려왔다. 나는 가슴이 쿵덕쿵덕 뛰었다.

관두세요. 밥집에서 끼니를 거를까봐요.

어머니에게서는 쉰 술내가 물씬 풍겼다.

-오정희 「유년의 뜰」(1980)

나는 고개도 안 돌리고 불퉁거린다. 엄마가 신발을 꿰어 신고 내 앞으로 다가온다. 엄마에게서는 누린내가 난다. 비에 젖은 개털 냄새, 찬 바람에 노출된 가죽 점퍼 냄새. 엄마에게서 풍기는 냄새는 여자의 냄새가 아니다. 엄마의 목소리가 굵어지면서, 수염이라도 난 것처럼 코밑이 검어지면서 풍기기 시작한 그 냄새는, 사내들의 콧바람에서 묻어나오는 역겨운 냄새와 닮아 있다. 늙어가는 여자들에게서는 왜 남자 냄새가 나는 걸까.

-천운영 「명랑」(2003)

전에 엄마는 그러지 않았어. 아빠가 두 손을 잃어버리기 전에는 말야. 잔소리는 좀 하는 편이었지만 그 잔소리도 고양이 울음소리 같았거든. 소설책은 아니지만 가끔 여성잡지 같은 것을 들여다보기도 했지. 엄만 180도 변했어. 닭 좀 튀겨가세요. 서방님 술 안주로 그만야. 처음 본 사람들에게 말도 잘 붙이지. 목소리는 또 얼마나 우렁찬지. 생닭을 통나무 도마 위에 올려놓고 뭉툭한 무쇠칼을 내리쳐 토막내는 건 닭이 아닌 것 같아. 엄마 입술을 지그시 깨물고 보이지 않는 어떤 것을 토막내고 있는 것 같아.

-하성란 「개망초」(1998)

1.9. 사회적 모성과 싱글맘

모성이 사회적으로 구성되거나 학습되는 것을 넘어서 여성에게 자발적인 새로운 에너지가 될 때 이는 창조적 모성으로 변용되고 성장하게 된다. 모성성의 강인한 생명력과 우주적 능력을 다시 강조하는 것은 자칫 가부장적 담론을 내면화하는 함정이 될 수도 있다. 그러나 피학적이고 분열적인 모성이 아니라 자신의 내적 욕망에 충실한 생산적인 모성성을 재발견하여 자기학대와 자아상실감 없이 모성을 실현할 수 있을 때 이는 여성의 고유한 능력이 된다.

세뇌된 강인함을 포기하고 자연스러운 감정을 표출하는 어머니(박완서 「나의 가장 나종 지니인 것」), 거창하고 부풀려진 모성이 아닌 담담하고 당당한 생활인으로서의 어머니(김애란 「도도한 생활」, 「칼자국」, 강영숙『라이팅 클럽』), 성적인 욕망을 감추지 않는 여성으로서의 어머니(공선옥 「지독한 우정」)를 그려내는 작품들은 신비화된 모성을 걷어내고 현실적인 어머니를 드러낸다. 어머니라는 호칭이 아닌 그녀의 이름으로 어머니를 칭함으로써 어머니라는 굴레를 벗겨내기도 한다. (강영숙『라이팅 클럽』, 전경린『엄마의 집』)

현대시에는 모성을 창조성과 기쁨의 잠재태로 인식하고 아이와 종속관계가 아닌 새로운 관계를 구성하며 모성을 개인적인 문제가 아니라 사회적인 힘으로 인식하는 새로운 어머니들이 나타난다. 억압적인 모성의 명분에 자신을 잃지 않고 '웅녀' 어머니를 거부하고 '호랑이' 어머니를 욕망하며, 또한 가부장제에 의존하던 모성으로부터 독립해 '싱글맘'이나 자발적이고 당돌하고 자유로운 엄마들이 등장한다. (노혜경 「굶어죽을 뻔했던 마을을 나는 어떻게 살려내었나」, 김정란 「여자의 말 –세기말, 적극적인 죽음」, 김승희 「호랑이 젖꼭지」, 신현림 「싱글 맘」, 이근화 「요술」)

> 전 그 울음을 통해 기를 쓰고 꾸민 자신으로부터 비로소 놓여난 것 같은 해방감을 느꼈어요. 그러고 나서 요 며칠 동안은 울고 싶을 때 우는 낙으로 살고 있죠. 그러느라고 증조모님 제삿날도 깜박했을 거예요. 은하계도 떠내려가는 판에 한 번 뵙지도 못한 시댁 조상 제삿날이 남아났겠어요. 이제부터 울고 싶을 때 울면서 살 거예요. 떠내려갈 거 있으면 다 떠내려가라죠, 뭐. 아무렇지도 않은 것처럼 꾸미는 짓도 안 할 거구요.
>
> —박완서 「나의 가장 나종 지니인 것」(1993)

> 하지만 나를 엑스포에 보내주고, 놀이 공원에 함께 가준 엄마에게 고마운 마음이 든다. 누구나 겪는, 평범한 유년의 프로그램 중 하나였을 뿐이지만, 무지한 눈으로 시대의 풍문들에 고개 끄덕였을, 김밥을 싸고 관광버스에 올랐을 엄마의 피로한 얼굴이 떠오르는 까닭이다. //
>
> 엄마는 내게 피아노를 사줬다. 읍내에서부터 먼짓길을 달려온 파란 트럭이 집 앞에 섰을 때, 엄마가 무척 기뻐했던 기억이 난다. 세탁기도 냉장고도 아닌 피아노라니. 어쩐지 우리 삶의 질이 한 뼘쯤 세련돼진 것 같았다.
>
> —김애란 「도도한 생활」(2007)

어머니의 칼끝에는 평생 누군가를 거둬 먹인 사람의 무심함이 서려 있다. 어머니는 내게 우는 여자도, 화장하는 여자도, 순종하는 여자도 아닌 칼을 쥔 여자였다. 건강하고 아름답지만 정장을 입고도 어묵을 우적우적 먹는. 그러면서도 자신이 음식을 우적우적 씹고 있다는 사실을 모르는 촌부. 어머니는 칼 하나를 25년 넘게 써왔다. 얼추 내 나이와 비슷한 세월이다. 썰고, 가르고, 다지는 동안 칼은 종이처럼 얇아졌다. 씹고, 삼키고, 우물거리는 동안 내 창자와 내 간, 심장과 콩팥은 무럭무럭 자라났다. 나는 어머니가 해주는 음식과 함께 그 재료에 난 칼자국도 함께 삼켰다. 어두운 내 몸속에는 실로 무수한 칼자국이 새겨져 있다. 그것은 혈관을 타고 다니며 나를 건드린다. 내게 어미가 아픈 것은 그 때문이다. 기관들이 다 아는 것이다. 나는 '가슴이 아프다'는 말을 물리적으로 이해한다.

—김애란 「칼자국」(2007)

나는 지금도 생각한다. 어머니가 죽지 않은 이유는 나 때문이 아니고 짚벼늘의 푸근한 냄새 때문인 것 같았듯이, 내가 무명끈의 고리를 잡아당기지 않은 이유는 오직 엄마 때문이라고. 엄마의 악아아, 소리 때문이라고.

그러니 내게 어머니의 '악아'는 어머니의 짚벼늘인지도 모른다. //

나는 내가 쓴 쪽지가 어머니 눈에 잘 띄도록 전화기 옆에 놓고 집을 나섰다. '엄마, 제 동생 낳아주세요. 그래도 이번 아이는 사랑해서 생긴 아이잖아요. 제가 보기엔 이젠 사랑이 아닌 것이 확실하지만요.'

—공선옥 「지독한 우정」(2007)

"내 얘기 좀 들어볼래." 김 작가가 한 그 말을 들었을 때 이사벨 아옌데의 소설 『파울라』의 첫 문장이 떠올랐다. "파울라, 엄마 얘기를 들어보겠니." 그러나 파울라는 식물인간이 되어 누워 있고 엄마는 딸이 깨어나길 바라며 끊임없이 말을 걸었다. 누워 있는 사람은 내가 아니라 김 작가였지만 언젠가 김 작가도 잠결에 나에게 그렇게 말했던 것 같다. "야, 내 얘기 좀 들어봐."

—강영숙 『라이팅 클럽』(2010)

나는 오랫동안 꿈을 꾸지 않았네
굶어죽는 마을의 쩔쩔매는 엄마는 되기 싫었어
어쨌든 그게 꿈이라는 건 다행이었지
하지만 날이 갈수록
꿈꾸지 않기 위해선 잠들지 말아야 했어
(중략)

그리고 내 마을이 보였어
쇠잔해진 마을
내가 꿈꾸지 않는 동안에도
여전히 굶어죽고 있던 마을

난 마을 위로 사뿐히 내려앉았죠
내 몸은 한없이 퍼져서
마을 하나를 덮고도 덤이 좀 남았죠
짭짤맵싹하고 따끈한 빈대떡 내 몸이
마을 위로 내려 앉았죠
그리고 푹 가라앉았죠 더 이상 꿈에서 깨지도 않고
　　　　　　　―노혜경 「굶어죽을 뻔했던 마을을 나는 어떻게 살려내었나」(1999)

떡장수하는 엄마는 장에서 떡을 다 팔고 언덕 하나를 넘었다 호랑이가 나타났다
떡 하나 주면 안 잡아먹지 그녀는 치마폭에서 팔다 남은 떡 하나를 꺼내어 주었다
호랑이가 떡을 꿀떡 삼켰다 남은 떡은 열두 개 호랑이가 열두 번 나타나서 열
두 개의 떡을 다 먹어 버렸으므로 열세 번째 호랑이가 나타났을 때 엄마는 남아
있는 떡이 없어서 팔 한 짝을 떼어 주었다 냠냠 떡장수 아줌마는 팔도 맛있네
호랑이가 맛있게 먹었다 호랑이는 자꾸만 나타나서 떡장수 엄마의 척추까지 오드
득오드득 씹어먹었다 그믐달이 기우뚱기우뚱하더니 어두움 속으로 꺼져 들어갔다

세계여 나를 먹고 싶니 먹어라 뭐 까짓꺼 또 태어나면 되지 뭐
나는 머리 뚜껑을 열어준다 맛있을 거야 열심히 살았거든
　　　　　　　―김정란 「여자의 말 ―세기말, 적극적인 죽음」(1997)

단군신화에서 쫓겨난 어머니 호랑이
이글이글 털투성이 젖가슴에 얼굴을 비비고
길들여지지 않은 원시의 황금빛 불길을 먹어
그대로 펄펄 넘치는 훨훨 호랑나비의
검고 노란 화려한 줄무늬를 살결에 입고 싶어
　　　　　　　―김승희 「호랑이 젖꼭지」(1995)

아가야, 엄마는 술이 필요하구나
생존의 회전목마를 돌리느라

오래된 와인처럼 자신을 가꾸지 못했구나
샤워기가 술을 거칠게 쏟아내듯이
다시 열렬한 청춘의 리듬을 타고 싶구나
아가야, 엄만 그리운 것이 많단다
군중, 사내 냄새, 여행, 따뜻한 돈……
사내, 사랑 있어도 없어도 골 아프고
제일 흥미진진한 사람은
우리 자신임을 기억하고 싶구나
어쨌든 삶은 아름다워야 하고
자주 영혼의 기척을 느껴야 한단다

―신현림 「싱글 맘」(2004)

엄마는 걸어가고 아이는 뛰어간다 질질 끌려간다 손에는 나눠 먹을 풍선껌과 초콜릿, 그런 십대를 보내고 싶다 지붕 위에서 마티니를 마시고 십대에 엄마가 되는

아이들을 주렁주렁 매달고 퀴즈는 기가 막히게 풀지만 문제는 없다 엄마와 아이는 기차역 앞에서 담배를 피우고 엄마와 아이는 환상적으로 긴 기차를 타고

―이근화 「요술」(2006)

2
아버지

남성 우위의 부계 친족사회에서 가장(家長)은 부인에게는 남편으로 자식들에게는 아버지로 불리는 존재였다. 현대국어에서 '부'(父)와 관련된 어휘는 평칭의 '아버지'와 '아빠', 존칭의 '아버님', 그리고 비칭의 '아비'와 '아비'를 조금 높여 부르는 '아범'이 있다. '아버지'는 18세기 무렵에 처음 등장했으며, 그 이전에는 평칭의 '아비'와 존칭의 '아바님'이 주로 사용되었다. 아버지를 간접적으로 지칭하는 관계지시 호칭은 살아계신 부모와 돌아가진 부모에 대한 호칭이 다르고, 자기 부모와 남의 부모에 대한 호칭이 구분되어 있는 등 가장 복잡한 층위를 가지고 있으며, 직접 호칭하는 경우에도 상황에 따라 사용하는 어휘가 달라진다.

고전소설에서는 딸을 아들에 비해 덜 아낀다든지 교육을 소홀히 한다든지 하는 차별적인 면이 거의 보이지 않는다. 가부장인 아버지는 딸과의 이별을 슬퍼하고, 딸의 장래를 염려하는 자애로운 존재로 나타난다.

여성 가족사 소설에서 아버지의 존재는 딸들의 야망과 책임감의 배경이 되고 모방과 동일시의 대상이 되는 것으로 드러난다. 또한 아버지는 가족에 대한 보살핌의 의무를 다하는 가장으로, 자식의 미래를 위해 자신의 욕망을 희생하는 모습으로 등장한다. 타지에 나간 딸들에게 아버지는 변화하지 않는 안정적인 세계이며 자신의 소속감을 확인할 수 있는 정신적인 준거가 된다. 딸들은 아버지에 대한 신뢰, 밥벌이를 위해 자기 삶을 포기한 아버지에 대한 죄스러움, 견고한 가정을 지키는 아버지에 대한 존경과 사랑을 표현한다.

그러나 딸들의 성장소설에는 폭력적인 아비에 대한 공포와 부정적인 기억이 자리 잡고 있다. 가족에 대해 무능하고 무책임한 아버지는 딸에게 가부장제의 억압과 폭력성을 환기시킨다. 현대시에서도 아버지의 부성과 애정은 딸들에게 억압적인 기제로 드러나는데 이때의 아버지의 패덕과 무정은 강퍅한 사회와 파행적 근대사 속에서 불구가 된 아버지들의 문제이며, 당대의 시대상과 군부 독재를 은유하는 것이 된다.

여성의 무의식에 아버지는 연민과 애착, 증오와 분노라는 모순된 감정 가운데 분열된 모습으로 각인되어 있다. 가정 경제에 무능한 조선 시대의 아버지는 연민의 대상이기도 하고 가부장으로서의 지위가 실추된 현대문학에서 아버지는 연민과 보살핌이 필요한 남루한 존재이기도 하다. 증오와 연민이 뒤얽혀 상처로 남은 아버지는 역설적으로 딸들이 영원히 놓여날 수 없는 사슬이며, 딸의 세계에 드리운 음울한 그림자이자 성장을 방해하는 트라우마로 딸의 삶에 잔존하고 있는 것이다.

아버지는 딸의 인생에서 처음으로 만나는 남자로서 아버지와 애착관계를 맺지 못한 딸들은 타인과 진정한 소통 관계를 맺는 데 실패한다. 아버지에 대한 부끄러운 기억은 평생 멍에가 되어 딸의 삶을 구속하고 딸의 사회적 정체성을 구성함으로써 세계와 불화하게 만든다. 성숙한 어른이 되는 과정에서 딸들은 연민과 공감을 넘어서, 부정과 조롱을 넘어서 새로운 아버지 혹은 본래의 아버지에게 다다름으로써 딸들은 자신 안에 살고 있는 아버지를 발견하고 아버지에 투사된 자신의 모습을 긍정하게 된다.

아버지를 향한 순종과 거역의 갈등은 아버지를 갈망하면서도 결국 아버지를 죽이는 여성 오이디푸스 역사로 쓰여지고, 마침내 아버지가 없는 시대의 비 오이디푸스 신화를 써내려가고 있다. 부재도 현존도 아닌 유령 같은 존재인 아버지는 무능하고 무책임한 불량 아빠의 모습으로 재등장하고 있다. 딸들은 이렇게 무능한 '백치'로 전락한 아버지를 인간으로 재발견하고, 공포가 아닌 응시와 관조의 대상으로 바라보게 된다.

아버지 관련 어휘의 종류와 용법 현대국어에서 '부'(父)와 관련된 어휘는 평칭의 '아버지'와 '아빠', 존칭의 '아버님', 그리고 비칭의 '아비'와 '아비'를 조금 높여 부르는 '아범'이 있다. 이 중에서 가장 일반적으로 쓰이는 어휘는 평칭의 '아버지'와 '아빠'이다. 이에 대한『표준국어대사전』의 뜻풀이를 보면 '아버지'는 '남자인 어버이'로 '아빠'는 '어린아이의 말로, 아버지를 이르는 말'로 되어 있어 아빠는 유아어로 아버지는 성인어로 분류된다. '아버지'의 뜻풀이를『표준국어대사전』과는 조금 다르게 처리한 사전들도 있다.『조선말대사전』은 '자기를 낳은 어머니의 남편 또는 가정적으로 그러한 위치에 있는 사람'으로『새우리말큰사전』은 '자기를 낳은, 어머니의 남편. 부(父)'로『금성판 국어대사전』은 '자기를 낳은, 어머니의 남편. 또는, 자식을 가진 남자를 자식에 대한 관계로 이르는 말'로 풀이하고 있다. 이 세 사전은 '아버지'의 기본 의미를 '자기를 낳은 어머니의 남편'으로 서술하고 있어 '남자인 어버이'로 처리한『표준국어대사전』과 차이를 보인다.

남성 우위의 부계 친족사회에서 가정의 우두머리인 가장(家長)은 부인에게는 남편으로 자식들에게는 아버지로 불리는 존재였다. 전통사회에서는 친족 호칭에 있어서도 아버지를 지칭하는 용어가 매우 다양하여, 이 많은 용어들 가운데 맥락에 따라서 적절한 것을 선택하여 구사할 수 있는지의 여부가 개인의 학식과 품위를 가늠하는 하나의 지표로 간주되기도 하였다.

아버지를 면전에서 직접적으로 부를 때에 사용하는 직접 호칭은 '아빠, 아버지' 그리고 '아버님' 등 세 가지에 불과하다. 그러나 아버지를 간접적으로 지칭하는 관계지시 호칭은 우리나라의 각종 친족 구성원 호칭 중에서도 가장 다양하게 나타난다. 국어에서 아버지를 나타내는 어휘는 40여 개, 방언형까지 고려하면 그 이상의 어휘가 존재한다. 이 모두가 아버지를 지칭하는 용어이기는 하지만, 그것을 사용하는 맥락이 다르기 때문에 이를 혼동하는 것은 중대한 실수를 범할 소지가 있다. 예컨대 다른 사람의 생존하고 있는 아버지를 지칭하면서 사망한 아버지를 지칭하는 용어를 대신 사용하는 실수를 범하는 것은 잘못이다. 다른 사람에게 자기의 아버지를 인용할 때에는 아버지가 생존하는지 사망했는지에 따라서 각기 '가친'과 '선친'으로 구분된다. 타인의 아버지에 대해서도 마찬가지여서 생존할 때에는 '춘부장'으로 지칭되지만, 이미 돌아가신 분이라면 '선고장'이라는 용어를 사용한다.

아버지 관련 어휘는 크게 5가지로 구분할 수 있는데 자타 대립, 생사 대립의 관계를 보이는 네 가지 부류와 이러한 구조적 대립에서 중립적인 통칭으로서의 아버지가 바로 그것이다. 즉 나의 살아있는 아버지, 나의 돌아가신 아버지, 남의 살아있는 아버지, 남의 돌아가신 아버지를 가리키는 어휘가 서로 엄격한 배타적 대립 체계를 이루고 있다는 것이다. 구체적인 어휘들을 들어보면 나의 살아있는 아버지를 지시하는 어휘에는 '가친(家親), 가군(家君), 아부(阿父), 엄군(嚴君), 엄친(嚴親), 가엄(家嚴), 가부(家父), 가대인(家大人), 부주(父主), 아버지, 아비, 받어버이' 등이 있고, 나의 돌아가신 아버지를 지시하는 어휘에는 '고(考), 선친(先親), 선고(先考), 선인(先人), 선부(先父), 선군(先君), 망부(亡父), 선부군(先父君), 현고(顯考)' 등이 있다. 남의 아버지를 지시하는 어휘로는 살아있는 경우 '대인(大人), 춘부장(椿府丈), 춘당(春堂), 춘부대인(春府大人), 춘정(春庭,) 춘부(春府), 춘장(椿丈), 영존(令尊), 아버님, 아범, 아비, 어른' 등이, 돌아가신 경우 '선대인(先大人), 선장(先丈), 선고장(先考丈), 황고(皇考)' 등이 사용된다. 한편 통칭으로서의 아버지를 의미하는 단어로는 '아버지, 부(父), 부친(父親), 아빠, 바깥어버이, 바깥부모, 받부모, 받어버이, 엄친(嚴親)' 등이 있다.

아버지를 지칭하는 경우 외에 직접 호칭하는 경우에도 상황에 따라 사용하는 어휘가 달라진다. 즉, 면전에서 직접 아버지를 부르는 경우, 어려서는 '아빠'라고 하였다가 커서는 '아버지' 또는 '아버님'이라는 호칭을 사용한다. 아버지가 죽은 뒤 제사를 지낼 때의 축문에서는 '현고'라는 용어를 사용하는 등 직접 호칭의 경우에도 그리 간단하지만은 않았다.

특색 있는 것은 전반적으로 '아버지'의 경칭 '아버님'은 며느리가 시아버지를 지칭할 때나 부를 때에 사용한다는 것이다. '시-'를 붙이는 것은 타인들과 대화할 때 시부를 지칭하는 상황에서 쓰이는 것이고 집안에서나 직접 시부를 대했을 때에는 '아버님'이 보통 호칭이다. 자식들이 자기 아버지에 대하여 '-님'을 붙이는 것은 주로 고인이 된 이후의 일이고 생시에는 명칭과 호칭이 같다. 며느리가 친정아버지를 지칭할 때 경기 방언에서는 '밧어버이, 밧어르신네', 충청방언에서는 '밧아배'와 같은 호칭이 발달되었다.

비칭으로 쓰이는 '아범'은 행랑에 대해서나 상사람 사이에서 쓰이던 것인데, 아직도 그 자취가 남아 있으며 특히 가족 구성원 사이에서는 조부가 손자에게 자기 아들을 지칭할 때나 손아랫사람이 아버지보다 윗사람에게 아버지를 지칭할 때 '아비, 아범'을 사용한다.

아버지의 등장

'아버지'는 현대국어에서 '부(父)'를 의미하는 대표적인 어휘로 자리 잡고 있지만 몇 세기 전만 해도 이 어휘는 존재하지 않았을 뿐 아니라 출현한 후에도 초기에는 큰 세력을 가지고 있지 못했다. 국어사에서 '아버지'가 등장하는 최초의 시기는 18세기 무렵이다. 이 '아버지'라는 호칭이 일반적으로 사용되기 전에는 15세기부터 17세기까지 '아바님'이 주로 사용되었고 19세기에 '아바, 아바님, 아버니, 아버지' 등이 사용되었다. '아버지'는 어원적으로 '아바+지'로 분석되고, '아바'는 다시 '아비+-아'로 분석된다. 이 '아비(父)'는 15세기부터 20세기까지 국어사 자료에 나타나는데, 17세기에는 '아비+-아'로 이루어진 '아비'와 '아바'가 공존했다. 이 '아바'에 '사람'을 뜻하는 접미사 '-지'가 결합된 것이 19세기에 나타나는 '아바지'이다. '아버지'의 초기 어형은 이 '아바지'였다. '아바지'의 제2음절 모음 'ㅏ'가 'ㅓ'로 교체되어 '아버지'가 된 것이다. '아버지'가 생산적으로 사용되기 시작하는 시기는 19세기 말이다.

'아버지'가 출현하기 전 '父'에 해당하는 어형은 '아비'였다. 어휘학습서와 자전류에서 한자 '父'의 훈(訓)은 모두 아비로 나타난다. 16세기의 『훈몽자회』로부터 20세기 초반에 간행된 문헌까지 한결같이 '父'의 자석어(字釋語)로 '아비'를 택하고 있음을 볼 수 있다. 이 '아비'는 15세기 문헌에서부터 '父'의 평칭어로 광범위하게 나타난다. '父'의 존칭어에 해당하는 어휘는 '아바님'이었다. 『17세기 국어사전』에도 역시 '부'의 평칭은 '아비'로, 존칭은 '아바님'으로 나타난다. 18-19세기 낙선재 필사본 번역고소설의 어휘를 정리한 『고어사전』에도 '아비'만 등장하지 '아버지'는 등장하지 않는다.

'아바님'은 15세기 문헌 자료부터 그 모습을 보인다. 이 '아바님'은 '아바'에 접미사 '-님'이 결합된 구조이다. '아바'는 '父'를 뜻하는 평칭의 호칭어로서 평칭의 지칭어인 '아비'와 쌍을 이룬다. 평칭인 '아바'와 '아비'가 먼저 구비된 상태에서, 존칭형을 만들 때에 평칭의 호칭어인 '아바'에 접미사 '-님'을 결합하여 '아바님'을 만든 것이다. '아바'를 포함하고 있다는 점에서 '아바님'의 일차적인 기능은 호칭이었으나 지칭의 기능도 겸하였다. 15세기의 '아바님'은 19세기 후반 이후 '아/어' 교체에 의해 '아버님'으로 나타나기 시작한다. 이는 '母'의 '어마님'이 '어머님'으로 변한 것과 같은 양상이다.

'아버지'의 초기 어형인 '아바지'는 19세기 후반의 『한영자전』에서 그 모습을 볼 수 있다. '아바지'가 득세하기 이전에 그 자리를 차지하고 있던 단어는 '아바니'이다. '아바니'는 18세기 자료인 『여사서언해(女四書諺解)』에서 처음 확인된다. '아바니'는 존칭형 '아바님'에서 말음절 '-님'의 'ㅁ'이 탈락한 어형으로 볼 수 있다. '母'를 뜻하는 '어마님'에서 '어마니'가 만들어지는 과정과 정확히 대응된다. '아바니'는 존칭형으로부터 변형된 것이지만 평칭으로서의 자격 및 호칭과 지칭의 기능을 아울러 가지고 있었다. '아바니'는 제2음절의 모음 교체에 따라 '아버니'로 변형되었다. '아버니'가 나타난 시기는 '아버지'의 경우와 같이 19세기 말이며 20세기 초까지도 쓰였다. 그러나 지금은 '시아버니' 정도에서나 그 어형이 확인될 뿐 '父'를 뜻하는 친족 어휘로서의 생명은 잃었다. '아바니'는 19세기 말 이후 '아버니'로 변하여 20세기 초까지 용례를 보이다가 사라지는데 '아버니'의 세력 약화에 결정적인 역할을 한 단어가 '아버지'이다. '아버니'가 '아버지'에 밀려 세력을 잃고 단어로서의 생명을 잃게 된 것이다. 20세기 초에 출간된 신소설에서 보면 '아버니'보다는 '아버지'의 빈도가 훨씬 더 높다. 이것은 이때 이미 두 단어 사이의 우열이 판가름 났음을 알려준다. 그리하여 '母' 쪽의 '어머니'와 대응되는 어휘가 '아버니'가 아니라 '아버지'가 된 것이다.

부모 호칭의 비대칭성

친족 호칭 중에서 부모 호칭은 가장 복잡한 층위를 가지고 있으며, 살아계신 부모와 돌아가신 부모에 대한 호칭이 다르고, 자기 부모와 남의 부모에 대한 호칭이 구분되어 있다. 이는 아버지 호칭과 어머니 호칭의 공통점이다. 그런데 부모 호칭에는 비칭, 평칭, 존칭, 극존칭 등이 구분되어 있으나 그 호칭의 층위가 같지 않다. 남성 호칭과 형태적으로 유사한 여성 호칭이 그 남성 호칭과 동일한 경어 층위에 속해 있다고 볼 수 없다는 것이다. 예를 들면 극존칭인 '선대인'과 형태적 유사성을 가지는 '선대부인'은 전자가 극존칭인 데 반해 단지 존칭에 불과하다.

또한 자기 부모를 남에게 일컬을 때와 남의 부모를 일컬을 때 쓰이는 3인칭의 친족 호칭은 존칭과 극존칭의 체제를 취하게 되는데, 여기서 아버지에 대한 호칭에 비해 어머니에 대한 호칭이 수효 면에서 열세이다.

보통 아버지 호칭을 표시하는 데 쓰이는 글자로는 '父, 嚴, 大人, 公, 君, 椿, 丈, 庭, 府, 考' 등이 있고 어머니 호칭 표시 글자는 '母, 慈, 大夫人, 堂, 妣, 賢' 등이 있는데 어머니 호칭을 만들어 내기 위한 글자가 훨씬 단조롭다. 그래서 어머니 호칭은 '북당(北堂), 훤당(萱堂)'과 같이 고사에 얽힌 표현으로써 수적 열세를 조금이나마 만회하고 있다. 반면 비칭의 경우에는 어머니 호칭이 수효 면에서 뒤지지 않으며 일부 지방에서는 아버지 호칭과 형태적 유사성이 없는 별도의 호칭이 있기도 하다.

2.2. 딸의 교육자

고전소설에서는 딸을 아들에 비해 덜 아낀다든지 교육을 소홀히 한다든지 하는 차별적인 면이 거의 보이지 않는다. 아버지의 경우 딸의 재능을 알아봐서 학문을 가르치거나 마음으로 아껴주는 모습을 보인다. 18세기의 작품 중 어떤 경우에는 중심 가문의 딸이 자녀 중에서 성품과 재능이 가장 훌륭하다고 평가된다. (「조씨삼대록」) 그녀가 만약 남자였다면 '공자와 맹자 이후 처음으로 사람다운 사람'이 되었을 거라면서 옛 일들을 가르치고 천문(天文)을 가르치기도 한다. 특히 천문이라는 것은 남자들도 알기 어려우며 학문이 깊지 않은 상태에서는 가르치지 않는 분야이다. 그런데도 아버지에게 천문을 읽는 방법을 배우는 것인데, 이렇게 배웠기에 그녀는 나중에 자신의 고난을 스스로 예측하고 피할 수 있게 된다. 하늘의 징조를 미리 알 수 있었기 때문이다. 그러나 이렇듯 딸임에도 불구하고 아버지가 학문을 가르치며 모든 자녀들 중 가장 뛰어난 자녀로 평가되는 것은 이례적인 일이다. 아들과 딸을 차별하는 관습이 확고해지기 전의 모습이라고 할 수 있으며, 아울러 가문소설의 특성상 주동 가문 위주의 서술에 기인한 것이라고도 할 수 있다.

> 부녀의 셩품이 샹반ᄒ여 텬연 슉요ᄒ 긔질이 초공의 ᄌ녀와 진왕의 ᄌ손으로
> 웃듬이라 초공이 샹히 탄식 왈 남이 되엿던들 공밍 후 쳐음 스룸이 되리로다 ᄒ고
> ᄋ즁하믈 슬하 보옥으로 ᄒ더라 공의 단엄ᄒᄆ로도 보면 만면 츈풍이 니러ᄂᆞ니
> 쇼져도 야애룰 뵈오면 옥치 찬연ᄒ야 고금을 무러 스리룰 알고 명교룰 승슌ᄒ니
> 초공이 녀ᄌ의 일ᄏᄅᄆᆯ 깃거 아니나 아ᄂᆫ 거슬 금치 못ᄒ고 ᄆᆡ양 쇼졔 부젼의
> 뫼셔 텬문을 보와 ᄭᆡ치ᄂᆫ지라
>
> —「조씨삼대록」(18세기)

2.3. 애정과 부정의 발현, 신성한 상징

예나 지금이나 자녀를 아끼는 부모님의 사랑은 그 무엇으로도 표현하기 힘들
정도로 애틋하다. 남녀 차별이 심하고 남아 선호 사상이 팽배했던 조선 시대에
도 딸을 사랑하는 아버지의 마음은 소설에 잘 표현되어 있다. 여섯 살의 딸을
무릎에 앉히고 뽀뽀해 주면서 보화처럼 귀중히 여기는데 딸을 사랑하는 것이
병이 될 정도였다고 묘사되어 있다. (「완월회맹연」) 이렇게 키운 딸을 먼 곳으로
시집보내게 되어 헤어지는 순간에는 슬픔의 눈물을 흘리면서 딸을 잘 부탁한다
고 사위에게 당부한다. (「명주보월빙」) 딸이 아무리 못났거나 악할지라도 아버지
가 보기에는 안쓰럽고 귀하기에 작품 내에서 악하게 설정된 여성도 아버지는
안타까워하면서 그녀를 위해 무슨 일이든 하려 한다. 악행까지도 돕는 것이다.
(「옥루몽」) 한편, 시아버지의 며느리 사랑도 종종 묘사되는데 특히 아들이 지혜
롭지 않아 며느리의 덕행과 재주를 몰라보고 구박할 때에 그녀의 진면목을 알
아봐주고 북돋아주는 유일한 사람으로 설정되기도 한다. (「박씨전」)

규방가사에서 딸이 바라보는 아버지는 자신을 사랑하는 존재이다. 아버지는
딸의 혼인으로 인해 이별하는 것을 슬퍼하며 딸의 장래에 대해 염려한다. (「어느
여자탄」, 「봉우소회가」) 또한 규방가사를 지어 딸에게 전하는 아버지는 딸의 혼인
을 앞두고 험난한 시집살이를 예견하며 자책감을 갖는다. 이는 아버지로서 딸

이 출가외인(出嫁外人)이 되는 현실에 순응해야 하는 무력감에서 비롯된다. (「여아 슬퍼라」, 「권실 보아라」, 「계여가」) 아버지는 딸의 결혼을 통해 비로소 여성에 대한 제도적 억압을 인지하며, 부모와 딸을 생이별시키는 출가외인의 인습에 대해 반감을 토로하며 비판한다. 가부장인 아버지는 딸과의 관계에서 보면 딸과의 이별을 슬퍼하고, 딸의 장래를 염려하는 자애로운 존재로 나타난다.

아버지의 권력에 대한 부정에서 시작하는 현대소설에도 아버지가 존귀하고 신성한 상징으로 현현되는 경우들이 있다. 전통적으로 가부장 가족제도에서 가족의 존속과 몰락은 강력한 아버지 권위의 건재와 부재로 상징되었다. 이를 재현하는 여성 가족사 소설에서 아버지의 존재는 딸들의 야망과 책임감의 배경이 되고 모방과 동일시의 대상이 되는 것으로 드러난다. 여기서 딸들은 '아버지의 딸'로서 성장하고 아버지를 닮아가면서 아버지라는 이미지가 상징하는 권좌를 추구하는 모습을 보인다. (박경리『토지』, 박완서『미망』, 최명희『혼불』)

또한 긍정적 의미에서 아버지는 가족에 대한 보살핌의 의무를 다하는 가장으로, 자식의 미래를 위해 자신의 욕망을 희생하는 모습으로 등장한다. 타지에 나간 딸들에게 아버지는 언제나 그곳에 계시는 변화하지 않는 안정적인 세계이며 자신의 소속감을 확인할 수 있는 정신적인 준거가 된다. (신경숙「풍금이 있던 자리」, 「깊은 숨을 쉴 때마다」, 「감자 먹는 사람들」, 「오래 전 집을 떠날 때」, 『외딴방』)

이런 경우 아버지는 딸의 정신적 육체적 성장의 준거일 뿐 아니라 원형적 남성상의 가장 강력한 육화(肉化)인 동시에 그 자체로 완전한 세계의 표본이다. 그래서 아버지에 대한 딸들의 그리움이 의미하는 것은 영원불멸한 가족공동체에 대한 희구이며 시원의 존재에 대한 염원에 다름없다. 그러나 딸들은 자신의 성장이 아버지의 희생을 딛고 이루어졌다는 자의식, 아버지로 대표되는 고향을 떠난 죄의식과 부채감에서 자유롭지 못하다. 그런 점에서 한편으로 아버지의 희생은 딸의 욕망을 감시하고 딸의 현재를 구속하는 굴레로 작용한다고도 볼 수 있다.

현대시에서 아버지는 생물학적인 아버지일 때와 사회적인 아버지일 때 전연 다른 양상으로 드러난다. 애정과 부성을 발현하는 아버지들은 생물학적인 아버지일 때 뚜렷이 드러난다. 딸들을 향해 지극한 애정과 삶의 진리를 전하며 생래적인 부성을 드러내는 시들은 가족 중심의 개인적인 아버지일 때 나타나는데, 이때 딸들은 아버지에 대한 신뢰, 밥벌이를 위해 자기 삶을 포기한 아버지에

대한 죄스러움, 견고한 가정을 지키는 아버지에 대한 존경과 사랑을 표현하고
있다. (나희덕 「못 위의 잠」, 「양계장집 딸」, 성미정 「아버지는 지게」, 이경림 「저승에
계신 아버지가」, 박서원 「꿈으로 내려가는 길」)

부인이 써느믈 결연ᄒᆞᄂᆞ 정태부 쵸고 다닌 후 ᄃᆞ려오려 ᄒᆞᄆᆞ로 마지 못ᄒᆞ여
허ᄒᆞ니 상부인이 셩덕을 비스ᄒᆞ고 ᄒᆞ덕고 도라올시 다른 ᄌᆞ녀는 어리디 아니므로
다 머므러 두니 여교쇼졔 연보 육셰의 부인의 필이라. 각별 ᄌᆞ이ᄒᆞ므로 모친을
일시도 써ᄂᆞ디 아니려 ᄒᆞᄂᆞᆫ디라 부인이 ᄯᅩ한 두고 가지 못ᄒᆞ여 ᄃᆞ리고 티쥬로
향ᄒᆞ려 홀시 상공이 여섯 ᄌᆞ여 즁 녀교 ᄉᆞ랑이 웃씀이라 천만고의 ᄃᆞ시 잇다 ᄋᆞᆫ
보화로 귀즁ᄒᆞ니 년셩디벽과 됴승디듀로 비ᄒᆞ다가 부인이 먼니 다려감을 한ᄒᆞ여
날마다 졍부의 이ᄅᆞ러 녀교를 슬상의 언져 순혐을 졉ᄒᆞ여 왈 악당 쵸고 이졔 슴ᄉᆞ
삭이 격ᄒᆞ여시니 ᄂᆡ 당당이 쵸고 밋쳐 ᄂᆞ려가 참ᄉᆞᄒᆞ고 내 ᄯᅢᆯ을 인ᄒᆞ여 ᄃᆞ려오려
와 그ᄉᆞ이 그리온 졍을 엇지 참으리오 ᄒᆞ여 ᄋᆞ모 쳘도 모ᄅᆞᄂᆞᆫ 유녀를 ᄃᆞ리고 니졍
의 결연ᄒᆞ믈 베풀어 도로혀 실업기의 갓가오니 상부인이 ᄀᆞ쟝 민망ᄒᆞ고 졍시랑
등은 그 모양을 납ᄃᆡ 녀겨 웃기를 마지 아니ᄒᆞᄃᆡ 승공이 녀교 ᄉᆞ랑이 단실노 병된
디라 시랑 등의 우음을 보ᄂᆞᆫ 교ᄋᆞ를 슬상의 ᄒᆞᆫ ᄢᅥ도 ᄂᆞ리올 적이 업더라
　　　　　　　　　　　　　　　　　　　　　　　　　　　　─「완월회맹연」(18세기)

하공이 녀ᄋᆞ를 실산ᄒᆞ고 만시 무렴ᄒᆞᄃᆡ 윤공으로 더브러 담화ᄒᆞ여 천만 비회를
위로ᄒᆞ더니 금일 니별ᄒᆞᆷ 참연ᄒᆞᆫ 회푀 자동ᄒᆞ니 능히 금치 못ᄒᆞ더라 님별의 쇼져
를 ᄉᆞ실로 블너 무이ᄒᆞ여 니졍을 니ᄅᆞ니 쇼졔 연약ᄒᆞᆫ 촌쟝이 여삭ᄒᆞᄃᆡ 엄구와
하싱이 직좌ᄒᆞ여시니 천만 간인ᄒᆞ여 나죽이 꾀셔 비식을 곰죠ᄒᆞᆯ시 츄밀이 비록 쾌대
ᄒᆞᆫ 댱뷔나 만금 이녀로ᄡᅥ 누쳔니 타향의 머므르고 가는 심시 엇지 쳐챵치 아니리오
녀ᄋᆞ의 손을 줍고 싱을 도라보아 왈 블민ᄒᆞᆫ 쇼녀를 누쳔니의 머므르고 도라가는
심시 비졀ᄒᆞ나 녀ᄌᆞ 일싱이 댱부의게 이시니 ᄌᆞ의ᄂᆞᆫ 모로미 관인후덕ᄒᆞ여 가옹의
눈 어두움과 귀 먹으모ᄅᆞ뼈 블민ᄒᆞᆫ ᄋᆞ녀의 용둔ᄒᆞ믈 용샤ᄒᆞ여 기리 화락ᄒᆞ여 니친
ᄒᆞᄂᆞᆫ 심ᄉᆞ를 고렴ᄒᆞ여 금일 나의 구구ᄒᆞᆫ ᄌᆞ이를 싱각ᄒᆞ여 져바리지 말더이다
　　　　　　　　　　　　　　　　　　　　　　　　　　　　─「명주보월빙」(19세기)

황 각로가 분개하여 말하였다. "애비가 늙은 나이에 너를 낳아 손안의 보물로
알았는데, 내가 너의 신세를 그르쳤을까 두렵구나. 자세히 말해 보아라." 소저가
흐느끼며 말하였다. "양원수가 강주에서 귀양살이를 할 때 한 천한 기생을 거두어
왔는데 음란한 행동과 요악한 태도로 남자를 미혹시켜 교묘한 웃음과 말로써 상하
를 부화뇌동하여 소녀를 멸시합니다. 그 말에 이르기를 '황씨는 후에 들어온 사람

이다. 내가 이찌 본처와 첩의 구분을 지켜 아래에 있는 것을 달게 여기리오?'라고
하니 지금의 형세는 공존할 수가 없습니다. 소녀가 차라리 죽어서 모를까 합니다."
황각로가 듣고 나서 크게 노하여, "하찮은 천한 기생이 어찌 그와 같이 당돌할
수 있는가? 내 딸이 비록 재주와 덕이 없으나 황제의 명을 받들어 혼인을 이룬
사람이다. 양원수도 박대하지 못하는데 하물며 천한 기생이랴? 마땅히 양부로
가서 천한 기생을 쫓아내리라."라고 하였다.

閣老慨然曰 老父晚年生汝 知以掌中寶玉吾 恐誤汝之身勢 詳言其故 小姐鳴咽
曰 楊元帥謫居江州 携來一個賤妓淫亂之行 妖惡之態 迷惑男子 以巧笑飾辭 符同
上下 蔑視小女 其言曰 黃氏後入之人 吾豈守嫡妾之分 甘心居下 今日之勢 不能
兩立 小女寧欲死而無知 黃閣老聽罷大怒曰 以么麼賤妓 豈可如此唐突也 吾女雖
無才德 奉皇上之命而成婚者 楊元帥不能薄待 況賤妓乎 當往楊府 逐出賤妓
                                                    ―「옥루몽」(19세기)

　오릭 셔셔 이윽이 보니 그 가온딕 풍운조화 잇셔 변화무궁흔지라 쏘한 협방을
보니 문 우희 현판을 붓쳐시니 호왈 피화당이라 ᄒ여거늘 승상이 박씨를 보고
문왈 져 나무는 무어시며 피화당이란 말은 웃지헌 말인요 박씨 대왈 길흉화복은
셰상의 쩟쩟흔 일이요 일후 불힝헌 씨를 만나면 져 나무로 피화를 면ᄒ올 터이옵기
로 당호를 피화당이라 ᄒ엿ᄂ이다 승상이 그 말을 듯고 놀납고 의시너여 길흉을
므른딕 박씨 딕왈 황숑ᄒ오나 뭇즙지 마옵쇼셔 그 씨를 당ᄒ오면 ᄌ연 알으실이다
천긔를 누셜치 못ᄒᄂ이다 승상이 그 신긔허믈 탄복ᄒ고 이연탄왈 슬프다 너는
진실노 영웅호걸이라 남ᄌ 되어든들 무슴 근심이 잇스리요 나는 남의 아뷔 되어
한낫 자식을 불초케 두엇다가 너갓쓴 스람을 박딕ᄒ니 나의 나이 이믜 육십이라
ᄂ 곳 죽으면 너갓치 어진 스람이 목숨을 보젼치 못헐낫다
                                                    ―「박씨전」(17세기)

　그시광경 엇더튼고 거록ᄒ야 슬듸업다 하히도량 우리가친 하날곳치 놉흐시고
천ᄒ갓치 너르시딕 혼년히 어라만져 쌀이나 엇지ᄒ랴 내신명 고히키로 너희게
셔름이라 팔자만 바라리라 이럿트시 위로ᄒᄉ 조혼다시 이라시고 발힝을 ᄒ오시
니 멀고멀어 엇지실고
                                                    ―「어느 여자탄」(미상)

　우지마라 우지마라 우리이실 우지마라 너해들 기랄제는 남녀랄 다름없이 여람
이면 더울세라 아자아자 길러내야 겨울이면 치울세라 남을갓다 맽기난줄 옛법이
무엇인고 애닯고 통분하다 무심한 내마음도 이머지 수탄커든 집에있난 너모진은

더욱일러 무엇하랴 부데부데 그리말고 네아비를 위로하라 네그러 할적마다 내마음 어떻겠노 친명이 극중하와 일변은 위로하고 일변은 슬프도다 거록하되 거록하되 우리엄친 자애시난 세상에 한분이라 저러하신 부모님을 일조에 져바리고 타도타향 무사일고

—「붕우소회가」(미상)

너의 써난지가 거연 일삭이라 무심 아비오나 아조야 이즐손야 저족의 스방으로 알둔곳을 두남누어 문박을 나서보면 그곳으로 눈이가고 본심곳 도라오면 네싱각이 나난구나 아비의 탄솔함이 옛스람의 마암이라 호박한 이세상의 옛스람이 어이사리 무죄흔 너이들이 싸라고싱 딕단말가 (중략) 외오안즈 싱각하니 걸인일도 만아서라 부지불각 급거중에 시뒥문젼 들어가서 십목소지 좌하중이 응당실수 만으리라 머리단즁 비여곱기 손서러 어이하며 출입기거 몸조심을 즉심하기 어려워라 씨와야 이러난즘 날식난줄 어이알며 유명이 타난무섬 날저무면 어이할고

—「여아 슬퍼라」(20세기 전반)

가련하다 가련하다 여즈뉴힝 가련하다 원부모 니형제말슴 옛마릭도 하엿사뒤 너흔틱 당히셔난 늬혼즈 쑨이로다 이날져날 너머가셔 철니힝즁 즉정하니 헛부도다 헛부도다 우리늬외 헛부도다 츌가외인 헛부도다 잘가그라 잘가그라 즐가셔 즐니가셔 분분세월 스나라면 후후세실 될터이니 부뒤부뒤 슬허말고 즐가셔 즐니셔셔 (중략) 평일붕우 친정보소 일조일석 니별하고 이소릭 업난굿분 심회 아연섭섭 어니할고 그리져리 지닉닷가 요순세월 당하거든 우리둘집 다시모여 예젼인정 다시두고 옛말하고 지닉지라 무심하고 무심흔 너의아비 무심하고 무졍하나 단분졸필 위로하고 경긔하여 도여가계

—「권실 보아라」(미상)

고장써난 심여연이 자식들 견문업서 남이게 취소될쌘 더구나 실여녀난 어미업고 나어린것 남이가문 다려쥬고 목석간장 너아비나 마암된텨 이를손야 너이시모 사돈게서 남여가 유별하니 뵈압든 못하오나 미미한 너일신을 쌀과갓치 압히두고 범빅사를 가라쳐셔 취소업시 명예듯기 불미젼 바릭노라

—「계여가」(미상)

정월 초하루, 최참판댁 서희는 부친의 삼년집상(三年執喪)에서 풀려났다. 아직 담제(禪祭)가 남아 있었으나 상복은 벗은 것이다. 초석에 올리는 상식(上食)때 철

는 사람이라면 육친의 죽음 당시의 슬픔을 되새겨가며 곡을 했을 테지만 어린 서희는 만 이태 동안 조석으로 곡을 할 때마다 슬픔을 키워나갔다 할 수 있을 것 같다. 그는 날이 지나가는 데 따라 자신이 고아나 다름이 없는 사실과 아울러 부친의 죽음의 뜻을 알기 시작했다. 우제(虞祭), 졸곡(卒哭), 소상(小祥), 대상(大祥)의 행사와 조석상식의 일과는 어린아이에게는 과중한 것이었으나 대신 서희는 그런 것을 통하여 정신이 단련되고 생각이 제법 성숙해졌으며 이제는 의젓한 태도를 서희한테 볼 수 있게 되었다.

―박경리 『토지』(1969)

그만큼 그는 태임의 환심을 사고 싶었고 태임이 믿고 의지하는 할아버지이고 싶었다. 무엇보다도 사랑받고 싶었다. 사랑에 치사한 게 바로 늘그막의 구슬픔이란 걸 모르진 않건만 어쩔 수가 없었다. 전 영감이 비굴해질수록 태임은 차갑고 매몰차 보였다.

―박완서 『미망』(1990)

밀마을 여자들은 해가 뜨기도 전에 들에 나가서 구슬땀을 흘리며 식구들의 식량을 일구며 하루해를 보내는데, 장정들은 동이 트자마자 떼를 지어 황야로 나간다지요. 창을 들고 활을 메고 말이에요. 그들의 하는 일이란 황야로 나가 온종일 서성거리다 돌아오는 것이라고 했습니다. 이젠 하마성을 지르며 사냥할 짐승도, 피 흘리며 싸워야 할 다른 부족도 없는데, 그들은 그들 선조들이 해왔던 사냥과 전쟁의 습속을 버리지 못해 온종일 지평선을 바라다보다 돌아온다지요. 당신께 그 얘기를 들었을 때 저는, 정말이에요? 하고 웃었습니다. 그런데 지금, 그들이 나의 오라버니들같이 느껴지는 건 웬 까닭일까요? 떼를 지어 웅성웅성 온종일을 서성거리다가, 붉디붉은 황혼을 등에 지고, 공허하게 마을로 돌아오고 있는 그들 속에서 제가 제 아버지를 보았다고 하면 당신, 당신은 …… 웃겠지요.

―신경숙 「풍금이 있던 자리」(1992)

나는 아버지 얼굴을 보지도 못하고 그냥 버스에 올랐다. 뒷날 어머니께 들으니 그렇게 나를 보낸 아버지께서 사흘을 그냥 방에 누워만 계셨다고만 한다. 나는, 참 우습다. 늘, 저만큼 계신다고 생각했던 아버지와의 거리가 그 일로 메워지고 그 뒤로 지금껏 나는 아버지가 애틋하다. 사촌들이 와서 얼마를 묵고 가도 올 때 오냐, 갈 때 가냐, 두 마디밖에 안 하실 정도로 말수가 적으셨던 분이 이제 어머니께서 서울에 오래 계시면 전화해서 긴말로 언제 오느냐며 화를 내신다. 외로우신 게다. 이제는 텅 빈 집, 농사도 소도 엽총도 메워줄 수 없는 외로움. 내가 서울로 돌아올 때면 다시 나를 오토바이 뒤에 태우시고 뭐라고 뭐라고 말씀을 많이 하신다. 바람 때문에 무슨 말씀인지 하나도 알아듣지 못하지만 나는 뒤에서 예, 예 한다.
—신경숙 「깊은 숨을 쉴 때마다」(1995)

한때 집을 버리고 다르케 살고 싶은 적도 있었다. 근디 양친 잃고서 그토록이나 무섭든 내 맴이 나를 붙들더라. 내가 다르케 살자고 너그덜을 무섭게 할 수가 없드라. 나는 가진 것은 없으니께 어떡해든 핵교에나 보내서 배울 만큼은 배우게 혀서지 걸음들을 걷게 해주야지……그 생각이 마음조차 다물게 허더라.
—신경숙 「감자 먹는 사람들」(1996)

효원은 본디 침선을 즐기는 편은 아니었다. 그러나 한 번 바늘을 잡으면 올곧은 성미 그대로, 일을 길게 끌지는 않았다. 또 그 솜씨도 대범했다. 그래서 정씨부인은
"너는 남자로 났으면 좋을 뻔하였다."
고 말하곤 했다. (중략) 차라리 홀로 서책을 대하거나, 부친 허담과 마주앉아 담론을 하는 쪽이 보다 좋았다. 허담도 그러한 효원을 상대로 고기(古記)를 들려주고, 조상의 학문과 내력, 그분들의 업적에 대하여 이야기하는 것을 즐겼다. //
효원은 아버지 허담의 편지를 손에 들고 글씨를 가만히 만져 본다. 글씨에서 아버지의 체온이 묻어난다. 가늘고 선명한 주색(朱色)붉은 줄이 세로 그어진 편찰지 칸에 잉크를 찍어 쓴 글씨였으나, 서법이나 필체가 여전히 예 같고 역력해, 마치 아버지의 숨결을 마시는 것만 같다.
—최명희 『혼불』(1996)

저 지붕 아래 제비집 너무도 작아
갓 태어난 새끼들만으로 가득 차고
어미는 둥지를 날개로 덮은 채 간신히 잠들었습니다
바로 그 옆에 누가 박아 놓았을까요, 못 하나
그 못이 아니었다면
아비는 어디서 밤을 지냈을까요
(중략)
제자리에 선 채 달빛을 좀 더 바라보던
사내의, 그 마음을 오늘 밤은 알 것도 같습니다
실업의 호주머니에서 만져지던
때 묻은 호두알은 쉽게 깨어지지 않고
그럴듯한 집 한 채 짓는 대신

못 하나 위에서 견디는 것으로 살아온 아비,
거리에선 아직도 흙바람이 몰려오나 봐요
돌아오는 길 희미한 달빛은 그런대로
식구들의 손잡은 그림자를 만들어 주기도 했지만
그러기엔 골목이 너무 좁았고
늘 한 걸음 늦게 따라오던 아버지의 그림자
그 꾸벅거림을 기억나게 하는
못 하나, 그 위의 잠
                                    ─나희덕 「못 위의 잠」(1994)

일어나자마자 닭장으로 달려가면
아버지가 손에 쥐어주던 갓 낳은 달걀로부터
나는 따뜻함을 배웠다.
(중략)
텃밭의 채소 몇 뿌리와 더불어
무언가 기른다는 것이 아버지를 살게 하는 힘이었다.
그 손에서 길러짐으로써 닭들은 아버지를 살렸다.
종종거리며 아버지를 따라다니던
양계장집 어린 딸의 유일한 친구이기도 했다.
                                    ─나희덕 「양계장집 딸」(1994)

동대문 시장에서 지게를 져서 자식들을
키운 칠순 나이에도 지게를 내려놓지 않는
늙은 지게꾼은 사실 모든 아버지에 다름 아니리
지게 위에 온갖 크기의 상자를 쌓을 수 있는 한
차곡차곡 쌓고 또 쌓는 걸 보며
사람이 저걸 어떻게 지나 아버지니까 지지
나도 모르게 눈물이 나왔지
그 많은 짐을 지고 걸어가는 뒷모습이 우리
아버지와 어찌나 닮아 있던지
아버지는 칠십 평생 얼마나 많은 지게로 모습을
바꿔왔던가 항상 집을 지고 다니는 달팽이
안데스 산맥보다 높은 삶의 고개를 넘어 다니는
노새 절대 떼어낼 수 없는 등껍질

같은 가장의 무게를 진 거북이
그렇게 등에 무언가를 짊어진 것들은
다 아버지로 보이는데

—성미정 「아버지는 지게」(2006)

—아가 해가 중천에 떴는데 여태 무얼하고 있느냐
아버지 여긴 아직 밤중이에요 꿈이 너무 길어 눈을 뜰 수 없어요
집채만한 이무기들이 꼬리에 꼬리를 물고 춤추고 있어요
천정은 온통 박쥐들의 세상이에요 끼루룩
바퀴벌레들이 벽을 타고 흘러내려요

—아가 네 에미가 상 차려놓고 기다린단다 어여 일어나거라
아버지, 여긴 매일 밤중이에요 날이 새지 않아요
누가 그곳에 해를 잡아 매놨나봐요
어둠이 너무 부셔서 눈을 뜰 수 없어요
저기 보세요 어둠속에서 바퀴벌레들이 강이 되어 흐르네요
그 위에 긴 호리병에 갇힌 시절들이 떠내려가네요
강변 미루나무는 미친 듯 반짝이고
허공에 걸린 벽시계가 쉴새없이 키보드를 두드려요
장관이에요

—이경림 「저승에 계신 아버지가」(1997)

아빠, 따뜻한 눈꽃으로 나를 핥귀쥐
나귀에 빨간 망토와 외투를 싣고
내가 그 집 앞을 지나면 종달새 우짖게 해줘
종일토록 비가 내리면
비옷과 장화로 물의 동그라미 속에서 놀게 해줘
나는 첫닭이 홰치는 날 첫 도토리 캐는 다람쥐
살랑살랑 엉덩이 흔드는 미풍
댓돌에 가지런히 놓여 달빛 박는 작은 신발이야
내 키는 아빠 품에서 조금도 자라지 않았어
사람들이 돌과 화살로 내 영화를 망치지 않게
감독해줘

—박서원 「꿈으로 내려가는 길」(1997)

2.4. 패덕과 무정

현대문학에서 "아버지는 죽었다"로 선언되는 '아비 상실'의 서사는 아버지의 상징적 지위나 권력에 대한 부정이고 박탈이다. 딸들의 성장소설에는 폭력적인 아비에 대한 공포와 부정적인 기억이 자리 잡고 있다. 패덕한 아버지의 망령이 끊임없이 재생되고 부활해서 실재로, 상징질서로 딸에게 권력을 행사하는 것이다.

가족에 대해 무능하고 무책임한 아버지는 딸에게 가부장제의 억압과 폭력성을 환기시킨다. 딸들의 기억 속에 아버지는 보수적이고 권위적인 데다 뻔뻔하기까지 하다. 어머니를 경멸하고 무시하는 건 다반사이고 외도를 일삼고 어머니에게 폭력을 행사하는 등 더 이상 가족의 일원이 아니라 그저 가족을 훼손시키고 가정을 파탄시키는 적대적 존재일 뿐이다. 또한 아버지는 딸의 육체를 통제하고 관리하는 폭군으로 군림하고, 심지어 양딸을 겁탈하거나 딸을 매매하는 등 비정한 모습을 보이기도 한다. 이렇게 평생을 패덕하고 무심했던 아버지는 딸들의 성장과정에 지울 수 없는 낙인으로 남을 뿐 아니라 비극적으로 생을 마감함으로써 마지막까지 딸에게 지울 수 없는 상처로 남는다. (박화성 「비탈」, 「중굿날」, 오정희 「저녁의 게임」, 「유년의 뜰」, 양귀자 「유황불」, 이경자 「노스웨스트로 떠난 아버지」, 공선옥 「목숨」, 『오지리에 두고 온 서른 살』, 은희경 『새의 선물』, 이혜경 『길 위의 집』, 한강 「철길을 흐르는 강」, 『채식주의자』, 공지영 『착한 여자』, 서하진 「회전문」)

이런 아버지들은 낯익은 공간인 집을 낯설고 불길한 공간으로 만들고 가족을 섬뜩하고 공포스러운 관계로 역전시킨다. 그런데 이때 어머니의 모습은 부재하거나 병들거나 이미 죽은 상태 아니면 자폐적으로 침묵하거나 갑자기 증발해버리는 등 상대적으로 나약해서 아버지에 대적해 딸을 보호해줄 힘을 갖지 못한 존재로 드러나고 있다. 아버지에 대한 딸들의 극단적인 반감은 불행을 수동적으로 받아들이는 이런 어머니의 삶의 방식에 대한 애증으로 표출되기도 한다. (김형경 『그래서 너를 안는다』, 윤효 「삼십 세」, 「성가족」, 김숨 「중세의 시간」)

이처럼 아버지의 폭력적 사육에 성장을 유린당한 딸들은 온몸의 절규를 통해 아버지의 야만적 질서에 저항한다. 그러다 끝내는 폭력적이고 야만적인 아버지의 세계, '무덤' 같은 아버지의 집으로부터 탈주를 시도하기도 한다. (한강 「철길

을 흐르는 강」, 「해질녘에 개들은 어떤 기분일까」, 「붉은 꽃 속에서」, 김숨 「투견」, 「유리
눈물을 흘리는 소녀」, 『백치들』)

현대시에서도 아버지의 부성과 애정은 딸들에게 억압적인 기제로 드러난다.
가부장제의 상징이자 남성중심적 세계관을 지닌 아버지와 소통하는 것은 매번
순조롭지 않다. 아버지가 허락하는 유일한 '문'은 일방적이고 완강하기 때문에
딸들은 아버지가 듣고 보지 못하는 '문'들을 수없이 세우고 부수면서 아버지와
소통하기를 꿈꾸거나 포기해왔다. 그러나 아버지의 패덕과 무정은 부성이나 개
인적인 문제가 아니라 강퍅한 사회와 파행적 근대사 속에서 불구가 된 아버지
들의 문제이며, 그들의 자기 칩거와 은폐의 또 다른 양상이기도 하다. 이때 아
버지의 패덕과 폭력적 애정은 당대의 시대상과 군부 독재를 은유하기도 한다.
(최승자 「다시 태어나기 위하여」, 황인숙 「두 개의 문」, 이규리 「아버지의 방」, 신달자
「아버지가 가라사대」, 이선영 「몽고메리 클리프트는 없다」, 천양희 「여식(女息) 보아라
-아버지의 옛 편지」, 김언희 「아버지의 자장가」, 「가족극장, TE」, 김민정 「그러나 죽음
은 정시(定時)가 되어야 문을 연다」)

> "무엇이 어짜니? 누구 때문에 집안이 이 모양이 되어 가는 줄 아느냐 말이다
> 응? 저 기집애년인가 무엇인가 서울 보내서 공부인가 막걸리인가 시킨다고 우겨
> 서 보내는 것은 누군데?"(중략)
> 마누라는 잠잠하였다. 딸 공부시킨다는 원망이 나오기 때문이다.
> "저년 서울 가서 공부하는지가 몇 년이냐? 벌써 칠 년째여 칠 년. 홍 하늘 아래
> 나같이 딸년 밑으로 논밭 없애는 놈은 둘도 없을 것이다. 밥을 할 줄 아냐. 바느질
> 을 할 줄 아냐. 정강이 닳은 몽댕이 치마나 대롱그리고 말굽 같은 구둔가 무엇인가
> 만 대롱거리고 집이라고만 오면 어디가 아프니 어디가 애리니 하고 번번이 자빠졌
> 기만 한단 말이여. 그러다가 이번에는 무어? 쇠약? 무엇이 쇠약했담서? 응 아니꼽
> 게 늙은 애비 앞에서 쇠약이 무어여? 그래 공부를 해가지고 인제 무엇을 할꺼냐?
> 어디 보자. 큰 덕을 본다 했으니 어디 부원군이나 되는가……"
>
> ─박화성 「비탈」(1933)

> "그 집 아버지만 얼른 죽었으면."
> 하고 또 한번 그 말을 되뇌어 보았다. 옛날 양반의 집 자손으로 귀양살이 왔다가
> 섬에서 살게 됐느니 라고 항상 양반 자랑을 하는 그 아버지만 아니면 금례 자기가
> 벌써 국범의 아내로 그 집에 들어가서 보리 반 섞인 밥 맛을 보고 살 것이 아니던가.

"어시 아버지나 돌아깄으면."

소리가 금례의 입 밖으로 툭 튀어나오려고 하는 것을 금례는 얼른 입술을 깨물어서 참아 버렸다. (중략) '꼭 죽을 것인데 살아 왔다고 사람들은 다행이라고 야단이었지만 지금의 자기 아버지로 본다면 차라리 죽어버린 것이 얼마나 나았을꼬? 돈벌이도 못 하고 누어서 먹기만 하고 오줌똥을 받아내고 그러고도 가끔 말썽이나 부리고 하는 그 아버지 때문에 자기도 팔려 가는 것이 아닌가?

— 박화성 「중굿날」(1935)

병원에서 호송차가 왔을 때 어머니는 식탁 아래로 기어들었다. 아가, 난 싫어. 무서워, 날 데려가지 못하게 해줘. 호송인들에게 반짝 들리워 나가며 내가 안 보일 때까지 고개를 비틀어 돌아보면서 소리쳤다. 왜 웃어. 심한 짓을 했다고 생각지 않으세요? 모르는 소리야. 달리 무슨 수가 있었겠니. 넌 아직 어렸고 또 무슨 일을 저지를지 몰랐어. 갓난애도 그렇게 없애지 않았니? 넌 마치 네 엄마가 그렇게 된 게 모두 내 탓이라는 투로구나. 잘 보살펴드릴 수도 있었어요. 외려 네 엄마에겐 그곳이 편한 곳이야. 친구들도 있고 가족들도 생각하듯 그렇게 대단한 건 아니야. 너부터도 내심 네 엄마를 가까이서 보지 않아도 된다는 걸 다행스럽게 생각하고 있지 않니? (중략) 나도 오빠처럼 훌쩍 나가버릴 수가 있을까. 침몰하는 선체에서 구명 조끼를 입고 결사적으로 탈출하듯 그렇게 달아나버릴 수 있을까. 나는 매조를 먹을까 칠띠를 깨뜨릴까에 긴장되어 있는 아버지의 얼굴을 새삼스럽게 바라보았다. 좁고 긴 얼굴, 매처럼 구부러진 코끝은 볼의 살이 빠짐에 따라 더욱 길게 늘어져 보였다.

— 오정희 「저녁의 게임」(1979)

아버지는 내게 연약한 넓적다리, 혹은 발목을 잡던 악력(握力). 막연히 따스하고 부드러운 것, 보다 커다란 것, 땀으로 젖어 있던 등허리로 남아 있었다. 그러나 이 모든 기억 역시 내 상상이 꾸며낸 더 먼 꿈속의 일이 아니었을까.

전쟁이 끝나면 아버지가 돌아온다. 두 해가 지나도록 소식이 없었지만 할머니는 끈기 있게 기다렸다. 그러나 아버지에 대한 정다운 기억, 기다림에도 불구하고 아버지가 돌아온다는 사실에 우리는 모두 얼마쯤의 불안과 두려움을 갖고 있었다. 매일 술 취해 돌아오는 어머니를 향해, 아버지가 돌아오시면 뭐라고 하실까요, 차갑게 협박하는 오빠까지도.

— 오정희 「유년의 뜰」(1981)

작은 음악회를 마치고 나는 집으로 돌아와 식구들과 함께 점심으로 수제비를 먹고 있던 참이었다. 은자는 아버지의 죽음을 알고나 있는 것인지… 나는 공포로 인해 숨이 막힐 것 같으면서도, 그 애마저 이 순간 어디선가 막대기에 끼어 있는 사탕을 빨아먹고 있어서는 안 된다는 생각을 하고 있었다.

—양귀자 「유황불」(1984)

아버지는 그의 결혼생활 사십사 년 동안, 그의 다섯 자식이 한참 자랄 때의 한 십여 년을 빼고는 늘 딴 여자가 있었다. 나는 그의 첫아이였으므로 그의 최초의 애인에서부터 한국에서의 마지막 여자까지 알게 된 셈이었다. 그에게 여자가 생기면 그 영향은 우리의 마음을 불안과 혼란으로 쑤셔 놓았고, 불안과 혼란은 우리의 밥상과 잠자리와 집 안팎도 물들였다. 그러나 아버지는 단 한 번도 자식들이 겪었을 불안과 혼란에 대해 염려하거나 이해해 본 적이 없으리라. 그는 이 세상의 잘난 남자들, 이를테면 이병철이나 대통령에겐 여자들이 수없이 있게 마련이라고 언젠가 어머니에게 말했던 걸 들은 기억이 난다.

—이경자 「노스웨스트로 떠난 아버지」(1990)

희미한 기억이었다. 아버지가 천장에서 늘어진 전등줄을 잡아당겨 엄마 뺨을 후려갈기던 기억. (중략) 엄마는 그렇게 퉁퉁 부은 얼굴을 하고 큰 집에 갔었다. 명절이었던가. 설. 설운 설. 설날 아침, 큰집 큰방에 아버지의 여자가 엄마 먼저 할아버지한테 세배를 올렸다.

—공선옥 「목숨」(1992)

"진희야, 네 아버지야."

이모가 말문을 열자 지금까지 힘들게 참았다는 듯이 남자도 그 말을 되풀이했다.

"진희야, 아버지다."

나는 왼쪽 털신 속에 발을 집어넣고 이번에는 오른쪽 털신을 벗어들고는 그 안의 눈을 털어냈다. '보여지는 나'가 말한다. 공손하게 인사를 해. 침착하게. '바라보는 나'가 말한다. 반가워하지 마. 아버지라고? 농담이야. 60년대엔 나에게 아버지가 없었지. 그러니 이건 새로운 농담이 틀림없어. 70년대식 농담인 거야. 시대라는 구획에서 자유로울 수 없다는 건 어쩔 수 없이 인정하더라도 맙소사, 아버지라니, 70년대엔 내게 아버지가 있다니. 이건 대단한 농담이다.

—은희경 『새의 선물』(1995)

"당신도 먹어, 어서 먹으라구."

제법 자상한 지아비처럼 채근하는 아버지, 음모였다. 윤기는 상 아래서 아프게 두 손을 쥐었다. 아버지의 목소리가 낮고 은근해지면 그 뒤끝엔 무슨 일인가가 벌어졌다. (중략) 아버지는 다시 물었다. 어머니가 더 버텨주었으면 하는 마음과 어서 젓가락을 들었으면 하는 마음이 반반 엇갈렸다. 어머니는 그저 묵묵부답이었다. 쪽찐 머리를 조금 수그려 상 위를 바라보는 어머니의 시선에서 옹골찬 고집이 묻어나왔다. 그릇에 얼굴을 파묻고 면발을 삼키던 동생들의 젓가락질 속도가 떨어졌다. 납작한 옆모습으로 불안이, 전압이 낮아져 순간적으로 흐려진 불빛처럼 뉘였댔다. 그릇이 어머니의 머리를 덮은 건, 갑자기 전등불이 밝아진 순간이었다. 흡, 동생들의 손이, 입이, 어깨가, 똑같은 순간에 굳어버리는 걸, 윤기는 이상하도록 넓어진 시야로, 갑자기 밝아진 불빛 아래, 낱낱이 보았다. 그리고, 어머니…….
뒤집어쓴 그릇 아래서 짜장이 먼저 흘러내렸다.

—이혜경 『길 위의 집』(1995)

언제나처럼 책읽기를 멈추고 집으로 돌아갔을 때 싸움은 그쳐 있었어. 아버지는 거칠게 펌프질을 하여 세숫물을 받고 있었지. 살금살금 마당가로 돌아가려는 나를 향해 아버지는 아직 취기에 젖은 목소리로 호령했어.
꼴보기 싫다고 했지 않으냐?
전부터 아버지는 늘 어머니의 외투를 못마땅하게 여겨서, 내가 그것을 입은 모습만 보면 얼굴을 딱딱하게 굳어지곤 했었어. (중략) 혀를 집어넣어라.
아버지는 침착하게, 억센 손바닥으로 내 양쪽 뺨을 차례로 때린 뒤 강제로 외투를 벗겼어. 그때 책과 함께 내 새들이 바닥에 나뒹굴었지.

—한강 「철길을 흐르는 강」(1996)

"뭘 쳐다봐! … 니가 그렇게 쳐다보면 어쩔 거야, 이년아…. 어쭈 이년이 그래도!"
이 방에서 숨죽이고 있는 세여자의 기대에 보답이라도 하겠다는 듯이 대청 건너 안방에서 아버지의 고함소리가 튀어나왔다. 벽에 걸린 정희의 그림자가 움찔 굳어진다. 그리고는 와장창 부서져 내리는 소리…. 정인은 희미한 어둠 속에서 눈을 뜬 채로 가만히 누워 있었다. 하지만 가슴은 쉴 새 없이 뛰고 있었다.
"니가 서방 알기를 그렇게 우습게 알아? 이년아 이 쌍년아…" 아버지가 들어오는 날마다 이런 일이 벌어지지 않는 날은 없었다. 하지만 정인은 끝내 익숙해지지 못한다. 어머니의 비명 소리가 터져 나오고 이어 무언가각 벽에 쿵쿵 쥐어 박히는 소리가 들렸다.
"내가 졸음 쫓아가면서 차 몰고 좆 빠지게 뛰어다니는데 하나뿐인 아들새끼 하날 간수 못하고… 그러고도 잘했다고 눈을 똑바로 떠, 이년아 이 죽일 년아…."
정인의 작은 입술이 두려움에 벌어진다.

—공시영 『착한 여자』(1997)

난 그 철벽같은 미덕을 향해 신음처럼 토해내지요.

"무력한 건… 죄악이야."

네, 난 어머니의 그 파리한 식물성이 싫었습니다. 왜 매사에 자신의 몫을 떳떳이 요구하지 않는가. 당당하지 못한가. 혹 그렇기 때문에 늘 무언가를 잃는 건 아닐까. 어머니와 어린 시절에 본 그 여자. 두 사람 사이의 차이는 무엇인가. 당신. 내게 어떻게 살고 싶으냐고 물으셨지요? 네, 난 어머니처럼 살고 싶지 않았습니다. (중략) 그러나 난 다시 자문하게 됩니다. 어머니의 그 양보와 인내는 다만 패배였을까. 체념이었을까. 그녀는 정말 자신의 삶을 방기한 걸까. 어쩜 그것이 아닐 수도 있다고, 내 판단 역시 하나의 독단일 수도 있다고 회의케 해주는 마지막 삽화.

―윤효 「삼십 세」(1997)

아버지는, 어머니의 표현대로라면 어머니를 손톱 밑의 때만큼도 여기지 않았다. 잔인하게도 아버지는 당신이 그렇게 생각하는 것을 숨기지 않았다. 무식한 것. 아버지는 어머니를 향해 자주 그렇게 말했다. 단호하고 무자비한 음성으로. 아버지의 그 박식함이나 사회적 명망, 지위 따위와 비교하지 않더라도 말 그대로 무학(無學)인, 학교라는 이름 붙인 곳은 전혀 다닌 적이 없는 사람인 어머니가 무식한 여자라는 것은 틀림없는 사실이기는 했다. 어머니는 초등학교에 입학한 어린 나와 나란히 한글을 터득했으며 나와 동시에 시작해 한 글자씩 익혀가던 천자문을 끝내 떼지 못한 채 책을 덮었다. 그러나 무식한 사람에게 무식한 것, 이라고 말하는 것이 얼마나 가혹한 일인지 아버지는 알지 못했다.

―서하진 「회전문」(2000)

나는 양부라는 단어를 자주 사용해왔다. 소녀기를 지나 자의식이 눈을 뜰 무렵 세상에 대해 가장 먼저 생긴 의심은 아버지가 딸에게 가르치는 교훈들과 미덕들이었다. 물론 여기에는 부권 문화에 잠식되어 이의 없이 순응해 온 엄마들의 공모도 포함된다. 이 사회의 지배 구조는 친딸에게조차 불공정하고 억압적이고 기만적이고 차별적이며 편의주의이다. 그러므로 딸의 생애에 대한 진정한 자각이 없는 세상의 모든 아버지는 양부이며 그들의 양육은 양부의 양육이고, 그들의 교훈은 양부의 교훈인 것이다. 말하자면, 우울하게도 우리는 대부분 양부의 딸이다.

―전경린 『난 유리로 만든 배를 타고 낯선 바다를 떠도네』(2001)

남동생이 군에 입대한 후 만성적인 우울에 시달리던 윤은 어느 늦여름날 오후에 아버지의 화실로 찾아갔다. 윤은 텅 빈 이젤을 향해 앉아 있는 아버지의 등에 대고 엄마를 만나고 싶다고 말했다. 십 분 후에 아버지는 안 돼,라고 잘라 말했다. 부동

자세로 서서 삼십 분쯤 아버지의 등을 노려보던 윤은 내장 어딘가에 종양처럼
뭉쳐 있던 우울들이 의식의 수면 위로 떠올라서 검푸른 산처럼 거대해지는 것을
느꼈다. 아스팔트를 달구는 폭양 속을 눈을 감다시피 하고 걸어 돌아올 때, 윤은
그 우울을 통제할 수 없을 거라고 느꼈다. 또 통제하고 싶지도 않았다.

―윤효 「성가족」(2002)

"아버지, 저는 고기를 안 먹어요."
　순간, 장인의 억센 손바닥이 허공을 갈랐다. 아내가 뺨을 감싸쥐었다.
"아버지!"
　처형이 외치며 장인의 팔을 잡았다. 장인은 아직 흥분이 가시지 않은 듯 입술을
실룩거리고 있었다. 한때 성깔이 대단했다는 것을 알고 있었지만, 장인이 누군가
에게 손찌검하는 광경을 직접 본 것은 처음이었다. (중략) 마침내 다시 화가 머리
끝까지 치민 장인이 한번 더 아내의 뺨을 때렸다.
"아버지!"
　처형이 달려들어 장인의 허리를 안았으나, 아내의 입이 벌어진 순간 탕수육을
쑤셔넣었다. 처남이 그 서슬에 팔의 힘을 빼자, 으르렁거리며 아내가 탕수육을
뱉어냈다. 짐승같은 비명이 그녀의 입에서 터졌다.

―한강 『채식주의자』(2004)

　개 잡는 사람이 되지 않았다면 아빠는 아마도 사람 잡는 사람이 되었을 것이
다. //
　어쩌다가 영식은 아빠 같은 사람의 마수에 걸려들었을까. 악랄한 포주. 앵벌이
만 시키지 않았을 뿐이지 아빠는 포주나 다름없었다. 매일 밤 끊임없이 이어지는
구타로 영식의 몸에는 하루도 피멍이 가실 날이 없었다.
　나는 왜 그랬을까. 첫 간질발작이 있던 날 밤, 나는 영식의 방으로 몰래 숨어들
었다.
'도망쳐!'

―김숨 「투견」(2005)

　어머니 어두운 뱃속에서 꿈꾸는
　먼 나라의 햇빛 투명한 비명
　그러나 밟기 잘 하는 아버지의 두 발이
　들어와 내 몸에 말뚝 뿌리로 박히고
　니는 감긴 쇳시줄 같은 잠에서 깨이니려 꿈틀기렀더

아버지의 두 발바닥은 운명처럼 견고했다
나는 내 피의 튀어오르는 용수철로 싸웠다
잠의 잠 속에서도 싸우고 꿈의 꿈 속에서도 싸웠다
손이 호미가 되고 팔뚝이 낫이 되었다
(중략)
　인생이 똥이냐 말뚝 뿌리 아버지 인생이 똥이냐 네가 그렇게 가르쳐 줬느냐
낯도 모르는 낯도 모르고 싶은 어느 개뼉다귀가 내 아버지인가 아니다 돌아가신
아버지도 살아계신 아버지도 하나님 아버지도 아니다 아니다
　내 인생의 꽁무니를 붙잡고 뒤에서 신나게 흔들어대는 모든 아버지들아 내가
이 세상에 소풍 나온 강아지 새끼인 줄 아느냐
　　　　　　　　　　　　　　　　　　　　－최승자 「다시 태어나기 위하여」(1981)

문이 두 개 있었다면
얼마나 좋았을까요?
당신의 문은 여닫힐 때
너무도 완강한 소리를 냈어요.
섣불리 바스락거릴 수 있는 건
나무들뿐인 것 같았어요.
방안에 누워 나는
참 많은 문을 냈었지요.
당신의 귀가 미치지 못할
그 문을 절대로 꿈꾸었지요.
나는 겁이 많아
대들기는커녕 난
당신 미간이 조금만 구겨져도
갈가리 마음에 피 흘렸지요.
(중략)
아버지 주무시지 않고
날 기다립니다.
그때, 아버지,
사랑으로였는지요?
　　　　　　　　　　　　　　　　　　　　　　－황인숙 「두 개의 문」(1990)

식구들은 어느새 아버지를 밀리하기 시작하나
아버지 방의 제라늄이 물기 없이 견디는 건
아직도 자를 대고 한 치 삐뚤지 않게 밑줄을 긋는
아버지의 독서법 때문이다
밑줄 친 문장 속에서 옴짝달싹할 수 없는
활자의 식구들,
활자의 피들,
아버지의 방은 흘러간 유행가처럼
과거의 시간들만 거울에 반사되어
아버지가 읽는 현재란 언제나 과거이다
내 삶의 곳곳에 밑줄을 그었던 아버지,
아버지의 밑줄을 빠져 나오지 못한
욕망들이 울며 잠들던 때
퉁퉁 부은 내 아침은
겉절이 된 배추처럼 고요했으나

—이규리 「아버지의 방」(2004)

내가 결혼하던 날은 아버지로부터 해방되던 날이었다
그 결혼을 위해 나는 아버지를 헌신짝처럼 버리고
아버지와는 전혀 다를 것 같은 새로운 남자를 선택했다

그로부터 십여 년,
(중략)
나에겐 아버지의 망령이 되살아났고
아이들에겐 아버지라는 존재의 참을 수 없는 삐걱거림이 시작되었다
하늘 아래 새로운 남자는, 새로운 아버지는 없다!

—이선영 「몽고메리 클리프트는 없다」(2009)

여식 보아라 말하건대
모름지기 여성은 남성과 다르니
네 몸 잘 보존하거라.
무릇 사람은 짐승과 다르니
네 맘 온전히 하거라.
여식 보아라 이르긴대

금보다 시간이 더값진 것이니
세월을 막 허송말거라.
청춘불재래 靑春不在來라.
여식 보아라 원하건대
제 갈 길 잘 가는 것이 무엇보다 중요하니
아내의 길을 잘 가거라.
여식 보아라 빌건대
네 한 몸이 누구보담 소중하니
아프지 말거라.

　　　　　　—천양희 「여식(女息) 보아라 – 아버지의 옛 편지」(2003)

이리 온 내 딸아
네 두 눈이 어여쁘구나
먹음직스럽구나
요리 중엔
(중략)
이리 온, 내 딸아
아버지의 바다로 가자
일렁거리는 저 거대한 물침대에
너를 눕혀주마
아버지의 바다에, 널
잠재워주마

　　　　　　　　　　—김언희 「아버지의 자장가」(1995)

아버지가 내 얼굴에 던져 박은 사과
아버지가 그 사과에 던져 박은 식칼

아버지가 내 가슴에 던져 박는 사과
아버지가 그 사과에 던져 박는 식칼

아버지가 내 자궁에 던져 박을 사과
아버지가 그 사과에 던져 박을 식칼

　　　　　　　　　　—김언희 「가족극장, TE」(2000)

아버지는 오늘노 쉬약 넉은 개처럼 날뛰었다 재떨이를 박살낸 엄마의 이마에서
끈적끈적한 혓바닥이 널름거렸다 엄마는 재빨리 방문을 걸어잠그고 우리들을 가두
었다 제발 숨죽이고 가만히들 있어…… 어둠 속에서 우리는 약속이나 한 듯 무릎을
꿇고 싹싹 빌었어요 미끄러져라 미끄러져라 우리는 아침 저녁으로 왁스를 발라
마루를 닦았어요 아버지의 구두굽에도 호호 불어 왁스를 칠해놨어요 우리는 모두
조심조심 걷기로 약속했어요 아버지는 몰라요 아버지는 참말 몰랐으면 좋겠어요
　　　　　　　　　　　－김민정 「그러나 죽음은 정시(定時)가 되어야 문을 연다」(2009)

2.5. 증오와 연민의 모순된 이름

　조선시대 가정 경제는 대체로 아내/어머니가 책임지고 있었다. 한 가정 내에
서 집안 살림을 책임지고 맡은 사람은 안주인이었다. 이에 힘입어 남성/가부장
들은 학문과 외부 일에 전념하였다. 어찌 보면 남성들은 가정 경제에 무능했다
고 할 수 있다. 특히 가난한 집안에서는 더욱 그러하였다. 그런데 안주인이 일
찍 사망하는 경우가 빈번하였으므로 이때 남성들은 집안을 직접 꾸려가지 않았
다. 안주인의 역할은 딸 특히 맏딸에게로 이임(移任)되었다. 안주인/어머니가 돌
아가면 어머니의 3년 상(喪)을 치르고 집안일을 주관했다. 일가친척이 필사할
책을 빌려달라고 하면 이를 아버지에게 권유하여 빌려주고, 제사를 준비하며,
또한 제수(祭需)를 마련하기 위해 이웃에게 돈을 빌리며, 말을 빌려달라는 이웃
의 청탁을 수락하는 등의 일을 하였다. 또한 손님상에 찬을 무엇으로 해야 할지
도 고민했다. 그런데 안주인의 역할을 했던 그 딸마저도 병에 걸려 죽게 되거나
혼인을 하여 출가를 하게 되는 일도 빈번하였다. 그런 경우 홀로 된 부친을 섬기
는 일을 할 사람이 없어지니 아버지가 앞으로 어떻게 살아가고 집안을 이끌지
걱정을 하였다. 더구나 아들 형제가 없는 집안일 경우, 남은 아버지의 앞날이
몹시 걱정스러울 수밖에 없었던 것이다. 이에 아버지는 연민의 대상으로 남았
다. (심영도 「奉送家大人謫固城自歎」, 김씨 「寄父詩」, 김자념 「告訣書」)
　아버지의 가부장 지위가 실추된 현대문학에서 아버지는 딸들에 의해 연민과

보살핌이 필요한 남루한 존재로 다시 호출된다. 여성의 무의식에 아버지는 연민과 애착, 증오와 분노라는 모순된 감정 가운데 분열된 모습으로 각인되어 있었다. 그러나 여성작가들은 이제 '폭력 남편과 비정한 아비'의 모습 이면에서 남성들의 무력감과 열등감을 읽어낸다. 아버지는 딸에게 폭력적인 율법이지만 한편으로 그 율법의 희생자로 이해된다. 그래서 현대소설에서 아버지를 바라보는 딸의 심리는 아비의 세계를 벗어나고자 하면서도 역설적으로 그 세계를 감싸 안는 이중적 양상으로 전개된다.

아버지가 공적 영역에서의 무능함을 가정에서의 폭력으로 표출하는 나약하고 모순된 존재에 불과함을 알아차린 딸들은 아버지에 대한 애증의 감정에 사로잡힌다. 거대한 역사의 수레바퀴와는 무관한 자리에서 살다간 소시민이자 이념과 역사의 희생자로서의 아버지, 위엄과 허세 뒤에 불쌍하고 초라한 뒷모습을 드러낸 아버지, 그래서 내려오지도 올라가지도 못한 채 어디쯤에서 엉거주춤 머물고 있는 아버지, 부권이 거세되고 세월 앞에 육체마저 왜소해진 아버지, 그리하여 인간 내면의 '슬픈 그림자'를 드러내는 아버지, '막이 내리기만을 기다리는 지친 배우' 같은 모습으로 등장한 아버지, 딸들은 이제 그런 아버지들을 응시하고 또 그 아버지를 좌절시키고 왜소하게 만들어 버린 세상을 향해 항의하고자 한다. (오정희 「저 언덕」, 김형경 「민달팽이」, 공선옥 「떠도는 나무」, 윤효 「새」, 이남희 『사십세』, 이명랑 『꽃을 던지고 싶다』, 서하진 「무월의 시간」, 은희경 「상속」)

이렇게 두려움의 화신이던 아버지는 더 이상 극복의 대상이 아니라 새로운 연민의 대상이 되어 딸들의 내면을 기습해온다. 그러나 이처럼 증오와 연민이 뒤얽혀 상처로 남은 아버지는 역설적으로 딸들이 영원히 놓여날 수 없는 사슬이며 주박이 되었음을 의미한다고도 볼 수 있다.

섬돌 위에 서릿바람 스산하니
외로운 사창에 달빛이 차갑습니다
문득 기러기 울며 나는 소리 들리니
천리 남쪽에 계신 아버지를 생각합니다
玉砌霜風起 紗窓月影寒 忽聞歸鴈響 千里憶南關
　　　—심앵도 「고성으로 귀양 가시는 아버지를 배웅하면서 奉送家大人謫固城自歎」
(17세기 전반)

시집가서 가성 꾸리는 섯 마냥하나
부모님 생각에 견디기 어려워요
쌍성은 백리 길 거리인데
수레와 노복 누가 준비해 줄까요

之子于歸家室宜 思親一念自難待 雙城此去舂糧地 車馬僕從孰備之

－김씨 「아버님께 드리는 시 寄父詩」(17세기 후반?)

아버님의 혹독한 정황은 오랜 세월을 두고 없어지지 않을 저의 원한입니다. 오직 하늘이 알고 신이 알고 아버님이 아시며 제가 압니다. 어찌 긴 말로 아버님의 슬픈 회포를 더하게 하여, 제 불효의 죄를 무겁게 하겠습니까. 다만 여막과 내실이 중문을 사이해 떨어져 있어서 밤에 문을 닫으면 소리가 들리지 않습니다. 매번 비바람 불고 어둡고 캄캄한 밤이나, 등불이 다하여 더 어두운 때에는 아버님께서 홀로 앉으셔서 잠 못 주무시고 더불어 말씀하실 사람도 없는 것을 생각하고 저도 모르게 하룻밤에도 서너 번씩 일어나 중문에 우두커니 서서, 아버님이 주무시는지 안 주무시는지를 살펴보았을 뿐입니다. 감히 중문 밖으로 나가지 못한 것은 호랑이를 만날까 두려워서가 아니었습니다. 여자의 행실은 밤에 감히 밖으로 나아갈 수 없기 때문이었습니다. 하늘은 무엇 때문에 아버님에게 아들이 없게 하고 나로 하여금 여자가 되게 하셨는지요. 손님이 저녁 늦게 찾아오면 아버님이 함께 주무실 벗이 있는 것을 기뻐하였고 아침저녁에 올리는 식사를 성찬으로 마련했습니다. 이제 저는 장차 죽을 것이니, 누가 다시 이와 같이 할까요. 아버님께서 창자가 끊어지는 심정으로 제가 관에 들어가는 것을 보신다면 반드시 큰 병이 생기어 상(喪)을 마치지 못하시리니, 장차 후세 군자들의 말거리가 되지 않겠는지요. 그러니 반드시 제가 죽은 다음 날 아침에 미동의 고모 댁으로 가셔서 보신의 땅으로 삼으시기 만만 축원합니다. 만약 어지러운 말로 여기고 따르지 않으신다면 제 눈은 반드시 감기지 않을 것입니다. 나머지는 어제 쓴 서폭 가운데 있습니다. 을해년 시월 그믐날 아침, 불효녀 영결의 서신을 드립니다.

父主酷毒情事 女之千古寃恨 惟有天知 神知 父知 我知 何必長言以增父悲懷 以重吾不孝之罪 但廬幕與內室隔絶中門 夜局聲息不及 每於風雨晦冥之夜 燈盡更深之際 又念其獨坐不眠 無與唔語者 自不覺一夜三四起 佇立中門 以探父睡不睡而已 不敢出頭中門外 非是怕遇虎也 女子之行 夜不敢出也 天之何爲使父無子, 使我爲女. 有客暮至 則輒喜其父有宿伴 朝夕之供 另爲盛備 今吾將死矣, 誰復如是也. 父以九斷之腸 觀我入木 則必生大病 恐不能終喪 將不爲後世君子之所容喙者乎. 必以我死之翌朝 向美洞姑母家 以保身之地 萬萬血祝 若以爲亂

言 而不從 我目必不瞑矣. 自餘都在昨日書幅中 乙亥十月晦朝 不孝女 永訣書.
—김자녀 「영원한 이별을 아룀 告訣書」(1715)

늘 알을 닦아 두었던 듯 먼지 하나 없이 깨끗한 선글라스를 눈에 대고 남편과 아이를, 저무는 빛 속에 집과 더 멀리 헐벗은 산언덕을 바라보았다. 아버지의 눈이 되어 세상과 세월들을 바라보았다. 검은 유리알을 통해 적나라하게 살을 드러낸 언덕은 더욱 멀고 그 어느 골쯤에인가 절룩거리며 허위허위 올라가는 아버지의 모습이 보이는 듯했다.
—오정희 「저 언덕」(1989)

장인의 관을 끌어안고 통한으로 오열하는 배덕(背德)한 사위, 불분명한 태도로 아내를 외면하는 못난 남편, 어느새 장성한 자식을 향해 미안함과 대견함을 숨기지 못하는 무책임한 아버지, 그것이 내 아버지의 실상이었다. 그 뒤로 당신의 얇은 월급봉투와 지친 일상, 이제는 쉬실 나이임에도 불구하고 책임져야 할 부담감으로 어깨를 누르는 늦뿌린 자식들. 아버지의 실체가 고작 그것이었다는 사실을 깨닫는 것은 고통이었다.

아버지에 대한 연민을 안으로 감추고 수습하는 일은 당신을 이해하고 용서하는 일보다 한층 힘에 겨웠다. 아버지는 그저 원망의 대상, 극복의 대상으로 존재하는 높은 산이거나 깊은 우물이었을 때가 더 좋았을 것이었다. 이제 자명하게 연민의 대상으로 바뀐 약한 늙은이, 분명하게 잘못 살아온 당신의 지난날이 그 빈약한 어깨와 늙은 얼굴에 주름처럼 새겨져 있는 아버지의 모습은 견디기 어려웠다.
—김형경 「민달팽이」(1990)

아버지가 그런 내 볼을 가만히 토닥여 주었다. 아버지의 손바닥은 껄끄러웠다. 고된 노동의 흔적이었으리라.

"아버지는 왜 맨날 혼자 살아?"

아버지 곁에 누워서 나는 물었다. 아버지는 눈에다 안약을 떨어뜨려 넣고 눈을 깜박이며 대답했다.

"아버지가 돈을 벌어야 너희들 공부시키지."

"집에서는 돈을 못 벌어?"

"집에서 농사 지어도 돈을 벌 수 있지만 아버지는 여기서 할 일이 많단다."

아버지의 눈에서 안약이 눈물처럼 주르륵 흘러 내렸다.

"아버지 울어?"

"아아니."

아버지가 나를 나독서려 주었다. 나는 아버지 곁에서 잠이 들었다. 그것은 어쩌면 태어나서 처음인 성싶었다.

나는 그곳에서 열흘을 살았다. 아버지는 내가 눈을 뜨기고 전인 신새벽에 일을 나갔다. 눈을 떠 보면 아버지의 철거덕거리는 작업화 소리가 아득히 멀어져 갔다. 내 머리맡에는 신새벽에 일어난 아버지가 해 놓은 밥상이 신문지로 덮여 있었다.

—공선옥 「떠도는 나무」(1993)

그 후 이십 년, 그때 이미 마흔이었던 그는 당연히 변하지 않았지, 스쳐 지날 뿐인 모든 것을 켜 틀어쥐려 하고 갈급한 욕망의 바닷속에 부침하다 점차 허리 꺾여 젖빛의 술에 황홀히 익사할 때, 역시 옛날과 똑같은 성하(盛夏)의 하관(下官)의 순간에 난 그런 생각을 했지, 저 비좁은 사각의 틀은 그에게 맞지 않아, 일생 제 욕망의 덫에 갇혔던 그를 그만 풀어주었으면, 눅눅한 집착도 비약의 꿈도 없이 월경(越境)할 수 있도록…… 이제 그는 육탈(肉脫)하겠지, 서늘한 홍소로 무게를 털라고 내게 속삭이지만 혹독한 중심의 불가마 속에서 바글바글 들볶이는 난 벗어나려 애쓸수록 더욱 칭칭 결박당하는 사실을 매만지며, 웃는걸.

—윤효 「새」(1995)

데뷔 초기에 어느 단편에선가 나는 '아버지의 삶을 이해하게 되는 것이 어른이 되었다는 증거가 아닐까'라는 구절을 쓴 적이 있다. 그러나 이제 나는 아버지의 삶을 이해하는 일은 거부하고 싶다. '이해한다는 것은 같은 선상에 놓인다는 것을 의미하므로.' 우리는 아버지대의 삶을 되풀이하고 있는 것은 아니다. 그렇게 믿고 싶다. 단지 이해하려는 간절함을 지니고 있을 뿐이다.

—이남희 『사십세』(1996)

아빠가 술에 취해 들어오는 날이면 나는 아빠가 더 무섭다. 그건 아빠를 계속 미워해야 되는데, 그래야 오기 같은 거, 세상에 대한 미움 같은 거 자꾸 생기고 그래야 난 더 독해질 수 있는데 아빠가 술에 취해 들어오는 날이면 왠지 자꾸만 우리 아빠가 불쌍하다는 생각이 들어서 더는 미워할 수 없을까 봐 무섭다. // 6·25가 터졌을 때, 아빠도 꼭 이런 기분이셨을 것 같다. 너무나 갑자기 누군가 아빠의 인생을 뒤흔들어 버린 것이다. 우리가 역사라고 부르는 것 앞에 아빠의 인생은 무너졌지. 역사든, 친구든, 시대든, 남의 인생을 뒤바꿔 놓을 권리가 어디 있단 말야?

—이명랑 『꽃을 던지고 싶다』(1998)

비비안… 그녀의 이름을 중얼거리는 순간 불쑥 싸늘한 눈빛 하나가 내 기억을 잘랐다. 꿈속의 얼굴. 아버지가 쓰러진 일 년쯤 후부터 꿈속처럼 내 방 창가에서 잠든 내 머리맡을 지키던 얼굴. 긴 잠옷을 늘어뜨린 채 몇 시간이고 서 있다 돌아가던 그 그림자. 그 음습하고 거친 숨결과 낮의 싸늘한 눈빛… 정말 그것은 꿈이 아니었을까. 반쯤은 흘러내리는 음식을 지친 기색도 없이 아버지의 입에 넣어주던 여자. 살아 있는 것은 머리 위쪽뿐이면서도 끊임없이 온몸의 가려움을 호소하는 아버지의 옆에서 등을, 가슴을, 다리를 쓸어주던 여자. 아무도 가까이 가려 하지 않는, 냄새 나는 아버지의 방을 종일 지키던 그 여자에게서 그토록 거친 숨결이 흘러나왔을까. 나는 곧 무너질 듯 서 있는 낡은 집을 쳐다보며 오랫동안 서 있었다.

—서하진 「무월(霧月)의 시간」(2000)

역사의 폭력성에 치인 아버지의 상처가 그의 한평생을 일그러뜨렸다는 것, 그 같은 상처를, 그로 인해 일그러진 삶을 깊은 연민으로 껴안아야 된다는 것

—은희경 「상속」(2001)

2.6. 유전 혹은 콤플렉스의 기원

여성의 '부성 콤플렉스'는 가부장적이며 남성중심적인 사회에 살아가는 모든 여성들의 심리적 현실이다. 특히 아버지라는 이름의 '망령'은 가족의 삶에 지울 수 없는 '낙인'으로 부정적인 유산으로 작용했다. 아버지는 딸의 세계에 드리운 음울한 그림자이며 성장을 방해하는 트라우마로 딸의 삶에 잔존하고 있는 것이다.

아버지는 딸의 인생에서 처음으로 만나는 남자로서 어린 시절 아버지와의 관계는 딸의 여성으로서의 정체성, 남성과의 관계, 나아가 세상과의 관계에도 영향을 미친다. 따라서 유년기에 아버지와 긍정적인 관계를 형성하지 못한 딸들은 부성 콤플렉스로 인해 만남과 이별, 사랑과 결혼 같은 모든 삶의 과정에서 시행착오를 겪게 된다. 아버지와 애착관계를 맺지 못한 딸들에게 남성과의 사랑은 무의식적인 생존전략일 뿐이고, 실제로는 타인과 진정한 소통 관계를 맺

는 데 실패할 수밖에 없는 사랑의 불구자가 된다. 뿐만 아니라 부재함으로써 가족에게 그늘을 남긴 아버지, 규범적 일부일처제에서 이탈해 소실을 두었거나 바람을 피운 아버지에 대한 부끄러운 기억은 평생 멍에가 되어 딸의 삶을 구속하고 딸의 사회적 정체성을 구성함으로써 세계와 불화하게 만든다. 그래서 딸들은 아버지로부터 상속받은 육체와 '나쁜 피'를 부정하고 아버지를 콤플렉스의 기원으로 여긴다. (김형경『사랑을 선택하는 특별한 기준』, 이혜경「그 집 앞」,『길 위의 집』, 하성란「오, 아버지」, 김이설『나쁜 피』)

그러나 거부하고 싶은 아버지의 모습은 어느새 딸에게 투영되어 그 삶을 답습하게 한다. 딸들은 아버지가 자신의 무의식 속에 침전된 운명임을 깨닫고 아버지와의 관계를 망각하거나 거부하는 방식으로 부정적인 유산에 대항하지만 결국 그 자신이 아버지를 모방하는 권력을 갖게 된다. 이를 통해 자식들은 아비를 이해하는 것이 아니라 닮아가는 것임을 보여준다. (함정임「꽃구경」, 권지예「풋고추」, 김숨「트럭」)

이처럼 여성에게 부성의 추방이란 자신을 지키기 위한 선택인 동시에 성장을 가로막는 장애물이다. 따라서 성숙한 어른이 되는 과정에서 딸들은 아버지와 대면함으로써 부성과의 화해를 필수적으로 요청받게 된다. 딸들은 무엇보다 아버지의 늙은 육체에서 내 피와 살의 기원으로서의 아버지의 존재를 '발견'한다. 딸은 그저 시들고 지친 아버지의 육체를 발견하고 그 늙은 몸을 직시함으로써 아버지의 삶을 긍정하고 아버지가 상속한 내 육체를 긍정하게 되는 것이다. 또한 딸들은 아버지의 죽음을 앞두고 수혈을 해주거나 아버지를 자신의 자궁으로 받아들이는 제의적 행위를 통해 생성과 소멸의 우주적인 비의 가운데서 아버지와의 관념적인 화해를 시도하기에 이른다. 이렇게 해서 아버지의 삶은 딸의 자궁을 통해 다시 이어지고 딸은 이제 아버지의 삶과 무관한 자기 자신과 대면할 수 있게 된다. 연민과 공감을 넘어서, 부정과 조롱을 넘어서 새로운 아버지 혹은 본래의 아버지에게 다다름으로써 딸들은 자신 안에 살고 있는 아버지를 발견하고 아버지에 투사된 내 모습을 긍정하게 되는 것이다. (이혜경「우리들의 떨켜」,「가을빛」, 공선옥『오지리에 두고 온 서른 살』, 김인숙「바위 위에 눕다」,「어느 해의 봄날」, 은희경「상속」, 천운영「아버지의 엉덩이」, 서하진「아빠의 사생활」)

현대시 역시 아버지를 연민하고 분석하면서 이상화와 숭배를 떠나 아버지와 자신의 역사를 새로 쓰기 시작한다. 자신이 아버지의 몸에서 갈라져 나온 것을 치욕과 포용으로 받아들이는 동시에, 아버지에게 내재한 폭력성을 자기 자신도 체화하여 아버지를 부정하는 방법으로 그 폭력성을 답습하며 상상하기도 한다. 아버지에 대한 부정적 인식에서 상상된 '의붓아비'를 만들어 욕설과 모욕을 쏟아내는데, 아버지를 향한 순종과 거역의 갈등은 아버지를 갈망하면서도 결국 아버지를 죽이는 여성오이디푸스 역사로 쓰여진다. 아버지를 상상적 혹은 상징적으로 죽이는 여성오이디푸스 딸들은 아버지의 애정을 폭력으로 인식하고 아버지의 가부장적 보호를 자기 신체의 위해로 상상한다. 아버지로부터 딸들로 유전되어온 이 역사는 근친상간과 부친살해의 위악적 상상으로 드러난다. (조말선 「자라는 오이디푸스나무」, 「오아시스」, 김언희 「아버지, 아버지」, 「가족극장, 이리 와요 아버지」, 「가족극장, 클레멘타인」)

「널랑 애비 닮지 말아라. 애비보다 똑똑하게 살아야 된다」
말없이 그러나 옹골차게, 나는 아버지처럼 살지는 않으리라는 결심을 다졌다. 적어도 아버지같이 살지는 않으리라. 나는 아버지와 다르다.
대문이 보이는 지점에 이르러 아버지의 취기는 걷잡을 수 없어졌다. 체중을 실은 아버지는 의식의 끈도 놓아버렸다. 나는 비틀거렸다. 몸무게보다는 의식을 뭉갠 독약과 같은 술기운의 무게 때문에.
— 이혜경 「우리들의 떨켜」(1982)

채옥은 그렇게만 생각하기로 했다. 가망은 없지만, 아버지의 병이 깨끗이 낫거나 아니면 아버지가 죽거나 그러면 이곳을 떠날 것이라고, 그 두 가지 중 아직 아무것도 일어나지 않았으므로 나는 지금 어길 떠나지 않고 있는 거라고. 아무리 밉고 원망스럽더라도 박승채는 어쨌거나 나에게 피를 물려준 나의 아비이고, 딸인 나는 자식 된 도리를 해야 한다고. 그 자식 된 도리는 내가 이곳에 있어 주는 거라고. 그래서 삼시 세 때 끼니나마 따뜻이 끓여 주는 일이 내가 할 수 있는 일인게라고. 채옥은 그렇게 말하고 정의내렸다. 그 이상 아무것도 아니라고. (중략) 모든 계절이 그러하듯 겨울 또한 영영 이어지지는 않을 것이었다. 설사 아버지의 죽음 같은 이 지겨운 생이 그리 쉽게 마감되지 않는다 한들 이제 얼마간의 시간이 물처럼 흐른 뒤에는 겨울을 이겨 낸 나무가 튼튼한 수액을 뿜어내듯 자신은 이제 절망의 나날을 사는 아버지 옆에서 완전하게 절망하는 법을 배울 것이고, 그런 뒤에는 절망을 빠져 나가는 출구를 향하여 첫 발을 내디딜 수 있을 것이다.
— 공선옥 『오지리에 두고 온 서른 살』(1993)

아버지는 풋고추 소쿠리엣 성난 고추만 집어들었다. 고추를 씹을 때의 아버지의 모습은 잠깐, 와신상담이란 고사성어를 생각나게 했다. 그 모습을 바라보면, 미끈덕 거리는 가지나물과 보리알이 잘 섞이지 못하는 내 입 안에도 쓴 물이 고이는 듯했다. 나는 할 수 있는 한 한껏 입을 비틀어 씹으며 속으로 아버지를 조롱했다. //

작년 가을, 병상에서 아버지가 말했다.

"인제 못 일어날 것 같다. 그런데 말이다. 딱 한 가지 먹고 싶은 게 있는데…."

아버지는 씨익 웃으면서 입맛까지 다시는 모습이었다.

"그게 뭔데요?"

"고추 말이다. 풋고추."

"…?"

"니 생각나나? 내가 벌 치러 갔던 그해 여름에 우리 풋고추 참 많이도 먹었지. 어떤 건 참말 눈물이 쑥 나오게 매웠다.

—권지예 「풋고추」(1993)

아버지의 정액에서 자기가 생겨났다는 걸 깨달은 순간부터, 그렇게 해서 피를 나눈 형제들까지도, 윤기에겐 벗어나고 싶은 짐일 뿐이었다. //

대학에 가서 윤기는 알았다. 가족이라는 단어의 어원이 라틴어 파밀리아이며, 파밀리아는 한 사람에게 속한 노예 전체를 뜻한다는 걸. 길중 씨야말로 이 어원에 가장 충실한 가장이었고, 윤기는 유일하게 반기를 든 노예였다.

—이혜경 『길 위의 집』(1995)

아버지가 젊은 날의 생애를 얼마나 방탕하게 보냈든지, 젊고 예뻤던 아내를 어 떻게 외롭게 했든지, 늙은 부모의 가슴에 멍자국을 얼마나 냈든지, 그리고 자식들 을 어떻게 배곯게 했든지 간에 적어도 죽음에는 아무 잘못이 없다. 그러므로 나쁜 피, 같은 것은 있을 리가 없었다. 건강진단 신청서를 작성할 때 적어넣어야 하는 유전적인 병력 중에 '비명횡사'와 같은 종류의 나쁜 피는 없었다. 그건 백혈병도 아니고, 암도 아니고, 더군다나 간질도 아닌 것이다. (중략) 그러나 누가 누구에게 그런 말을 할 수 있겠는가. 누구도 누구에게 삶이나 죽음을 요구할 수는 없는 것이 다. 삶을 있는 대로 다 써버린 자는, 죽는 것이다. 죽음이란 그런 것이다. 나쁜 피, 같은 것은 없다. 어쩌면 아버지도, 당신도 모르는 사이에 당신의 삶을 다 써버 렸을지도 모를 일이다. 그건 누구도 알 수 없는 일인 것이다.

—김인숙 「바위 위에 눕다」(2001)

결혼은 내가 아버지로부터 벗어날 수 있는 가장 확실하고 가장 합법적인 기회료 여겨졌다. 대학을 졸업하고 나서까지 '그럼 이걸 한번 해봐라'라는 식으로 이어지는 아버지의 기대에 등을 떠밀리고 싶지는 않았다. 결국에는 뻔할 것이란 걸 알고 있었기 때문이다. 아버지는 또다시 내 앞에서 참담한 실망의 얼굴을 보일 것이었다. 나는 아들로 태어나지 못했을 때부터 이미 아버지를 완전히 기쁘게 할 자격 같은 걸 갖고 있지 않았다. 아버지와 나 사이에 가장 행복한 화해의 수단은 결별이라는 방법뿐이었다. //

　금빛 채색을 한 아버지의 금고가 떠올랐다. 그 안에 쌓여 있는 수많은 문서들도. 그 안에는 초등학교 때부터 내가 대학교 때 대학문학상을 받았던 작품이 실린 대학신문도 들어 있을지 모를 일이다. 아버지는 강둑에 오래 서 계신다,로 시작되었던 그 소설…….

—김인숙 「어느 해의 봄날」(2001)

　그 무렵, 내게는 두 명의 아버지가 있었다. 한 명은 얼마 전까지 다니던 회사에 돌연 사표를 던지고 안방 아랫목에 배를 깔고 누워 얇은 일본 잡지나 『태양의 계절』 같은 소설을 읽고 있던 내 아버지였고, 다른 한 명은 수만 개의 눈으로 땅 위의 모든 사람들의 일거수일투족을 내려다보며 저 하늘 위에서 우리를 주관하는 아버지 하나님이었다.

　두 번째 아버지는 일요일마다 근방의 모든 아이들을 불러모아 쿨에이드 가루를 탄 주스나 사탕, 시큼한 자두를 한 움큼씩 나눠주었다. 첫 번째 아버지는 내게 비린 것을 좋아하는 식성을 그대로 물려주었고 내가 이겨낼 수 있을 만한 시련을 적당히 던져주어 나를 단련시켰다. 그리고 내가 가지고 있는 유일한 콤플렉스도 아버지 영향 때문이었다.

—하성란 「오, 아버지」(2001)

　N은 간병인이 손을 놀리는 대로 그 반동에 의해 힘없이 흔들거리는 아버지의 성기를 천천히 바라보았다. 그것은 검고 시들고 지쳐 보였으며 주름투성이었다. 그러나 모든 일을 끝마친 뒤의 엄숙한 침묵 같은 것이 깃들어 있었다. 아버지의 성기는 N이 지금 갖고 있는 육체의 시작이었다. 그렇게 시작된 N의 육체의 모든 안팎은 농부가 땅을 경작하듯 아버지가 몸을 부려 세월 속에 거두어온 것이었다. 할 일을 마친 육체의 휴식은 존엄하다고 N은 생각했다.

—은희경 「상속」(2001)

　"아버지는 대체 어떤 사람이에요?"
　"저도 그걸 모르겠어요. 이따금 아버지가 바본가 생각했다니까요.

좀 이상적으로 생각하면 콤플렉스가 많은 사람, 욕망이 좌절된 사람, 그 정도 같아요."

"그런데 자기는 아버지와 반대죠. 완벽하잖아요."

"뭐 그렇겠어요? 그 아버지의 피를 받았는데. 저도 황당한 짓 많이 해요."//

"예. 불안하고 불편한 마음이 있었어요. 다음 기억은 초등학교 육학년 여름 방학 때. 아버지가 수영장에 데려가려고 왔어요. 수영복을 사왔는데, 그게 가슴에 캡이 있는 원피스형이었어요. 가슴이 밋밋하고 쬐꼬만 아이한테 그런 성인용 수영복을 사오다니. 어린 마음에도 어처구니가 없었어요."

"사랑을 주기는 주는데, 계속 불합리하게 주는군요."

다음은 중학교 1학년 봄. 토요일 오후에 아버지가 근무하는 이웃도시로 갔다. 거기서 낯선 여자, 아버지의 여자를 보았다. 그때 내가 받은 충격은 뒤늦은 상실감 같은 거였다. 아버지가 나를 가장 사랑하는 게 아니었구나 하는 생각.

—김형경 『사랑을 선택하는 특별한 기준』(2003)

아버지는 셔츠를 벗고 속옷 차림인 채로 매트 위에 누워 있다. 속옷 사이로 드러난 살에는 검버섯이 가득 피었다. 아버지 옆에는 아버지보다 조금 더 늙어 뵈는 여자가 무릎을 꿇고 앉아 아버지 이마에 땀을 닦아주고 있다. 서로의 눈을 맞추며 손목에 묶인 압박붕대를 갈아주고 매트의 온도를 높여주는 그 모습은 언젠가 보았던 익숙한 장면이다. 문득 가슴이 시려왔다. 그리고 천진할 정도로 맑은 아버지 입가의 미소를 보고 말았다. 한 번도 본 적 없는 해맑은 미소. 그 충만한 설렘. 그 미소를 보는 순간 나는 상실감과 당혹감을 동시에 느꼈다. 하지만 내가 잃은 것이 무엇인지는 나도 알 수가 없었다. //

아버지 등에 거품이 가득 인다. 여자가 움직일 때마다 얇고 긴 치맛자락이 아버지의 젖은 엉덩이에 휘감긴다. 수줍은 듯 치맛자락을 잡아당겼다 놓는 아버지 엉덩이가 어린아이처럼 한껏 부풀어 올랐다.

—천운영 「아버지의 엉덩이」(2004)

내 키는 순전히 아빠의 유전자에 기인한다. 흰 얼굴에 오뚝한 콧날, 반듯한 눈썹, 깊이 파인 눈동자, 하루만 걸러도 온 얼굴을 덮는 무성한 수염. 아빠를 보고 있노라면 할아버지의 할아버지의 아버지쯤의 어느 대에서 유럽 인종이 섞였음에 틀림없다,는 생각이 든다. 물론 아빠는 강력하게 부정하지만. 아빠는 어린 나를 친구처럼 연인처럼 즐겨 대동하고 다니며, 설마, 이렇게 큰 딸이 있단 말이에요? 사람들이 놀랄 때면 잘 생긴 얼굴에 썩 어울리는 소년 같은 미소를 지었다.

—서하진 「아빠의 사생활」(2008)

의붓애비

아버지,

아버지,

개가죽을 쓰고 오세요……
—김언희 「아버지, 아버지」(1995)

아가야, 햇빛이 보드랍구나 담뿍 받아라 아버지 팔 벌려 공중 높이 나를 들어올리네 아가야, 빗물이 달구나 꿀꺽꿀꺽 받아 마셔라 아버지 팔 벌려 공중 높이 나를 들어 올리네 아가야, 번개날이 누구의 메시지인지 모르겠구나 해독 좀 해주겠니? 아버지 팔 벌려 공중 높이 나를 들어 올리네 아가야, 엄동설한에 꽁꽁 얼어라 얼어서 얼어서 추위를 잊어야 아버지 팔 벌려 공중 높이 나를 들어올리네 아가야, 보드라운 네 살결이 참 좋구나 쑥쑥 자라는 네 적의가 참 든든하구나 아버지 음탕한 신발에 발을 끼우고 어쩌겠니 어쩌겠니 팔 벌려 나를 자꾸 공중 높이 들어올리네
—조말선 「자라는 오이디푸스나무」(2006)

뭐가 걱정이에요 아버지, 이 바싹바싹 타는 혓바닥을
뭐가 걱정이에요 아버지, 이 뭉텅뭉텅 뽑힌 머리채들 뭐
가 걱정이에요 아버지, 이 시들시들 말라가는 쭉정이들
당신이 자른 이 바싹바싹, 이 뭉텅뭉텅, 이 시들시들, 이
싹둑싹둑, 이 자글자글 당신이 뽑아낸 이 모가지들 뭐가
걱정이에요 아버지, 저 빡빡한 유통기한 저 코를 찌르는
죽음 꽂으세요 당신의 모종컵에 당신의 목구멍에 뭐가
걱정이에요 아버지, 이 반들반들, 이 생글생글, 이 산들
산들, 이 파릇파릇, 이 발름발름,
—조말선 「오아시스」(2002)

이리 와요 아버지 내 음부를 하나 나눠드릴게 아니면 하나 만들어드릴까 아버지 정교한 수제품으로 아버지 웃으세요 아버지 아버지의 첫날밤 침대맡에는 일곱 어머니의 내장으로 짠 화환이 붉디 푸르게 걸려 있잖아요 벗으세요 아버지 밀봉된 아버지 쇠가죽처럼 질겨빠진 아버지의 처녀막을 찢어드릴게 손잡이 달린 나의 성기로 아버지 아주 죽여드릴게 몇 번이고 아버지 깊숙이 손잡이까지 깊숙이 아버지 심장이 갈래갈래 터져버리는 황홀경을 아버지 절정을 아버지 비명의 레이스

아버지 107

비명의 프릴 비명의 란제리로 밤 단장한 아버지 처년 척 하는 아버지 그래봤자
아버진 갈보예요 사지를 버르적거리며 경련하는 아버지 좋으세요 아버지 아버지
로부터 아버지를 뿌리째 파내드릴게

—김언희 「가족극장, 이리 와요 아버지」(2000)

아버지는 죽어서
숟가락이 되었어요

넓고 넓은 바닷가에

숟가락이 되어
내 숟가락 뒤에 포개졌어요

오막살이 집 한 채

수저통 속은
비좁구나, 딸아

고기 잡는 아버지와

내 젓가락 사이로 아버지
젓가락이 파고들어요

철모르는 딸 있네

—김언희 「가족극장, 클레멘타인」(2000)

2.7. 불량 아빠와 백치 아비

현대문학은 아버지를 부정하고 위반하고 욕망하고 아버지의 권위와 타협하
면서 아버지 신화를 횡단해 왔다. 2000년대 들어 아버지를 사유하는 딸들의 낯
선 시각과 새로운 감수성에 의해 아버지라는 이름의 스펙트럼은 더욱 확장되어

간다. 아버지를 향한 여성 오이디푸스의 언어는 마침내 아버지가 없는 시대의 비 오이디푸스 신화를 써내려가고 있다. 여성작가에 의해 아버지의 존재가 상상적으로 거세되기에 이른 것이다.

젊은 딸들에게 아버지는 사소하고 하찮거나, 지나가고 잊혀진 존재이며, 무능하고 무책임한 불량 아빠의 모습으로 재등장하고 있다. 아버지는 "나타났다 사라진, 혹은 사라졌다 나타나는 괴물"처럼 부재도 현존도 아닌 유령 같은 존재이다. 따라서 이 규정되지 않는 존재에 대해 딸은 강박적 대결의식이나 격렬한 부정 대신 부재를 일상화하는 긍정적인 고아의식을 보여준다. 이들의 의식 속에서 아버지는 복원할 필요가 없는 가상의 이미지이며 텅 빈 기원 혹은 흔적일 뿐이기 때문이다. (김애란 「달려라, 아비」, 「사랑의 인사」, 「스카이콩콩」, 「침이 고인다」, 김이설 「엄마들」, 하성란 「알파의 시간」)

현대시에도 아버지에 대한 무거운 인식들이 시대의 변화에 따라 점점 사라져가고, 아버지에 대한 치열한 애정과 비판, 욕설이 사라진 자리에는 아버지에 대한 새로운 시선이 들어오게 된다. 즉 아버지의 부재와 존재를 더 이상 두려워하지도 그리워하지도 않게 된 것이다. '노숙자'처럼 땅에 누운 아버지를 '버리고' 살아가며, 아버지가 '돌아가실 뻔!'한 순간도 '극적'인 순간일 뿐이고, 아버지가 실은 '사실적도, 사실, 적도' 아니었음을 받아들이며, 아버지와 애인이 서로 삼투하는 존재로 나를 가두려 해도 그것은 캔버스 속에서 이루어지는 상상과도 같다. 아버지의 무거움으로부터 해방되어 그로부터 자유로워지면서 아버지라는 존재에 무간해지는 시들이 등장하고 있다. (김승희 「사랑 9」, 성미정 「시인 아버지 노릇의 어려움」, 이경림 「사실적인, 사실, 적인–상자들」, 이민하 「토마토」)

현대소설은 보다 적극적으로 아버지를 흠집내고 훼절하고 혹은 아버지의 인간적 면모를 재건함으로써 아버지 신화에 역행하고자 한다. 부모의 성장, 만남, 결혼, 이혼의 시나리오가 딸에 의해 상상적으로 재구성되고 딸들은 평생 속내를 알 수 없던 아빠의 '사생활' 속에서 아빠의 맨얼굴에 비친 고독과 욕망을 봄으로써 그를 인간으로 재발견하고, 무능한 '백치'로 전락한 아버지를 공포가 아닌 응시와 관조의 대상으로 바라보게 된다. (김숨 「투견」, 『백치들』, 백영옥 「가족 드라마」, 서하진 「아빠의 사생활」, 하성란 「그 여름의 수사」)

그리고 아버지의 공백을 오이디푸스의 상징 너머 아버지에 대한 상상과 로망으로 채워간다. 상상적으로 현존하는 아버지를 향해 딸들은 '아비는 상상이다'

'아비는 유령이다'라는 선언을 하기에 이른다. (한유주 「유령을 힐난하다」, 천운영 『생강』)

중복 이튿날. 부리면 면사무소의 천문달 아저씨가 아빠의 죽음을 알려온다. 그는 아빠의 친구이기도 하다. 산속 집까지 찾아온 천문달 아저씨는 아빠가 몰던 트럭이 반대편에서 달려오던 시외버스와 충돌했다고 했다. 마전에서 대전으로 넘어가는 태봉터널 안에서 사고가 있었다고 했다. 핸들에 머리를 박은 채 그 자리에서 즉사한 아빠는 만취해 있었다고 했다. 갈라진 아빠의 머리에서는 끈적끈적한 개의 피가 흘러나왔을 것이다.
사흘 뒤, 아빠의 육신은 불태워진다. 한 줌 뼛가루가 되어 내 손에 들려진 아빠는 더 이상 두려운 존재가 아니다.

—김숨 「투견」(2003)

나는 턱밑까지 이불을 끌어올린 채 가만히 누워 아버지를 생각했다. 아버지의 생활, 아버지의 죽음, 아버지의 잔디깎이, 뭐 그런 것들. 그런데 아버지는 아직도 내 머릿속을 뛰어다니고 있었다. 너무 오랫동안 해왔던 상상이라 잘 지워지지 않는 모양이었다. //
아버지가 비록 세상에서 가장 시시하고 초라한 사람이라고 할지라도 —그런 사람도 다른 사람들이 아픈 것은 같이 아프고, 다른 사람들이 좋아하는 것을 같이 좋아할 수 있다는 생각을 하지 못했다. 그러니 아버지는 내가 상상했던 십수년 내내, 쉬지 않고 달리는 동안 늘 눈이 아프고 부셨을 것이다. 그래서 나는 오늘밤 아버지의 얼굴에 썬글라스를 씌워드리기로 결심했다. (중략) 아버지는 기대감에 부푼, 그러나 애써 내색하지 않으려는 듯 작게 웃고 있다. 아버지가 가만히 눈을 감는다. 마치 입맞춤을 기다리는 소년 같다.

—김애란 「달려라, 아비」(2004)

순간 나는 한 가지 중요한 사실을 깨달았다. 그것은 '나는 버림받았다'는 사실이 아니었다. 그것은 단순하고 모호한 문장, 먼 곳에서 수백 년 전 출발해 이제 막 내 고막 안에 도착하는 휘파람 소리. '아빠가 사라졌다'는 말이었다. 정말이지 아버지는 실종된 것이 틀림없었다. 그렇지 않고서야 이렇게, 이런 곳에, 이런 식으로 나를 버릴 리 없었다.

—김애란 「사랑의 인사」(2005)

그는 묻고 싶었다. 아버지에 대해서, 어머니에 대해서. 기억에 대해서, 죽음에 대해서. 죽은 사람도 사람일까? 그리고 잊어버린 기억도 여전히 기억일까?

— 한유주 「유령을 힐난하다」(2006)

사실 그건 나에게 보내는 편지가 아니라, 일종의 선언문이었다. 아빠는 병원에 있었고 혼자가 아니었다. 새 직장도 가졌다고 했다. 가출한 지 몇 달 만에 온 편지 속의 아빠는 행복해 보였다. 글자에 만약 표정이라는 게 있다면 그것은 분명 입이 찢어져라 웃고 있는 모양새였을 것이다.

— 백영옥 「가족드라마」(2007)

멍한 머릿속에 아이스크림을 한입 베어 물던 아빠, 눈꼬리가 처지게 웃던 아빠가 자꾸 떠오른다. 그런 아빠가 싫지만, 이건 뭘까, 나는 아빠가 좀 가여워진다. 이상한 일이다. //

나 역시 미나처럼 어른의 흉내를 내리라는 것도. 아빠와 함께, 어린 연인 역할놀이를 하던 시절은 이제 영영 사라졌다. 아빠의 행적을 알아내는 데 나는 성공했지만, 장벽이 무너지자 모든 것이 장벽이었다. 눈이 시리고 마음이 시리고 온 가슴이 시렸다. 저 막힌 데 없고 이정표 없는 들판 같은 날들이 내 앞에 놓여 있었다.

— 서하진 「아빠의 사생활」(2008)

아버지는 그 길로 가방을 짊어졌다. 크기와 무게가 다른 물건들이 밑으로 떨어지면서 요란스런 소리를 냈다. 너무도 사소한 것들이 내는 소리였다. 현관문 앞에서 아버지가 고개를 돌려 우리들을 찬찬히 바라보았다. 혹 값이라도 나가 보여 아버지가 고개를 돌려 우리들을 찬찬히 바라보았다. 혹 값이라도 나가 보여 아버지의 가방에 넣어질까봐 그런지 남동생 셋은 가장 멍청한 표정으로 아버지를 배웅했다. "아빠가 약속했던 거 기억하나?" 아버지가 내 얼굴을 봤다. "전국 주요도로, 야립 간판에 너만 알아볼 수 있는 표시를 해둘 거라는 말 기억하나?" "어떤 표신데? 알려줘야 알아볼 것 아냐." "내 딸이면 알아본다. 아니 그냥 알아진다."

— 하성란 「알파의 시간」(2008)

간질간질한 말. 엄마와 아버지도 그런 말들을 주고받았던 때가 있었을 것이다. "난 널 사랑해. 너두 그건 알잖아." 아버지도 누군가의 집 담벼락에 엄마를 떠다밀며 뜨거운 입김을 쏟아 부었을 것이다. 아버지 입에서 나는 술 냄새에 엄마는 얼굴을 돌린다. "앗, 아퍼. 등에 뭐가 배긴다구." "언제나 내 말을 믿을 거야? 혈서를 쓸까? 니가 하라면 지금이라도 쓸게." 엄마도 그 말에 감동을 받았을 것이다. (중락) 그 뒤로도 몇 번 나는 아버지에게 선보를 쳤다. 어느 날 엄마가 말한 내용을 찢어버리고 '당신이너무보고싶어요'라고 보냈다. 마치 그 말을 기다리느라 수년을 떠돈 사람처럼 아버지가 돌아왔다. 사명감과 함께 내 속의 열 박자 리듬감도 다른 박자로 옮겨 탔다. 상급생이 되면서 새로운 수사법이 빠져든 탓도 있었다. 내 속의 문장은 만연체로 화려한 수식어를 달고 길고 또 길어졌다.

—하성란 「그 여름의 수사」(2008)

    그렇게 당신은 유령이 되었다. 다락방의 유령. 보이지는 않지만 엄연히 존재하는, 가끔씩 자신의 존재를 어떤 신호나 징후로 보여주는, 한밤중에 다락 바닥에 덧댄 나무합판을 들썩이는 소리로 자신의 존재를 각인시키는 당신은 다락방의 유령이었다.

—천운영 『생강』(2011)

오랜만에
아버지 묘소에
가본다
풀들이 누렇게 시들어 확실히 가을이 왔다고
선포한다

땅에 누운 노숙자 아버지

이렇게 아버지를 버리고 산다

더 이상 두려울 것이 없다

—김승희 「사랑 9」(2000)

간호사 딸과 시인 딸을 둔 아버지가 돌아가실
뻔했다 종친회에서 마신 술이 사흘이
지나도록 깨지 않아 병원으로 모시고 갔더니
두 시간만 늦었어도 돌아가실 뻔!
했단다

돌아가실 뻔! 이 얼마나 극적인가
하지만 아버지가 종친회의 누렇게 바랜

천막아래서가 아니라 벚꽃이나 능소화
아래서 술을 마시다 그런 일이 일어났다면……
혹은 그 당시 드신 술이 막걸리가 아니라
로제 와인이거나 호박빛 영롱한 매실주였다면……
　　　　　　　　　－성미정 「시인 아버지 노릇의 어려움」(2003)

이제 아버지는 없다
아버지는 아버지 밖으로 사라졌다
본시, 세상은 아버지와 아버지,
또 아버지와 아버지들 사이에
사실적으로, 사실, 적으로 있었다
사실적인 아버지는 뜨거웠으나 사실, 적인 아버지는 얼음 같았다
나는 그런 아버지들 사이에서 사실적으로 아니,
사실, 적으로 갈팡질팡하였다 그러나 아버지는 죽었다
아버지는 아버지 이후로 스며든 것일까
아버지 이전으로 돌아간 것일까?
생각해보니 사실적도, 사실, 적도 아니었던 아버지!
　　　　　　　　　－이경림 「사실적인, 사실, 적인－상자들」(2005)

　둥글고 붉은 토마토가 있다 四角의 방 안에 있다 한 사람이 옆에 있다 아버지의
안경을 쓴 그는 고개를 돌려 나를 본다 가만히 보니 애인의 얼굴이다 그의 핏발
선 두 눈이 군침을 삼키던 나를 불결한 듯 욕실로 떠다민다 입이 파랗게 허기진
나는 높다란 선반에서 꺼낸 구름으로 입 안 가득 이빨을 문질러 닦고는 돌아온다
방으로 오는 데 한나절이 걸린다 사람이 사라졌다 둥글고 붉은 토마토가 사라졌다
새하얀 사각의 캔버스만 놓여 있다 캔버스를 들여다보니 둥글고 붉은 토마토가
거기 있다 나는 캔버스 안으로 들어가 두리번거린다 둥글고 붉은 토마토 옆에
한 사람이 있다 애인의 넥타이를 맨 그는 고개를 돌려 내게 호통을 친다 가만히
보니 아버지의 얼굴이다 그의 둔탁한 목소리가 군침을 삼키던 나를 불온한 듯
캔버스 밖으로 떠다민다
　　　　　　　　　－이민하 「토마토」(2005)

3
아내

아내는 결혼하여 남자의 짝이 된 여자를 그 남자에 대하여 이르는 말이다. 남편과 아내 사이의 관계는 대등한 인간관계에 기초한 것이라기보다는 남편은 한 가정의 주인으로, 그리고 아내는 그를 내조해주는 안사람 또는 집사람으로 양자가 수직적인 관계에 있는 것으로 인식되는데, '아내, 집사람, 안사람, 계집' 등 결혼한 여성을 가리키는 명칭 속에는 결혼한 여성의 영역을 집안으로 한정하는 시각이 짙게 배어 있다. 남편과 아내 사이의 관계가 결코 대등한 인간관계에 기초한 것이 아니라는 점은 호칭체계에서도 분명히 드러난다.

고전소설에서 아내는 남편에게 있어 인생의 동반자로서 화합해야 할 대상이며, 남편을 이끌어주고 그 존재를 꽃피우게 해준 멘토였다. 오히려 아내들이 과거 급제란 욕망에 더 적극적이었고 글공부를 더 열심히 하도록 남편들을 이끌었던 것이다. 남편이 미색만 탐하여 판단력이 흐려지거나 바르지 못한 행실을 보이면 바른 길로 이끌려 노력하며 집안의 한 축을 형성하여 집안의 흥망성쇠를 좌우하는 역할을 한다.

규방가사에서 '양처'(良妻)나 '현부인'(賢夫人)으로 표현되는 여성은 사회적으로 권장되는 아내상이다. 양처는 유순하고 신중하며, 인내하는 현숙한 부덕을 지닌 부인으로, 자신을 위한 삶보다는 집안의 화목과 이해를 추구하는데 이러한 삶이 여성의 성공적 삶으로 인식된다. 반면에 투기하여 악행을 저지르는 여성은 작품 속에서 악한 인물로 지목되고 비난 받는다. 또 다른 아내인 소실들 또한 자긍심과 비참함이, 욕망과 좌절이 뒤엉킨 삶을 살았다.

근대 초 여성 교육이 지향한 아내의 역할은 '양처(良妻)'라는 윤리적 규범으로 표상되는데, 양처는 정숙한 아내(賢妻)의 미덕과 사랑스런 아내(愛妻)의 역할을 동시에 구현하는 이상적인 여성상이었다. 그러나 이것이 아내의 유일한 정체성으로 강요됨으로써 여성을 옭아매는 족쇄로 작용하기도 했다. 그래서 현대소설에서 아내는 자신보다 우월한 남편에 의해 성장하는 미숙하고 열등한 존재로 형상화된다. 아내와 남편의 불평등한 관계는 남편의 성적 학대나 폭력을 견디면서도 그 자리를 고수하는 구여성뿐 아니라 갈등 끝에 화목한 가정의 아내 자리를 택하는 신여성들을 통해서도 재현되고 있다. 이후 현대소설은 안정된 가정의 행복한 주부라는 허상의 이미지에 구속되었던 여성들이 온실 속의 화초처럼 길들여지고 무능력해진 자신의 모습에 회의를 느끼고 자기 정체성을 모색하고자 하는 모습을 서사화한다.

현대시에서 아내들은 보다 적극적으로 갈등하고 고뇌하는 모습을 드러낸다. 이들은 사회가 요구하는 양처와 자의식이 욕망하는 악처 사이에서 고뇌하기 시작한다. '새장'을 벗어나는 것이 현실적으로 자아를 찾는 지름길이 아니며 지금의 집을 벗어나면 설령 아마존을 만날지 모르되 '집시'가 다름없는 존재가 될지도 모른다는 것을 깨닫고 치열하게 갈등하게 된다.

　아내에게 끝없는 인내와 헌신을 강요하는 결혼제도 속에서 아내들은 자기 욕망과 자기 서사를 상실한다. 이런 아내들의 내띕은 현대소설에서 불안한 남편의 시선을 통해 형상화되기도 하고 아내 자신의 내밀한 언어로 고백되기도 한다. 가정이라는 굴레는 아내에게서 활기와 생명력을 빼앗아가고, 아내들은 그 안에서 점점 의식이 마비된 채 고립되고 박제되어간다. 따라서 아내들의 갑작스런 몸바꿈 혹은 변신은 가정이라는 구속에서 벗어나고픈 아내들의 탈주 욕망을 알레고리적으로 드러낸 경우라 할 수 있다.

　한편 결혼생활의 허위와 진실 사이에서 갈등하고 권태와 무의미에 피폐해진 아내들은 가출(家出)을 시도하거나 홀로서기를 선언한다. 그러나 갈 곳을 모르거나 갈 곳이 없는 아내들은 좌절된 탈주의 꿈을 깊은 내면에 감추고 자아를 보존하기 위한 분투를 지속한다. 이렇게 아내들은 자존적 자아를 찾기 위해 고투하지만 막상 현실에서 그 욕망은 실현되기 어려운 것임을 깨닫기도 한다. 부부란 사랑과 열정을 공유하며 지속하는 관계라기보다 적막하고 쓸쓸한 삶에서 서로에게 벗과 지인이 되어가는 것이라고 받아들이게 되는 것이다.

　아내들은 이제 일과 가정이라는 이중적인 역할을 부여받은 전사이자 슈퍼우먼의 모습으로 등장한다. 가정 안에 갇혀 있던 아내는 무능한 남편을 대신해 경제적 부담을 짊어지고 남편이 내팽개쳐버린 집안의 가장 역할을 하거나 남편을 성공시키기 위해 악착같이 뒷바라지를 하는 등 강한 생활력을 보여준다. 이들은 아내, 엄마, 주부라는 역할을 완벽하게 수행하기 위해 잔혹한 전사가 되어간다.

아내의 호칭

아내는 결혼하여 남자의 짝이 된 여자를 그 남자에 대하여 이르는 말이다. 우리의 전통적인 가족제도가 부계중심적인 성격을 띠고 있었기 때문에 아내는 항시 남편에 딸린 부차적인 사람이거나, 심지어는 예속적인 지위에 있는 사람으로 간주되었다. 그러기에 남편과 아내 사이의 관계는 대등한 인간관계에 기초한 것이라기보다는 남편은 한 가정의 '주인'으로, 그리고 아내는 그를 내조해주는 '안사람' 또는 '집사람'으로 양자가 수직적인 관계에 있는 것으로 파악되었다. '아내, 집사람, 안사람, 계집' 등 결혼한 여성을 가리키는 명칭 속에는 결혼한 여성의 영역을 집안으로 한정하는 시각이 짙게 배어 있다. 남편과 아내 사이의 관계가 결코 대등한 인간관계에 기초한 것이 아니라는 점은 호칭 체계에서도 분명히 드러나고 있다.

아내에 대한 호칭과 관련하여 특히 주목을 끄는 점은 아내를 면전에서 직접 부르는 호칭이 발달되지 않았다는 사실이다. 직접 호칭에는 '여보, 마누라, 임자' 등이 있고, 근래에는 젊은 부부들 사이에 서로를 '자기'로 호칭하거나 아내의 이름을 직접 부르는 사람들이 있지만, 이들도 혼인 후 시간이 흐를수록 아내의 이름을 직접 부르는 경향은 줄어든다.

다른 한편으로는 아내를 가리키는 다양한 지칭이 있다. '처(妻), 내자(內子), 내권(內眷), 실인(室人), 형처(荊妻), 내상(內相)' 등을 비롯하여 '부인(夫人), 현합(賢閤), 망처(亡妻), 망실(亡室), 가인(家人), 존합(尊閤), 영부인(令夫人), 합부인(閤夫人), 사모님, 고현합(故賢閤), 고영부인(故令夫人), 고실(故室), 졸처(拙妻), 세군(細君), 집사람, 안댁, 마누라, 계집, 아내, 안사람, 색시, 여편네' 등이 그것이다. 이것은 자신의 아내를 일컫는 것인지 아니면 다른 사람의 아내를 일컫는지, 또는 윗사람의 아내를 지칭하는지 아니면 아랫사람의 아내를 지칭하는지 등 사용하는 맥락에 따라서 다양하게 나타난다. 여기에 사용되는 맥락을 몇 가지로 구분해보면 다음과 같다.

자신의 아내를 지칭하는 경우, 생존해 있는 아내는 '처, 내자, 내권, 졸처, 형처, 가인, 집사람, 마누라, 아내, 안사람, 여편네' 등으로 부르고 죽은 아내는

'망처, 망실'로 표현한다. 다른 사람의 아내를 지칭하는 경우는 존칭어와 비존칭어로 나누어지는데, 생존해 있는 남의 아내를 높이는 말로는 '현합, 존합, 영부인, 합부인, 세군, 사모님' 등이 사용되고, 죽은 남의 아내를 높이는 말로는 '고영부인, 고현합, 고실' 등이 사용된다. 다른 사람의 아내라도 높이려는 의도가 없을 때 생존해 있는 경우는 '처, 내자, 실인, 내상, 부인, 아내, 안댁, 집사람, 안사람, 마누라, 계집, 색시, 여편네' 등으로, 사망한 경우는 '망처, 망실' 등으로 부른다.

아내에 대한 지칭에서는 '내자, 실인, 아내, 안댁, 집사람, 안사람, 마누라, 계집, 색시, '여편네' 등과 같이 비존대의 호칭이 오히려 더 발달되었다는 점에 주목할 필요가 있다. 윗사람의 아내를 가리키면서 이런 호칭들을 사용하는 것은 무례한 표현으로 간주된다. 아마도 이런 현상은 아내를 상대적으로 낮추어 보는 남성 또는 남편 중심의 가족제도의 일면을 그대로 보여주는 일례라고 할 수 있을 것이다.

아내 관련 어휘의 종류와 변화 한자어 '처(妻)'의 의미를 갖는 고유어 계통의 단어는 여러 개가 있었다. 현대국어에서 확고한 위치를 점하고 있는 '아내'를 비롯하여 '갓, 겨집, 마누라' 등이 그것인데 이들 중에는 형태와 의미에 큰 변화 없이 현재까지 사용되는 어휘도 있고, 어느 시기에는 활발하게 사용되었으나 소멸의 길을 걷게 된 어휘도 있으며, 특정 시기에 등장하여 쓰이다가 이후에 의미 변화를 겪은 어휘도 있다.

15세기 문헌에는 '妻'를 뜻하는 어휘로 '갓, 안해, 겨집'이 등장한다. 동일 문헌에도 '妻'의 의미로 '갓'과 '겨집'이 모두 나타나는 것으로 보아 용법의 큰 차이는 없어 보인다.

夫는 샤오이오 妻는 가시라 (『월인석보(月印釋譜)』 1(1459))
내 이 고즐 나소리니 願흔든 내 生生애 그딋 가시 두외아지라 (『월인석보(月印釋譜)』 1(1459))

흔 고올히 인는 댱필이 안해 도얏써니 (『삼강행실도(三綱行實圖)』 烈(1481))
명슭란 겨지븐 완안 댱악의 안해러니 (『삼강행실도(三綱行實圖)』 烈(1481))

如來 太子ㅅ 時節에 나를 겨집 사밧시니 내 太子를 셤기ᅀᆞᆸ보ᄃᆡ 하ᄂᆞᆯ 셤기ᅀᆞᆸ
ᄃᆞᆺᄒᆞ야 (『석보상절(釋譜詳節)』 6(1447))

邪淫은 제 겨집 아니면 다 邪淫이라 (『월인석보(月印釋譜)』 21(1459))

'갓'은 15세기에는 제법 많은 용례가 보이고 있는데 16세기 이후로는 보이지 않는다. '안해'에 그 자리를 물려주고 사라진 것이다. 현대 경상도나 전남 방언에서 쓰이고 있는 '가시나, 가시내'는 이 '갓'에서 기원한 것이다.

'아내'는 15세기 이후부터 현재까지 '처(妻)'의 의미로 계속하여 쓰인 단어이다. 15세기에 나타난 형태는 '안해'였고, 16세기와 17세기의 문헌에서도 한결같이 '안해'로만 표기되었다. 18세기에 나타나는 '안희'는 'ㆍ'의 소실로 인해 야기된 표기상의 혼란으로 '안해'와 동일한 음성형이 달리 표기된 것이며, 19세기에 나타나는 '안늬, 아내'는 유성음 사이에서 약화된 'ㅎ'이 탈락하면서 나타난 형태이다. 19세기는 물론 20세기 초까지도 나타나던 '안해'는 이후 '아내'로 통일되는 과정을 겪어 현재에 이르렀다.

그 ᄉᆞ이 아ᅵ 안해도 아니 보와 잇고 부모 분토애 하 오래 몯 보와시니 (『순천김씨묘 출토 간찰』(1565))

아ᄃᆞᆯ이 그 안해ᄅᆞᆯ 심히 맛당히 너겨도 父母ㅣ 깃거티 아니커시든 내여 보내고 (『소학언해(小學諺解)』 2(1588))

안해 세 ᄯᆞᆯᄅᆞᆯ 거ᄂᆞ리고 딜슌재예 올라 예나라ᄒᆞᆯ ᄇᆞ라 울고 주그니라 (『동국신속삼강행실도(東國新續三綱行實圖)』 忠(1617))

姆姆 지아비 형의 안해니 (『역어유해(譯語類解)』 上(1690))

지아비 안해을 御티 몯ᄒᆞ면 威儀 폐ᄒᆞ야 이즈러디고 안해 지아비를 셤기디 몯ᄒᆞ면 義理 믄허뎌 업ᄉᆞ리니 (『여사서언해(女四書諺解)』 1(1736))

玄德이 孫夫人과 흠ᄭᅴ 몬져 와셔 吳太后와 孫權의 안희의게 절ᄒᆞ다 (『삼역총해(三譯總解)』 10(1774))

대부인도 이믜 불힝ᄒᆞ고 안희도 ᄯᅩ흔 ᄀᆡ가ᄒᆞ엿ᄂᆞ더라 (『오륜행실도(五倫行實圖)』 忠(1797))

안해 쳐 妻 (『국한회화(國漢會話)』(1895))

스스로 ᄯᆞᆯ을 쥬어 그 안희를 삼으라 흔ᄃᆡ (『태상감응편도설언해(太上感應篇圖說諺解)』 3(1852))

빅 고푸다 우는 ᄌᆞ식 낭군 그려 우는 아ᄂᆡ 일여포흔 오월비상 네가 웃지 즐

될손냐 (「게우사」(19세기))

허웅가 실옹가의 아내보고 하는 말이 내 말 자세 들어 보소 (「옹고집전」(19세기))

至수 안해가 하나 남은 모번단 저구리를 찾는 것도 아츰ㅅ거리를 장만하려 함이라 (현진건 「빈처」(1921))

쫄이 되고 안히가 되고 어머니가 되는 것도 녀즈의 직분이지오. (이광수 『무정』(1917))

남원 김 승지의 딸에게 장가들어 얻은 아내로, 인물이 아름답기로 재산을 많이 가져오기로 유명한 부인입니다. (이광수 『흙』(1932))

수영의 눈에는 암만해도 계숙이가 아주 농사꾼의 아내가 될 것 같지는 않았다. (심훈 『영원의미소』(1933))

'안해'의 기원에 대해서는 여러 가지 학설이 많다. '아내'를 '안(內)'에 있는 사람, 또는 안방에 있는 사람'이란 뜻으로 보고, '내(內)'를 의미하는 15세기의 단어 '안ㅎ'에 처격조사 '-익/애'가 결합되었다고 보는 주장이 있다. 이 주장의 문제점은 이 당시에 '안ㅎ'은 일반적으로 처격조사로 '-애'가 아니라 '-익'를 취했는데, '처(妻)'의 의미를 갖는 '안해'는 17세기까지 '안히'의 형태가 아닌 '안해'의 형태로만 나타난다는 것이다. 이 원칙은 근대국어 시기까지 비교적 철저하게 지켜졌다. 즉 '안히(內)'와 '안해(妻)'는 분명히 구별되어서 쓰였다. 또, '아내(妻)'의 원래 의미가 '모(母)·처(妻)·여(女)' 즉 여성 일반을 범칭하던 알타이어에서 분화한 말이라는 주장도 있다. 알타이어에서 '아내'(妻)는 'ani/ane'인데, 바로 여기에 기원을 두고 있다는 것이다. '안ㅎ(內)+-에/애/익(처격조사)'에 의해 이루어진 말이 아니라 단일어라는 것이다. 그러나 이 주장은 'ㅎ'의 존재를 설명할 수 없기 때문에 '아내'의 고형인 '안해'를 설명하기에는 문제가 있다. 한편에서는 '안해'를 '내(內)'를 의미하는 15세기 형태 '안ㅎ'에 사람이나 물건을 말할 때 쓰이던 접미사 '-해'가 결합되어 만들어진 단어로 보기도 한다. 현대어에서 '아내'를 '안사람'이라고도 하는데 바로 이런 의미를 '안해'가 가지고 있었던 것으로 본다. 처격의 결합이 아닌 접미사 '-해' 결합으로 본 것은 '안해'와 '안히'가 구별되었던 중세어의 형태를 설명해 주는 데 타당성을 부여하는 이점이 있다.

'겨집'도 '처(妻)'의 의미로 쓰였다. '겨집'은 일반 여자를 지칭하는 단어로 쓰이기도 하였지만 '처'의 의미로도 쓰였다. '처'의 의미로 쓰인 '겨집'은 '아내'가 사용되는 맥락과 별반 차이가 없고 비하의 의미 또한 갖지 않았다. 한자 학습서인 『훈몽자회(訓蒙字會)』에서 한자 '처(妻)'의 훈으로 '겨집'을 취한 것이나, 『소학언해(小學諺解)』에서 손윗사람인 형의 처에 대해서도 '겨집'을 사용한 것을 보면 이 어휘가 중립적 표현이었음을 알 수 있다. 그러나 'ㅣ'모음 역행동화를 경험한 형태인 '계집'은 일반 여자를 일컫는 말로만 쓰였고, 이는 후에 여자를 낮추어 이르는 말로 변하게 된다. '겨집'의 기원에 대해서 '재(在)'의 의미를 가진 15세기 단어 '겨다'의 어간에 '집(家)'이 결합한 단어로 보고 '집에 있는 사람, 집안 사람'의 의미가 '여자'를 지칭하는 말로 바뀌었다고 보는 견해가 있다.

> 曹爽의 ᄉ촌 아ᅀ 文叔의 겨집은 譙郡 짜 侯文寧의 ᄯ리니 일후믄 令女ㅣ라
> (『번역소학(飜譯小學)』 9(1517))
> 사ᄅ미 쳐ᄌ와 화동ᄒ여ᅀ 어버ᅀᅵ 즐겨 ᄒ리니 이ᄂ 남진 겨집븨 화동호미 집븨 됴홀 ᄲᆞᆫ 아니라 진실로 어버의 ᄆᆞᄋᆞᆷᄋᆞᆯ 깃길 거시로다 (『정속언해(正俗諺解)』 (1518))
> 妻 겨집 쳐 妾 고마 첩 (『훈몽자회(訓蒙字會)』 上(1527))
> 娣 아의 겨집이라 姒 형의 겨집이라 (『소학언해(小學諺解)』 5(1586))

19세기 말부터는 '마누라'가 '처(妻)'의 의미로 쓰인 예가 나타난다. '마누라'는 지금은 남편이 다른 사람에게(그것도 같은 지위나 연령에 있는 사람에게) 자신의 아내를 지칭할 때나 중년 이상이 된 아내를 허물없이 부를 때나, 다른 사람의 아내를 낮추어 지칭할 때(예를 들면 '주인 마누라' 등) 쓰이고 있다. '마누라'는 원래 '마노라'에서 비롯되었는데, '마노라'는 노비가 상전을 부르는 칭호, 또는 임금이나 왕후에게 대한 가장 높이는 칭호로 사용되었던 것이다. 그러니까 극존칭으로서 높일 사람이 남자든 여자든 상관없이, 그리고 부르는 사람이 남자든 여자든 상관없이 부르던 것이었다. 그런데 왜 이것이 아내의 호칭으로 변화하였는지는 명확히 알 수 없지만, 남편을 '영감'이라고 한 것을 생각하면 이해할 수 있을 것이다. 원래 '영감'은 정삼품 이상 종이품 이하의 관원을 말하는 것이었다. 원래 높은 위치에 있는 사람을 부르던 존칭어 '영감'과 '마누라'가 오늘날 일반화하면서 부부간의 호칭어로, 또는 남의 아내나 남편을 지칭하는 말로 바뀐 것이다.

양태 동이나 얻어다가 가용에도 쓸 것이요 우리 마누라 속곳이 없어 한 벌 얻어

입힐까 하고 나왔더니 (「배비장전」(19세기))

실옹가 마누라 좋아라고 부지기고 하고 길러 내더라 (「옹고집전」(19세기))

나는 感傷的으로 허둥허둥하며 "낸들 마누라를 苦生시키고 십허 시키겟소." (현
진건 「빈처」(1921))

늙은 마름도 볼 수가 업고 후덕스러 보이는 그의 마누라도 볼 수가 업다. (나도향
「쑴」(1925))

밤중이지마는 마누라를 불으더니 "여보 술 한 잔 부시오" 호기 잇게 술을 청하더
니 (나도향 「화염에 싸인 원한」(1926))

3.2. 속담 속 아내의 초상

우리의 전통사회에서 사람들의 입에 오르내린 속담에는 아내에 관한 것이
많다. 여기에는 아내에 대한 긍정적인 측면과 부정적인 측면이 모두 포함되어
있다.

남성 중심의 가족제도에서 아내는 남편에 대해 종속적이고 예속적인 지위에
있었고, 아내가 똑똑하다든가 주장이 강하다는 것 자체가 가정의 화평에 위협
적인 것으로 간주되어 경계의 대상이 되었다. '아내는 남편을 따라야 한다(女必
從夫)./ 아내가 남편보다 너무 똑똑해도 집안이 안 된다./ 아내가 비록 어질지라
도 바깥일에 참여해서는 안 된다./ 아내는 장님이어야 하고 남편은 귀머거리여
야 한다./ 여편네는 돌아다니면 버리고 그릇은 빌려주면 깨진다./ 여편네 벌이
는 쥐 벌이다./ 여편네 소리가 지붕을 넘으면 집안이 망한다./ 여편네 팔자는
가락과 같다'와 같은 속담들은 이런 측면을 잘 드러내고 있다. 이밖에도 '여자
가 울면 집안이 망한다'는 말이 있는데, 이 경우에도 '여자'란 아내 또는 부인을
뜻하는 것이었다. 이 속담들은 어떤 경우에도 아내는 남편에게 종속적이어야
하고, 남편의 영역에 간섭하지 말아야 할 것이며, 아내의 운명은 남편에게 달려
있다는 의미를 담고 있다. 뿐만 아니라 여성의 역할은 별 것이 아니어서 무시할
만한 정도이고, 아내는 너무나도 연약한 존재여서 마치 그릇을 빌려주면 깨지
기 쉽듯이 보호되어야 할 대상이라는 의미가 포함되어 있다.

가정생활에서 남편이 아내에게 애성을 느끼고 아내를 소중히 여기는 것은 혼인생활을 위한 기본적인 조건이라고 하겠다. 그리하여 남편이 아내에게 느끼는 애정은 아내 본인뿐만 아니라, 아내의 행동 일체 및 아내와 관련이 있는 모든 것으로 확대되어 적용된다. '아내가 귀여우면 처갓집 문설주도 귀엽다. / 아내가 귀여우면 처갓집 쇠말뚝 보고도 절한다. / 아내가 귀여우면 처갓집 지붕에 앉은 까마귀도 귀엽다. / 아내가 예쁘면 개죽을 쒀줘도 맛있다고 한다. / 아내가 예쁘면 처갓집 울타리까지도 예쁘다. / 아내가 예쁘면 처갓집 호박꽃도 곱다고 한다'와 같은 속담들은 표면적으로는 모두 아내에게 애정을 느끼는 남편의 행동 및 태도를 그리고 있다. 그러나 또 다른 한편으로는 아내에게 빠진 남편을 나무라면서 냉소적으로 이런 속담이 사용되기도 한다는 점을 기억할 필요가 있다. 즉, 남편이 아내를 너무 귀여워하여 감싸준다면 집안 꼴이 어떻게 되겠느냐며 애정에 치우치지 말고 이성적으로 행동할 것을 요구하는 일종의 경고로 사용되기도 한다.

같은 맥락에서 아내에 대한 사랑이 지나치다고 생각되는 남편을 경멸하는 속담들이 적지 않다. 즉, 자기 아내를 자랑하는 행동은 무언가 좀 모자라는 사람의 짓이라든가, 정상적인 사람이라면 그런 행동을 할 수 없다는 식이다. '아내 자랑은 반놈이나 한다. / 아내 자랑하는 놈 치고 변변한 놈 없다. / 아내 자랑하는 놈은 팔불출(八不出)의 하나다' 등의 속담에서도 역시 남편과 아내간의 관계를 대등한 것으로 간주하기를 거부하는 우리의 전통적인 가치관이 잘 드러나 있다. 이와 같은 태도는 자신의 남편 자랑을 늘어놓는 아내에 대하여 이 정도의 심한 평가를 내리지는 않는다는 점과는 좋은 대조를 이루고 있다.

한편, 전통사회에서는 아내의 남편에 대한 예속적인 지위를 당연시한 나머지, 아내의 행동은 남편에게 그 일차적인 책임이 있는 것으로 간주되었다. 그리하여 남편은 아내를 잘 다스려야 하고, 이런 행동양식은 아예 신혼 초부터 몸에 배도록 해야 한다는 것이다. 다음의 속담들은 이런 가치관을 보여주고 있다. '아내는 남편 손에 달렸다. / 아내와 집은 가꿀 탓이다. / 아내는 처음 시집와서 잘 가르쳐야 한다. / 아내는 다홍치마 때 길들여야 하고 자식은 열 살 안에 길들여야 한다. / 아내는 다홍치마 적에 가르치랬다' 등의 속담들은 아내를 하나의 독립적인 개체로 인정하기보다는 남편이 어떻게 가르치고 길들이는지에 따라 아내의 행동이 달라지게 마련이라는 것이고, 또한 이를 위해 신혼 초부터 아내에 대한 고삐를 졸라매야 한다는 식의 표현이다.

그러나 이상에서 살펴본 속담들과는 달리 아내가 남편의 행동에 중대한 영향을 미칠 수가 있고, 어떤 성격의 아내를 만나는지에 따라 남편의 운명이 크게 좌우될 수 있음을 강조하는 속담도 적지 않다. '아내의 행실이 어질면 남편의 화가 적어진다. / 아내가 착해야 남편도 착하게 된다. / 아내 잘 만나는 것도 큰 복이다. / 아내 잘 만나면 평생 복이다. / 된장 신 것은 일 년 원수요 아내 못된 건 평생 원수다. / 아내를 잘못 얻으면 대들보가 부러진다. / 여편네 잘못 만나면 백년 원수다. / 여편네 잘못 얻으면 등골 빠진다. / 여편네가 활수(물건을 아끼지 않고 씀)면 벌어들여도 시루에 물붓기다' 등의 속담들은 모두 남편에게 미치는 영향의 측면에서뿐만 아니라, 가계의 운영에서 아내의 구실이 얼마나 중요한 것인지를 잘 표현해주고 있다. 다른 것이라면 혹시 잘못된 경우 대체가 가능하기도 하지만, 아내의 경우에는 한번 잘못 만나게 되면 일생을 그르치게 된다는 것으로 그만큼 아내의 구실이 중요하다는 뜻을 담고 있다.

결국 남편과 아내는 일생의 반려자로 한 사람은 다른 사람에게 영향을 미칠 것임은 당연한 것이고, 두 사람은 운명 공동체이므로 아내의 조언과 견해를 일방적으로 무시해 버리는 독선적인 남편의 행동은 화를 자초할지도 모른다. '아내의 말도 들어야 할 말은 들어야 한다. / 아내 말을 안 들으면 망신하고, 잘 들으면 남을 도둑 만든다. / 아내 말을 잘 들으면 패가하고, 안 들으면 망신한다. / 여편네 말 잘못 듣다가는 남의 여편네 도둑년 만든다'와 같은 속담에 이러한 교훈이 담겨 있다.

3.3. 인생의 스승 혹은 동반자

조선 후기 양반 여성들은 가난한 집에 시집을 가서 죽을힘을 다해 살림을 돌보고, 남편이 글공부를 할 수 있도록 독려했다. 김삼의당(金三宜堂) 같은 시골 양반의 여성들은 명색만 양반인 집안을 다시 일으키고자 했는데 이는 남편이 과거(科擧)를 통해 입신양명(立身揚名)하는 것만이 유일한 길이었기 때문이었다.

이에 삶의 목표를 과거 급제로 합의하고 남편이 글공부를 열심히 하여 과거에 응시하도록 독려했다. 이는 때로는 20년 정도의 기나긴 세월동안 지속된 생이별이자 고통이었다. 이에 남편들은 이를 포기하고자 하였으나 아내들은 단호하게 대처하였다. 오히려 아내들이 과거 급제란 욕망에 더 적극적이었고 남편들을 이끌었다. (김삼의당 「與夫子書」) 강정일당(姜靜一堂)의 경우, 남편 윤광연(尹光演)에게 학문을 권면했다. 그런데 남편의 평범함을 알고 벼슬길에 뜻을 두기보다는 안빈낙도(安貧樂道)를 권면했다. 남편의 엄한 스승이 되어 까다롭고 집요하게 높은 차원의 수양을 강요했다. 또한 아내는 학문적으로 뛰어나 남편이 모르는 것을 수시로 물어보면 세심하게 조언을 하였다. 또한 남편을 대신하여 쓴 '대부자작(代夫子作)'을 많이 남기었다. 이는 남편의 교유와 사승관계를 바탕으로 한 것으로 여성이 사회적 학문 토론의 장에 참여했음을 밝혀주는 근거이기도 하다. 이에 남편은 중년 이후 학문이 뛰어난 선비로 이름을 얻게 되었다. 곧 아내는 남편에게 사랑하는 아내일 뿐 아니라 남편을 이끌어주고 그 존재를 꽃피우게 해준 멘토였다. (강정일당 「尺牘 41-2」 「尺牘 62」)

조선시대의 소설에서는 현실과는 다르게 일부다처제(一夫多妻制)가 자연스럽게 행해지기 때문에 한 남자와 혼인한 여러 여성들이 함께 살게 된다. 이 같은 상황에서 여러 아내들은 서로를 헐뜯거나 모해하는 등 갖은 방법을 동원하여 다른 아내를 깎아내리면서 남편의 사랑을 갈구한다. 그렇기에 남편은 누구의 말이 진실인지 판단하기 어려운 지경에 이르기 쉬운데 이럴 때에 그 중 가장 믿을 만하고 현숙한 아내에게 다른 아내의 사람됨을 묻는다. (「옥루몽」) 그녀를 인생의 동반자이자 지기(知己)의 벗으로 생각하기 때문이다. 또 아내는 남편이 미색만 탐하여 판단력이 흐려지거나 바르지 못한 행실을 보이면 수신제가(修身齊家)를 충실히 하라고 충고하는 등 바른 길로 이끌려 노력한다. (「박씨전」)

고전시가에서 부인은 남편에게 있어 인생의 동반자로서 화합해야 할 대상이다. 규방가사에서 조강지처(糟糠之妻)라는 표현은, 아내가 혼인한 이후 삶의 부침을 함께한 동반자로서 존중받아야 할 존재임을 의미한다. 부인은 집안의 한 축을 형성하여 집안의 흥망성쇠를 좌우하는 역할을 지닌다. 부인은 가장에게 순종하는 부덕을 지녀야 하지만, 동시에 동반자로서 한 집안에 기여한 공로를 인정받아야 할 존재이다. (이사호 「생조감구가」, 「부여교훈가」, 「애련가」)

아름다운 풀은 긴 언덕에 푸르렀고 말 울음소리 쓸쓸하기에 옷을 거꾸로 꿰어 입고 문에 나가 보니 한 소년이 휑하니 지나가고 있었습니다. 곧바로 심부름하는 아이를 시켜 과거 시험장의 소식을 물어 보게 했더니, 당신이 이번 과거에도 또 낙방하신 것을 알게 되었습니다. 당신도 고생이 많았겠지요? 저는 앞으로도 힘껏 도와 드리겠습니다. 작년에는 머리를 잘라서 양식을 마련했고, 올 봄에는 비녀를 팔아서 여비를 마련했습니다. 제 한 몸의 장신구들이 설령 다 없어진다 한들 당신 의 과거 공부에 드는 비용이야 어찌 모자라게 할 수 있겠습니까? 듣자하니 가을이 되면 경시가 있다고 하니 내려오지 못하시겠지요. 마침 소식을 전하는 길이 있어 안부를 물으며 윗옷 한 벌을 보냅니다.

芳草長堤 蕭蕭馬鳴 顚倒裳衣 出門而看 則有一少年 飄然過去 卽命僮僕 往問 科場消息 知吾君子又落於今榜中也. 君子得無勞乎. 吾將竭力乃已 去年剪髮以 齎糧 今春賣釵以資橐 鄙室一身之具寧盡 而君子觀光之資 烏可乏也. 又聞秋來 有慶試云 君無來也. 適因信便仰叩動止 付上衣一頒也.

－김삼의당 「남편에게 보낸 편지 與夫子書」(18세기 후반)

매번 편지를 드릴 때마다 대놓고 부딪히고 겸손하지 않았으니 아내 된 도리를 잃었습니다. 그런데 구헌(瞿軒) 심사동(沈師同) 어른께서 일찍이 당신이 겸허하게 수용하는 도량이 있다고 하셨고, 또 저도 일찍부터 어떤 일이든 직언을 하라는 가르침을 받았습니다. 그래서 감히 다 말씀드리지 않을 수 없었을 뿐입니다.

每書字錄呈 直觸不遜 殊失妾婦之道 然而沈瞿軒丈嘗謂夫子有虛受之量 且 妾嘗承隆事直言之敎 故不敢不盡言耳.

－강정일당 「척독(尺牘) 41－2」(18세기 후반~19세기 전반)

저는 일개 부인으로 몸이 규방에 갇혀 있고 듣는 것도 아는 것도 없습니다. 오히 려 바느질하고 닦고 청소하는 틈에 옛 경적을 열람하며 그 이치를 궁구하고 그 행실을 본받아 이전의 수양한 사람들과 함께 돌아가고자 생각하고 있습니다. 하물 며 당신은 장부로서 마음을 세워 도를 찾고 스승을 좇아 벗을 취하며 열심히 진보 하여 더욱 나아지면 무엇을 배워 할 수 없고 무엇을 강론하여 밝히 알지 못하며 무엇을 행하여 도달하지 못하겠습니까.

妾是一箇婦人 身鎖閨闥 無聞無識 猶於針線灑掃之隙 覽古經籍 窮其理而效 其行 思欲與前修同歸 矧夫子以丈夫 立心求道 從師取友 孜孜進益 則何所學而 不能 何所講而不明 何所行而不達.

－강정일당 「척독(尺牘) 62」(18세기 후반~19세기 전반)

삼일 동안의 회측의 예를 마친 뒤에 시랑이 윤소저의 침실에 이르러서 매이 없고 근심스러운 표정으로 침상으로 들어가 누워 조용히 물었다. "부인이 연일 황소저의 사람됨을 보고 어떻게 생각합니까?" 윤소저가 묵묵히 대답을 하지 않자 시랑이 탄식하여 말하였다. "내가 부인을 비단 부부로 알 뿐만 아니라 지기의 벗으로 믿었기 때문에 이와 같이 물었는데 지금 약간의 혐의를 피하여 속마음을 드러내려 하지 않으니 이것이 어찌 평소 바라던 바이겠소?" 윤소저가 대답하였다. "아녀자의 안목으로 살피는 것은 머리 장식이며 패물과 용모 자색일 따름입니다. 심지와 품행의 장단우열에 이르러서는 평범한 남자로도 두루 알 수 없는 것인데 지금 상공의 현명함으로 식견이 어두운 여자에게 같은 반열의 우열을 물으시니 저는 그 뜻을 모르겠습니다." 시랑이 탄식하여 말하였다. "내가 군부의 명을 거역하기 어려워 이 황부인을 맞이하였으나 이미 훗날 집안을 어지럽게 할 조짐이 보입니다. 부인의 말은 예절에 합당하고 도리에 마땅하나 도리어 속마음은 아니군요."

纔畢三日花燭之禮 侍郎至尹小姐寢室 悄然有憂色 就臥寢床 從容問曰 夫人連日見黃小姐之爲人 謂之何如 尹小姐沈吟不答 侍郎嘆曰 吾於夫人 非但知以夫婦 信以知己之友 故如是問之 今避小嫌 不欲吐出心曲 此豈平日所望哉 尹小姐對曰 兒女子眼目之所察 不過首飾珮物 容貌姿色而已 至於心志品行之長短優劣 以凡常男子 不能周知 今以相公之明 向昏暗女子 問同列之優劣 妾不知其意 侍郎嘆曰 吾難逆君父之命 迎此黃婦 已見他日乖亂之兆 夫人之言 合於禮節 當於道理 返非哀曲

−「옥루몽」(19세기)

일일은 박씨 황혼을 당ᄒᆞᆷᄆᆡ 계화로 ᄒᆞ여 시빅을 쳥ᄒᆞ니 시빅이 박씨 쳥허믈 듯고 젼지도지허여 피화당의 드러가니 박씨 안식을 단졍히 ᄒᆞ고 말숨을 나직이 ᄒᆞ야 왈 사람이 셰상의 쳐ᄒᆞ여 어려서는 글공부를 잠심ᄒᆞ며 부모게 녕화와 효셩으로 셤기며 취쳐허면 사람을 현슉키 거나려 만ᄃᆡ유젼허미 사람의 당당헌 일이온ᄃᆡ 군ᄌᆞ는 다만 미식만 싱각ᄒᆞ여 나를 츄비허다 ᄒᆞ여 인유의 치지 아니허니 이러ᄒᆞ고 오륜의 들며 부모를 효양허리요 인졔는 군ᄌᆞ로 허여금 여러 날 근고분헐 아니라 군ᄌᆞ로 마음이 염녀되여 젼의 노졍을 바리고 그디를 쳥ᄒᆞ여 말숨을 고ᄒᆞ나니 일휴는 슈신졔가ᄒᆞᄂᆞᆫ 졀ᄎᆞ를 젼과 갓치 말나고 말숨이 공슌ᄒᆞ니 시빅이 잇쩌를 당ᄒᆞ여 마음이 어더타 ᄒᆞ리요

−「박씨전」(17세기)

계인격은 싱각잔코 조강지쳐 상식업고 무식다며 각식쥐 잡다못히 음힝으로 되 쥐일겨 의혼소송 침혹한 비싱지원 복죵질ᄉᆞ 아니힐가 민물지등 쳐귀인싱 츳마엿

지 할일이며 ㄷ!셩인 가문이도 출쳐법이 잇다ㅎ나 인문이 미벽ㅎ고 ㄱ가법이 이셔
스니 격원이 아니것만 오빅년 나린법을 인면슈심 아니거든 불셩이부 먹은마음
송백갓치 구더스니 남의젼졍 아니해고 ㄱ명문명 자랑말고 시셰를 보드라도 신구
식을 조종하여 본심을 조심ㅎ게 졔인격 유려하면 부인애 유무식 계관일가

—이사호 「생조감구가」(1930)

알라라 부여행실 견문 잇기 어려워라 뉘집 부여 유힝잇고 뉘집 부여 열힝잇고
엇든 부여 유순ㅎ고 엇든 부여 현철ㅎ고 여공이ㄱ 진인일을 낫낫치 비아이다 남무
집 흥망셩쇠 부여의ㄱ 잇난이라 시부모ㅔ 호셩ㅎ며 이웃사람 칭찬ㅎ고 한거람도
조심ㅎ고 한말슴도 조심ㅎ고 (중략) 칠거지악 안니으든 조강지쳐 박되마소 부부셔
로 화합ㅎ면 안빈낙도 조흘시고 빅연얼 해로ㅎ며 부귀공명 무엇ㅎ리

—「부여교훈가」(미상)

하늘갓혼 우리낭군 쳘리유경 수년이라 영설지공 금의환양 말을타고 오시려나
수레타고 오시려나 옥관자를 부치려나 금관자를 붓치려나 산호동곳 은구영자 졈
잔하게 차린행차 금의환양 하실젹에 다른계집 달지마소 우리나라 법치국가 삼강
오륜 삼종지도 날데릴러 님이오면 여필종부 이내영광 조강지쳐 박대안코 부모조
상 공경하면 수신제가 평천하에 일국공신 졀로되리 비나이다 비나이다 달님보고
비나이다 우리낭군 보시거던 부대이뜻 전해주소

—「애련가」(미상)

3.4. 양처, 신성화된 정체성

양처는 정숙한 아내(賢妻)의 미덕과 사랑스런 아내(愛妻)의 역할을 동시에 구
현하는 이상적인 여성상이었다. 그러나 이 같은 이상적인 아내의 모습은 아내
의 유일한 정체성으로 강요됨으로써 여성을 옭아매는 족쇄로 작용했다.

고전소설에서 한 남자를 바라보고 사는 아내가 여럿인 까닭에 그녀들은 서로
를 시기하고 모함하는데, 이 과정에서 착한 아내는 집에서 쫓겨나기도 한다.
하지만 나쁜 아내의 미모에 유혹되거나 그녀가 먹인 단약(丹藥) 때문에 판단력
이 흐려진 남편은 사건의 진상을 모르고 착한 아내에게 불같이 화를 내거나 차

사운 옥에 가두는데 심지어 독주를 먹고 죽으라고까지 한다. 아내는 억울하지만 말이 통하지 않으므로 일단은 친정으로 가 있을 수밖에 없다. (「소현성록」)

다처제하에서 여성의 지위는 그 아들이 가문의 종통(宗統)을 잇느냐 잇지 못하느냐에 따라 확연히 달라진다. 따라서 다른 아내가 낳은 아들이 가문 계승권을 물려받을 가능성이 보이면 이를 시샘하여 그 아이를 죽이려 한다. 하지만 사람들 앞에서는 그를 아끼는 체하면서 의심하지 않게 하는 교활한 모습을 보인다. (「명주보월빙」) 이렇게 다른 아내와 아들을 투기하여 악행을 저지르는 여성은 작품 속에서 악한 인물로 지목되고 비난 받지만 실은 그녀도 남성위주 사회의 희생자라고 할 수 있다.

규방가사 중 교훈가 계열 작품에서 '양처'(良妻)나 '현부인'(賢夫人)으로 표현되는 여성은 사회적으로 권장되는 아내상이다. 양처는 유순하고 신중하며, 인내하는 현숙한 부덕을 지닌 부인으로, 자신을 위한 삶보다는 집안의 화목과 이해를 추구한다. 이는 한 집안의 이해관계를 위해서 어머니이자 아내인 여성에게 개인적 감정의 절제와 희생을 요구하는 것이다. 이와 같이 부인에게 강조되는 윤리인 부덕은, 집안이나 가문 등 집단적 가치를 우선하면서 여성 개인의 삶이라는 면에서는 억압의 기제가 된다. 규방가사를 통해서 양반가 여성은 유교 윤리의 내면화가 강고했음을 알 수 있다. 이들 작품에서는 부인으로서의 현숙함을 추구하며, 이러한 삶이 여성의 성공적 삶으로 인식되고 있음을 보여준다. (「계녀가」, 「행실교훈기라」, 능성 구부인 「현부인가라」)

근대 초 여성 교육이 지향하는 아내의 역할 역시 '양처(良妻)'라는 윤리적 규범으로 표상된다. 현대소설은 순종적이고 정숙한 아내라는 자기 규정을 내면화한 아내들의 모습을 통해 '양처' 담론의 이데올로기적 속성을 탐색한다. 소설에서 아내는 대부분 자신보다 우월한 남편에 의해 성장하는 미숙하고 열등한 존재로 형상화된다. 아내와 남편의 불평등한 젠더관계는 남편의 성적 학대나 폭력을 견디면서도 그 자리를 고수하는 구여성뿐 아니라 갈등 끝에 화목한 가정의 아내 자리를 택하는 신여성들을 통해서도 재현되고 있다. 아내들은 남편의 외도 앞에서 가족을 위해 희생해온 자신의 삶이 무의미함을 느끼고 정체성의 갈등을 겪기도 하지만 이런 경우에도 아내들은 남편의 잘못을 묵인하고 남편을 향한 심리적 균열을 서둘러 봉합함으로써 아내의 자리에 머무는 길을 택하고 있다. 이렇게 가정을 중심으로 한 가부장 질서에 대한 정당성은 아내의 수농적 저항과 자발적인 참여에 의해, 그리고 아내라는 범주에 귀속되지 못한 부류들을 배타적으로 위계화함으로써 더욱 공고화된다. (박화성 「신혼여행」 「부덕」, 강경애 「원고료 이백 원」, 백신애 「소독부」 「악부자」 「정조원」, 김말봉 「고행」, 이선희 「여인 명령」 「계산서」 「매소부」 「처의 설계」 「가등」 「연지」, 지하련 「산길」)

또한 1960년대 이후 아내라는 지위는 스위트 홈(sweet-home)의 판타지 속에서 중산층의 이상적 '주부'가 되고자 하는 여성들의 열망을 가부장제에 맞게 순치시키면서 정착되어간다. 이 시기 여성소설은 대부분 안정된 가정의 행복한 주부라는 허상의 이미지에 구속되었던 여성들이 온실 속의 화초처럼 길들여지고 무능력해진 자신의 모습에 회의를 느끼고 자기 정체성을 모색하고자 하는 모습을 서사화한다. 그러나 사실상 여성들은 어떤 계기를 통해 내면적 갈등을 경험하기는 하지만 결과적으로 결혼이라는 제도의 굴레를 벗어나는 경우는 거의 없다. 이들은 아내로서의 수동적 지위에 심리적 저항감을 드러내면서 끊임없이 자기실현 욕망과 아내로서의 정체성 사이에서 반복하고 길항할 뿐이다. 그러다 보니 아내들의 부정적 감정 역시 철저한 자기 분석을 통해 극복되기보다 남편의 사랑을 재확인함으로써 자책과 자기 위로로 끝나는 경우가 대부분이다. (강신재 「병아리」 「안개」, 한말숙 「어느 여인의 하루」 「아기 오던 날」 「신과의 약속」, 임옥희 『들에 핀 백합화를 보아라』, 강석경 「물 속의 방」)

현대시 역시 아내를 남편의 동반자라기보다는 인내하고 기다리고 물러나 있는 존재로 그리고 있다. 연애와 결혼의 풍습이 크게 변화해도 아내들에게 요구되는 덕목은 쉽게 변하지 않기 때문이다. (노천명 「아내」, 모윤숙 「아내의 소원」, 고정희 「즈믄가람 걸린 달하-여성사연구 1」)

그러나 현대시에서 아내들은 보다 적극적으로 갈등하고 고뇌하는 모습을 드러낸다. 남편의 '장엄한' 대의를 위해 자신이 원하는 삶을 지연하거나 포기하고 순종하던 아내들이 '벙어리장갑' 같은 세상에서 '흰 레이스와 바르르 떠는 흰 창호지'처럼 위태롭게 '가방에 매달린 곰인형'의 모습으로 살고 있는 자기 삶에 대해 갈등하기 시작하는 것이다. 이들은 자신의 이름을 잃어버리고 아내라는 명분 속에 자기 존재가 지워져가는 것에 대해 자존적 자아와 고투를 벌이고 사회가 요구하는 양처와 자의식이 욕망하는 악처 사이에서 고뇌하기 시작한다. (김승희 「그림엽서」, 정끝별 「한 집 눈물」, 천양희 「새에 대한 생각」, 김혜순 「레이스 짜는 여자」)

하지만 '아내'가 '아, 네'라는 폭력에 순종하는 언어에서 어느 순간 '아니야' 라는 거부의 말로 바뀌더라도, 또 남편이 실은 내 날개옷을 훔쳐 이곳에 발을 묶은 '치한'이었다는 사실을 애써 받아들이더라도, '새장'을 벗어나는 것이 현 실적으로 자아를 찾는 지름길이 아니며 지금의 집을 벗어나면 설령 아마존을 만날지 모르되 '집시'와 다름없는 존재가 될지도 모른다는 것을 깨닫고 치열하 게 갈등하게 된다. (유안진, 「아내, 집안의 태양」 「선녀의 선택」, 김민정 「아내라는 이름의 아, 네」, 성미정 「아직은 안해의 거울을 부술 때가 아닙니다」, 김소연 「幻身의 고백」)

> 샹셰 외당으로 나가 시녀로 ᄒ여곰 셕시ᄭᅴ 뎐어 왈 부인이 이런 죄를 무릅뻐 어느 면목으로 친당원들 도라가리오 내 힝혀 모명을 밧ᄌ와 법스를 닐위디 아니코 셩교를 닷가 비례지언을 내디 아니므로 작야의 부인의 ᄒ던 말을 채 밧티 아니믄 그듸를 앗기미 아니오 참졍의 ᄂᆞᆾ출 본 배 아니라 내의 티가의 더러온 일을 니ᄅᆞ디 아니미어니와 그듸 넘치 이시면 복ᄋᆞ를 거ᄂᆞ려 어듸를 가리오 셜니 일고 독쥬를 먹고 ᄌᆞ살ᄒᆞ야 셕공의 가풍과 내의 분과 그듸 죄를 쇽ᄒᆞ고 [사라] 도라갈 ᄯᅳᆯ 두디 말디어다
>
> —「소현셩록」(17세기)

> 태위 쏘 고왈 뉴시 냥녀를 싱흔 십년의 다시 싱산ᄒᆞ미 업ᄉᆞ니 쇼지 희텬으로 계후를 명ᄒᆞᄂᆞ이다 태부인이 바야흐로 조시 모ᄌᆞ를 죽이믈 도모홀 즈음의 ᄎᆞ언을 듯고 블열통히 왈 네 날을 남ᄌᆞ치 넉이나 범간대ᄉᆞ를 닐너 무엇ᄒᆞ리오 다만 뉴현ᄇᆡ ᄉᆞ십이 머럿고 단산ᄒᆞ믈 아지 못ᄒᆞ니 희ᄋᆞ로 계후ᄒᆞ엿다가 뉴시 싱ᄌᆞᄒᆞ면 엇지려 ᄒᆞᄂᆞ뇨 태위 왈 만일 싱ᄌᆞ흔즉 희ᄋᆞ로 댱자를 삼을지니 엇지 의논ᄒᆞ리잇고 쇼지 텬ᄋᆞ를 명ᄒᆞ연 지 오릭오딕 토셜이 금고 처음이라 ᄌᆞ젼의 고ᄒᆞ고 죵용이 예부의 졍문ᄒᆞ여 셰상이 다 알게 ᄒᆞ려 ᄒᆞᄂᆞ이다 뉴시 태우의 고집을 알거니 이닯고 분ᄒᆞ미 고ᄃᆡ 희텬을 죽여 공의 ᄇᆞ라믈 ᄭᅩᆾ고져 ᄒᆞ나 득지 못ᄒᆞ고 공교로온 의식 밧그로 극진히 어진 쳬ᄒᆞ여 공으로 의심치 아니케 ᄒᆞ고 가마니 희텬을 죽이고져 ᄒᆞ여 믄득 탄식고 태부인긔 고왈 쳡이 젹양이 둥ᄒᆞ와 흔낫 농장지경이 업ᄉᆞ오니 군조의 계후코져 ᄒᆞ오미 맛당ᄒᆞ온지라 조형의 싱ᄋᆞ 엇지 쳡의 긔츌이나 다르리잇가 쳡이 비록 싱남ᄒᆞ나 희텬ᄌᆞ기를 바라지 못ᄒᆞ오리니 일즉이 뎡ᄒᆞ오미 됴홀가 ᄒᆞᄂᆞ이다
>
> —「명주보월빙」(19세기)

> 잠기를 위슈하고 속녀르기 힘을써라 자자보 행해가면 그것도 ᄭᅮᆼ부뫼야 젼셩노

곤치거든 허물이야 짓게나냐 미사를 당하거든 외색을 하지말고 진정으로 하여셔라 외색은 엇일이라 남부터 먼져안이 무식하기 츙양잇나 길음이 조타해도 길음굿해 흉이잇고 허는말이 셜다해도 그것이 스승이라 허는 긋해 자책하며 늬허물 늬일이라 다디사 명념하면 허는말이 길음되늬 부녀소리 놉히하면 가도가 불길하니 빈졔신명 옛경졔라 규범에 관계되니 진선진미 못할망정 유슌하기 웃듬이라

—「계녀가」 (미상)

알아라 부여행실 견문 잇기 어려워라 뉘집부녀 효힝잇고 뉘집부녀 열힝잇셔 엇든부녀 유슌ㅎ고 엇든부녀 혼쳘ㅎ고 천생만물 생긴후에 금수가 안이되고 그중에 사람되미 그안이 회환하리 남녀로소 분별하니 나의례졀 받자오늬 남자는 밧게 잇고 여자는 안에잇셔 여공에 매인일을 난낫치 비와늬리 남에집 흥망셩쇠 부녀게 잇난이라

—「행실교훈긔라」 (미상)

너늬시가 부듸가셔 유슈ㅎ덕 일치말고 시부모긔 효성ㅎ고 가즁으영 겨역말고 시동셔 시동싱을 일치로 화흡하야 아난치도 ㅎ지말고 허물치도 지치말고 부인은 셧〃한덕 슌ㅎ겨시 쳣지로다 암쌀키 시비울며 그집이 화난난이 밀물도 그러커든 ㅎ물며 사람이야 부인소리 화충치며 조혼일을 볼일손야 조심ㅎ고 조심ㅎ야 현부인 될진이다 어지갓치 줄못히도 오날부텀 곳치오며 긔가한 이후읭난 현부인 되난이라 심즁이 사랑호미 나난일이 발인ㅅ람 긔과ㅎ며 늬가알며 안니ㅎ며 괴홀손야 이왕이 늬친지믜 그리ㅎㄴ덕 ㅎ믜 지승칠귀 이안니믜 발인ㅅ람 이안인가 그리그리 알고 긔가ㅎ와 현부인 되야보소

—능성 구부인 「현부인가라」 (20세기 중반)

"우리 애기가 오늘 얼마나 컸나?"
하면서 등을 두들겨 주지 않더냐? 그리고 전등불을 끄고 자리에 누우면서
"자, 편히 자오. 내일은 더 큰 현실이 복주를 기다리니까요."
하고 자기의 굳센 어깨로 내 몸을 감아주지 않았던가?
엄한 스승처럼 종아리를 때려가며 가르칠 것은 가르쳐 주는 남편! 자모보다도 더 깊고 상냥스럽게 아끼고 귀여워하고 사랑해주는 저 위대하고 고마운 남편에게 잠깐인들 이러한 불만을 가져서야 될 것인가? //
"나는 당신의 아내! 내가 무슨 딴 생각이 있겠어요? 당신이 의사 노릇을 하실 때 나는 간호부 노릇이라도 하겠고, 당신이 청년들의 선생이 되실 때 나는 이 섬의 어린아이들의 보모가 되겠어요. 그리고 밤이면 처녀들과 젊은 부인들을 위하여

내 힘과 몸이 자라는 데까지 야학이라도 세워서 징싱껏 가르쳐 보겠어요. 준호씨! 당신의 열정만 변치 말아주세요."

—박화성 「신혼여행」(1934)

K야, 나와 같은 처지에서 금시계 금반지 털외투가 무슨 소용이 있는 게냐. 그것을 사는 돈으로 동지의 한 생명을 구원할 수 있다면 구원하는 것이 얼마나 떳떳한 일이냐. 더구나 남편의 동지임에랴. 아니 내 동지가 아니냐. 나는 단박에 문앞으로 뛰어갔다.

"여보 나 잘못했소."

뒤미처 문이 홱 열리두나. 그래서 나는 뛰어들어가 남편을 붙들었다.

"여보 나 잘못했소 다시는 응."

목이 메어 울음이 쏠어 나왔다. 이 울음은 아까 그 울음과는 아주 차이가 있는 울음이었던 것만은 알아다고. K야, 남편은 한숨을 푹 쉬면서 내 머리를 매만진다.

"당신의 맘을 내 전연히 모르는 배는 아니요. 단벌 치마에 단벌 저고리를 입고 있으니… 그러나 벗지는 않았지. 입었지. 무슨 걱정이 있소. 그러나 응호 동무라든가 홍식의 부인을 보구려. 그래 우리손에 돈이 있으면서 동지는 않아 죽거나 굶어 죽거나 내버려 둬야 옳단 말이오… 그러기에 환경이 같아야 하는 게야, 환경이. 나부터라도 그 돈이 생기기 전과는 확실이 다르니까."

—강경애 「원고료 이백 원」(1935)

"아이구 그러지 마소. 턱이 무슨 죄가 있는기요. 턱이 크면 늦복이 많다드마."

경춘의 얌전한 마누라는 진정으로 자기 남편을 위로하였다.

"흐음-"

경춘이도 그 마누라에게는 둘도 없는 유순한 남편이어서 한숨인지 웃음인지 모르는 큰 숨을 뒤로 턱 드러누웠다.

'아내의 말과 같이 늙어서야 이 턱의 덕을 볼지 알 수 있나. 세상만물이 다 한 번 먹으면 한 번은 내어 놓으란 법이라 턱 속에 들어간 복도 설마 나올 때가 있겠지.'

—백신애 「악부자」(1935)

남편이 죽고 남편의 본처가 그의 뒤를 따라 죽고 또 남편의 일가 친척이 모혀들어 야단법석을 하니 진실로 숙채는 그의 안해가 아니였다. 숙채는 한사람도 얼굴을 모르는 남편의 일가 친척들이라는 사람들이 자기를 쓴 외 보듯 식구로도 치지 안는 그러한 눈치 속에서 어린아이를 안고 안방 아랫목에 주저안저 잇섯다. 크나큰 집을 다 내주고 오직 이 구석만이 제 차지라는 드시 숙채는 그 그 자리르 직히고 잇섯다.

"열려로군. 열려야."

목매여 죽은 그 여편네를 칭찬하는 소리가 모힌 사람들 틈에서 자자하다.

"남편의 뒤를 따라 절사(節死)한 본처는 열려임에 틀림이 업다."

숙채의 반넘어 얼이 빠진 귀도 사람들이 본처를 추앙하는 말을 머니 듯고 잇섯다.

—이선희 「여인 명령」(1937)

무릇 한 개의 부부생활이 해소되는때는 그안해가된자가 그남편된자의게 변상해서 받어야할 것이었다. (중략) 나는 무엇을 받어야할가. 이것은 내게 불구자란 약점이 생길때부터 생각해온 문제다.

나는 내남편도 나와같이 다리하나가 병신되기를 바랐다. 남편의 다리하나 ―그러나 다시생각해보면 다리하나쯤으로는 엄청나게 부족하다. 내가 받어야할것은 그의목숨 그것뿐이라고 생각한다. 생명을 받어야 겨우 수지가 맞을것같다. 이것은 내게산서뿐만 아니라 모든안해된자의 계산서일것이다. (중략) 나는 아직살인을 하지않은채 이곳으로왔다. 받을것을 다못받고 그대로 주저안는것이 모든안해된자의 약점이요. 애교인모양이다.

—이선희 「계산서」(1937)

그는 최서방에게 시집오던 날부터 무섭고 괴롭고 하여 울며 이를 갈면서도 시집오면 으레히 그런 것으로만 알고 조금도 반항하지 않고 꼬박꼬박 아내 노릇을 하여 왔다.

스믈 일곱 살인 최 서방의 무시무시한 성욕을 반항없이 받아오는 색시의 가슴속은 최 서방이 무섭고 다만 키 크다고 시집보내준 그의 부모가 원망스리웠다.

그러나 그는 남편이 무섭다는 말은 그의 부모에게라도 할 수 없었다.

"왜 무서워?"

하고 물으면 그 이유를 말할 수는 없는 일이라고 생각되기 때문이다. 그리고 최 서방에게도 그 무섭고 슬픈 뜻을 조금이라도 보이면 당장 쫓아 보내든지 때리든지 할까 봐 겁이 났다.

그러므로 색시는 혼자 속으로 꼬게꼬게 앓으며 입술만 깨물어 왔으므로 나이는 한 살 더 먹어도 몸과 얼굴은 점점 굶어지듯 말라갔다.

—백신애 「소독부」(1938)

채금인 다시 그 백양나무들이 도깨비처럼 쭉 둘러선 사이로 나왔다.

'여자로 태어나서는 남의 안해가 되고 정절부인이 되는 것이 제일 유복한 팔자

인가보다. 지금 그 촌 여편네가 그렇고 우리 오라범 댁이 그렇고 또 어머니가 그렇다.'

'나는 다만 우리집 내 방안에서만 뭇사나이들에게 잠시 사랑을 받는 체하다가 날이 밝으면 그 사나이들은 아무런 인사도 없이 가버리는 것이다. 생각하면 한스러운 일이 아니랄 수 없다.'

"에그머니"

서툴은 길이고 마음도 무너진 탓인지 채금이는 길가 돌부리에 채여서 넘어졌다. 잠시 그 자리에 주저앉은 채 멍히 앞을 내다보니 밤이 몹시 캄캄하다.

—이선희 「매소부」(1940)

순옥은 다 자기를 그러한 여자로 리혼하고 와서 그저 흥청거리는 그러한 여자로 아는 것을 잘 안다.

처음엔 남들이 자기를 한 개 평범한 가정 부인으로 알지 안코 좀더 하이칼나 좀더 멋쟁이로 그러그러한 여자로 아는 것을 만족하게 생각햇다. 그것은 자기는 보통 평범한 여자보담 더 잘낫기 때문에 팔자가 사나운 것이라고 생각햇기 때문이다.

"한번 일허본 물건이래야 더 귀한 것을 아는 법이다."

순옥은 이제 이러한 철리를 해득햇다. 그리고 그 일허본 것이 얼마나 귀중한 것을 알고 그것을 어찌하나 다시 차저 회복하려고 애쓰는 중이다.

'조강지처는 별것인가.'//

이러케 싱긋 웃고 난 다음엔 이 두사람은 또 별수업시 이방 안에서 밥을 먹고 잠을 자고 이야기하고 싸우고 하여 살어갈 수박에 업다.

특별히 비상천하는 재주도 업시 청재와 소라는 이 방속이 제일 비위에 알마저 검은머리 팟뿌리가 될 때까지 둥고 동락할 것이다.

—이선희 「처의 설계」(1940)

관옥은 해방 이래로 갑자기 달라진 자기의 환경을—연달아 두 아기의 어머니가 되고 전에는 상상한 일도 없는 가난사리의 주부가 된 그 책임과 의무를 불평하지 않고 참어 오기는 하였다. 그러나 그것은 너무나 오랜 인내의 시간이고 너무나 안타까운 초려의 생활이기도 하지 않았을까.

관옥은 그 자신 그림에 대한 정렬을 버렸다고 생각한 적은 아직 없었다. 영일을 애인으로 하고 그 아내가 된 오래 전부터 걸어오던 자기의 길을 단념해본 일은 없는 것이다. (중략) 그러나 동시에 그는 남편과 아이들을 절대적으로 사랑하여 온 것도 사실이었다. 그들로 하여 자기의 모든 것을 희생하는 것을 차라리 당연하다 생각해 온 것이다. 그것은 지금도 다름없었다. 다름없었으나 그러나 그는 영일을 미워하지 않을 수 없었고 아이들도 미워하지 않을 수 없었다.

—강신재 「병아리」(1950)

수없이 거듭된 이런 절망적인 언쟁 끝에 성혜는 형식이 원하는 그러한 아내의 타입 속에도 어쩌면 무엇과도 바꿀 수 없이 귀중한 아름다움이 숨어 있을는지도 알 수 없다고 그렇게 생각하고 그런 체념에 가까운 반성에 늘 사로잡히면서 남편을 따르고 있는 것이었다.

그러나 그새에도 몰래 소설을 쓰며 우선 그 그글푸리의 내직이라는 답답하고 비능률적인 생활 수단의 멍에를 벗어나려고 부단히 애를 써온, 결국 남편을 반역한 아내가 되어 버리지 않았는가. 그밖에 또 한 가지 색다른 미안함이 섞여 있었다.

—강신재 「안개」(1950)

장성댁은 그만 방바닥에 엎드려졌다. 남편의 눈자위에 물도 돌기 전에 벌써 이런 일이 생기다니⋯⋯. 남편이라는 기둥 위에 고요히 화려하게 쌓아 올렸던 '부덕'이라는 사층탑은 남편이 죽어 기둥이 부러져 버리매 하루아침에 흔적도 없이 허물어져 버린 것이다.

"홍, 부덕!"

장성댁은 혼자 중얼거려 본다.

"낡아빠진 소극적인 부덕이라고? 자멸하는 부덕이라고?"

장성댁은 다시금 뇌어 보는 것이다.

—박화성 「부덕(婦德)」(1955)

강의를 하지 않으면 그만큼 시간이 생기겠으나 현숙은 무리하면서 시간강사를 그만두지 못하고 있다. 집에만 있으면 늙어버리는 것같아서다. 늙는다는 것은 식견이나 감각이 줄어든다는 뜻이다. 가르치면 자연 공부를 하게 되고, 젊은 세대와도 접하게 되니, 그녀는 일거 양득이라고 생각하고 있다. 별 소득이 없다고 생각될 때 그녀는 사직할 것이다.

그녀는 펜을 들었다. 그러나 한 자도 써지지 않는다. 머릿속이 뒤죽박죽이다. 가슴에서 뜨거운 것이 치밀어 폭발할 것 같다.

(어째서 써야 하나?)

(너 때문이다.)

(어째서 쓸 수 없는가!)

(네 탓이다.)

그녀는 자문자답 한나.

(속세와 영의 세계를 함께 살려고 하는 네가 원인이다. 히히)

—한말숙 「어느 여인의 하루」(1966)

한 남성 때문에 웃고 화내고 하는 자신이 조그만 울안에서 때로 창공을 그리고 때로 행복에 겨워 노래도 하는 새장에 갇힌 새 같은 느낌이 퍼뜩 들었다.

—한말숙 「아기 오던 날」(1967)

사랑하는 사람을 사랑해주는 것보다 더 의의있는 일을 그녀는 아직까지 발견 못했기 때문이다. 그러나 쓰고 싶을 때 자질구레한 일상사 때문에 신경이 깎이면 그녀는 소리내어 울고 싶을 때가 있다. 뭉크의 「절규」라는 그림에 어떤 사람이 혼자서 무엇인가를 절규하고 있다. 그녀는 소리를 낼 수 없어 속으로 더욱더 목멘 절규를 한다. //
그러나 집안에서 아이들 돌보며 남편만을 바라보고 산다는 것이 마치 도를 닦느라고 깊은 산 속의 나무 밑에 앉아서 움직이지 않는 도사를 연상시킨다. 도사는 앉아서 진리를 깨닫는지 모르나 영희는 다만 질식할 것이다. 도대체 사랑을 위해서 인간은 어디까지 헌신해야 하는지. 그 한계가 무엇일까. 나는 남편과 자식을 위해서 어디까지 시간을 빼앗겨야 하는지. 그 한계가 무엇일까.

—한말숙 「신과의 약속」(1968)

그렇지만 식모는 안 쓸 작정이에요. 원고를 쓴다구 하루 종일 쓰는 것두 아니구요. 쓰다가 읽다가 바느질도 하고 부엌일도 하구 해야 오히려 능률이 오르지요. //
"물쯤 준비하는 건 상식이야. 배운 것 없군!"
하고 빈정댔다. 귓결에 그 소리를 들은 영희는 기겁을 해서 일어나 부엌으로 내려갔다. (중략) "어 시원하다. 어 맛있어…." 동물적인 만족감을 표시한다. 남편은 한 대접을 다 들이켜고 나서 도로 자리에 드러누우며 아내의 어깨를 싸안았다.
"난 유명한 아내보단 귀여운 아내를 요구하거든…."
하며 뺨을 비빈다. 또 물씬 악취가 풍긴다. 영희는 말할 수 없는 생리적 혐오를 느꼈다. 어쩐지 고이 간직했던 꿈이 산산이 부서지는 느낌이다.

—임옥희 『들에 핀 백합화를 보아라』(1976)

"그럴 수 있니? 결혼한 여자가 말야."
포도를 또 한 알 따며 희수는 양미간을 세운다. 순옥은 툭하면 "결혼한 여자"를 내세운나. 그 말은 "나는 요조숙녀에요." 강조하는 깃처럼 들린다. 나아가 밤엔

요부의 역할을 하면서 아내로서 정숙한 자기야말로 이상적인 여자임을 말하고
싶은 것이 아닌지.

"주부이기 전에 여자, 여자이기 전에 인간으로서 갈등하고 방황할 수 있는 거야.
그리고 말야, 부정을 다 쾌락이라고 생각하지만 그것은 자기 주장의 한 방법일
수도 있어."

"자기 주장을 할 방법이 없어서 부정을 한단 말야? 주간지 기사라면 읽을까 누가
그걸 믿겠니."

—강석경 「물 속의 방」(1984)

젖 먹는 아가의 머리를 쓰다듬으며
엄마는 시름없이 한숨을 지었다
「아가! 아버지 언제 오시니」
젖을 삼키던 아가는 얼른 머리를 긁었다
찬바람에 벽의 시래깃단이 휘날리고
여인의 머릿속엔
남편의 돌돌 말린 베옷이 떠올랐다

—노천명 「아내」(1953)

그러나 이는 아내의 적은 인정의 하나
떠나보낼 생각에 아픔이 무어라
연기처럼 들려오는 요란한 소리
우리 성문에 저녁 햇볕은 떨고 있다.

오오 보내는 아내의 맘 쓰린 눈물 없을거라
왼 누리를 위하여 장엄히 나서는 양
굳센 듯 강한 힘 흰 하늘에 뻗쳤으니
이 처자의 정으로 갈길 어이 막으리.

—모윤숙 「아내의 소원—신라때의 장군을 생각하고」(1933)

석달째 노역에 동원된 남편이
이웃동기 밥동냥에 의지하고 있다 하여
소첩 백방으로 길을 찾다가
겨우 한끼 밥잔치 마련하여 갔더이다
놀란 남편은 대뜸 윽박질렀지요
가세가 빈한하여 도리없는 노릇인즉

뉘에 몸을 빨았는가 혹여 도둑질인가
꿈엔들 여보, 막말은 하지 마오
가난도 절통한데 누구와 눈맞추며
천성에 없는 흑심 도둑질이 웬말이오
하나 남은 머리채를 잘라 팔았소이다

—고정희 「즈믄가람 걸린 달하─여성사연구 1」(1987)

일부일처제 같이
조그만 세상 속에
벙어리 장갑만큼
작은 사랑

해인이와 왕인이가 있고
그 옆 방바닥에 엎드려
책을 읽고 있는
나
그림엽서 같이
목가적이다

부부싸움 끝에 쫓겨나
골목밖 가로등 밑에서
우리집 등불을 지켜볼 때

—김승희 「그림엽서」(1989)

집이 기침을 하면 나 한 집 약 먹는다
집이 오줌 누고 싶어하면 나 한 집 똥 눈다
집이 술잔을 들면 나 한 집 담배를 피워 문다
집이 단추를 풀면 나 한 집 속옷까지 벗는다
집이 심심해하니 나 한 집 아이 낳아준다

집은 날로 의기양양 나 한 집 업신여기고
나 한 집 더럽히고 나 한 집 깔아뭉개고
너 나가 너 나가 다 나가 나 한 집 내치네
집을 쫓아다니느라 빗더미에 오른 나 한 집

나 한 집 옹골차게 등쳐먹은 잔인한 집에
내쫓긴 가엾은 나 한 집시

─정끝별 「한 집 눈물」(2000)

새장의 새를 보면
집 속의 여자가 보인다
날개는 퇴화하고 부리만 뾰족하다
사는 게 이게 아닌데
몰래 중얼거린다
도대체 하늘이 어디까지 갔기에
가도가도 따라갈 수 없다 하는지
참을 수 없이 가볍게 날고 싶지만
삶이 덜컥, 새장을 열어젖히는 것 같아
솔직히 겁이 난다

─천양희 「새에 대한 생각」(1994)

불을 지피다가
불붙은 장작을
초가삼간 지붕 위로 내던지며
나와라 이 도둑놈들아
옷고름을 갈가리 찢고
두 폭 치마 벗어던지며
용천 발광하고 싶다가도

문풍지가 한밤내 바르르 떨고
하이얀 식탁보는 눈처럼 짜여지고

─김혜순 「레이스 짜는 여자」(1990)

아내란 본래 안해, 곧 안의 해, 집안의 태양으로서, 해가 안 뜬 집의 식구들은
춥고 울적해서, 母子 가정이 父子 가정보다 문제가 훨씬 적다는 조사연구도 많지

모름지기 아내란 늘 집안에 헌신하는 것만으로 행복하면 충분할까 아직도, 이래
서 안해가 아내가 되어버렸겠지만, 언제 새로 '아니' 또는 '아니야'로 바뀔지 몰라.

─유안진 「아내, 집안의 태양」(2009)

착하다고 믿었던 남편이 날개옷을 내놓자 기가 막혔지요, 우리가 정녕 부부였다니? 내 남편이 선녀들의 벗은 몸을 훔쳐본 치한이었다니? 끓어오른 경멸감과 배신감에, 날개옷을 떨쳐입고 두 아이를 안고 날개 쳐 올랐지요, 털끝만치도 미안하긴커녕 억울하고 분할 뿐이었지요 (중략) 아궁이에서 활활 타는 날개옷을 바라보니, 뜻 모를 눈물이 흘러내렸지만, 분명 나는 웃고 있었지요, 내 하늘은 이 오두막이야, 우리집이야, 마당쪽에서 아이들 웃음소리가 까르르 밀려왔지요.

─유안진 「선녀의 선택」(2004)

기사가 내 팔을 툭툭 친다
아주 작은 손도끼다
순종하지 않는 년은 바로 죽인다
돌고 돌아 그년이 다 그년이다
나는 네미 씹할 왕자다
아가씨, 뒷면도 한번 봐야지
산발한 파마머리의 한 여자 얼굴에
볼펜 심지만 한 구멍이 숭숭하다
내 아내야
아, 네
잡는 대로 내가 거기를 아예 째길 작정이야
아, 네
아주 짝 벌어지게 쪼갠단 말씀이야
아, 네
세운상가에서 출발한 택시가
복날에 길게 줄 선 고려삼계탕 앞에 선다
아가씨, 오늘 운 좋은 줄 알아
거스름돈 3,200원 너 다 드시고
나는 토했다

─김민정 「아내라는 이름의 아, 네」(2009)

거울을 보면 사족을 못 쓰는 안해가 수상쩍어 안해가 잠든 사이 거울을 염탐했습니다 거울 속엔 숨겨놓은 사내도 감출 만한 것도 보이지 않았습니다 오직 깊이 잠든 안해와 엿보는 나만 보였습니다 아무것도 아닌 거울에 사로잡혀 있는 안해를 구하기 위해 거울을 부수기로 했습니다 그러나 거울 속의 안해가 다칠까 봐 섣불리 건드릴 수 없었습니다 거울 속의 안해가 잠에서 깨어나 걸어 나올 때까지 안해의

거울 앞에서 기다리기로 했습니다 …… …… 아마도 아직은 안해의 거울을 부술
때가 아닌가 봅니다

ㅡ성미정 「아직은 안해의 거울을 부술 때가 아닙니다」(2003)

1
저는 본디 양가의 딸로서 어릴 때부터 가훈대로, 법도대로, 그
밖의 일은 알지 못하였습니다. 마침 그대의 붉은 살구꽃 핀 담 안
을 엿보게 되자, 저는 스스로 碧海의 구슬을 드렸으며, 꽃 앞에서
한 번 웃고 평생의 가약을 맺었고, 휘장 속에서 거듭 만날 때는
정이 백년을 넘쳤습니다
(중략)
오른쪽 가슴을 태워 없앤
아마존 아가씨 저만치 서 있었다
너를 향해 그리곤 힘껏 활줄을 당겼다
아, 나는 몸뚱이를 시원하게 열어보였지

ㅡ김소연 「幻身의 고백」(1996)

3.5. 강요된 인내, 자존적 자아의 고투

조선시대 여성들은 부인의 도리와 자존에 대한 고민을 하며 이에 대한 자신
의 의식을 피력한다. 그 고민의 확고한 증거가, 특히 18세기 전반 여성문인인
김호연재(金浩然齋)의 글에 남아 있다. 여성의 문제는 상당 부분 남편과의 관계
에서 시작된다. 남편이 창기놀이나 첩을 두는 것에 대해, 질투를 하지 말아야
한다. 그런데 이는 칠거지악(七去之惡)에서 말하는 질투가 아니라, 그로 인해 자
신의 품성을 지키지 못할 것을 염려하는 것이다. 남자들은 새것을 좋아하여 옛
것을 버리는 성질이 있는데 이것은 신의(信義)가 없는 행위이다. 조강지처(糟糠之
妻)를 버리는 것은 신의의 문제이다. 남편이 새 여자에 빠졌을 때 분한 마음 때
문에 잘못되는 사람들이 있으니, 이를 잘 깨달아 자신의 본래의 마음을 잘 지켜
야 한다. 이것이 신(信)인 것이다. 잘못은 여성에게 없지만 문제는 여성이 가정

을 포기하거나 남편과 살라설 수 없다. 그러나 어찌할 도리가 없어 무력감에 빠지기도 한다. 첩의 경우도 자식이 없어 대 잇기를 위한 목적으로 들어온 첩에 대해서는, 현실을 받아들이며 자신의 몸을 보전하며 덕을 닦아야 한다. 반면 자식이 있는데도 첩이 들어왔다면, 이는 죄가 남편에게 있는 것이다. 첩은 마치 적국(敵國)과도 같아 결코 가까이 할 수 없는 존재이다. 만약 부인이 첩을 가까이 하면 남편의 허물을 알게 되는 것이고 그로 인해 남편의 위엄 있는 모습도 상실될 것이기 때문이다, 그러면 남편에 대한 분노와 원한이 생겨 위기가 일어나게 되니, 처음부터 부인은 첩을 멀리 해야 한다. 결국, 잘못은 남편에게 있는데, 부인이 편급하거나 분한 마음 때문에, 투기를 하여, 허물을 뒤집어쓰게 되는 한계를 인식하고 남편이 계속 바람을 피우더라도 상관하지 말고 품위 있게 일상을 유지해야 한다는 것이다. (김호연재「自警篇」〈自修章〉・「自警篇」〈戒妬章〉)

소실 혹은 첩이라는 명칭은 다양성을 내포한다. 곧 그 출신이 서녀(庶女), 양가녀(良家女), 기녀(妓女) 등 신분 혹은 계층적 차이가 있었다. 여성 문인 가운데 소실 출신은 많은 인원은 아니나 문명(文名)을 지니고 후대에 영향을 끼치기도 하였다. 그들은 시문 속에서 자신이 소실이라는 점을 언급하지는 않았다. 그러나 그들의 시문의 궤적을 따라 읽다 보면 소실로서 그들의 정체성 혹은 인식을 알아낼 수 있다. 명망 있는 가문의 서녀로 소실이 된 경우에는 자신의 가문 혹은 뿌리에 대한 자긍심을 보인다. 기녀로서 소실이 된 경우에는 자신의 처지에 대한 울울함이 나타난다. 사실 관비(官婢)이자 천민인 기녀가 사대부의 소실이 되는 것은 조선왕조의 법령상 결코 쉬운 일이 아니었다. 그럼에도 조선 후기에 이르면 기녀 출신 소실들이 나타났고 이는 계층적 상승을 의미하는 것이니 많은 기녀들의 소망이었을 것이다. 그런데 소실이 된 후 그녀들은 행복하였는가 하는 의문을 버릴 수가 없다. 이옥봉(李玉峯) 같은 이는 자신의 시문에 자긍심도 있고 정실의 아들에게 당당한 글을 보내기도 했다. 그러나 그녀는 시골 아낙을 대신해 소장(訴狀)을 써주었다는, 다시 말해 소실로서 주제넘은 짓을 했다는 이유로 남편에게서 쫓겨났다. 기녀 출신 김운초(金雲楚)는 소실이 되기 위해 오랜 시간을 기다린 끝에 꿈을 이룰 수가 있었다. 기녀 출신들은 나이 많은 사대부의 지기(知己)이자 문학적 동반자로 삶을 영위하는 것이 꿈이었다. 그리고 그들의 삶은 그 행적을 따라가는 것처럼 보였다. 그러나 그들 역시 소실이라는 신분이 넘어서는 안 되는 경계에 결코 발을 들여놓을 수가 없었다. 집안을 소란하게 한다거나 주제넘은 짓을 하지 않는 한, 다시 말해 정실(正室)과 그 후손들에게 없는 듯이 살면서도 최대한 겸손하게 예의를 지키는 한에서 기녀 출신 소실이라는 삶을 허여받을 수 있었던 것이다. 한 구렁을 벗어나면 행복이 기다리리라 생각했으나 또 다른 구렁이 있었던 것이다. 아니면 처음부터 알고 있었으나 한 단계라도 편한 곳으로 가고 싶어했는지도 모를 일이었다. 그러므로 자긍심과 비참함이, 욕망과 좌절이 뒤엉킨 삶을 살게 되었다. (이옥봉「贈嫡子」, 김운초「奉次淵泉閣下」「次軸中韻」)

고전소설의 경우, 가문 내에서 아내의 지위를 결정할 때에 중요한 것은 그녀에게 아들이 있는가, 그 아들이 가문 계승권을 갖고 있는가 하는 것이다. 이렇게 아들을 낳을 수 있는가, 그 아들이 어떤 자질을 지니는가가 매우 중요하기에 아들을 낳지 못하는 여성은 자신이 할 도리를 다하지 못한 여성으로 치부된다. 따라서 이러한 상황에 놓이게 되면 여성은 스스로 나서서 남편에게 다른 아내를 들일 것을 권할 수밖에 없다. 남편의 사랑을 독점하고 싶은 것이 자연스러운 마음일 텐데 이를 참고 그 사랑을 나누겠다고 해야 하는 것이다. 이런 권유를 받은 남편은 대개가 그럴 수 없다고 하면서 일단은 거부하지만 이내 다른 아내나 첩을 들여 아들을 낳고 이 착한 아내를 구박하기도 한다. 그럴지라도 아내는 아들을 낳지 못했다는 이유 때문에 묵묵히 견디면서, 다른 아내들과 화목하게 지내며 일생을 마쳐야 한다. 하지만 이렇게 여러 아내들이 서로 형님, 아우 하면서 화목하게 지내는 것은 현실에서는 실현되기 어려운, 남자들의 환상이었을 것이다. (「사씨남정기」) 심지어 남편이 유배지에서 사귄 여성까지 거두어 잘 데리고 살아야 현숙한 아내로 평가받았으니 가부장제하에서 여성의 인내심은 끝없이 강요되었다고 할 수 있다. (「옥루몽」)

영화롭고 존귀한 자를 추앙하여 복종하고 곤궁한 자를 업신여기는 것은 인이 아니다. 이익을 보고 은혜를 잊는 것은 의가 아니다. 간교하고 사악함을 도모하여 선량한 자를 해에 빠뜨리는 것은 예가 아니다. 다른 사람을 지나치게 믿어 그가 과실에 빠짐을 깨닫지 못하는 것은 지혜로운 것이 아니다. 새 것을 좋아하여 옛 것을 버리는 것은 믿음직한 것이 아니다.

推服榮貴 凌侮困窮 非仁也 見利忘恩 非義也 謀爲奸邪 陷害善良 非禮也 過信他人 不覺其陷於過失 非智也 好新棄舊 非信也

—김호연재「자경편(自警篇)」중〈자수장(自修章)〉(18세기 초반)

첩이란 크게 집안을 어지럽히는 근본이다. 진실로 심히 불행한 것이다, 그러나 또한 하늘이 정해 준 운수가 있다면 그를 어찌하겠는가. 자기가 만약 자식이 없다면 진실로 다른 사람의 대잇기를 막아 끊을 수 없으므로 단지 마땅히 스스로 그 몸을 보전하여 오로지 그 행실을 닦아 아름답게 할 것이요, 이미 자식이 있은즉 허물은 내게 있지 아니하니 다시 어찌하겠는가.

妾也者 大是亂家之本 誠爲不幸之甚 而然亦有天定之數 則云如之何哉 已若無子 則固不可阻絶他人之嗣續 只當以自保其身 專修其行爲工矣 已旣有子 則咎不在我 亦復奈何

—김호연재 「자경편(自警篇)」 중 〈계투장(戒妬章)〉(18세기 초반)

어릴 때부터 모두들 칭찬했지
동방에서 우리 모자 이름 날렸네
자네가 붓 한번 휘두르면 바람이 놀라고
내 시 이뤄지면 귀신이 운다오
妙譽皆童稚 東方母子名 驚風君筆落 泣鬼我詩成

—이옥봉 「적자에게 贈嫡子」(16세기 후반)

사창 아래 잠을 깨니 달은 서쪽에 있고
한강의 구름 안개는 꿈 속에서 아득하네
수풀에서 부는 바람 발을 들어올리니
꽃다운 마음 쓸쓸한데 뱁새 한 마리 깃들었네

산수 읊으며 작은 벼루 옆에 놓으니
서울 남쪽 달빛 창 저쪽에 아른아른
성 머리의 가는 수양버들 오동나무 아닐진대
어찌 바라리, 훗날 늙은 봉황 깃들기를

성천에서 분단장하는 여인들 틈에서 자라
본래 마음 오히려 탁문군의 풍류 부끄러했네
헛된 이름 문단에서 부질없이 얻었으니
주신 글 보고 나니 거울에 비친 얼굴 붉어졌네
紗窓睡罷羅月輪西 漢水淸烟夢裡迷 林下淸風簾幕起 芳心寂寞一鶯棲
山水吟成小硯西 洛南烟月隔窓迷 城頭弱柳非梧樹 豈望他時老鳳棲

生長成都粉黛中 素心猶愧卓文風 虛名浪得詞垣許 覽羅華牋鏡面紅
　　　　　　　－김운초 「연천 어르신 시에 차운해 올림 奉次淵泉閣下」(1826－1831 사이)

나그네 되어 한양성에서 떠도니
외로운 구름 날리는 버들개지, 가벼움을 어떤 것에 비교할까
샘물이 얕은 돌을 돌아 흐르니 진나라 아쟁 울리고
바람이 성긴 소나무에 부니 조나라 비파 우네
종일 꽃이 지니 응당 가엾겠지만
빈 산에서 우는 새 가장 다정하구나
술동이 막걸리로도 천만섬의 수심을 풀지 못하는데
기러기와 제비 연못 위로 날아다니고 아름다운 풀 자라는구나
楚客飄颻漢北成 孤雲飛絮較誰輕 泉縈淡石秦箏促 風入疎松趙瑟鳴
盡日落花應自惜 空山啼鳥最多情 樽醪未解愁千斛 鴻燕差池芳草生
　　　　　　－김운초 「두루마리 속 시에 차운하여 次軸中韻」(1826－1857 사이)

　류한림의 부뷔 삼십의 미치나 다만 농장지경이 망연ᄒᆞ니 스부인이 근심ᄒᆞ여 한님을 ᄃᆡᄒᆞ여 탄왈 쳡이 긔질이 허약ᄒᆞ고 원긔 졍일치 못ᄒᆞ여 상공으로 더부러 동쥬 슈십 년의 일졈 혈육이 업스니 불효삼쳔의 무후위ᄃᆡ라 ᄒᆞ오니 쳡의 무ᄌᆞᄒᆞᆫ 죄 죤문의 용납지 못홀 거시오나 상공의 광홍ᄒᆞ신 덕을 입스와 지우금 부지ᄒᆞ오나 싱각건ᄃᆡ 상공이 누ᄃᆡ 독신으로 류씨 종스의 위틱ᄒᆞ미 급ᄒᆞ온지라 상공은 쳡을 기렴치 마르시고 어진 가인을 취ᄒᆞ여 농장지경을 보시면 문호의 경ᄉᆡ 젹지 아니ᄒᆞ고 쳡이 ᄯᅩᄒᆞᆫ 죄를 면홀가 ᄒᆞᄂᆞ이다 한님이 소활 엇지 일시 무ᄌᆞ식ᄒᆞᄆᆞᆯ 인ᄒᆞ여 쳡을 엇ᄃᆞ리오 쳐쳡은 가즁을 어지러이는 근본이니 부인은 회를 엇지 ᄌᆞ취ᄒᆞ시ᄂᆞ뇨 이ᄂᆞᆫ 만만불가ᄒᆞ여이다
　　　　　　　　　　　　　　　　　　－「사씨남정기」(17세기)

　잇씨 교예 방츈화시를 당ᄒᆞ야 한님이 입번ᄒᆞ고 집의 업는 고로 이의 가량을 쳥ᄒᆞ야 쥬비를 갓초와 눗코 술을 부어 잔을 날녀 즐기며 가곡을 갓초와 셔로 즐겨 비반이 낭ᄌᆞᄒᆞ더니 문득 시비 이르러 사부인의 명을 젼ᄒᆞ고 가기를 직쵹ᄒᆞ니 교예 연망이 쥬안을 취ᄒᆞ야 업시ᄒᆞ고 이의 시비를 싸라 화원의 이르니 스부인이 죠흔 낫츠로 좌를 쥬어 안치고 그 미인이 엇던 계집이믈 무르니 교예 이의 ᄃᆡ왈 그 녀ᄌᆞ는 져의 스촌 아오믈 고ᄒᆞ니 스부인이 졍식 왈 녀ᄌᆞ의 힝실은 츌가ᄒᆞ미 구고 봉양과 군ᄌᆞ 셤기는 여가의 남녀 ᄌᆞ식을 엄슉히 가르치고 비복을 은혜로 부리ᄂᆞ니 녀ᄌᆞ 음률을 힝ᄒᆞ고 로릭로 소일ᄒᆞ면 가뎡 ᄌᆞ연 어지러워지ᄂᆞ니 그ᄃᆡ는 익이 싱각

ᄒᆞ야 두 번 그른 뒤 ᄂᆞ아가지 말고 그 녀ᄌᆞ를 집으로 보ᄂᆡ고 ᄯᅩ한 나의 말은 허물치 말나 교씨 뒤왈 비혼 비 젹고 과실을 ᄭᆡ닷지 못ᄒᆞ옵더니 부인의 경계ᄒᆞ시는 말슴을 듯ᄌᆞ오니 말슴이 올혼지라 각골명심ᄒᆞ리이다

—「사씨남정기」(17세기)

원수가 즉시 몸을 일으켜 다시 절하고 명을 받들어 물러나 윤소저의 침실에 이르러 소저를 보고 말하였다. "내가 지금 임금의 명을 받들어 장군이 되어 출전을 하게 되었소. 처자를 마주하고 이별의 회포를 말할 필요는 없으나 다만 어머니께 맛있는 음식을 올리는 일을 부인에게 부탁합니다. 마땅히 어머님께 효도를 다하고 동렬간 화목하여 몸을 보중하시오." 소저가 "네, 네."라고 하였다. 원수가 다시 웃으며 말하였다. "또 부탁할 일이 있소. 내가 풍류스러운 정에 뜻을 둔 것이 아니었으나 나이 젊은 유배객의 외로운 회포로 인하여 벽성선과 사귀었는데 이미 데려 오고자 사람을 보내었으니 부인이 수습해주시오." 윤소저가 근심스런 모양으로 대답하였다. "마땅히 명하신 바를 잊지 않겠습니다."

元帥則起身 再拜受命 退至尹小姐寢室 見小姐曰 學生今奉君命 爲將出戰 不必對妻子而話別懷 但北堂甘旨之供 托於夫人 當盡孝於尊堂 和睦於同列 保重貴體 小姐唯唯 元帥復笑曰 又有所托事 學生非留意於風情 因少年謫客之孤懷 交遊碧城仙 已欲率來而送人 夫人收拾 尹小姐愀然對曰 當不忘所命

—「옥루몽」(19세기)

3.6. 빈처(貧妻), 심리적 내뗌

아내에게 끝없는 인내와 헌신을 강요하는 결혼제도 속에서 아내들은 자기 욕망과 자기 서사를 상실한다. 결혼에 대한 기대를 배반하는 남편의 무관심 혹은 외도, 부재 속에서 아내는 심리적인 공허를 경험하고, 이름을 잃어버리고 집안의 가구처럼 취급받는 자신의 정체성에 대한 심각한 회의에 직면한다. 일상의 굴레에 갇힌 메마른 결혼생활에 아내는 침묵으로 응대하며 자신만의 동굴에 스스로를 감금한다. 현대소설에서 이런 아내들의 내뗌은 불안한 남편의 시선을 통해 형상화되기도 하고 아내 자신의 내밀힌 언어로 고백되기도 한다. (김인숙

「그림 그리는 여자」, 김형경 「담배 피우는 여자」, 은희경 「빈처」, 「아내의 상자」, 이혜숙 「확인」, 전경린 「새는 언제나 그곳에 있다」, 「천사는 여기 머문다」, 이남희 「슈퍼마켓에서 길을 잃다」, 이청해 「러브호텔」, 조경란 「사소한 날들의 기록」, 차현숙 「삼십삼 세」, 「나비학 개론」, 강영숙 「흔들리다」, 정지아 「양갱」)

　말을 잃어가는 무기력한 아내와 애써 평온을 가장하며 빈 껍데기 같은 일상을 지속하려는 남편은 서로에게 점점 '낯선 얼굴'이 되어 가고 서로의 언어에 무관심해지면서 서로가 서로에게 소통할 수 없는 대상이 되어 간다. 가정이라는 굴레는 아내에게서 활기와 생명력을 빼앗아 가고, 아내들은 그 안에서 점점 의식이 마비된 채 고립되고 박제되어 간다. 아내들은 자신의 곪은 상처를 온몸으로 시위하다 식물이나 벌레 같이 다른 존재로 바뀌어 버리고, 급기야는 형체도 알아보지 못할 정도로 작아져 고단한 육신을 벗어 버린다. 그러므로 이런 아내들의 갑작스런 몸바꿈 혹은 변신은 가정이라는 구속에서 벗어나고픈 아내들의 탈주 욕망을 알레고리적으로 드러낸 경우라 할 수 있다. (한강 「내 여자의 열매」, 오수연 「벌레」, 김연경 「내 아내의 모든 것」)

　결혼생활의 허위와 진실 사이에서 갈등하고 권태와 무의미에 피폐해진 아내들은 가출(家出)을 시도하거나 홀로서기를 선언한다. 한 가정의 아내로서, 어머니로서 충실한 삶을 살아온 여성들이 자신의 살아있음을 확인하기 위함이고, 자기 내면의 소리에 귀를 기울여 결핍된 욕망의 흔적을 발견하고 억압된 무의식을 풀어내 자신의 실존과 마주하기 위함이다. 이때 아내의 갑작스런 가출이나 부재에서 남편들은 불안과 혼란을 경험하게 되고, 이는 아내의 존재감을 상기시키는 계기가 된다. 그러나 아내들의 가출은 실패하거나 단 하루뿐인 특별한 외출로 끝나는 경우가 많다. 갈 곳을 모르거나 갈 곳이 없는 아내들은 좌절된 탈주의 꿈을 깊은 내면에 감추고 자아를 보존하기 위한 분투를 지속한다. 따라서 현대소설에 빈번하게 등장하는 아내들의 출가(出家) 모티프는 잃어버린 존재감과 근원적 상실감을 회복하려는 여성의 반란과 반역의 서사에 다름 아니다. (오정희 「바람의 넋」, 이경자 『혼자 눈뜨는 아침』, 전경린 「염소를 모는 여자」, 이혜숙 「확인」, 「어떤 홀로서기」, 윤영수 「콩켸팥켸」, 차현숙 「나비의 꿈, 1995」, 정미경 「발칸의 장미를 내게 주었네」, 한지수 「천사와 미모사」)

　그러나 이렇게 아내들은 자아를 찾기 위해 고투하지만 막상 현실에서 그 욕망은 실현되기 어려운 것임을 깨닫기도 한다. 부부란 사랑과 열정을 공유하며 지속하는 관계라기보다 직믹하고 쓸쓸한 삶에서 서로에게 벗과 지인이 되어가는 것이라고 받아들이게 되는 것이다. 그래서 현대시 속의 아내들은 관계의 허망함을 극복하기 위해 부부라는 관계를 떠나 남편을 한 인간으로 바라보며 심리적인 내핍을 견뎌낸다. 이는 부부의 상실과 공허 혹은 일상적 현실에 대한 초월적인 시선으로 드러나기도 하고, 가족과 남편을 벗어나 아내 스스로 자아를 세우는 계기로 드러나기도 한다. (이사라 「동행」, 노혜경 「부부관계」, 김승희 「여보」, 김소연 「백년해로」)

〈아내가 집에 돌아왔다.〉 그러나 그것은 이미 안도감이나 푸근함, 혹은 또 다른 위기감 따위 새삼스럽거나 특별한 느낌은 아니었다.
아내가 또다시 시작한 가출(家出)에서 돌아온 것은 불과 닷새 전이었다. (중략) 승일이를 가지면서부터 일건 나은 듯싶더니 일년 동안 벌 써 세 번째 가출이었다. 이제는 어디를 갔었느냐고 물을 필요도 느끼지 않았다. 다그치면, 그저 여기저기를 돌아다녔노라는 언제나처럼 같은 대답을 할 게 뻔했다. 도대체 자신이 다닌 곳이나 기억할까. //
혼자 있는 시간에 그토록 담배를 피워 없애야 할 이유는 무엇일까. 습관이 아니라면 대개의 경우 담배에 손이 가는 것은 초조하거나 불안할 때일 것이다. 아침 청소때 물론 재떨이를 비웠을 테고 그렇다면 점심 전후에서 내가 돌아올 대여섯 시간동안 무엇 때문에 그토록 담배를 피워대는 것일까. 단순히 습관적인 것이라 해도 대체 무엇이 그토록 지독한 끽연의 습관을 만들었단 말인가.
— 오정희 「바람의 넋」(1986)

정말 아내는 '가정'밖에 모르는 여자였다. 언제나 가계부를 적고 연말이면 자신에게 보여주며 가계 경영의 노하우를 쌓는 여자. 남편의 건강 돌보기와 아이들의 학교생활 관리, 집안 가꾸고 대소가의 경조사에 찾아다니면서 남보다 먼저 부엌에 들어가는 여자. 그래서 찬수에게 태경은 고향일 수밖에 없는 여자였다. 그런데, 아내가 집에 없다니…
이날 새벽, 찬수는 결혼 이후 처음으로 태경에 대한, 그 존재의 의미를 곰곰이 생각해 보았다. 하지만 그의 생각, 그 마지막에 고인 느낌은 '꽤심함'이었다. 왜 내가 집으로 가야 할 때, 마땅히 기다리고 반겨줘야 할, 반겨서 그의 필요한 부분을 요구하기도 전에 들어줘야 할 임무가 있는 아내가 '없느냐'는 것이었다. 아내가 누리는 기쁨과 행복감은 궁극적으로 자신을 섬기는 데 있지 않겠는가. 그런데…

아내가 다른 '재미'를 찾아 집을 비웠다니.

—이경자 『혼자 눈뜨는 아침』(1993)

남편과의 사이는 좋지는 않았지만 나쁘지도 않았다. 그냥 건조했을 뿐이었다. 그녀는, 남편이 원했던 '그림 그리는 여자'로서의 모든 능력을, 남편이 원했던 것처럼 집안에다만 쏟았다. 그녀의 아파트는 늘 세련된 장식들로 가득 차 있어서 남편을 찾아온 남편의 친구들을 놀래켰다. 그 집안의 모든 세련된 장식들은 사실 길거리 아무데서나 살 수 있는, 아주 값싼 것들이었다. 그 값싼 것들이 그토록 아름답고 세련되게 보일 수 있었던 그것은 그녀가 그것들의 자리를 정확히 찾아주었기 때문이었다. 그것들과 어울리는 자리, 그것들과 어울리는 색깔, 그것들과 어울리는 짝꿍들. 그녀의 집안은 빈틈없는 아름다움으로 가득 찼다. 어울리지 않았던 것은 유일하게 그녀와 남편의 관계였다.

—김인숙 「그림 그리는 여자」(1995)

이따금 일찍 들어오는 날도 있긴 합니다. 그런 날, 퇴근하여 잠자리에 들 때까지 그이가 하는 말은 모두 세 마디 정도입니다. 식탁에 앉으면서 밥 먹자. 컴퓨터가 있는 방으로 들어가면서, 커피 한잔 줄래? 한참 만에 그 방에서 나와 침대에 누우면서, 자자. 그동안 저는 설거지를 하고, 커피를 타고, 딸아이의 세수를 도와주고, 남편의 와이셔츠를 다립니다. 부부란 같은 방향을 바라보며 같은 길을 걷는 것이라고 하던가요? 그런 말을 들으면 저는 부끄럽습니다.

이만큼 함께 살고 나면 상대방에 대해 무엇을 기대하거나 요구하지 않게 되나 봅니다. 그이의 눈에는 제가 늘 집 안에 있는 가구와 별반 다를 바 없이 보일 테고, 제 눈에는 그이가 생활비를 건네주는 은행 계좌 정도로 여겨지는 거죠.

—김형경 「담배 피우는 여자」(1995)

그 뒤로 며칠 동안 그녀는 말이 별로 없다. 밤늦게 들어오는 나를 맞아들이는 태도도 전처럼 다정하지 않고 아침 출근 때도 현관까지 따라나오지 않는다. 좀 허전한 맘이 드는 것이 그제서야 그동안 그녀가 내게 꽤 살가웠구나 싶어진다. 평소에는 느끼지 못했던 기분이다. 하지만 그렇다고 내 일상이 불편해지거나 지장을 받는 것은 아니다. 회사에서나 집에서나 내 일과는 다를 바가 없다. 집에서 밥도 잘 먹지 않고 얘기를 나눌 시간도 별로 없는 나로서는 설령 그녀에게 무언가 강한 의사 표현을 해야 할 때가 오더라도 단식이나 침묵시위 같은 것은 애초에 성립될 수조차 없는 일인 것이다. //

아이를 안은 채 눈을 꼭 감고 있는 그녀의 얼굴은 피곤에 절어 있다. 뒤로 묶은 머리가 머리핀 사이로 잔뜩 빠져나와 어수선하다.

　나는 손에 펴 들고 있던 그녀의 일기장을 가만히 덮어준다.

　살아가는 것은, 진지한 일이다. 비록 모양틀 안에서 똑같은 얼음으로 얼려진다 해도 그렇다. 살아가는 것은 엄숙한 일이다.

— 은희경 「빈처」(1996)

　조금은 달라진 세상에서 남편은 새로운 의욕으로 뭔가를 해보려고 하고 있어요. 그리고 집안 살림을 꾸려가는 것은 여전히 내 몫이구요. … 왠지 광내는 건 몽땅 그 사람 몫이고 나 자신은 그를 위한 희생양처럼 느껴지더라구요.… 누군가를 위해 나 자신이 희생당하고 있다는 억울함을 떨쳐버릴 수가 없는 거예요.

— 이혜숙 「확인」(1996)

　직장을 그만두자 내게 공적인 부분이 사라졌다. 나는 사적으로만 존재하게 되었다. 누구도 이제 내 이름을 부르는 일은 없어진다. 간혹 은행에서 이름이 불려지기도 하고, 동사무소에서 이름을 대기도 하지만 그건 그야말로 기호의 성질일 뿐이다. 어쨌든 이건 아주 흔한 이야기다. 이 모든 것은. 많은 여자애들이 학교 캠퍼스에서 장래의 남편감을 만나고, 이삼년 쯤 직장생활을 하다가 스물 대여섯 살에는 결혼을 하고 그리고 바로 직장을 그만두거나 일이 년 더 버티다가 그만둔다. 대체로 딸이나 혹은 아들과 딸을 사적으로 낳고, 사적으로 키운다. 그녀들은 지극히 사적으로 존재하고 남편은 아침마다 집을 나가 어두운 셋집으로 돌아온다.

— 전경린 「새는 언제나 그곳에 있다」(1996)

　아줌마들은 설거지하고 나면 모여서 화투를 두드렸다. 어서 하루가 가고 다링 가고 해가 가고, 아이들은 자라고 병든 어머니들은 돌아가시고, 시누이들은 시집을 가고, 남편은 승진하라고, 어서어서 날들이 지나 월부금들이 끝나고 대출 적금이 만기되어 큰 아파트로 이사 가자고, 바람 든 남편이 늙어버리고 이유 없이 발바닥이 갈라지는 이 건조하고 무료한 시간이 흘러가버리라고 푼돈들을 가지고 나와 짤랑짤랑 하루를 녹인다. 어제 한 말을 오늘 또 하고, 한 달 전에 한 말을 또 하고, 일 년 전에 한 말을 또 하면서… 그들은 대기실에서 기다리는 무시무시하게 긴 장기공연의 엑스트라 무리 같다. 남의 연기를 보면서 늙어가고, 한구석에서 어두운 게임을 하면서 늙어가는 보류처분된 삶.

— 전경린 「염소를 모는 여자」(1996)

　"오늘은 뭐하고 지낼 거야?"

역 광장에 도착할 즈음 남편이 다시 입을 연다. 궁금해서는 아니다. 양식화된 말 주고받기에 지나지 않는다. 건성의 말. 대답이 필요없다. (중략)

"집에서 놀지만 말고 나가서 뭘 좀 배우는 게 좋잖아? 전에 다니던 요리클럽인가 하는 덴 이젠 안 나가? 처음엔 재밌다고 했잖아. 전직 청와대 주방장도 선생으로 오고 사람들도 다 괜찮은 거 같다고 하더니 요즘은 왜 안 나가?"

물론 처음에는 재미있었다. 나만 다르다는 걸 깨닫기 전까지였지만.

'차 때문에 안 돼.'

그 말은 꿀꺽 삼켜버린다. 아침부터 남편 기를 죽일 필욘 없다.

그곳에서 어울릴 수가 없었다. 거기 오는 여자들은 모두 외제차를 탔다. 아무리 시시하다고 해도 그랜저 삼천 정도는 됐다. 그러니 낡은 세피아를 몰고 가서 그들과 제대로 어울리지 못한 것은 당연한 일이다.

기적소리가 난다. 남편은 황황히 내린다. 뛰어가는 남편의 뒷모습이 안개 속에 사라질 때까지 기다린다. 이윽고 시동을 건다.

'뭐야, 내가 논다구? 집에서 하는 일은 그럼 일이 아니고 노는 거야?'

— 이남희 「슈퍼마켓에서 길을 잃다」(1996)

프랑스 식당에 가는 거야. 저녁에, 혼자서. 나도 모르는 사이에 나는 T의 말을 되뇌곤 했다. 프랑스 요릿집이야 사실, 내게는 좀 과했다. 나는 우선 동네의 꽤 큰 한식집부터 가보기로 마음먹었다. 남편도, 작은아들 준이 녀석도 늦게 오는 날. 빈 집에서 혼자 찬밥을 먹게 되는 날.

단순한 기분 전환 때문만은 아니었다. 잃어버린 나. 가족들 틈새에 끼여 너무나 얇아지고 옅어진 나, 나도 모르는 사이에 이파리도 줄기도 아닌 뿌리가 되어 땅속으로 스며들어간 나의 실체. 그것을 점검하고 싶었다. 아직 내 몸 안에 조금은 남아 있을 용기, 투지, 그리고 어쭙잖은 일이지만 나의 가능성, 능력, 어영부영 세월에 밀리는 동안 내 몸에서 슬그머니 빠져나간 그것들을 나는 이제나마 다잡아볼 참이었다. 우선 스스로에게 가차없는 형사가 될 일이었다. 사소한 일에 시간과 정력을 낭비하는 내 관성에 수갑을 채울 일이었다.

— 윤영수 「콩켸팥켸」(1997)

아내는 상자를 많이 갖고 있다. (중략) 아내의 상자에는 지난 시간 동안 그녀를 스쳐 지나간 상처들이 담겨 있었다. 사람들은 상처가 회복된 다음에도 몸에 남아 있는 흉터로써 그 상처를 기억한다. 그녀는 흉터를 지니듯이 방 귀퉁이에 상자를 쌓아갔다. //

아내가 그녀의 안락의자에 파묻혀 잠든 것을 보면 이따금 그때 생각이 났다.

뚜껑이 닫힌 상자들 곁에서 잠들어 있는 그녀의 모습. 그것은 자신을 상처 입힌 세상을 향해 빗장을 지르고 잠들어 버린 그때의 모습과 비슷했다.

─은희경 「아내의 상자」(1997)

그러나 기순은 벌판에 선 듯이 허허로웠다. 그것이 부쩍 심해지기는 이삼년 전부터였다. 결혼 후 상당 기간 열을 올리던 음식 솜씨나 집안 꾸미기, 아이들에 대한 것, 집, 재산 같은 문제들도 시큰둥해졌다. 이게 뭔가, 이렇게 살다가 죽는 거로군, 이제 별볼일 없는 일만 남았어… 하루 종일 그렇게만 생각되었다. 새로 이사를 와 조경이 잘된 아파트의 정원을 내려다볼 수 있게 되면서부터 그 증상이 더 심해졌다. 비가 오거나 흐린 날은 일없이 마당을 내려다보다가, 이대로 떨어져 죽어버릴까 하는 생각까지 들었다. 아무리 생각해도 자신의 생활에는 아내나 엄마라는 역할만 있었지 〈이기순〉이라는 개인은 없었다. 그리고 그것이 이제는 그녀의 견고한 외형이 되었다. (중략) 하루 종일 마루 끝에 누워 하늘이나 바라보며 흐물흐물 시간을 보냈다. 그러면서 인생이나 꿈, 기대에 대해서 생각했다. 마흔 중반을 넘어 꿈을 잃고 쪼그라져가는 여자의 비애 같은 것을 남편이나 아들들이 이해할 리 없었다. 그들은 젊고 싱싱하며, 아름다운 여자에게서 〈받는 것만을〉 좋아하니까. 이대로… 그들의 편리에 부응하다가… 메마른 가랑잎처럼 일생을 마치는 것인가….

그녀는 초조하고, 억울하고, 서글펐다.

─이청해 「러브호텔」(1997)

빈 의자에 남편이 앉아 있다.

"당신이 그렇게 내 눈앞에 있으니까, 무슨 말부터 해야 할지 모르겠어요… 그날, 새벽에 잠이 깼어요. 당신이 내 옆에 없더군요. 이 방에도 화장실에도. 현관문이 열려 있길래 무턱대고 밖으로 나갔지요, 당신이 없었으니까. 당신은 공중전화박스 안에 있었어요. 누구에겐가 전화를 걸고 있었던 거예요. 그때가 새벽 세시였어요… 그냥 돌아서고 말았어요. 당신 뒷모습이 나를 혼자 돌아서게 만들더군요. 당신은 몰랐을 거예요. 그날 당신은 뜬 눈으로 밤을 지새웠어요. 새벽 세시에 당신이 누구에게 전화를 걸고 있었는지, 알고 싶지 않아요. 가끔 나를 쳐다보면서 안타까워 하는 것, 그 눈에 담긴 게 무엇이지, 느낄 수 있어요. 우리 이제 겨우 서른세 살이에요. 연민만으로 함께 살기엔 너무 젊어요. 우리에게 남은 시간은 길고 길어요. 여보, 나는… 무서워요…."

빈 의자는, 말이 없다.

─조경란 「사소한 날들의 기록」(1997)

아내의 문제는 무엇일까. 어떤 괴로움이 심인선(心因性)의 장애까지 불러일으킨 것인지 나는 이해할 수 없었다. 이 여자가 이렇게 나를 외롭게 해도 되는 것인지, 무슨 권리로 나를 외롭게 하는 것인지 의아해질 때마다 막막한 염오감이 오래된 먼지처럼 켜를 이루어가는 것을 느낄 뿐이었다. //

이내 아내의 몸에는 한때 두 발 동물이었던 흔적이 거의 남아 있지 않았다. 포도 알 같이 맺혀 있던 눈동자는 다갈색 줄기 속에 차츰 파묻혀갔다. 아내는 이제 볼 수 없었다. 줄기의 끝도 까딱할 수 없었다. 그러나 베란다에 들어서면 형언할 수 없는 아련한 느낌이 아내의 몸에서 나에게로 미미한 전류처럼 흘러들어오는 것을 느낄 수 있었다. 한때 아내의 손과 머리카락이었던 잎사귀들이 남김없이 떨어져내리고, 입이 오그라붙었던 자리가 벌어지면서 한 움큼의 열매가 쏟아져나왔을 때 그 실낱같은 느낌은 끊어졌다.

—한강 「내 여자의 열매」(1997)

나는 알 수 있다. 내 남편도 나에게 어떤 진지한 대화나 토론의 쟁점들을 가지고 나에게 오지 않는다. 나의 말은 일상적인 언어로만 짜여져 있다. 대학 때 그것 자체가 좋아 즐겨 쓰던 관념이나 전문적인 용어들로 의사를 전달할 곳이 없다. 사용할 데가 없는 언어는 조금씩 잊어져가면서 사멸된다. 이제 아이와 대화를 하면서 나의 언어는 유아적인 말이 되었다. 자아 맘마 먹자. 띠띠 빵빵…그뿐만 아니라 말투, 몸짓, 정서, 생각의 흐름까지도 자신이 아닌 아이와 남편과 오다가다 만나는 아파트 여자들의 그것들과 뒤섞여버린다.

—차현숙 「삼십삼 세」(1997)

나는, 혼자가 되었다. …서른 두 살에 생전 처음으로 고아가 된 것 같은, 그런 절실한 감정에 부딪친다. 서울역 대합실에 홀로 버려진 어린애처럼 두려움과 호기심, 강렬한 욕망으로 온몸을 떨면서… 파리로 가지 못한 나의 꿈, 남편을 만나기 전에 가졌던 삶에 대한 열정들을 되살려보기 위해 기억을 헤집었지만 이미 표백된 기억은 생생하게 달려오지 않는다. 대합실의 시계만이 빠르게 앞으로 달려가고 있을 뿐이다. 시침은 열두시를 넘어가고 있다. 나는 멍하니 열차 시간표를 아무 감정 없이 본다. 드문드문 개찰구를 향하는 사람들의 발걸음을 쳐다보며… 나는 일어날 엄두를 내지 못한 채 텅 비어 있는 더러운 플라스틱 벤치 중 하나에 앉아 있을 뿐이다.

—차현숙 「나비의 꿈, 1995」(1997)

그 일이 있고 더욱더 가정에 충실해가기 위해 노력하는 남편 모습은 그녀에게 아무런 감정의 변화도 가져다주지 않았다. 더 이상 전화는 걸려오지 않았다. 이제 그녀와 남편은 한 집에 사는 동거인으로 변해갔다. 그녀도 그녀의 남편도 서로를 보며 쓸쓸해졌다.

이혼한 듯이 살자, 라고 그녀는 아이를 품에 안으며 가끔 중얼거린다. (중략) 그렇다구 남편을 용서한 거는 아니에요. 왜냐면 내 가정이 가장 행복할 때 그가 가정에서 가장 최상의 충만감을 갖고 있을 때 그때 나는 이 집에서 아이와 함께 사라지는 상상을 해요. … 그 후로 우리는 부부관계를 하지 않고 살고 있어요. 벌써 삼 년째요.

—차현숙 「나비학 개론」(1997)

가을이 왔다. 결혼 일주년이 되는 날, 우리는 아무도 축하 케익을 준비하지 않았다. 그는 내가 있을 때는 텔레비전만 봤고 내가 잠이 든 밤에는 여전히 깨어 있었다. 한번은 그의 친구와 전화 통화를 했는데, 그는 지난 여름에도 친구들만 만나면 핵잠수함 얘기를 했는데 듣는 친구들의 반응이 썰렁하자 술자리에서 먼저 일어나 가버렸다고 했다. //

아침 먹어. 나는 식탁을 차린 후 비장하게 말했다. 그는 아까부터 신문을 들고 식탁에 앉아 있었다. 차라리 굶으라고 하는 게 인간적이지 않니? 그가 나를 보며 말했다. 그래, 일하지 않는 자는 먹지도 말아야 한다는 말은 맞지. 나는 씽크대에 가서 그를 노려보았다. 그가 얼굴을 들고 나를 쳐다보았다. 그의 눈을 정면으로 본 것이 언제인지, 그의 눈은 단단한 껍질에 의해 보호받고 있는 것처럼 깊고 맑았다. 눈물이 쏟아져나왔다. 흔들리고 있는 것은 오히려 나였다. 그때 우리들의 식탁에는 거뭇거뭇하게 탄 빵, 소금 후추가 지나치게 많이 들어간 달걀 오믈렛, 차가운 우유 한 잔이 놓여 있었다.

—강영숙 「흔들리다」(2002)

그렇다, 여느 때와 다름없이 함께 일어나 함께 출근을 했지만 아내와 남편은 결단코, 서로를 알아보지 못했던 것이다. 연속적인 두 가지 충격이 너무도 컸기에 아내는 정신을 잃고 말았다. 꿈도 없었다. 그래서 아내는 행복했다.

병원에서 돌아온 뒤에도 일상에는 변화가 없었다. 그저 몸의 일부분이었던 것이 떨어져나간 탓에, 비정상적으로 늘어나던 몸이 급격하게 줄어들기 시작했을 뿐이다. 하지만 아내는 별다른 걱정을 하지 않았다. 오히려, 최근 들어 아내가 겪은 여러 일 중 가장 자연스럽고 당연한 것이라는 생각이 들었다. 아내를 심란하고 혼란스럽게 만든 것은 다른 것이었다. 아내로부터 떨어져나간 것은 막 생겨나기 시작한, 아내와 남편의 분신만이 아니었다. 꿈이 없었던 깊은 잠 이후, 편지가 단절된 것이다. 아내는 남편이 돌아오지 않은 그날 밤보다 더 심한 충격을 받았고, 그때보다 더 심한 허함을 느꼈다. 그러는 동안 몸은 더 심하게 줄어들어 일도 계속할 수 없는 상태에 이르고 결국 완전히 방 안에 칩거하게 되자 언어의 섬세한 그물망을 피해 지나가는, 밑도 끝도 없는 서늘함과 허함이 아내를 갉아먹었다. 점차 줄어들던 아내의 몸이 이제는 거의 형체를 알아볼 수 없을 지경으로까지 축소되고 말았다.

—김연경 「내 아내의 모든 것」(2004)

말해야 할 것 같아. 당신을 견딜 수 없어. 모든 걸. 국을 떠먹는 모습도, 수그린 머리의 가르마도, 웃는 모습도, 잠든 모습도, 엎드려서 신문을 들여다보는 것도, 그 모든 게. 당신을 보고 있으면 나라는 여자와 살고 있는 당신이 불쌍해. 그 불쌍한 기분도 이젠 참을 수가 없어. (중략) 아내의 진술은 충격이었다. 아내가 견딜 수 없다는 점들은 모두 변경될 수 없는 것들이었다. 아내는 견딜 수 없다는 것은 결국 나 자신이었다. 그렇다면 방법은 한 가지뿐이었다. 헤어져 있는 시간. 그렇게 생각하자 육 개월의 시간이야말로 두 사람에게 가장 필요한 것처럼 절실해졌다.

—정미경 「발칸의 장미를 내게 주었네」(2006)

우리는 삼 년을 함께 살았다. 모경은 번번이 그러지 않겠다고 약속하고도 점심 시간마다 택시를 타고 집에 왔다. 점심을 먹고 낮잠을 자겠다며 침대로 나를 끌어 들여 섹스를 하고 잠시 얕게 코를 골았다. (중략) 봄꽃 피는 계절에 황사 바람 부는 것같이 깔끄럽고 부연 신혼이었다. 모래바람 속에서 꽃잎 지듯 신혼의 날들이 다 지나가면 평화롭게 자리가 잡히리라 생각했다. 하지만 신혼은 끝이 나지 않았다. 일 년이 흐르고 이 년이 흐르고 봄꽃이 다 지고, 내 키보다 깊어 나를 허우적거리게 했던 몸 안의 물들이 다 흘러간 뒤에도 흙바람에 눈을 뜰 수가 없었다. 모경의 월급은 반 이상이 전처와 아이들에게로 갔기 때문에 살림이 몹시 빠듯했다. 그러나 내가 직정을 구하려고 하면, 일을 하려는 게 아니라 남자들을 만나려는 핑계라며 억지를 부렸고, 온종일 집에 박혀 있기를 요구하고 감시했다. 감시망을 벗어난 연락이 끊기면 폭력을 행사했다. 모경의 인식 속에서 나는, 아무 남자나 유혹하는 요부이며 남편을 스무 번도 더 속일 부정한 아내이며 피가 뜨겁고 달아서 밤낮 없이 쩔쩔매는 여자였다. 나는 그를 사랑했고 어쩌면 최소한 그에게만은, 그런 여자가 맞는지도 몰랐다.

—전경린 「천사는 여기 머문다」(2007)

처음 만난 날, 현숙이, 숙이 하고 혼자 중얼거리던 남편은 좀 걷자고 하더니 내게 시선 한 번 주지 않은 채 땅을 보며 걸었다. 저 사람이라면 지구의 한가운데, 서로 다른 동굴로 내려가더라도, 그래서 만년을 홀로 살더라도 숙아, 하고 부르는 그 다정한 음성에 외롭지는 않을 것 같다고 나는 생각했다. 결혼이라는 결코 녹록 치 않은 현실로 뛰어들 결심을 한 것은 그 때문이었다. 혼자 사는 것이나 다름없이 우리의 결혼생활은 편안했다. 적어도 나에게는. 솔직히 말하면 남편의 귀가가 점점 늦어지고 혼자 있는 시간이 많아지면서 조금은 쓸쓸한 적도 있었다. 그럴 때면 나는 차를 몰고 도심으로 나가서, 브레이크와 엑셀러레이터를 교대로 밟느라 종아리가 뻐근할 때까지 운전을 했다. 클래식 채널의 볼륨을 최대한 높인 채, 최대 볼륨의 교향곡은 지구가 자전하는 소리처럼 내 귓전에 닿지 않았고, 투명한 창밖으로 사람들이 바삐 흘러가는 모습 또한 다만 풍경에 지나지 않았다. 텔레비전 뉴스 속의 영상이나 신문의 활자처럼. 차 안은 나만의 완벽한 동굴이었다. 그 여자가 내 집에 발을 디딘 순간, 아니 남편 몸에 밴 그녀의 체취가 감지된 순간, 나의 동굴은 폐쇄되었다. 언젠가부터 안과 밖의 경계가 느슨해졌고, 안인지 밖인지 아무튼 나는 벌거벗은 채 쇼윈도에 마네킹처럼 전시된 느낌이었다.

－정지아 「양갱」(2008)

그때 나는 아내가 화산을 닮았다는 생각이 들었다. 자세히 귀를 기울이면 아내에게서도 어떤 소리가 끊임없이 들려오는 것 같았다. 그런 생각을 하면서 아래를 내려다보았다. 분화구 안에 시퍼런 물이 잔잔히 흔들리고 있었는데 손을 담그면 순식간에 얼어서 쩍쩍 갈라질 것만 같았다. 아내의 말대로 그 폭발이 화를 낸 것이라면, 언제 그랬냐는 듯 시치미를 뚝 떼고 있는 셈이다. //

아내는 그렇게 이 땅을 떠났다. 나는 공항에도 나가지 못하고 집 앞에서 배웅을 했다. 아내는 내게 갓길에서 잠시 쉬었다고 생각하라는 말을 남겼다. 갓길을 적절히 이용할 줄 알아야 한다면서 뾰족한 샌들 코를 바닥에 콕콕 찍더니 서둘러 차에 올랐다. 아이는 말없이 손을 흔들었는데, 오히려 그게 나았다. 그건 한 가지 언어 였으니까.

－한지수 「천사와 미모사」(2010)

함께 늙는다는 것은
가녀린 두 다리 휘청거리는 낙타 등에 올라타
석양빛 받으며 부서지는
오래된 시간을 함께 보는 것이다
그리고
무심(無心)을 세상에 돌려주고

몸을 부숴
모래가 되는 것이다

─이사라 「동행」(2008)

그러나 남편과 아내는 남자와 여자가 아니다. 오로지 생존의 고리일 뿐.

나는 남편에게 항의했어야 했다. 그 돈은 시아버님 용돈 때문에 빌린 거라고, 당신도 더불어 부담할 의무가 있다고, 조리 분명하게 따졌어야 했다.

그러나 대신 나는 웃는다. 아직도 여자이고 싶은 내 욕망 때문? 아니다, 그가 내게 이십구만 원이 든 봉투를 가져다주었을 때도 나는 웃었고 늘어나는 적자 때문에 취직자리를 기웃거리던 그때도 나는 웃었다. 내가 배가 고플 땐 그도 고프고, 그가 먹을 땐 나도 먹을 것을 믿었기 때문에. 우리 둘의 더불은 생존이 따로따로의 사랑보다 소중함을 믿었기 때문에.

─노혜경 「부부관계」(1995)

사랑한다는 것
미워한다는 것
같이 살자는 것
같이 죽자는 것

손금이요
지문이다
같이 사는 동안
손금과 지문이 닮아졌네

배와 배가 만나야만 잉걸불이 탈 수 있는
배밑이 불새

─김승희 「여보」(2006)

나, 사랑 없이도 밥을 먹을 줄 알고
사랑 없이도 너를 속박할 수 있게 됐다
너는 내 옆에 있는 사람이고
나는 곧 버려질 사람이고
네가 머물거나 떠나가거나
아무렇지도 않은 나이고 보면

아내 159

이침밥을 꼭 치리겠습니다
노릇하게 구운 살전 생선살을 당신 밥숟갈에
한점식 올려 놓기 위하여 젓가락을 들겠습니다

하루에 한번씩 걸레질을 꼭 하겠습니다
당신 속옷을 새벽마다 이부자리 밑에 챙겨놓겠습니다
나는 나쁜 사람입니다
다음 생애엔 꼭 그렇게 하겠습니다

─김소연 「백년해로」(2000)

3.7. 전사(戰士)와 슈퍼우먼, 우아한 속물성

현대소설에서 아내들은 일과 가정이라는 이중적인 역할을 부여받은 전사이 자 슈퍼우먼의 모습으로 등장한다. 이들은 아내-엄마-주부라는 역할을 완벽하 게 수행하기 위해 잔혹한 전사가 되어간다. 아내는 남편을 대신하는 억척스런 여성가장이자 영리하고 교활한 슈퍼우먼들인 것이다.

가정 내에 갇혀 있던 아내는 남편의 실직이나 가출, 죽음과 같은 상황에 직 면해 생활전선에 뛰어든다. 아내들은 무능한 남편을 대신해 경제적 부담을 짊 어지고 남편이 내팽개쳐버린 집안의 가장 역할을 하거나 남편을 성공시키기 위 해 악착같이 뒷바라지를 하는 등 강한 생활력을 보여준다. 물론 대리 가장으로 서가 아니라 스스로 자발적인 커리어우먼으로서 세상의 편견에 맞서 고통스럽 게 사회생활에 적응하고 독립적인 존재로 자기 정체성을 찾아가는 아내들도 존 재한다. (손소희 「이라기」, 「맥에의 결별」, 박경리 「흑흑백백」, 「전도」, 임옥인 「살림살 이」, 김인숙 「당신」, 함정임 「그의 즐겨찾기」, 윤영수 「여인입상」, 강영숙 「그린란드」, 김재영 「십오만원 프로젝트」)

이때 아내들의 세속성과 속물성은 가정을 지키는 훌륭한 엄마와 아내가 되기 위한 필수항목이 된다. 이들은 때로 남편을 지키기 위해 남편의 애인에게 달려 드는 드센 아줌마가 되기도 하고, 때로는 우아한 교양과 취미를 갖춘 주부가 되기도 한다. 그리고 선량하고 성실하기만 한 남편을 대신해 악역을 도맡는 전사이기를 주저하지 않는다. 이들은 회사의 음모에 맞서 남편을 방어하는 영리함을 갖추고 남편을 현실로 이끌어내 타협시키기도 하면서 영악하고 능수능란하게 세상살이에 대처한다. 누군가의 아내로 살아남기 위한 우아한 연기력과 해고된 남편에게 헤어질 것을 요구하는 속물성을 동시에 갖춘 존재인 것이다. (임옥인 「후처기」, 김인숙 「문」, 양귀자 「찻집 여자」, 윤영수 「모든 벽은 문이다」, 서하진 「착한 가족」)

그러다 보니 아내는 이상적이고 비현실적인 남편과 대비되어 이기적이고 이해타산적이며 때로는 히스테리컬하기까지 한 모습으로 그려진다. 그리고 이런 아내 앞에서 남편은 자신을 왜소하고 무력한 존재로 인식한다. 고마움과 부담감, 열등감이 교차하는 복잡한 시선 속에서 남편은 안정적이고 평균적인 삶을 추종하는 아내에 대한 피로와 염증을 호소하고, 아내의 야생성에 대해 가해자 혹은 공범자로서 자책을 느끼면서 생활의 더께 속에 놓인 '아내의 속살'을 기대하기도 한다. (한말숙 「Q호텔」, 정연희 「창구있는 묘지」, 서영은 「당신은 잠이 잘 옵니까」, 「웃음은 거품처럼」, 송원희 「사람 대신 얻은 것」, 「내가 버린 사람」, 김인숙 「양수리 가는 길」, 「문」, 양귀자 「찻집 여자」, 김지원 「사랑의 예감」)

나는 결혼하되 꼭 그와 같은 의사와 하기로 작정이었다. 세 번째거나 네 번째거나 그와 같이 깨끗한 예방의를 입고 청진기를 들고 사람 앞에서 엄숙한 표정을 지을 줄 아는 그런 의사가 원이었다. 내 남편 되는 사람이 의사이기로 그것이 내 과거를 매울 민한 무엇이었을 것인가? 나는 내 남편의 전(前)모습에서 나를 버리고 떠나간 사람의 전부를 느끼려는 것인가?

그러나 내 맞은 편에 앉은 의사라는 내 남편은, 마음속으로 암만 깨끗한 예방의를 입히고 왕진가방을 들려보았대야 의사다운 데가 없다. (중략) 그러나 나는 이 차를 나리는 시각부터 당당한 의사 부인으로, 더군다나 수십 만 재산가의 부인으로 행세를 할 것이요, 이 S읍 부인들 위에 서는 인텔리 주부가 되는 것이다.

　　　　　　　　　　　　　　　　　　　　　　　　　　－임옥인 「후처기」(1940)

한 계단을 밟고 또 한 계단을 올르면서 처음 입사했을 때 힘들던 계단이 인제 낯익어진 것 같이 느껴졌다. 몇 일 동안 그 층층대를 오를 때마다 내 너를 넘어서 내 너를 넘으리. 그러나 언제 넘을 것인가 스스로 자문자답하던 계단. 그것을 살림하던 여자가 직업을 가지게 된 것이 한편 쑥스럽고 한편 남자만의 사이에서 맡아야 할 담배냄새를 힘 안드리고 맡을 수 있는 시기를 의미한 것이다. 곧 자기의 생활문제를 해결하려는 노력이 스스로 모멸감을 받지 않는 때를 의미하는 것도 되었다.
— 손소희 「이라기」(1948)

육이오 때 집을 불사르고 남편이 무참히 폭사한 후 어느덧 오 년이라는 세월이 지나갔다. 부산으로 어디로 무진한 고생이 가로 질른 피난사리가 휴전과 더불어 끝이 났다. 겨우 쥐꼬리만큼의 월급자리를 환도한 서울에서 얻을 수 있었던 것이 재 작년 여름의 일이다. 판자 벽에 썩은 함석 지붕밑의 방 한 칸을 얻어 이럭저럭 경이와 어머니의 세 식구 살림이 꾸려져 나갔다. 하루살이처럼 위태롭고 서글픈 생활이었다. 그러나 그런 불완전한 생활 기반마저 두 달 전에 아주 잃어버리고 말았다. 실직을 한 것이다. 혜숙은 이렇게 궁해 빠져도 도무지 기질만은 옛날과 같이 변하지 않았다. 아니꼽고 더러우면 팩하니 돌아서 버린다. 이러한 성질은 가난한 그를 더욱 가난하게 하였다. 이번에 직장을 그만둔 원인도 역시 그의 결벽성 때문이다. 추근추근하게 구는 뱃대기에 기름이 끼인 상부 사람이 더럽고, 또한 향락의 대상으로 보인 것이 분하고 원통하다는데서 사표를 내던졌던 것이다.
— 박경리 「흑흑백백」(1956)

처녀시절에 친정집에서 출근할 때와 비교해 생각하며 뚜벅뚜벅 길을 걸었다. 경제적으로 대단한 의뢰심을 가지고 결혼한 것은 아니지마는, 그 동안 그 생활조건 속에서 견디어 온 것을 생각하며 지긋지긋한 느낌이 들었다. 남편이 원망스럽기도 했다. 술을 절제하고 담배만 해도 국산을 피우고 절약해서, 최저의 생활이라도 보장해 주었다면 항상 친정에 가서 개개지 않아도 됐을 것이고, 또 이렇게 무리한 취직생활을 아니해도 될뻔한 노릇이다.
그렇지만— 나선 길이다.
다행히 여기는 길이기도 하다. 인애는 생활고라는 장벽을 자기 손으로 무너뜨려 보리라는 의욕 때문에 더욱 힘이 솟는 것 같았다.
— 임옥인 「살림살이」(1957)

"누구냐 말야! 누구야! 남의 서방을 넘성거리는 년이 누구냐 말야!"
지당한 순사처럼 아내의 히스테리는 그렇게 시작되었다. //
'누구인가? 자네를 이렇게 만들어 버린 것이. 여보게 철, 자네의 얼굴은 돌처럼 굳어 버렸네그려. 누구인가? 자네를 이렇게 만들어 버린 것이…'
네거리 한 모퉁이에 달름 세워진 전차표 매표소. 거리의 부단한 움직임 속에서 잠잠하게 침묵하고 있는 장방체의 통 속,

석우는 문을 두드리고 그 안으로 들어간다.

—정연희 「창구있는 묘지」(1966)

"(전략) 신문을 읽고 있노라면 아내가 침실에서 나와 부엌으로 가는 소리가 들려오고 잠시 후, 행주는 매일 삶아라, 냉장고에 넣는 물은 꼭 끓여서 사용해라, 수챗구멍이 막히지 않도록 조심해라, 하는 따위의 잔소리가 들려온다. 그것이 끝나고 나면 아내는 내게로 오지. 마침내 거실 문이 벌컥 열리고 그녀가 가져온 우유를 마셔야 하지. 몸에 유익하다는 그놈의 지긋지긋한 음료를 마시고 있노라면, 아내의 정성 들여 화장한 얼굴은 나를 향해 고정시켜 놓은 마이크와 같다. '당신은 면도하실 때 비눗물이 거울에 튀지 않게 하는 방법이 없어요? 화장실 거울이 더러우면 아주 칠칠치 못해 보여요.', '당신 오늘 출근하거든 잊지 마시고 한전에 전화하셔야 해요. 원, 터무니없는 것도 유분수지 아무리 많이 쓴다 해도 지난달 배가 뭐예요', '언니한테서 어제 전화가 왔는데 시장에 간 사이에 식모가 개를 풀어놔서 쓰레기 치러 온 사람을 물었다잖아요.' 하루는 이렇게 시작되어 그렇게 끝난다."

—서영은 「당신은 잠이 잘 옵니까」(1972)

내 아내는 국립 병원 간호사다. 그녀가 야근을 끝내고 집에 돌아오는 시간은 아침 열 시. 분수처럼 치솟는 땅의 생기와 풀잎에 맺힌 이슬 방울 위에 쨍 소리가 나도록 부서지는 어깨를 축 늘어뜨린 채 그녀는 돌아온다. 도어를 열고 나는 아내를 맞아들인다. 철사줄처럼 엉겨 있는 머리, 팥죽색으로 바랜 입술, 꼭 짜낸 스폰지처럼 까칠한 얼굴, 아내는 눈꺼풀을 반쯤 내려뜨린 채 휘청휘청 마루를 가로질러 안방으로 들어간다. (중략)

"대답 좀 해봐. 언제까지 이런 생활을 계속할 건지."

이윽고 아내의 메마른 목소리가 내 귓전을 할퀸다.

"누군 편안한 게 싫어서 이러는 줄 알아요? 당신 혼자 월급 가지곤 생활하고 관리비 내는 것도 빠듯한데, 한 달에 사오만 원씩 나가는 월부값을 뭘로 낸다는 거예요. 거기다 냉장고를 채워놓재도 만 원 넘게 들어요."

"그러게 내가 뭐랬어. 변두리에 나가 손바닥만 한 집이라도 맨드라미, 봉숭아 심으면서 살자고 했잖아."

"나는 그렇게 못해요. 냉장고도 없고, 샤워기도 없는 집에 사느니 금성 대리점을 몽땅 싸다놓아서 내 청춘을 송두리째 소독 냄새 나는 병원에서 썩힌다 하더라도 난 그쪽을 택하겠어요."

—서영은 「웃음은 거품처럼」(1975)

"뭐라구요? 저러니 못실 수밖에. 왜 아래를 내려다보구 살아요? 뭐가 답답해서. 난 그럴 수 없어요. 운전을 하면서 정말 희한한 세상 다 봤어요. 진짜 그게 사람 사는 거더군요. 난 냉장고만 있는 줄 알았더니 냉동기라는 것도 있더군요. 아주 소 한 마리를 잡아다 냉동시켜 놓고 먹질 않나, 컬러 TV를 켜놓고 각 나라 영화 테이프를 걸고 있지 않나. 어휴, 난 정말 놀랐어요."

아내는 운전을 배우며 어느덧 상류사회에 발을 들여 놓았나 보다.

"시끄러워. 그들이 사람인 줄 알아? 벌레지. 누군가의 피를 빨아먹고 사는 벌레란 말야."

이경재는 격하게 소리질렀다.

"아니 당신, 그런 언사는 이북에서나 쓰는 말이에요. 그리고 벌레야말로 진짜 우리에요. 그 사람들은 우리를 사람취급도 안해요. 그저 밥먹기도 어려워서 죽자하고 일만 한다구요. 이건 냉장고 하나 사는 데 몇 년이 걸리고, 전기밥솥 하나 사놓고 나면 새것이 나오고, 그것 장만하느라고 고생만하고. 이게 어디 사람이 할 짓이에요? 정말 벌레 같은 생활이지."

—송원희 「사람 대신 얻은 것」(1977)

그러나 절박한 것은 생각뿐이었고, 속수무책으로 살아온 그의 인생살이는 그런 대로 굳어져버려서 그는 아무것도 결단을 할 수가 없었다. 오죽하면 그는 자기 차를 갖고서도 양수리를 한 번 못 다녀온 것이었다. 늘 아내가 반대를 하기는 했지만 그러나 그것이 이유일 수 있을까. 그는 자신이 언제나 아내의 반대에 기댄 채로 살아왔을 뿐이라는 생각을 지울 수가 없었다. //

분명히 아내는 그를 쫓아갈 생각조차 하지 않을 것이 틀림없었다. 이제 곧 유치원에 들어가게 될 아이의 교육문제를 생각해서도, 그리고 불붙은 듯이 잘되어 가고 있는 가게 때문에라도 그렇고, 그리고 무슨 아쉬운 정이 있어서 남편하고 3년 정도 떨어져 지내는 걸 못 참아 할 것인가. 그는 그 모든 것을 인정할 수 있었다. 아내가 자신과의 불가피한 별거를 오히려 다행스러워할지도 모른다는 짐작에 대해서까지도 말이다. 다만 그가 두려워하는 것은 그가 파견 근무에 관한 이야기를 꺼냈을 때 아내가 너무 노골적으로 그것을 반길지도 모른다는 생각 때문이었다. 아내는 너무 기쁜 나머지 그 능수능란한 표정연기조차도 제대로 해내지 못할지도 모른다. 아니, 아마 틀림없이 그러할 것이다. 문제는 그러한 아내 앞에서 자신이 값 잃는 표정을 짓지 않을 자신이 없다는 것이었다.

—김인숙 「양수리 가는 길」(1992)

살림이 **빠듯**해지기는 했지만 그 정도의 가계라도 꾸릴 수 있는 것은 오로지 남편이 물려받은 집 덕분이었으므로 윤영은 살림에 관한 불평을 늘어놓지 않았다. 윤영은 자기 옷을 해 입지 않는 것은 물론, 구멍 난 속옷까지도 기워 입을 정도로 알뜰한 면모를 보였다. 그러나 저녁밥상의 반찬은 예전보다 더 좋아졌고 아이들의 계절맞이 옷을 해 입히는 것도 한가지씩은 마련을 했다. 큰 것을 할 수는 없었지만 하다못해 양말이라도 샀고, 손수건이나 넥타이 등을 마련했다. 이럴 때일수록 기가 죽어서는 안 된다고 생각하고 또 구질구질하게 보여서는 안 된다는 윤영의 생각은 거의 강박관념 같아서, 어쩌다 남편의 티셔츠를 하나 살 때에도 꼭 비싼 메이커 옷을 선택했다. 자신은 파마할 돈을 아끼기 위해 머리를 생머리로 바꿀 정도였으면서도 남편이나 아이들에 관한 한은 예전보다 더했으면 더했지 못한 것이 없었다. //

따라서 그 얼마간은 윤영에게도 시험과 같은 나날이었다. 어느 날 갑자기 감당할 수 없는 무게로 내려앉은 경제적 부담과, 남편이 내팽개쳐버린 한 집안의 가장으로서의 대리역할을 해내야 하는 동안, 불쑥불쑥 남편을 비난하고 싶은 불같은 욕망을 자제하기는 쉬운 일이 아니었다. 아니, 이미 벌써 숱하게 그런 마음들을 가졌었을지도 모른다.

—김인숙 「당신」(1992)

아내는 예전에는 그러지 않았는데 점차 그에게 맞서고 있는 느낌이었다. 긴 머리칼을 매만지던 연애 시절의 추억쯤은 잊었는지 그렇게도 긴 머리로 기르라고 성화를 대었건만 짧게 잘라서 오그라붙여 놓은 퍼머넌트도 마뜩치 않았다. 미적 조화는 염두에 두지 않고 오직 처발랐다는 것만 시위하는 제멋대로의 화장 솜씨를 보노라면 서른네 살의 늙지도 젊지도 않은 모호한 나이의 아내가 무엇을 꿈꾸는 여자인지 짐작도 할 수 없었다. 아내는 이미 예전에 그가 알아 왔던 아내가 아니었다.

—양귀자 「찻집 여자」(1994)

문화센터 강의에 등록했다는 말을 마치 십대 소녀티를 내기로 했다는 고백처럼 어렵사리 털어놓는 내 쑥스러움에, 남편은 목욕탕 문턱에 걸터앉아 발을 씻으며 마치 무슨 유행가 가사를 읊조리듯 흥얼거렸다. //

나 역시 스스로 창작의 재능이 없다는 것을 번연히 알면서도 어줍잖게 문학이라는 동네를 떠나지 않고 어정거리는 이유도, 그들의 힘든 절망과 고뇌는 접어둔 채로, 그 탁월한 사람만이 누릴 수 있는 방기한 몸짓들을 그들 틈에 묻혀서 어떻게 흉내 내 볼 수도 있지 않을까 하는 객기 때문인지 몰랐다.

—윤영수 「모든 벽은 문이다」(1994)

아내는 나를 위로하기 위해 애썼다. 우리 몸쓸 개한테 호되게 한번 물린 셈 치자구. 어딜 가서 살든 이 집보다 못하겠느냐구. 맘 편하게 살 수만 있다면 단칸 셋방이라도 천국이겠다구. 우리는 오랜만에 부부 구실을 하기도 했다. 이왕 이사를 가기로 작정한 이상 더 무서울 게 뭐가 있겠느냐며 아내는 자기의 몸을 활짝 열었고 나는 그 위로에 감사하는 몸짓으로 열심히 아내의 몸을 파고들었다. (중략) 아내와 나 사이에 이런 대화는 얼마 만인가. 그러나 나는 그런 아내가 고맙고 감동스럽기는커녕, 슬픔과 허무로 가슴이 에어질 지경이었다. 이렇게 발각당해버린 내 허세를 안고, 나는 이제 무엇을 큰 소리 삼아 살 것인가. 무엇을 구실로, 아내가 감당하고 있는 궁핍의 현실을 모르는 체할 것인가.

—김인숙 「문」(1995)

신옥은 한 번뿐인 삶을 대단히 잘 살아 볼 작정이었다. 그러려면 다가오는 미래를 수동적으로 맞이할 것이 아니라 계획해서 내가 만들어 내야 한다는 생각이었다. 그녀는 연극이나 음악회, 미술 전람회에도 문화 주사를 맞는다는 기분으로 열심히 다녔다. 장차 교양 있는 주부, 교양 있는 아내, 교양 있는 엄마가 되기 위함이었다. //

"아마 신옥이는 노벨상 수상자의 정자가 어디 있는지 알기만 한다면 집을 팔아서라도 살 겁니다. 저 사람의 인생 모토가 미래는 자기 손으로 만들어 간다는 것이거든요. 우린 계획대로 집을 지었고 계획대로 신혼여행을 하고 있으니 이제 집으로 돌아가면 아이를 가질 겁니다. (중략) 그리고 신혼여행을 지금 하고 있는 중이니 이제 집으로 돌아가면 아이를 가질 겁니다. 방법은 나에게 묻지 마십시오. 사과를 손에 쥔 건 신옥이니까요."

—김지원 「사랑의 예감」(1997)

아내의 뒷받침으로 딴 박사 학위 같은 것은 이제 길거리에 굴러다니는 개똥보다 못하게 됐다. 그러나 아내는 그것을 위해 군말 없이 십년을 노동했다. 그것이 도리어 현실적으로 경력이 되어 아내는 직장에서 전문성을 인정받고 있으니 그나마 다행한 일이다. //

아내는 친구를 만나고 온 그날로 아파트를 부동산에 내놨다. 그것을 팔아도 그 아파트로 전세 들어오려면 돈이 많이 부족했다. 아내는 손해를 안고서 이 년간 보유했던 주식을 팔았다. 당신은 어떤 집으로 할래요? 처음 이사 들어온 날, 아내는 그와 나란히 부엌창에 서서 저 아래 펼쳐진 가지각색의 집들을 바라보며 그의 팔에 안겨왔다. 그는 어느 한 집을 선뜻 고르지 못하고, 불 켜진 집들 사이 이빨 빠진 구멍처럼 군데군데 검게 패여 있는 빈 터들을 두리번거릴 뿐 대답을 못했다.

아내는 그 후에도 몇 번 같은 질문을 해서 그를 난감하게 했다.

—함정임 「그의 즐겨찾기」(2000)

소형승용차를 사고 생명보험에 가입해 매달 불입해나가는 동안 내 머리 모양은 뽀글이파마에서 스트레이트파마, 짧은 단발에서 쎄팅파마로 유행 따라 변했다. 계속된 임신과 출산 덕분에 등판은 널찍해졌지만 그래도 포기하지 않고 열심히 직장에 다녔다. //

큰아이가 다니는 유치원의 학부모 참관 수업에 갔을 때, 선생님 질문에 큰 아이가 손을 번쩍 치켜드는 모습을 보고 무슨 대단한 일이라도 일어난 것처럼 심장이 벌렁벌렁 뛰었다. '어린 것이 밥값은 하는군'. 내 기분은 그 정도였다. 그런 소소한 기쁨이 아니라면 한국사회에서 삼십대 후반은 고되고 또 고된 나이였다. 모든 게 불확실한 때일수록 자기 자신에게 투자해야 한다며 영국으로, 미국으로 유학을 떠나는 미혼의 친구들을 만날 때마다 나는 진심으로 뼈를 깎는 아픔을 느꼈다. 유학은커녕 회사에서도 집에서도 여기저기 치여 입만 부르퉁해지는 것이었다.

—강영숙 「그린란드」(2008)

"아내—엄마—주부—의 역할을 물샐틈없이 치러내기 위해 자신들이 끊임없이 잔혹한 전사가 되어간다고, 그들의 우아한 속물성의 원인을 자신의 외부로 투사하고 있는 것은 아닐까요." //

여자는 검은 모직 코트를 입고 신발장을 열었다. 가지런히 정리된 검은 구두들이 저마다 선택되기를 기다리는 듯 얌전히 놓여 있었다. 그것들 중에 여자는 장식 없는 9센티의 하이힐을 선택했다. 엘리베이터까지 자신의 구두굽이 내는 소리를 들으며 여자는 천천히 걸었다. 무릎을 꿇고 앉아 있어야 했던 시간, 긴도 쏠개도 다 빼어줄 듯 머리를 조아려야 했던 오전을 보낸 여자에게 9센티는 부담스러웠던 듯 걸음이 조금 기우뚱하는 듯싶었지만 여자는 포기하지 않았다. 세련되고 당당하고 우아하며 절제된 여성, 지금 이 순간 여자에게는 그러한 이미지가 절대적으로 필요했다. //

10여 년을 근무했던 곳, 남편이 보냈던 그 시간을, 착하고 성실한 그 사람을, 이만큼의 대가도 없이 내칠 수 있다고 생각했다면 그건 그들의 실수였다. 들어왔던 때와 똑같이 사방에서 날아오는 시선을 받으며 여자는 꼿꼿한 자세로 걸었다.

—서하진 「착한 가족」(2008)

그즈음 한 가닥 희망이 생겼다. 아내가 다시 일을 시작한다는 거였다. "어릴 때 내 소원이 뭐였는지 알아? 선생님이 되는 거였어." 아내는 학습지 한 묶음을 가방에서 꺼냈다. 아이들에게 매주 학습지를 나눠주고 십분 남짓 문제 푸는 원리를 가르쳐주면 되는 거라 했다. 한 과목당 만원. 하지만 신입회원을 꾸준히 늘려 점수를 쌓으면 수수료 비율이 십 퍼센트가량 더 오른다던가. 아내는 문제없다고 했다. 누구보다 잘 가르칠 자신이 있다며, 게다가 아이들을 자기만큼 예뻐하는 사람도 드물 거라며 팔뚝을 세워 연거푸 파이팅 동작을 해 보였다. 나는 고개를 끄덕여주었다. 아내의 블라우스 속으로 손을 집어넣는 간호사 밑에서 일하는 것보다야 백번 낫겠지.

—김재영 「십오만원 프로젝트」 (2008)

4
남편

남편은 혼인을 하여 여자의 짝이 된 남자를 그 여자에 상대하여 이르는 호칭어이다. 남편을 가리키는 명칭은 '바깥양반, 바깥어른, 바깥주인, 그이, 신랑, 서방, 부군(夫君), 부서(夫壻), 장부(丈夫), 영감(令監), 가군(家君), 가부(家夫), 사랑양반(舍廊兩班), 사랑(舍廊), 낭군(郎君), 지아비, 나으리' 등으로 매우 다양하다. 이는 남편이 단지 아내의 배우자 이상의 지위를 차지하고 있는 사람이라는 사실을 반영한다. 한자 '夫'에 대응하는 말로 혼인 관계에서의 남자를 그 짝인 여자 쪽에서 일컫는 단어에는 '남편, 남진, 샤옹, 서방, 지아비' 등이 있다. '샤옹'은 딸의 남편인 '사회'와 같은 어원에서 파생된 말인데 '남편(夫)'의 호칭으로서는 가장 오래된 말로 16세기까지도 사용되었고 현대국어의 '남편'에 소급하는 최초의 형태는 15세기 문헌에 나타나는 '남편'으로 이는 한자어 '남편(男便)'에서 온 것이다.

가부장 제도의 모순을 그대로 체현하는 존재인 남편은 문학에서 여성이 자아와 현실을 인식하는 주요한 배경으로 존재한다. 남편을 향한 애정과 증오, 연민과 혐오가 뒤얽힌 아내들의 복합적인 심리는 여성이 자신의 삶을 이해하는 과정이기도 하다.

18세기 초반 이후 여성 한시문에서는 남성/남편과 여성/아내가 각자의 고유 영역을 지켜야 한다는 전통적인 규범에서 벗어난 의식이 나타난다. 여성/아내도 '착한 행실과 교화(善行敎化)'에 있어서 남성/남편과 다르지 않으므로 여성/아내나 남성/남편의 자질이 다르지 않다는 것을 역설한 것이다. 고전문학의 경우에도 남편과 아내는 내외(內外)의 법도와 음양(陰陽)의 자연적 이치에 따라 유별한 존재라고 보지만 이런 생각의 근간에는 가장 가까운 사람과 화합해야 한다는 인식이 자리한다. 그러나 남편만이 유일한 애정과 의지의 대상일 수밖에 없는 상황에서 남편의 애정은 삶의 중요한 조건이 되고 있다. 그래서 고전소설이나 규방가사에는 남편이 미색과 주색에 빠져 부부의 연을 저버리는 행태를 비판하는 경우들이 있다.

현대문학에서도 남편은 남녀의 차별적인 위계질서가 재현되는 부부관계를 통해 부정적인 존재로 등장한다. 남편은 남성 지배체제 안에서 완강한 가족주의를 옹호하는 전통적이고 봉건적인 남성성을 추구함으로써 자기 정체성을 확인하고자 한다. 그러나 여기에는 근대적 남성성의 신화에 매몰되어 왜소해지고 기형화된 남성들의 자기변명과 자기보존 욕망이 숨어 있다.

한편 아내의 시선에 비친 남편은 이방인이며 무정형의 존재이다. 고전소설부터 시가, 현대소설과 시에 이르기까지 남편의 부재나 무심함은 변함없는 속성으로 드러난다. 특히 현대문학은 불안하고 모호한 남편의 정체성을 통해 남성 가부장의 신화가 남성에게 남긴 상대적 박탈감을 고발한다. 아내들은 남편의 무관심과 무능력, 가식과 위선, 열등감과 위악을 혐오하기도 하지만, 또 한편으로 오랜 세월 각인된 서로의 존재감을 상기하며 연민과 신뢰에 바탕을 둔 지기(知己)로 남고자 한다.

4.1. 남편의 호칭과 명칭

남편의 호칭

남편은 혼인을 하여 여자의 짝이 된 남자를 그 여자에 상대하여 이르는 말이다. 다시 말하면 남편이란 어휘는 아내가 그의 배우자를 가리키는 친족 호칭어이다. 그러나 부계 친족제도에 기초한 우리 사회에서의 남편은 단지 아내의 배우자가 아니라 그 이상의 개념이다. 우리의 전통적인 관념에서 아내와 남편은 대등한 관계에 있는 것으로 파악되지 않았다.

우리말에서 남편과 부인에 대한 호칭은 발달하지 않았다. 그래서 부부 상호 간의 호칭이 드물어 남편의 면전에서 부르는 직접 호칭어로는 '서방, 영감, 나으리' 등 몇 가지에 불과하다. 이는 유교적 전통사회에서 남녀 간의 구별이 엄연하여 남편을 부르는 것이 허락되지 않은 사회적 환경과 관련된다.

남편을 가리키는 명칭은 '바깥양반, 바깥어른, 바깥주인, 그이, 신랑, 서방, 부군(夫君), 부서(夫壻), 장부(丈夫), 영감(令監), 가군(家君), 가부(家夫), 사랑양반(舍廊兩班), 사랑(舍廊), 낭군(郎君), 지아비' 등으로 매우 다양하다. 물론 이것들은 모두 각기 다양한 맥락에서 사용된 것들이다. 누구의 남편을 가리키는 것인지, 윗사람의 남편인지, 아랫사람의 남편인지, 또는 말하는 상대가 누구인지, 그 남편이 살아있는지, 아니면 이미 고인이 되었는지 등에 따라 서로 다른 호칭들이 사용되었다. '부군'은 남의 남편을 높여 이르는 말이고, '가군, 가부'는 남에게 자기의 남편을 높여 이르는 말이다. '낭군'은 예전에 젊은 아내가 자기 남편을 사랑스럽게 이르던 말이며, '지아비'는 원래 예전에는 계집종의 남편을 이르던 말인데, 현재는 웃어른 앞에서 자기 남편을 낮추어 이르거나 남편을 예스럽게 이르는 말로 사용된다. 전통사회에서는 이러한 다양한 호칭들을 적절한 맥락에서 사용할 수 있는지가 곧 예절과 학식의 정도를 가늠하는 척도로 인정되기도 하였다.

다른 한편으로 남편이란 단지 아내의 배우자 이상의 지위를 차지하고 있는 사람이라는 점을 분명히 읽을 수가 있다. '남편, 신랑, 사내, 부군, 아이아버지' 등의 호칭은 단지 아내의 배우자를 지칭하는 것에 불과하다고 하겠지만, '영감, 사랑양반, 가장, 주인어른, 나으리' 등의 호칭은 남편이 한 가정의 주축이요,

우두머리라는 뜻을 내포하고 있는 것이다.

'사랑(舍廊)'은 주로 거처하는 곳을 빌려 남편을 가리키는 경우로 이는 아내를 '집사람, 안사람'이라고 하는 것 혹은 남편을 '바깥분'이라 하는 것과 같은 예라고 할 수 있다. 전통 사회에서 쓰이던 이 '사랑'이라는 호칭은 현대에는 나타나지 않는다. '셔방(書房)'은 '사랑'과 달리 맞대어 부르는 직접 호칭어이다. '셔방'이란 호칭은 15세기부터 쓰였으며 현대어에도 '서방'이라는 단어가 쓰이지만 현재는 남편을 낮추어 이르는 말로 그 의미가 격하된 말이다.

남편이 관직에 있을 때에는 벼슬에 대한 명칭을 중년 이상의 아내가 남편을 부르는 대명사로 쓴다. '나으리, 영감, 대감'은 이러한 경우, 이인칭이 될 수도 있고, 타인에게 남편을 지칭하는 삼인칭이 될 수도 있다. 현대에도 남편을 지칭할 때 직위를 빌어 말하는 것은 이와 같은 예의 유습이다. 사대부가에서 여성들이 남편을 칭한 것 중의 하나로 '나으리'가 있다. 외임 중의 남편에게 보내는 서간에서 남편을 '나으리'라고 칭한 경우가 보인다. 원래 '나으리'란 비천한 사람이 당하관(堂下官)을 높여 부르던 말인데 남편을 칭하는 말로 쓰인 것이다. 또 '나으리'란 호칭은 지칭도 되어 여성들이 이인칭 '당신' 대신 남편 벼슬명의 호칭 또는 지칭으로 쓴 예가 있다. '나으리, 대감'은 현재 쓰이지 않으나 '영감'은 의미의 격하와 의미 확대로 면장, 군수, 국회의원 등 지체가 높은 사람을 옛날 습성으로 존대하여 일컫는 말이거나 나이 든 부부 사이에서 아내가 그 남편을 이르거나 부르는 말 혹은 나이가 많아 중년이 지난 남자를 대접하여 이르는 말로 사용된다.

남편 관련 어휘의 종류와 변화 한자 '夫'에 대응하는 말로 혼인 관계에서의 남자를 그 짝인 여자 쪽에서 일컫는 단어에는 '남편, 남진, 샤옹, 서방, 지아비' 등이 있다. '샤옹'은 딸의 남편인 '사회'와 같은 어원에서 파생된 말로 '남편(夫)'의 호칭으로서는 가장 오래된 말이나 지금은 사용되지 않고, 현대 국어에서는 '사위'에서 그 자취를 찾아 볼 수 있다. 15세기 문헌에 예가 다수 나타나며 16세기까지도 사용되었다.

> 夫는 샤오이오 妻는 가시라 (『월인석보(月印釋譜)』 1(1459))
> 샤옹의 열가라깃 손토볼 (『구급방언해(救急方諺解)』 下(1456))

샤ᄅᆞᆯ 블러 됴흔 ᄆᆞᄅᆞᆯ 보라ᄒᆞ고 샤옹 아니 어려셔 고온 양ᄌᆞ를 앗기노라 (『두시언해(杜詩諺解)』 초간본(1481))

쏘 喪亂을 맛나러 샤옹 어루믈 ᄇᆞᆯ 뵈디 몯ᄒᆞ니 (『두시언해(杜詩諺解)』 초간본(1481))

夫 샤옹 (『훈몽자회(訓蒙字會)』 上(1527))

현대국어의 '남편'에 소급하는 최초의 형태는 15세기 문헌에 나타나는 '남편'이다. 15세기 형태인 '남편'은 한자어 '남편(男便)'에서 온 것이다. 중국어에서 '男便'이라는 말을 찾기 어려운 것으로 보아 '남편'은 우리나라에서 만들어진 단어일 가능성이 높다. 그리고 이 '남편'은 주로 '아내의 배우자'라는 뜻으로 사용되었지만, 남성을 의미하는 문맥에서 용례도 있다. 16세기부터 19세기까지 남편은 '난편'으로도 나타나는데 이는 'ㅍ' 앞에서 'ㄴ'이 'ㅁ'으로 발음되는 현상 때문에 '남'의 'ㅁ'이 'ㄴ'인 것으로 잘못 해석하여 일어난 표기로 볼 수 있다.

鴛鴦夫人이 울며 比丘ᄭᅴ 닐오ᄃᆡ 王과 즁님과ᄂᆞᆫ 남편 氣韻 이실ᄊᆡ 길흘 ᄀᆞᆺ디 아니커시니와 (『월인석보(月印釋譜)』 8(1459))

슈오긔 어미 난편 나오면 집 ᄇᆞ리고 가고 (「순천김씨 묘 출토 간찰」(1565))

아모 姓 아ᄌᆞᆷ의 남편이며 아모 姓 넛할믜 남편이라 ᄒᆞ고 (『소학언해(小學諺解)』 6(1586))

난편이 죽거늘 우롬 소ᄅᆡ 그치디 아니코 (『동국신속삼강행실도(東國新續三綱行實圖)』 烈(1617))

각각 長幼로 뻐 ᄎᆞ례ᄒᆞ야 녀편은 남편의 長幼로뻐 ᄎᆞ례ᄒᆞ고 (『가례언해(家禮諺解)』 2(1632))

아ᄒᆡ 어제 드러와 볼 ᄤᅢ의 난편ᄒᆞᄂᆞᆫ 말이 만터이다 (『명의록언해(明義錄諺解)』 上(1777))

난편네 丈夫 (『한불자전(韓佛字典)』(1880))

남편 男便 (『한불자전(韓佛字典)』(1880))

이 난장 마질 년 남편이 들어오는데 나와 보지도 앗해 (현진건 「운수조흔날」(1924))

맛 잃은 소금 같은 남편은 정선에게는 이상적 남편이 될 수는 없었다 (이광수 『흙』(1932))

이처럼 '사내, 남자' 혹은 '남편'을 의미하는 단어로 '남편' 외에 '남진'이 있다. 국어사 자료에서 '남진'이 소급하는 최초의 형태는 15세기부터 19세기까지 나타나는 '남진'인데, 이 말은 '여인(女人)'의 반대말인 한자어 '남인(男人)'에서 온 말이다. '남신'은 '人'의 당시 한자 발음('사름 신')을 그대로 반영한 것이다. '남진'처럼 'ㅿ'이 'ㅈ'으로 바뀐 것은 16세기와 17세기 어형 '손조(〈손ᅀᅩ〉)'와 '몸조(〈몸ᅀᅩ〉)', 그리고 현대어의 '삼진(三日)날(〈*삼ᅀᅵᆯ〉)' 등의 예에서도 찾아볼 수 있다.

士는 어딘 남지니니 (『석보상절(釋譜詳節)』 9(1447))
남지늬 소리 겨지븨 소리 (『석보상절(釋譜詳節)』 19(1447))
男子는 남지니라 (『월인석보(月印釋譜)』 1(1459))
남진 겨지비 업고 (『월인석보(月印釋譜)』 1(1459))

寡婦는 남진 업슨 겨지비라 (『능엄경언해(楞嚴經諺解)』 6(1462))
남지니 일죽고 여러 子息이 어리도다 (『두시언해(杜詩諺解)』 초간본 25(1481))
쑤지저 ᄀ로딕 이미 내 남진을 주겨시니 (『동국신속삼강행실도(東國新續三綱行實圖)』 烈(1617))

'남진, 남편'과 함께 '서방, 지아비' 등이 쓰였는데 '서방'은 세종 대부터 쓰인데 비해 '지아비'는 조선 중기 이후부터 쓰인 점이 다르다. 서방이나 지아비 등은 모두 지금에는 비어로 쓰이고 있으나 조선 시대에는 평어로 쓰였다. 서방은 한자어에서 온 것일 가능성이 크나 『석보상절』에서 한자로 쓰지 않고 훈민정음으로 '셔방'이라 기록해 놓고 있다. 이것은 한자어는 반드시 한자어로 표기하고 한자어가 고유어화 하였거나 고유어로 변형된 것은 정음으로 표기하는 당시의 표기 기준과 관련된다. 서방은 조선 후기에는 흔히 '書房'으로 표기하고 있으나 세종 당시의 학자들은 이 어휘를 '書房'으로 인식하지 않은 것으로 보인다.

'지아비'는 '집(家)'과 '아비'가 결합한 것이다. '지아비'와 관련되는 어형은 16세기부터 나타난다. 최초의 어형은 '집아비'이고 그 뒤에 '짓아비'와 '지아비'가 비슷한 시기에 나타난다. '지아비'가 편지글에서 나타나고 '짓아비'가 편지글이 아닌 간행된 도서에서 나타난다는 점도 주목된다. '집아비'와 달리 '짓아비'는 '집'과 '아비'의 사이에 'ㅅ'이 들어있는 것이다. 이후 17세기나 18세기에는 '집아비, 짓아비'와 유사한 어형은 나타나지 않는다. '지아비'가 뒤에 오는 명사의 소유주인 경우에는 '지아비, 지아븨, 지아뷔'로도 나타난다. '지아비'와 '지아븨'는 각각 '이, 의'가 '집'과 결합한 것이고 '지아뷔'는 'ㅂ'으로 인해 '의'가 원순모음화 한 것이다.

'지아비'가 '집'과 '아비'에서 연원한 것이라고 볼 때, 그 구조는 '집사람'과도 매우 유사하다. 그러나 '지아비'의 '집'이 추상적인 공동체 단위로서 가정을 가리키는 것임에 반해, '집사람'의 '집'은 사회와 가정이 대립될 때 사회가 아닌 곳으로서의 가정을 가리킨다는 점에서 차이가 있다.

4.2. 가부(家夫), 대부(代父), 유별한 존재

우리가 일반적으로 알고 있듯이 유교적 규범 내에서 여성에게는 엄격한 규범이 요구되었다. 특히 남녀의 관계에서 남성/남편과 여성/아내는 각자의 고유한 영역이 있으므로 이를 위반하지 않고 지켜야 하였다. 또한 여성/아내는 유순한 덕을 지니고 남성/남편을 섬기며 내조를 하여 부부관계가 원만하며 집안이 화락하고 가문이 번성하도록 해야 했다. 이는 삼종지도(三從之道), 칠거지악(七去之惡)이라는 도그마로 귀납되었다. 아내는 부덕(婦德)을 지니고 남편을 섬겨야 했던 것이다. 또한 이는『소학(小學)』,『여계(女誡)』,『내훈(內訓)』등을 통해 공고히 되었다.

그러나 18세기 초반 이후 여성 한시문에서는 이에서 벗어난 의식이 나타난다. 여성이 남성에게 복종해야 한다는 논리를 받아들이는 듯하면서도, 여성/아내도 '착한 행실과 교화(善行敎化)'에 있어서 남성/남편과 다르지 않으며, 그를 본받고 따르려 함도 차이가 없음을 역설했다. 이는 여성/아내나 남성/남편의 자질이 다르지 않음을 의미한 것이다. 또한 아내와 남편이 만나 혼인을 하게 되는 것은 우연이 아니고 아내가 남편에게 순종해야 하는 것이 마땅하지만, 두 사람의 만남 혹은 결합으로 인해 백성이 생기고 군자(君子)도 시작되는 것이라고 하여, 부부관계에 있어서 여성의 역할이 결코 남편만 못하지 않으며 오히려 남편이 군자가 되는 것은 아내의 내조에 바탕을 둔다고 보았다. 그러므로 아내도 본성과 자질에 있어서 남편과 다름없으며 한 발 더 나아가 남편이 군자가 되는 데 없어서는 안 될 존재인 것이다. 이에 기존의 규범은 마땅하지 않은 것이 된다. (김호연재 「自警篇」 〈正心章〉, 김삼의당 「同里有河氏 家雖貧而世以文學鳴 有子六人 其第三曰湜 風彩俊傑 才藝通敏 父母每往見奇之 遣媒妁結婚姻 遂行巹禮 禮成之夜 夫子連吟二絕 妾連和之」)

고전시가의 경우, 조선시대 여성에게 남편은 순종하고 받들어야 할 존재이다. 남편과 아내는 내외(內外)의 법도와 음양(陰陽)의 자연적 이치에 따라 유별한 존재이다. 남편과 아내의 관계는 '지아비는 하늘이고 지어미는 땅'으로 표현되는데, 이는 서로 보완적인 성격을 띠면서도 땅인 아내는 하늘인 남편에 순종해야 한다고 생각된다. 삼종지도(三從之道)의 유교 이데올로기는 남편에 대한 아내의 복종을 체제화한다. 그러므로 여성에게 남편과의 관계는 순종의 성격을 띠며, 이것이 남편에 대한 아내의 도리라 인식한다. 하지만 여성이 남편에 대해 순종하는 근간에는 가장 가까운 사람과 화합해야 한다는 인식이 자리한다. (「규문전회록」, 「경부록」, 「계녀가」, 「회인가」)

현대소설에서도 많은 경우 남편은 남녀의 차별적인 위계질서가 재현되는 부부관계를 통해 부정적인 존재로 등장한다. 남편은 가정 내에서 가부장으로서의 지위와 권력을 행사할 뿐 아니라 남성으로서의 생물학적 우월함을 앞세워 아내를 탄압한다. 이들은 아내에게 폭력을 행사하고 아내와의 신의를 저버리고 외도를 할 뿐 아니라 급기야 출세를 위해 아내를 버리고 팔아버리는 패륜을 범하기까지 한다. (박화성 「온천장의 봄」, 백신애 「광인수기」 「호도」, 손소희 「이라기」 「악수」, 이선희 「처의 결별」, 김말봉 「여심」, 강신재 「동화」, 김채원 「산중기」, 서하진 「그림자 여행」, 이현수 「비하리에서, 나는」, 정길연 「울산엄마」, 전경린 「천사는 여기 머문다」)

또 한편으로 가부장으로서 남편은 방관자의 모습으로 형상화된다. 이들은 가부장 질서의 수호자를 자처하며 상징 질서 안에 아내를 유폐시킴으로써 가정을 유지해가고자 하는 욕망을 드러낸다. 그래서 아내의 존재를 무시하고 집안의 가구처럼 취급하거나 아내의 욕망을 외면하고 아내의 모든 것에 무관심하고 무지하다. 이런 남편의 모습에서 아내는 전제적 군주로 군림했던 아버지의 모습을 발견하기도 한다. (강신재 「병아리」, 김형경 「담배 피우는 여자」, 서하진 「라벤더 향기」 「종소리」, 김인숙 「브라스밴드를 기다리며」, 전경린 「부인 내실의 철학」)

이처럼 소설 속 남편은 남성 지배체제 안에서 완강한 가족주의를 옹호하는 전통적이고 봉건적인 남성성을 추구함으로써 자기 정체성을 확인하고자 한다. 다른 한편으로 남편은 아내의 우월함을 견디지 못하고 질투하거나 아내의 자기 성취에 대해 무심함을 가장함으로써 자신의 열등감을 숨기려 한다. 그러나 여성작가는 이런 남성의 모습에서 근대적 남성성의 신화에 매몰되어 왜소해지고 기형화된 남성들의 자기변명과 자기보존 욕망을 읽어내고 있다. (강신재 「안개」, 김재영 「십오만원 프로젝트」)

부인은 남자에게 복종하는 것이다. 전제하는 의리가 없고 삼종의 도리가 있으니 (……) 이 말로 족히 그 행실을 알아 겸양하고 온공하여 일은 크고 작은 것이 없이 스스로 마음대로 해서는 안 되는 것이다. 음양은 성질이 다르고 남녀가 행실이 다른 것이니 여자는 감히 망령되이 성현의 유풍을 취급하지 못할 것이다. 그러나 아름다운 말과 착한 행실과 교화의 밝음이 어찌 남녀가 다르고 마땅함을 혐의하여 사모하고 본받지 않겠는가.

婦人伏於人也婦人伏於人也 無專制之義 有三從之道 (……) 由斯言也 足知其行 謙讓溫恭 事無大小 不得自擅矣 陰陽異性 男女異行 女子非敢妄追聖賢之遺風. 然而嘉言善行教化之明 豈可嫌男女異宜而不思慕效哉.

ー김호연재 「자경편(自警篇)」 중 〈정심장(正心章)〉(18세기 초반)

열여덟 살 새신랑 열여덟의 새색시
동방 화촉 밝히니 좋은 인연일세
같은 해와 달에 나고 같은 마을에 살아
이 밤에 만나는 것 어찌 우연이겠소

부부의 만남에서 백성이 생겨나니
군자도 여기에서 시작이 된다오
공경하고 순종함이 부인의 도리이니
종신토록 낭군님 뜻 어기지 않으리

十八仙郎十八仙 同房花燭好因緣 生同年月居同閈 此夜相逢豈偶然
配匹之際生民始 君子所以造端此 必敬必順惟婦道 終身不可違夫子

ー김삼의당 「같은 마을에 하씨가 있는데 집은 가난하지만 대대로 문학으로 이름이 났다. 아들 여섯을 두었는데 그 셋째가 '욱'이다. 풍채가 준수하고 재주가 민첩했다. 부모님이 갈 적마다 보고 기특하게 여겼다.

중매쟁이를 보내어 결혼할 것을 약속하여 드디어 예를 올렸다. 첫날밤
에 남편이 연달아 절구 2수를 읊기에 내가 화답했다. 同里有河氏 家雖
貧而世以文學鳴 有子六人 其第三曰浞 風彩俊傑 才藝通敏 父母每往
見奇之 遣媒妁結婚姻 遂行奁禮 禮成之夜 夫子連吟二絶 妾連和之」
(1786)

　　지아비난 하날이라 하날갓치 받드러라 여자이 일싱행실 남자이기 맛겨난이 모
라거든 품목하고 알지나마 무러보아 임이대로 하지마소 삼종지애 인난이라 언어
를 삼가여 동정을 조심하소 부여이 덕실이 웃듬이요 칠거지악 지엄하다
　　　　　　　　　　　　　　　　　　　　　　　　　　　　−「규문전회록」(미상)

　　지아비와 ᄒᆞᆫ거슨 이ᄂᆡ몸의 하날이라 공경으로 ᄃᆡ졉ᄒᆞ고 유순으로 승봉ᄒᆞ소
일동일정 ᄠᅳᆺ을보아 유시유종 ᄒᆞ올젹의 부귀공명 원치말고 학문도덕 젼ᄒᆞ시오 부귀
인도 악힝잇고 공명ᄌᆞᆮ도 흉심잇ᄂᆡ 흉심악힝 잇난이난 처ᄌᆞ어이 보죤ᄒᆞᆯ고 학문가난
인신잇고 도덕가난 언힝잇다 인신언힝 잇다ᄒᆞ면 문호졀노 츙셩ᄒᆞ며 ᄂᆡ남편니 현인
되면 나도ᄯᅩ 현부되리 착ᄒᆞᆫ도로 셤기고도 더옥조심 ᄒᆞ여셔라 ᄒᆞᆫ말슴과 빅말슴을
위역말고 순종ᄒᆞ소 허물업다 홀ᄃᆡ말고 손본다시 승경ᄒᆞ쇼 상경나면 예법나고 부화
부순 ᄒᆞ여셔라 이법ᄂᆞ면 가도잇ᄂᆡ 음식의복 즐하오며 일심으로 공봉ᄒᆞ소
　　　　　　　　　　　　　　　　　　　　　　　　　　　　−「경부록」(미상)

　　가장은 하날이다 하날갓치 중한사람 연연히 조심하고 사사히 공경하라 가장이
ᄭᅮ짓그든 안식을 순키해서 그런일 업드라도 ᄃᆡ창을 너무마라 쫑쫑거려 ᄃᆡ답하면
사움이 졀노된다 ᄂᆡ외서로 불화하면 만사불성 되나니라
　　　　　　　　　　　　　　　　　　　　　　　　　　　　−「계녀가」(미상)

　　부모형제 멀니하고 뉘란바라 싸라온고 가사난 잉장이라 가장이 소중하다 가빈이
사현처라 부녀의 유관한일 남이부모 부모삼고 남이형제 형제삼아 효힝효제 화락하
고 사ᄃᆡ로 봉사하고 아들나아 계ᄃᆡ하고 ᄯᅡᆯ을나아 외손젼코 그남은 소소한일 음식
지공 의복등졀 일평싱 허다걱정 편할날이 몃날인고 그러하되 부녀도덕 ᄂᆡ잘한다
유세말고 가장이 덕틱인쥴 그리알니 몃몃치리 엇지타 현부우부 심졍이 각각달나
삼종지이 칠거지악 셩인이 징계하사 만고의 유젼하니 엇지아니 조심하리
　　　　　　　　　　　　　　　　　　　　　　　　　　　　−「회인가」(미상)

　　"흐웅 그래 저애 남편이 지금도 살어있소 그려."
　　영감은 명례의 상기된 얼굴을 거쳐서 천장을 쳐다보며 몸을 좌우로 혼들혼들

하고 앉아있다.

"살아있대도 그런 놈이야 죽은 목숨이나 마찬가지지요. 오직하면 제 계집을 팔어 먹었겠유. 이렇게 영감님 같으신 분을 뫼시고 사니까 저애 팔자야 늘어졌지요마는 그 녀석이야 평생 그 모양으로 홀애비 팔자밖에 더 되겠어유?"

—박화성 「온천장의 봄」(1936)

그런데 그이는 제 혼자의 삶을 주장합니다. 아이고 아니꼬와….

내 눈에는 아무리 보아도 그이가 한 아름답게 보이는 여인에게 반했다는 그것뿐이에요. 이십여 년을 정답게 아들 낳고 딸 낳고 살아오다가 고운 여인을 보고 욕심이 나니까 제 마음대로 떳떳하게 욕망을 채울 수가 없어 별 지랄 같은 소리를 다 하는 거지.

한 가정의 귀한 아들 딸과 어머니와 아내를 다 버리고 한 개의 욕망! 결국은 계집에게 반한 그 마음 하나를 억제 못해서 사나이 자식이 온갖 거짓말과 괴로운 이론을 끌어다 붙이려고 애쓰는 그 꼴이 어디 되었나?

—백신애 「광인수기」(1938)

"이런 빌어먹다가 얼음판에 가 자빠져 문둥 지랄병을 하다가 죽을 년아. 돈 5전이 없다고 안 내놓는단 말이야? 허허 참 이년이야! 에라 몽탕몽탕 썰어 죽일 년 같으니…."

후다닥 지끈 뚝닥 하는 법석과 함께 마누라의 몸은 뜰 한가운데 가서 큰 대자로 벌커덕 때려 뉘어졌다.

"이년이, 사람을 잡아 먹고 아이 새끼로 입가심할 년이 돈 5전이 없다고 남의 속을 이렇게 썩인단 말이지…."

연달아 박차고 밟고 두들기고 하다가, 나중에는 기운이 빠졌는지 방 안으로 뛰어 들어가, 다 떨어진 노란 장롱 문을 뚝 잡아 떼고 그 안에 들어 있는 의복 몇 가지를 골라 잡고 밖으로 훌쩍 뛰어나와, 나직껏 뜰 한가운데 퍼져 누운 마누라를 손에 쥔 옷가지로 두서너 번 훌쳐 갈겨 주고는, 휭 거리고 사라져 버렸다.

—백신애 「호도」(1939)

이영이 잡혀가서 일년이 지난 어느날, 그는 옥중에서 연기처럼 사라져버렸다는 소식과 함께 그 여파는 리라에게까지 미쳤다. 온갖 수단으로 방조한 흔적을 찾으려는 리라에 대한 경찰의 무서운 추궁은 마침내 늑막염을 선물로 안겨 한달만에 내놓아 주었다. 그 뒤로는 병마와 싸웠고 적자 생존인 세태와 싸우는 동안 그는 환경을 바꾸는 모방을 생각해 내지 않을 수 없었다. 어언 세월은 또 오년을 흘렀다.

그동안 경찰의 끊임없는 감시와 친정살이 육년 동인의 눈치밥이 치가 떨치도록 싫증이 났다.

—손소희 「이라기」(1949)

벙어리가 된 듯 말도 없이 먹고는 나가 버리는 남편, 구두끈까지 끌러서 신켜 보내야 하는 너무나 무심한 남편, 그리고 잠시를 쉬일 새라 울고불고 볶어대는 아이들, 이들은 너무나 횡포하다. 이들이 폭군이 아니고 무엇인가. 관옥에게 있어 목마름보다 더한 공부에의 의욕을 여지없이 짓밟고 서있는, 너무나 무자비한 에고이스트들이 아니고 무엇인가. 그들이 관옥이 한 어깨에 떠메어 두는, 그리고 언제까지라도 대신해 주려고는 하지 않는 잡용, 잡용, 잡용! 잡용에 일상 휩싸인 생활이란 그 자체 의미도 없는 다만 삶의 연장이 아닌가.

—강신재 「병아리」(1950)

"옜다. 여류작가입네 하구 쏘다니기 불편한데 이 기회에 이혼이나 하면 어때?"

이렇게 빈정거림이 그칠 줄을 모르고 계속된다. 성혜는 고개를 푹 수그리고 참고 있다가 끝내 얼굴을 들고서 형식을 똑바로 마주보았다.

남편의 이그러진 자존심, 그 저열한 심정은 도저히 그대로는 참을 수 없었다. 그는 남편의 이러한 모습을 바라보기를 본능적으로 저어하였다. 그러나 눈을 아주 가리워 버리기라도 하고 싶은 충동이 그것과는 반대로 그의 머리를 번쩍 치켜들게 한 것이었다.

"다시는 절대루 안 쓰겠습니다."

성혜는 이런 말을 해야 한다고 느꼈다. //

성혜의 눈에 비친 형식의 모습은 한 개의 기괴한 피에로였다. 언제나 하듯 그대로 생각밖에 흘려 버리기에는 너무나 우열한 피에로였다. 성혜의 까실한 두 뺨에 가느단 실바람이 어름같이 차게 느끼어졌다.

"싫어! 소설도, 공부도, 남편도, 사는 것도 다 싫어! 싫어!"

그는 이렇게 울음 섞인 목소리로 마음 속에 웨쳤다.

—강신재 「안개」(1950)

남편은 결혼 초부터 자기가 원하는 것만큼 내가 예쁘지 않은 것을 불만해하는 눈치였습니다. 아니 데이트 시절부터 그이는 그의 친구들과 만났을 때 나를 좀더 버젓이 내세우지 못해 시무룩한 빛을 역력히 느낄 수 있었습니다. (중략) 남편은 점점 폭군이 되어갔습니다만 그것은 내 탓도 많았던 것입니다. 내가 내 권리를 주장하지 않음으로써 오히려 남편을 폭군으로 만든 것입니다. 발길로 걸어차인 것이 옆구리를 다치어 일주일이나 침을 맞으러 다닌 적도 있습니다. 단 한 번 가졌던 아이도 그 탓으로 유산이 되고 말았지요.

─김채원 「산중기」(1980)

남편은 언제나 내게 남편 이상 그 무엇이었다. 그가 내게서 오래 전에 그를 버린 생모의 냄새를 맡았듯이 나는 그에게서 아버지를 보았다. 나를 낡은 한옥의 구석방에 남겨둔 채 강남의 새 아파트로 떠나버린 아버지. 이따금 찾아와 내 방에 우두커니 앉아 있다 돌아가는 아버지가 내게 해주었으면 했던 일들, 내가 아버지로부터 간절히 듣고 싶어했던 말들을 나는 남편과의 생활에서 어렵지 않게 찾아내었다. 우리는 부부였지만 이미 완성된 가족이었다. 그래서 남편은 아이를 원하지 않았던 건지도 몰랐다. 그랬는데… 무엇이 잘못된 것일까. 우리의 날은 이제 겨우 사 년이 지났을 뿐이다. (중략) 남편의 손찌검은 나날이 심해지고 언제부터인가 그 이유조차 불분명한 채로 매를 맞는 날이 계속되었다.

─서하진 「그림자 여행」(1994)

「당신에겐 미안한 일이지만 나… 그 여자랑 사는 것처럼 한번 살아보고 싶어.」
두 번 접은 바짓단을 재봉틀로 박듯이 힘을 주어 한 말, 사는 것처럼 살아 보고 싶다는 말을 남편에게 들었을 때 나경은 물도 없이 삶은 계란을 급히 먹은 것처럼 목이 메었다. 남편이 사는 것처럼 살아보고 싶다는 말 대신, 그냥 그 여자와 살고 싶다든지 아니면 자신을 닮은 아들이나 딸을 낳아 키우고 싶다고 했으면 나경은 어떻게든 남편의 마음을 돌리려고 노력했을 것이다. (중략)
「전부터 당신에게 물어보고 싶은 게 있었어. 지금 물어봐도 돼?」
갑자기 비바람이 방향을 바꾸어 몰아치고 있어서 나경은 우산을 앞으로 기울이고 기어 들어가는 소리로 대답했다.
「뭐든지.」
「당신, 오래전부터 남자가 있었지? 무슨 사정인지는 몰라도 양쪽 집안의 반대나 뭐 그런저런 이유로 결혼은 못했어도 그 남자와 깊은 관계였던 건 확실하지? 결혼 후에도 잊지 못할 만큼 말이야. 그래서 당신이 비하리에도 안 내려가는 거고. 쉽게 이혼 서류에 도장을 찍은 것도 바로 그 남자 때문이지. 그렇지?」
남편은 사랑하는 사람이 생겨 먼저 이혼을 제의하고 그것을 성취한 사람의 얼굴이 아니었다.

─이현수 「비하리에서, 나는」(2003)

양쪽에서 불완전한 두 한자가 점자체로 나타나 화면 중앙으로 오면서 겹쳐져

한순간 완선한 모습을 나타낸다. 희우는 퀴즈를 보다가 문득 하나의 은유를 생각한다.

오른편에 있던 점자체 상태의 불완전한 남편은, 기윤이 왼편에 점자체로 나타나 중앙에서 안정되게 겹쳐지면서 드디어 희우의 생을 온전하게 잡아주고 의미 있고 안정된 존재가 된다. 그것은 흡사 옛날의 대가족 형태와 비슷하다. 그러니까 현대의 이 이상한 겹가족은 삶의 단순한 구조와 외로움과 공허를 메우는 완충지대로서 일종의 대가족의 형태인 셈이다.

─전경린 「부인 내실의 철학」(2003)

우리는 삼 년을 함께 살았다. 모경은 번번이 그러지 않겠다고 약속하고도 점심시간마다 택시를 타고 집에 왔다. 점심을 먹고 낮잠을 자겠다며 침대로 나를 끌어들여 섹스를 하고 잠시 얕게 코를 골았다. (중략) 봄꽃 피는 계절에 황사 바람 부는 것같이 깔끄럽고 부연 신혼이었다. 모래바람 속에서 꽃잎 지듯 신혼의 날들이 다 지나가면 평화롭게 자리가 잡히리라 생각했다. 하지만 신혼은 끝이 나지 않았다. 일 년이 흐르고 이 년이 흐르고 봄꽃이 다 지고, 내 키보다 깊어 나를 허우적거리게 했던 몸 안의 물들이 다 흘러간 뒤에도 흙바람에 눈을 뜰 수가 없었다. 모경의 월급은 반 이상이 전처와 아이들에게로 갔기 때문에 살림이 몹시 빠듯했다. 그러나 내가 직장을 구하려고 하면, 일을 하려는 게 아니라 남자들을 만나려는 핑계라며 억지를 부렸고, 온종일 집에 박혀 있기를 요구하고 감시했다. 감시망을 벗어난 연락이 끊기면 폭력을 행사했다. 모경의 인식 속에서 나는, 아무 남자나 유혹하는 요부이며 남편을 스무 번도 더 속일 부정한 아내이며 피가 뜨겁고 달아서 밤낮 없이 쩔쩔매는 여자였다. 나는 그를 사랑했고 어쩌면 최소한 그에게만은, 그런 여자가 맞는지도 몰랐다.

─전경린 「천사는 여기 머문다」(2006)

순정아, 거기서 뭐 해? 도망쳐. 내가 악을 쓰며 불러대자 순정은 눈물을 흘리기 시작했다. 하지만 분홍빛 유두에서 피가 배어나도록 주물림을 당하면서도 여전히 입이 찢어져라 노래를 불렀다. 노랫소리는 차차 천둥소리처럼 커져 고막을 찢을 듯 사방에 울렸다. 나는 귀를 막고 소리쳤다. 그만해, 제발! (중략) 나는 한숨을 쉬었다. 그러고는 의자에 기대었던 상체를 일으켜 세웠다. 흥건하게 젖어 등에 착 달라붙은 속옷을 손으로 떼어냈다. 서늘해진 저녁바람이 그 틈으로 파고들어와 부르르 몸서리가 쳐졌다. 나는 목소리를 낮춰, 제법 권위를 가지려고 애쓰며 말했다.

"아무 말 말고 회사에서 나와. 앙코르 와트 따윈 생각지도 말고."

─김재영 「십오만원 프로젝트」(2008)

4.3. 애정과 의지의 대상

　　여성 한시문에서 남편에 대한 애정과 남편에 대한 절대적 의지를 드러내는 것은 주로 소실(小室)들의 작품에게 나타난다. 사대부 가문 출신 처(妻)보다는 서녀(庶女) 혹은 기녀(妓女) 출신 소실에게서 이러한 점이 드러난다는 것은, 이 것이 그들의 생존 방식의 하나였음을 추측케 한다. 신분적으로 절대적 열세에 있었던 소실들은 자신들의 삶을 사대부 출신 남편에게 맡길 수밖에 없었다. 서녀 출신 소실은 자신의 뜻과는 어긋난 세월을 살며 그것이 몸과 마음에 병이 되어 세상이 혹독함을 느끼면서 자신의 존재를 남편에게 의지하고자 표현하였다. 기녀 출신 소실은, 천민(賤民)인 관기(官妓)로서 자신의 처지에 대해 너무도 정확하게 인식하고 있었기 때문에, 자신이 지닌 시문(詩文)의 능력을 알아보고 인정하여, 마침내 자신을 속량(贖良)하여 소실로 받아준 남편을 통해 정신적 안정을 곧, 자기 존재의 가치에 대한 위안을 삼을 수 있었다. 여기에 더하여 정치 경제적으로 든든한 사대부의 소실이 되어 물질적 안정도 추구하여 경제적 고통에서 벗어나 살 수 있었음도 물론이다. (박죽서「奉呈」, 김운초「敬次」)

　　고전소설에서 여성에게 시댁은 의무만 강조되는 힘들고 낯선 공간이다. 이곳에서 의지할 수 있는 대상은 남편이 거의 유일하다고 할 수 있는데, 특히 다른 아내의 이유 없는 모해를 당하여 억울한 지경에 이르게 되면 그 답답함을 하소연할 데가 없다. 이럴 때에 아내를 믿어주면서 누명을 벗을 때까지 기다려주는 남편의 든든한 모습이 종종 묘사된다. (「명주보월빙」) 또 침구도 없이 추운 방에 누워 떨고 있으면 자신의 도포를 벗어 덮어주면서 어린 아이 대하듯 아껴주는 애틋함도 보인다. (「완월회맹연」) 칼에 찔려 상처를 입기라도 하면 이를 치료하고 약을 붙여 주면서 안타까워하고 어루만지는 따뜻한 모습을 보인다. (「명주보월빙」) 아마도 현실에서는 부부 사이에도 엄숙하고 유별함을 강조했기에 소설에서나마 살뜰한 남편상을 구현해 낸 듯하다.

　　규방가사에서 남편은 여성에게 사회가 용인한 유일한 남성이다. 낯선 시집으로 들어가 시집식구들과의 소통에 어려움을 겪을 때 유일한 의지가 되는 존재이다. 이에 남편은 복종해야 할 존재인 동시에 애정을 갖고 의지하는 대상이 된다. 남편이 삶 속에서 절대적 비중을 지니는 존재임을 절실하게 실감하는 계기는 역설적으로 남편의 상실을 통해서이다. 당대에는 여성의 개가를 허용하지 않았으므로, 여성에게 남편의 죽음은 극복하기 어려운 삶의 조건이다. 남편의 죽음을 슬퍼하는 규방가사 작품들에서는 남편의 죽음이 절망적인 현실이자 절대적인 고통임을 토로한다. 작품에서 남편은 자녀들의 아버지이자 삶의 역경을 함께 극복해온 동반자로서, 사랑하는 존재이다. (남씨 부인 「쇠골색씨 서른타령」, 「망부가」, 「상사몽」, 「심중소회」)

> 세월은 어긋난 채 얼마나 내 뜻에 맞았던가
> 슬피 우는 기러기 울음소리 앓는 중에 들려온다
> 밝고 둥근 달은 높이 떠서 비추는데
> 매화나무 반쯤 핀 꽃 아득하게 빼어나다
> 이별한 님 드리는 시 쓸 때마다 눈물나고
> 무심하게 붓 휘둘러 멋대로 구름 그려본다
> 그 누가 인간 세상 넓고 크다 말했는가?
> 사방 천지 둘러봐도 의지할 곳 오직 그대뿐
> 歲月蹉跎幾許分 哀鴻仍是病中聞 一輪明月來相照 半樹寒梅逈不群
> 憶別裁詩頻不淚 無心揮墨謾生雲 誰謂人間能活大 環瞻四海只依君
>
> —박죽서 「낭군께 奉呈」(1819~1845 사이)

> 구름 흩어지고 비 모이듯 만남도 인연 따라
> 파산의 패수 가에서 놀랍게도 만났네
> 소나무에 붙은 여라 무른 바탕 잊고
> 우물안 절름발이 자라가 높은 하늘 숭상하네
> 감싸고 위로하며 마음의 즐거움 알아주시니
> 앞에서 감히 들쑥날쑥 먼저 늙지 않음 한하네
> 다만 바라건대 남은 생도 이와 같이 지나기를
> 백년 회포를 시편에 맡기네
> 雲離雨合幷隨緣 荒忽巴山淇水邊 松上附蘿忘脆質 井中跂鼈尙高天
> 猶堪蘊籍知心樂 敢恨參差未老前 祗願餘生如是過 百年懷抱托詩篇
>
> —김운초 「삼가 차운함 敬次」(19세기 전반)

한님이 야심ᄒ믈 일ᄏᆞ라 쵹을 믈니고 쇼져를 붓드러 상요의 나아가고져 흔듸 쇼졔 믄득 입을 여러 왈 쳡이 명되 험흔ᄒᆞ고 힝실이 비박ᄒᆞ여 실산지화를 만나 산ᄉᆞ의 뉴락ᄒᆞ고 셩녜젼의 군ᄌᆞ를 만나 상견슈쟉ᄒᆞ미 녜를 일코 일이 명되 아니라

첩이 스스로 누얼을 실은 듯ᄒᆞ더니 신명이 외오 넉이샤 흉젹의 더러온 말이 ᄎᆞ마 사ᄅᆞᆷ의 드를 빈 아니라 군ᄌᆞ의 쳥텬빅일지명으로 밋지 아니ᄒᆞ시나 첩은 골졀심ᄒᆞᆫ 흉긔를 니긔지 못ᄒᆞ고 흉젹을 잡지 못ᄒᆞᆫ 젼은 망극ᄒᆞᆫ 누명을 신셜키 어려온지라 원컨ᄃᆡ 군ᄌᆞᄂᆞᆫ 녀ᄌᆞ의 마폐ᄒᆞᆫ 슈졍을 슬피샤 첩으로ᄡᅥ 인눈셰ᄉᆞ의 급히 참예케 마르시면 첩의 누명을 신셜ᄒᆞᆯ 곳이 이실가 바라ᄂᆞ이다 옥셩봉음이 낭낭ᄒᆞ여 금반 의 명듀를 구을니고 ᄉᆞᆾ가지의 잉뮈 우ᄂᆞᆫ 듯 빅틱쳔광이 볼ᄉᆞ록 긔이ᄒᆞ니 ᄉᆡᆼ이 경복 흠이ᄒᆞ여 은이 더욱 뉴출ᄒᆞᄃᆡ 져의 디셩이 부부의 이셩지합을 원치 아냐 비샹쥬졈 을 머르러 참혹ᄒᆞᆫ 누언을 신셜코져 ᄒᆞᆷ믈 이련ᄒᆞ여 븟드러 편히 누이고 위로 왈 텬화디로ᄒᆞ여도 나 명챵빅이 ᄌᆞ의 쳥심셩ᄒᆡᆼ을 의심치 아닐 거시오 존당 인명후덕 ᄒᆞ시니 쳔만인이 참소ᄒᆞ나 증모의 투져ᄒᆞ미 업ᄉᆞ니 구고와 가뷔 녀ᄌᆞ의게 웃듬 이니 안심ᄒᆞ여 브졀업ᄉᆞᆫ 일을 거리끼지 마르쇼셔

―「명쥬보월빙」(19세기)

어ᄉᆡ 이련ᄒᆞᆷ믈 이긔지 못ᄒᆞ여 오린도록 손을 놋치 아니코 그윽이 간믹ᄒᆞᄆᆡ 쇼졔 ᄯᅩᄒᆞᆫ 병이 업디 아니믈 넘녀ᄒᆞ여 쉬기를 니ᄅᆞᄃᆡ 쇼졔 침구를 옴겨오미 업스므로 ᄃᆡᄒᆞ니 어ᄉᆡ 왈 태애 그ᄃᆡ의 금침을 옴겨오라 ᄒᆞ시더니 그ᄃᆡ의게 명치 못ᄒᆞ시도다 인ᄒᆞ여 슈오권 칙을 셔안으로 니ᄂᆞᆫ 녀 벼기 맛히 노코 침병의 즁긔 져포를 다리여 쇼져의 눕기를 직쵹ᄒᆞ니 쇼졔 딘실노 민황ᄒᆞᆷ믈 니긔지 못ᄒᆞ니 ᄉᆡᆼ이 두 팔의 용녁 잇스미 두어번 눕기를 직쵹ᄒᆞ다가 개연이 팔흘 드러 용이히 쓰러쳐 누이기를 어린 ᄋᆞ희 ᄀᆞᆺ치 ᄒᆞ고 허리의 져포를 덥허 글오ᄃᆡ 츈한이 심ᄒᆞ니 냑딜이 안ᄌᆞ 슈오긔 괴로올디라 져뢰 년년ᄒᆞᆫ 고인의 졍이니 닉 몸의 븟치던 거시오 ᄃᆞ른 지 닙지 아냐시니 물니치지 말나

―「완월회맹연」(18세기)

쇼졔 칼히 질니인 ᄃᆡ 알패라 흐기는 참괴ᄒᆞ여 오직 글오ᄃᆡ 일신이 긔진ᄒᆞᆯ 듯ᄒᆞ니 니러나지 못ᄒᆞ미로소이다 태위 묵연이러니 쵹을 나호여 노코 그 상쳐를 보고져 ᄒᆞ니 쇼졔 욕ᄉᆞ무디ᄒᆞ여 진졍으로 보지 말기를 쳥ᄒᆞ니 태위 왈 상쳐의 됴흔 약을 븟치나 시녀등이 잘못 븟쳐 검독이 크게 발ᄒᆞ미라 잠간 보기 므어서 유히ᄒᆞ리오 언필의 우격으로 상쳐를 보니 옥각이 프르고 검어 뉴혈이 뭉치여 부엇ᄂᆞᆫ지라 즉시 낭둥으로조츳 침을 닉여 검독 든 곳을 ᄭᅵ여 악혈을 다 ᄲᅢ히고 약을 븟치고 믈너안 ᄌᆞ니 쇼졔 만면이 취홍ᄒᆞ여 침상의 머리를 박고 참괴ᄒᆞ미 비길 ᄃᆡ 업ᄉᆞ니 태위 혼연 이지ᄒᆞ여 침변의 누어 그 옥슈쳬지를 어로만져 은졍이 무궁ᄒᆞ나 위뉴의 심용 은 졀졀통히ᄒᆞ더라

―「명쥬보월빙」(19세기)

무정ᄒ다 우리낭군 그연여름 ᄒ번간후 온산천이 멀니막혀 편지ᄒ장 견혀엄닉
삼월삼진 강남으로 일년일도 오는제비 옛집을 찻건마는 임은어찌 안오는고 힝여
나 그리운님 ᄭᅮᆷ에나 볼가ᄒ고 탯마루에 누윗스니 잠인들 십게오나 (중략) 가련니
ᄭᅩ도다 님을써나 어이가며 가라니 원통하다 이집써나 어듸가도 불경이부 가르
침은 ᄲᅢ에새겨 못잇겟네 죽어도 이집에서 스라도 이지배서 총총셰월 흘으는듯
가을바람 선듯부니 임타신차 총살갓치 신작로로 다라갓닉
— 남씨 부인 「싀골색씨 서른타령」(20세기 전반)

야속하다 녀ᄌ팔ᄌ 부모형제 이별ᄒ고 일가친척 니별ᄒ고 일기군ᄌ ᄯᅡ라가니
산천마다 눈선곳에 어이ᄒ야 가잔말가 날수마는 녀ᄌ힝실 여필종부 구쳐업서 시
딕이나 ᄎᄌ간이 아난이 난군이라 만단셜화 다모타야 이별이 ᄯᅩ잇더라 살아서
성이별은 싱초목에 불이타고 죽어서 역니별은 남되도록 살건마는 이팔청춘 녀자
몸이 독수공방 어이홀고 동지섯달 긴긴밤에 독수공방 홀노누어 곰곰히 싱각하니
세상천지 부부인정 낭군박게 ᄯᅩ잇는가 천지로 신을삼아 틱산가치 미듣더니 천싱
연분 아니런가
— 「망부가」(미상)

날이가고 달이가니 신행일자 밝아온다 친부모 이별하고 석바둘인 사인교에 이
내몸을 실고가네 여필종부 할일업다 산도설고 물도설다 친한사람 누구든고 아는
사람 누구든고 낭군밖에 ᄯᅩ잇으리 시부모의 명을받아 하로이틀 한달두달 친척간
에 정이들고 산천도 익어지네 그럭저럭 지낸것이 이삼년이 되었구나 (중략) 화월
삼경 깊은밤에 두리누워 자든일을 소음소음 생각하니 구이구이 눈물이라 흐르는
이눈물을 어느누가 막아주리 아마도 막을사람 낭군님 뿐이로다 둘이비든 쌍벼개
를 혼자벼게 무슨일고 부모에게 받은육체 한숨쉬여 다녹는다 하도하도 원통하야
농문열어 제쳐놓고 삼철의복 내여놓고 불불이 만져보니 더욱나네 더욱나네 낭군
생각 더욱나네
— 「상사몽」(미상)

눈물노 지난ᄉ월 아부님 덕틱으로 십개풍상 격고나니 수십고개 너머고나 군ᄌ
싱각 머러지고 전경ᄉ 우려된다 비진홍닉 당히온닷 윤식아 남믹바다 슈중보옥
다름업시 익지중지 키우울지 육칠십될 그동안은 어먼츤난 그앙정이 과거ᄉ이 슬
은한은 슈포로 도라가네 광음을 지쵹ᄒ야 이것남이 장셩ᄒ야 입신양명 조혼영화
겨혼ᄌ만 보올시라
— 「심중소회」(미상)

4.4. 미색에의 탐닉

고전소설에는 다양한 남편상이 존재하지만, 크게 나누어보면 성인군자형과 영웅호걸형으로 분류할 수 있다. 성인군자형 남편은 여성의 덕성에 감탄하지만 영웅호걸형 남편은 대체로 여성의 미색에 감탄한다. 호걸형 남성은 혼인할 대상을 우연히 엿보아 정하기도 하고 먼 곳으로 여행 갔다가 만나기도 하는데, 부모님의 허락과 혼인 절차를 밟기도 전에 그녀에게 미혹되어 온 마음을 다 뺏기고 상사병에 걸린다. (「소현성록」, 「조씨삼대록」) 우여곡절 끝에 혼인한 뒤에도 늘 그녀와 함께하고 싶지만 아내의 운수가 합방을 미뤄야 오래 산다고 나오거나, 다른 아내의 투기를 피하기 위해 아내가 거부하기에 마음껏 함께하지 못하여 아쉬워한다. 아침 문안 때에 그녀의 얼굴을 보지 못하면 마음이 산란하여 종일토록 아무 일도 못하기도 하고, 아내가 다른 아내의 괴롭힘 때문에 죽을 것 같다고 하면서 제발 자기를 찾지 말라고 호소해도 아랑곳하지 않고 구애하여 아내를 곤경에 빠뜨린다. (「소현성록」) 여성을 사랑하기는 하되 자기중심적으로 사랑한다고 할 수 있는 것이다.

민요와 규방가사는 여성에게 남편의 애정이 삶의 중요한 조건이 되고 있음을 보여준다. 민요 중 '진주낭군' 계열 노래와 '큰어머니' 노래는 남편이 유흥가 기녀나 첩에게 탐닉하여 아내인 여성을 죽음으로 내모는 내용이다. 남편의 부정은 아내를 절망에 빠뜨리며, 결국 자기포기라는 극단적 행위로 끝맺기도 한다. (「진주낭군가」, 「첩 노래」, 「큰어머니 노래」) 또 민요 '큰어머니 노래' 일부 작품들과 '첩 노래'는 첩의 집에 찾아가는 내용, 본처인 자신과의 사랑이 진정한 사랑임을 호소하는 내용, 후실장가를 가는 남편을 비난하는 내용 등을 담고 있다. 규방가사는 남편이 주색에 빠져 부부의 연을 저버리는 행태에 대해 비판하고 있다. (권종태 씨 부인 「화전가라 3」, 설미댁 「장탄가」)

> 니시는 히 진흥야 가디 부뷔 각 고디 쳐흥므로 잉틱흥는 경시 업스니 싱이 무양
> 그 너모 청슈흥고 셤약흥야 슈복이 굿디 못흥고 팔지 박흥가 두려 익셕흥는 쓰디
> 둥흥야 더옥 즈식이 더디믈 흔흥고 슬허흥며 됴셕문안의 그 얼골을 보면 경신이
> 산난흥나 오히려 방심흥디 만일 보디 못흥면 시녀로써 평부를 무러 만일 평안흥다

흔 즉 ᄇᆞ야흐로 미우를 펴고 담쇼를 여틔 만일 불평타 흔 즉 심혼을 다 일코 식음을
폐ᄒᆞ며 불승황〃ᄒᆞ니,

—「소현셩록」(17세기)

  싱이 스스로 탄ᄒᆞ야 나아 손을 잡고 슬허 왈 부인이 비록 날 거졀ᄒᆞ기를 이굿티
ᄒᆞ나 공쥐 부인을 어다라 ᄒᆞ니 업고 나의 ᄆᆞᆷ이 도로혈 길히 업서 실노 무익ᄒᆞ니
그ᄃᆡ 엇디 고집ᄒᆞ미 과도ᄒᆞ뇨 그ᄃᆡ 만일 슌죵ᄒᆞ면 내 가히 공쥬긔 강잉ᄒᆞ미 이시려
니와 불연즉 나의 고집을 졈〃 도〃며 공쥬 믜워ᄒᆞᄆᆞᆯ 흔 층을 도〃미니라 형시
죠곰도 감동ᄒᆞᄂᆞᆫ 비츨 두디 아니ᄒᆞ고 닐오ᄃᆡ 낭군의 구든 졍이 감격다 ᄒᆞ려니와
ᄉᆡᆼ각건대 낭군이 실노 쳡을 잔잉히 너기고 은졍이 둥흘딘대 엇디 구ᄐᆞ야 환을
어더 주고져 ᄒᆞ며 ᄯᅩ 공쥬의 어딘 덕과 존흔 위며 아름다온 힝실은 갑흐미 업ᄉᆞ니
쳡이 실노 항복디 아니코 감격ᄒᆞ미 젹은디라 이 말을 내매 반ᄃᆞ시 교졍으로 아ᄅᆞ시
려니와 죠야 텬긔시니 엇디 졍의 가작ᄒᆞ미 이시리오 구ᄐᆞ야 편쇠ᄒᆞ실딘대 쳡이
ᄯᅩ흔 어버의 집의 도라갈 ᄯᆞ름이로다 (중략) 그ᄃᆡᄂᆞᆫ 쇽졀업슨 말을 ᄒᆞ야 나의 노를
도〃디 말라 흑싱이 신의를 둥히 ᄒᆞ야 그ᄃᆡ를 후히 ᄒᆞ고 말슴이 슌ᄒᆞ나 본 ᄆᆞᆷ이
부녀의게 굴닙흘 배 아니라 그ᄃᆡ 임의 나의 쳐즈로 평싱이 내 손 가온대 이시니
엇디 ᄆᆞᆷ대로 출입흘 ᄯᅳᆺ이 잇ᄂᆞ뇨 언필의 안쇠의 노긔 ᄀᆞ득ᄒᆞ야 크게 소리 디ᄅᆞ고
칼흘 드러 알ᄑᆡ 노흔 바를 산〃이 ᄇᆞ오니 분긔 임의 두우를 게티딜러라 형시
심하의 흔이 무궁ᄒᆞ나 흘 일이 업서 다시 말을 아니코 계유 새박을 기ᄃᆞ려 승샹부
의 니ᄅᆞ러 신셩ᄒᆞ고 죵일토록 뫼셧다가 셕양의 도라오니 부매 임의 이에 이셔
글 짓ᄂᆞᆫ디라 악연ᄒᆞᄆᆞᆯ 이긔디 못ᄒᆞᄃᆡ 소싱이 긔식이 흔연티 아니〃 흘 일이 업서
강잉ᄒᆞ야 좌의 나아가 쵹을 ᄃᆡᄒᆞ매 그 평안흔 일싱이 괴로와시믈 ᄉᆡᆼ각ᄒᆞ니 엇더ᄒᆞ
리오 소릭를 머금고 ᄀᆞ마니 뎐디긔 비로ᄃᆡ 반ᄃᆞ시 수이 죽어 부마의 념녀와 일싱
괴로오믈 니져리라 ᄒᆞ더라

—「소현셩록」(17세기)

  울도담도 없는집이 시집에 삼년을 살고보니 시어마니 하시는말쌈 미눌아가 미
눌아가 진주낭군을 볼라거든 진주남강에 빨래질가라 진주남강에 빨래질가니 독도
좋고 물도좋네 검정빨래 검게빨고 흰빨래는희게빨아 옆눈으로 살짝보니 구름같은
갓을쓰고 백옥같은 말을타고 본치만치 지내가네. 집이라고 돌아오니 시어마니 하
시는말쏨 미눌아가 미눌아가 진주낭군을 볼라거든 아랫방으로 건너가라 아루방으
로 건너가니 진주낭군 거동보소 진주낭군 거동보소 기상첩을 옆에놓고 아홉가지
술에다가 열두가지안주에다 저금땅땅 울리면서 권주가를 하시더니 다녹는다 다녹
는다 본쳐일처 간장이다녹는다 열었던문을 굳쳐닫고 아룻방으로 나리와서 밍주베

석자 목에걸고 아홉가지 약을먹고 목을메어 죽었다네

— 「진주낭군가」, 전남 장성군 남면(미상)

　해는저서 저무신날에 옷갓을하고 어델가요 첩의집에 가실라그던 나죽는거동을
보고가요 첩의집은 꽃밭이요 나의집은 연못이라 꽃과나비는 춘추단절이요 연못의
금붕어는 사시사철로 즐겁구나

— 「첩 노래」, 경북 예천군 용문면(미상)

　첩의삼작 다달랐어 첩의삽작 다달라서 모시비를 채리놓고 들고놓고잘도짜네
방에라고 들어간께 은다리비 불을담고 놋다리비담배담고 화축설대내여놓네 담배
한대잡으시오 담배보고내가왔나 임을볼라내가왔지 모시비를채리놓고 짜여다가
지비겉은 작은어마이 나부겉이 니리와서 나부납작 반절이요 그반절바라내가왔나
임볼라고내가왔다 눈꾸식이조렇거등 방꾸식이나이런하나 잇바디가 저렇거등 둑
바디가 이런하까 입모심이 조렇거등 빗모심이나 이런하까 여자눈에 조렇거등 남
자눈에는 이런하까

— 「큰어마이 노래」, 경북 상주시 낙동면(미상)

　가지마소 가지마소 후실장개 가지마소 앞집에라 구합보고 뒷집이라 책력보고
그래도 갈라요 후실장개 가지마소 한모링이 돌거들랑 말대리나 부러져소 또한
모링이 들거들랑 가매채나 부러져소 행리청에 들거들랑 사모관대 넘어가소 열두
폭아 채알밑에 암딸장딸 마주놓고 놋대잔대 불밝히고 홍실홍실 띠아놓고 백년살
자 언약한대 사모관대 부러져소 첫날밤에 들어가니 앉거들랑 눕구짚구 눕거들랑
앉고짚고 숨이꼴딱 넘어가소

— 「큰어마이 노래」, 경북 선산군 고아면(미상)

　남자흉 하고보면 부체밋과 갓홀지라 어떤남자 볼작시면 고대광실 조혼집과 문
전옥답 조혼전지 쥬색잡기 다판내고 일부이처 법에잇나 삽작거래 첩을두고 백연
부부 배척하고 가정살이 요란한니 대장부에 도둣상이 이것신들 할일인가

— 권종태 씨 부인 「화전가라 3」(미상)

　벌엉벌엉 잦은출입 보선기워 달난발은 한달육장 소국에셔 열불이나 더ᄒ디요
도달바슨 안동기싱 산도라는 의성기싱 과거보로 핑계ᄒ고 색주인의 압에드러 은
가락지 놋가락지 포단댕기 공단 댕기 무산정이 지극하여 아까운줄 모르난고 벌만
너겨 속이난고 안즈서도 다들엇닉 기생다려 마조안즈 우삼치고 너달낼지 저양반

의 거동보소 혼주보기 아깝도다

—설미댁 「장탄가」(미상)

4.5. 무정형의 존재, 집 안의 이방인

고전소설에서 남편이 아내를 무관심하게 대하는 경우는 크게 두 가지 이유에
서이다. 아내를 오해하여 내치는 경우와 아내를 마땅치 않아하는 경우이다. 보
통은 나쁜 아내가 착한 아내를 모해하여 다른 남자와 사통한다고 꾸몄을 때에
이에 화가 난 남편이 아내를 찾지 않는다. (「명주보월빙」) 또 다른 경우는 혼인할
때부터 신부를 못마땅해 하여 같이하기를 싫어하는 경우인데, 아내가 지나치게
못생겼거나 악한 여성일 때 그러하다. (「창란호연록」) 지감(知鑑) 능력이 없는 남
편은 아내의 후덕(厚德)함을 알아보지 못한 채 외모만 보고 무관심하게 내버려
두니 덕(德)보다는 색(色)을 중시하는 남편들이 꽤 있었다는 것이다. 또 악한 성
품의 여성은 음란하여 애정욕구가 강한 여성으로 묘사되는데 이럴 때에 남편이
그녀의 애정욕구를 더욱 철저히 외면함으로써 자존심에 상처를 주고 더욱 큰
악행을 계획하게 한다.

반면 선비가 물욕(物慾)에 탐이 없고 성스러운 덕을 본받는다면 칭찬받을 수
는 있지만, 가난한 집안의 가장인 남편이 그러하다면 아내의 입장에서는 그의
경제적 무능함이 매우 원망스러울 수 있다. 먹을 것이 없어 아이들과 함께 굶어
죽을 지경에 이르게 되니 남편의 청렴함은 무능함으로 다가오는 것이다. (「흥부
전」) 조선 후기에는 경제활동을 제대로 하지도 못하고 물적 토대도 변변치 않았
던 몰락 양반들이 대거 양산되어 사회문제가 될 정도였기에 양반집의 아내들도
삯바느질을 한다거나 베를 짜서 가정 경제를 꾸려갔던 현실을 반영하고 있다.

규방가사에서 남편은 아내에게 종종 무관심하거나 무심한 존재이다. 아내가
시집식구들과의 소통에서 어려움을 겪는 현실에 대해 무관심하여 인지하지 못
한다. 남편은 오히려 시집식구들의 일방적인 의견에 동조하여 아내의 잘못을
책망하기도 한다. 때로는 유흥가에 출입하며 향락적인 생활에 빠져 집안일을

해나가는 아내의 힘든 일상을 알아주지 않는 모습으로 나타난다. (설미댁 「장탄가」, 김순자 「여자탄식가」, 「리씨회심곡」)

현대소설은 가부장의 유산에 집착하는 남편의 모습 이면에서 남성들이 느끼는 극심한 불안과 피로를 읽어낸다. 남성다움, 가장다움에 자신의 정체성을 일치시켜 왔던 남편들의 다른 얼굴은 무능력과 무기력함이다. 그 간에 여성성으로 간주되어 온 내면성, 고립성, 수동성의 자질들이 남편들을 통해 발현되기 시작한 것이다.

아내의 시선에 비친 남편은 가족의 일상에 섞여들지 못하고 '정기적으로 다니는 배'처럼 유동적으로 부유하는 무정형의 존재이다. 그래서 이들은 가족들에게 늘 부재이거나 있어도 존재감이 희미한 집 안의 이방인 같은 존재일 뿐이다. 그들은 삶이 훼손된 채 정신적 불구 상태에 놓여 있다. 이에 대해 아내들은 남편의 부재를 일상으로 수용하게 되거나 돌연한 남편의 출현을 오히려 불편하거나 귀찮은 일로 인식한다. (이선희 「처의 설계」, 강신재 「어떤 해체」, 김채원 「아이네 크라이네」, 「밀월」, 김형경 「담배 피우는 여자」, 하성란 「와이셔츠」, 공선옥 「아무도 기다리지 않았다」, 천운영 「유령의 집」 「당신의 바다」, 김현영 「웨딩웨딩드레스」, 강영숙 「그린란드」)

그러던 남편들이 전투력을 상실하고 누적된 피로를 호소하며 극단적인 자기 소외와 고립을 자초하기도 한다. 건실한 가장이던 남편이 가족에 대한 의무와 사회적 삶을 내팽개치고 뒤늦은 꿈을 좇고, 갑작스레 증발해 버리거나 자기만의 동굴로 잠적해 깊은 침묵에 빠져든다. 이 과정에서 아내는 남편의 비밀스런 외도 사실을 알게 되기도 한다. (박화성 『벼랑에 피는 꽃』, 오정희 「비어있는 들」, 강신재 「동화」, 양귀자 「밤의 일기」 「방울새」, 최윤 「당신의 물제비」, 김인숙 「풍경」, 「바다와 나비」, 조경란 「사소한 날들의 기록」, 하성란 「고요한 밤」 「루빈의 술잔」, 이혜경 「대낮에」, 강영숙 「양털모자」, 정미경 「나의 피투성이 연인」, 김연경 「내 아내의 모든 것」, 조경란 「형란의 첫 번째 책」)

남편들의 이런 이상 행동은 가장으로서 자기 정체성에 대한 환멸, 밥벌이와 가족 부양에 대한 부담과 피로, 나아가 삶의 비애를 드러낸 것이다. 가장으로서 자신의 자리가 실상 가족의 울타리 밖에 있었음을 깨달은 남편들에게 남는 것은 소외감과 고립감이다. 따라서 남편들의 침묵의 시위가 의미하는 것은 남성적 숙명에 대한 압박감과 공포일 뿐 아니라 그 굴레에 갇혀 소진되어가는 자기 삶에 대한 연민일 것이다. 이럴 때 아내는 남편의 뿌리 깊은 소외감을 가중시키는 존재로 인식된다. 이렇게 남편들이 숨겨진 속내를 드러내는 순간 아내들은 낯선 타인을 대하는 듯한 당혹스러움과 배신감을 느낄 수밖에 없다. (서하진 「회전문」, 「모델하우스」, 김재영 「폭식」, 한지수 「페르마타」)

남편들은 집에 있지만 집에 없는 것과 다름없다. 즉 남편은 '남편이라는 이름의 남의 편'이자 온전히 아내만의 대상일 수 없다. 가장 가깝지만 가장 먼 이방인 같은 남편과의 관계 속에서 아내는 자기 존재가 유실될 것을 두려워하며 남편의 존재를 고찰한다. 권력 관계의 지배와 피지배 구조를 가족 안에서 답습하는 남편의 이중성, 가정사의 문제들이 '과부하'로 걸려 있는 아내와 남편, 열정적인 사랑과 성을 잃은 '당신과 나의 아슬아슬한 침대', 그러나 또한 다른 사람과 나누어 가질 수밖에 없는 존재로서 남편은 아내에게 친숙하고도 낯선 이방인으로 존재한다. (차정미 「나의 일과」, 김승희 「부부의 성」, 김민정 「남편이라는 이름의 남의 편」)

이렇게 현대문학은 불안하고 모호한 남편의 정체성을 통해 근대 남성성의 신화가 남성에게 남긴 상대적 박탈감을 고발하고 있다. 이를 통해 알 수 있는 것은 남성 젠더의 속성이 더 이상 자명하고 고정된 실체가 아니라 상대적이고 유동적인 자질이라는 사실이다. 뿐만 아니라 남편과 아내의 젠더 체계 역시 구조적 불안정성을 안고 있는 비자립적이고 불완전한 질서라는 사실이다.

> 언파의 측을 들너고 의딕를 글너 즛긔 즈리의 나아 취침ᄒᆞ니 공쥐 부마로 더브러 부취지락을 착급히 바라다가 크게 실망ᄒᆞ여 댱야를 안즈 시오나 부매 다시 아른 체ᄒᆞ미 업스니 음욕을 니끼지 못ᄒᆞ여 눈믈을 쓰려 슬허ᄒᆞᄂᆞᆫ 거동이 망측ᄒᆞ니 도위 그 긔식을 ᄀᆞ마니 슬피고 더욱 분히ᄒᆞ니 쏘ᄒᆞᆫ 잠을 드지 아녓더니 옥쳠의 금계 시비를 보ᄒᆞ니 도위 관소ᄒᆞ고 나아가니 공쥐 믄득 악연ᄒᆞ여 진진이 늣기를 면치 못ᄒᆞᄂᆞᆫ디라
>
> ―「명주보월빙」(19세기)

> 오씨와 공이 싱을 직촉ᄒᆞ야 신방의 드려 보ᄂᆞ니 싱이 부모에 깃거ᄒᆞ시믈 보고 불낙한 기식을 아니코 즉시 드러가니 죠씨 홍열한 미모와 교만ᄒᆞᆫ 거동이 쥬호 산호상의 치싁 금침을 펴시니 싱이 눈을 드지 아니코 시녀를 명ᄒᆞ야 셔당의 덥던 이불을 가즈오라 ᄒᆞ아 펴고 즈니 신부를 도적이 이비긴들 아란 제 하리오 죠씨

싱의 풍치를 보고 환회 쾌락ᄒ다가 져 갓치 닝낙ᄒ믈 보고 대경 의아ᄒ더라

―「창란호연록」(18세기)

 ᄋ가 ᄋ가 우지 마라 아모리 졋 달난들 무엇 먹고 졋이 나며 아모리 밥 달난들
어듸셔 밥이 나랴 달ᄂ올 졔 흥부 ᄆᆞᆷ 인후ᄒ여 쳥산뉴슈와 곤뉸옥결이라 셩덕을
본밧고 악인을 져어ᄒ며 물욕의 탐이 업고 듀식의 무심ᄒ니 ᄆᆞᆷ이 이러ᄒ미 부귀
를 ᄇᆞ랄소냐 흥부 안히 ᄒᆞ는 말이 이고 여봅소 부졀업슨 쳥념 맙소 안지 단표
듀린 넘치 삼십조ᄉᆞᄒᆞ엿고 빅이슉졔 듀린 넘치 쳥누 소년 우어스니 부졀업슨 쳥념
말고 져 ᄌᆞ식들 굼겨 듁이기스니 아ᄌᆞ번네 집의 가셔 쌀이 되ᄂᆞ 벼가 되ᄂᆞ 어더옵
소 흥부가 ᄒᆞ는 말이 나슬 쇠우에 슬훈고 형님이 음식 ᄭᅵᆺ츨 보면 ᄉᆞ촌을 몰ᄂᆞ보고
똥 ᄊᆞ도록 치옵ᄂᆞ니 그 미를 뉘 ᄋᆞ들놈이 맛는단 말이오 이고 동냥은 못 듣놀
죡박조ᄎᆞ ᄭᅵ칠손가 마즈ᄂᆞ 아니 마즈ᄂᆞ 쏘아ᄂᆞ 본다고 건너가 봅소

―「흥부전」(미상)

 부모동ᄉᆞᆼ 싱각하여 눈물ᄂᆞ기 고이ᄒ리 이것져것 달라말은 소소한닷 하거니와
싀가형셰 오작ᄒ면 친졍직물 달나ᄒ리 바리바리 시러와도 두란마를 아니ᄒᆞ듸 안
장치례 말치례난 노비구죵 다들엇ᄂᆞ 셩한가장 병들셰라 헌옷ᄒᆞ나 살돈업ᄂᆞ 소쥬
갑셰 탁쥬갑셰 타작곡셕 다펴졋ᄂᆞ 어린아희 불상ᄒ여 털목한줌 ᄶᅥᆨᄉᆞᆽᄉᆞᆫ 돌친셔
답 싸근베난 늬말듯고 그리ᄒᆞ고 도포가음 조케조케 창옷가음 곱게곱게 셰불싱긔
졀노찻고 게피다듬 돌을쳣ᄂᆞ 물ᄂᆞ동줄 ᄭᅩ라ᄒᆞ면 가음업다 핑계ᄒᆞ며 베틀다리 고
치라면 연중업다 핑계ᄒᆞ니 그맛거살 슬어ᄒᆞ며 일직촉은 션간일ᄂᆞ (중략) 이셩지합
부부듸야 붓창부슈 하건마는 ᄋᆞ륵할스 우리남군 중ᄒᆞᆫ법을 이졋도다 자초지죵 싱
각ᄒᆞ니 일얼쥴을 뉘가아리 쟈탄가 죵탄가로 무졍시월 허송ᄒᆞᆫ다

―설미댁 「장탄가」(미상)

 지옥갓혼 이규중에 등잔을 비겨안자 인도가위 차ᄌᆞ놋코 중침셰침 골나ᄂᆞ야 시
체보고 쳑슈보아 아쥬ᄒᆞ기 어렵더라 장단보고 쳑슈보아 졔도범졀 어렵더라 줄져
고리 상쳠박아 도포짓고 보션기여 셔울츌립 향즁츌립 늬일갈지 모리갈지 부지불
각 총망중에 션문업시 찬난의복 ᄉᆞ랑에 겨양반은 셰졍물졍 어이알리 흔슈만 부죡
ᄒᆞ면 셔리갓ᄒᆞᆫ 겨호령이 된소리 큰걱졍이 비졍지칙 무삼일고 무용ᄒᆞᆫ 여자들은
쥬야장쳥 놀다ᄒᆞ고 가는허리 부러지고 열손가락 ᄃᆞ파여서 쳥염ᄒᆞ고 죠심ᄒᆞ야 굴
ᄂᆞ라고 ᄒᆞ건만은 치ᄒᆞᄂᆞ 고사ᄒᆞ고 ᄋᆞᆨ씬공덕 바이업ᄃᆞ

―김순자 「여자탄식가」(미상)

봉졔ᄉ 셥빈̇긱에 소임이 나ᄉ하니 사랑은 깁흐시나 일신이 약약ᄒ고 셔의하기 그지업다 인물도 낫치셜고 방언도 귀가셜고 산천도 내가아나 아난사람 뉘이스랴 셥삼시 어린양반 부모안젼 응셕ᄒ고 어리셕기 그지업셔 동셔분간 어이아리 둘시가 못되여셔 십ᄉ셰 약한츈광 화젼츕화 되엿고나 가운도 비싀ᄒ고 내심명 긋뿐이라 원통키도 그지업고 분하기도 츙양업다

—「리씨회심곡」(미상)

청재는 한번도 자기집에서 이십사시간을 지내본 일이 업다. 아츰에 나가서는 반드시 밤늦게야 들어온다. 그래서 이 집에서 오후를 본 일이 업고 이 집 마루와 이 집 세간에 저녁 햇볏이 비치는 것을 본 일이 업다.

그래서 이 동네 녀편네들은 거이 이 집 주인 얼골을 보지 못했고 이 집 주인이 무슨 옷을 입고 다니는지 구경한 사람도 업다.

소라는 과부는 아닌데 언제 보아야 혼자만 잇고 그럼으로 동네 부인들은 이 집에 조심이 업시 드나드나 이 집 주인에 대해선 하등의 관렴을 가질 수가 업다.

이것이 소라네만 아니라 열에 여덜은 그러할 것이 요즘 우리네 가정 풍경이다. 집에는 김치냄새 나고 된장찌개 냄새가 나고 갓난이가 기어올으로—어디서 책 한 줄 읽고 하이칼라 기분 한번 가져볼 수 업다. (중략) 소라는 인제 남편이 밤늦게 오는 것이 정기적으로 다니는 배와 가태서 아무 불평도 업다.

—이선희 「처의 설계」(1940)

남편이 언제부터 낚시를 다니게 되었던가, 그닥 오래된 일은 아니었으나 기억이 아리송했다. 어느 날 제시간에 퇴근해서 돌아오는 그의 손에는 한 벌의 낚싯대가 들려 있었다. 그리고 어느날부터인가 나는 은밀하고 절박한 그리움으로 남편을 떠나고 있었다.

나는 낚시에 흥미를 느낀 적도, 따라나선 적도 없었기에 남편이 이러한 모습으로 앉아 해를 보리라고는 상상해볼 수 없었다. 남편 역시 혼자 있는 내 모습을 알 리 없는 것이다.

—오정희 「비어있는 들」(1979)

여자가 이번엔 손가락 관절 하나하나를 똑똑 분질러댔다. 이어서 몇 개의 벽을 사이에 두고 긴 항해를 떠나는 배의 고동소리 같은 것이 들려왔다. 두 번째의 커피. 남편은 여전히 책의 페이지 페이지를 넘기며, 행간마다의 의미 속으로 자진 출두해 들어가며 첫새벽이 오기를 기다리고 있을 것이다.

설벽이에요, 라고 여사가 나시 입을 열었을 때 태희 역시 똑같은 밀을 입속에

굴리고 있었다.

"커다란 절벽을 손으로 만지고, 할퀴고 두들겼던 거예요. 엄청난 두께와 측량 못 할 부피의 절벽⋯⋯."

무엇보다도 가장 큰 상처는 바로 그 절벽이 주는 것이었다. 태희는 여자가 깨달은 절벽을 향해 손을 뻗쳤다. 여자가 한숨을 쉬었다. 태희는 한숨조차도 쉴 수 없었다.

남편이 증발해버린 일주일 동안에 상상할 수 있는 모든 불행을 다 떠올렸었다. 이 세상의 어떤 악운도 그녀를 놀라게 하거나 절망케 하지는 않을 것이라는 믿음은 완전히 오산이었다. 결혼 후 두 달 만의 사건이었다. 그러나 그 이후 오 년이 되어가는 지금껏, 태희는 자신의 단순한 상상력을 향해 무수한 경멸을 거듭해왔다. //

발바닥에 돋아나는 군은살만 아니라면, 성가시게 달라붙어 걸그적거리는 그 흠집만 아니라면 남편은 그날의 일을 다 잊었어도 좋았다. 밤마다 쉽게 잠들지 못하고 깨어서 새벽을 기다리는 그의 모습을 볼 수밖에 없는 까닭은, 잘라내도 잘라내도 솟아오르는 저 군은살 때문인지도 모를 일이다.

—양귀자 「밤의 일기」(1985)

부처님 가운데 토막, 법 없이도 살 사람, 이 험난한 세상에 그래도 처자식 안 굶긴 게 신기한 사람 등이 그가 살아오면서 얻어들은 세평이었다. 그는 누구에게나 자신을 낮추었다. 자기 집에 남아도는 선물꾸러미를 실려 보내온 아우네 운전사에게도, 손자가 보고 싶어 비교적 자주 들르는 딸네 아파트 수위에게도 남편은 구십 도로 허리를 굽혀 인사를 했고 나잇값도 못 하고 최고의 공대말을 썼다. 성경에선 도처에서 마음이 교만하면 낮아지게 되고 겸손하면 높임을 받는다고 설하고 있지만 세상 인심이란 그런 게 아니어서 그들은 금세 안면을 바꾸어 남편을 우습게 보기 십상이었다. (중략) 일찍부터 남편에게 그 정도밖에 기대를 안 할 수 있었던 것도 실력을 못 믿어서가 아니라 상대를 가리지 않고 자기를 낮추는 버릇 때문이었다. (중략) 내가 이렇듯 사뭇 냉철한 관찰자 노릇을 해왔음에도 불구하고 그는 내가 그의 사는 방법에 완벽하게 순종해 왔다고 여기고 있는 말투였다.

—박완서 「저문날의 삽화 3」(1987)

남편은 아직 돌아오지 않았습니다. 그이는 늘 늦지요. 회사에서 야근을 하거나, 야근이 없는 날은 동창을 만나거나, 동창을 만나지 않는 날도 밤이 아주 깊어지지 않으면 집에 돌아오지 않습니다. 왜 그런 사람들이 있지 않습니까? 집에 들어가는 것을 한사코 싫어하는 사람 말입니다. 그이도 그런 유형인가 봅니다. 그래도 하루에 한 번씩은 집에 들어와 옷을 갈아입고 콩나물국을 마시고 다시 나갑니다.

이따금 일찍 들어오는 날이 있긴 합니다. 그런 날, 퇴근하여 잠자리에 들 때까지 그이가 하는 말은 모두 세 마디 정도입니다. 식탁에 앉으면서, 밥 먹자. 컴퓨터가 있는 방으로 들어가면서, 커피 한잔 줄래? 한참 만에 그 방에서 나와 침대에 누우면서, 자자. 그동안 저는 설거지를 하고, 커피를 타고, 딸아이의 세수를 도와주고, 남편의 와이셔츠를 다립니다. 부부란 같은 방향을 바라보며 같은 길을 걷는 것이라고 하던가요? 그런 말을 들으면 저는 부끄럽습니다.

이만큼 함께 살고 나면 상대방에 대해 무엇을 기대하거나 요구하지 않게 되나 봅니다. 그이의 눈에는 제가 늘 집 안에 있는 가구와 별반 다를 바 없이 보일 테고, 제 눈에는 그이가 생활비를 건네주는 은행 계좌 정도로 여겨지는 거죠.

-김형경 「담배 피우는 여자」(1995)

그날 밤 남편은 아주 오랫동안 화장실에 있었다. 잠을 잘 시간이 훨씬 지나도 화장실에서 나오지 않는 남편을 보며, 그녀는 남편 역시 혼자 있고 싶어한다는 것을 알았다. 불행한 일이지만 그녀의 집에는 남편만의 공간 같은 것은 없었다. 그는 혼자 있을 공간이 없었다. 그의 소유로 되어 있고 대부분은 그가 벌어 산 집이지만… 그러나 언제부턴가 집은 그녀의 진지였다. 그는 주인으로 자신의 집을 돌아다녔지만, 그러나 그가 혼자 있고 싶다고 느낄 때 그가 주인인 그의 집은 모든 문을 닫아걸었다. 안경을 밀어올리고 아내의 눈을 유심히 바라보아야 했던 그는, 아내의 시선을 피하기 위해 신문을 집어들고 화장실 안으로 들어가 아주 오랫동안 나오지 않았다.

-김인숙 「풍경」(1996)

아직 남편의 차가 떠나지 않고 있었다. 남편은 재떨이를 비우고 천천히 돌아오는 중이었다. 나는 베란다에서 전날 미처 걷지 못했던 빨래들을 걷어 들이며 남편을 흘깃흘깃 쳐다보았다. 재떨이를 쥔 손과 앞으로 내민 팔, 뻣뻣하게 치켜세운 등, 흔들리는 어깨… 몹시 어색하고 낯설게 보이는 몸이다. 나는 그의 양말 한 짝을 든 채 슬프고 초조한 얼굴로 남편의 모습을 지켜본다. 그 살 속에 단 한 번도 닿아본 것 같지가 않다. 한 번도 들어가보지 못한 이방인의 집처럼. 그는 천천히 차 속에 들어가 앉고 시동을 걸고 테이프를 갈아 끼우고 옆 의자에 놓여 있던 무엇인가를 뒤 포켓에 밀어 넣고 껌을 하나 까서 입에 넣고 그러고도 잠시 그대로 앉아 있다가 드디어 차를 뺀다. 너무나 무겁고 느려서 그가 움직이는 게 아니라 염중난 시간이 그의 목을 끌고 가는 것 같다. 그는 좀체로 떠나려 하지 않는다.

-전경린 「염소를 모는 여자」(1996)

오늘도 남편은 돌아와 있지 않았다.

닷새째. 아직도 그의 여행은 끝나지 않은 걸까. 그가 짐을 꾸릴 때 나는 짐작하고 있었다. 이번 여행 이후 우리가 어떤 결정을 내리게 되리라는 그 막연한 느낌. 가방을 들고 현관을 나서는 그의 등이 낯설었다. 그것은 이미 내 것이 아니었다. 그 등에 손바닥을 대려는 순간 남편은 현관을 벗어났고 문은 닫혔다. 그는 쉽게 돌아오지 않을 것이다.

저녁 일곱시가 지나고 있는 거실은 동굴처럼 어둡고 한기마저 감돌았다. 어둠을 밟고 천천히 남편의 서재로 들어갔다. 현관을 벗어나는 남편의 등처럼 낯선 공간이다. 손가락 끝으로 책상 가장자리를 문지르며 한동안 그렇게 서 있었다.

—조경란 「사소한 날들의 기록」(1997)

아이들을 그만 자라 해놓고 거실로 나와보니 남편이 없다. 그네 가슴이 철렁 내려앉는다. 그만 두라고 고함도 안 치고 가버리다니, 이렇게 갈 바에야 오지를 말든지, 엄마노릇이 뭐 재밌기만 해서 하나, 혼자서 이 구석 저 구석을 훑어다니며 그의 행방을 찾는다. 도대체 이 인사가 어디로 간 거야. 현관문을 박차고 나가본다. 아파트광장엔 그가 홀로 서 있다. 담배를 피워물고 엉거주춤 서 있는 실루엣이 남편이다. 안 붙잡고 그대로 두면 그는 틀림없이 집에 들어오지 않을 것이다. (중략) 그녀의 일상으로 끼여들지 못한 남편이 그림자처럼 서서 그네를 바라보고 있는 벽 너머로 일리야 레삔의 그림이 걸려 있었다. 경희는 텔레비전을 보면서 아무도 기다리지 않았다, 라고 낮게 읊조렸다. 꼭 그림 때문이 아니라 사실은 그 말이 그 순간에 그네가 가장 하고 싶은 말이기도 했다.

—공선옥 「아무도 기다리지 않았다」(2000)

병실에 돌아왔을 때 남편은 잠들어 있었다. 다락방에서 처음 본 모습처럼 깊고 고단한 잠이었다. 그의 곁에 앉아 그때처럼 나는 그를 들여다보았다. 그를 보는 동안 그의 발명이 불가사의한 어떤 의미라는 생각이 들기 시작했다. 남편과 나의 날들에 대한 험악한 경고. 등단 사 년 만에 뜻밖의 큰 문학상을 받은 이후 원고 청탁이 늘고, 그 즈음 남편을 향한 나의 짜증이 똑같은 비율로 늘어갔다. 나는 내가 했던 많은 말들을 후회했다.

—서하진 「회전문」(2000)

마지막이라는 말은 참으로 막막하다. 마지막 아침을 먹고 마지막 산행을 준비하는 동안 그는 한마디도 하지 않았다. 어젯밤 울듯한 얼굴로 나를 보던 남자가 오늘 저토록 무표정한 낯을 하고 있다니. 어쩌면 그것은 연기였을까. 이미 결정을 내린

내 마음을 그는 다 알고 있었던 것일까. 등산화의 끈을 조이고 끙, 몸을 일으키던 그가 다시 주저앉아 꼼꼼히 내 신의 끈을 묶어준다.

그의 손은 표정이 없다. 나는 그 손이 슬프다. 마지막 매듭을 지은 그가 앉은 채로 내 눈을 들여다보았다. 미안해, 여보. 그가 말했다. 현관이 어두웠으므로 나는 내 표정을 감출 수가 있었다. 그의 앞에서 우는 모습을 보이고 싶지는 않았다. 미안해, 여보. 그 말은 그와 함께 한 길이 이제는 끝났다는 의미였다. 나는 그에게 등을 보이며 현관문을 밀었다.

—서하진 「모델하우스」(2000)

전도유망한 은행원이던 남편이 느닷없이 사직서를 제출하고 목수가 되겠다고 했을 때 딱히 뭐라 반대하고 나설 만한 이유란 게 떠오르지 않았다. 철이 들고서부터 쭉 목수가 되는 꿈을 꾸어왔다고 남편은 중학교 남학생처럼 수줍게 말했다. 남편이 되려는 건 프로야구 선수가 아니었다. 목수는 은행원만큼이나 현실적인 직업이었다. 하지만 대패는 만져본 적이 없고 톱질도 고등학교 기술시간에 잠깐 해본 실습이 전부였던 초보에게 성큼 일을 맡길 만한 목공소는 적어도 우리가 살고 있는 이 근방에는 없는 듯했다. //

건달이 되고 싶다는 말과는 다르게 남편은 고작 7개월간의 건달 생활을 버텨냈을 뿐이었다. 그는 회식 때문에 늦어지는 은옥의 퇴근시간에 시비를 걸었고 담배 좀 끊으라는, 건강을 염려해 별뜻 없이 한 말에도 일하지 않는 자, 담배도 피우지 말라냐면서 역정을 냈다. 그날그날 남편의 기분에 따라 덩달아 자신의 기분을 맞춰야 하는 일이 더 고단했다. 그리고 집안에 들어서면 남편의 방에서 슬금슬금 기어나오는 불운과 패배의 기운이 더욱 싫었다. 남편과 같이 있다 보면 남편의 그 기운이 자신에게로 전염될 것 같았다.

—하성란 「고요한 밤」(2000)

어느 날 아침, 나는 내 몸을 흔드는 손길에 눈을 떴다. 남편이 하얗게 질린 얼굴로 나를 깨우고 있었다. 당신 왜 그래요? 어디 아파요? 남편은 가슴을 움켜쥐고 있었다. 가슴이, 그냥 가슴이 너무 아파. 남편은 의사 앞에서도 겁에 질려 있었다. 그냥 심장이 그대로 굳어버리는 것 같아요. 남편의 고통과 무관하게 심전도검사 결과는 정상이라고 할 수 있는 정도였고 다른 검사에도 이상은 없었다. 스트레스를 심하게 받으면 그런 경우가 있지요. 의사는 가볍게 넘어갔다. 어떤 날엔 가는 출근을 하러 나갔던 남편이 이십분쯤 지나서 전화를 해오기도 했다. 옴쭉도 할 수가 없어… 집에서 그리 멀지 않은 곳의 길가에 차를 세워놓은 채 남편은 숨을 거칠게 몰아쉬고 있었다. 마침내 의사는 공황장애라는 진단을 내렸고, 약을 먹으면서 남편은 병든 병아리처럼 잠이 늘었다. 남편은 잠속으로 달아나고 있었다.

—이혜경 「대낮에」(2001)

8년을 채우는 동안 서로에게 있었던 몇 번의 출장을 빼면 이렇게 긴 시간 떨어져 지낸 적이 없었음에도 불구하고 은옥은 텔레비전을 틀어놓고 나간 채 돌아오지 않는 남편으로 인한 어떤 불편함이나 아쉬움을 느낄 수 없었다.

형광등을 바꾸어 달거나 액자를 걸기 위해 못을 박는 일 따위는 예전부터 은옥이 스스럼없이 하던 일 가운데 하나였다. 참고로 말하자면 은옥은 스스럼없이 하던 일 가운데 하나였다. 참고로 말하자면 은옥은 일찍 아버지를 여읜 딸만 있는 집의 장녀였다. 못 하나를 박기 위해 공구통을 거실에 늘어놓고 치우지 않는 남편의 뒤치다꺼리보다 오히려 수월했다. 하수구가 막히거나 개수대의 물이 역류하는 일 같은 것은 남편이 있을 때도 아파트 관리실의 기사들이 전담하던 일이었다.

—하성란 「와이셔츠」(2001)

오늘 새벽, 그는 이 주일 만에 집에 들어왔다. 현관에 들어서자 코를 찌르는 담배냄새가 잔기침을 일으킬 정도로 심하게 났다. 나는 침실 문에 기대 선 채 냉장고 문을 열고 맥주를 꺼내는 그의 뒷모습을 뚫어져라 쳐다보고 있었다. 그가 텔레비전을 켰다. 가로줄을 그으며 화면이 떨렸다. 실내 안테나를 이리저리 돌리던 그는 아예 안테나를 뽑아버렸다. 텔레비전 만화영화를 보면서 그는 맥주를 마셨다. (중략) 그는 텔레비전을 보면서 씨익 웃고 있었다. 그 웃는 모습을 보는 순간, 나는 우리 사이가 끝났다는 것을 깨달았다.

"나가요."

나를 돌아보는 그의 얼굴이 시멘트벽 같았다.

"여긴 내 집이야."

그는 다시 텔레비전으로 얼굴을 돌리며 말했다.

—강영숙 「양털모자」(2002)

이 남자는 누구일까. 4월부터 7월까지의 날들을 적어놓은 이 파일의 기록자는 누구일까. 내가 알았던, 그 사람의 파일이 맞긴 한 것일까. 이 사람이 나와 함께 살고 아이를 낳고 웃고 때로 울며 함께 살아왔던 그 사람일까.

이건 아니야. 엉망으로 취해서 들어온 날이면 중얼거리던 그의 말처럼, 이건 아니야. 이제는 그의 침묵조차도 점자처럼 더듬어 읽을 수 있을 만큼 서로에게 투명하다고 믿었는데.

—정미경 「나의 피투성이 연인」(2002)

남편이 돌아오지 않고 있다.

아내는 서서히 혼란스러워졌다. 남편과 함께 저녁을, 아니 밤참을 먹어야 할 시간인데 남편이 없으니 아내는 멍하니 앉아 밥상만을 물끄러미 쳐다보고 있었다. 그러다가 자리에서 일어나 가방을 열고 학습지 뭉치를 꺼내 책상 위에 펼쳐놓고 뒤적여보았다. 이것도 오래가지 않았다. (중략) 두 개의 수저, 두 개의 밥그릇, 찌개, 그리고 몇 가지의 밑반찬이 차려진 밥상 위에서 또다시 넋을 놓았다. 언제나 아내가 그 좌표를 설정할 수 있는 범위 어딘가에 있던 남편이 아닌가. 급기야 아내는 방향 감각을 완전히 상실하고 말았다.

-김연경 「내 아내의 모든 것」(2005)

남편을 찾기 위해서 나는 남편이 어떤 사람이었는지 기억해내지 않으면 안 되었어요. 나는 지금부터 내가 남편이라고 생각했어요. 이럴 때 그 사람이면 어떻게 했을까. 어디서부터 무엇을 시작했을까. 나는 우체국에 갔어요. 거기서 밴이라는 우체국장을 만났어요. 그다음에 이발소에 가서 크리스라는 노인과 이야기를 나누었어요. 남편은 초등학교 교사를 만났을지도 모르고 다운타운을 순회하는 버스 운전기사나 은행의 수위를 만나 시시한 잡담을 나누었을지도 몰라요. 그게 자신이 강연할 낯선 도시에 도착했을 때 맨 처음 그가 하는 일이었으니까요. 하지만 나는 그거 거기에 다녀갔다는 아무런 단서를 찾을 수 없었어요. 그리고 나에게는 이 세상에 존재하는 특별한 단 한 사람인 내 남편이 그토록 아무 특징이 없는 사람이었다는 사실을 깨닫게 된 거예요.

-조경란 「형란의 첫 번째 책」(2005)

대부분의 나날들은 내게 고통의 연속이었다. 과중한 업무, 일본인에 둘러싸여 섬이 돼버린 것 같은 외로움, 그리고 미래에 대한 알 수 없는 불안. 직급이 올라가자 이번엔 태국이든 인도네시아든 플랜트 공사가 있는 곳은 지구 어디에라도 가야 했다. 집에 머무는 날은 점점 뜸해졌다. 아내는 혼자 아이들을 돌보는 걸 힘들어했다. (중략) 퇴원을 하면서 아내는 미국으로 가겠다고 했다. 집도 없고, 직장도 없고, 빚만 잔뜩 잇는 한국으론 절대 돌아가지 않겠다고 했다. 빚쟁이들한테 시달리며 머리카락 쥐어뜯기던 날의 수모를 아내는 그때까지 잊지 못하고 있었나 보다. 그동안 모은 약간의 돈을 손에 쥐고 우리가족은 다시 멀고도 낯선 땅을 향해 길을 떠났다. 비행기가 활주로를 달려 공중으로 떠오르는 순간, 나는 또다시 부르르 떨며 사방을 둘러보았다. 혹시 악몽을 꾸고 있는 건 아닐까. 이대로 멀리 떠나 바다를 건너면, 다시는 이승으로 돌아오지 못하는 건 아닐까.

-김재영 「폭식」(2009)

백일장에서 장원을 하던 그에게 어머니는 의대와 법대 사이에서 양자택일을 하게 했고, 본인보다 조금 더 현실적으로 보이는 아내와의 결혼을 적극적으로 지지했다. 이제 그는 릴레이 경주에서 사용되는 바통에 지나지 않았다. 엄마의 넓은 치마폭에서 아내의 당찬 손으로 넘겨진 그는, 또다시 아내가 원하는 방향으로 쉴 새 없이 내달려야 했다.

　아내는 그에게 악착같이 수련의 과정을 권유했고, 그는 거절도 못하고 시간을 보냈다. 그때 그는 자신의 몸에 흐르는 우유부단한 피를 모두 갈아버리고 싶었다. 그러나 그는 기꺼운 듯이 수련의 과정을 택했다. 자신 때문에 누군가를 불편하게 하는 건 그를 더 괴롭히는 일이었다. 그런 기질이 그의 몸 안에 해독이 어려운 증상을 만들고 있다는 것을 그조차 알지 못했다.

— 한지수 「페르마타」(2010)

죽은 연탄불 목숨처럼 살리고
밀린 설거지를 한다
널브러진 신문과 옷가지를
챙기고 방을 쓸고 닦는다 상을 차린다
자정 가까이 들어오는 남편
목이 빠지게 기다려
제삿밥같이 늦은 저녁을 먹고
한숨 돌려 가계부를 적노라면
침침한 눈언저리
삐뚤빼뚤 숫자는 새가 되어 날고
새벽 한 시 알리는 시침 소리
데롱데롱 잠에 매달렸다
일기 몇 줄 쓸 기력마저
어두움처럼 눈꺼풀에 잠겨버리고
난 베갯머리에 여지없이 코를 박고 만다
그때 와락 등뒤에서 들리는 소리
한 게 뭐 있어서 그 모양이냐고
암만 생각해도 당신은 운동부족인 것 같다고
짜증 돋친 남편의 말소리
칼날처럼 귓전을 날린다

— 차정미 「나의 일과」(1989)

당신과 나의 성(性) 사이에는
너무 많은 국제정치와 사회상과 경제의 이면이 흘러가고 있다,
사랑과 성은 너무 많은 과부하를 받고 있다,
이 침대, 허공에 장칼이 드리워져
언제 몸과 몸 위로 떨어져내릴지 모르는
이 중년의 침대
성은 단지 성일 수만은 없다
(중략)
당신과 나의 성 사이에는
너무도 많은 신자유주의적 유교적 경제적 교육적 민족적 과부하가 걸려 있다
사랑도 과부하가 걸려 있다
성이 단지 성일 수 있을 때
사랑도 사랑이 될 수 있고,
사랑이 단지 사랑일 수 있을 때
성도 성이 될 수 있고

허공에 장칼이 드리워져 언제 떨어질지 모르는
이 아슬아슬한 중년의 침대

—김승희 「부부의 성」(2006)

창밖에 머물고 있는 한 일생, 남자라고. 베레모가 전화를 했기 때문에 그녀가 미친 여자처럼 벨을 누른다. 베레모가 전화를 했기 때문에 나는 미친년처럼 인터폰을 받는다. 거추장스러운 손님에게 무모하게 베푸는 친절, 이러지 말자 하면서도 나는 모과차 석 잔을 내온다. 내가 모과차 속에 비친 그녀를 눈 속 깊이 삭히는 동안, 그녀가 모과차 속에 비친 나를 뱃속 깊이 삼키는 동안, 베레모는 멍하니 창밖을 본다. 저기에 뭔가를 두고 온 것 같아, 사무치던 어떤 육신 같은 거. 베레모는 두 손으로 얼굴을 감싸 쥔 채 운다. 밝고 그럼 충분했지 싶을 만큼의 얼핏 눈물 같은 거. 그리고 우리들의 둥근 유방을 찾는다. 베레모에게 한쪽씩 물린 젖이 된 우리들은 의문한다. 하여 살자는 것이 쾌락인가, 쾌락이 삶인가. 속고 속이고 속으면 속 편할 레퍼토리, 우리는 이제 그렇게 됐다.

—김민정 「남편이라는 이름의 남의 편」(2009)

4.6. 벗겨진 가면, 연출된 행복

아내에게 남편의 존재는 성공한 결혼의 표지이다. 즉 남편이 지닌 조건과 자질은 아내의 지위와 행복을 증명하는 지표가 된다. (임옥인 「후처기」, 박완서 「부끄러움을 가르칩니다」, 윤효 「단편들」) 그러나 밖에서는 양심적 지식인이자 교양 있는 시민으로 행세하면서도 집에서는 가부장적 폭군의 얼굴을 드러내는 남편들이 있다. 남편은 자신의 사상운동을 위해 아내를 저버리기도 하고 아내를 이용하기도 한다. 여성소설은 아내의 시선에서 도덕적 가면 뒤에 숨겨진 남편의 위선과 가식, 그리고 독선을 신랄하게 폭로하고 이에 대해 아내들이 느끼는 혐오와 염증, 배신감과 모욕감을 초점화하여 보여준다. (지하련 「결별」 「산길」, 장덕조 「저회」, 한무숙 「수국」, 서영은 「야만인」, 이경자 「가면」)

또한 남편들은 결혼 전의 모습과 달리 꿈을 잃고 나태하고 무능하며 무의미하게 소시민의 삶을 살아간다. 아내의 재능을 질투할 만큼 왜소해진 남편은 열등감을 숨기고 저열한 속물근성과 허영에 가득 차 세속적인 욕망만을 추구한다. 아내들은 이기적인 남편에 대해 실망감과 상실감을 느낀다. (강경애 「원고료 이백 원」, 강신재 「안개」, 서하진 「라벤더 향기」 「종소리」 「사심」 『요트』, 김인숙 「짧은 여행」, 강영숙 「청색모래」, 공선옥 「비오는 달밤」, 정미경 「내 아들의 연인」)

뿐만 아니라 가정을 파탄내지 않기 위해 아내를 조화처럼 가꾸고 장식품처럼 관리히기나, 결혼생활을 연출하는 남편들도 있다. 아내들은 이런 남편의 모습을 직시하고 남편의 가식과 위선, 독선을 혐오하는 동시에 남편에게 의존적이었던 자신의 삶을 성찰하며 반란을 꿈꾸기도 한다. (이경자 「가면」, 전경린 『난유리로 만든 배를 타고 낯선 바다를 떠도네』, 서하진 「그림자 여행」 「추일서정」 「라벤더 향기」, 차현숙 「2와 2분의 1」)

> 형예는 자리에 누어서도 '아무 것도 아닌 것 가지고… 내 암말도 않으리다-' 하고 남편이 하던 말을 되푸리해 본다. 암만 생각해도 이게 아닌 상 싶다. 맞장구를 치는 것도 이게 아니고, 당황해 하는 것도 이거여서는 못쓴다. 아무튼 도통 이런 게 아닌 것만 같다.
>
> 얼마 후 형예는 '내가 아주 고숭한 짓을 할 때도 그는역시 모양이 뭐 되우, 내 암말두 않으리다. 할건가?'

싫어진다. 이렇게 생각고 보니 어쩐지 정말 꼭 그러할 것만 같다. 동시에 '이렇게 욕 주고 사람을 천대할 법이 있느냐?'는, 윗침이 전광처럼 지나간다. 순간, 관대하고 인망이 높고 심지가 깊은 '훌륭한 남편'이 더헐 수 없이 우열한 남편으로 하낱 비굴한 정신과 그 방법을 가진 무서운 사람으로 형애 앞에 나타났다. 점점 이것은 과정되어 나중엔 '그가 반다시 나를 햇치라ㅡ'는 데서 그는 오래도록 노여웠다.

─지하련 「결별」(1940)

나는 결혼하되 꼭 그와 같은 의사와 하기로 작정이었다. 세 번째거나 네 번째거나 그와 같이 깨끗한 예방의를 입고 청진기를 들고 사람 앞에서 엄숙한 표정을 지을 줄 아는 그런 의사가 원이었다. 내 남편되는 사람이 의사이기로 그것이 내 과거를 메꿀 만한 무엇이 있을 것인가? 나는 내 남편의 전 모습에서 나를 버리고 떠나간 사람의 전부를 느끼려는 것인가? (중략) 그러나 나는 이 차를 내리는 시각부터 당당한 의사부인으로, 더군다나 수십만 재산가의 부인으로 행세를 할 것이요, 이 S읍 부인들 위에서는 인텔리 주부가 되는 것이다.

나는 내 기쁨 때문에는 행복할 수가 없었지만, 투쟁심 때문에는 충분히 즐거울 수가 있었다.

─임옥인 「후처기(後妻記)」(1940)

생각하면 남편은 역시 훌륭하다. 가만이 곁눈질을 해 보아도 그 누어 있는 자세로부터 말하는 표정까지 그저 늠늠하기 짝이 없다. 만사에 있어 능히 나무랠 건 나무래고 옹호할 건 옹호하고 살필 건 살피고 뉘우칠 건 뉘우쳐서, 세상에 꺼리낄 게 없다. 어느 한곳에서 애여 남을 괴롭필 군색한 인격이 들었던 것 같지 않고, 팔모로 뜯어봐야 상책이 한 곳 나있을 것 같지 않다. 단지 전보다 또 하나의 '경험'이 더했을 뿐 이제 그 겪은 바를 자기로서 처리하면 그뿐이다.

─지하련 「산길」(1942)

"저더러, 저더러 남편에게 이용당하는 안해가 되란 말이지요?"

"그렇소. 어패가 있으면 남편을 보조하는 안해가 ─우린 여태 그 같은 여인을 물색했소. 그렇지만 맛당한 사람이 드물구려. 당신은 가장 내가 잘 아는 사람이고 첫째, 비밀을 지켜 줄 만한 사람이기 때문에, 나는 당신을 찾을 결심을 했든 것이오."

정옥은 눈이 흐려졌다. 그러나 그 눈물을 보이지 않으려고 입술을 깨무는 것이다. 처자가 그리워서 찾아온 남편이 아니었다.

자기 등에 짐이 되었을 때 그렇게도 간단하게 가족을 버릴 수 있었든 그는 다시 자기에게 필요한 일이 있을 때는 이렇게도 쉽사리 그 안해를 찾아 소용되는 바를 요구할 수 있는 것이었다. 하긴 정옥도 남편이 얼마나 열심히 그 소위 운동이란 것에 돌진하고 있는 것인지를 잘 알았다. 그렇게 때문에 여태까지도 그 같은 남편에게 대하여 이해와 각오를 가지고 있었던 것이 아닌가.

그러나 이렇게까지 태연하게 안해를 유린하고들 줄은 상상 밖이었다.

그래도 피가 있고 신경이 얽힌 인간이라면 일편의 인정이 있어 타당하다고 생각하는 것이다.

'세상의 모든 것이 다만 한 가지 목적을 위한 이용물로밖에 보이지 않는단 말인가.'

아내의 지위까지도 그렇게밖에 보이지 않는다면 그것은 곧 모든 아내 된 사람에게 대한 모욕이었다.

—장덕조 「저회(低徊)」(1949)

남편 강민호는 꽤 규모가 큰 제분 회사의 사장으로 물질적으로 그들은 불만이 없었다. 결혼 후 십년이 되었건만 그들에겐 일찍이 권태기라는 기간이 없었다. 건설과 행복에의 의지가 공동의 이해와 의욕 아래서 굳게 그들을 결합시켰던 것이다. //

설사 남편이 이성을 잃기까지는 아니하여 표면적 파탄은 모면한다 할지라도, 다른 여성의 환상을 안고 자기에게 팔을 내미는 용납하기로는 그녀는 너무나 결백한 것이다. 그렇다고 귀여운 진이를 혁이를 이나를 두고 집을 나갈 용기는 없었다.

일루의 희망은 모든 것이 자기의 오해가 그려 낸 악몽에 지나지 않기를 바라는 모습이다. 그러나 자동차를 떠나보낸 후 사기에게 보인 남편의 그 얼굴- 열없은 그 웃음-언제 증오로 변할지 모르는 남편의 양심이 보인 복잡한 표정이었다.

—한무숙 「수국」(1949)

"예펜네가 밤낮 바깥으루 나돌아 댕기다니 생각만 해두 불쾌하다. 불결해!"

"허지만 이렇게 힘만 들구 돈은 안 되는 일을 골라 할 게 무어예요. 도무지 위생적으루두…"

"일하는 게 그렇게 싫음 당장이라두 그만둬요. 강요하는 건 아닌."

"싫다는 것버덤…"

"글쎄 그만둬!"

수없이 거듭된 이런 절망적인 언쟁 끝에 성혜는 형식이 원하는 그러한 아내의 타입 속에도 어쩌면 무엇과도 바꿀 수 없이 귀중한 아름다움이 숨어 있을는지도 알 수 없다고 그렇게 생각하고 그런 체념에 가까운 반성에 늘 사로잡히면서 남편을 따르고 있는 것이었다.

—강신재 「안개」(1950)

신랑은 무식하고 교만했다. 나는 여지껏 자기의 무식과 자기의 돈에 그렇게 자신을 가진 사람을 본 적이 없다. 그는 자기 외의 딴 사람의 삶에 대한 상상력이 철저하게 막혀 있었다. //

"걘 여전하단다. 여전히 젊고 이쁘고 부끄럼 잘 타고, 시집을 잘 가서 고생을 몰라서 그런지 무슨 애가 고대로야."

누구라면 알 만한 고위층에 속하는 남편을 가졌다는 경희는 그 나름으로 선망과 질투의 대상인 성싶었다. (중략) 아마 경희네 사는 걸 보고 내가 얼마나 놀라고 부러워하나에 따라 내가 사는 형편까지 짐작해 내려는 속셈이 분명했다. 이 친구들은 내가 어느 만큼 사나 그게 제일 궁금할 텐데 아마 아직 그걸 추리해 내지 못한 모양이다.

—박완서 「부끄러움을 가르칩니다」(1974)

열린 문안엔 남편의 모습이 하나 가득 담겨 있었지요. 키는 중키, 끈 없는 밤색 구두, 흰 줄과 밤색 줄이 엇갈린 양복에 하얀 노타이 셔츠를 악어 벨트로 단정하게 졸라맨 삼십객의 전형적인 빌딩족, 이는 틀림없는 남편이었지요. 그런데 그의 손은 빈 채로 단단한 돌덩이인 양 양쪽에 꽉 주먹 쥐어져 있었지요. 어찌나 세게 쥐어져 있었는지 그 주먹을 펴면 모든 것을 깔아뭉갤 듯한 힘이 튀어나올 것 같았어요. 어리둥절해 쳐다보니 그이의 얼굴 또한 그렇게 단단하게 뭉쳐 거칠게만 보였어요. 그것은 오늘 아침까지만 해도 지성과 교양으로 다듬어진 온화한 얼굴과는 판이했지요.

"여보, 뭐가 잘못됐어요?"

난 대뜸 이렇게 소스라친 물음을 던질 수밖에 없었지요.

"무슨 개소리야."

일자 무식쟁이 같은 말투.

난 갑자기 남편이 아닌 어떤 불량배를 집 안으로 끌어들인 기분이었지요. 안 그렇겠어요?

—서영은 「야만인」(1974)

식이 시작되었다.

축사·격려사·수상연설 등을 진행하는데 한 시간 반은 더 걸릴 것이었다.

장엄하고 근엄하고 위압적인 분위기였다. 백성민이 이룩한 그의 세계이기도 하였다.

상패와 상장 그리고 격려금이 주어질 때, 민희는 남편과 나란히 서야 하였다. 시상자가, 격려금은 '그동안 내조의 공이 큰 부인'에게 주겠다고 농담스레 말해서 더러 웃음 소리가 나왔다. 그러나 정작 민희는 어색하기만 했다. (중략) 순간 민희의 가슴에 뭉클한 것이 치솟았다.

… 지금 이것은 남편의 것. 남편이 사라지면 함께 사라져 버릴 세계였다. 나의 세계는 무엇인가. 어디에 있는가. (중략) 그러나 이날, 민희는 2차에 참석하지 않았다. 아이들은 처제와 장모편에 딸려 보내고 '사모님'은 모셔야 한다는 말들을 민희는 들었으나 그는 참아 낼 수가 없었다. 민희는 아직 화려한 연극에는 백치 상태였다.

— 이경자 「가면」(1990)

그녀가 먼저 말문을 연다. 동창들에 대한 이야기다. 스무 번 맞선 끝에 기어이 의사에게 시집간 친구, 고학으로 대학원까지 마치고선 돌연 정녀가 되어버린 친구, 더 놀라운 건 그걸 엄마가 전폭 지원했다는 것, 또 고적대 대장이었던 가장 예쁜 친구는 유부남과의 간통죄로 걸려들어 혼쭐이 나더니 지금은 상처한 사업가와 결혼해 잘 살고, 또 누구는 이혼 직전 남편이 임파선암에 걸린 걸 알고 주저앉아 지금은 행복하다는 이야기. 그리고 나… 내 남편은 변호사다. 풍족하고 시를 쓰고 잡지의 기사를 쓰고 내 이름으로 살아가지만 어느덧 아무것도 믿지 않는 나이. 돈밖에 믿을 게 없다는 것도 알고, 세상은 포기해도 제 범주에 대해서만큼은 영악하고 노련하고…… 어쩔 수 없이 쓸쓸하고. 그녀의 말은 지독히도 논리적이다. 세상물정에 정통해서 거의 여우다.

— 윤효 「단편들」(1997)

남편을 다시 누이고 끙끙 신음하는 그를 다독이면서도 여자는 진심으로 그를 염려하지는 않았다. 하던 사업이 다 망해도, 일 년 열두 달 세무조사가 계속되어 그에게 탈세 혐의로 엄청난 벌금을 물리더라도 그는 곳간을 조금 헐어내는 수고를 하면 될 것이었다. 내버려두어도 물 한 바가지 주지 않아도 무궁무진한 가지를 쳐서 끝없는 열매를 만들어내는, 사방에 뿌리를 내린 그의 나무들이 쉼 없이 곳간을 채운다는 것을 그녀는 알고 있었다. 그 열매를 물어다 나르는 사람들을 그는 새이거나 개미쯤으로 여기고 있었다. 실제로 그들은 과실을 조금씩 쪼아먹기도 했을 것이다. 남편에게는, 어쩌면 자신도 그렇게 여겨질지도 모른다고 그 여자는 생각했다. 나르지도 못하면서 갉아먹기만 하는 벌레.

— 서하진 「라벤더 향기」(2000)

남편과 나는 불행한가. 그런 것은 아니었다. 남편은 성실했고, 가정적이었다. 그는 가족을 위해서라면 무엇이든 할 자세가 되어 있는 사람이었다. 그는 남보다 많지 않은 월급으로도 십여 개의 통장을 만들었고, 주식을 샀고, 아파트 분양권을 팔거나 사들였다. 바쁜 직장일에도 불구하고 시간을 쪼개 경매되는 부동산의 정보를 모으고, 온갖 종류의 할인쿠폰을 모으고, 빨간 글씨로 마이너스 오십 원을 기록하기도 하는 가계부를 썼다. (중략) -여보, 당신은 좀 쉬어야 해.

여름 내내 나는 남편에게 말하곤 했다. 남편 역시 그렇다고 대답했다. 자기에게 가장 필요한 것은 휴식이라고. 그러나 그렇게 대답하는 순간에도 남편의 머릿속에서는 정신없이 숫자가 돌아가고 있었을 것이다. 나는 남편의 머릿속을 짐작하는 것만으로도 숨이 가빴다. 그를 비난할 방법 같은 건 없었고, 그럴 생각도 없었다. 다만 내가 알 수 있는 것은, 그와 함께 있는 한 내게도 휴식 같은 건 없으리라는 것이었다.

-김인숙 「짧은 여행」(2001)

"그렇게 차려 입으니까 낫네. 당신도 사회생활을 해봤어야 했는데… 옷 입는…"
남자는 또 선물을 준다. 하지만 여자는 입술을 지그시 문다. 몸이 떨린다. 사회생활은 여자의 콤플렉스다. 남자에게 가장 큰 열등감을 느끼는 것이기도 하다. 남자뿐만 아니라 시집식구, 친정식구, 아이들, 직장생활을 하는 여자 친구들, 그리고 무엇보다 자기 자신에게 자신감을 가질 수 없는 결정적인 요인이다. 동네 아줌마들이 가장 편안하다. 남자는 그걸 잘 알고 있다. 여자기 밉거나 잘못했거나 자기가 원하는 걸 얻고 싶을 땐 그걸 이용한다. 당신이 사회생활을 안 해봐서 잘 이해를 못하겠지만… 목소리는 거지에게 자비를 베푸는 부자처럼 겸손하고 부드럽다. //

남자는 자존심이 강한 여자들을 다루는 법을 잘 알고 있다. 자존심이 강한 여자들의 허영도 잘 다룬다. 남자의 능력이다. 남자는 여자가 자존심 하나로 자신의 불행을 견디고, 세상 밖으로 그 불행이 얼굴 표정으로도, 말로도 나가지 못하도록 철저하게 굴레는 씌운다. 여자와 남자를 아는 사람들은 그들을 부러워한다. 아주 환상적인 커플로 생각한다. 아무도 여자와 남자가 연출한 그 환상적인 부부애의 뒷면을 알아채지 못한다.

-차현숙 「2와 2분의 1」(2000)

"빨리빨리 준비해."
나만 악을 쓴다. 그러잖아도 몸이 굼뜬 남편은 소파에 누워 텔레비전 리모컨만 돌리고 있다. 그는 내 직장인 학교 동료교사이기도 하다. 학교에서의 그는 성실한 고삼 담임이지만 최근에 부쩍 나온 배 때문인지, 무언지 하여간 언제나 얼굴에 만사가 다 귀찮다는 표시를 달고 다닌다. 그와 내가 잠자리를 가진 지가 언제인지도 기억이 가물가물하다. (중략) 그는 요즈음 부쩍 말끝마다, 골치가 아파 죽겠다는 말을 두고 쓰기 시작했다. 그의 가족 중에 그래도 유일하게 마음을 터놓고 사는 누나한테서 온 전화에 대고 그는 말했다. 사는 게 골치아파 죽겠어요. 그 뒤부터, 툭하면 그 소리를 내뱉었다. 손에 들고 있던 리모콘이 소파 밑에 떨어졌을 때도 골치 아파 정말, 집에 오면 양말이라도 벗으라는 말에 골치 아파 정말, 거울 앞에서 흰머리를 뽑아대면서도 골치아파 정말, 그러고 보니 그가 나와 잠자리를 갖지 않는 것도 그 골치아픈 것과 연관이 있을지도 모를 일이다. 그런 그의 모습에서 평범하게 살지는 않겠다고, 리얼리즘적 글쓰기를 하며 살겠다고 눈을 반짝이던 사람의 흔적은 보이지 않았다.

— 공선옥 「비오는 달밤」(2005)

4.7. 벗 혹은 지기(知己)

아내와 남편은 때로 서로를 시기하고 경쟁하는 관계이기도 하지만 남편은 아내의 가장 큰 응원군이자 지지자이다. 서로 쌓아온 세월이 있기에 아내와 남편 사이에는 동지애가 있고 전우애가 있다. 아내는 궁극적으로 가장으로서의 삶과 내면의 욕망 사이에서 자기 분열하는 남편의 상실과 실패를 이해하고 수용한다.

현대소설 속 아내들은 남편의 방황에서 밥벌이의 무거움과 추락에 대한 공포를 간파해내는 사려 깊은 포용력을 보여준다. 아내는 남편의 고단함을 이해하고 남편은 아내의 수고와 인내를 위로하며 가난하고 신산한 삶을 서로 의지하며 함께 건너는 동지의식을 갖게 된다. 나아가 그들은 서로의 위선과 방황을 용서하고 상실과 실패를 삶의 일부로 수락하면서 자신에 대한 반성적 성찰에 이르는 성숙한 모습을 보인다. (임옥인 「부처」, 임순득 「우정」, 윤정모 「바람벽의 딸들」, 양귀자 「멀고 아름다운 동네」, 이혜경 「젖은 골짜기」, 김형경 「민둥산에서의 하룻밤」, 김인숙 「당신」 「칼날과 사랑」, 「짧은 여행」, 「모텔 알프스」, 백영옥 「강묘희 미용실」)

따라서 이혼이나 배우자의 병, 죽음은 부부에게 서로가 서로에게 가장 친숙하고 내밀한 존재였음을 상기시키는 계기가 된다. 이혼 후에 비로소 개체의 다양성과 차이의 자연스러움을 받아들임으로써 서로를 소외시키지 않고 조화를 얻는 방법을 성찰한다. 또한 아내가 암에 걸려 시한부 삶을 선고받은 후 아내에 대한 죄책감과 연민을 느끼는 남편처럼, 서로에게 무관심하던 아내와 남편은 죽음 앞에서 서로를 응시하고 서로의 존재감을 상기한다. 아내는 자신에게 고통의 그림자를 드리운 남편의 허물을 용서하고 이해할 뿐 아니라 죽은 남편의 추억과 그리움의 그늘에서 헤어 나오지 못하는 모습을 보이기도 한다. 그리고 오랫동안 별거하며 타인처럼 무심히 대하던 아내에 대해 인간적인 미안함과 위로를 보내는 남편의 모습은 사랑을 넘어 인간의 예의와 의리로 맺어진 부부관계의 의미를 되새기게 한다. (임옥인 「여인행로」, 최윤 「당신의 물제비」, 윤영수 「여인입상」, 함정임 『행복』, 김향숙 「부르는 소리」, 김형경 「민둥산에서의 하룻밤」, 서하진 「모두들 어디로 가는 것일까」, 「슬픔이 자라면 무엇이 될까」, 정길연 「울산엄마」, 정지아 「양갱」)

그래서 노년의 아내와 남편은 '짐승스러운 시간을 같이 한' 사이로, 함께 세월을 나누고 상처를 공유한 오랜 벗의 모습이다. 노부부는 이제 늙고 소외된 상대방의 모습 속에서 자신의 모습을 발견하고 서로를 비추는 거울과 같은 관계이다. 늙고 변변치 못한 남편, 바스락거리는 마른 육체를 지닌 남편은 아내에게 혐오와 연민이라는 양가적 감정을 불러일으키는 대상일 뿐이다. 이들은 서로에게 늙어가는 몸을 의탁하며 쇠약해지는 육체에 대한 연민으로 상대를 보듬는다. (임옥인 「무에의 호소」, 오정희 「동경」, 박완서 「마른 꽃」 「너무도 쓸쓸한 당신」, 최윤 「밀랍 호숫가로의 여행」, 정지아 『세월』)

현대시에서도 남편과 아내는 무수한 사랑과 전쟁을 거쳐 '더불어 또 외따로' 혹은 '따로 또 같이' 사는 관계임을 인식하기에 이른다. 부부가 이루는 '불멸의 금빛 음악'은 서로에게 종속되거나 서로를 구속하는 관계가 아니라 아내와 남편 사이에 놓여 있는 '투명한 빈 자리'의 아름다운 공명 속에 있다는 뜻에 다다른 것이기도 하다. 제각각의 '가방'을 들고 만난 인생이라는 긴 여행길에서 남편과 아내로 만나 서로 건강하게 공존하는 것, 고해의 인생을 함께 헤쳐나온 동지애, '더불은 생존'에 대한 의지, 그리고 서로에게 좋은 지기(知己)가 되어주는 신뢰를 표현하는 시들이다. (김승희 「만파식적」, 문정희 「남편」, 성미정 「그놈의 커다란 가방 때문에」, 「여보, 띠포리가 떨어지면 전 무슨 재미로 살죠」, 천양희 「오래된 농담」)

애기를 가지고 결혼한 지 여러 해가 되면 될수록 아내 된 사람의 불안은 점점 커 가는 것일까? 남 같으면 벌써 칠 년 동안이란 연애를 계속 못했을 것이요, 결혼한 지 삼 년이나 지났으면 소위 권태기라는 것도 올 만한 때이다. 그러나 준의 사랑은 측량할 길도 없는 것 같았다. //

갔으되 함께 있으며 없어도 귀에 익은 말소리하며 동막 속에 어른대는 영상! 그리고 지금 등 뒤에서 숨쉬고 있는 생명의 감각은! 그것은 분명히 남편이 현재도 살아 있다는 증거인지도 모른다고 각오해 본다.

-임옥인 「여인행로」(1949)

아내에게는 남편이 노리개요, 남편에게는 아내가 노리개라던가? 동무들은 자기네 남편 자랑 집 자랑으로 앞이 보이지 않는 모양이던데 하고, 칠순은 오늘이 될지 내일이 될지 등신 같은 영감이나마 세상을 뜨는 날이면 또 두 번 과부는 정해놓은 이치나 아니냐고 생각한다 그러면서도 아까와 같이 불쌍하게 해골 같은 영감을 달달 볶은 것이 죄스럽기도 한 것이다. 그는 영감을 위해선 생선 한 마리 고기 한 근 별로 사는 법 없는 자기의 습성 속에서도 얼마 안 가서 되게 후회할 것 같은 두려움을 문득 느낀다.

'이거나 사서 삶아주자'

홍합과 양배추를 샀다. 영주나 손님들을 위해서보다도 순전히 늙은이를 위해서였다. 이가 거의 다 빠져버린 노인은 끼니때면 국물만 훌훌 마실 뿐 김치나 딱딱한 음식은 못 먹는다. 철순은 불현듯 속으로 올 가을에는 무를 삶아서 김치를 담가주리라 벼른다.

-임옥인 「무에의 호소」(1949)

"이래도 사는 것이 죽기보담 나은 겐가."

중얼거려도 보았던 것이다. 그러다가도 잔돈푼이 생겨 김이 무럭무럭 나는 하얀 밥에 생선찌개나 보글보글 끓여놓고 둘이 서로 마주보며 저녁이라도 먹을 때는 노상 살맛 없는 세상도 아니구나 여겨진다. 남편이 구두를 고쳐서 번 돈으로 양재기라도 하나둘 사들이고 아내는 성냥곽을 발라서 모은 돈을 차국차국 넣어 둔다. 아내의 생일이 되면 당자는 잊고 있어도 남편은 아내가 좋아하는 당면이니 돼지고기니 떡이니 사들이고, 남편의 생일이 되면 아내는 이 속에서도 수정과니 식혜니 제법 의젓이 마련하기를 잊지 않았다.

-임옥인 「부처(夫妻)」(1953)

말이야 옳고 그른 데 없다 치더라도 그다지 야속한 세익에게 뚜렷한 항변 하나 못한 자기가 새삼스럽도록 못나 보였다. 그러고 보니 같이 사는 동안 실없이 주눅 들고 만 것을 아니 느낄 수 없었다. 이제부터는 이 천만 가지가 가시밭같이 까다롭고 턱턱 막히는 세익에게 져서는 안 된다는 생각이 머리를 쳐들었다. 무슨 한 가정을 영위하는 부부가 승부를 겨룬다는 것이 아니라 어둡고 꽤 까다로운 것에 밝고 곧은 것이 짓눌려서는 안 되겠다는 강력한 욕구가 치미는 것이었다.

－임순득 「우정」(1955)

"당신이 쉰 살 때 어땠지요? 마흔 살 때는? 서른 살 때는? 통 기억이 안 나요. 말해줘요."(중략)

"스무 살 때는 아름답고 자랑스러웠어요. 대학에 들어가던 해였지요. 어제처럼 또렷이 떠오르는 걸요. 늘 발이 가렵다고 했지요."(중략)

아내는 언제까지 잃어버린 솔 얘기만 할 것인가. 아내의 말소리도 맥을 만드는 손놀림도 점차 빨라졌다. 반죽이 담긴 함지는 비어가고 마루턱에는 아내가 빚어놓은 맥이 더 늘어놓을 자리가 없을 만큼 즐비했다.

"겨우 스무 살이었어요. 스무 살에 뭘 안다고. 여드름이나 짤 나이에 세상을 뒤바꿔놓을 수 있다고 생각하다니요. 그 애가 죽었어도 우린 여전히 이렇게 살고 있잖아요."

－오정희 「동경(銅鏡)」(1982)

남편은 다시 낮은 웃음소리를 냈으나 그러나 그 웃음소리는 짧았다. 웃음소리보다 좀더 진한 느낌의 어깨떨림이 윤영에게 바라보였다. 윤영은 입술을 깨물었다가 다시 남편에게로 다가앉았다. 마지막 남은 한 장의 파스를 다시 떼어내며 남편의 겨드랑이를 벌리게 했다. (중략) 부대낌 같은 오늘, 바로 이 순간의 이 자리… 내일 또다시 남편과 머리채를 휘둘러가며 싸우게 될지는 몰라도 오늘 이 자리, 안방 유리창에는 오랜만에 부드러운 느낌의 어둠이 물들어 있었고, 파스투성이 남편의 뒷등은 윤영이 안아주어야 마땅한 것처럼 보일 만큼 작았고, 그리고 아이들의 뜻도 모른 단잠이 있는 평온이 있는 이 자리… 부대낌 같은 세월의 흐름 속에도 이 집안의 풍경만큼은 완벽한 연기처럼 안락해 보인다.

－김인숙 「당신」(1992)

그는 죽은 자의 미소에 못박혀 있던 한 젊은 여자의 시선에서 무엇을 보았던 것일까. 그것을 슬픔이 만든 왜곡된 미로의 시작이었다 하자. 그는 나에 앞서 그것을 보았겠지. 출구 없는 미로에 빠져본 사람은 절대적인 고독이 가르쳐주는 직관으로 세상을 감지하니까. 그러나 이제 와서 그게 무슨 의미가 있겠는가. 어떻건 그 이후 나는 서서히 죽은 남편의 유령 같은 미소에서 멀어져갔다.

—최윤 「당신의 물제비」(1992)

나는 그의 그 애처로운 노력을 바라보면서, 이것을 그냥 사랑이라고 믿어버릴까 잠시 유혹을 느낀다. 바로 이러한 일들 때문에 우리가 같이 살고 있는 게 아닌가 믿어버릴까 싶기도 하다.

그러나 그런 생각을 하는 순간 나는 벌써 알고 있었다. 무엇을 믿거나 무엇을 확인하기 이전에, 이미 우리는 같이 살고 있는 사이라는 사실을 말이다. 나는 갑자기 열렬히 전의를 느낀다. 나는 그와 싸울 것이다. 그의 얼굴에 손톱자국을 긁어가면서 치열하게 싸울 것이다. 그와 내가 여자와 남자 사이로서가 아니라 부부의 한쪽과 한쪽으로 살아가기 위해, 나는 내 가슴의 피를 흘리며 싸울 것이다. 나는 절대로 양보하지 않을 것이며 내 인생의 완성이 그의 인생을 더불어 완성시킬 것이라고, 그렇게 기고만장한 믿음을 갖기로 할 것이다. 어차피 쓸모없을 수밖에 없는, 이 부부라는 관계에 조금이라도 그럴듯한 의미를 갖기 위하여 말이다. 아아, 어차피 산다는 건 그런 게 아닌가 말이다.

—김인숙 「칼날과 사랑」(1993)

오늘 아침 새로 생긴 흠집을 알게 되면 아내는 또 한 번 짧은 비명을 지를 것이었다. 어쩌면 이미 본 것인지도 모른다. 아내는 이제 흠집에조차 아무런 충격도 받지 않을 만큼 지쳐 있을지도 몰랐다. 그는 아내를 보았다. 작은 정차 때문에 그녀는 이미 깨어 있었다. 그렇지 않더라도 추위 때문에 더 이상은 잠들 수가 없을 것이다. 아내의 움츠린 몸을 바라보는 일은 괴로웠다. (중략) 그는 담요 밑으로 손을 넣어 더듬더듬 아내의 발을 찾았다. 얼음을 만지는 듯한 치기운 감촉이 그의 손에 와 닿았고 그는 아내의 발을 문지르기 시작했다. 아내의 발을, 얼음처럼 차가운 발을 녹여 주면서 그는 물끄러미 아내의 얼굴을 본다. 아내도 꺼칠하기 그지없는 남편의 얼굴을 본다.

—양귀자 「멀고 아름다운 동네」(1994)

순간, 그녀는 몸을 가누지 못하고 휘우뚱거린다. 통로를 지나는 이의 어깨가 세계 부딪쳐왔기 때문이다. 그녀는 통로 한켠으로 무르춤하니 밀려서서 그의 뒷모습을 한참 쳐다본다. 가죽 잠바주머니에 손을 넣고 어깨를 잔뜩 움츠린 채 걸음을 재촉하는 그가 그녀에게는 차라리 다정스럽다. 그가 갑자기 돌아서서 그녀를 보고 웃으면 좋을 것이다. 물론 그런 경우의 그는, 그녀와 흉허물이 없는 친숙한 상대일 터이다. 그에게는 인사조의 미소도 지을 필요가 없다. 정말 놀랐다는 표정으로 눈을 흘기고는 그의 등짝이라도 한차례 철썩 때린다. 다음으로는… 그에게 잠깐만 자신의 머리를 기대고 눈을 감을 수 있다면, 하고 그녀는 생각한다. 그러나 그것은 공상일 뿐이다. 그녀에게는 그럴 만한 상대가 없다. 그녀는 이제껏 살아오면서 자신에게 격의 없이 장난을 걸어올 만한, 자신의 머리통을 잠시나마 마음놓고 기댈 만한 남자를 만들어놓지 못했다. 남편뿐이었다. 그리고 그는 죽었다.

─ 윤영수 「여인입상」(1994)

　　지금 조박사를 좋아하는 마음에는 그게 없었다. 연애 감정은 젊었을 때와 조금도 다르지 않은데 비해 정욕이 비어 있었다. 정서로 충족되는 연애는 겉멋에 불과했다. (중략) 내복을 갈아입을 때마다 드러날 기름기 없이 처진 속살과 거기서 우수수 떨굴 비듬, 태산 준령을 넘는 것처럼 버겁고 자지러지는 코골음, 아무 데나 함부로 터는 담뱃재, 카악 기를 쓰듯이 목을 빼고 끌어올린 진한 가래, 일부러 엉덩이를 들고 뀌는 줄방귀, 제아무리 거드름을 피워봤댔자 위액 냄새만 나는 트림, 네 입밖에 모르는 게걸스러운 식욕, 의처증과 건망증이 범벅이 된 끝없는 잔소리, 백 살도 넘어 살 것 같은 인색함, 그런 것들이 너무도 빤히 보였다. 그런 것들을 아무렇지도 않게 견딘다는 것은 사랑만 있다고 되는 것은 아니다. 적어도 같이 아이를 만들고, 낳고, 기르는 그 짐승스러운 시간을 같이한 사이가 아니면 안 되리라. 겉멋에 비해 정욕이 얼마나 아름다운 것인지 이제야 알 것 같았다.

─ 박완서 「마른 꽃」(1995)

　　우짜믄, 그래 야속할 수가…사별한 지 삼십여 년 만에 처음으로 꿈에 나타나 단 한마디 말도 남기지 않고 그저 보일락 말락 한 웃음을 머금은 얼굴만 보여주고는 소리 없이 사라져간 남편을 붙잡으려고 허위적대다 잠에서 깨어난 응촌댁은 꿈속에서 뇌었던 말을 자신도 모르게 다시 한 번 중얼거렸다. (중략) 그런데 그 호수의 밑바닥에는 삭지 않은 남편의 못 하나만은 남겨져 있었던 터였다. 그 못을 본다 하여 새삼스레 울분이 치밀어 오르거나 몸이 떨리지는 않았다. 다만 지금의 나날들을 편하게는 여기면서도 오늘의 내가 남편 때문에 있게 되었다 하는 원망을 떨쳐버릴 수는 없던 거였다. 그랬는데 꿈속의 응촌댁은 남편으로부터 무슨 말인가를 간절히 듣고 싶어 하질 않았던가. 꿈속의 남편과 조금이라도 더 오래 있고 싶어 했던 자신의 마음을 응촌댁은 지금도 뚜렷이 느끼고 있었다.

─ 김향숙 「부르는 소리」(1996)

　　결혼생활이란 이런 여행 같은 걸 거예요. 차를 타도 밤길을 달리기도 하고 안개나 진눈깨비를 맞기도 하고, 이렇게 차를 비탈 아래로 처박기도 하고… 문제는 차창 밖의 사물들에만 정신을 팔아 정작 옆좌석에 동승한 사람에게는 소홀해질 수도 있다는 걸 거예요. 차를 버리고 걷게 되어야 비로소 곁에 있는 사람에 대해 진지하게 생각하게 되는……

당신, 요즈음도 양말을 도르르 말리게 벗어두나요? 바지를 입을 때는 왼쪽 다리부터 꿰고, 면도 후 로션을 바를 때는 늘 턱 밑만 바르고, 아직도 정체되는 신호 대기에 서 있을 때면 검지손가락으로 콧구멍을 후비는 버릇이 있나요? 당신도 알고 있었어요? 당신에게 그런 버릇들이 있다는 거. 이제야 뭐, 그런 사소한 것을 기억하는 게 관심이고 사랑이라고 주장하고 싶은 마음은 없지만, 그래도 말하고 싶었어요. 당신에 대해, 다른 사람은 알지 못하는 것, 나만이 알고 있는 사실들에 대해서요. 그러고 보면 우리 참 많이 살았죠? 참 많이 살았는데, 돌이켜보면 뭉텅 잘려나간 것 같아요. 그 시간 동안, 대체 무슨 일이 있었던 거죠?

—김형경 「민둥산에서의 하룻밤」(1999)

통증과 고통은 같지 않다. 진통제의 유효 시간이 끝나갈 때쯤 드러나기 시작하는 아픈 기관들의 호소에 나는 다른 사람들이 놀라는 저항력을 보여온 편이다. 통증과는 달리 고통에는 마땅한 진통제가 없다. 구체적으로 통증의 책임을 되돌릴 마땅한 기관이 없다. 심장으로 고통을 느낀다고 말하지만 어떤 고통은 지금처럼 거의 온몸으로 다가온다. 미약하게 시작되어 정상으로 치닫고 잠시 잠잠해지다가 그 곡선은 다시 시작된다. 떠나기 전에 보여준 남편의 얼굴 표정, 차가운 촉감으로 각인된 남편의 손의 감각에 의식이 다다르면 고통의 곡선은 최고조에 달한다. 나는 남편을 사랑하고 있는 것이다. 그것이 어쩔 수 없이 우리가 나눈 마지막 미소이자 마지막 접촉이 될 것을 나는 안타까워하고 있는 것이다.

—최윤 「밀랍 호숫가로의 여행」(2005)

그날 밤, 그들 부부는 여느 때처럼 각각 다른 방으로 들어갔지만 쉽사리 잠들지 못했다. 그는 뒤척이며 온갖 상상에 시달렸으며 그의 아내는 그를 생각하느라 뒤척였다. 어째서 이런 일이 생겼을까. 진지하고 조용했지만 말(馬)처럼 건강한 사람이었는데… 스트레스 같은 건 남김없이 정화시키는, 탁월한 능력을 지닌 사람이었는데… 그녀는 이불을 걷어내고 가늠이 서지 않은 채 다만 두렵고 무서울 뿐이었다. 그녀는 벽을 쳐다보며 어둠 속에서 오래 앉아 있었다.

—서하진 「모두들 어디로 가는 것일까」(2007)

모르겠다. 내가 왜 이 이불을 태워 없애버리지 못하는지. 그를 묻듯 땅속에 묻어버리지 못하는지. 그가 살아 있었을 때에는 단 한 번이라도 찾아와 주리라는 기대를 접지 못해서였으나, 집착이었으나….

그러나 그가 가고도 한참이나 지난 지금까지도 이것을 없애지 못하는 연유는 무엇인가. 망상인가, 망령된 고집인가. 어찌하여 이 참혹한 그리움은 세월을 이기는가. 어찌하여 나는 생과 사를 분별하지 못하는가.

나는 보리이삭처럼 꺼슬거슬한 손바닥으로 비단 이부자락을 쓸어내린다. 내 고운 청춘과 정결했던 일생을 함께 어루만진다. 나는 기억하고 있다. 죽음의 날이 더 가까운 이 날이 되도록 끝끝내 버리지 못한 유일한 기억.

…그의 손길은 명주솜처럼 부드러웠고, 그의 품에서 나는 붉은 꽃인 양 타올랐었다.

－정길연「울산엄마」(2007)

영감, 젊어서는 보고 자파도 곁에 없등만 늙웅게 인자 제우 내 차지가 돼요이. 잘 왔소. 안 잊아불고 내 곁으로 찾아들어 고맙소이. 내일랑도 잊지 말고 내 곁으로 오씨요. 다 잊아부러도 내 곁에, 여그 이녘 자리 있웅게, 고것만은 야무지게 새겨뒀다가 따박따박 찾아오씨요. 이리 오씨요예. 요기 봄벹 밑으로. 인자 서산으로 해가 기울어 봅빛이 요만치배끼 안 남아제만 그러먼 워떻소. 우리 둘이 해바라기 할만은 허그만이라. (중략) 영감, 그 좋아하던 소주도 인자 싫소? 제우 한잔 묵고 마다요? 차라리 잘됐소. 맛난 것도 잊아불고, 좋던 것도 잊아불고, 그립던 것도 다 잊아불고, 올 때맹키 홀가분히 가씨요. 징헌 기억일랑 쩌 아지랑이맹키 날레불고 말이어라. 영감, 보이요? 민들레 꽃씨가 날리그만이라. 모르제라. 우리맨치 징헌 세월을 산 워떤 영감의 징헌 기억이 꽃가루로 날리가도 말이어라. 자요, 영감? 그리 자고 또 자요? 거그는 워떻소? 꿈도 없이 다디단 이녘의 잠 속은 워떤게라? 나도 잠 델꼬 가씨요. 나도 이녘이랑 한날 한시에 갈라요.

－정지아『세월』(2007)

집으로 돌아오는 길, 희숙의 남편은 조금 부끄러웠다. 아내에게 따뜻한 위로를 건네지 못했다는 사실을 뒤늦게 깨달은 탓이었다. 이제 쉰넷, 죽기에는 너무 이른 나이가 아닌가. 그는 억울하고 분했다. 아내는 건강하고 부지런한 사람이었으며 그가 아는 누구보다 성실했다. 꿈에서라도, 단 한 차례도 아내가 자신보다 먼저 죽을 것이라는 생각 따위는 해보지 않았으므로 그는 당황하고 화가 났으며 아내 앞에서 멍청한 얼굴을 보인 자신이 부끄럽기 짝이 없었다. 당연하게도 그는 아내의 발병이 어쩌면 자신으로 인한 것일지도 모른다는 죄책감에 빠져들었다. 특별히 아내를 괴롭히는 남편이라 생각한 적은 없었지만 그 또한 모를 일이었다. 아내는 불만을 드러내고 잔소리를 하는 타입이 아니었다.

－서하진「슬픔이 자라면 무엇이 될까」(2008)

더불어 살면서도
아닌 것같이
외따로 살면서도
더불음같이
그렇게 사는 것이 가능할까?

간격을 지키면서
외롭지 않게
외롭지 않으면서
방해받지 않고,
그렇게 사는 것이 아름답지 않은가? ……

두 개의 대나무가 묶이어 있다
서로간에 기댐이 없기에
이음과 이음 사이엔
투명한 빈 자리가 생기지
그 빈 자리에서만
불멸의 금빛 음악이 태어난다

그 음악이 없다면
결혼이란 악천후,
영원한 원생동물들처럼
시로 돌기를 뻗쳐
자기의 근심으로 서로 목을 조르는 것

—김승희 「만파식적—남편에게」(1983)

아버지도 아니고 오빠도 아닌
아버지와 오빠 사이의 촌수쯤 되는 남자
내게 잠 못 이루는 연애가 생기면
제일 먼저 의논하고 물어보고 싶다가도
아차, 다 되어도 이것만은 안 되지 하고
돌아누워 버리는
세상에서 제일 가깝고 제일 먼 남자
이 무슨 원수인가 싶을 때도 있지만

지구를 다 돌아다녀도
내가 낳은 새끼들을 제일로 사랑하는 남자는
이 남자일 것 같아
다시금 오늘도 저녁을 짓는다

-문정희 「남편」(2004)

남편은 내가 끌고 다니는 커다란 가방 안에
무엇이 들어 있나 궁금해서 결혼했고
나는 남편이 내가 지고 다니는 커다란 가방을
받아주는구나 착각해서 결혼했고
결혼하고 나서도 나는 여전히 좀 더
커다란 가방만을 원했고
남편은 내가 온갖 잡동사니 쑤셔 넣고 다닐까
더 커다란 가방을 못 사게 하고
툭하면 좀 더 커다란 가방 때문에 다투면서도
나는 남편에게 더 커다란 가방이 왜
필요한지 이해시키지 못했다는 알량한
자존심 때문에 헤어지지 못하고
남편은 내가 자기랑 헤어지고 더 커다란 가방을
끌고 다닐 꼴을 못 봐서 헤어지지 못하고
오나가나 그놈의 커다란 가방 때문에
만난 우리는 그놈의 커다란 가방 때문에
헤어지지도 못하고

-성미정 「그놈의 커다란 가방 때문에」(2003)

유일한 재미라야 가끔 맥주를 마시는 것과
재미라곤 약에 쓸려고 해도 없는 남편을
골려주는 재미로 사는 35살의 가정주부 성모 씨가
어느 날 띠포리라는 멸치 비슷한 말린 생선을
만난 후 다양한 재미에 빠져드는데
(중략)
어느 적막한 밤 성모 씨가 남편에게 묻기를
여보 띠포리가 떨어지면 전 무슨 재미로 살죠
남편 배모 씨는 너무나 비장한 아내의 질문에

화들짝 놀라 혹시 띠포리가 떨어지면
아내가 자살할까 봐 내심 걱정이 되길래
띠포리가 떨어지기 전에 미리미리 사서 채워놓으리라
성모 씨에게 다짐을 하고
그날 이후 35살의 주부 성모 씨의 인생엔
근심 걱정이 없다는데 세상이 아무리 지루해도
띠포리가 있고 띠포리를 사주겠다는
남편이 있으니 더 이상의 행복은 욕심이라며
자신을 타일러가며 띠포리를 손질한다는데.

　　　　　　　－성미정, 「여보, 띠포리가 떨어지면 전 무슨 재미로 살죠」(2003)

굴참나무 열매 몇 되 얻으려고
언덕 길 오르다 늙은 남편이
깊은 숨 몰아 쉬며 업어달라 조른다
열매 가득한 나무끝을 보다
자식농사 풍성하던 그날을 기억해낸
늙은 아내가 마지못해 업는다
나무열매보다 몇 알이나 더 작아져선
나, 생각보다 가볍지? 한다
그럼, 가볍지
머리는 비었지 허파에 바람 들어갔지 양심은 없지
그러니 가벼울 수 밖에
두 눈이 바람 잘 날 없는 가지처럼 더 흔들려 보였다

농담이 나무그늘보다 더더 깊고 서늘했다

　　　　　　　－천양희 「오래된 농담」(2011)

5

형제·자매

형제와 자매는 비슷한 연령대로 동일한 세대를 살아가며 같이 성장함으로써 부모보다 더 지속적이고 깊은 유대관계를 형성한다. 손아래 형제를 일컫는 '동생(同生)'은 본래 '한배에서 태어난' 또는 '한배에서 태어난 사람들'을 뜻했다. 자매는 같은 계통에 속하여 밀접한 관계에 있거나 서로 친선 관계에 있음을 이르는 비유적 표현으로도 쓰인다. 자매가 친선 관계를 일컫는 비유어임에서도 알 수 있듯이, 여성들에게 자매는 혈연 이상의 의미를 갖는다. 가장 친한 친구이자 자신의 분신과도 같은 존재이며 또한 유사 모녀이기도 하다. 본래 가족칭으로서 동성의 손위 형제를 일컫는 말인 '언니'가 남남끼리에서도 자기보다 나이가 위인 여자를 정답게 부르는 말로 널리 사용되는 정황 역시 자매의 친선적 관계를 드러낸다. 자매는 동일시 혹은 차별의 상호관계 속에서 자아개념을 형성하고 성장해 간다.

　고전문학에서 형제는 여성이 혼인과 동시에 헤어지는 존재들이다. 규방가사에서는 혼인으로 인해 헤어지는 형제에 대한 안타까움과 성장시절에 쌓아온 정의 돈독함을 토로한다. 혼인 후 고향에 대한 향수를 표출할 때, 고향에 대한 기억 속에는 형제동기에 대한 그리움이 중첩된다. 한편 누나는 진퇴양란의 곤경에 처하거나 집안의 큰일을 결정해야 할 때 가장 적절한 조언을 해주는 든든한 존재이다. 엄격한 가장에게도 조언을 할 수 있을 정도의 지혜와 덕망을 지닌 사람이 누나이다.

　현대문학에서 자매는 같은 부모에서 태어났으나 성격도 취향도 상이하고 서로 다른 인생을 살아가는, 대조적이고 대립적인 인물 유형으로 그려진다. 그러나 이질적인 각자의 삶에 존재하는 상처와 고통이 유사한 맥락 안에 있음을 깨닫고 서로 이해하고 보듬게 된다. 언니와 동생의 대립하는 가치관과 인생 목표는 여성이 처한 다면적 곤경을 일컫는 구도이며, 이들이 상이하면서도 동일하게 경험하는 상처와 회의는 여성적 연대의 자매애를 구현한다. 여성시에서 자매는 성장통을 함께 겪은 동반적 존재이며 가족사 안에서 겪은 상처와 치부를 함께 치유하는 공동체가 된다. 언니들은 주로 온화한 어머니이면서 엄한 스승의 모습으로 주로 등장해왔지만 이는 점차 여성적 연대 혹은 자매애(sister-hood)로 확대되어 모든 여성을 동지적으로 일컫는 은유가 된다.

　오빠는 여동생에게 부권대리인으로서 어려움에 처한 여동생을 보호하고 도와주는 존재인 한편, 남성중심적 이데올로기를 수행하는 가부장이기도 하다. 오빠의 이러한 이중성은 고전문학에서부터 현대문학까지 지속되는데 특히 현대문학에서는 한 시대의 이상화된 이데올로기를 수행하는, 가해자이면서 동시에 피해자인 오빠의 양상이 강조된다.

　부모의 불화 혹은 결별이라는 상처의 지점에 놓여 있는 이복형제라는 소재는 특히 현대소설에서 자주 등장한다. 언니, 오빠, 동생으로 호명되거나 호명하는 선택과 결단의 순간이 있는 이복형제의 서사는, 가족이 비의지적인 필연성으로 묶이는 것이 아니라 의지적 선택으로 구성되는 것임을 역설한다. 가족의 구성이 물질적인 혈연이 아니라 정서적인 이해와 존중에 있음을 드러낸다.

5.1. 형제·자매 항렬 어휘의 의미와 변천

형, 아우

'형'은 15세기 당시에 '형'으로 표기되었다. 이런 표기 방식은 15세기 후반기에 사라진 뒤 '형'으로 나타난다. '형님'은 명사 '형(兄)'에 높임의 뜻을 더하는 접미사 '-님'이 결합한 것인데 20세기 초까지 보이던 '셩님, 성님'은 '형'이 구개음화를 입은 음상이 반영된 것이다. 'ㅎ'이 'ㅣ'계 모음 앞에 올 때 'ㅅ'으로 변화하는 현상이 19세기에 방언형에서 나타나는데(힘〉심[力], 형〉성[兄]), '성님'은 '형'이 구개음화를 겪은 형태인 '성'에 '-님'이 결합한 것이다. 20세기 문헌에서 '성님'은 주로 대화 장면에서 나타난다.

'아우'의 15세기 형태는 '아ᅀᆞ'였다. 그런데 이 '아ᅀᆞ'는 자음과 휴지(休止) 앞에서는 '아ᅀᆞ'로 나타나지만 모음 앞에서는 '앗ᇀ'으로 곡용(앗이, 앗익, 앗ᄋᆞᆯ)하였다. '아ᅀᆞ'는 'ㅿ'이 소실되면서 '아ᅌᅡ' 형태로 나타났는데 이 '아ᅌᅡ'에 주격조사 '-이'나 서술격조사 '-이다'가 결합된 '아이'라는 어형이 19세기까지 나타난다.

방언형에 따라 '앗'의 형태가 나타나는데 '앗'은 '앗'의 고형이라고 할 수 있다. 15세기 'ㅿ'을 가진 단어들이 방언형에서 'ㅅ'으로 나타난다는 사실은 'ㅿ'의 기원이 'ㅅ'이었음을 보여주는 것이라고 볼 수 있다. (무ᅀᅮ-무수, 프ᅀᅥ리-프서리, 몸ᅀᅩ-몸소, 새ᅀᅡᆷ-새삼 등) 그런데 '앗'에 주격조사 '-이'나 서술격조사 '-이다'가 결합한 경우에 '아시' 형태로 나타나지 않고 '앗이'가 나타난다. '아ᅀᆞ'는 'ㅿ'의 소실과 'ㆍ'가 비어두 음절에서의 'ㅡ'로 바뀌면서 17세기에 '아으'의 형태로 변화한다. '아우'의 형태가 처음 보이는 것은 18세기인데, '아으'가 '아우'로 변화한 것은 형태소 구조 제약에 의한 것으로 본다. 원래 '아우'는 일가친척에서 손아랫사람을 통칭하는 의미(少, 小, 次)를 가지고 있었는데 20세기 후반에 들어서서 남자 손아랫사람을 지칭하는 의미로 용법이 제한되었다.

언니

'언니'는 본래 동성의 손위 형제를 일컫는 가족 칭으로 주로 여자 형제 사이에서 손위의 여자나 오빠의 아내를 가리키는 말이다. 그러나 현대국어에서는 남남끼리에서도 자기보다 나이가 위인 여자를 정답게 부르는 말로 널리 사용된다. 1895년 우리말을 표제어로 하여 편찬한 최초의 국어사전인『국한회어(國漢會語)』에도 '언니'라는 어휘는 나와 있지 않았으나 20세기에 들어와서 편찬된『조선어사전』(1938)과『큰사전』(1957)에 비로소 '언니'라는 말이 등재된다. 이렇듯 언니는 20세기에 들어와서 생긴 신생 호칭어이나 그 쓰임이 확대되어 현재 나이 든 여성뿐만이 아니라 중년의 남성들조차 젊은 여성을 호칭할 때 빈번하게 사용하고 있다.

상점에서 여성 종업원이 젊은 여성 손님을 호칭할 경우 이 호칭어는 필수적으로 요구된다. 역으로 손님이 젊은 여성 종업원을 호칭할 경우에도 '아가씨'보다는 이 호칭을 선호한다. 호칭어 아가씨와의 쓰임과 관련하여 손님이 젊은 여성일 경우 여성 종업원을 아가씨라고 호칭하는 것은 종업원을 무시하는 듯한 태도로 여겨지며, 나이 든 남성이 젊은 여성을 아가씨라고 호칭하는 것 또한 상대방 입장에서 유쾌한 것이 못된다. 그러므로 아가씨라는 호칭어의 의미 하락이 언니의 쓰임이 확대되는 원인으로 작용한다고 볼 수 있다.

언니가 '성−선호적'인 아가씨를 대신하고 있으나 그렇다고 여성에 대한 존칭적 쓰임을 확대해 나가고 있지는 않다. 언니가 아가씨에 비하여 상대적으로 적용 영역이 넓은 것은 맞지만, 가족칭으로서의 언니는 아줌마와 같이 의미 적용 영역을 확대해 가면서 의미의 일반화와 더불어 의미 하락의 단계로 넘어가고 있다. 그것은 언니라고 호칭되는 대상은 호칭하는 사람과의 관계에 있어서 사회적 위계가 설정되고 있기 때문이다. 언니를 호칭하는 나이든 여성 화자와 남성 화자가 증가하고 있는데 그들은 본래 아가씨라고 호칭해야 할 대상을 언니로 대체하여 부르고 있다. 이것은 오히려 언니를 아가씨의 지위로 의미를 하락시키는 역할을 한다. 역으로 나이든 여성 화자들은 젊은 남성을 '오빠'라고 부르는 경우는 흔치 않으며, 나이든 남성 화자들도 절대 이렇게 호칭하지 않는다. 오빠는 언니의 쓰임에 비하여 의미의 적용 영역이 넓지 않음을 확연히 알 수 있으며, 따라서 의미 하락의 정도도 크지 않다.

누나 '누나'라는 단어는 옛 문헌에 나오지 않다가 19세기 말『한영자전』(1897)에 처음 등장한다. 그 이전에는 누나와 동일한 의미의 '누의>누이, 누의님>누이님>누님' 등이 있었다. 중세국어에서는 '누의'와 '누의님'만이 보이는데 '누의'는 평칭으로 호칭과 지칭의 기능을 모두 가지고 있었으며, '누의'에 존칭 접미사 '-님'이 결합된 '누의님'이 있었다. '누의님'도 '누의'와 마찬가지로 호칭과 지칭의 기능을 모두 가지고 있었던 것으로 짐작된다. 이것은 평칭에 대하여 지칭과 호칭이라는 기능을 달리하던 다른 친족 부류의 어휘 체계와는 다른 것이다. 예를 들어, '부(父)'의 경우는 평칭 호칭의 '아바'와 지칭의 '아비'를 따로 두고 있으며, '남형제(男兄弟)'의 경우는 평칭 호칭의 '오라바'와 지칭의 '오라비'를 따로 두고 있는데 '여형제(女兄弟)'의 경우는 평칭에 '누의' 한 단어만 배정하고 있는 것이다.

『조선어사전』(1938)에서 '누니'라는 단어가 등장하였는데 '누니'는 존칭형 '누님'에서 말음 'ㅁ'이 탈락한 어형으로 본다면 이 '누니'에 호격조사 '아'가 결합된 '누니아'가 줄어든 어형이 바로 '누나'로 볼 수 있다. '아바님'이 '아바니', '어마님'이 '어마니'로 변하듯이, '누님'도 '누니'로 변할 수 있다고 보는 것이다. 지금 '누나'는 손위 여자 동기에게만 적용되고 있지만, 중세국어의 '누의'나 '누의님'은 처음에는 나이에 관계없이 여자 동기(同氣) 모두에게 적용되었을 가능성이 있다. 실제 20세기 전반기에 출간된 현진건의 『지새는 안개』에서 손아래 여자 동기에 적용된 '누나'가 확인된다. 이는 마치 '남형제(男兄弟)' 쪽의 대응어 '오빠'가 손아래 사람에게도 적용되던 현상과 같은 것이다. 지금은 손위 여자 동기에게만 적용되므로 의미 적용 범위가 축소된 것으로 설명된다. 손아래 사람에 대한 예법이 퇴색하면서 손아래 동기를 부르거나 지시하는 친족 어휘의 용법이 사라진 것이다.

동생, 남매(오누이), 자매　　'동생'은 '같은 부모에게서 태어난 사이거나 일가친척 가운데 손아랫사람을 이르는 말'이다. 그런데 동생의 본래 의미는 이와는 아주 다르다. 후기중세국어에서 '동생'은 '동싱'으로 나오는데 이는 한자어 '同生'이다. '동싱'은 한자 뜻 그대로 '함께 태어난'이라는 관형사적 의미를 띤다. 예를 들면 '동싱아ᅀ'는 '한배에서 태어난 아우' 즉 '친아우'로 해석된다. 16세기의 '동싱'은 '한배에서 태어난'이라는 관형사적 의미 이외에 '한배에서 태어난 사람들', 즉 '동기(同氣)'라는 명사적 의미도 아울러 가지고 있었다. 명사적 의미를 갖게 되면서 '동싱'은 비로소 친족 어휘

체계로 들어오게 된다. 그러나 아직 지금과 같은 '제(弟)'의 의미는 지니지 못하였다.

19세기에 오면 '동싱〉동생'에 큰 의미 변화가 목격된다. 동기(同氣)라는 총칭적 의미에서 "동기 중 손아랫사람"이라는 의미로 의미 적용 범위가 축소되었다. 이렇게 하여 '동싱〉동생'이 '弟'의 의미 범주로 들어오게 되었으며 동성(同性)은 물론 이성(異性) 사이에도 적용되었다.

동기(同氣)라는 의미에서 '동기 중 손아랫사람'으로의 의미 변화는 유의 충돌 회피하기 위해 일어나 의미 범위의 축소 현상이라고 할 수 있다. '동싱〉동생'의 유의 경쟁어는 '동긔〉동기(同氣)'라고 할 수 있는데 '동싱'이 동기(同氣)에서 '제(弟)', 그것도 남녀를 포함하는 '손아래 동기'로 의미 영역이 축소된 이유를 명확히 설명하기는 어렵다. 다만 '동싱'이 '동긔'와의 유의 경쟁에서 불리하여 의미를 변화시킨 이유로 본래 '한배에서 태어난'이라고 하는 쓰임에서 '한배에서 태어난 사람들'이라고 하는 의미로 쓰이면서 그 의미 안정도가 떨어졌기 때문이라고 추측한다. 이렇게 보면 '동싱〉동생'은 '한배에서 태어난〉한배에서 태어난 사람들(즉 '동기')〉동기 중 손아랫사람'으로 의미 영역이 축소되어 왔음을 알 수 있다.

오라비와 누이를 아울러 이르는 말로 '남매(男妹)', 혹은 '오누이'라고 한다. '오누이'의 15세기 형태는 '오누의'이다. '오누의'는 '오라비'와 '누의'가 결합하여 이루어진 단어이다. '누이'는 15세기에 '누의'였다. (妹는 누의라 『월인석보(月印釋譜)』 21(1459)) '오누의'는 19세기까지 그 형태를 유지한다. 현대어와 같이 제3음절이 단모음화된 '오누이' 형태는 문헌상에 나타나지 않는데 이는 문헌 자료의 한계 때문으로 생각된다. 그런데 19세기에 '오뉘' 형태가 나타나는데, 이는 '오누이'의 축약형으로 볼 수 있다. '오뉘' 형태가 나타난다는 것은 '오누의'가 '오누이'로 변화했거나, 실제로는 '오누이'로 발음되었다는 것을 의미한다. 18세기에 '오누이'의 한자어인 '남미(男妹)'가 등장하여, 이후 '오누의'와 함께 나타나다가 20세기 자료에서는 '남매'만 나타난다. 한자어가 고유어를 제치고 세력을 확장한 것으로 볼 수 있다.

'자매'는 여자끼리의 동기인 언니와 아우 사이를 이른다. 이에서 확장된 의미로는 같은 계통에 속하여 밀접한 관계에 있거나 서로 친선 관계에 있음을 이르는 비유적 표현으로도 쓰인다. 중세와 근대 초기에 손위를 일컫는 '몯누의'와 손아래를 일컫는 '아ᄉ누의'의 형태가 등장하며, '형제'와 대가 되는 의미로 '자매'가 쓰이고 있음을 다음의 예문을 통해 알 수 있다.

> 父母를 일커나 兄弟姉妹를 일커나:姉ᄂ 몬누의오 妹ᄂ 아ᄉ누의라 (『월인석보(月印釋譜)』 21(1459))
>
> 兄弟 姉妹와 녀나믄 親을 ᄌ란 後에 다 몰라 (『월인석보(月印釋譜)』 21(1459))
>
> 형뎨와 ᄌ미:兄弟姉妹 (『경민편언해(警民編諺解)』(1519))
>
> 兄弟며 姉妹며 믿 兄弟의 子를 爲 ᄒ며 (『가례언해(家禮諺解)』 6(1632))

시누이, 올케, 아가씨

'시누이'는 남편의 누이를 일컫는 친족호칭이다. 한자어로 소고(小姑) 혹은 숙매(叔妹)라고 하며, 남편의 누나는 '큰시누이', 남편의 여동생은 '작은시누이' 등으로 불린다. 시(媤)는 '시집, 시가'를 뜻하는 접두사이며, 누이는 순수한 우리말이다. 줄임말로는 '시누, 시뉘'라 한다. 한편, 시누이쪽에서는 오빠나 남동생의 아내를 일컬어 '올케'라고 한다. 오빠의 아내이면 '큰올케', 남동생의 아내이면 '작은올케'라 이른다. 정중하게는 '오라범댁', 낮추어서는 '오라빗댁'으로 일컫기도 한다.

'올케'는 20세기 문헌에 처음 나타나는데 올케의 기원에 대해서는 '오빠나 남동생의 아내'를 이르는 말이라는 것에 유추되어 '오라비+겨집'의 합성으로 이루어진 말이라는 견해가 있다. 17세기 문헌에서는 '오라븨계집'이 등장하는데 (대뎐 유모의 오라븨계집이 녀옥 죻이러니 유뫼 어엿비 너겨 ᄆ양 드려다가 보고, 『서궁일록(西宮逸錄)』(17세기경)), '오라븨계집'이 어떤 음운 변화 과정을 거쳐 '올케'가 되었는지는 명확히 설명할 수 없지만, 의미상 올케가 '오라비 겨집' 형태와 관련이 있음을 짐작케 한다.

'시누이올케(시뉘올케)'는 시누이와 올케의 사이를 의미하는데 사설시조나 규방가사에서 시누이올케의 관계에 대한 언급이 자주 등장한다. 사설시조의 화자인 며느리는 시부모, 남편 외에도 시집의 시누이에 대해 감정이 좋지 못하며 올케는 며느리 일에 간섭하며 이간질이나 하는 존재로 그려진다. 다음의 사설시조에서 며느리는 오히려 시아버님과 시어머님, 남편보다도 나이 어린 시누이에 대한 적대감을 표현히고 있으며 '잠시도 옆을 떠나지 않고 흉이나 뜯어내고 말이나 물어내는 원수' 같다고 하고 있다.

"범갓탄 시아버님 쳐다보기 슝스럽고, 羚새갓탄 시어머님 아무 작죄(作罪) 업근마는 무관(無關)이 한숨 소慊 머리納치 절노 棋鑑. 軆면(體面)업난 연소낭군(年少郞君) 눈마치면 웃자하고, 원슈(怨讐)갓탄 어린시누 徙불이쳔(暫不離遷) 무산 일고, 이모져모 恬더보고 말 젼하기 이력난鑑"

시집살이를 노래한 민요에도 시누이는 자주 등장하는데 '시누이는 종달새의 넋이다, 요망하다 이 시누야, 시큼시큼 시누님네, 부엌에 가면 시누이원수, 졸락 같은 시누이년, 여우 같은 시누이잡년, 고추 당추 맵다한들 시누애기 성적같이 매울손가, 미구(尾口) 같은 시누애씨' 등과 같이 그 감정을 토로하고 있다.

'아가씨'는 현대국어에서 시집갈 나이의 처녀를 이르는 말, 혹은 손아래 시누이를 이르는 말이라고 되어 있고, 조선말 대사전에서는 젊은 색시를 '높여' 이르거나, '대접'하여 부르는 말이라고 되어 있다. '아가씨'가 본래 미혼의 양반집 딸을 높여 이르던 '아기씨', 혹은 '아씨'의 형태로부터 유래했으며, 친족 호칭으로 올케가 손아래 시누이에게 쓰던 존칭적 성격의 호칭이었다는 사실이 언어 변화에 보수적인 북한말에 남아 있다.

중세국어에서 나타나는 '아기씨'는 '아기+-씨'로 분석된다. "益利門 알픽 올씨 아기씨 오시ᄂᆞᆫ 들 아노이다"(『월인석보(月印釋譜)』 23(1459)) 등과 같이 높은 지위에 있는 사람의 어린 딸을 지칭하였음을 알 수 있다. 이는 근대국어 시기에는 '아기씨, 아기시, 익기씨, 악씨, 악시, 아씨' 등으로 나타나며("ᄒ마 두 히도록 어마님과 아기시 싱ᄉᆞ를 아디 못ᄒ오셔"(『서궁일록』(17세기경)) '아가씨'의 형태는 확인되지 않다가, 20세기 초에 들어서 '아가씨, 아씨, 악씨, 악시' 등의 형태가 나타난다. 이 시기에 '아가씨'라는 호칭은 지금의 조선말 대사전의 정의처럼 젊은 여성을 대우하는 호칭으로 쓰였음을 알 수 있다.(어엿븐 아가씨가 선싱을 차자오셧는데(이광수 『무정』(1918))

이렇듯 미혼의 양반집 딸을 부르던 '아가씨'는 시집갈 나이의 처녀를 '높여' 혹은 '대접하여' 부르는 말이었고 가족칭으로 사용되었으나, 현재는 일부 가족칭의 쓰임을 제외하고는 젊은 여성들에 대한 존대의 의미가 사라진 중립적 부정칭(不定稱)으로 사용되고 있다. 한편, '아가씨'는 현대에서 사회적으로 존대받지 못하는 여성들을 부르는 호칭어로 존재하고 있음을 알 수 있다.

화랑에서 커피 나르는 아가씨들까지 큐레이터라는 명함을 가지고 다닐 만큼
아직 정확한 개념이 세워져 있지
규혁은 점원 아가씨가 깨진 잔을 치우는 것을 바라보았다. 너무도 쉽게 잊었다
고 말하는 그녀가
훤히 드러나는 블라우스를 입은 서연을 보면, 그건 가슴이 받쳐주는 룸쌀롱 아
가씨들이나 그렇게 입지.
김 서장은 또 "미성년자 윤락이 계속되면 영업중인 아가씨들의 지문을 현장에서
채취, 나이를 일일이 확인하겠다"며 확고한 단속 의지를 내보였다.

-『21세기 세종계획』

위의 말뭉치 자료들을 검토해보면 다음과 같은 사실을 확인할 수 있다. 첫
째, 아가씨는 지칭어로서 아줌마와 같이 직업을 나타낼 수 있는 사물 명사와
결합하여 '점원 아가씨, 캐디 아가씨' 등과 같이 나타나는데 사회적으로 인정받
는 직업군에는 사용되지 않고 있으며, 아가씨와 아줌마는 '결혼 여부'라는 변인
에 의해 나뉘는 여성 호칭어로 볼 수 있다는 점이다. 둘째, 아가씨는 일부 특수
한 직업군에 해당하는 젊은 여자를 이르는 말인데, 앞에 명사가 붙지 않고도
고유한 의미를 획득하게 되었다는 점인데 의미 손상을 입은 경우라고 할 수 있
다. 또한, 아가씨는 대칭되는 남성 호칭어는 현대국어에 존재하지 않는데 아가
씨만큼 그 쓰임이 활발하면서 일반적인 남성호칭어는 찾기 어렵다. 이 또한 어
휘 체계 내에 빈칸으로 남겨져 있으며, 여성과 남성 간 호칭어 체계의 불균형성
을 보여준다.

형수, 제수, 동서

'형수'는 같은 부모에게서 태어난 사이거나 일
가친척 가운데 항렬이 같은 남자들 사이에서
형의 아내를 이르는 말이다. 현대 국어에서는 남자끼리 형뻘이 되는 사람의 아
내를 정답게 이르는 말로도 쓰인다. 손위 남자형제가 손아래 남자형제의 배우
자를 호칭할 때는 '제수' 혹은 '제수씨, 아주머니, 계수(季嫂), 계수씨' 등으로 부
른다. 따라서 형수는 성분으로 볼 때 형의 혼인으로 맺어진 인척의 한 성원이
며, 호칭자는 형제자매 중에서 손아래의 남성에 국한되고 호칭 대상은 여성에
국한된다. 형수라는 친족호칭은 직접호칭이면서 간접호칭으로도 사용된다. 지
방에 따라서는 형수에 대한 직접호칭으로 형수 외에 '새아지매'(안동지방의 민속

어휘), '아주머니, 형수씨' 등이 사용되며, 간접호칭으로 '새아지매, 아주머니, 형수님, 형수씨' 등이 사용된다. 15세기 문헌, 『훈몽자회(訓蒙字會)』에 다음과 같이 나타난다.

妗 아즈미 금, 嫂 아즈미 수, 嬸 아즈미 심, 姑 아즈미 고, 姨 아즈미 이

위의 예는 '아즈미'가 '외숙모, 형수, 숙모, 고모, 이모' 등을 지칭하고 있다는 것을 보여준다. '아즈미'가 어머니 항렬의 '이모, 외숙모, 숙모, 고모'로부터 형제 항렬의 '형수(嫂)'에 이르기까지 세대를 넘어서는 통칭으로 사용되었다는 점이 특이하다. '형수'는 '아즈미'와 더불어 후기 중세국어 시기에 '묻아즈마'(『번역노걸대(飜譯老乞大)』上(16세기경)), '뭇아즘아'(『노걸대언해(老乞大諺解)』上(1675)), 17세기에 '아즈마님' 등으로 나타나다가, 18세기 이후 '형수(兄嫂)', 19세기 이후 '형수' 혹은 '형슈'의 형태로 나타난다. 이것은 '제수'의 경우에도 마찬가지여서 18세기 이전에는 '아ᄋᆞᆼ의 쳐'와 같이 서술 표현으로 나타나다가 18세기 이후 '뎨슈' 혹은 '계수' 등의 형태가 나타나기 시작하였다.

그런데 '형수' 혹은 '제수'와 같은 한자어 어휘가 나타나기 이전 '아즈마' 계열의 호칭어, '뭇아즈마, 아즈마님, 큰아즈마, 아자머니' 등이 다양하게 존재했음을 알 수 있다. 이들 중 '아자머니'를 제외하고 나머지 어휘들은 형수를 호칭할 때 사용되던 것들인데, 이 때문에 한자어 형수는 호칭어로서의 기능을 완전히 담당하지 못한 것이 아니가 추정된다. 아주머니 계열 어휘의 방언 분포를 살펴보면 형수보다는 아주머니 계열의 어휘가 우세한 것을 알 수 있다. 반면, '제수'는 근대국어 시기에 형수에 비하여 고유어 호칭어가 발달하고 있지 않았다. 그러므로 한자어 어휘인 '제수'가 등장하면서 지칭어와 호칭어적 기능을 담당하게 된 것으로 보이는데, 이것은 방언의 분포에서 형수와는 달리 제수라는 한자어 호칭어가 광범위하게 사용되는 사실로 뒷받침된다.

특히 남자형제 중에서 맏형의 배우자를 백형수(伯兄嫂)라고 간접호칭하며, 맏형 이외의 형의 배우자를 중형수(仲兄嫂)라고 간접호칭하기도 한다. 형수는 그 시동생과 혈연적 관계에 있지는 않지만 사회적 인습으로 볼 때 상당히 '만만한 사이, 친한 사이'로 인식되어 있다. 반면에 남편의 여자형제인 올케나 손위 남자형제인 시숙(媤叔)과는 '어려운 사이'라는 통념이 지배적이다.

'동서'는 시아주버니나 시동생의 아내, 그리고 처형이나 처제의 남편을 가리킨다. 두 사람 이상의 남자 사이에 있어서나 여자 사이에 있어서 그 아내나 그 남편들이 자매간이거나 형제간일 때에 맺어지는 관계를 이르거나, 그러한 관계에 있는 사람을 일컫는 친족 용어이며 '同壻'라고 표기하기도 한다. 따라서 이 말은 남자 사이에 쓰이는 경우와 여자 사이에 쓰이는 경우가 있다.

　『훈몽자회(訓蒙字會)』(1527)에 형제의 아내들이 서로를 칭하는 말인 '축리(娌娌)'를 '계집동세'라고 풀이한 것을 보아 동서라는 말은 본디 형제의 아내들 사이에는 통용되지 않았던 것이 아닌가 추측한다. 또한, 이 '동세'가 동서에서 전환된 것인지 '동시(同媤)'에서 전환된 것인지는 확실하지 않다. 동서는 다른 성(姓)의 남남이면서도 배우자들의 형제, 혹은 자매 관계에 의해 맺어진 사이다.

　　　남진 동세 : 이 連妠 (『사성통해(四聲通解)』 下(1517))
　　　스나희 동세 : 連妠 (『역어유해(譯語類解)』 上(1690))
　　　동세 : 連襟 (『동문유해(同文類解)』 上(1748))

　동서는 남자 사이에 쓰이는 경우 아내의 자매관계를 전제한 것이고, 여자 사이에 쓰이는 경우는 남편의 형제관계를 전제한다. 그렇기 때문에 동서가 여럿인 경우 가족 내에서 그 서열이 존재하며, 형제나 자매의 나이를 좇아 손위와 손아래를 따지게 된다. 동서(同壻)라는 말은 사위를 의미하는 '서(壻)'의 개념이 포함되어 있는데 이것은 사위들이 서로 간에 일컫는 말이었으나 현재 큰 동서가 작은 동서를 부를 때 쓰는 직접 호칭어가 되었으며, 이러한 쓰임은 며느리들의 관계를 일컫거나 직접 호칭어로 사용된다. 무슨 일을 자기가 하고 싶어하면서도 은근히 남에게 먼저 권하는 경우 '동서보고 춤추란다'는 속담이 있는데 이는 동서 간에 생길 수 있는 경쟁관계에 대한 함축이라고 볼 수 있다.

친족어의 은유적 의미　　인지언어학은 언어가 인간의 일상 체험에 근거를 두고 있으며, 언어의 구조가 범주화 원리, 정보처리 메커니즘, 인간의 체험을 반영한다고 간주한다. 따라서 친족어의 용례 분석을 통해 언중의 의식에서 지칭어를 어떻게 인지하고 있는지를 살펴볼 수 있다.

형은 같은 부모에게 포함되어 있으면서도 동생보다는 상위에 있는 존재로서의 의미를 갖는다. 그러므로 한 집단에서 관계성을 고려했을 때 지위의 높고 낮음을 형과 동생이 갖는 관계에 비유한다.

> 러시아는 다른 공산주의 국가들의 맏형 역할을 포기했다.
> 미국은 세계 자유 민주 진영의 맏형 노릇을 저버릴 수가 없었다.

'형제'는 '서로 가까움, 한 집안에 포함됨, 서로 비슷함, 혈연관계임' 등의 관계를 통한 속성을 갖는다. 이 둘의 관계는 '친소 거리가 가까움'이라는 의미를 부각시킨다.

> 바위도 산도 물질 아닌가. 그 좋은 자연도 물질 아닌가. 우리의 육신처럼. 모든 것이 다 형제.
> 사해가 형제지간이라 하였는데 누굴 도륙 내며 누굴 징치하겠다고 이런 강다짐인고.
> 형제지국(兄弟之國)
> 형제지의(兄弟之義)

이것은 더 의미가 확장되어 다음과 같은 어휘를 파생시킨다.

> 형제무루(형데무투;평안북도, 형제무취;함경남도) : 심마니들의 첫가락
> 형제율(兄弟律) : 양금에서 음높이가 같은 외쪽 괘 오른쪽 첫줄인 황종과 왼쪽 괘 왼쪽의 첫줄인 임종을 가리키는 말.

'자매'의 관계상의 속성은 '서로 가까움, 같은 근원을 가짐, 비슷함' 등이다. '자매'도 '형제'와 유사한 관계 속성을 갖는다.

> 자매결연 : 서로 특별한 친선관계를 맺는 일
> 자매학교 : 특별히 친선 관계를 맺은 학교
> 자매도시 : 서로 특별한 친선관계를 맺은 도시
> 자매부락 : 서로 특별한 친선관계를 맺은 부락

이외에 '언니'와 '여동생'의 관계이며 관계의 속성은 친소관계가 매우 가까움

을 나타낸다. 이것은 여러 단어와 결합하여 '자매품, 자매선, 자매어, 자매신문, 자매편, 자매회사, 자매기관, 자매함' 등과 같은 합성어와 파생어를 생성한다.

'남매'의 관계 속성은 '비슷함, 크기가 다름, 부모보다 작음, 부모에게 포함됨' 등이며, '남매'는 '형제, 자매'보다 사용 빈도가 낮다. '동기'라는 원형적 의미에서 가장 먼 것으로 추정되며, 그 관계 속성이 금방 파악되지 못하므로 은유적 의미의 생성과 이해가 활발하지 않다.

> 남매탑 : 충청남도 공주 갑사에 있는 사찰의 탑. 부부의 인연을 맺지 못하고 남매의 인연을 맺은 승려와 여인의 전설. 서로 모양은 비슷하나 크기가 다름. 외모에서 유사하지만 남자가 크고 여자가 작게 나타나는 기본적인 인식을 보여줌.
> 남매덤 : 자반고등어 따위의 배때기에 덤으로 끼워놓은 두 마리의 새끼 자반
> 남매죽 : 수수에 칼제비를 넣어 쑨 죽(잘 어울린다는 의미에서)

5.2. 우애와 그리움의 대상

여성 한시문에서 형제 또는 자매를 그리는 작품이 적지 않게 등장한다. 여기에는 외사촌 등 사촌도 포함된다. 그런데 문제는 '형(兄)' 혹은 '제(弟)'란 단어가 나왔을 때 언니와 여동생을 지칭하는 것인지 오빠와 남동생을 지칭하는 것인지 명확하지 않을 때가 있다는 점이다. '형(兄)'이란 언니 혹은 오빠이다. 옛사람들의 시와 글을 살펴보면 여동생이 언니에게, 남동생이 형에게 '형(兄)'이라 하였고, 남동생이 누나에게는 '자(姊)'라고 하였다. 사실 '형(兄)'이란 우리말로 '언니'란 뜻이다. 여자 동생도 위 여자 동기를 언니라 불렀을 뿐 아니라 남자 동생도 위 남자 동기를 언니라고 불렀다. '제(弟)' 또한 아우란 의미인데 언니가 여동생을 지칭하기도, 누나가 남동생을 지칭하기도 했다. 오히려 오빠의 경우는 여동생을 '매(妹)'라 칭하였으니 구분이 편리하다. 그러므로 여성 시문에서 형(兄)이나 제(弟)는 언니 혹은 오빠인지, 여동생 혹은 남동생인지 시문의 내용을 통해

구분하는 것이 제일 바르다. 그런데 종종 언니인지 오빠인지, 여동생인지 남동생인지 전혀 구분을 할 수 없는 경우도 있다. 이는 그 작가의 형제자매 관계가 정확히 밝혀지지 않은 경우 더욱 그러하다. 그러나 여성 시문을 읽다보면, 굳이 언니인지 오빠인지, 여동생인지 남동생인지 밝히지 않아도 됨을 알 수 있다. 이는 동기(同氣)간의 우애와 그리움을 나타낸 시문에서 더욱 그러하다. 굳이 언니인지 오빠인지 구분하지 않아도 동기를 그리는 정이 잘 전해져 오기 때문이다.

여성 한시문에서 나타나는 동기는 대체로 멀리 떨어져 있다. 작가가 혼인을 하여 떠났거나, 기녀이기에 관(官)에 묶여 먼 곳으로 떠돌기 때문이다. 오랜 기간이 지났어도 고향을 찾아간다거나 동기와 만나지 못한다. 그러므로 달빛에도 바람에도 동기를 그리다 꿈에서나마 보고자 하나 볼 수 없고, 더 이상 얼굴도 못 알아보리라고 슬퍼한다. 헤어짐의 원인이 동기에게 있는 경우는 동기가 유배를 가거나 고향을 떠나 서울로 갔기 때문이다. 멀리 떨어져 만나지 못하는 아우가 벼슬을 하였다는 소식을 들을 때도 그 사실을 기뻐하는 것이 아니라 오히려 만나지 못하는 아쉬움이 절절하다. 이는 소식을 자주 접하지 못하다가 아우에 관한 소식이 왔기 때문에 그 소식이 좋은 것인지 나쁜 것인지의 여부를 떠나, 소식이 왔다는 사실 하나만으로도 그리움이 더욱 배가되기 때문인 것으로 보인다. 그리움의 정서는 동기를 생각하는 여성 시문에 관통하는 정서인데, 이는 그들이 서로 우애가 깊었기에 가능했다고 보인다. 이에 늙은 나이가 되어서도 안분(安分)을 걱정하여 주기도 한다. (허난설헌 「寄荷谷」, 신부용당 「送別李外兄」, 김운초 「懷家兄」, 박죽서 「奉呈舍兄」, 서영수합 「聞舍弟牧楊洲」 「贈舍弟」)

여성에게 형제는 혼인과 동시에 헤어지는 존재들이다. 규방가사에서는 혼인으로 인해 헤어지는 형제에 대한 안타까움과 성장시절에 쌓아온 정의 돈독함을 토로한다. 혼인을 앞두고 형제에게 부모를 잘 모셔주기를 당부하는가 하면, 어린 동생을 두고 가는 아쉬움을 드러내기도 한다. (「모녀형제붕우소회가라」, 「여자소회가라」) 또한, 혼인 후 고향에 대한 향수를 토로하고 있는데, 고향에 대한 기억 속에는 형제 동기에 대한 그리움이 중첩되어 있다. (「형제이별가」) 이후 오랜 세월이 흐른 후에 친정을 방문하여 형제 동기와 상봉하게 된 기쁨을 감격적으로 표출하기도 한다. (인동 장씨 부인 「동긔별향가」 「송회가」)

어두운 창에는 촛불이 나직이 흔들리고

반딧불은 높은 지붕 위로 날아 넘어요
깊은 밤 시름겨워 더욱 추워 가는데
쓸쓸하게 나뭇잎은 떨어지네요
산과 물이 가로막혀 소식이 뜸하니
이 시름 어찌 풀어내리오
청련궁 계신 오라버니 멀리서 그리니
산 비어 있고 담쟁이에 걸린 달빛 희네요
暗窓銀燭低 流螢度高閣 悄悄深夜寒 蕭蕭秋葉落
關河音信稀 端憂不可釋 遙想靑蓮宮 山空蘿月白
— 허난설헌 「하곡 오라버니께 寄荷谷」(16세기 후반)

술상 놓고 그대와 이별하는데
꽃 피고 제비 나네
멀리 한양 길 바라보니
봄바람이 그대 옷에 부네
산 아래 오백 리를
그대 탄 말 아득히 가리
置酒與君別 花發燕子飛 遙望漢陽路 春風吹君衣 山下五百里 君馬去依依
— 신부용당 「외가 오라버니를 보내며 送別李外兄」(18세기 중·후반)

달빛이 다락에 드니 밤이 더욱 차가운데
가을이라 고향집 생각 구름 끝에 닿았네
푸른 갈대 넓은 호수에 소식조차 끊어져
혼자 난간에 기대 새벽까지 지새우네
月正當樓夜更寒 故園秋思在雲端 蒼葭水濶音書斷 直到天明獨倚欄
— 김운초 「언니를 그리워하며 懷家兄」(19세기 전반)

한 기운 한 가지 바로 형제이니
척령새 돌아오는 꿈에 몇 번이나 놀랐는지
이별한 지 삼 년 지나 모습 이미 변했으니
만나면 목소리로나 알아보겠지요
同氣連枝是兄弟 鶺鴒歸夢幾廻驚 一別三年刑已改 相逢只可辨音聲
— 박죽서 「언니께 奉呈舍兄」(1819—1845)

문 밖으로 나가 서울을 바라보고
머리를 다시 양주 쪽으로 돌리니
산 빛은 그림 같고
바람 소리는 가을 같네
산봉우리에서 솟는 구름 보며
빈 누각에 비치는 달빛 밟는데
수풀 속 새 홀연 놀라 깨어
날아 울며 어디를 찾는가
出門望京洛 回首復東州 山色渾如畫 風聲直似秋
看雲雲出岫 步月月虛樓 林鳥忽驚宿 飛鳴何所求
　　　　　－서영수합「동생이 양주목사가 되었다는 소식에 聞舍弟牧楊洲」
　　　　　　　　　　　　　　　　　　　（18세기 후반~19세기 전반）

나 쇠함이야 어찌 말로 하리만
자네 늙는 것 또한 마음에 걸린다네
지팡이 의지하니 가을 바람 차고
창을 열면 옥 같은 이슬 맑네
비록 거문고 피리 소리 높지 않지만
오히려 술과 차 아울러 있으니
홰나무 그늘 아래서 한가로이 잠자는 것이
명리를 다투는 것과 어떠한지
吾衰那足道 君老亦關情 倚杖金風冷 開軒玉露淸
雖無絲管沸 還有酒茶幷 閑睡槐陰下 何如名利爭
　　　　　－서영수합「아우에게 贈舍弟」（18세기 후반~19세기 전반）

　원부모 원형제을 뉘라셔 면흘손고 부모님젼 흐직흐고 셥ᄂ셔고 눈물짝고 엿주
오되 부모님요 부모님요 불효막심 이여식은 츄호도 싱각말고 평안이 게오시면
슈이슈이 귀령흐와 슬젼에 미오리다 다졍다졍 우리형아 내에말 잇지말고 뎨아형
뎨 즐거두어 부모님 슬젼에서 내업손걸 위로흐고 부듸부듸 즐잇사면슈이보기 기
약흐ᄉ（중략）부모님 살들사랑 잇슬ᄉ록 역역흐다 동긔동반 깁혼졍은 잇칠수가
바히업다 싀집사랑 깁흐나마 친가에 비할손가 슌풍흐일 다시만나 모여형뎨 슉딜
동반 히소담락

　　　　　　　　　　　　　　　　　　　－「모녀형제붕우소회가라」（미상）

어엿불스 닉의동싱 언지ᄂ 성장하여 누의팔고 ᄎᄌ와셔 고향길이 잇지만은 긔특
할스 너의형지 중슈무병 츙건하여 긔화갓탄 조화얼골 츈천갓탄 말근기상 어이하면
슈이볼고 바리고 기다린다 천성이 지극하니 ᄌ모효양 극진하라 너이형지 키운일을
셔셔이 싱각ᄒ면 밤이되면 안고ᄌ고 나지되면 업고놀아 혈심으로 이즁ᄒ고 지졍으
로 길넛더니 이지야 싱각ᄒ니 공싱키도 그지업다 이닉일신 쎠난후이 부모의탁
네안이랴 우리남믹 분슈후이 밋철시가 밧곗난고 우리형지 한틱잇셔 화락ᄎ담 ᄒ올
젹이 만년으로 알앗더니 쎠난지 슈연이라 풍편도 업셧스니 소식을 어이아리 북천
을 향망하야 어질고 말근거동 조혼시졀 돌아와셔 부모님이 보여보시
                                              ─「여자소회가라」(미상)

형우제공 하든이리 눈의 삼삼 못이치고 취홍치지 ᄒ든소회 귀이징징 못이들싀
닉혼자 ᄉ창밧긔 형님싱각 ᄒ는모양 초목이 감동하고 금슈도 알듯하믹 어와 말지
로다 닉생각 허ᄉ로다 어찌하여 나릭도다 형님고틱 나라가며 어이ᄒᄉ 달를ᄯᆞ라
광주쌍이 비칠넌고
                                              ─「형제이별가」(미상)

부모형제 멀니하고 친척붕우 다바리고 만복으로 도북시러 구월구닐 연자련가
동풍삼월 낙화갓고 츄풍에 상엽갓치 사희팔방 분분하다 생면풍토 눈니셜고 구고
자이 고향싱각 쌍친의 은혜존안 뉴슈가 솟아지고 명명월야 홍안소리 어진동생
부르난닷 삼츈화색 붕우번우 엇디엇디 견뎔넌고 (중략) 친쳑양당 자이시로 귀령틱
닐 조홀시고 손을꼽아 님하녀셔 우리고향 차자올제 청산녹슈 반가와라 동강의
흐른물결 흠차니 창활하고 파랑억우 후어드니 우리고향 너기로다 화심산아 잘잇
쓰냐 뉴슈가려 히미하다 우리부모 급피나셔 교자문을 마조열며 손을잡아 하신말
삼 반갑도다 내이여아 싁딥사리 잘하엿나 사모하든 동생종반 눈물노 반겨하네
                                    ─인동 장씨 부인 「동긔별향가」(미상)

헛부다 닉의몸이 귀령지람 처음이라 다졍ᄒ다 졔종남믹 면면이 모아안ᄌ 구곡
간장 ᄉ인졍곡 낱낱치 설화ᄒ니 출가ᄒ면 외인이라 속담의 ᄒ여시나 열친졍화
조혼흥황 남녀가 다를손야 (중략) 굿부다 졔종들아 닉의졍회 뉘알손가 외인이라
하지말고 이닉몸 간후라도 속왕속내 남ᄌ거림 빅닉안족 그길이ᄉ 츈츄양졀 무시
시이 날ᄎ자셔 ᄌ로오긔
                                              ─「송회가」(미상)

5.3. 누나, 든든한 존재

진퇴양란의 곤경에 처하거나 집안의 큰일을 결정해야 할 때에 가장 적절한 조언을 해주는 든든한 존재로 누나가 종종 등장한다. 갑작스러운 변란에 어찌할 바를 모르는 동생에게 헤쳐 나갈 방법을 알려주는데, 남자에게 여자 옷을 입고 도망하라는 등의 권도(權道)를 주로 알려준다. (『완월회맹연』) 엄격한 가장의 경우 식구 중 누구의 말도 듣지 않는데 유독 누나의 조언은 받아들인다. 아들들이 어린 나이에 과거시험을 보겠다고 하자 너무 일찍 관직에 나가고 출세하는 것은 좋지 않다고 말리다가도, 여러 가지 정황으로 보아 지금 보는 것이 좋겠다는 누나의 말에는 수긍한다. (『소현성록』) 즉, 소설에서 누나는 남동생의 어려움을 해결해주는, 어머니와 같은 든든한 존재이다.

> 쇼졔 고기를 숙이고 길이 탄식ㅎ여 오릭 말을 못ㅎ다가 날호여 갈오딕 셕이 양해 술노 ㅎ믹 공지 술노뼈 갑호시고 위 혜왕이 졍계를 아니 허거날 밍지 병을 탁ㅎ시니 공밍의 딕도로 부명헌 곳의 다드라날 명직ㅎ믈 뵈지 아니신지라 우졔 츠언으로뼈 현뎨를 들니미 츔연 수괴ㅎ나 임의 현뎨를 스랑ㅎ믹 일신 갓탈진딕 엇지 변익 화고의 은익ㅎ여 한갓 심녀만 허비허리오 비록 쳔불가 만부당ㅎ나 현뎨 좀간 광의 혁딕로뼈 나군 취삼을 밧고 복식을 변측ㅎ죽 언션과 위졍을 슬오고 현뎨ᄂᆞᆫ ᄌᆞ취을 감최ᄂᆞᆫ 괴로움이 업셔 급화를 면흘 분 아니라 닉 쏘흔 표구 부인 숑시을 조ᄎᆞ 경ᄉᆞ로 사기 편낭헐가 ㅎ노라 공식 쳥파의 샵분 왈 양낭 부인 숑시 어딕 게시관딕 져졔 조ᄎᆞ 샹경코ᄌᆞ ㅎ시나니잇고 쇼졔 위졍의 니라던 바를 젼ㅎ니 공지 져져의 도라갈 곳이 밋부믈 가중 깃거ㅎ나 ᄌᆞ긔로뼈 남화위녀ㅎ라 ㅎᄆᆞᆫ 질겨 안야
>
> —『완월회맹연』(18세기)

> 소부인이 쇼왈 아이 그라다 ᄌᆞ식 교훈이 더러냐 부뫼 계시면 ᄌᆞ식의 ᄆᆞᄋᆞ므로 쳐신을 못ㅎᄂᆞ니 운경이 과거 보기 슬흐나 태〃 니라시고 아이 분부ㅎ되 제 쓰들 세우려 ㅎ니 졍히 믜온디라 준칙ㅎ미 올커늘 엇디 졔어티 못ㅎ고 도로혀 슌풍ㅎ야 ᄆᆞᄋᆞᆷ대로 ㅎ라 ㅎᄂᆞ뇨 딜ᄋᆞ를 셜리 보내미 올ㅎ니라 승샹이 혼연 쇼왈 나의 훈ᄌᆞ의 용녈ㅎ미 극흔디라 져〃의 교훈을 감슈ㅎ리이다
>
> —『소현성록』(17세기)

5.4. 자매, 상처와 치부를 공유하는 유사 모녀

여성들에게 자매는 혈연 이상의 의미를 갖는다. 가장 친한 친구이자 자신의 분신과도 같은 존재이며 또한 유사 모녀이기도 하다. 특히 비슷한 연령대로 동일한 세대를 살아가는 자매는 같이 성장하며 서로 영향을 주고받음으로써, 부모보다 더 지속적이고 깊은 유대관계를 갖게 된다. 자매는 동일시 혹은 차별의 상호관계 속에서 자아개념을 형성하고 성장해 간다.

현대소설에서 자매는 같은 부모에서 태어났으나 성격도 취향도 상이하고 서로 다른 인생을 살아가는, 대조적이고 대립적인 인물 유형으로 그려진다. 그러나 이질적인 삶의 모습에 존재하는 각자의 상처와 고통이 유사한 맥락 안에 있음을 깨닫고 서로 이해하고 보듬게 된다. 언니와 동생의 대립하는 성격과 가치관은 여성이 처한 다면적 곤경을 일컫는 구도이며, 이들이 상이하면서 동일하게 경험하는 상처와 회의는 여성적 연대의 자매애를 구현한다. (강신재 「양관(洋館)」, 박경리 『김약국의 딸들』, 은희경 「연미와 유미」, 이혜경 「멀어지는 집」, 한강 「나무 불꽃」)

현대시에서 자매는 성장통을 함께 겪은 동반자적 존재이며 가족사 안에서 겪은 상처와 치부를 함께 치유하는 공동체가 된다. (김명순 「언니 오시는 길에」, 「언니의 생각」, 노천명 「동기(同氣)」, 성미정 「언니라는 존재」, 이진명 「자매는 어떻게 모녀가 되나」, 황인숙 「칼로 사과를 먹다」) 언니들은 주로 온화한 어머니이면서 엄한 스승의 모습으로 주로 등장해왔지만 이는 점차 여성적 연대 혹은 자매애(sister-hood)로 확대되어 모든 여성을 동지적으로 일컫는 은유가 된다. 가족 안에서의 생물학적 언니는 물론, '실비아 플라스'와 '윤심덕'과 '나혜석'과 '프리다 칼로'와 '앤 색스턴'과 '전혜린'과 '까미유 끌로델' 등 여성이라는 이유로 고통스러운 생을 살았던 여성 예술가들을 모두 언니로 호명하고 있다. (김승희 「혈연들」) 최근 여성시에서는 자매애적 연대뿐 아니라 '익명적 우리' 혹은 자기 안의 가장 내밀한 내면을 담은 최선의 호칭을 '언니'로 호명하고 있다. (김지녀 「시소의 감정」, 이영주 「언니에게」)

유선은 겁먹은 눈을 하며 성급한 말씨로 대답하였다. 엉뚱한 소리를 지껄이든가 필요치 않은 말을 주워댈 때면 의사는 눈에 띄지 않을 정도로 미간을 찌푸렸다. 유진의 가슴이 저렸다. 그러나 그 저린 마음은 유선에게 직접 쏠리지는 않고 웬일인지 중공에서 맴을 돌았다. 맴을 도는 연민의 정을 유진은 바라보았다. //

그러나 문득 유진은 유선이 자기와는 좀 달리 그런 걸 썩 잘할 수 있으리라는 생각을 하였다. 병만 낫는다면, 그리고 소달구지에 고삐를 쥐는 사람이 필요하듯이 누군가가 그네의 고삐를 잡기한 한다면. (중략) 그네에게 수면제의 치사량은 주지 않기로 하였다. 그것은 자기를 위해 보관해두어야 했다.

—강신재 「양관(洋館)」(1961)

용옥은 생전에 자기 자신에 관한 말을 한 일이 없다. 그러나 용빈은 용옥이 행복하지 않는 못한 것을 알고 있었다. 그것은 용옥이 결혼한 후 더욱 광신적으로 기독교에 기울어지는 것으로도 능히 알 수 있는 일이었다. 메마른 얼굴, 빛을 잃은 눈동자, 용빈은 가엾은 동생을 위하여 남몰래 간혹 근심을 하기는 했으나, 여러 가지 격심한 사건의 연속 속에 용옥의 존재는 그다지 큰 자리를 차지하지 못하였다. 용빈은 그것을 생각하니 더욱 가슴이 아팠다.

—박경리 『김약국의 딸들』(1962)

그러나 언니가 부쳐주는 돈은 그렇지 않다. 한꺼번에 써버린다. 버버리 매장에 가서 코트를 사거나 기숙사 친구들에게 한턱낸다. 이태리 여행을 다녀온 적도 있다. 절대 생활비로는 쓰지 않는다. 언니가 내게 음식과 옷을 주었다고 생각하기는 싫었다.

언니의 후의는 어쩐지 오래 지니고 있기가 싫었다. //

"어머, 넌 오렌지 껍질을 세로로 벗기는구나. 나는 옆으로 벗기는데."

나는 아무 말 없이 과육을 입에 넣고 씹는다. 언니네 집에 다녀오고부터 나는 오렌지를 좋아하게 되었다. (중략) 오렌지 껍질을 세로로 벗기며 생각한다.

언니와 나는 다르다, 언니는 연미이고 나는 유미이다, 라고.

—은희경 「연미와 유미」(1996)

엄만 자기밖에 모르는 사람이니까 해달라는 대로 해주다 보면 끝도 한도 없어. 너도 알지? 엘리베이터 안에서, 부모가 말리는데도 기를 쓰고 연애결혼해 심한 시집살이를 하는 딸을 놓고 돌아가는 친정엄마의 눈빛으로 큰언니가 내 호주머니에 찔러준 돈봉투.

—이혜경 「멀어지는 집」(2002)

하지 마…!

보고 있던 그녀가 울부짖듯 외마디 고함을 지른다.

그만! 하지 마! 하지 마세요!

그녀는 보호사의 팔을 물어뜯고 다시 앞으로 뛰쳐나간다.

뭐야, 씨팔!

보호사의 입에서 신음 섞인 욕설이 터져나온다. 그녀는 내처 달려가 영혜의 몸을 껴안는다. 영혜가 왈칵왈칵 토해낸 더운 피가 그녀의 블라우스를 적신다.

제발 그만 해요. 그만 좀……

그녀는 주사기를 든 수간호사의 손목을 움켜잡는다. 조용히, 자신의 품에서 영혜의 몸뚱이가 경련하는 것을 느낀다.

　　　　　　　　　　　　　　　　　　　　　　　　　　－한강 「나무 불꽃」(2005)

언니여 웃지 않으십니까

꽃 같은 마음이 꽃 같은 마음이

이리저리 구르는 대로

피 같은 열성이 오오 피 같은 열성이

이리저리 깔린 대로

이 노래의 반가움이 무거운 것을

　　　　　　　　　　　　　　　　　　　－김명순 「언니 오시는 길에」(1925)

언니의 그때 모양은

날쌘 장검 같아서

"네 몸의 썩은 것은

있는 대로 다 찍어라!"

맑게 엄하게 말하셨어요

언니의 그때 모양은

온화한 어머니 같아서

"가시나무에서

능금을 따려 하지 마라!"

슬프게 곱게 기도하셨어요

　　　　　　　　　　　　　　　　　　　　　－김명순 「언니의 생각」(1925)

언니와

밤을 밝히던 새벽은
'성사(聖赦)'를 받는 것 같아
내 야윈 뺨엔 눈물이 비 오듯 했다

지금도 생각하면 눈이 뜨거워─
언니가 보고 지워 떠나가는 날은
천릿길을 주름잡아 먼 줄을 몰라
(중략)
'불이나 뜨뜻이 때고 있는지
외따로 너를 혼자 두고
바람에 유리문들이 우는 밤엔 잠이 안 온다'

─노천명 「동기(同氣)」(1945)

언니는 동생보다 먼저 태어난다 언니는 동생보다 먼저 자란다 동생은 늘 언니의 뒤를 따라 자란다 (중략) 어느날 언니는 동생을 보고 언니라 부른다 업어달라고 조른다 언니가 된 동생은 언니였던 동생을 업고 끝없는 슬픔 속을 걷는다 결코 내릴 수 없을 것이다 언니였던 동생이 죽어 살이 문드러지고 흰 뼈만 남을 때까지 동생이었던 언니는 업고 걸을 것이다

─성미정 「언니라는 존재」(1997)

산골마을에 어린 두 자매가 살았습니다. 언니와 동생은 나이 차이가 좀 있었습니다. 그렇지만 서로 보살피고 따르며 동무같이 잘 놀았습니다. (중략) 나물바구니를 끼고 산을 내려오기 시작했습니다. 한참을 내려왔지만 마을까지도 아직 한참이 남았습니다. 내내 동생을 앞세우며 내려오던 언니가 그만 푹 넘어졌습니다. 굴형을 잘못 디뎌 다리가 꺾였습니다. 나물바구니는 저만치 떨어져 뒹굴고 언니는 여느 때처럼 금방 일어나지 못했습니다. 동생은 언니를 일으킬 수가 없었습니다. 어찌할 줄을 모른 채 언니, 언니, 울먹이며 불러대기만 했습니다. (중략) 옛적 산골의 나물 뜯던 두 자매. 눈물 담은 눈으로 뒤돌아 뒤돌아보며 내려가던 동생이 언니를 일으키려고 다시 와 엄마가 되었습니다. 괜찮다고 어서 먼저 내려가라고 애써 아픔 참던 언니가 아무래도 동생이 내민 등에 업혀야겠다고 몸을 일으켜 딸이 되었습니다.

─이진명 「자매는 어떻게 모녀가 되나」(2008)

사과 껍질의 붉은 끈이

구불구불 길어진다.
사과즙이 손끝에서
손목으로 흘러내린다.
향긋한 사과 내음이 기어든다.
나는 깎은 사과를 접시 위에서 조각낸 다음
무심히 칼끝으로
한 조각 찍어올려 입에 넣는다.
"그러지 마. 칼로 음식을 먹으면
가슴 아픈 일을 당한대."
언니는 말했었다.

—황인숙 「칼로 사과를 먹다」(1994)

자클린느 뒤프레
실비아 플라스
윤심덕
그리고 나, 혜석
프리다 칼로
앤 색스턴
전혜린
이연주
까미유 끌로델
최승희
(중략)
언니들, 구름의 태에서 나왔다가,
절정의 돌 위에 머리를 박고 굴러떨어져,
물속까지 기어코 도달한,
아름다운 난파,

—김승희 「혈연들」(2006)

　　나는 태어났는데 나는 아장거렸는데 맨 처음 언니들은 내 양말 속에 숨어 있더라 뭐야 이년, 펭귄이잖아 나는 추웠는데 나는 열병이었는데 맨 처음 언니들은 내 땀복 속에 숨어 있더라 뭐야 이년, 끓는 죽이잖아 나는 흘렀는데 나는 씻고만 싶었는데 맨 처음 언니들은 데인 내 손안에 숨어 있더라 뭐야 이년, 삐빠잖아 나는 깨끗했는데 나는 조짜녔는데 맨 처음 언니들은 내 미구일 끝에 숨이 있디라 뭐야 이년, 빈 궁이잖아 나는 걷어차였는데 나는 묶인 나무였는데 맨 처음 언니들은 내 심장 속에 숨어 있더라 뭐야 이년, 비닐봉지잖아 나는 덧씌워졌는데 나는 축농중이었는데 맨 처음 언니들은 내 콧구멍 속에 숨어 있더라 어라 언니, 맨 처음 언니들이잖아요 나는 투망이었는데 나는 벌집이었는데 게서 뭐 하세요 언니들, 안 나오면 쳐들어가요 쿵짜작 쿵짝 나는 확성기였는데 나는 두 달 기른 손톱이었는데 맨 처음 언니들은 꼭 그렇게,

—김민정 「언니라는 이름의 언짢음」(2009)

언니, 언니가 저기 나한테 총질해대는 손가락들 현관문 새에 넣고 탕탕 문 닫는 거 해주면 안 돼? 응? 에이 씨팔 아가리 안 닥쳐? 1mm, 1mm도 안 줄었어 도대체가 난 똥꼬치마를 입을 수 없잖아 줄자로 종아리를 재다 만 내가 집어던진 콜라병이 벽에 부딪혀 푸른 불꽃으로 쌓이는데 (중략) 흰자위까지 눈이 빨개진 너는 킥킥 웃으며 졸졸졸졸 내 뒤를 따라다녔다 꿀 좀 줘, 언니, 꿀을 줘 네가 내민 꿀 항아리 속에는 목 뒤에 옷핀을 단 인간 브로치들이 한 움큼 피에 절여져 있었다 타임! 타임! 이제 언니가 술래 할 차례지, 그치? 품안에 품고 있던 꿀 항아리를 덥석 너는 내게 안겨주는데

—김민정 「에고, 에고 재미없는 자매놀이」(2009)

시소는 한쪽으로 기울어져 있다

우리가 일제히 언니, 하고 불렀을 때
비인칭 주어처럼
길어서 다 부를 수 없는 이름처럼
언니는 해석될 필요 없이 거기에 앉아 있다

—김지녀 「시소의 감정」(2009)

겨울밤에는 밖에서 안으로 들어가고 싶어. 밖에서 안으로, 아무도 없는 안으로 들어가려 할 때, 차가운 칼날 같은 손잡이를 떼 낸다. 손잡이가 있으면 한 번쯤 돌려보고 배꼽을 눌러 보고 기하학적으로 시선을 바꿔 볼 수 있을 텐데. 어머니가 방바닥에 늘어놓은 축축한 냄새들. 언니라고 부르고 싶은 버섯들이 있었는데, 잠에서 깨면 어머니는 버섯 머리를 과도로 똑똑 따고 있었다. 손잡이를 어디에 붙여야 할까. 너는 아래쪽에 서 있다. 몸속이 어두워질 때마다 울음을 터트리는 이상한 반동, 축축하게 썩어들어가는 안쪽을 언니라고 부르고 싶어. 너는 봉긋하게 솟은 버섯 같은 심장에 손잡이를 대고 안쪽을 열어 본다. 거꾸로 자라나는 버섯들이

잠에서 깨어 어머니의 머리를 똑똑 따 내고 있다. 네가 밖에서 안으로 들어가려 할 때, 바깥에 두고 온 손잡이를 어두워서 찾지 못할 때, 아무도 없는 안쪽이 버섯 모양으로 뒤집어질 때, 너는 성에 낀 202호 창문을 언니라고 부르기 시작한다.
　　　　　　　　　　　　　　　　　　　　　　　　　　　―이영주 「언니에게」 (2010)

5.5. 오빠, 부권 대리인

　남동생에게 누나가 어머니와 같은 존재인 것과 마찬가지로 여동생에게 오빠는 아버지와 같은 존재이다. 여동생이 혼인할 때에 오빠들은 그녀를 걱정하고 슬퍼하는데 특히 가난하고 권세 없는 집안으로 시집보낼 때에는 그녀의 집을 마련해 주기도 하고 월급을 나누어주기도 하여 살 길을 열어준다. 여동생이 시댁 식구들의 미움을 받거나 모해를 당해 곤경에 처하면 해결사처럼 나타나 문제를 해결하고 악한 사람들을 징치한다. 또 여자는 삼종지도(三從之道)를 지켜야 한다는 것이 무엇보다 중시되는 사회였지만 부당한 시댁의 처사 앞에서는 당당하게 여동생을 지키고 친정으로 데려오기도 한다. (「소현성록」) 그러나 이 같은 일이 보편적인 것은 아니었고 지위가 높은 가문에서만 가능했다.

　시집살이 민요에서 친정오빠는 여동생의 현실적 처지를 이해해 주지 않는 존재이다. 시집살이 민요에서는 '친정 부고 받는 노래'로서 며느리인 여성이 친정 부모의 부고를 받고 친정에 찾아가지만, 친정 오빠는 집안에 들이지 않는 방해자로 나타나 여동생을 가혹하게 내치는 내용의 각편들이 있다. (「밭매기 노래」, 「시집살이 노래」) 이와 같이 오빠는 시집살이로 인해 제때 도착하지 못한 여동생을 이해해주지 않고 매정하게 대우하는 존재로 나타난다. 남성 형제인 오빠가 보여주는 행위의 근간에는 출가외인이라는 유교 이데올로기를 엄수하는 가부장적 태도가 자리하고 있다.

　오빠의 부권대리 양상은 현대문학에서도 지속된다. 아버지의 권위를 대리하는 오빠라는 존재는 일제식민지 지식인 여성의 의식에서부터 발견된다. 여성 인물에게 오빠는 배신과 몰이해로 점철되는 감정적인 남녀 관계나 인간관계를 뛰어 넘는, 사회주의적 인간애와 동지적 열정을 표상한다. 여성 인물의 삶을 구현하는 이념적 실체는, 독립운동과 사회운동을 하던 오빠의 정신이다. (박화성 「떠내려가는 유서」, 강경애 「어둠」) 이념화된 오빠의 모습은 전후의 이데올로기적 대립을 배경으로 하는 소설에서도 나타난다. 억울하게 죽은 오빠를 시대적 탄압에 의해 애도하지 못한 여동생은 오빠의 죽음을 고통스러운 자화상으로 삼고 살아가게 된다. (박완서 「세상에서 제일 무거운 틀니」, 「부처님 근처」)

이상화·이념화된 오빠라는 존재는, 아버지의 지위와 권력을 아무런 비판 없이 전횡하는 전형적인 부권 대리인으로 이어진다. (박완서 「엄마의 말뚝 1」, 오정희 「유년의 뜰」) 그런데 최근의 작품들은 폭군 오빠 역시 희생양으로 비춰지면서 부권의 폭력성에 더 본질적으로 다가선다. (한강 「진달래 능선」) 집안을 건사해야 한다는 책임감의 양태로 자행되는 오빠의 강압과 규율은 남자 형제간의 패권 다툼으로 나타나기도 한다. 이런 와중에 여동생은 현명한 안티고네의 모습으로 오빠들의 분쟁을 비판하고 중재한다. (이혜경 『길 위의 집』) 남자 형제가 오빠가 아닌 동생으로 등장하는 경우에는 아버지와 오빠들에게 희생된, 여성 인물의 분신과 같은 역할을 한다. (천운영 「그녀의 눈물 사용법」, 정이현 『너는 모른다』)

'오빠'라는 호칭은 생물학적 가족 안의 오빠를 지칭하기도 하지만 일반 남성들을 지칭하기도 한다. 현대시에서 오빠는 누이를 보호하고 업어주는 아버지의 다른 이름이면서 가족사의 부권 대리인으로 표현되어 왔다. (모윤숙 「오빠의 눈에」) 최근 시에서 오빠는 뭇 남성들을 호명하되 섹슈얼리티를 내재한 호칭으로 새롭게 등장하고 있다. 남자들을 향해 '오빠'라고 부르는 것은 여성이 기부장적 남성들을 오히려 역으로 공략해 남자 안에 내재한 '동물적 헐떡임'을 미리 잠재우는 일종의 특효약이 되며, '오빠만 믿어'라는 말로 '엉큼한 속내'와 '도끼를 들고 설치는 폭력'의 남성적 허위를 백일하에 드러내는 전략적 호칭이 된다. (문정희 「오빠」, 김민정 「오빠라는 이름의 오바」)

김환이 정히 형부로 오더니 홀연 벽력 소리 나며 수혼 추종이 네 믈 메온 불근 술위롤 쯰으고 거샹의 일위 대신이 쇼년 영풍으로 ᄌ금션을 드러 태양을 ᄀ리오고 벽데롤 셰워 대도롤 쩌오니 환이 보니 이 곳 소시 데 삼낭 소청현이라 환이 흔 편으로 츼여 셔니 병뷔 우연이 눈을 드러보니 김환이 한 댱 소지롤 씌고 길히 셧거늘 (중략) 이 ᄶᅢ 운셩이 놉흔 셩이 텰골ᄒ며 보발이 돌관ᄒᆞ니 슈려훈 냥미는 월하의 상풍ㅈ고 엄흔 위풍은 복등의 상셜ㅈ투니 춘 긔운과 엄 〃 흔 호령이 당하의 서리니 다만 고성대매 왈 너 쳔츅싱이 감히 무상흔 말노 명교롤 살난ㅎ니 죄 불용 듀라 이 반ᄃ시 네 혼자 흔 일이 아니오 시츅흔 배 이시리니 쾌히 닐러 승복ㅎ야 형댱의 괴로오믈 면ㅎ라 환이 오직 닐오ᄃ 네 누의 사오나온 줄 아디 못ㅎ고 도로 혀 날을 구박ㅎᄂ냐 샹셰 스스로 샹냥ㅎᄃ 김환을 만일 노화 형부의 갈ᄃ대 명츕과 광환이 일등하야 쇼미를 욕ㅎ리니 가히 잡아신젹 노티 말고 겨주어 그 툐ᄉ롤 바다 션쳐ㅎ리라 ㅎ야 난간을 박츠며 엄문 형츄ㅎ라 ㅎ니 말이 믓디 못ㅎ야셔 집댱ᄉ예 큰 매를 굴히여 년ㅎ야 삼치의 니ᄅ니 환이 알프믈 견ᄃ디 못ㅎ야 이에 젼후 시말을 딕툐ㅎ니

―「소현성록」(17세기)

사래질고 뫼겉이 짙은밭을 한골매고 두골매니 편지왔네 편지왔네 그것이라 편지아이라 부모떠난 부고왔네 그거로 봐가지고 매던골로 맬라하니 앞도뒷도 안뵈여도 시어마씨 무섭어서 매던골로 끝을맺고 집으로 돌아가니 시어마씨 하는말씀이 앙살만 졸졸해여 그래도 우예두고이 친정곧을 쫓아가니 한쪽손에 부고들고 한쪽손에 신을들고 비네빼어 품에품고 울엄마로 내본다고 한재죽도 재치가서 널곽문조차 닫았구나 오빠오빠 우리오빠 오매곽문 끼놔주소 엔기들머 뿌러치고 씰데없는 이것이야 오매곽문 끼눌것가

―「밭매기 노래」 경남 의령군 정곡면(미상)

춘아 춘아 옥단춘아 버들 밑에 새단춘아 왔소 왔소 편지 왔소 한 손으로 받아들고 두 손으로 피어 보니 아차 깜짝 친정 곳에 부고로세 나는 가요 나는 가요 부모님께 나는 가요 한 모롱이 넘어 가니 까막 까치 진동하고 두 모롱이 썩 돌아서니 여우새끼 진동하고 세 모롱이 넘나드니 노루새끼 진동하고 네 모롱이 넘어서니 상도꾼들 진동하네 저기 가는 저 상도꾼들 행여나 쪼꼼 놓아주소 행여 갈 길 바쁜 질에 친정집에 빨리 가소 다섯 모롱이 돌아서니 친정집에 당도했네 오빠 오빠 우리 오빠 대문 쪼꼼 열어주소 에라 이년 몹쓸 년아 부모님 얼굴을 볼랴거든 어제 아레 올 것이지 셍이 셍이 올케 셍이 대문 쪼꼼 열어 주소 에라 이 사람 몹쓸 사람 부모님 얼굴을 볼랴거든 어제 아래 올 것이지 에라 썩 물러서라

―「시집살이 노래」 전북 무주(미상)

은순의 오빠는 스물네 살이란 청춘에 폐병으로 죽었다. 남달리 재주 있었고 침착하였고 누이를 사랑하였다.

그는 싱입학교를 마친 후 월급생활의 불편을 느끼고 작은 전방을 내어 겨우

생계를 지어갔다. 은순의 아버지는 난봉꾼이었음에 그들에게는 아버지 있는 것은 없는 것보다 못하였다. 그러므로 그의 어머니는 고무공장의 여직공이 되어 은순의 남동생의 학비를 대었다.

은순이의 생명이 되고 부모가 되고 희망이 되었던 오빠는 두 달 동안 병석에서 신음하다가 유서 한 장을 남기고 작년 가을에 죽어 버렸다. (중략) 그는 오빠의 유서를 이 바다에 올 때마다 읽고 읽었다. 오빠의 유서는 은순이를 여공이 되라고 명한 것이었다.

─박화성 「떠내려가는 유서」(1932)

저런 사나이에게 귀한 처녀를 빼앗기었나, 보다는 오빠만을 고이 생각하던 누이의 맑은 맘을 송두리째 빼앗기었나 하니 자신의 어리석음이 기막히게 분하여진다. //

어머니는 눈만 뜨면 일터로 가기 때문에 그는 언제나 오빠 옆에 붙어 있었다. 오빠에게서 하나둘을 배웠고 또한 오빠의 등에서 오줌똥을 싼 것이다.

─강경애 「어둠」(1937)

"말이 자수지, 그놈이 벌써 마흔인데 그곳에 계집 자식이 없을 리가 없을 테니 이 에미 말을 들을까? 계집 자식 생각이 앞설 테지. 차라리 넘어오다……"

어머니는 말끝을 흐리고 눈물을 닦는다. 그러나 나는 다음 말을 알고 있다. 나도 방금 그런 생각을 하고 있었으니까. 어머니보다 훨씬 진작부터 그런 생각을 하고 있었으니까. 넘어오다 차라리 사살되었으면 하고.

간첩이 된 혈연과의 상봉이 몰고 올 사건과의 당면이 두려운 나머지 십팔 평 블록집 속의 안일이 소중한 나머지, 어머니와 나는 마녀(魔女)보다도 더 잔인해졌다.

─박완서 「세상에서 제일 무거운 틀니」(1972)

우리 식구는, 나는 얼마나 소름 끼치게 참혹하고 추악한 죽음을 목도하고 처리해야 했던가? 형체를 알아볼 수 없이 산산이 망가진 상체의 살점과 뇌수와 응고된 선혈을 주워 모으며 우리 식구는 모질게도 악 한마디 안 썼다. 그런 죽음, 반동으로서의 죽음은 당시의 상황으론 극히 떳떳지 못한 욕된 죽음이었으니 곡을 하고 아우성을 칠 계제가 못 됐다. 믿을 만한 인부를 사 쉬쉬 감쪽같이 뒤처리를 했다.

우리는 마치 새끼를 낳고는 탯덩이를 집어삼키고 구정물까지 싹싹 핥아먹는 짐승처럼 앙큼하고 태연하게 한 죽음을 꼴깍 삼킨 것이었다. //

나는 그들로부터 자유로워지고 싶었다. 삼킨 죽음을 토해내고 싶었다. 그 무렵 나는 낯선 길모퉁이 초상집에서 들리는 곡성에도 황홀해져 그곳을 떠나지 못하고 오래 서성대기가 일쑤였다. 저들은 목이 쉬도록 곡을 함으로써, 엄살을 떪으로써, 그들이 겪은 죽음으로부터 놓여나리라.

—박완서 「부처님 근처」(1973)

「너 또 1전만, 1전만 사정을 해서 군것질 할래? 안할래? 너 엄마가 무슨 고생을 해서 그 돈을 버시는지 알기나 하고 엄마를 그렇게 조르냐 조르길. 이 철딱서니 없는 계집애야. 그 돈은 엄마가 기생 바느질 품팔이를 하셔서 번 돈이야. 우리 엄마가 천한 기생 바느질 품팔이를 하신단 말야. 그 돈을 네가 매일 장작 한 단 살 만큼이나 까먹는단 말야. 우리가 아무리 어려도 그럴 순 없어. 다신 안 그런다고 해. 어서 다신 안 그런다고 항복을 하라니까」

오빠는 회초리로 사정없이 내 여윈 종아리를 후려치면서 목멘 소리로 내 잘못을 꾸짖었다.

—박완서 「엄마의 말뚝 1」(1980)

어머니가 아버지의 행방을 수소문해서 여섯 차례가 일곱 차례가 헛행보를 한 뒤 읍내 밥집에서 드난을 살게 되면서부터 우리를 단속하는 일은 오빠가 맡았다. 떨어진 감에 손가락만 대봐라, 손목을 잘라버리겠다.

—오정희 「유년의 뜰」(1980)

그네 속의 막내동생이 울음을 터뜨렸을 때, 큰오빠는 아버지에게 보내는 도전장처럼 무겁게 입을 열었어요.

너희들 모두 나를 따라나와.

그때 막 중학생이 되었던 까까머리 큰오빠는 무슨 마피아의 두목 같았습니다. 숨이 넘어갈 듯 울어제끼는 강보의 동생과 어쩔 줄 모르고 손을 맞비비고 있는 그 여자와, 뽀끔뽀끔 담배 연기를 내뿜는 아버지를 남겨둔 채 우리는 어린 두목에게 이끌려 마을 다리로 나갔습니다. 큰오빠는 우리 셋을 나란히 줄 세웠어요. 그리고 자기는 중앙에 서서 엄숙하게 말했습니다.

너희들 내 말 잘 들어. 오늘부터 내 말을 안 들으면 너희들 국물도 없을 줄 알아. 오늘 집에 온 그 여자는 악마다. 그러니까 그 여자가 해준 밥은 먹지도 말고, 불러도 대답도 하지 말고, 그 여자가 빨아준 옷은 입지도 말아라.

—신경숙 「풍금이 있던 자리」(1992)

"꺼져 버려! 날 귀찮게 굴지 마!"

정환은 발작적으로 정임의 뺨을 쳤다. 정임이는 자지러지며 울음을 터뜨렸다. 정환은 빠른 걸음으로 능선을 탔다. 정임이의 울음소리를 뒤로 하며 달렸다. 연약한 진달래들을 잡히는 대로 쥐어뜯었다.

―한강 「진달래 능선」(1994)

은용은 방문을 열고 나갔다. 조금도 언성을 높이지 않고, 노여움의 밀도를 흩뜨리지도 않고, 외딴 섬에 언제 누가 세웠을지 모를 입상들처럼 단독적으로 앉거나 선 남자들을 빙 둘러보면서, 손가락으로 짚어가면서, 은용은 말했다.

"너, 너, 너, 조용히 해, 조용히 해, 이 개새끼들아!"

―이혜경 『길 위의 집』(1995)

그 애는 내 안에 머물면서 나와 함께 성장했다. 내가 초등학교 입학할 때 그 애는 네 개의 이를 가졌고, 내가 초경을 치를 때 갑자기 성장을 멈추었다. 그러니까 그애가 장롱 속에 들어갈 때의 내 나이 즈음, 이갈이를 하기 직전의 모습으로 성장을 멈춘 것이다. 그후로 그애는 일곱 살 소년의 모습으로 나와 함께 이십여 년을 살았다.

―천운영 「그녀의 눈물 사용법」(2007)

어떤 생명이 전적으로 또다른 생명을 위하여 태어나기도 한다는 사실에 그녀는 커다란 충격을 받았다. 나를 위해, 나를 고독하지 않도록 할 사명을 띠고 이 땅에 태어난 아기! 그것이 동생 혜성이었다. //

그럴 리는 없겠지만 그때 만약 일기장을 훔쳐본 사람이 있었다면 아마도 혜성이었을 거라고 은성은 지금 생각했다. 더러움의 의미를 아는 지구상의 유일한 사람.

―정이현 『너는 모른다』(2009)

구름낀 달빛 아래 나 혼자 걷노라면
내 어깨 꼭 잡고 숨바꼭질하던 오빠
눈물이 귀하거나 달에 취해 우느냐던 오빠
그 오빠의 뺨 위에 설운 눈물 내리오.

굳세인 오빠 내 등대이던 그 눈에
어느 누가 아픔을 주었는가 야속도 하이
물어도 대답 없는 그 슬픔을 뉘라 알까

오늘은 오빠 눈에 눈물이 가득하오.

—모윤숙 「오빠의 눈에」(1932)

이제부터 세상의 남자들을
모두 오빠라고 부르기로 했다.
(중략)
오빠! 이렇게 불러주고 나면
세상엔 모든 짐승이 사라지고
헐떡임이 사라지고

오히려 두둑한 지갑을 송두리째 들고 와
비단구두 사주고 싶어 가슴 설레이는
오빠들이 사방에 있음을
나 이제 용케도 알아버렸다.

—문정희 「오빠」(2001)

서울역 계단에서 다다다다 굴렀던 날 일으켜준다더니 그 손으로 자빠뜨리는 오빠를 만났다. 안 그러면 뼈가 상한단다. 이 오빠만 믿어. 코맹맹이 소리로 지나가는 세 번째 앰뷸런스, 해가 지기 전에 집에 가야 하는데 오빠, 자꾸 부르니까 코 막히는 오빠, 오빠는 붕대 대신 두루마리 휴지로 깁스를 해 준다고 풀럭거리는데 비가 와 퉁퉁 불은 휴지들이 고름처럼 내 몸에서 솟아나잖아요. 안 그러면 뼈가 상했을 거야, 이 오빠만 믿어. 코맹맹이 소리로 지나가는 다섯 번째 앰뷸런스, 달이 뜨기 전에 집에 가야 하는데 오빠, 자꾸 부르니까 코막히는 오빠, 오빠는 식염수 대신 정액으로 소독해준다고 싸대고 앉았는데 빨아들이지 말아요 그날의 둘째 날이라 창자가 내 피로 흥건하잖아요 안 그러면 뼈가 상해버렸을 거야, 이 오빠만 믿어. 코맹맹이 소리로 지나가는 일곱 번째 앰뷸런스, 수만 별이 떴다 지기 전에 집에 가야 하는데 오빠, 자꾸 부르니까 코 막히는 오빠, 오빠는 목발 대신 제 허벅다리로 내 다리가 되어 준다고 도끼를 들고 설쳐대는데 믿는 도끼에 발등이라더니 아이쿠 무거워라

—김민정 「오빠라는 이름의 오바」(2009)

5.6. 이복형제, 불완전한 혈연을 넘어선 성숙한 교감

　현대소설은 부모의 불화 혹은 결별이라는 상처의 지점에 놓여 있는 이복형제라는 소재를 통해 가족의 구성이 물질적인 혈연이 아니라 정서적인 이해와 존중에 있음을 드러낸다. 언니, 오빠, 동생으로 호명되거나 호명하는 선택과 결단의 순간이 있는 이복형제의 서사는, 가족이 비의지적인 필연성으로 묶이는 것이 아니라 의지적 선택으로 구성되는 것임을 보여준다. 그들은 한쪽 부모가 다르거나 혈연이 아닌 만큼 이질적이지만, 그들이 처한 공통의 상황과 갈등이 그들을 묶어주면서 서로에게 위안을 주는 관계가 된다. (박화성 「하수도공사」, 강신재 「젊은 느티나무」, 윤영수 「생태 관찰」) 최근에는 이러한 이복형제 모티프가 그간의 무겁고 억압적이던 가족에 대한 관념을 허무는 구심점으로 기능하곤 한다. (정이현 『너는 모른다』, 전경린 『엄마의 집』) 고아가 된 이복동생을 자신의 사생아로 속여 기르는 전위적인 행위는 혈연을 넘어선 가족의 이상을 지향한다. (전경린 『유리로 만든 배』) 외항 선원이던 아버지가 지구 반대편 어딘가에 두고 온 딸, 즉 '나'의 이국적인 이복동생들을 즐겁게 상상하는 데 이르러서는 이복형제가 소통과 연대의 상징이 된다. (김인숙 「안녕, 엘레나」)

> 　그는 자기 어머니와는 정반대의 너그럽고 유순한 성질을 가져 동권이만 보면 잡아먹을 듯이 으르렁거리는 어머니를 속여가며 동권이를 극히 동정하고 이해하여 주매 동권이 역시 친누이같이 사랑하여 계모만 같고 보면 한시도 집에 있지 못할 것이로되 희순이라는 영리하고 의젓한 위안의 대상이 있기 때문에 평화한 심정을 가질 수 있었던 것이다.
>
> —박화성 「하수도공사」(1932)

> 　나는 그를 좋아할 뿐더러 할아버지 같은 이로부터 느끼던 것의 몇 갑절이나 강한 보호 감정―부친다움 같은 것도 느끼고 있다.
> 　그러나 나는 그의 혈족은 아니다. 현규와도 마찬가지다. 그와 나는 그런 의미에서는 순전한 타인이다. 스물두 살의 남성이고 열여덟 살의 계집아이라는 것이 진실의 전부이다. 왜 나는 이 일을 그대로 알아서는 안되는가?
> 　나는 그를 영원히 아무에게도 주기 싫다. 그리고 나 자신을 다른 누구에게 바치고 싶지도 않다. 그리고 우리를 비끄러매는 형식이 결코 오누이라는 것이어서는

안 될 것을 알고 있다.

—강신재 「젊은 느티나무」(1960)

아이에게 넌 의붓동생이야, 라는 말 따윈 하지 않을 것이다. 그러니 태생에 대해 아무 말도 하지 않을 결심이다. 아이는 언젠가 자라서 말할 것이다. 나는 사생아예요. 근친상간이나 강간이나, 혹은 불륜이거나 배반이거나 그 외에 사생아라는 단어 속에 포함되는 온갖 그럴 만한 사연들…… 질문을 금지하는 엄마의 어렴풋한 모멸의 표정 속에서 아이는 온갖 추측을 떠올리며 성장하겠지만, 그 편이 진실보다는 아이와 나 사이를 한결 심플하게 규정한다는 생각이 든다.

—전경린 『유리로 만든 배』(2001)

"나를 언니라고 불러."

승지는 노트를 가슴에 안고 곰곰이 생각하듯 얌전하게 내 눈을 보더니 소리가 나오는지 시험하듯 신중하게 입을 열었다.

"언니."

나를 부른 승지는 얼음물을 한 모금 들이켠 것처럼 놀란 표정을 지었다. 그러자 내 가슴에 예기치 못했던 온기와 충족감이 몰려왔다. 홀로 잠들고 홀로 잠 깨는 차가운 버섯이, 심장이 뛰는 사람으로 변하는 느낌이었다.

—전경린 『엄마의 집』(2007)

아이의 대답에 곧바로 "오케이, 알았어"라고 응수하는 그의 목소리는 딱 오빠다웠다. 특별히 다정한 구석은 없지만 덤덤해서 편안했다. 치킨이 도착하면 그는 신문지를 쫙 펼쳐 거실 유리탁자 위에 깔았다. 닭뼈를 뱉어내도록 아이 앞에 우묵한 대접을 가져다 놔주었고, 큰 컵 가득 콜라를 따라주었다. 그들은 TV에 시선을 고정시킨 상태로, 종이상자에 든 닭봉을 하나씩 천천히 꺼내먹었다. 허공에서 서로의 손이 부딪치는 일은 없었다. 오빠는 엄마 아빠가 집에 있을 때보다 훨씬 자유로워 보였다.

—정이현 『너는 모른다』(2009)

나는 밤마다 나와는 피부색이 다른 자매와 함께 있는 꿈을 꿨고, 그녀와 해독할 수 없는 언어로 이야기를 나누곤 했다. 어린 아이의 꿈답게 우리가 있는 곳은 만화 속에서나 나올 법한 첨탑이 뾰족한 성이거나, 알프스의 초원 같은 곳이었다. (중략) 유년에 내가 가출을 꿈꾼 적이 있었다면, 아마도 그것은 지구 반대편에 있다는 내 자매를 찾아가기 위해서였을 것이다.

—김인숙 「안녕, 엘레나」(2009)

6
딸

자기 딸을 지칭하는 표현으로는 '딸아이, 딸년, 딸자식, 계집아이, 집아이, 여식(女息), 가교(家嬌), 식비(息鄙)' 등이 있다. 딸을 지칭할 때 쓰는 한자 '嬌'는 '귀엽다, 사랑스럽고 아름답다'라는 의미로 쓰이기도 하지만 부차적으로 허약(虛弱)하다, 나약(懦弱)하다, 연약(軟弱)하다, 약하다 등의 의미로도 쓰였다. 아들 많은 집의 외딸은 '고명딸' 혹은 '양념딸'이라고도 하는데, '고명'이 음식의 모양과 빛깔을 돋보이게 하고 그 맛을 더하기 위하여 음식 위에 얹는 부차적인 요소이듯, '고명딸'은 딸이 가족 내에서 잉여적 존재였음을 강조하는 말이다. 딸 혹은 며느리에게는 출가외인(出嫁外人)이데 올로기, 열녀관, 재가금지 등과 같은, 여성의 삶을 비인간적으로 통제하는 체제가 강요되었다. 딸에 대한 이러한 관념은 딸을 회피하고 아들을 선호하게 하였고 결과적으로 여성의 지위를 약화시켰다.

고전소설 속 딸의 모습에는 조선 후기 당대 가문의 위상이 일정 정도 반영되어 있다. 딸은 한 가문의 귀한 존재로 인정받는다. 특히 똑똑한 맏딸의 경우, 남동생의 믿음직한 조언자가 되어주기도 하고, 며느리들보다 높은 위상을 지니면서 집안을 다스리다가 가권(家權)을 물려받기도 한다. 고전시가에서 딸은 부모로부터 사랑을 받으며 성장한 귀한 존재라는 의식 속에서 자존감을 형성한다. 구체적인 문학 작품 속의 딸의 모습은 부차적이거나 미약한 존재가 아니라 믿음직하고 사랑스러운 존재였음을 알 수 있다.

딸은 가족에게, 특히 어머니에게 슬픔의 대상, 혹은 희생의 기억으로 남아 있는 경우가 많았다. 여성 한시문은 딸의 결혼과 죽음, 그리고 희생의 이미지를 형상화하는데, 이처럼 딸이 희생하고 죽게 된 이유가 가난과 신분, 그리고 가부장제 때문이라는 현실비판 의식을 내포하고 있어 주목된다. 고전시가에서도 정해진 법도에 따라 출가외인이 될 수밖에 없는 딸이 자애로운 부모의 은혜를 제대로 갚지 못함을 한탄하는 내용이 나온다. 규방가사의 여성 화자는 부모에 대한 슬픔과 그리움에 더하여, 효도할 기회를 갖지 못한 채 심려까지 끼치고 있다는 생각 때문에 불효한다는 죄의식을 갖는다. 부모 곁에 있지 못하는 딸이 느끼는 슬픔과 죄책감은 딸들이 처한 현실에 대한 비판적 인식이기도 하다.

현대문학에 이르러 딸과 어머니의 동일시가 주요한 주제로 표현된다. 딸들은 어머니에 대한 환멸과 대립, 연민과 이해의 서사 속에 등장한다. 어리거나 젊은 딸은 여성으로서 부딪히는 사회적·관습적 굴레 속에서 고통스럽고 무기력하게 살았거나 현재 살고 있는 어머니를 이해할 수 없어 그들과 대립한다. 딸들은 엄마처럼 살지 않겠다며 비장하게 각오한다. 딸이 자기 안의 엄마를 죽여야 하는 것은 성장하면서 거쳐야 할 하나의 관문이 된다.

그러나 딸은 여성으로서의 삶을 체험하는 동안 자신의 삶에 엄마의 삶이 겹치는 것을 경험하게 되고 엄마와 동일한 문제적 상황에 봉착하면서 그녀들을 공감하고 이해하게 된다. 소외된 딸들로, 폭력적 부권의 희생양으로, 기만적인 모성의 굴레에 갇혀 살아야 했던 엄마들은 경멸과 무시의 대상이 아니라 연민과 치유의 대상이었음을 깨닫게 된 것이다. 딸이 물질적·정신적으로 어머니가 되는 공감의 사건은 단순히 자신의 어머니를 이해하는 데서 멈추지 않고 여성 전반의 체험과 목소리를 사회적으로 회복하는 단계로 나아가기도 한다.

　아버지에게 오랫동안 '고명' 혹은 '애완'의 존재였던 딸은 이제 아버지의 애정을 폭력으로 인식하고 부녀관계를 일종의 잔혹담으로 가시화한다. 바닷가에서 아버지와 살아야 했던 '나의 사랑 클레멘타인'이었던 딸들은 아버지로부터 벗어날 꿈을 꾸는 여성 오이디푸스들이 되어 아버지가 부르는 노래와 전연 다른 노래를 엇갈려 부른다.

여자로 태어난 자식을 일컬어 딸이라고 하며, 자기 딸을 '딸, 딸아이, 딸년, 딸자식, 계집아이, 집아이, 여식(女息), 가교(家嬌), 식비(息鄙)' 등으로 지칭한다. 딸은 15·16·17세기에 '똘'의 형태가 확인된다. 18세기에는 '똘'의 형태와 더불어 '똘'이 나타나게 되었고, 19세기에는 '똘'과 함께 '똘, 똘, 똘'을 혼용했다. 20세기 초에는 지금과 같은 형태인 '딸'이 '똘, 똘, 똘'의 형태와 공존했다.

> 婆羅門이 그 말 듣고 고본 똘 얻니노라 (『석보상절(釋譜詳節)』(1447))
> 安定胡 先生이 니르샤딕 똘 남진 얼유믈 모로매 (『번역소학언해(飜譯小學諺解)』 (1517))
> 女兒 똘 (『역어유해(譯語類解)』 上(1690))
> 뎌의 뎌 눈먼 똘이 夫人을 삼어도 또 되디 못홀까 (『오륜전비언해(伍倫全備諺解)』 (1721))
> 왕녀와 왕비와 지보와 대성과 대댱쟈의 똘이 되야 (『지장경언해(地藏經諺解)』 中 (1752))
> 남의 안히와 똘을 음난니 ᄒ며 (『삼성훈경(三聖訓經)』 5(1880))
> 아들을 낫코 시버도 똘을 나흐며 (『쥬교요지』(1906))
> 부친도 똘을 위히서 쇠갈비 한 짝을 사오고 (이광수 『무정』(1918))
> 자긔의 똘을 기다리고 잇섯다 (『십칠도(十七圖)』(1923))
> 한 집안 일이니 딸에겐들 걱정이 없을 리 있겠나 (이효석 『모밀꽃필무렵』(1936))

딸을 낮추어 '딸년' 혹은 '계집아이' 등으로 부르기도 했다. '겨집'의 어원을 '在家'로 보고 '겨'를 '在'(겨다)의 어간으로, '집'을 한자어 '家'(집)로 보아 '겨집', 즉 '집에 있는 사람'으로 해석하기도 하고, '제(自)+집'으로 보기도 하며, 중세 국어에서 '쳐(妻)'를 의미하던 '갓'과 '집'이 결합된 것으로 이해하기도 한다. 이 논의들은 '겨집'이 '집에 있는 여자'라는 의미를 갖고 있었음을 공통적으로 추정한다.

> 婦女-眷屬은 가시며 子息이며 죵이며 집앗 사ᄅᆞᆷ믈 다 眷屬이라 ᄒᆞᄂᆞ니라 (『석보상절(釋譜詳節)』(1447))

중세국어에서 '계집'은 여성 일반을 가리키는 평칭어로 쓰이기도 하고, 아내(妻)를 의미하기도 하였다. 전자의 의미를 갖는 합성어로는 '겨집동싱(여동생), 겨집동세(娣), 겨집죵/계집죵(女奴婢), 겨집어리(계집질)' 등과 '장가가다'의 의미를 갖는 '겨집얼이다, 겨집ㅎ다' 등이 있다. 큰어머니를 '믇아자븨 겨집(伯母)'이라고 지칭했던 것으로 보아 비칭이 아닌 평칭이었다.

> 엄의 겨집동싱에 난 믿 오라비라 (『소학언해(小學諺解)』 6(1568))
> 겨집동세 뎨(娣) (『소학언해(小學諺解)』 6(1568))
> 婢는 겨집죠이라 (『석보상절(釋譜詳節)』(1447))
> ᄌᆞ식이 ᄌᆞ라거늘 겨집 얼이고 (『이륜행실도(二倫行實圖)』(1518))

현대국어에서 '계집'은 여성을 비하하는 낮춤말로 사용하게 되었다. 근대국어에 '계집년'을 의미하는 '妮子'를 볼 때, 근대국어에 이미 평칭 이하의 의미를 갖게 된 '년'과의 결합은 '계집'의 의미하락을 뒷받침해준다. 그러므로 '딸년', 혹은 '계집아이' 등의 어형은 중세의 여성 일반을 가리키는 평칭어 '계집'과 '아이'의 합성어라기보다는 중세 이후에 의미하락을 입은 '계집'의 의미가 반사된 어형이며, 자기 딸을 남에게 낮추어 지칭할 때 쓰는 표현이다.

딸의 다양한 이름　　이외에 자기 딸을 '여식(女息), 가교(家嬌), 식비(息鄙)' 등의 한자어로 지칭하기도 한다. 딸을 지칭할 때 쓰는 한자 '嬌'는 '귀엽다, 사랑스럽고 아름답다'라는 의미로 쓰이기도 하지만 부차적으로 '허약(虛弱)하다, 나약(懦弱)하다, 연약(軟弱)하다, 약하다' 등의 의미로도 쓰였다. 그리고 남의 '딸'을 높여 '딸, 따님, 영교(令嬌), 영낭(令娘), 영애(令愛), 영양(令孃), 소애(小艾)' 등으로 불렀다. 딸에게는 '여자 아이'임을 밝히는 '孃, 娘', 그리고 나이 어린 여성의 외모에 대한 묘사인 '嬌, 艾, 愛' 등이 쓰였다.

딸과 관련한 어휘로 아들 많은 집의 외딸을 일컬어 '고명딸' 혹은 귀엽게 '고명딸아기'라고 하고, 전라남도와 평안도 지방에서는 '양념딸'이라고도 한다. '고명'은 음식의 모양과 빛깔을 돋보이게 하고 그 맛을 더하기 위하여 음식 위에 얹는 것이다. '외아들'이 집안의 대를 잇는 없어서는 안 될 존재인 것에 비하여 '외딸'인 '고명딸'은 고명, 혹은 양념이 비유하듯 가족 내에서 잉여적 존재였음을 강조하는 말이다. '고명아들, 양념아들'과 같은 말이 존재하지 않음이 이를 방증한다.

남의 자식(子息)을 맡아서 자기(自己)의 성(姓)을 주어 제 자식(子息)처럼 기른다는 뜻의 '收養'(거둘 수, 기를 양)이 결합되어 '수양딸, 수양녀, 양녀(養女), 양딸'이라고 했는데, 친딸은 아니지만 정(情)으로 맺어진 딸을 가리켜 사용되었다. 지방에 따라 '시영딸, 쇠딸' 등으로 불리기도 한다. 한편, 개가하여 온 아내가 데리고 들어온 딸이나 남편의 전처가 낳은 딸을 '의붓딸'이라고 부르며, 지방에 따라 '다심딸'이라고도 하는데(제주) 의붓아들은 '다심아들', 의붓아버지는 '다심애비'라고도 한다. 한 집안에 복을 가져다준다는 의미에서 첫딸을 '복딸'이라고도 하고, 맨 나중에 낳은 딸을 '막내딸, 막동딸, 계녀(季女), 말녀(末女)', 그리고 시집가지 않은 딸을 '아가딸'이라고 불렀다. 아버지의 상중에 있는 여자가 자기를 지칭하여 '고녀(孤女)'라고도 하였다.

시집간 딸이 죽은 뒤 다시 장가든 사위의 후실을 '움딸'이라 불렀다. 풀이나 나무에 새로 돋아 나오는 싹을 뜻하는 '움'과 '딸'의 합성어이다. 출가한 딸이 죽었을 때 딸의 부모와 사위, 그리고 외손과의 관계가 멀어지고 특히, 사위가 재혼하게 되면 외손이 계모 밑에서 고생하게 되는 경우를 우려하여, 외손과의 관계를 이어가기 위해 장인, 장모는 외손의 계모로서 적당한 여성을 수양딸로 삼아 사위와 재혼시키는 경우가 있었는데, 이를 움딸이라고 한 것이다. 딸의 부모는 대체로 지체가 낮거나 경제적으로 부유하지 못한 집의 딸을 움딸로 삼음으로써 원만한 관계를 맺으면서도 사위나 외손과의 관계를 친딸이 살아 있을 때와 마찬가지로 유지시킬 수 있었다. 반면, '움아들'이라는 말은 존재하지 않았는데 그것은 옛날에 여자의 개가가 용인되지 않았고, 혹시 개가를 하더라도 자식을 데리고 가지 않았기 때문일 것이다.

부모와의 관계에서 아버지와 딸을 함께 일컬어 '어비딸', 어머니와 딸을 함께 일컬어 '어이딸'이라고 하고, 조부모와의 관계에서 외가와 친가의 손녀를 귀엽게 일컬어 '손녀딸' 혹은 '손주딸', 그리고 그 아래는 '현손녀(玄孫女)'라고도 하며, 조카딸은 '질녀(姪女)'라고 부르며, 또한 딸자식이 어버이에게 자신을 스스로 낮추어 지칭할 때는 '불초녀(不肖女)' 혹은 '여식(女息)'이라고도 하였다.

6.2. 딸에 관한 인식의 변화

딸의 은유성   특정 문화 안에서 인간의 개념 체계는 구조화 되며, 이것은 언어에 반영된다. 은유 현상에 대한 인지의미론적 접근은 한 개념 영역을 다른 개념 영역을 통하여 이해하고 경험하는 과정인데, 관용적으로 나타나는 은유 표현을 통해 딸에 대한 개념을 살펴 볼 수 있다. 딸의 은유적 의미 속성은 보통 부모와 자식의 생물학적 관계에서 기원한다. 그러므로 딸의 은유적 속성이 일차적으로 부모와의 관계에 기초하여 형성되었음을 유추할 수 있다. 우선, '바람의 딸들, 하느님의 딸, 더구나 미숙이는 견진까지 받은 천주님의 딸예요' 등의 예를 살펴보면, 딸의 은유적 속성은 부모에 해당하는 대상에게 유전적 형질이나 특징, 유산 등을 '물려받음'은 관계에 기초하고 있으며, 딸은 주 대상의 속성을 반영하는 존재임을 알 수 있다. 또한, '시온의 딸('시온'의 백성), 조선의 딸들' 등의 표현에서는 딸의 속성은 부모에 해당되는 주 대상과의 포함관계에 기초하며, 전체 집합 안에 포함된 하나의 구성소로서의 존재임을 알 수 있다.

반면, 딸과 비교하여 아들은 은유적 쓰임이 보다 광범위하고 보편적으로 나타난다. 그것은 아들이 부모의 유전적 형질과 법적, 사회적 지위를 물려받는 대표자였기 때문이었을 것이다. 그러므로 아들은 자식의 원형으로 나타나 가족 내에서 직접적인 후사를 가리키거나 연장자기 아랫사람을 애정적으로 대힐 때 쓰이기도 한다. 딸의 은유적 속성과 마찬가지로 아들은 부모에 해당되는 주 대상으로부터 속성을 물려받으며 그 속성을 반영하는 존재로 나타나며(대지의 아들, 하느님의 아들), 그 집합에 포함된 구성소로서의 존재로 나타난다. (자회사(子會社)-다른 회사와 자본적 관계를 맺어 그 회사의 지배를 받는 회사, 대한민국의 아들, 자모필(子母筆)-큰 붓의 붓대 안에 굵기가 가느다란 붓을 연이어 넣어 만든 것)

아들과 비교하여 딸이 갖는 변별적인 속성은 기본적으로 [+여성성]이며, 목표 대상에 종속되거나 소유됨으로써 그의 속성을 보다 충실하게 반영하는 대상이나 여성의 일반적 성향이라고 여겨지는 '온유함, 사랑스러움, 부드러움, 평화로움'을 의미하기도 한다. 그러나 딸이 출가하여 며느리가 되면 주 대상이 시어머니가 되고, 며느리의 의미 속성은 시어머니와의 관계에 기초하게 되었다. 며느리의 속성은 항상 시어머니와의 대립 관계를 통해서 형성되고 있음을 알 수 있다. 딸과 며느리의 이러한 의미 속성은 고사성어, 속담, 설화 등에 반영된다.

딸의 가족 내 지위   딸이 갖는 의미 속성은 전통 사회에서의 삶과 밀접하게 관련된다. 유교를 숭상하던 가부장제의 사회인 조선시대에 이르면 여성은 삼종지도(三從之道)와 칠거지악(七去之惡)이 지배하는 사회 환경 속에서 성장하면서 아버지의 딸로 살아가고, 결혼을 통해 누군가의 아내와 며느리로 살아가게 되었는데, 이것은 여성 정체성의 핵심이 관계에 기반하여 형성되었음을 의미한다.

부계혈통체제가 강화됨에 따라 아들에게는 직계주의, 장자우선주의, 적서차별주의 등의 배타성이 강요되었고, 딸 혹은 며느리에게는 출가외인(出嫁外人) 이데올로기, 열녀관, 재가금지 등과 같은 여성의 삶을 비인간적으로 통제하는 체제가 강요되었다. 가문의 계승과 번영을 책임지는 아들과는 달리 딸은 결혼 적령기가 되면 혼인에 의하여 출가외인이 되어 남편이 사는 곳으로 옮겨갔다. 딸은 다른 혈통의 후손을 낳는 존재로서 친정으로부터 '출가외인'으로 배제되었는데, 우리나라의 전통사회에서 출가외인이라는 말은 지금까지의 가족관계를 떠나 '남'이 되는 것이라는 독특한 의미를 갖는다. 이처럼 딸은 출가외인이라는 관념은 여러 속담과 고사성어에 반영되고 있다. "딸은 두 번 서운하다"고 하여 딸은 처음 낳았을 때 아들을 낳은 것보다 서운하고 시집을 보낼 때 서운함을 이르기도 하고, "딸자식 길러 시집보내면 육촌이 된다", "아들은 말 태워놓으면 사촌 되고 딸은 시집보내면 육촌된다" 등의 말은 시집을 가고 나면 아들보다도 관계가 멀어짐을 표현한다. 또한, "호박넝쿨과 딸은 옮겨 놓은 데로 간다"고 하는 말은 호박 넝쿨은 가지를 옮겨 놓은 데로 뻗기 마련이고 딸은 시집가면 남편을 따라 가기 마련이라는 뜻으로, 딸은 혼인 후에는 출가외인이므로 시집 보내고 나면 남편을 따라야 하기 때문에 사윗감을 잘 골라야 한다는 의미를 갖는다. 또한, 딸은 아들과 달리 출가시킬 때 부모는 많은 경제적인 부담을 지게 되어, "딸 삼형제를(셋을) 여의면 기둥뿌리가 패인다", "딸 삼형제 시집보내면 고무도적도 안 든다", "딸이 셋이면 문열어놓고 산다"와 같이 '딸자식 시집보내는 것이 비용이 많이 듦'을 형상적으로 이르던 말이 생겨났다.

딸에 대한 이러한 관념은 딸을 회피하고 아들을 선호하게 하였고 결과적으로 여성의 지위를 약화시켰다. 딸에 대한 작명습속을 보면 아들에 대한 선호의 정도를 알 수 있다. 딸 이름 중에 '섭운, 섭섭, 유감녀(遺憾女)' 등은 아들 낳지 못한 섭섭함을, '필순(畢順), 말자(末子)' 등은 딸은 이제 그만 낳겠다는 의지를, '기남(基男), 후남(後男)' 등은 다음에 아들을 기약하는 마음을, 그리고 '확실이(確實伊), 딸막이, 꽁지' 등은 계속된 딸의 출산을 막아보자는 소망을 담았다.

　　그러나 같은 여자로서 유일하게 경쟁적인 관계에 놓이지 않는 어머니와 딸은 서로의 처지를 이해하고 동정하는 가운데 가족성원 중 가장 가까운 관계에 놓인다. 곧 출가(出嫁)하여 누군가의 딸에서 누군가의 아내, 며느리로 소속이 바뀌는 상황에 놓일 딸에 대한 어머니의 애정은 동병상련의 애처로움이 바탕이 된 관계였다. 이처럼 자신과의 맺는 관계를 통해 정체성을 형성하는 딸, 혹은 며느리는 구전이야기 속에서 누군가의 딸에서 누군가의 아내, 며느리로 관계가 바뀜으로써 자신의 존재를 드러내기를 거부하고 이러한 관계에서 분리되어 주체가 되기를 시도하기도 한다. '내 복에 산다'류의 구전이야기와 '평강 공주'의 이야기에서 드러나듯이 '누구 덕에 사냐'고 묻는 아버지에게 '내 복에 산다'고 대답하여 표면적으로 버림받은 딸이지만 스스로 '출가(出家)'했다고 볼 수 있다. 부모 혹은 아버지로부터의 분리는 적극적인 행위이며 이 과정에서 남편을 선택하고 부자가 되게 함으로써 사회적으로 성공하고, 더 나아가 자신의 집을 짓고 아버지를 보살피며 산다고 하는 주체적인 존재로서 행위하고 있음을 알 수 있다. 이것은 여성의 현실에 대한 자각을 표출하고 이를 극복하고 싶은 의지의 표현이라고 볼 수 있다.

딸의 지위 변화　　　　전통 사회에서 근대 사회로 이행되면서 여성의 교육확대, 사회참여, 경제활동의 증가는 여성의 권리를 신장시켰고, 전통 가족제도의 해체는 남녀 성역할을 점점 변화시켰다. 현대에 이르러 개인주의, 자유주의, 다원화 등의 사고가 보편화되면서 가치관의 변화가 일어났고, 개인은 스스로의 행복과 자아실현에 인생의 목적을 두게 되었다. 이러한 사회문화적 변화는 가족 규모의 축소, 출산률 저하 등의 결과를 불러왔고, 가족 내 자녀의 수는 하나 아니면 많으면 둘이라는 사고를 당연시 하게 되었다. 현대 사회에서 딸은 가족 내에서 아들과 동등한 존재가 되었으며, 아들에게 요구되었던 부모의 기대와 믿음을 동등하게 받는 존재가 되었다. 국가적 차원에서는 남녀차별적 법률 조항이 사라져가고 있으며, 사회적으로 딸들은 사회적 지위와 경제적 능력을 획득, 확장해 나가고 있다. 이렇게 성장한 딸들의 사회, 경제적 능력은 결혼을 더 이상 의무나 필수가 아닌 선택의 문제로 여기게 만들었고, 이러한 한국 사회의 변화는 딸이 갖는 전통적인 개념적 은유의 의미를 바꾸어 나가고 있다. 이러한 세태를 반영하듯 현대에는 '알파걸, 베타걸, 킹콩걸, 골드미스' 등의 새로운 지칭어들이 나타났다.

알파걸(Alpha girls)은 이전의 세대의 여성과 확연히 구분되는 엘리트 집단 소녀들을 지칭하는 신조어이다. 알파(α)는 그리스어의 첫 번째 철자로 '처음' 혹은 '첫째가는 것'이라는 의미로 쓰이는 문자이다. 이에 따르면 알파걸은 학업, 과외활동, 대인관계, 성취동기, 자기 확신, 미래에 대한 비전, 리더십 등 모든 면에서 남자에게 뒤지지 않으며, 오히려 이들을 능가하는 엘리트 소녀들을 일컫는다. 이러한 알파걸의 등장 배경에는 상술한 사회문화적 변화가 가장 큰 원인으로 지목될 수 있다. 알파걸의 부모들은 그 이전 세대와 달리 남녀평등의 기반 위에서 자녀 양육을 할 수 있게 된 세대이다. 알파걸의 어머니는 자신의 일을 갖고 있으면서 자기주장이 강하고 독립적인 여성으로서 바람직한 여성역할모델이 되어 줌으로써 '여자도 마음껏 능력을 발휘할 수 있고 무엇이든 열심히 하면 성취할 수 있다'는 자신감을 심어 준다. 그러나 무엇보다도 알파걸이 전통적인 딸들과 구별되는 특징은 딸 양육에 적극적인 역할을 하게 된 아버지와의 관계이다. 성 평등적인 관점을 가진 아버지와의 친근한 교류는 구세대의 아버지들이 아들에게 그랬듯이, 딸들에게 도전정신과 모험정신을 그리고 수학, 과학, 컴퓨터, 스포츠 등을 전수할 기회를 제공하였다. 이런 환경은 딸들에게 아버지의 남성성과 어머니의 여성성의 장점을 고루 갖춘 양성적 딸을 출현시켰다.

요즘의 딸들은 탄탄한 직장과 강한 경제력을 바탕으로 싱글 생활을 선택하는 경우가 많은데, 미혼으로 자기 계발, 문화 활동에 적극적인 집단을 가리켜 '골드미스(Gold Miss)'라고 부른다. 골드미스는 30대 이상 40대 미만의 미혼여성 중 높은 학력과 경제적 능력을 갖춘 여성을 일컫는다. 골드미스의 등장은 결혼과 출산, 육아와 내조로 이어지는 딸의 삶에 관한 틀을 깨뜨리고, 자신의 본실

과 삶을 찾는 멋진 여성 신드롬 혹은 하나의 문화로 자리 잡았으며 선택되는 여자가 아닌, 결혼을 스스로 선택하겠다는 의지를 지닌 새로운 여성상을 제시한다는 점에서 긍정적으로 평가받고 있다. 골드미스의 출현은 어느 날 갑작스럽게 이루어진 것이 아니며 알파걸(Alpha Girl)의 성장과 같은 맥락에서 이해할 수 있다. 골드미스라는 말은 한국어식 영어 올드미스(Old miss)에서 나왔는데, 비슷한 말로는 영어권에서 최근 유행한 '알파걸(Alpha Girl)', 일본에서 쓰인 '하나코상(ハナコさん, ハナコ族)', 그리고 중국에서 쓰인 '떨이녀(剩女)' 등의 말이 있다. 골드미스라는 단어는 2007년부터 사용되기 시작했는데 '알파걸' 세대가 성장하여 '골드미스'로 이어지고 있음을 알 수 있다.

여성의 계층화

현대의 딸들은 새로운 사회계층을 형성하고 있으며, 이러한 사회 현상을 반영하는 다양한 지칭어가 생겨났다. 알파걸의 뛰어난 능력에 미치지 못하는 여성들을 가리켜 베타걸로 부르기도 하는데, 모든 면에 있어서 높은 성취욕과 자신감을 가진 알파걸과 상반된 여성상을 의미하기도 하고 우리나라의 전통적 여성상으로 남자에게 의존하는 여성들을 의미하기도 한다. 한편, 골드미스에 못 미치는 미혼 직장여성들을 가리켜 '실버미스'라고 부르기도 하는데, 그리 높지 않은 학력을 가진 이 계층은 일이나 문화, 미용, 패션 등에 가지는 관심은 비슷하지만 소비는 이에 미치지 못하는 부류의 여성을 지칭하기도 한다.

또한, 알파걸, 파워걸과 비교하여 평범하고 내세울 것 없는 못난 여성들을 가리켜 '킹콩걸'이라고 부르기도 한다. 이렇듯 현대의 딸들을 가리키는 최근의 지칭어들은 여성의 사회적, 경제적 능력을 강조하며, 자아실현을 위해 자신이 누릴 것을 스스로 성취해나가는 열정과 전문적 경쟁력을 지닌 여성임을 강조한다. 그러나 '올드미스, 골드미스, 실버미스, 알파걸, 베타걸, 파워걸, 킹콩걸' 등으로 지칭하는 경향은 여성을 경제적 능력, 사회적 지위, 집안, 외모, 나이 등에 따라 잘난 여성과 그렇지 못한 여성으로 또 다른 계층화의 양상을 보여준다고 할 수 있다.

전통 사회에서의 딸이 온전히 부모와의 관계 아래 상대적으로 아들과 비교되어 소극적, 수동적, 희생적, 종속적 존재였다면, 전통 사회에서 현대 사회로 이

행되면서 딸은 가족 내에서 더 이상 아들보다 덜 중요한 존재가 아니며, 아들에게 요구되었던 부모의 기대와 믿음을 동등하게 받는 존재가 되었다.

6.3. 귀한 딸로서의 자존감

고전소설에서의 딸의 모습에는 조선 후기 당대의 그녀들의 가문 내 위상이 일정 정도 반영되어 있다. 17세기 후반 이후 성리학적 도덕관념과 종법적인 부계 가족 질서를 이상으로 하여 장자 상속제, 장자 중심의 제사, 친영(親迎) 등의 제도가 강화되기 이전에는 딸의 지위가 아들과 비슷했던 상황이 투영된 것이다. 똑똑한 맏딸의 경우, 친정 집안일을 주재하거나 남동생의 믿음직한 조언자가 되어주기도 하고, 며느리들보다 높은 위상을 지니면서 집안을 다스리거나 어머니의 대리인 역할을 하다가 가권(家權)을 물려받기도 한다. 그리고 시가 식구들 앞에서 당당한 여성이 등장하기도 한다. 남편의 말이 틀렸으면 자신의 생각을 피력하여 남편이 수긍하게 만들고, 시집 식구들에게 모해를 당할지라도 당당하게 반박하고 반론을 제기한다. 굽히지 않는 이러한 태도는 친정 가문의 높은 위세에 대한 자신감에서 비롯된 것이다. 조선시대에 여성이 오를 수 있는 최고의 지위는 왕후였다. 왕후가 될 여성은 태양의 정기를 쏘였다거나 임신 기간이 길었다거나 하는 기이한 탄생담이 제시되고, 어려서부터 지혜롭고 단정하며 학식도 있으며 예의 바르고 품격이 있는 등 최상의 인물로 묘사된다. (「소현성록」)

고전시가에서 딸은 애정의 대상이자 자존감의 주체로 존재한다. 여성에게 자신이 부모로부터 사랑을 받으며 성장한 귀중한 딸이라는 생각은 자존감의 바탕이 된다. (「팔부답가」, 오천 정씨 부인 「정부인자탄가」) 이러한 자기존중의식은 출가 후 시집에서 인정을 받지 못하는 어려움을 겪는 과정 속에서도 자신을 지탱하는 근거이다. 특히 양반가 여성에게 딸로서 친정에서 받은 부모의 사랑은 예의범절과 교양의 교육으로 기억된다. 부모의 사랑으로 현모양처로서의 부덕을 갖추기 위한 교육을 받을 수 있었다고 의식하며, 이는 자신이 덕성을 갖추었다는 자기존중의식을 형성한다. 마찬가지로 부모가 시집가는 딸을 바라보는 시선에는 딸을 귀애하며 키워왔음이 드러나며, 소중한 딸이 떠나가는 것을 슬퍼한다. (「회인별곡」, 안동 권씨 「송교행」)

(양부인이) 드디여 소부인의 손을 잡고 닐어 왈 내 너히 부친을 여히고 네 그째 나히 스셰라 어롤모져 길너더니 이제 나히 늙기의 쇠ᄒ고 ᄌ손이 번셩ᄒ니 구천의 도라가나 흔이 업스리로다 너도 나히 쇠ᄒ고 경이 흔가디로 늙글 거시니 내의 삼년을 부디홀 길히 업ᄂᆞᆫ디라 엇디 ᄆᆞᄋᆞᆷ의 니ᄌ리오 너히ᄂᆞᆫ 훼블멸셩을 싱각ᄒ야 흔가디로 보호ᄒ고 화시의 셩되 조협ᄒ여 가둥 쳔여 인 샹하를 원망 업시 거ᄂᆞ리디 못ᄒ리니 셕시ᄂᆞᆫ ᄎᆞ례 글너더니 네 맛당이 내 디신의 드러 ᄌ손의 닷살기를 금ᄒ고 거ᄂᆞ려 녯 법계를 고티디 말나 네 죽은 후ᄂᆞᆫ 화시긔 ᄂᆞ리오고 위시ᄂᆞᆫ ᄯᅩ흔 너를 족히 디홀 재니 원녀ᄂᆞᆫ 아니커니와 댱가의 셰거를 효측ᄒ라

―「소현셩록」(17세기)

쳡이 비록 불민ᄒ나 ᄯᅩ흔 녯사름의 녈의를 아ᄂᆞ니 부인은 삼종지의 듕ᄒ나 금일 쳡의 형셰로뻐 비길단대 공지 이에 겨셔도 감히 삼종을 칙ᄒ야 다시 김가의 가라 아니시리니 쳡이 간초ᄒᆞᆷ믈 괴로와 ᄒᆞ미 아니오 군ᄌ를 염퍄ᄒᆞ미 아니며 존고를 원망ᄒᆞ미 아니라 당초의 녕형이 불힝흔 말노 쳡을 훼방ᄒᆞ미 참혹ᄒ니 일퇴의 쳐ᄒ야 셔ᄅᆞ 보미 흔갓 슈괴홀 ᄲᅮᆫ 아니라 ᄯᅩ흔 혐의예 크게 촉ᄒ니 쳡이 삼종을 직희고져 아닛ᄂᆞᆫ 배 아니로디 조믈이 슌흔 거슬 막으니 임의 ᄇᆞ라미 긋첫ᄂᆞᆫ디라 다만 냥젼홀 도를 싱각홀단대 쳡이 스스로 죵신을 심규의셔 ᄆᆞᄎᆞ 단댱시를 외올디언뎡 귀퇴의 나아가 픔화를 어즈러이고 비례의 얼골을 보디 아니리니 엇디 군ᄌ의 명견으로뻐 군ᄌ의 나약흔 소견을 아디 못ᄒ리오

―「소현셩록」(17세기)

션인황후 소시ᄂᆞᆫ 승샹 강능후 소현셩의 필녜오 됴국부인 셕시의 소싱이라 명은 슈쥬니 일즉 셕부인이 잉틱할 적 꿈의 태음셩을 숨끠고 태양 졍긔를 ᄲᅩ여 뵈더니 스므 둘 만의 후를 나흐니 산측의 긔이흔 향내 옹비ᄒ고 (중략) 휘 어려겨실 제붓터 팀묵언희ᄒ시고 단엄졍슉ᄒ샤 츌입의 법되 겨시고 눈 드러 사름 보기를 경히 아니시며 극흔 우은 일이라도 가보야이 웃디 아니시고 어딘 일을 보나 아디 못홈 ᄀᆞᆺᄐᆞ며 브졍흔 일을 보나 됴히 너김ᄀᆞᆺ티 ᄒ시니 사름이 고이히 너겨 그 연고를 무른즉 디답ᄒ되 사름이 각〃 ᄆᆞᄋᆞᆷ을 힝ᄒ니 부모 유톄와 싱흉지신을 내 ᄆᆞᄋᆞᆷ과 맛ᄀᆞᆺ디 아닌들 긔 므슴 혼단이리오 ᄒ시니 (중략) 휘 ᄌ유로 문흑을 됴히 너기시며 글

쓰고 닑으시믈 게얼리 아니시거늘 사롬이 그 연고롤 뭇주오니 답왈 내 샹문녀주로 고소롤 아디못ᄒ야 사롬의 업슈이 너기미 될가 ᄒ미로다 모든 형이 다 지혹이 이시되 규방의 소작이라 ᄒ야 금초고 긔이니

ー「소현성록」(17세기)

이 가스 되답ᄒ신 주익ᄒ신 우리 부모 우리난 키울 적의 병이 들면 업고 안고 줌이 들면 어라만져 익지중지 ᄒ신 말슴 어엿븐 나의 딸을 어다미 비할손고 곳ᄒ로 비ᄒ주니 츈산수쳐 곳치 되고 구슬노 비ᄒ주니 ᄂᆡ마다 옥이로다 앙즁ᄒ 우리 딸이 남되도 이러ᄒᆫ가 이 딸을 키워ᄂᆡ여 고문명족 일등가랑 고르고 갈여ᄂᆡ여 사회랄 삼주ᄒ고 심규이 여허두고 사회고 셔린 은혜 미우벗츨 짐즉ᄂᆡ여 여힝을 가라칠지 남이셔 못할시라 족족히 익한소고 삭삭히 험을 셔셔 편시반긱 아니놀여 나쥬로 침션방젹 밤으로 언문ᄒ기 일동일졍 조심ᄒ여 일일히 고츨ᄒ니 긋되난 야속드니 지금은 싱각ᄒ니 부모은덕 하히갓다

ー「팔부답가」(미상)

십식을 치와 탄싱하여 아달딸 분간업시 쥬옥갓치 스랑하여 아푼주리 가라가며 치우면 지울시라 더우면 더울시라 만단슈션 골몰즁도 줌시라도 안이잇고 져졀며여 줌을 지고 쳑푼쳔니 모와ᄂᆡ여 쳘피이복 곱기지여 몸간슈도 졍히하고 육칠식라 주라나셔 비단명쥬 침주질과 마푼무명 물이기를 죠리잇기 가라치며 본문기역 이언가라

ー오쳔 졍씨 부인 「졍부인자탄가」(미상)

어엿샏다 ᄂᆡ여아들 쳔간이야 지츌이야 익지즁지 ᄂᆡ친실아 강보유치 너길울적이 업고안고 주나씨나 너하나을 길울젹이 일심경역 다고다셔 진주리는 ᄂᆡ가눕고 마른주리 너을우여 한셔을 자려가며 조혼음식 너을쥬어 안친거슨 ᄂᆡ가먹고 조혼옷은 너입히고 안친오슨 ᄂᆡ가입고 이러타시 너길울셔 허다ᄒ 겹기풍숑 ᄂᆡ혼주 다격거셔 셰월이 신속하여 어나ᄉᆞ이 너의방연 이구십팔 되엿고나

ー「회인별곡」(미상)

삼십에 너를 낳아 강보에 양육할제 문밖에 바람 불면 감기들까 염려하고 일일잠시 음식보면 탐식할까 조심하고 잠을 늦게깨도 손만지고 살펴보고 웃음을 안웃어도 머리짚고 배만져서 규중세월 십육년을 이러귀 기를직에 교역인들 어떠하며 소망인들 어떠리요 바다가 깊다한들 어느 자정 비할소냐 천지가 광활해도 춘향없난 자모인정 황괴청청 샘솟닷이 하운기봉 후관피듯 춘산화초 만환한들 우리딸과

같을손가 옥반에 중주같고 채병의 기와같다 요조숙녀 구하거든 우리딸 여게있소
여중군자 말하거든 우리딸 여게있소

-안동 권씨 「송교행」(1912)

6.4. 부재하는 딸, 희생하는 딸

　여성 한시문에서 딸은 결혼과 죽음, 그리고 희생의 이미지를 통해 형상화되었다. 부모 특히 어머니가 딸에 대해 언술하는 작품의 대부분은 이러한 경우였다. 그런데 딸의 죽음과 희생은 가난과 신분 그리고 가부장제 때문이라는 점에서 현실비판을 내포한다. 딸은 가족에게 특히 어머니에게 부재하며 슬픔의 대상 혹은 희생의 기억으로 남아 있는 경우가 많았다. 이는 딸의 출가(出嫁)와 죽음으로 인한 것이었다.

　한 가족으로 살던 딸은 나이가 차면 출가하게 되는데 이는 처음으로 맞는 이별이었고, 상황에 따라서는 영원한 이별이기도 하였다. 그러므로 딸의 출가는 딸과의 이별 혹은 딸의 부재(不在)로 인식되었다. 그러나 딸을 출가시키면서 어머니가 할 수 있는 일이란 딸에게 시댁에 가서 살림 잘하고 남편과 사이좋게 지내라는 경계(警戒)의 말을 하는 것이었다. 딸에 대한 경계는 애정을 바탕으로 한다는 점에서, 사대부들이 교훈적 기록문에서 여성의 삶을 시집을 중심으로 구성하고 시집에 순종하는 며느리를 만들기 위해 시도했던 경계와는 다르다. (김삼의당 「嫁二女」, 「送二女于歸序」)

　또한 딸의 부재는 죽음에서 기인한다. 여성의 한시문에는 일찍 죽은 딸에 대한 애통함이 나타난다. 이 경우 딸들이 일찍 죽은 것은 가난과 비천한 신분 때문이었다. 가난한 양반집 딸들은 제대로 먹지 못해 병들거나 집안일만 하다가 일찍 죽고, 기생의 딸들은 그 특수한 신분으로 인해 어머니와 떨어져 지내다 병들어 죽었다. 그러므로 자식을 잃은 어머니가 서술한 글 속에서 이들은 회한과 그리움의 대상이다. (김삼의당 「祭長女文」, 강지재당 「代翠香哭女」, 심정순 「祭亡女文」, 강정일당 「殤女瘞誌 代夫子作」)

고전소설의 경우 가부장제(家父長制) 사회에서 딸은 가족이나 가문, 가부장을 위해 살아야 하는 존재이기도 했다. 어려서는 아버지를, 시집가서는 남편을, 노년에는 아들을 따라야 했으며, 그들의 가치관과 행동 강령에 맞추어 살아야 했다. 아버지 오구대왕의 생명을 구하기 위해 구약(救藥) 여행을 떠난 바리공주는 우리 문학에서 대표적인 희생하는 딸이다. 자신을 내다버린 아버지와 집안과 나라를 살리기 위해, 자신에게 부과된 많은 시련을 극복하고 마침내 생명수를 획득해 돌아온다. (「바리덕이」) 이러한 자기희생의 면모는 전통사회의 여성들에게 요구되었던 가장 큰 덕목 가운데 하나였는데, 「심청전」에서 좀 더 긍정적으로 묘사되었고 대중적으로 확산되었다. 심청은 아버지가 스님에게 약속한 시주미를 제공하기 위해 목숨을 버리니 자신보다는 아버지를 위해 희생하는 경우이다. (「심청전」) 바리공주가 여행을 하면서 온갖 노동을 해내는 것에 비해, 물에 빠져 버리는 심청이 소극적으로 보일 수 있지만 목숨을 거는 일이기에 더 큰 두려움이 앞설 수밖에 없다. 배를 타러 가는 날 아연실색하고 목이 메어 정신이 어질할 정도라고 묘사됨으로써 효녀도 죽음 앞에서는 두려워할 수밖에 없음을 보여주고 있어 더욱 현실감 있다. 한편, 아버지의 친구 아들인 상사병 난 남자를 구하기 위해 억지로 혼인하는 딸도 있다. (「소현성록」) 벼슬도 낮고 시아버지도 계시지 않는 집안에 시집을 가는 것이어서 어머니를 비롯한 식구들이 모두 불쌍해하고 자신도 울면서 가는 것이지만 아버지의 약속과 의리를 지키기 위해 어쩔 수 없이 혼인하는 것이다. 이렇게 자신을 재물로 던져 인내하고 희생한 딸들만이 무속의 신(神)으로 좌정하거나 왕비가 되거나 현숙한 부인이 될 수 있었다.

고전시가에서 딸로서 성혼을 통해 출가외인이 되는 것은 숙명으로서, 부모에게는 부재하는 딸이 되는 것이다. 혼인은 정해진 법도에 따라 시집의 식구가되는 것이자, 친정부모와 형제로부터 떠나가는 것이다. 딸은 자애로운 사랑을준 부모의 은혜를 제대로 갚을 시간을 갖지 못하고 집을 떠나게 된다. 규방가사에서 여성은 부모에 대한 슬픔과 그리움에 더하여, 효도할 기회를 갖지 못한채 심려까지 끼치고 있다는 생각 때문에 불효한다는 죄의식을 갖고 있다. (「봉우사모가」, 정씨 부인 「나의 회고록」, 「석별가라」) 서민여성이 지은 민요 중 '친정부고 받는 노래' 유형은 부재하는 딸의 입장에서 비롯된 죄의식이 투영되어 있다. 이 유형의 민요는 딸로서 시집에 얽매여 마음과 달리 친정에 바로 갈 수 없는 현실에서 오는 고통과 슬픔의 정서를 보여준다. 동시에 그러한 현실에 대한 비판의식을 함축하고 있다. (「시집살이 노래」)

> 딸이 시집가는 날
> 아직 봄도 오지 않아서
> 하인이 새 가마 메자
> 진눈깨비 하늘하늘 날렸네
> 몸종이 길 인도하며 떠나니
> 막내 동생 울며 헤어지네
> 문에 서서 한 마디 주니
> 살림 잘하고 금실 좋게 살아라
> 之子于歸日 未及桃夭節 僕夫駕新轎 飄飄飛雨雪
> 侍婢行前導 季妹泣相別 臨門贈一語 宜家又宜室
>
> —김삼의당 「둘째 딸을 시집보내며 嫁二女」(19세기 초반)

둘째 딸을 전주 사람 송도환에게 시집보냈다. 딸아이가 시집으로 갈 때 문에서 이렇게 훈계하는 말을 해 주었다.

너의 집으로 가서는 반드시 공경하고 순종하여 남편을 거스르지 말아라. 더구나 네 시집에는 위로 연세가 높으신 조부모님과 아직은 그리 늙지 않으신 부모님의 두 대 어른이 모두 살아 계신다. 그 가문에는 일이 많을 것이니 네가 가거든 공경하고 정성을 다하여 게으르지 말아야 한다.

자식이 친부모에 대해서는 사랑이 공경을 넘어설 수도 있는 법이지만, 시부모를 섬길 때에는 공경이 사랑을 넘어서야 하는 법이다. 그런데 '공경'이라는 말은 우리 집안에서 대대로 전해 오는 가르침이다. 네 나이 이제 겨우 열여덟이다. 옛날의 예로 보더라도 스물이 되어야 시집을 가는 법이니, 네 나이가 아직 모자라고 네 지식과 생각이 아직 성숙되지 않았다. 그래서 내가 올 여름에 여자 스승에게 부탁해서 『내칙』 한 편을 주어 부모 섬기고 어른 섬기는 도를 가르치도록 했으니 너는 부지런히 배우고 실행하도록 해라. 또 네가 시집으로 가는 길에는 풍패와 당음의 아래를 지나가게 되어 교화가 성한 것을 보고는 반드시 감동하여 분발하는 마음이 일어날 것으로 생각된다.

第二女嫁于全州人宋道煥 於其歸也 臨門戒之日 : 往之汝家 必敬必順 無違夫子 而況汝之夫家 上有祖父母 鶴髮臨年 又有賢父母 韶顔未暮 兩世具慶 一門崢嶸 汝其往也 克敬克誠 靡懈靡怠 凡人子之於親父母 愛或逾於敬也 至於事舅姑

敬且逾於愛也 矧玆一敬字 寔我傳家之遺範哉 汝今年才十八 觀古禮 二十而嫁
者 年未及也 而知慮且未成 余故今年夏 命姆師授內則一篇 使知事親事長之道
汝其勉而行之哉 且汝之歸也 路過豊沛棠陰之下 想見風化之蔚然 必有興起感
發之心也

— 김삼의당 「둘째 딸을 시집으로 보내면서 送二女于歸序」(19세기 초반)

늘 어미 떠나 할머니 따르며
상머리에서 밤 대추 사탕 배를 먹었지
짧은 처마에 가을해 여름처럼 길어
자주 울면서 젖을 보채었지
눈에 가득한 슬픔을 억지로 참으려니
창 앞으로 한 걸음 가기가 하늘 끝 가는 듯
어미 마음 상케 할까 눈물을 감추다가
빈 섬돌 떨어진 꽃가지에 쏟았네
동쪽 집에 점을 치고 북쪽 의원 찾았으나
의술은 못 고치고 점도 맞지 않았네
길 어둡고 바람 불고 비오는 밤에
네 아비 박정한 것을 네 어찌 알리
황천길 멀고 멀어 가기 더딜 것인데
머리 돌려 보는 것은 어미 사랑 못 잊는 탓
안개비 내리며 배꽃 핀 달밤에
불러도 흔들어도 끝내 알지 못하네
비단치마에 깊숙이 싸여 문을 나서서
청산에 삽질하여 거친 언덕에 묻었네
어제까지 즐겁게 색상자 속을 뒤졌는데
떨어져 있는 비단 조각에 더욱 마음 아프구나
네 어미 영락해 떠돌며 강남에 이르렀으니
옛 살던 일 생각하면 견디기 힘들구나
다음 생에선 기녀 딸 되지 말고
좋은 가문에서 남자로 태어나거라

阿母常離祖母隨 床頭棗栗與糖梨 短簷秋日長如夏 往往嬌啼索乳時
滿眼悲來强抑悲 窓前一步若天涯 潛淚恐傷慈母意 空階灑向落花枝
東隣問卜北隣醫 醫道難醫卜不疑 路黑東風吹雨夜 爾爺恩薄汝安知

重泉路遠去應遲 倘是回頭戀母慈 半烟半雨梨花月 杳杳招招竟不知
深裏羅裳抱出門 靑山一揷付荒原 昨日嬉探斑篋裏 零紈片錦倍傷魂
爾孃流落到江南 憶事西廂思不堪 他生莫作娼家女 好向候門做好男
　　　　　　　 —강지재당 「취향의 딸 죽음을 대신 곡하며 代翠香哭女」(19세기 후반?)

햇빛은 너무 뜨거워 참담하고

슬픈 바람은 소슬히 부네

옥 같은 모습과 얼음 같은 마음은

안개처럼 흩어지고 구름처럼 날아갔네

늙으신 부모님 계시니

홀로 앉아 피눈물 흘리네

사랑하나 보지 못하니

마음은 만 구비 맺히는구나

물어보자 푸른 하늘아

내가 무슨 죄를 지었기에

옥비녀 황금패물을

헛되이 무덤에 묻어야 하는가

산은 비고 나뭇잎 지며

강물결도 울면서 목이 맨다

백양나무는 슬프게 서 있고

찬 달빛은 교교히 비치네

길고 긴 한은

영원토록 스러지지 않으리

慘憺烈日 蕭瑟悲風 玉貌氷心 烟散雲空 鶴髮高堂 獨坐泣血 愛而不見 心曲萬
結 借問蒼天 我何罪孼 玉釵金佩 空理空室 山空木落 江波嗚咽 妻凄白楊 皎皎
寒月 有恨悠悠 萬古不滅

　　　　　　　　　　　 —심정순 「죽은 딸의 제문 祭亡女文」(17세기)

　내가 신유년부터 진안에 살았는데, 한 해가 지난 임술년에 홍역이 크게 성해
서울에서 호남에 이르기까지 죽은 자가 셀 수 없이 많았다. 계해년 정월에는 그것
이 우리 집에까지 전염되어 네가 몹시 앓았지만 죽으리라고야 어찌 생각했겠느
냐? 반드시 살아날 줄 알았는데 병이 더욱 심해져서 끝내 나를 버리고 갈 줄이야
어찌 생각이나 했겠느냐? 아! 슬프다. 네가 인간 세상에 산 것은 겨우 열여덟 해.

어찌하여 목숨이 스무 살도 채우지 못했으며, 어른도 되기 전에 일찍 죽고 말았단 말이냐?

우리 집에는 심부름하는 아이도 없어 밥 짓는 일도 네가 맡아야 했고 길쌈하는 일도 너에게 맡겨야 했다. 너는 일이 아무리 힘들어도 마다하지 않았으며 일이 아무리 어려워도 피하지 않았다. 너는 나에게 이렇게 온 힘을 다해 주었는데 나는 너에게 어미 된 도리를 만분의 일도 하지 못했구나. 사정이 이러하니 슬프고 처참한 마음이 이루 말할 수 없구나. 네가 병이 들었을 때는 살아나리라고만 생각했지 죽으리라고는 생각도 못 했기에 약도 제대로 써 보지 못했구나. 네가 죽은 날에는 바람과 눈이 차디찼고 천지가 서늘해서 사람의 기운도 그에 따라 두려움을 느낄 정도였다. 덩그레한 집에는 돌보고 지켜 줄 사람도 없었고, 네 자매들도 홍역을 앓고 있는 중이라 나 역시 너에게 어미의 도리를 다하지 못했구나. 마디마디 통탄스러워 아무리 후회한들 어찌 돌이킬 수 있겠느냐? 네가 죽은 지 한 달이 지나니 청혼서가 서울로부터 왔는데 미처 다 펴보지도 못하고 정신을 잃고 말았다. 아! 슬프다 일찍 죽은 사람 치고 누군들 원한이 없겠느냐만, 너처럼 혼인을 앞두고 죽은 사람이 또 어디 있겠느냐? 부모라면 누군들 슬퍼하지 않겠느냐만 나처럼 후회하면서 슬퍼할 사람이 또 어디 있겠느냐? 아! 이제 다 끝났구나.

余自辛酉僑居鎭安 越一年 壬戌 疹疫大熾 自京及湖 死者 爲不知幾許 而癸亥 正月 始染于家 汝爲甚痛 余以爲豈夭也 必生也 豈意病益轉劇 竟棄我而逝也 嗚呼哀哉 汝在人間才十八歲 壽何不滿二十 夭何不及成人耶 余家無僕役 炊爨 釁任汝 紡績賴汝 事雖至勞而不辭 役雖至難而不避 汝之所以盡力於我者如此 而我之所以盡道於汝者 未及萬一 情地到此 尤極悲愴 且汝之方病 只料其生 未料其死 故又不勤調劑 而汝死之日 風雪凄凄 天地凜凜 人氣從之以悚 且孤寓中 無人顧護 而汝之娣妹 又在方疹中也 故余亦所以不能盡人母之道者 節節痛歎 雖悔奚追 汝死之越月 請婚書自京而來 披覽未訖 氣絶倒地 嗚呼哀哉 人之夭者 孰不怨恨 而豈有如汝之方長而夭也 人之父母 孰不悲慟 而豈有如我之追悔而 悼也 已矣已矣.

-김삼의당 「맏딸을 제사하는 글 祭長女文」(1803)

이 아이보다 앞서 5남 3녀를 낳았으나 모두 말도 못해보고 요절했으니 부모는 어머니 아버지 소리도 듣지 못했다. 아이가 마지막으로 태어났는지라 자라기를 바라며 정을 붙이고 사내아이와 똑같이 아끼었다. 아이의 어머니가 본디 젖병이나 젖이 나오지 않으므로 아이가 겨우 태어난 지 이레 만에 포대기에 싸여 다른 사람의 처소에 나아가 젖방울을 구걸해 살아났다. 추위와 더위 멀고 가까움을 돌아볼 겨를이 없었고 사이사이 미음을 쑤어 먹였다. 바깥 기운이 스며들어 위 속이

상했으니 병들게 됨이 당연하다.

집이 본디 가난한데가 올해 또 크게 기근이 들었는지라 사정을 아는 친지와 벗들이 도와서 살리고자 했으나 그 형세가 이어지기 어려웠다. 설사병이 심해져 약을 먹였더니 다행히 간혹 나아지기도 했지만 달이 지나자 끝내 살릴 수 없었다. 죽은 날은 을해년 정월 초사흘이다. 나이를 계산해 보니 돌이 못 되었다. 광릉에 우리 집 무덤이 있지만 거기까지 갈 힘이 없어 마을 남쪽 갈라진 봉우리의 오른쪽 기슭에 임시로 묻었다가 그 달 14일에 그 땅에 완전히 묻었다.

前此擧五男三女 俱未言而夭 父母未聞呼父母聲 兒最後生 冀其長 而寄懷 愛之同男子 子母素患乳無湩 兒纔生七日 褓抱就乳於他人所 丐涓滴以活 寒暑遠近 不暇顧 間以糜粥哺之 外氣侵而中胃傷 受病固也 家素貧 歲且大飢 親朋之知其情者 欲助而全之 其勢難繼 及病泄甚 投之藥 幸或愈 涉月竟不救 死之日乙亥正月初四 計其歲未朞也 廣陵有家阡 力不能致 淺埋于村南桥峰之右麓 厥十四日 因其地完瘞焉.

—강정일당 「일찍 죽은 딸을 묻은 기록, 남편을 대신해 짓다
殤女瘞誌 代夫子作」(19세기 초반)

아버지요 아버지요 아버지요 아버지요 서천의 서역국에 약물지러 갔던 딸이가 왔오. 아버지요 약물지어 왔오 어서 바삐 일어나가주고 이 약물로 잡수시고야 아버지 살아나소 아버지요 아버지요 일어나시오 답답하고도 애닯고나

—「바리덕이」(미상)

오날리 힝션 날이오니 슈이 가게 ᄒ옵소서 ᄒ거늘 심쳥이 이 말을 듯고 얼골리 빗치 업셔지고 사지의 믹이 업셔 목이 메고 졍신이 어질ᄒ아 션인들을 세우 불너 여보시요 션인임늬 나도 오날리 힝션날인 줄 이무 알어써니와 늬 몸 팔인 조를 우리 부친이 아직 모르시오니 만일 알르시거듸면 지러 야단이 날 거시니 잠간 지체ᄒ옵소셔 부친 진지나 망종 지여 잡슈신 연후의 말삼 엿잡고 써나게 ᄒ오리다 (중략) 심쳥이 사당의 ᄒ직홀 차로 드러갈 졔 다시 셰수ᄒ고 사당문 가만이 열고 ᄒ직ᄒ는 말리 불초 녀손 심쳥이는 아비 눈 쓰기를 위ᄒ야 인당수 졔슉으로 몸을 팔여 가오믹 죠종힝화를 일노조챠 쓴케 되오니 불승영모ᄒᆞ옵늬다

—「심쳥젼」(미상)

셕패 나아와 글오듸 슈빙쇼겨ᄂᆞ 션원의 곳다온 복셩ᄒᆡ오 계궁의 믈근 둘이라 연 〃 약질로 부닉의 여린 옥ᄀᆞ티 너기거늘 엇딘고로 김싱의 직실을 주어 원비의 능만ᄒᆞ믈 밧게 ᄒᆞ리오 승샹이 쇼왈 셔모의 쓰디 엇디 이러툿 놉하 계시뇨 김싱의

딸 275

우인이 내의 아래 잇디 아니리니 엇디 녀으의 신셰 욕되며 원비의 능만흐믈 바드리오 셕패 묵연 브답이라 셕부인이 말을 못흐고 미온흐믈 이긔디 못흐야 즉시 니러 침누의 도라와 운현을 칙왈 만일 이 혼인 곳 되면 내 너를 보디 아니흐리라 드듸여 오즉 운필로 흐여곰 승샹의 불가흔 셜화를 즈시 긔별흐고 혼인홀 쓰들 두디 마른쇼셔 흐니 승샹이 회보 왈 내 ᄆᆞ음이 임의 졍흐고 일언이 밧밧의 나매 천년 불기라 녀으의 팔즈 ᄆᆞ춤내 영귀흐고 김가의 텬연이 이시니 인녁의 ᄆᆞᄎᆞᆯ 배 아니오 흐믈며 김싱의 녀로써 샹ᄉᆞ흐야 죽을딘대 이는 내 사ᄅᆞᆷ 죽인 젹악이 이실 거시오 녀으로 흐여곰 다른 듸 혼인을 흐나 김싱의게 걸린 사ᄅᆞᆷ이 되야 일이 심히 측흐야 한심흔 고로 결흐야 셩혼흐리니 내 즐기는 쓰디 아니오 흐고져 흔 배 아니라 셰 마디 못흐미니 부인은 소려흐라 흐니 부인이 어히 업서 탄식고 말을 아니흐더라

―「소현셩록」(17세기)

압길이 총총하여 교즈를 두루치니 모야존안 아득하고 오가경물 졈졈멀어 교동산천 어디민고 운산일월 비친곳이 빅구펄펄 날아간다 구가이 다시오 셔회를 거듭흐고 셰고이 다사하나 유호시로 모쥬싱각 존안을 보고지고 못잇쳐라 슬푸다 오모쥬야 운봉이 즁쳡하고 하슈가 만곡이니 일연이 몟번인편 드렷다 하단말가 슈슈빅발 노약심쟝 박동산천 후어보고 불쵸여를 싱각하사 약심을 사주시고 쇠력이 손상하고 억만셰고 오모심이 나이질슈 바일업다 허다졍곡 다알외며 셩톄안요 축슈흐며 빅연동락 승슌하고 자손만당 부지하여 모야이 허다여한 쾌히셜치 하고보면 불쵸죄를 면할는가 속죄할길 바이업다

―「붕우사모가」(미상)

그해십월 초삼일에 우례일이 다다르니 부모슬하 하직하고 평생에 모른곳을 싀딕으로 가게되니 십구연간 자란옛집 혼자게신 학발자친 이강산 이고장을 뒤로하고 써나자니 북바치는 이가슴을 어듸에 표현할가 누수를 듸강싯고 교자창 ᄂᆡ다보니 부모친쳑 간듸업고 산골에 ᄂᆞ린안게 적막을 아뢰난듯

―정씨 부인 「나의 회고록」(20세기 전반)

어찌홀고 어찌흐리 부모이별 어찌홀고 엄부본래 대범흐사 한말쏨도 안으시고 자모는 셩양흐야 나를위로 하는말이 슬퍼마라 서러마라 여자유행 예사로다 조히 가서 잘잇거라 내수이 다녀오마 너를후쳐 보닌후애 앞이비어 어찌홀고 이말쏨 들을적애 내마음 어떨손고 오내가 분붕흐여 촌촌이 끈어진다 심신을 진정흐여 눈물노 흐는말이 어마어마 싱각마소 저가턴것 자식인가 골몰만 끼쳐주고 효양흔번 못흐다가 일년이나 반년이나 모녀각각 흐터지니 잘계시요 잘계시요 아까부티

잘계시요

―「석별가라」(미상)

시금시금 시어머니 부모 죽은 부고 왔소예라 요년 방자할 년 짜던 베나 마주
짜구 가레미나 시금시금 시아버니부모 죽은 부고 왔소예라 요년 방자할 년 짜던
베나 마주 짜구 가레미나 시금 시금 시누요 부모 죽은 부구 왔소예라 요년 방자할
년 짜던 베나 마주 짜구 가레미나 애격대격 마주 짜고 한 모랭이 돌아가니 아홉성
제 오라버니 곡소리가 진동하네 또 한 모랭이 돌아가니 행상소리 진동하네 오라버
니 오라버니 아홉성제 오라버니 그 행상을 거게 노소예라 요년 방자할 년 어머이
얼굴 볼라거든 어그저께 오래미나 이제 와서 어머이 얼굴 보자 하나 그 길로 집에
가서 어머이 덮던 이불 덮고 어머이 비던 베개 비고 밤새두룩 울구 나니 앞치매가
다 처졌소

―「시집살이 노래」 강원도 정선(미상)

6.5. 어머니의 분신, 반(反)어머니

엄마와 딸 사이에는 '깊은 생화학적인 친화성' 혹은 '정신적인 삼투압'이 존
재한다. 심지어 전(前) 오이디푸스 단계에서 이들은 하나였다. 엄마와 딸의 관
계는 신체적이면서두 문화적이며, 삶이 역사적 전개와 세계와 관계를 맺는 토
대 또한 근원적으로 유사한 일종의 공생적 관계이다. 그럼에도 이제껏 엄마와
딸에 관한 신화가 흔치 않았던 것은 여성들만의 관계라는 '존재(감) 없음'이 그
이유일 수도 있고 엄마와 딸의 불가사의한 연대라는 것이 당대 이데올로기에는
마치 판도라 상자처럼 위협적인 것일 수도 있기 때문이었다.

고전소설에서 악하거나 못된 여성이 유독 어머니를 닮아 그런 것으로 설정된
것은, 이러한 여성적 연대에 대한 위협적 인식을 반영한 것으로 볼 수 있다.
아버지나 서술자의 언급을 통해 드러나는, 딸과 어머니의 부정적 상동성은 당대
향유층들의 남성중심적인 사고방식에서 기인한 것으로 보인다. 어떤 딸은 어머
니를 그대로 닮아 투기가 심하고 성품이 드세고 거칠며 덕이 적은 여성으로,
또 어떤 딸은 악한 어머니를 닮아 성품이 못되고 흉포하며 불순하여 남편을 때리

고 시가에서 쫓겨 오기까지 하는 것으로 그려진다. (「소현성록」, 「조씨삼대록」) 그러나 딸과 어머니의 연대가 이처럼 부정적인 관점으로 부각되는 것에 대한 여성의 자의식은 전혀 표출되지 않으며 여성 간의 연대 의식 역시 드러나지 않는다.

현대문학에 이르러 딸과 어머니의 동일시가 주요한 주제로 표현된다. 어머니와 딸의 동일시가 어머니에 의해 적극적으로 기획되기까지 한다. 어머니는 어려운 집안 환경에도 불구하고 딸을 공부시켜 세상을 살아갈 힘을 얻게 하고자 한다. (나혜석 「경희」, 강경애 『어머니와 딸』, 박완서 「엄마의 말뚝 1」, 김애란 「도도한 생활」) 딸이 어엿한 한 인간으로 사회에서 자신의 일을 해내길 바라며 억척 엄마가 되어 뒷바라지한다. 집안의 반대를 무릅쓰고 고집스럽게 딸을 공부시키는, 이 경우의 희생적 모성은 관습과 제도에 짓눌린 비주체적이고 왜곡된 모성과는 구별할 필요가 있다. 딸을 공부시키고 뒷바라지하는 어머니의 모성에는 딸을 통해 자신의 꿈을 이루려는 이기적이고 주체적인 열망이 숨어 있기 때문이다.

현대문학에서 딸들은 어머니에 대한 환멸과 대립, 연민과 이해의 서사 속에 등장한다. 어리거나 젊은 딸은 여성으로서 부딪히는 사회적·관습적 굴레 속에서 고통스럽고 무기력하게 살았거나 현재 살고 있는 어머니를 이해할 수 없어 그들과 대립한다. (박경리 『시장과 전장』, 박완서 「부끄러움을 가르칩니다」, 오정희 「목련초」 「유년의 뜰」 「중국인 거리」, 공선옥 「우리 생애의 꽃」, 함정임 「병신 손가락」, 이혜경 「멀어지는 집」, 정미경 「호텔 유로, 1203」) 한때 딸은 페르세폰네처럼 어머니인 데미테르에 대해 자신의 우월함, 즉 젊음과 아름다움과 수태능력을 뽐낼 수 있는 위치에 있었기에 엄마에 대해 환멸과 갈등을 갖게 된다. 환멸스러운 어머니 대신 아버지의 아름다운 애인(계모)을 동경, 동일시하기도 한다. 친모에 대한 소원함과 계모에 대한 동경은 어머니로 통칭되는, 기만적이고 광기어린 모성에 대한 반감에서 기인한다. 남편을 다른 여자에게 빼앗기는 못나고 한심한 어머니, 윤리적인 관점을 부여잡는 것 외에 달리 할 도리가 없는 어머니는 가여운 대상이지만 동시에 환멸스럽다. (신경숙 「풍금이 있던 자리」, 전경린 「안마당이 있는 가겟집 풍경」) 딸들은 한 여성이나 한 인간으로서가 아니라 아내와 어머니라는 기능과 역할로만 평생을 살아온 어머니를 비판한다. 딸은 '어머니'라는 이름 속에 갇혀 있는 어머니를 회의하는 타자적 존재이다.

딸들은 엄마처럼 살지 않겠다며 비장하게 각오한다. 엄마는 딸에게 "엄마를 죽여라, 랄라!"라며 네 안의 엄마를 버리고 뛰어넘고 죽이고 네 욕망을 이루라고 외치고, 딸은 엄마에게 면죄부를 던져 버리고 바람나라며 속삭인다. 엄마가 딸들에게 야생과 모반의 비법을 전수하자 한결 속 깊어진 딸들은 모성으로 순치되어온 엄마의 욕망을 함께 벗기는 데 서슴지 않는다. 엄마는 딸에게 하얀 잉크로 글을 써서 네 욕망과 우주적 리비도를 방류하라고 말하고, 딸은 이제 엄마를 '쓴다'. '엄마는 나의 딸'이자 '딸은 내 어머니'라는 모녀 욕망의 역사(逆史)를 새로 쓰기 시작한 것이다. (김혜순 「딸을 낳던 날의 기억」, 문정희 「딸아! 연애를 해라!」)

딸이 이처럼 자기 안의 엄마를 죽여야 하는 것은 성장하면서 거쳐야 할 하나의 관문이다. 딸은 엄마의 모습에서 자기 미래의 보는 기시감을 겪고 신체적 동일성과 내면적 삶의 동일성을 인정하고 존재론적 연속성을 체감하게 된다. 이제 딸들은 자신의 자아를 찾기 위해 엄마를 버리거나 뛰어넘어야 할 대상으로 인식한다. (김숨 「지진과 박쥐의 숲」)

그러면서 딸들은 점점 엄마에게 단호해진다. 이는 엄마와 딸들이 자의식 강한 자매들이 되어가는 과정이다. 딸은 엄마를 '가볍게 뛰어넘'지만 전혀 엄마에게 미안해하지 않는다. 엄마가 가장 원하는 것은 딸이 엄마의 무덤을 뛰어넘어 석관 속에서 부패된 시체 같은 엄마를 경쾌하게 뒤집어버리는 것이며, '달'이 불러일으키는 엄마의 욕망을 이해하는 것이며, 엄마의 죽음 이후 넓은 창을 갖게 되길 누구보다 원하는 것임을 딸들은 잘 알고 있기 때문이다. 딸은 엄마에게 '심청'처럼 자기희생적인 방식으로 엄마의 어둔 눈을 밝히게 하지는 않겠다고 선언한다. 가부장적 기준의 가치로 그득한 인당수에 빠져 욕망을 누르고 죽여온 엄마들의 인신공양적 삶을 거부하는 대신, 점자책을 사드리고 읽는 법을 가르쳐 주겠노라고 답한다. 이는 미래의 딸들을 인당수에 밀어 넣지 않겠다는 한층 성숙해진 딸들의 의연함이며, 점자를 읽고 쓰는 여성적 글쓰기를 통해 엄마를 기록해 존재하게 하려는 욕망의 선언이다. (김승희, 「배꼽을 위한 연가 5」, 「엄마의 발」, 김정란 「엄마 버리기, 또는 뒤집기」, 노혜경 「푸른말-3장 지하실의 곳간」, 황인숙 「너는, 달을 아니?」, 김소연 「경대와 창문」)

승샹의 졔삼녀 슈아는 화부인 필녀라 얼골은 옥미 눈 우히 빗긴 듯 틔되 빙뎡ᄒ고 긔질이 슈려소담ᄒ야 쟈약경영ᄒᆞᆫ 모친 ᄀᆞᄐ되 염〃쇄락ᄒᆞᆫ 소시 풍칙를 어더시니 졀셰지뵈라 다만 셩되 강〃ᄒ고 말슴이 민쳡ᄒ나 쵸쥰ᄒ야 덕이 젹으니

화부인은 깁히 사랑ᄒ나 승샹은 낫비 너겨 샹〃의 엄칙 경계ᄒ미 졔녀의 지나게 ᄒ더니 (중략) 소쇼졔 모친 셩품의 일호도 써진 일이 업ᄉ 고로 뎡싱이 만일 나가 졔형으로 놀지라도 의심ᄒ야 시녀를 내여 긔찰ᄒ고 일분이나 미심ᄒ 일이 이실던대 뎡싱의 드러오믈 기ᄃ려 깁을 드러 즈결ᄒ며 칼홀 쌔혀 주그려 ᄒᄂ 셩상을 ᄒ니 싱의 ᄆᆞ음이 약ᄒ고 십디 어지러 ᄒᆞᆯᄆᆞᆯ며 항녀의 듕ᄒ 뎡이 간절ᄒ므로써 쇼져의 이ᄭᆞᆺ튼믈 본즉 황〃 챡급ᄒ야 만단 회유ᄒ고 (중략) 투악이 텬하의 유명ᄒ 야 위딩 왕조 뎡화의 쳐라 ᄒ니 말슴이 눈 놀니듯 ᄒ야 경스의 가니 승샹이 듯고 탄왈 오쟉이 봉을 낫티 못ᄒ도다 졔직 참안ᄇᆞ답이라 오라디 아냐 셜규 뎡화 등이 급뎨하야 가권을 거ᄂ려 경스의 니ᄅ니 승샹이 졍셜 이인을 반기디 그 녀ᄋᄂ 일댱을 대칙ᄒ니 쇼졔 머리를 수기고 ᄃᆡ답디 아니디 승샹이 [쳐]후ᄂ 이 녀ᄋᄅᆞᆯ 즈못 깃거 아냐 일즉 어ᄅᆞ므져 ᄉᆞ랑티 아냐 씨닷과라 ᄒ디 쇼졔 부친의 죽으라 ᄒᆞᆫ 슌슈홀 거시로디 투긔ᄂ 능히 그치디 못ᄒ니 부뫼 ᄯᅩᄒ 홀 일이 업서ᄒ더라

—「소현성록」(17세기)

평진왕의 쟝녀 후염은 금션공쥬 쇼싱이라 부왕의 션풍은 담지 아니ᄒ고 ᄌᆞ모의 흘란ᄒ 태도도 아니 달마 흉ᄒ 얼골과 믜온 거동이 나호로조ᄎ 졈졈 더ᄒ여 년쟝 삼오의 가로 퍼진 ᄂ즌 믿돌 ᄀᆞᆺ고 신면 톄지 이샹ᄒ고 흉물이 겸ᄒ여 두역을 험이 ᄒ고 일목이 그릇 되여 흉괴 망측ᄒ여 거믄 슬이 일편되이 허러 터져 돌졀구 ᄀᆞᆺ 니 합개 한ᄒ여 져디도록 ᄒ미 이샹타 ᄒ고 실노 근심ᄒ여 폐륜키도 어렵고 셩혼코 져 홀진디 흔갓 얼골이 박식이나 심지 양슌ᄒ면 무염 밍광의 일뉴로 거의 보젼홀 거시로대 션악이 둘이 업고 용심이 부졍ᄒ여 ᄒᄂ 일이 흉포 강악ᄒ니 왕이 보면 미우를 씽긔고 두통을 삼으니

—「조씨삼대록」(18세기)

그러고 지금부터는 누가 묻든지 간에 여자도 공부를 시켜야 의사가 나서 가르치지 아니한 바느질도 할 줄 알고 일본까지 보내어 공부를 많이 시켜야 존대를 받을 것을 분명히 설명까지라도 할 것 같다. 그래서 오늘도 사돈마님 앞에서 부지중 여기까지 말을 하는 김 부인의 태도는 조금도 주저하는 빛도 없고, 그 얼굴에는 기쁨이 가득하고 그 눈에는 '나는 이러한 영광을 누리고 이러한 재미를 본다' 하는 표정이 가득하다.

—나혜석 「경희」(1918)

옥이는 도로 책을 놓고 어머니! 저는 어쩌라우! 이렇게 부르짖을 때 「믿지 마라! 남자를 믿시 말아라!」 번개같이 옥의 가슴을 두드려주었다. ── 그의 시어머니께서

임종시에 턱을 가불가불채면서 마지막으로 남긴 부르짖음이었다. //

어머니의 딸은 나다! 어머님께서 생전에 실행치 못한 것을 나는 실행할 것이다!
그는 저윽히 안심되었다.

—강경애 『어머니와 딸』(1931)

어머니의 얼굴이 보이지 않았다. 물결에 산산이 부서져버린 듯 허무하게. 아이
들도 남편의 얼굴도 눈앞에 그려낼 수 없다. 그들의 목소리마저 생각해낼 수 없
다. 오늘 아침에 헤어져 왔는데 흐린 기억의 창문에 비친 먼 옛날의 친척들 얼굴
처럼. //

(아무도 오지 말라! 이땅에, 아무도 오지 말라! 이 땅에! 내혼자 내 자식들하고
얼음을 깨어 한강의 붕어나 잡아먹고 살란다. 북극의 백곰처럼 자식들 데리고 살
란다!

아무도 오지 말라! 아무도! 영원히 영원히 이밤이 가지 말구⋯⋯)

—박경리 『시장과 전장』(1964)

어머니의 신경질은 하루하루 더해갔다. 동생들 대신 나를 심히 들볶았다. 어느
날 느닷없이 파마장이를 데려오더니 나보고도 그 불화로를 뒤집어쓰는 불파마를
하라고 종주먹을 댔다. 그러나 아무리 해도 내 고집을 꺾을 수 없게 되자 어머니는
한바탕 욕지거리를 하더니 홧김에 자기의 트레머리를 뚝 끊어버리더니 불화로를
뒤집어쓰고 머리를 볶았다.

가난과 굶주림으로 가뜩이나 새카맣게 말라비틀어진 얼굴에 고실고실 들고 일
어나 새둥우리가 된 머리가 덮치니 그 꼴이 말이 아니었다. 그것만으로도 넉넉히
비참의 극인데, 어머니는 게다가 화장까지 시작했다. 어디서 분가루랑 입술연지
토막을 얻어다가 깨진 거울 앞에서 치덕거렸다. 그러곤 낮도깨비처럼 길가를 오락
가락했다. 나는 부끄러워할 수조차 없었다. 불쌍한 어머니, 그러나 내가 어떻게
도울 수 있단 말인가. (중략) 그렇다고 내가 시집가는 게 양갈보 짓보다 더 도덕적
이라고 판단했던 것은 아니다. 나는 양갈보 짓을 해서, 딸을 그 짓을 시키지 못해
환장을 한 어머니를 만족시키기도, 누나는 굶건 말건 저희들 배만 채우려는 아귀
귀신 같은 동생들을 부양하기도 싫었다. 나는 내 희생의 덕을 어느 누구도 보게
하고 싶지 않았다.

—박완서 「부끄러움을 가르칩니다」(1974)

어머니는 외딴 집에서 혼자 살고 있었다. 나는 한번도 어머니와 함께 살아본
기억이 없어서 그것이 그닥 이상스럽지 않았다. 집에는 아버지와 의붓어머니와

의붓어머니가 낳은 아이들이 있었다. 그들 중 누구도 내게 생모에 대한 이야기를 숨기지 않았다. 나를 낳고 난 뒤 심하게 산욕을 앓던 끝에 앉은뱅이가 되어 몸에 신이 실려 버렸다는 것이다. //

남편이 돌아오지 않는 새벽마다 나는 이러한 어머니의 모습을 떠올리고 어머니가 뜨겁고 슬프고 한스러운 감정을 나비야 나비야 청산 가자로 체념해 버리듯 나도 역시 어느새 어머니의 흉내를 내며 질식할 듯 차갑고 깨끗한 새벽의 공기를 피해 어두운 골목을 돌아 집으로 돌아오곤 했던 것이다.

-오정희 「목련초」(1975)

어머니가 낯설고 바늘 끝도 안 들어가게 척박한 땅에다가 아등바등 말뚝을 박으시면서 나에게 제발 되어지이다 라고 그렇게도 간절히 바란 신여성보다 지금 나는 너무 멋쟁이가 돼 있지 않은가. 그러나 신여성이 할 수 있는 일이라고 어머니가 생각한 것으로부터 얼마나 얼토당토않게 못 미쳐 있는가. 엄마의 생각은 그 당시에도 당돌했지만 현재에도 역시 당돌했다. 엄마의 억지는 그뿐이 아니었다. 나로 하여금 끊임없이 근거를 심어 줌으로써 도시에서 만난 웬만한 걸 덮어 놓고 무시하도록 부추기다가도 근거의 고향으로 돌아가선 서울내기 흉내를 내도록 조종했다.

어머니가 세운 신여성이란 것의 기준이 되었던 너무 뒤떨어진 외양과 터무니없이 높은 이상과의 갈등, 점잖은 근거와 속된 허영과의 모순, 영원한 문밖 의식, 그건 아직도 나의 의식내용이었다.

-박완서 「엄마의 말뚝 1」(1980)

……그 여자처럼 되고 싶다……

이것이 제 희망이었습니다. 그 여자가 우리 집에 와서 심어놓고 간 일들을 구체적으로 간추려서 뭐라고 써야 하나? (중략) 찹쌀로는 그저 시루에 찰떡만 쪄주시던 어머니, 그 여자는 어느 날 대추 밤을 썰어넣어 찹쌀 약식을 해주었죠. 찹쌀의 끈기가 그렇게 맛있는 것인 줄 그 여자를 통해 알았습니다. 다듬잇돌에 밀가루를 밀어 칼국수를 만들어 내왔을 때, 그 국물 위에 화려하게 얹혀진 고사리와 계란 고명들이 지금도 눈에 환합니다. 어머니가 쑤어준 풀떼죽하고는 확실히 달랐지요. 맛이야 어떻든 그 폼이 말이에요.

-신경숙 「풍금이 있던 자리」(1992)

젊은 시절 딸의 밥을 챙기지 않은 만큼 늙은 어머니는 딸의 밥을 챙겼다. 이제 더 이상 어리지 않은 딸은 어렸을 때 밥을 먹지 않아서 분노했던 만큼 이제는 밥을 먹어대면서 절망했다. 하루라도 어머니가 늦게 들어오기를, 혹은 아예 들어오지 않기를 나는 바랐다. 딸을 향해서만 꽉 짜인 어머니의 일상으로부터 딸은 달아나고 싶어 안달했다. 젊은 시절 일상에는 허술했던 어머니가 차라리 그리웠다.

—공선옥 「우리 생애의 꽃」(1994)

남편이 지난 해 가을 러시아 여행에서 민속인형을 사왔다. 얇은 나무로 만든 것으로 볼이 붉은 처녀의 얼굴이 그려지고 민속의상의 무늬와 채색을 입힌, 얼핏 오뚝이처럼 단순한 모양이었지만 그 안에는 똑같은 모양의 인형들이 크기의 차례대로 겹겹이 들어 있었다. 그것은 내게 인생의 중첩된 이미지로 받아들여졌다. 앙상한 뼈 위로 남루하고 커다란 덧옷을 걸친 듯 살가죽이 늘어진 한 늙은 여자 속에 얼마나 많은 여자들이 들어있는 것일까. 보다 덜 늙은 여자, 늙어가는 여자, 젊은 여자, 파괴기의 소녀, 이윽고 누군가, 무엇인가가 눈 틔워주기를 기다리는 씨앗으로, 열매의 비밀로 조그맣게 존재하는 어린 여자 아이.

—오정희 「옛우물」(1994)

자주는 아니었지만 학교에서 돌아오면 엄마는 만취해 있었다. 서툴게 배운 술을 삭이지 못해서 무너진 것인가. 부르던 노래 「목포의 눈물」을 이기지 못해서 무너진 것인가. 나를 보자 엄마는 이미 허여멀겋게 틀어진 눈동자를 더욱 심하게 굴리며 거푸 몇 잔을 더 들이켰다. 그것이 독처럼 강인하던 엄마의 이성을 할퀴고 마비시켰는지 엄마는 채 오 분도 되지 않아 이성을 잃었다. 술의 힘으로 엄마는 지긋지긋하고, 무겁고, 두꺼운 가면을 벗어버렸다. 가면 뒤의 광기. 그 둘을 감당하기에는 나는 너무 어렸다. 평소 허기가 홀쭉한 엄마는 그날 그 시간만은 괴인처럼 힘이 세었다. 몸부림으로 광란하는 저 여인이 밤이면 따스하게 팔베개를 내주는 내 엄마인가. 획 돌아간 눈자위가, 비뚤어진 입이, 변해버린 목소리가 믿을 수가 없어졌다.

—함정임 「병신 손가락」(1995)

문 계장은 아버지의 동료였다. 군청에서 유일한 여자 계장이었는데 머리끝에는 고대를 넣고 흰 원피스를 입고 검은 뾰족구두를 즐겨 신는 지성적인 노처녀였다. 그녀는 아버지의 생일이나 할머니의 생신 같은 때에 다른 동료들에 묻혀서 이따금 집에 들렀다.

나는 그녀로부터 온 전동차 모양의 은색 연필깎기에 온통 마음을 빼앗겼다. (중략) 읍내에서 유일하게 선글라스를 끼고 다니는 멋쟁이 아버지는 왜 문 계장과 결혼하지 않고 엄마와 결혼을 했을까? 언제나 배가 부르고 깨어지는 소리를 내고 숙모와 싸우거나 할머니와 싸우는 작은 눈에 얼굴이 붉은 여자. 엄마는 아침이면 우리의 사열을 받고 위엄 있게 나가서서, 한밤중에 우렁찬 오토바이 소리를 내며 달려오는, 멋진 아버지와는 요만큼의 공통점도 없어 보였다.

문 계장이 우리 엄마였다면, 동생들도 이렇게 많이 낳아 나를 궁지에 몰아넣지도 않았을 텐데, 하는 것이 솔직한 내 심정이었다. 그녀라면 결코 이렇게 많은 실패를 하지는 않았을 것이 정녕 분명했다.

　　　　　　　　　　　　　　　　　　　　　　　－전경린 「안마당이 있는 가겟집 풍경」(1995)

"어서 이곳을 떠나렴, 불쌍한 내 딸아. 어느 날 꿈속에서 내가 검은 길을 걷고 있는 너를 불러줄게."

"하지만 어머니⋯⋯."

"글로리아, 어서 가거라."

글로리아는 집을 뛰쳐나왔습니다.

검은 길 안에서 글로리아가 뒤를 돌아다보았을 때, 뜨개질을 하는 여인 아나의 집이 모래로 지은 집처럼 힘없이 무너져내리고 있었습니다.

글로리아는 이제 오래 전의 어머니 아나만큼이나 늙고 지쳤습니다. 글로리아⋯⋯ 그녀는 아직도 숲속의 검은 길 안을 헤매고 있습니다. 어둠이 찾아오면 글로리아는 검은 길 안에 쓰러져 잠이 듭니다. 그리고 꿈을 꿉니다. 오래 전에 꿈에서처럼 아나는 검은 털실로 목도리를 뜨고 있습니다. 아무런 무늬가 없는 목도리를⋯⋯ 어머니 아나의 발 아래로 펼쳐져 있는, 끝없이 긴 목도리를 바라보는 글로리아의 마른 입술이 절망적으로 벌어집니다.

어머니, 검은 길이에요⋯⋯.

　　　　　　　　　　　　　　　　　　　　　　　－김숨 「지진과 박쥐의 숲」(2001)

화장품 외판원을 하면서 너희를 키우던 그 무렵엔 밤마다 다리가 얼마나 부었던지 하면서 정맥류가 불거진 다리를 걷어 보이고, 혼자라고 만만히 보는 남자들의 수작을 떼어내던 생각을 하면서 진저리치고, 니들은 엄마가 니들 떼어놓고 혼자 호강한 줄 알지만 재취로 간 여자 팔자 이미 금간 뒤웅박 꼴이고, 그렇게 전전하다가 장성한 전실 소생 있는 집에서 살기가 어찌 쉬웠겠으며, 효도는 못 볼망정 어찌 된 게 내 신세는 이렇게 늘그막까지 곤고해야 하는지⋯⋯ 졸졸졸, 엄마의 한탄은 어떤 가뭄에도 말라붙은 적 없는 질긴 물줄기처럼 이어진다.

　　　　　　　　　　　　　　　　　　　　　　　－이혜경 「멀어지는 집」(2002)

내게 엄마는, 자신의 욕망을 사소한 것조차 만족시켜 주지 않는 것으로 피학적인 쾌감을 느끼는 이상 성격으로 보인다. 나는 성실함이 인생의 주요한 덕목이라고 말하는 인간이 있다면 엄마의 일상을 일주일만 따라 살아보라고 말하고 싶다.

　물먹은 대걸레를 하루 종일 휘두르며 얻게 된 관절염으로 오른쪽 팔과 무릎은 늘 퉁퉁 부어 있고 더 이상 고통을 견딜 수 없는 순간이 오면 그제야 병원에 가서 바늘을 꽂고 물을 뽑아낸다.

—정미경 「호텔 유로, 1203」(2004)

　엄마는 내게 피아노를 사줬다. 읍내에서부터 먼짓길을 달려온 파란 트럭이 집 앞에 섰을 때, 엄마가 무척 기뻐했던 기억이 난다. 세탁기도 냉장고도 아닌 피아노라니. 어쩐지 우리 삶의 질이 한 뼘쯤 세련돼진 것 같았다.

—김애란 「도도한 생활」(2007)

거울을 열고 들어가니
거울 안에 어머니가 앉아 계시고
거울 열고 다시 들어가니
그 거울 안에 외할머니 앉으셨고
외할머니 앉은 거울을 밀고 문턱을 넘으니
거울 안에 외증조할머니 웃고 계시고
외증조할머니 웃으시던 입술 안으로 고개를 들이미니
그 거울 안에 나보다 젊으신 외고조할머니
돌아앉으셨고
(중략)
청천벽력.
정전. 암흑천지.
순간 모든 거울들 내 앞으로 한꺼번에 쏟아지며
깨어지며 한 어머니를 토해내니
흰 옷 입은 사람 여럿이 장갑 낀 손으로
거울 조각들을 치우며 피 묻고 눈감은
모든 내 어머니들의 어머니
조그만 어머니를 들어올리며
말하길 손가락이 열 개 달린 공주요!

—김혜순 「딸을 낳던 날의 기억」(1985)

딸아! 제발 그 따위 착한 딸을 집어치워라
그리고 정숙한 학생도 집어치워라

너는 네 여학교 교실에 붙어 있던 신사임당의 그 우아한 팔자를 행여라도 부러워
하거나
이상형으로 삼고 있는 것은 아닐 테지
혹은 장차 결혼을 생각하며 행여라도 어떤 조건을 염두에 두어
계산을 한다거나 뭔가를 두려워하며 주저하고 망설이는 것은 아닐테지
딸아! 너는 결코 그 누구도 아닌 너로서 살기를 바란다
(중략)
딸아! 지금 코앞에 다가오는 세기는 틀림없이 여성의 세기가 될 거라고 한다
어서 네 가슴 속 깊이 숨쉬고 있는 야성의 불인 늑대(archetype)를 깨워라
그리고 하늘이 흔들릴 정도로 포효하며 열정을 다해 연애를 하거라
─문정희 「딸아! 연애를 해라!」(2012)

인당수에 빠질 수는 없습니다.
어머니,
저는 살아서 시를 짓겠습니다.

공양미 삼백 석을 구하지 못하여
당신이 평생 어둡더라도
결코 인당수에는 빠지지 않겠습니다.
어머니,
저는 여기 남아 책을 보겠습니다.
─김승희 「배꼽을 위한 연가 5」(1983)

딸아, 보아라,
가고 싶었던 길들과
가보지 못했던 길들과
잊을 수 없는 길들이
오늘밤 꿈에도 분명 살아 있어

세상의 딸들은
하늘을 박차는 날개를 가졌으나
세상의 여자들은 아무도 날지를 못하는구나.
세상의 어머니는 모두 착하신데

세상의 여자들은 아무도 행복하지 않구나……

—김승희 「엄마의 발」(1989)

그런데 누구일까. 내 안에서 자신있게 말하는 이 음성은? "그건 엄마야, 그 무덤을 뛰어넘어야 해." 내 몸뚱이는 그 자신있는 목소리의 경쾌함에 실린다. 나는 가볍게 그 무덤을 뛰어넘는다. 가볍게. 나는 전혀 엄마에게 미안하지 않다.

—김정란 「엄마 버리기, 또는 뒤집기」(1989)

못올 곳을 왔구나, 라고 쉰 목소리가 말한다. 여기는 엄마들의 콜로세움이란다, 낡은 곳간, 새로운 밥을 지을 수 없는 텅빈 시체들의 장소, 왜 여기까지 왔니, 딸아, 하고 엄마들이 말한다. (중략) 엄마가 자기 목을 도로 잘라 선반 위에 걸어둔다. 엄마의 배에 뚫린 구멍 속으로 기차와 고함소리가 드나든다. 엄마의 낡은 몸이 자꾸만 바닥으로 쏟아진다. 쌀기울 먼지가 되어 구석으로 쓸려 간다. 나는 엄마의 목을 집어들어 가슴에 안는다.

—노혜경 「푸른말—3장 지하실의 곳간」(2005)

엄마는 달콤한 바람도
바람에 흔들리는 나뭇잎도 안 보시고
자꾸 하늘을 보신다.
타박타박 걸으시며
자꾸 하늘을 보신다.

"저것 봐, 서게 뭐야?
자꾸 따라오네."
엄마는 구름을 슬쩍 걸친
달무리진 달을 가리키신다.
"엄마는!
달이잖아. 달, 달, 달도 몰라?"
나는 화가 난다.
달도 모르냐구!

—황인숙 「너는, 달을 아니?」(1998)

엄마는 딸 손에 자기 죽음을 쥐여주고 떠난다고 해
딸은 그 한 줌을 팔아 자기 삶에 큼직한 창문을 달지

딸 287

(그렇다면 엄마는 언제 돌아가실 거죠?)

경대 앞에 나란히 앉아
딸이 쓰는 로션을 엄마는 발라보고 계신다
(중략)
엄마는 딸에게 거울이 되어주었지만
거울은 원하는 표정만을 비추는 공범자를 자처했다
딸은 엄마는 창문이라 말하곤 했지만
꼭꼭 밀봉한 채로 문풍지를 발라주셨다

—김소연 「경대와 창문」(2009)

6.6. 성숙한 딸들, 엄마의 재발견

　딸은 여성으로서의 삶을 체험하는 동안 자신의 삶에 엄마의 삶이 겹치는 것을 경험하게 되고 엄마와 동일한 문제적 상황에 봉착하면서 그녀들을 공감하고 이해하게 된다. 소외된 딸들로, 폭력적 부권의 희생양으로, 기만적인 모성의 굴레에 갇혀 살아야 했던 엄마들은 경멸과 무시의 대상이 아니라 연민과 치유의 대상이었음을 깨닫게 된 것이다. (박완서 『나목』, 은희경 「명백히 부도덕한 사랑」)

　딸이 물질적, 정신적으로 어머니가 되는 공감의 사건은 단순히 자신의 어머니를 이해하는 데서 멈추지 않고 여성 전반의 체험과 목소리를 사회적으로 회복하는 단계로 나아가기도 한다. (정이현 「이십세기 모던걸-신 김연실전」, 신경숙 『엄마를 부탁해』) 엄마 역시 자신의 체험된 삶과 내면의 중심을 공유하지 못하는 데서 겪는 배신감을 딸에게는 느끼지 않으며 딸과 연대하는 분신이 된다. (김연 『나도 한때는 자작나무를 탔다』, 한강 『바람이 분다, 가라』)

　엄마와 딸이 분화되지 않은 거울 속 코라의 세계에서 모든 어머니들은 딸을 기다린다. 남근의 주술이 깨지는 순간 어머니들은 '조그만 어머니'인 딸을 낳으면서 숱한 어머니의 몸들과 하나가 된다. 엄마와 딸이라는 모녀관계가 탄생하는 이 순간은 교감의 전주곡이자 모녀가 세계와 겪어야 할 불화의 서곡이다.

(김혜순 「딸을 낳던 날의 기억」)

서로 무엇이든 요구할 수 있는 유일한 관계인 엄마와 딸들, 수심의 깊이와 아줌마들의 유전자를 나누어가진 엄마와 딸들, 삶을 시작하면서 평생 쉬지 않고 일해야 할 잘 무두질된 엄마의 가방과 딸들, 돌아가신 엄마의 옷을 입으며 엄마를 입고 걸치고 품는 딸들, 엄마를 속에 감춘 대여섯 살 딸과 딸을 속에 감춘 서른대여섯 살 엄마의 욕망이 자리바꿈을 하여 서로에게 자화상이 되는 모녀, 엄마의 몸에서 여성 삶의 내력을 읽는 성숙한 딸, 시시할지라도 가장 '미치겠는 것'이 바로 엄마를 향한 사랑임을 알게 된 딸들이 등장한다. 그리고 이 정서는 엄마와 딸의 생물학적 관계를 넘어서서 여성으로서의 연대, 여성 세계의 확장으로까지 긍정적으로 확대되기도 한다. 상처 입은 여성들의 공동체라는 대안가족의 구성이나 동성애적 자매애의 발현 등이 그 예이다. (공지영 『즐거운 나의 집』, 강영숙 『라이팅 클럽』, 김상미 「아줌마」, 성미정 「동화—가방엄마」, 이경림 「숨은 모녀」, 안현미 「모계」)

생리적으로 이어져 있던 엄마와 딸들의 오줌 누기는 이제 굴종적인 삶이 아니라 몸속의 리듬으로 대지와 소통하는 상상으로 이어지며 엉덩이를 까고 앉아 '바람난 어여쁜, 엄마가 보고 싶다'며 속삭이는 목소리로 방류되고, 폐경은 완경으로 고쳐 부르며 여성육체에 대한 새로운 경배를 드러낸다. (문정희 「물을 만드는 여자」, 김선우 「봄날, 오후」「완경」)

아버지와 오빠들이 그렇게도 사랑하던 집, 어머니가 임종의 날까지 그렇게도 집착하던 고가. 그것을 그들이, 생면 부지의 낯선 사나이가 산산히 해체해 놓고 만 것이다.

그러나 생각해 보면 고가의 해체는 행랑채에 구멍이 뚫린 날부터 이미 비롯된 것이었고 한번 시작된 해체는 누구에 의해서고 끝막음을 보아야 할 것 아닌가.

다시는 아침 햇살 속에 기왓골에 서리를 이고 서 있는 숙연한 고가를 볼 수 없다니.

그러나 나는 나 자신의 육신이 해체되는 듯한 아픔을 의연히 견디었다. 실상 나는 고가의 해체에 곁들여 나 자신의 해체를 시도하고 있었는지도 모를 일이었다.
— 박완서 『나목』(1970)

부부란 게 아무리 오래 살아도 남은 남인가 보다. 자식하고는 달라. 미운 짓을 한다고 정나미가 이렇게 떨어지는 걸 보면 말야. (중략) 나는 어머니의 계좌번호를 물어보려다가 그만두었다. 어머니와의 관계는 내일도 계속된다. 내일 하면 된다. 그보다는 이 달에 은행에서 순서를 기다리며 혹 생리가 시작될까봐 불안해 의자에 엉거주춤 앉아 있지 않아도 된다는 데에 생각이 미쳤다. 규칙이 바뀌는 것도 나쁘지만은 않은 것 같다. 한번쯤 고독에서 벗어나보는 것도 나쁘진 않았다.

내 시선은 벌써 햇빛이 들어오기 시작하는 서향 창으로 향했다. 또다른 시간이 흘러들어오고 있었다. 나는 아버지의 딸이며 아버지의 여자였다. 나는 어머니의 딸이며 어머니의 연적이었다. 나는 그의 여자이며 그의 아내의 연적이었다. 나는 그의 아내였다. 그리고 나다, 나는. 그리고……

— 은희경 「명백히 부도덕한 사랑」(1997)

길을 떠난 그녀가 그뒤 어떻게 되었는지는 확실하지 않습니다. 입산 수도 끝에 한국 고백체 소설의 효시가 되었다는 설, 유부남과 연애하다 사생아를 낳았다는 설, 결국엔 행려병자가 되어 동경 시립 정신병원에서 생을 마감했다는 설 등등 미확인된 가설들이 조선 천지에 분분하였으나 진실은 오직 하나, 그녀가 흔적 없이 사라졌다는 것뿐. 모든 걸 끊고, 모질게 끊고 먼 길을 떠났다는 것뿐이었습니다. 아무도 간 적 없는.

— 정이현 「이십세기 모단걸 — 신 김연실전」(2002)

이제 돌아가리라. 생명 있는 것들이 살아 숨쉬는 시원(始原)의 그 자리로. 엄마의 뒤통수만을 바라보며 그 먼길을 함께해준, 손가락을 빨며 잠이 든 저 아이랑 다시 시작하리라. 둘이서 손을 꼭 잡고. 눈앞을 가로막는 짙은 안개를 만나더라도, 강한 폭풍우에 휩싸인다 하더라도, 낯선 곳에서 길을 잃고 헤맨다 하더라도 이제 더 이상 움츠러들지도 두려워하지도 않으리라. 같이 할 든든한 길동무가 있으니…….

— 김연 『나도 한때는 자작나무를 탔다』(1997)

어머니가 이 세상에서 가진 단 한 사람, 무언가를 요구할 수 있는 존재는 나였다. //
그녀들은 똑같은 눈을 가졌습니다.
그녀들은 살아남지 못했습니다.

— 한강 『바람이 분다, 가라』(2007)

(엄마는) 여자로 성장해 결혼하고 아이를 낳고 키웠고, 사랑한 한 뒤에 이제 한 인간으로서 독립적으로 자신을 믿끽히는 것이다. 그러고 보면 행복하지 않을

이유가 없었다.

―전경린 『엄마의 집』(2007)

나로 말하자면, 엄마를 만난 후 비로소 그냥 나일 수 있었다. //

이 세상에서 엄마라는 종족의 힘은 얼마나 센지, 그리고 그렇게 힘이 센 종족이 얼마나 오래동안 제 힘이 얼마나 센지도 모른 채로 슬펐는지.

―공지영 『즐거운 나의 집』(2007)

입학원서에 이름을 쓰면서 네가 고갤 들어보니 엄마가 복도 유리창에서 네 쪽을 바라보고 있었다. 너의 눈과 마주치자 엄마가 머리의 수건을 벗어 흔들며 환하게 웃었다. 엄마의 유일한 패물인 왼손 중지에 끼여 있던 노란 반지. 중학교 입학금을 낼 때쯤 엄마의 왼손 중지엔 반지가 사라지고 너무 오래 껴 깊이 팬 자국만 남아 있었다.

―신경숙 『엄마를 부탁해』(2007)

지금 엄마는 나와 함께 마드리드에 있단다. 지금 김작가는 나와 함께 병원에 있단다. 나도 낳지도 않은, 있지도 않은 내 딸을 향해 그렇게 말한다. 지금 우리 엄마 김 작가는 나와 함께 병원에 있단다. 내가 뭘 어떻게 해야 하니?

―강영숙 『라이팅 클럽』(2010)

한 명의 아줌마 안엔 수백 수십 명의 아줌마가 숨어 있다
그 수심의 깊이는 아줌마가 아니면 절대 알지 못한다
아줌마는 현재 우리 집 안에도 앉아 있다
아줌마가 생각하는 것은 아줌마들에겐 중요한 것이다
아줌마의 생각을 알려면 아줌마들만의 은어를 알아야 한다
그것은 사회학의 한 페이지, 한 페이지들이다
(중략)
아줌마는 나의 어머니이고
내 딸들이다
아줌마! 하고 부르면 뭔가……

가슴을 조이는 것 같은 슬픔이,
세상에 발가벗겨져 내동댕이쳐진 듯한 서러운 에너지가
울컥, 하고 내 속에서 두 발로 일어선다

아줌마는 내 속에 있다
수백 수십 명의 얼굴 없는 아줌마들처럼 내 속에

—김상미 「아줌마」(1993)

　　가방 엄마의 몸은 잘 무두질된 소가죽이었다 아마 나의 엄마처럼 평생을 쉬지
않고 움직인 소였을 거다 온몸을 내주고 끝끝내 비린내 나는 내장까지 비운 이젠
말라버린 주머니인 가방 엄마는 나의 엄마와 다르지 않았다 여행이 시작되었다
물이 바뀔 때마다 낯선 사람을 만나야 했다 그건 두려운 일이었다 가방 엄마는
그런 두려움까지 모두 맡아주었다 여행이 계속되면서 가방 엄마도 들어줄 수 없는
상처와 추억이 생겼다 그때마다 내 몸은 조금씩 어두운 공간으로 변해갔다 여행이
끝날 무렵 가방 엄마는 끈이 떨어지고 군데군데 뜯어졌다 더 이상 짐을 들어줄
수 없었다 그러나 그때 나는 가방이 되었다 낡고 병든 가죽 쪼가리에 불과한 가방
엄마를 내 속에 품어주었다 진정한 여행은 그렇게 시작되었다

—성미정 「동화—가방엄마」(1997)

대여섯 살 된 계집아이 하나와
그녀의 어머니가 손잡고 갑니다

어머니를 속에 감춘 계집아이 하나와
계집아이를 속에 감춘 어머니 하나가
손잡고 갑니다 (중략)
서른 대여섯살 딸의 손을 잡고
다섯 살 어머니가 뜁니다

빨리 와 이것아, 곧 비가 쏟아질 거야
다섯 살 어머니의 머리에 리본이 나풀
뛰어갑니다

—이경림 「숨은 모녀」(1997)

당신이 내 절망의 이유이던 때가 있었다
당신이 내 희망의 전부이던 때가 있었다
그 이전 이전엔 당신이 내 아무것도 아니던 때가 있었다
그러나 그 이전 이전에도 당신은 당신이었을 것이다
그리고 그 이후 이후에도 당신은 당신일 것이다

시시해서 미치겠는 사랑!

—안현미 「모계」(2009)

딸아, 아무 데나 서서 오줌을 누지 마라
푸른 나무 아래 앉아서 가만가만 누어라
아름다운 네 몸속의 강물이 따스한 리듬을 타고
흙 속에 스미는 소리에 귀 기울여 보아라
그 소리에 세상의 풀들이 무성히 자라고
네가 대지의 어머니가 되어 가는 소리를

비로소 너와 대지가 한 몸이 되는 소리를 들어보아라
푸른 생명들이 환호하는 소리를 들어보아라
내 귀한 여자야

—문정희 「물을 만드는 여자」(2004)

봄날 오후 세시 탑골공원이
꽃잎을 찍어놓은 젖유리창에 어룽어룽,
젊은 나도 백여시처럼 클클 웃는다
엉덩이를 까고 앉아
문밖에서 도란거리는 소리 오래도록 듣는다
바람난 어여쁜, 엄마가 보고 싶다

—김선우 「봄날, 오후」(2000)

수련의 하루를 당신의 십 년이라고 할까
엄마는 쉰 살부터 더는 꽃이 비치지 않았다 했다

피고 지던 팽팽한
적의(赤衣)의 화두마저 걷어버린
당신의 중심에 고인 허공

나는 꽃을 거둔 수련에게 속삭인다
폐경이라니, 엄마,
완경이야, 완경!

—김선우 「완경」(2003)

6.7. 여성 오이디푸스, 영원한 클레멘타인

딸은 아버지들에게 오랫동안 '고명' 혹은 '애완'의 존재에 가까웠다. 딸 역시 기존의 가부장적 이데올로기를 그대로 수용하면서 아버지의 노래를 이어 불러 왔다. 라캉의 표현대로 남편 혹은 아버지가 엄마와 딸 사이에 있는 구도의 가부 장제 권력 구도 속에서 딸은 주체적인 삶의 가능성을 지닌 아버지를 이상화하 고 숭배해왔다고 할 수 있다. 하지만 딸과 아버지의 관계도 달라지기 시작했다.

현대시에서 아버지와 애인은 동일한 시선으로 딸 혹은 그녀들을 지켜보고 감시하고 그녀들에게 호통한다. 세상 속에서 겪는 익숙하고 일반적인 시선들 이지만 이제 딸들을 아버지의 빗장을 벗어나고자 감행한다. 여성 오이디푸스 들은 아버지의 애정을 폭력으로 인식하여 성적 폭력의 은유로 묘사하며, 억압 적인 가부장적 보호를 신체의 위해로 상상한다. 일종의 잔혹담으로 드러나는 아버지와 딸의 관계는 식육 혹은 육체적 폭력의 관계로까지 가시화된다. 그리 스신화 이래 익숙해져온 근친상간의 모티브가 딸들에 의해 새로 써지기 시작 한다. 외롭게 아버지와 바닷가에서 살아야 했던 '나의 사랑 클레멘타인'이었던 딸들은 아버지로부터 벗어날 꿈을 꾸는 여성 오이디푸스들이 되어 아버지가 부르는 노래와 전연 다른 노래를 엇갈리며 부른다. 아버지와 딸의 관계는 전복 되어 아버지는 힘을 뺏기고 권력을 잃은 '불구'가 되어 딸들에 의해 '경작'되기 도 한다. (이민하 「토마토」, 조말선 「자라는 오이디푸스나무」, 「이식」, 김언희 「가족극 장, 클레멘타인」, 「피에타」)

> 둥글고 붉은 토마토가 있다 四角의 방 안에 있다 한 사람이 옆에 있다 아버지의
> 안경을 쓴 그는 고개를 돌려 나를 본다 가만히 보니 애인의 얼굴이다 그의 핏발
> 선 두 눈이 군침을 삼키던 나를 불결한 듯 욕실로 떠다민다 입이 파랗게 허기진
> 나는 높다란 선반에서 꺼낸 구름으로 입 안 가득 이빨을 문질러 닦고는 돌아온다
> 방으로 오는 데 한나절이 걸린다 (중략) 애인의 넥타이를 맨 그는 고개를 돌려
> 내게 호통을 친다 가만히 보니 아버지의 얼굴이다 그의 둔탁한 목소리가 군침을
> 삼키던 나를 불온한 듯 캔버스 밖으로 떠다민다 나는 왼쪽 모서리에 매달려 안간힘
> 을 쓴다
>
> —이민하 「도마도」(2005)

아가야, 햇빛이 보드랍구나 담뿍 받아라 아버지 팔 벌려 공중 높이 나를 들어올리네 아가야, 빗물이 달구나 꿀꺽꿀꺽 받아 마셔라 아버지 팔 벌려 공중 높이 나를 들어 올리네 아가야, 번개날이 누구의 메시지인지 모르겠구나 해독 좀 해주겠니? 아버지 팔 벌려 공중 높이 나를 들어 올리네 아가야, 엄동설한에 꽁꽁 얼어라 얼어서 얼어서 추위를 잊어야 아버지 팔 벌려 공중 높이 나를 들어올리네 아가야, 보드라운 네 살결이 참 좋구나 쑥쑥 자라는 네 적의가 참 든든하구나 아버지 음탕한 신발에 발을 끼우고 어쩌겠니 어쩌겠니 팔 벌려 나를 자꾸 공중 높이 들어올리네

—조말선 「자라는 오이디푸스나무」(2006)

그날 아침, 무성한 아버지의 아를 떼어내 심었다 가랑이가 찢어진 겨드랑이가 찢겨진 그날 아침, 단호한 아버지의 버를 떼어내 심었다 심장이 쪼개진 간격이 벌어진 그날 아침, 새 아버지를 경작하였다 새 침대를 마련하였다 새 관습을 주입하였다 찢어진 아버지 벌어진 아버지 불구의 아버지가 태어나리라 불구의 아버지께 사식을 대접하리라 그날 아침, 아버지는 불구가 되었다 그날 아침, 아버지는 주저앉았다 야금야금 물을 주리라 간혹 식사시간을 잊으리라 회복이 빠른 아버지 낑낑대며 번식에 집착한 아버지 어느날 아침 침대마다 무성할 아버지 똑같은 관습을 발육할 아버지 아버지의 아버지는 아버지가 아니에요 뿌리 없는 아버지 내가 경작한 아버지

—조말선 「이식」(2006)

넓고 넓은 바닷가에

숟가락이 되어
내 숟가락 뒤에 포개졌어요

오막살이 집 한 채

수저통 속은
비좁구나, 딸아

고기 잡는 아버지와

내 젓가락 사이로 아버지
젓가락이 파고들어요

철모르는 딸 있네

아버지가 된 숟가락이
아버지가 된 젓가락이

내 사랑아 내 사랑아

아버지 숟가락으로 밥을
먹어요 아버지를

나의 사랑 클레멘타인
—김언희 「가족극장, 클레멘타인」(2000)

아버지, 베개의 팔다리를 뽑고

아버지, 베개의 코를 베고, 귀를 베고

아버지, 베개의 목을 빼서 장롱 밑에 처박으신다

아버지, 베개의 입을 째고 아버지의 혓바닥을 먹이신다

아버지, 베개의 눈을 째고 아버지의 고환을 먹이신다

아버지, 베개의 자궁을 가르고 아버지의 이빨을 심으신다

아버지, 베개의 배를 가르고 베개를 꺼내신다
—김언희 「피에타」(2000)

7
아들

아들은 '일정한 조직이나 집단 속에서 자라난 훌륭한 남자'를 은유하기도 한다. 아들을 '기초나 모체에서 이루어지거나 태어난 대상'으로 대견스럽게 일컫는 의미이다. 아들에 대한 이러한 은유적 개념은 아들이 부모에게서 그 속성이나 유전적 형질, 혹은 유형·무형의 재산, 사회적 지위 등을 물려받는 존재라는 뜻을 강화하면서, 딸과 비견하여 우선적 존재임을 암시한다. 아들은 가족과 가문에서 혈연 계승의 이데올로기를 체화한 존재이면서 동시에 국가의 소명을 받은 '시대의 아들'이자 '공적'인 후손이다. 한국의 전통적인 가족 안에서의 부녀관계·모자관계·모녀관계 등은 이 부자관계를 중심으로 종속된다.

여성 한시문에 나타나는 아들과 손자는 가문의 후손, 가문 번성의 지표로서 칭찬과 권면의 대상이다. 이러한 아들을 낳는 일은 며느리인 여성이 수행해야 할 주요한 책무 중 하나로서, 아들은 여성의 자부심을 형성하는 근간이 되고 아들의 사회적 성취는 곧 여성의 성취 욕구에 대한 대리적 보상이 된다. 아들을 통한 이러한 보상 심리는, 사대부가 여성이 주된 독자였던 장편가문소설의 남성주인공이 어머니를 극진히 섬기는 효성스러운 아들로 등장하는 데서도 발견할 수 있다. 아들은 혼정신성(昏定晨省)은 물론이고 아내를 정하는 일, 관직에 나가는 일, 아들들을 가르치고 아내를 대하는 일 등 모든 일에 있어 가치판단의 기준을 어머니로 삼는다. 고전문학에서 사위는 자기 가문의 우월성이나 딸의 자질과 덕성을 부각시키기 위해 못나거나 문란한 인물로 그려지곤 한다. 그러나 딸의 미래를 낙관하고자 하는 어머니의 마음이 투사된 규방가사에서는 사위의 자질과 용모를 뛰어나게 묘사하면서 딸에 대한 사랑과 축복을 드러내고 있다.

현대문학에서 아들이 모자(母子) 관계 속에서는 더없이 귀한 개별적인 존재들인 반면 가부장제 사회 속에서 공적인 존재가 될 대상이라는 모순된 상황은 문제적으로 등장한다. 아들은 미래의 기호로서 신뢰와 희망의 대상이기도 하지만 딸과는 달리 살붙이의 애틋함보다는 명분과 대의를 위한 상징적인 존재로서 의미를 갖는다. 현대소설에서 아들이 지니는 미래적 가치는 한국전쟁과 민주화 투쟁 등의 역사적 격랑 속에서 좌절되고 회의된다. 전쟁과 혁명의 이름으로 사라져간 아들들의 희생은 이제 무의미하게 기억된다. 산업화와 자본주의의 현대사회에서 아들들은 부모의 고된 노동과 참담한 소외를 반복하는 존재가 된다. 현대시에서도 소서사와 가족에 대한 장면보다는 '신' '업' '탯줄' '우주의 중심' 등 역사 사회적 시공간의 맥락이 자주 등장하면서, 가족보다는 가문을 이어가는 존재, 전쟁과 혁명 등의 위업을 수행해야 하는 '우리 시대의 아들들'이라는 관점을 드러낸다.

아들   '아들'은 성(性)이 남자인 자식을 의미하며, 자기 아들의 지칭은 '아들, 아들아이, 아들놈, 아들자식, 사내아이, 집아이, 자식(子息), 자식놈, 가아(家兒), 가돈(家豚)' 등이고, 남의 아들의 지칭은 '아들, 아드님, 자제(子弟), 영랑(令郎), 영식(令息), 영윤(令胤), 윤군(胤君), 윤옥(胤鈺), 현윤(賢胤)' 등으로 부른다.

현대 국어 '아들'에 대응하는 15세기 어형은 '아ᄃᆞᆯ'이며, 그 이전 『계림유사(鷄林類事)』에서는 "男兒曰了妲 亦曰同婆記"라 하여 15세기 이전의 '아들'의 옛 형태에 대한 일단을 보여 준다. 따라서 이 단어의 형태 변천 과정은 '아ᄃᆞᆯ〉아들'로 추정할 수 있으며, 이것은 'ㆍ'의 음가가 소실되면서 'ㅡ'로 바뀐 것으로 볼 수 있다. 'ㆍ' 음이 16세기 후반부터 제2음절 이하에서부터 소실되고, 17세기 초부터는 제1음절에서도 'ㆍ' 음은 'ㅏ'나 'ㅗ' 등의 다른 모음으로 바뀌게 되었다. 'ㆍ' 음의 완전 소멸은 18세기 끝으로 생각되는데 그러므로 그 사이 약 300년이 넘는 긴 시간이 걸렸다. 제2음절 이하에서의 'ㆍ' 음의 완전 소멸은 16세기 후반으로 추정되며, 제2음절 이하의 'ㆍ' 음은 'ㅡ'로 변하거나 [ㅗ] 또는 [ㅏ]로 변한 것도 일부 존재한다. 따라서 15세기와 16세기에는 '아ᄃᆞᆯ'의 어형만 나타나는 반면, 17세기에는 '아ᄃᆞᆯ'과 '아들'의 두 어형이 나타난다. 즉, 이 시기에 '아ᄃᆞᆯ'이 '아들'로 교체된 것이다.

결과적으로 15세기와 16세기의 '아ᄃᆞᆯ'은 17세기에는 '아ᄃᆞᆯ'과 '아들'의 두 표기로 나타나는데 이 시기에 '아ᄃᆞᆯ'이 '아들'로 교체된 것으로 볼 수 있다. 본격적인 근대 국어 시기인 18세기와 19세기에 나타난 '아ᄃᆞᆯ, 아들, ᄋᆞᄃᆞᆯ, ᄋᆞ들' 등 네 가지 표기 예는 단순한 표기법의 혼란에 의한 것으로 보인다. 그러다가 현대 국어 시기인 20세기에 접어들면 '아들, 아ᄃᆞᆯ' 등으로 나타난다.

> 그제 아ᄃᆞᆯᄃᆞᆯ히 各各 아비게 닐오ᄃᆡ (『월인석보(月印釋譜)』(1459))
> 아ᅀᆞ아ᄃᆞ니ᄆᆞᆫ 難陀ㅣ라 (『월인석보(月印釋譜)』(1459))
> 白飯王ㅅ ᄆᆞᆮ아ᄃᆞ른 調達이오 아ᅀᆞ아ᄃᆞ른 阿難이라 (『월인석보(月印釋譜)』(1459))

囝 아들 견 子 아들 주 姪 아촌아들 딜 孫 손주 손 甥 아촌아들 싱 (『훈몽자회(訓蒙字會)』上(1527))

진실로 아들 나호믄 사오납고 도르혀 쏠 나호미 됴호믈 아노라 (『두시언해(杜詩諺解重刊)』중간본 4(1613))

姪兒 아츤아들 姪女 아츤쏠 兒子 아들 (『역어유해(譯語類解)』上(1690))

네 내 아들이 되여서 이제 나를 져브랴 우리 집을 망흐랴 흐ᄂ다 (『오륜행실도(五倫行實圖)』忠(1797))

乾兒子 슈양아들 (『역어유해보(譯語類解補)』(1715))

당시 세 아들을 나하:張生三子 (『오륜전비언해(五倫全備諺解)』1(1721))

쳥츈의 ᄌ식 ᄋ들과 며ᄂ리 올 써나면 더브러 조츨 이 업ᄂ지라 (『경신록언해(敬信錄諺解)』(1796))

빅셰 밋던 ᄋ들 ᄯᅡ님 날 이여서 몬져 죽ᄂ 니런 일롤 락이랄가 (『전설인과곡(奠設因果曲)』(1796))

맛아들 昆子 맛아들 (『한불자전(韓佛字典)』(1880))

실업의 아들 無實者 (『국한회어(國韓會語)』(1895))

져런 ᄋ히들이 다 여러 ᄋ들을 두어시딕 우리ᄂ 지금 슬하의 일긔 업ᄉ니 (『명주보월빙(明紬寶月聘)』1(19세기경))

子 ᄋ들 息 ᄌ식 長子 맛ᄋ들 樹子 뎍ᄌ 次子 버금ᄋ들 庶子 셔ᄌ 系子 양ᄌ 侍養子 슈양ᄋ들 義子 의붓ᄋ들 (『광재물보(廣才物譜)』人倫(19세기경))

물룻 사름 아들 된 자ᄂ 비록 할우라도 가히 잇지 못홀지니라 (『한자용법(漢字用法)』(1918))

병국의 부인도 이제ᄂ 아들 하나 쏠 하나를 나코 (『무정』3(1918))

　　문헌에 나타난 아들과 관련한 어휘들을 살펴보면 '아ᅀᆞ아ᄃ님(『월인석보(月印釋譜)』(1459)), 몬아들, 아ᅀᆞ아들(『월인석보(月印釋譜)』(1459)), 姪 아촌아들(『훈몽자회(訓蒙字會)』上(1527)), 姪兒 아츤아들(『역어유해(譯語類解)』上(1690)), 長子 맛ᄋ들 樹子 뎍ᄌ 次子 버금ᄋ들(『광재물보(廣才物譜)』人倫(19세기경))' 등으로 나타난다. 장자(長子)와 차자(次子)를 구분하기 위해 '몬, 아ᅀᆞ, 버금' 등을 사용하여 '몬아들, 아ᅀᆞ아들' 혹은 '맛ᄋ들, 버금ᄋ들'과 같이 쓰고 있음을 알 수 있다. '아ᅀᆞ'는 '아우'를 나타내는 말이며(아ᅀᆞ 爲弟(『훈민정음해례본(訓民正音解例本)』用

字例(1446)), '버금'은 으뜸 다음 가는 것을 의미하는 고유어인데, 중세국어에서 '아ᅀ'의 쓰임이 매우 활발한 것을 알 수 있다. 현재 '장자'는 '장남, 큰아들, 맏아들' 등으로, '차자'는 '차남, 작은아들, 둘째아들' 등의 유의어가 있다.

'아춘아들'은 형제나 자매의 아들, 즉 남자 조카를 의미하는데 '아춘쭐'이 현재 '질녀, 조카딸' 등으로 변화한 반면 '아춘아들'이 이에 대당되는 어휘가 존재하지 않는다. 『역어유해』(1690)에서 보이듯 '아춘쭐'은 '질녀(姪女)'에 대당시키고 있는 반면, '아춘아들'은 '질아(姪兒)'에 대당시키고 있는데, '질아(姪兒)'는 남녀의 의미가 함축되지 않은 '형제자매의 자식'을 의미하는 용어였고, 이것은 현재 '조카'라는 말로 대체되었기 때문에 '남자조카'에 대당되는 말이 체계상 공란이 된 것으로 보인다.

또한, 조선시대에는 '장자'와 '차자'의 구분뿐만 아니라 다양한 형태의 '아들'이 있었음을 다음 관련어들의 등장에서 알 수 있다.

> 乾兒子 슈양아들 (『역어유해보(譯語類解補)』(1715))
> 庶子 셔ᄌ 系子 양ᄌ 侍養子 슈양ᄋ들 義子 의붓ᄋ들 (『광재물보(廣才物譜)』인륜 (19세기경))

'서자, 양자, 수양자, 의붓아들, 수양아들' 등의 어휘가 나타나는데 '서자(庶子)'는 본 부인이 아닌 다른 여자가 낳은 아들을 의미하기도 하고 맏아들 이외의 모든 아들을 가리켜 서자라고도 했으나 전자의 의미로 사용된 경우가 대부분인 듯하다. '서자'는 '별자(別子), 서출(庶出)' 혹은 서자와 그 자손이라는 의미의 '서얼(庶孼)' 등으로 불렸는데 서얼에 대한 차별의식이 조선 초기에 들어와서 강화되면서 가족 내에서도 천하게 여겨 재산상속권도 없었고 관직에 등용되기도 어려웠다. 그러나 서얼들의 신분상승을 위한 노력을 계속되어 1777년 정조가 '정유절목'을 발표하면서 서얼들이 관직에 오를 수 있도록 하였고 이덕무, 유득공, 박제가 등의 학식 있는 서얼 출신들을 임명하였다. 그 뒤에 1894년 갑오개혁 때 완전히 폐지되었다.

또한, 한자어 '의자(義子)'를 '의붓아들, 수양아들, 수양자' 등으로 풀이하고 있는데 현대국어에서는 '수양아들'을 '개가하여 온 아내가 데리고 들어온 아들'이라는 사전적 의미도 있지만 여성의 개가가 허용되지 않았던 조선시대에는 '남편의 전처가 낳은 아들'을 의미했으며, 집안의 대를 잇기 위해 남의 자식을 데려다가 제 자식처럼 기른 아들을 '수양아들'이라고 하였다.

사위

현대국어의 '사위'는 딸의 남편을 일컫는 호칭으로 옛말로 '사회, 싸회, 사휘' 등의 어형이 나타난다. '호다(戰爭)'에서 기원했다고 하는 설도 있으나 한자어로는 서(壻), 여서(女壻), 서랑(壻郎), 서생(壻甥), 교객(嬌客, 驕客), 췌객(贅客), 외생(外甥), 탄복(坦腹) 등으로 말하기도 한다. 남의 사위를 존대하여 부를 때 '서랑(壻郎), 교객(嬌客)'이라 하였고, 남의 사위를 그의 처가 사람을 상대할 때 '췌객(贅客)', 사위된 사람이 장인과 장모에 대하여 자기를 지칭할 때에는 '외생(外甥)'이라고 했다. '탄복(坦腹)'은 말 그대로 '배를 평평하게 하다', 즉 배를 깔고 누워있는 모습을 묘사한 말이다. 이것은 왕희지(王羲之)의 고사에서 유래했는데, 진(晉)나라 극감(郗鑒)이 사위를 고르는데 왕희지만이 태연하게 동상(東牀)에 배를 깔고 뒹굴며 음식만을 먹고 있는 모습을 오히려 마음에 들어 하여 사위를 삼았다고 한 데서 사위를 '탄복'이라 일컫게 되었다고 한다.

현대국어의 '사위'는 15세기에 '사회'였다. 이 형태는 18세기까지 변화 없이 사용되었다. 19세기에 들어서 '사회'의 변이형들이 많이 등장한다. 'ᄉᆞ회'는 제1음절 모음 'ㅏ'가 'ㆍ'와 혼용되면서 나타난 형태이다. 물론 소리는 동일하다. '사외, ᄉᆞ외'는 모음 사이에서 'ㅎ'이 약화되어 탈락한 형태로 볼 수 있다. 현대국어의 '사위' 형태는 19세기에 등장한다. '사위'는 '사외'에서 모음의 변이로 나타난 형태로 보인다. 20세기 초까지 '사회'는 나타나지만 '사위'가 더 일반적이며, 그 후 '사위'로 정착한다. 간혹 '사위'를 '샤옹'과 관련하여 설명하는 경우가 있다. 그러나 '샤옹'은 '지아비, 남편'을 이르는 말이다. "夫 샤옹 부(『광주판 천자문』(1575))". 또한 '샤옹'은 16세기에 처음 보이므로 이미 15세기부터 나타나고 있는 '사회'가 '샤옹'에서 왔다고 볼 수는 없다.

죽은 딸의 남편인 사위는 '구서(邱壻)'라 하였다. 임금의 사위는 '부마(駙馬), 국서(國壻)'라 불렸는데 부마는 '부마도위(駙馬都尉)'의 준말이다. 사위의 사투리로는 '사우, 사구, 사오, 사외, 사이, 싸우, 사우재이' 등이 있다. '사윗감'은 사위로 삼을 만한 사람을 이르는 말이다.

7.2. 아들의 의미

아들의 은유성　　현대에서 '아들'이 갖는 보편적 의미는 사전적 의미에 기초하게 된다. 다음은 조선말대사전에서 제시한 표제어 아들에 대한 사전적 정의이다.

① 남자인 자식.
② '일정한 조직이나 집단 속에서 자라난 훌륭한 남자'를 자랑스럽게 비겨 이르는 말.
③ '기초나 모체에서 이루어지거나 태어난 대상'을 대견스럽게 비겨 이르는 말.

아들은 1차적으로 '남자인 자식'이며 예문으로 '아버지와 아들'이라는 부자관계가 제시되고, '아들과 딸'이라는 예문에서 '딸'과 비견하여 우선적 존재임을 암시한다. 2차적으로는 은유적으로 '일정한 조직이나 집단 속에서 자라난 훌륭한 남자'를 의미한다고 되어 있으며, '기초나 모체에서 이루어지거나 태어난 대상'을 대견스럽게 비유하는 말이라고 되어 있다.

이처럼 아들에 대한 사람들의 인지언어학적 개념은 은유를 통해 드러나며, 친족어의 은유적 개념은 인간의 사고체계의 단면을 보여준다. 아래의 예문들은 아들은 부모로부터 생겨났으며 그 속성을 물려받는 존재임을 보여준다.

　신의 아들
　하나님의 아들
　흙에서 태어난 아들
　우리는 충성스런 대지의 아들
　생명의 아들들

물론, '하느님의 딸, 천주님의 딸' 등과 같이 '아들' 대신 '딸'도 이러한 개념적 은유로 사용되나 '딸'은 '속성을 물려받은 여성'이라고 하는 [+여성]의 의미 자질을 갖는다. 반면, '아들'은 자식 중의 원형적 의미를 갖고, 원형 효과에 따라 가장 쉽고 이해도가 높으며 높은 빈도로 나타나는 경향을 보여준다. 다음의 예문들은 아들이 부모와의 관계의 관점에서 부모에 해당되는 대상에게서 그 속성이나 유전적 형질, 혹은 유형·무형의 재산, 사회적 지위 등을 물려받는 존재라는 것을 보여준다. 즉, 아들이라는 개념을 어떻게 인지하고 있는지 더 구체화하여 보여준다고 할 수 있다.

대한민국의 아들
자모필(子母筆) : 어떤 큰 붓의 붓대 안에 그보다 글자가 가느다란 붓을 연이어
　　　　　　　 넣어 만든 붓
자회사(子會社) : 다른 회사와 자본적 관계를 맺어 그 회사의 지배를 받는 회사
자성(子城) : 본성(本城)에 딸려서 따로 쌓은 작은 성
자각(子閣) : 덧붙여 지은 전각(殿閣)
자음(子音) : 닿소리

위의 예들은 아들은 부모의 지배 영역에 포함된 존재임을 개념화한다. '자음(子音)'의 경우 음절의 주음(主音)인 '모음(母音)'과의 관계에서 이에 종속된 소리로서의 존재를 강조한 명칭이다. 이러한 개념의 형성은 전통적으로 한국 사회가 아버지 중심의 부계사회이며 직계가족에서는 아버지가 가장이 되고 아들이 그 후계자가 됨으로써 집안의 기둥으로서의 아들의 지위와 관련된다. 따라서 한국의 가족구조는 아버지와 아들을 연결하는 수직선을 중심으로 상하관계를 형성하고 있으며, 상하관계란 하나가 다른 하나보다 높은 지위에 있는 것으로 아버지가 연령으로나 출생의 순서 등에 있어서 아들보다 높은 지위에 있게 된다. 특히, 아들은 아버지에게서 출생하였다는 보은관계에 있기 때문에 이들은 절대적인 상하관계에 놓이게 된다. 상하관계를 달리 말하면 수직관계이고, 따라서 직계가족의 구조는 수직적 구조라 할 수 있다. 이러한 구조 안에서는 부자관계가 가장 중요하고 기타 부부관계나 형제관계 등은 모두 이에 종속되는 낮은 지위에 있게 된다. 따라서 한국의 전통적인 가족 안에서의 부녀관계·모자관계·모녀관계는 이 부자관계를 중심으로 하고 그에 종속된다. 이것은 사람들의 사고 과정에 영향을 미치게 되고 아들을 '부모 특히 아버지에 종속된 존재, 아버지의 속성과 형질을 물려받는 존재, 아버지의 지위 및 재산을 물려받는 존재' 등으로 인지하게 된다.

이러한 부모와 아들의 종속적 관계는 물리적으로도 부모는 아들보다도 더 큰 존재로 인식하게 하며 아들은 부모를 근원(根源)으로, 그 자식인 아들은 그로부

터 파생된 산물(産物)로 존재하게 하여 다음과 같은 어휘들이 생겨나게 되었다.

아들 마늘 : 마늘 종 위에 열리는 작은 마늘
아들 이삭 : 벼의 곁줄기에서 나는 작은 이삭
자도(子刀) : 새끼 칼
자묘(子猫) : 새끼 고양이
아들자 : 길이나 각도를 잴 때에 보다 정밀하게 재기 위하여 어미자에 덧붙여
쓰는 자
자낭(子囊) : 자낭균류의 유성 생식에 의해 만들어진 주머니 모양의 기관
자법(子法) : 다른 나라의 법률을 이어받거나 본떠서 만든 법률
자방(子房) : 꽃의 생식기관인 암술에서 확장된 씨방으로 그 속에 씨를 담고 있다.

아들의 사회문화적 의미,
수양자(收養子)
아들은 단지 혈연일 뿐만 아니라 유교 사회에
서는 가족의 조직을 강화하기 위한 가문의 계
승자로서 중요한 의미를 갖는 존재였다. 따라서 집안의 대를 이을 아들이 없는
경우에는 양자를 맞아 이를 계승하게 되는데, 이 양자제도에도 여러 가지가 있
었다. 수양자(收養子), 시양자(侍養子), 그리고 서양자(壻養子)가 있었는데 우리나
라의 양자제도는 중국의 절대적인 영향을 받아서 조상에 제사를 치르고 가문의
계승을 위한 양자제도, 즉 '시양자'만이 강조되었다. 그러므로 시양자는 친자식
과 동일한 권리와 의무를 가지며 생가와의 관계도 완전히 단절하지 않았다. 19
세기경에도 '시양사'에 대한 기록이 나타난다.

庶子 셔ᄌ 系子 양ᄌ 侍養子 슈양ᄋᄃᆞᆯ 義子 의붓ᄋᄃᆞᆯ (『광재물보(廣才物譜)』人
倫(19세기경))

일반적으로 남의 자식을 데려다 길러 자기 자식으로 삼는 것을 '수양(收養)'
또는 '시양(侍養)'이라고 하는데, 특히 3세 이전에 거두어 같이 사는 자식을 '수
양자'라 하고 4세 이후에 수양한 자식은 '시양자'라고 하였다. 그런데 수양자는
남자여야 한다든가 부계의 혈족이어야 한다든가 하는 요건이 없었기 때문에 엄
격한 의미에서의 양자라고는 할 수 없었으며 '남이 밖에 내다 버리고 간 것을
받아서 기른 아이'라는 의미의 '개구멍받이'로 취급받았다.

그러나 그 이전인 고려시대에는 이성양자(異姓養子)가 행하여졌는데, '이성양자'란 양부와 성(姓)이 다른 양자를 의미했다. 조상의 제사를 주재하고 가문의 계승을 위해 마련한 양자제도는 양부와 동성동본(同姓同本)의 혈족인 자만이 양자가 될 수 있었던 것을 고려하면 '이성양자'라고 하는 제도는 매우 특이했던 것임을 알 수 있다.

그러나 『고려사』에 따르면 "문종 22년에 정하기를 자손이 없고 형제에도 자손이 없는 사람의 경우에 3세 이전에 버려진 남의 자식을 얻어다 길러 자기의 성을 따르게 하고 뒤이어 호적에 올려 자식을 삼는 일을 법으로 이루어지게 하였으며, 자기의 자손이 있거나 형제의 자손이 있는 경우에는 이성의 자식을 수양하는 일을 금한다."라고 한 규정에서 자식이나 조카가 없는 경우 '이성양자'가 허용되었음을 알 수 있다. 당시는 수양자가 되면 양부의 성을 따라 대를 이을 수 있었기 때문에 수양자의 상속상의 지위도 높아 제사와 재산 상속권이 있었다.

조선시대에도 고려의 수양법을 계속 이어받아 『경국대전』에서 수양자에 대하여 이르기를 상례로써 3년 복상을 규정하고 재산상속을 인정하였다. 한편, 조선시대에 이르러서는 유교적 원리가 강조되면서 가문을 승계하고 혈통을 지킴으로써 가족 내 결속을 다지기 위해 양자를 들이는 문제가 더욱 철저해졌다. 즉, 이성양자를 금하고 동성동본의 혈족 내에서 아들과 동일한 항렬인 남자조카 중에서 양자를 삼았다. 또, 장자에게 아들이 없어 양자를 맞을 때는 형제의 차자를 양자로 삼았다. 동생이 자기의 아들을 형에게 양자로 주고 자기 아들이 없으면 자기도 양자를 맞았다.

이러한 가문 승계에 대한 집착은 적장자가 직계비속 없이 사망한 경우 후사가 끊어진 가문을 부흥시키기 위한 '사후양자(死後養子)' 제도를 만들어냈다. 사후양자는 1437년(세종 19) 아버지가 없어도 어머니가 원한다면 나라에 고한 뒤 입후하는 것을 허용한다고 규정하였다. 이러한 제도의 바탕이 되는 사고는 남아선호사상이라고 할 수 있다. 이것은 우리 민족의 가장 오래된 전통적 사고의 하나로 오늘날에 와서도 이 경향은 지속되는 경향을 보인다. 가문을 승계하고 조상을 모시는 존재가 아들이었기 때문에 가문이 강조될수록 아들의 위치는 가족의 핵심으로 공고해졌다. 따라서 아들이 없다는 것은 가문이 사라짐을 의미하는 것이었기 때문에 '무자(無子)'를 여성의 잘못으로 여겨 이를 여성의 칠거지악(七去之惡) 중 하나로 규정하였고 이는 이혼의 사유가 되었다.

이혼 자체에 대한 두려움보다 가계를 이을 수 없다는 불안감과 조상에 대한 죄책감으로 불임의 부인들은 온갖 수단과 방법을 가리지 않고 아들 낳기를 기원했다. 이러한 뿌리 깊은 관념은 수많은 속담과 산속(産俗)과 기자신앙(祈子信仰)에 잘 드러나 있다. 우리의 속담 가운데 '딸은 두 번 서운하다(낳았을 때와 시집갈 때), 다남(多男)은 천복이다, 아들은 내 조상 묘를 돌보나 딸은 남의 조상 묘를 돌본다, 아들 없이 죽으면 제삿날 물 한 모금 어림없다, 아들이 있어야 남이 넘보지 않는다, 딸은 생전에 보배요 아들은 사후의 보배니라, 아들은 내 육신과 이름을 잇지만 딸은 남의 식구가 된다' 따위는 남아선호의 정도를 잘 말해준다.

7.3. 가문의 후손, 가문 번성의 지표

여성 한시문 속에는 아들에 대한 작품들이 존재한다. 특히 아들 범주 가운데 아들과 손자에 대한 시문이 대부분을 차지한다. 아들에 관한 시문은 대부분 살아있는 아들을 대상으로 했다. 이들은 두 내용으로 구별된다. 하나는 아들과 손자에게 학문에 힘쓰고 참 선비가 될 것을 권면하는 시문들이다. 어머니는 시댁 가문이 훌륭하여 어질고 충성스러우며 학문이 높고 벼슬도 현달했던 선조들이 많았다며, 이는 오직 배움을 통해서야 가능하다며 아들들에게 배움을 권면한다. 그러면서 배움의 도란 뜻을 세우고 힘써 행하여 내가 하늘에서 부여받은 본성을 회복하는 것이라고 역설한다. 또한 술이 과한 아들에게 술을 줄이고 학문에 힘쓸 것을 권면하였다. 또한 아들들이 봉황(鳳凰)이나 학(鶴) 같은 존재라고 칭찬을 하며 이들이 잘되기를 바란다. 그런데 손자에 대한 태도는 아들에 대한 태도와는 조금 차이가 있어 보인다. 어린 손자들이 쓴 시를 보며 칭찬하고 또 칭찬하며 선비의 길로 나아가기를 권면한다. 이로 볼 때 여성 시문에서 나타나는 아들과 손자는 가문의 후손, 가문 번성의 지표라고 할 수 있다. (안동 장씨 「寄兒徽逸」「贈孫聖及」, 황정정당 「訓子廷烈廷濂廷鎬書」)

다른 하나는 벼슬이나 사신(使臣) 등으로 멀리 떠나간 아들을 그리워하거나 아들이 보내온 시에 차운(次韻)한 시들이다. 이때 어머니는 아들에 대한 그리움을 솔직하게 읊었다. 보고 싶으나 참겠다는 내용이 아니라 어서 돌아오기를 바란다는 내용이 주를 이룬다. 아들에 대한 그리움을 솔직하게 표현했다고 하겠다. 물론 벼슬을 잘살라거나 사신을 가서 임무를 완성하여 임금의 은혜에 보답하라는 당부도 잊지 않으나 주로 아들의 건강을 걱정하고 아들이 어서 돌아오기를 바라는 마음을 노래했다. (서영수합「次韻送季兒還京」,「長兒失期不來次杜韻寄示悵望之懷」,「寄長兒赴燕行中」)

아들은 한 가문의 대를 잇는 존재이며 가문 번성의 지표이기도 하다. 며느리인 여성에게 아들 낳기는 시집에 들어와서 수행해야 할 주요한 책무 중의 하나이다. (「팔부가」, 정씨 부인「나의 회고록」) 만일 아들을 낳지 못하는 경우 심리적 압박감을 느끼고 있다. 따라서 여성에게 어머니로서 아들을 낳아 잘 키워 가문을 일으키는 것은 삶의 목표로까지 부각된다. 규방가사에는 딸만 연이어 일곱 형제를 낳은 후에 비로소 아들을 얻은 후 기쁜 마음으로 아들의 장래를 축원하는 작품들이 있다. (「율리칠여가」) 이 작품들은 한 여성의 집안 속 지위가 아들 낳기와 직결되어 있으며, 아들 낳기는 여성 자신의 자부심을 형성하는 근간이라는 것을 보여준다. 아들의 사회적 성취는 곧 어머니인 자신의 성취 욕구에 대한 대리적 보상을 의미한다. (「부녀가」)

> 여섯째 아이편에 듣자니 네가 술이 과해서 모양이 수척하다니 걱정이 되는구나 네가 부모의 마음으로 네 마음을 삼아 안정하게 병조리를 하여 부모의 마음을 기쁘게 하면, 이것이 효도가 아니겠는가? 배우고 또 배워 천하에서 쓸모 있는 그릇이 되도록 하여라. 무신 2월 2일 언서(諺書)로 보낸 편지를 못 본 듯하기에 이 편지 보낸다. (이때 존재(이휘일)가 술을 너무 마셔 병환이 났으므로 부인이 편지로써 이를 훈계했다.)
> 因六兒聞 汝飲多形枯 其憂可言 汝以父母心爲心 安靜調病 父母喜悅則孝矣 學以成天下之器 戊申二月二日諺書不見 信書此以送 時存齋患痟渴 引飲過多 故夫人書以戒之
> —안동 장씨「아들 휘일에게 寄兒徽逸」(17세기)

배움을 권하는 글은 이전 성현의 가르침에서 이미 다했으나 사람들이 도리어 깊이 체득하여 힘써 행하지 못하고, 부질없이 글 쓰는 도구로 여기니 한탄스럽구

나. 생각하건대 너희 가문은 고려 시대부터 본조에 이르기까지 이름난 명현과 높은 재상과 뛰어난 사람들이 대대로 빛나며 서로 이어졌다. 혹은 문장의 일로 혹은 충의 덕행으로 당세에 이름을 날린 분들이니, 어떤 도를 통해 그렇게 될 수 있었겠느냐. 한 마디로 말하면 배움일 뿐이다. 배움의 도란 뜻을 세우고 힘써 행하여 내가 하늘에서 부여받은 본성을 회복하는 것에 지나지 않는다. 너희들은 재주가 노둔하다며 포기하지 말고 문을 걸어 잠그고 힘써 배워 성취함이 있기를 기약하며 조상의 덕을 떨어뜨리지 말기를 지극히 원하노라. 대저 과거와 의리의 학문은 오직 자신을 위함과 남을 위함의 구별이 있을 뿐이다. 만약 오로지 마음을 바로잡고 몸을 수양하는 도리에 뜻을 두지 않고, 오직 외우는 것에 힘쓰며 표절하는 것을 공부하며, 이익과 벼슬에 마음을 힘써 성명의 바름을 무너뜨리는 것은 오히려 깊이 경계해야 할 일이다. 하물며 다시 활을 당기고 말을 달려 그 성품을 거칠고 호탕하게 하여 오래된 가문 깨끗한 집안의 이름을 더럽히고 무너지게 할 수 있겠느냐. 너희들은 힘써 행하여 네 어미가 남기는 교훈의 뜻을 저버리지 말아라

勸學之文 前聖賢之訓已盡 人顧不深體而力行 徒視以文具 可勝歎哉 念惟汝家粤自麗代逮至本朝 名公鉅卿 九庠四逸 赫世相繼 或有文章事業 又或有忠義德行 鳴於當世者 是用何道而能之乎 蔽一言曰學而已 學之道 不過於立志力行以復吾天命之性 汝等無以才魯暴棄 杜門力學 期於有成 不墜先德 至願至願 夫科擧義理之學 有爲己爲人之別 若乃專不用意於正心修身之道 惟記誦是力 剽竊爲工 役心於利祿以決性命之正 猶爲深戒者 況復有彎弓馳馬 麤豪其性 汚壞古家淸族之名者乎 汝其勉旃 無負汝母 貽訓之意也
— 황정정당 「아들 정렬·정렴·정호를 훈계하는 편지 訓子廷烈廷濂廷鎬書」
(19세기 전반)

새해 맞아 경계하는 글 지으니
네 뜻 요즘 사람 같지 않구나
아이로서 배움에 뜻을 두었으니
참된 선비가 되고말리라
新歲作戒文 汝志非今人 童子已向學 可成儒者眞
— 안동 장씨 「손자 성급에게 贈孫聖及」(17세기)

은하수 점점 기울어지고 새벽 구름 많은데
나무마다 아침 노을은 푸른 물결 같구나
닭 울자 한양 갈 손을 보내야하니
이 이별 해마다 몇 번이나 거듭했던가

星河漸落曉雲多 萬樹烟霞似綠波 鷄鳴將送漢陽客 此別年年幾度過
　　　ㅡ서영수합「셋째 아이 서울로 돌아가는 시에 차운함 次韻送季兒還京」
　　　　　　　　　　　　　　　　　　　　　　(18세기 후반~19세기 초반)

돌아옴이 어찌 그리 더딘가
국화 필 때의 약속 속절없이 어겨 버렸네
짧아진 머리카락으로 문에 기대 기다리니
나그네길 나뭇잎 떨어지고 있네
어미 새는 새끼를 급히 부르는데
젖먹이 새는 둥지에 돌아옴이 늦네
아득히 성 너머로 구름 저무는 걸 바라보며
어찌하여 여기에 오래도록 서 있는가
歸來何太晩 空負菊花期 短髮倚閭處 旅天落木時
慈鳥喚雛急 乳鳥返巢遲 遙望城雲暮 何爲久在玆
　　　　ㅡ서영수합「맏아들이 기약대로 오지 않아 두시에 차운하여 섭섭함을 보임
　　　　　　　　長兒失期不來次杜韻寄示悵望之懷」(18세기 후반~19세기 초반)

손 잡고 차마 이별하지 못해
애절한 생각이 끝이 없구나
머리 들어 가야 할 먼지길 바라보니
쓸쓸히 가을 바람 불고 있구나

너를 보내는 곳 어디인고
구름 너머 삼천리 밖 연경
사행길 부디 조심하시게
어찌 아들 그리워하리

나라 일은 모두가 때가 있는 것
집 생각 연연하지 말게
나날이 훌륭하단 소식 전하면
내 곁에 있는 것보다 나으리

싸늘한 겨울 바람 벌써 닥치니
나그네 길 옷이 춥지 않은지

염려로 내 마음 괴로우니
이따끔씩 소식 전하여 다오

성인이 남겨놓은 교훈에
그 몸을 삼가는 것이 중요하다 했으니
항상 살얼음 밟듯 경계하는 마음 가지면
몸은 편안하고 덕은 날로 새로우리

握手不忍別 悠悠意不窮 擧頭望行塵 蕭蕭起秋風
送汝向何處 燕雲三千里 征鞭去珍重 何用戀兒子
王事皆有期 勿爲戀家鄕 令聞日以彰 勝似在我傍
凉風忽已至 遊子衣無寒 念此勞我懷 種種報平安
先聖有遺訓 莫若敬其身 常存履氷戒 身安德日新

　　　　　　　－서영수합 「청나라 사행중인 맏이에게 주노라 寄長兒赴燕行中」
　　　　　　　　　　　　　　　　　　　　（18세기 후반~19세기 초반）

　부인늬 ㅎ올이리 허다이도 만을시고 시부모도 늬일이오 봉지스도 늬일이오 젹
빈긱도 늬일이오 지친화목 늬일이오 어비복도 늬이리오 치산등졀 늬일이라 그중
이 먼져홀일 후시가 읏듬이라 우리집은 주셩시로 계졀기면 업나이라 첫아들 늬면
졀고 어금버금 ㅎ여보시 일즉나ㅎ 슈이키워 조달시모 조홀시고 그러그러 창치ㅎ
여 빅즈쳔손 졀노듸리 친가모가 늬외손이 그 아니 경실손가 주손이 번셩ㅎ면 만금
쳔지 무엇ㅎ리 후진이 츙쳔ㅎ며 조득무식 경졍될가

　　　　　　　　　　　　　　　　　　　　　　　　　　－「팔부가」(미상)

　사형제쌀 둔후에 만득으로 생남하니 고묵생화 그기상은 십세종사 영광일세 이
중에 천둥으론 싯으로 쌀형제라 의복과 음식등졀 장손에만 기우리니 귀치안은
쌀들에겐 눈돌린일 전혀업늬

　　　　　　　　　　　　　　　　－정씨 부인 「나의 회고록」(20세기 전반)

　평일의 하신말삼 우리친금 귀동주을 부듸부듸 줄키워서 문장세계 듸게하며 후
세영광 볼거시니 학문을 히울셔라 이러타시 훈교터니 오회라 천고영결 도라갈듸
하신말삼 (중략) 밥부도다 밥부도다 아달성관 밥부도다 천금갓한 이동주난 연광이
십습셰라 짓품도 놀랍하고 효성이 지걱하야 쥰슈하고 늬의귀동자라 슴경 통달하
늬 문장도 되련마안 영화볼일 더욱좃타 일셔이셔 늬말듯게 나의주부 보게하소
요죠슉여 잇는곳듸의 부 평일이 하신말삼 우리천금 귀동자를 부대부대 잘키워서

　　　　　　　　　　　　　　　　　　　　　　　　　　　　　　아들　311

문장제사 되게하면 후세연광 볼그시니 학문을 힘을써라 이르타시 수이터니 (중략)
밧부도다 밧부도다 아들성예 밧부도다 천금갓탄 이중자난 연광이 십삼세라 제품
도 출등하고 효성이 지극하다 정훈을 일적일코 뉘라서 교양하리 저희제조 저만하
야 사서삼경 통달하니 문장도 되려와 영화보기 드윽좃타

—「율리칠여가」(미상)

싱남하난 그부모난 회희낙락 거동보소 실고횐한 금기쥴얼 안이치고 밧기쳐셔
초승노쥬 부졍들가 힝인가긱 졀금하고 진상갓튼 단미역을 두셕단을 함목ㅅ셔 슘
신판이 바치노코 초칙자바 졍셩드려 슘칠까지 비난말이 슘신지간 으진덕이 금연
싱 귀동ㅈ을 금옥갓치 ㅈ라나되 슈복을낭 졈지하되 십만셕을 졈지하야 셕슝을
부르말고 문중을낭 졈지하디 이틱빅을 쏜을바다 할님학ㅅ 졈지하소 이룻타시 사
랑할지

—「부녀가」(미상)

사대부가 여성이 주된 독자였다고 하는 장편가문소설의 남성 주인공은 대부
분 어머니를 극진히 섬기는 효성스러운 아들이다. 혼정신성(昏定晨省)은 물론이
고 아내를 정하는 일, 관직에 나가는 일, 아들들을 가르치고 아내를 대하는 일
등 모든 일에 있어 가치판단의 기준은 항상 어머니이다. 그러던 중 어머니가
아프면 곁에서 성심으로 간호하고 즐겁게 해드리며, 돌아가시기라도 하면 슬퍼
우느라 혼절할 지경이 되고 결국에는 피를 토하고 피눈물을 흘리며 고통스러워
한다. (「소현성록」, 「완월회맹연」) 대 재상이 병이 나 위태로우니 임금까지 나서
서 고기즙을 먹으라고 권하지만 먹지 않고 제대로 자지도 않다가 3년상이 끝나
기도 전에 죽게 된다. 죽음에 앞서 유언을 할 때에도 어머니 상 중에 있으니
아내를 볼 수 없다면서 딸을 통해 유언을 전할 정도로 효(孝)와 예(禮)를 중시하
는 아들상이 그려진다. 그런데 이런 아들상이 만들어진 이유는 주된 독자층인
여성들, 즉 어머니들의 아들을 통한 보상심리 때문이었다고 생각된다.

ᄉ경말의 부인이 졸ᄒ니 향년이 일빅 십오셰라 소부인과 화셕이 졔ᄌ졔손을 더브러 됴혼ᄒ야 발상ᄒ니 곡셩이 하ᄂᆞᆯ의 ᄲ오이고 승샹이 두어 소리ᄅᆞᆯ 울고 혼졀ᄒ 야 업더니 졔ᄌ 경황ᄒ야 급히 약을 치며 브르디져 ᄭᆡ오니 한샹셔 드러와 붓드러 통곡ᄒ며 티샹홀ᄉᆡ 소공이 졍신을 계유 츨혀 일댱을 호곡ᄒᆫ 후 우름을 그티고 졔ᄌ졔손으로 더브러 샹슈ᄅᆞᆯ 다 친히 보며 잡드러 반합습념의 운경 운셩을 ᄃᆞ리고 입관ᄒ고 셩빙ᄒ야 초샹을 ᄆᆞᄎᆞ매 일을 다ᄉᆞ리ᄆᆞᆯ 십분 졍슉히 ᄒ야 부란ᄒᆫ 일이 업고 밧긔 나가 됴긱을 보디 아니ᄒ며 입관 이젼은 신톄ᄅᆞᆯ 딕희여 방 밧ᄯᆞᆯ 나디 아니ᄒ고 곡읍을 ᄯᆡ로 ᄒ여 지리히 우디 아니코 다만 시신을 붓드러 샹시 ᄆᆡ심ᄀᆞ티 ᄒ여 젼혀 곡읍이 과도티 아니 〃 졔ᄌ 깃거ᄒ더니 및 셩복을 일우고 소공이 기ᄅᆡ ᄒᆫ 소리ᄅᆞᆯ 디ᄅᆞ고 입으로조차 피 두어 말을 토ᄒ고 혼미ᄒ야 인ᄉᆞᄅᆞᆯ 츨혀 ᄇᆞ야흐로 샹복을 ᄎᆞ자 닙고 샹막의 업더여 됴긱을 바드니 (중략) 토혈을 만히 ᄒ고 물도 마시디 아니며 (듀야 호곡ᄒ야 셕들 혈누ᄅᆞᆯ 내여시니 엇디 쇠티 아니며 엇디) 패티 아니리오 졸곡을 디내고 고인ᄒ야 병이 둥ᄒ니 텬ᄌ ᄂᆡ시ᄅᆞᆯ 보내여 육즙을 권ᄒ시 나 소공이 듯디 아니ᄒ고 고통ᄒ되 ᄉᆞ시 참졔ᄅᆞᆯ 게어ᄅᆞ디 아니ᄒ며 병이 위틱ᄒ야 사디 못ᄒ긔 되되 ᄆᆞᄎᆞᆷ내 샹복을 벗고 눕디 아니 ᄒ더니 명이 단ᄂᆞᆫ 날 모욕ᄌᆞ계 ᄒ고 녕연의 드러가 크게 울고 부친 ᄉᆞ당의 허비ᄒᆫ 후 ᄂᆡ당의 드러와 취셩뎐을 둘너보고 안쉬 비오ᄃᆞᆺᄒ여

―「소현셩록」(17세기)

어시의 졍샹셔 부뷔 댱녀를 셩인ᄒᆞ매 됴할님 ᄀᆞᆺᄐᆞᆫ 쾌셔를 어드니 깃부고 알음다 오미 넘치ᄂᆞᆫ 즁 닌셩 ᄀᆞᆺᄐᆞᆫ 아들을 어드ᄆᆡ 그 효우 츌뉴ᄒᆫ 위인이 만ᄉᆞ 죠셩 긔이ᄒ 여 ᄉᆞ위 부모와 존당을 셤기ᄂᆞᆫ 녜모며 명념 ᄌᆞ미로 우공ᄒᆞᄂᆞᆫ 졍셩이 혈심의 비로셔 동복 남ᄆᆡ 안이믈 ᄭᆡ닷지 못할 분 아니라 냥ᄌᆞ위 질환이 뉴연을 침고ᄒ여 긔운이 위황ᄒᆞ믈 초황 민박ᄒ고 시량의 동쵹ᄒᆞᆫ 졍셩이 낫으로써 밤을 니여 일시도 방ᄒ치 못ᄒ니 병측을 ᄯᅥ나지 아냐 부인의 슈죡을 쥐므르며 머리를 집고 낫츨 부인 면모의 다혀 왈 히ᄋᆡᄂᆞᆫ 일신 빅골의 아모되도 알푼 곳이 업ᄉᆞ거ᄂᆞᆯ ᄌᆞ위ᄂᆞᆫ 일엇틋 신음ᄒᆞᄉ 체휘 일일도 쾌ᄒ실 ᄯᅢ 업ᄉᆞ시니 히ᄋᆡ의 셩ᄒᆫ 몸으로써 ᄌᆞ위의 질환을 옴기지 못ᄒᆞ오미 엇지 이달지 안이리닛고 바라옵건되 약음을 ᄌᆞ로 나오ᄉᆞ 존당의 셩경을 잇다 감ᄒᆞ시고 안침ᄒ시믈 위쥬ᄒᆞᄉ 침식을 구졀치 말게 ᄒᆞ소셔·ᄒᆞ며 죽음의 온닝 을 맛보아 부인의 진ᄒᆞ시믈 간걸ᄒᆞ며 ᄯᅥᄯᅥ 호담 낭변으로 모친의 울역ᄒᆫ 심회를 즐겁게 ᄒ니

―「완월회맹연」(18세기)

7.5. 사위, 자부심 혹은 괄시의 대상

사위는 며느리와 마찬가지로 가문에 새로 편입된 사람이기에 은근히 소외되
거나 무시되기도 하며, 아들들이 대체로 훌륭하고 호방한 인물로 그려지는 것
과는 달리 못나거나 문란한 인물로 그려지곤 한다. 그럼으로써 자기 가문의 우
월성을 드러내고 딸의 자질과 덕성을 부각시키는 것이다. 반대로, 사위가 변변
치 않은 자신의 집안을 일으켜 세워줄 구세주이기를 바라는 경우도 있다. (「열
녀춘향수절가」) 혼자 힘으로 애지중지 키운 딸과 사윗감에 대한 기대가 컸던 만
큼 실망도 커서 사위를 박대하는 장모의 모습을 볼 수 있다.

규방가사에서 사위의 존재는 장모에게 자부심의 대상이다. 사위를 향한 사
랑은 딸에 대한 사랑의 연장선상에 놓여 있다. 작품에서는 사위를 택하고, 혼인
을 성사시키는 과정에서 사위의 뛰어난 용모와 자질을 구체적으로 묘사한다.
사위의 자질과 용모가 뛰어나다는 믿음은 부모에게 혼인으로 인한 딸의 상실을
보상해주는 위안이 된다. 또한 이에는 사위에 대해 자부심을 가짐으로써 딸의
미래에 대해 낙관하고자 하는 욕망이 깔려 있다. 마찬가지로 딸은 부모의 사위
사랑을 통해서 자신을 향한 부모의 자애를 깨닫고 있다. (오천 정씨 부인 「정부인
자탄가」, 「영ᄋ송별서」, 「율리칠여가」)

> 손을 잡고 드러가셔 촉불 압푸 안쳐 놋코 자셔이 살펴보니 거린 중의는 상거린이
> 되야구나 춘향의 모 기가 믹켜 이게 웬 이리요 양반이 그릇되믹 셩언할 수 업네
> 굿씨 올나가셔 벼살길 싣어지고 탕진가산하야 부친게서는 학장질 가시고 모친는
> 친가로 가시고 다 긱기 갈이여셔 나는 춘향의게 나려와셔 돈쳔이나 어더갈가 ᄒ엿
> 더니 와셔보니 양가이력 말 안일셰 춘향의 모 이말 듯고 기가 막켜 무졍한 이
> 사람아 일차 이별 후로 소식이 업셔쓴이 그런 인스가 잇시며 후긴지 바릭쎤니
> 이리 잘 되얏소 쏘와 논 사리 되고 업쳐러진 물이 되야 수원수구을 할가마는 늬쌀
> 춘향 엇졀남나 화찜의 달여드러 코를 물어 쎌ᄂ하니 늬 타시졔 코 탓신가 장모가
> 날을 몰나 보네 하날이 무심틱도 풍운조화와 뇌셩전기난 잇난이 춘향모 기가 차셔
> 양반이 그릇되믹 갈농조차 드러쑤나 어사 짐짓 춘향모의 하는 거동을 보랴하고
> 시장하여 늬 죽것네 날 밥 한 술 주소 춘향모 밥 달나는 말을 듯고 밥 업네 엇지
> 밥 업실고마는 홰짐의 ᄒ는 말이엿다
>
> —「열녀춘향수절가」(19세기)

ᄌ식ᄌ경 우리부모 ᄉ우ᄉ랑 범련하리 ᄉ일회ᄉ 하인후이 ᄉ답하고 도라오니
ᄉ의도 넉쥭이요 하의도 넉쥭이요 되발닷단 요강되만 금쳐온화지여 지포북포 시
빅목이 ᄌ농목농 ᄎ와시니 혼인안목 ᄉᄉ하기 남보기난 조컨이와 쳘쳘리도 침ᄌ
질과 가지가지 침ᄌ지른 부모간ᄌ 오ᄌ하리

—오천 정씨 부인 「정부인자탄가」(미상)

셔군이 거동보면 션풍옥골 나의 셔랑 쳔샹이 션긱인가 쇄락늠늠 그거동이 풍운
됴화 자아닐듯 평싱소원 넘쳣구나 ᄯᅡ시름이 간곳업고 인셰ᄌ황 나ᄲᅦᆫ인 듯 봉황쌍
유 넘노ᄂᆞᆫ양 건곤만물 무엇으로 너의쌍이 비하긴노 두고두고 볼작시면 다정한
그셩질과 열열한 이정지심 만복지인 분명ᄒ다 긔쟝하고 어엿부다 이러한 됴혼경
ᄉᆡ 고할고지 젼혀업다

—「영ᄋ송별셔」(20세기 전반)

이상하다 내사회야 단아할사 내사회야 세상자미 이아니며 인간경사 이아닌가
ᄯᅡᆯ잇고 사회보기 사람마다 잇근마난 이녀서를 한목보니 이른홍황 ᄯᅩ잇는가

—「율리칠여가」(미상)

7.6. 미래라는 기호, 시대의 아들들

현대소설에서 아들은 일차적으로 귀한 자식이라는 의미를 갖지만, 가족과 가
문에서 혈연 계승의 이데올로기를 체화한 존재이자 국가의 부름을 받는 '시대의
아들'로서 '공적'인 자식이라고 할 수 있다. (윤정모 「에미 이름은 조센삐였다」, 함정
임 「병신 손가락」) 미래라는 기호이자 상징으로서 아들은 특히 한국전쟁과 민주
화 투쟁 등의 역사적 격랑 속에서 좌절되고 회의된다. 전쟁과 혁명의 이름으로
사라져간 아들들의 희생은 이제 무의미하게 기억된다. (박완서 「세상에서 제일 무
거운 틀니」, 「엄마의 말뚝 1」, 「엄마의 말뚝 2」, 「나의 가장 나종 지니인 것」) 산업화와
자본주의의 현대사회에서 아들은 부모의 고된 노동과 참담한 소외를 반복하는
존재가 된다. 보잘 것 없는 부모의 삶을 되풀이할 것으로 예견되는 아들은, 희
망이 아니라 두려움으로 묘사된다. (김숨 『백치들』 「룸미러」)

현대시에서도 '아들'은 모자(母子) 관계 속에서는 더없이 귀한 개별적인 존재들이지만 가부장제 사회 속에서는 공적인 주체가 될 대상으로 등장한다. '아들'은 가족과 가문에서 혈연 계승의 이데올로기를 체화한 존재이면서 동시에 국가의 소명을 받은 '시대의 아들'이자 '공적'인 후손이기 때문이다. 따라서 아들은 미래의 기호로서 신뢰와 희망의 대상이기도 하지만 딸과는 달리 살붙이의 애틋함보다는 명분과 대의를 위한 상징적인 존재로서 의미를 갖는다. 딸과는 다른 맥락에서 애틋한 존재로 드러나는 것은 아들이 대의를 위해 공적인 존재가 되기를 희구하는 시선과 그 대의와 명분을 위해 사라져간 아들에 대한 비통함 때문이다. 가족보다는 가문을 이어가야 하는 존재, 전쟁과 혁명 등의 위업을 수행해야 하는 '우리 시대의 아들들'이라는 맥락으로 등장하고 있다. 여기서는 소서사와 가족에 대한 장면보다는 '신' '업' '탯줄' '우주의 중심' 등 역사 사회적 시공간의 맥락이 자주 등장한다. (노천명 「아들 편지」, 홍윤숙 「우리들 시대의 아들아」, 김남조 「아버지」, 고정희 「넋이여, 망월동에 잠든 넋이여」, 문정희 「아들에게」, 김선우 「얼룩 서사」, 이향아 「내 아들이 건너는 세상」)

> 자식이 제 먹을 것은 갖고 태어난다는 말이 얼마나 허황한 거짓부리인지는 멜서스의 인구론이 아니더라도 딸 넷을 낳는 동안 뼈에 사무치게 알고도 남는 처지이지만, 이 막내놈만은 여느 애들하고는 좀 다르다. 이놈만은 먹을 것뿐이랴 배울 것까지도 타고난 놈이다. 친정어머니가 인수란 어엿한 이름 제쳐놓고 복두꺼비니 업둥이니 부를 만큼 이 막내놈은 찢어지게 가난하던 집에 엄청난 복을 갖고 태어난 놈이다.
>
> —박완서 「세모(歲暮)」(1971)

> "말이 자수지, 그놈이 벌써 마흔인데 그곳에 계집 자식이 없을 리 없을 테니 이 에미 말을 들을까? 계집 자식 생각이 앞설 테지. 차라리 넘어오다……."
> 어머니는 말끝을 흐리고 눈물을 닦는다. 그러나 나는 다음 말을 알고 있다. 나도 방금 그런 생각을 하고 있었으니까. 어머니보다 훨씬 진작부터 그런 생각을 하고 있었으니까. 넘어오다 차라리 사살되었으면 하고.
> 간첩이 된 혈연과의 상봉이 몰고 올 사건과의 당면이 두려운 나머지 십팔 평 블록집 속의 안일이 소중한 나머지, 어머니와 나는 마녀(魔女)보다도 더 잔인해졌다.
>
> —박완서 「세상에서 제일 무거운 틀니」(1972)

따귀 맞은 것도 분하지만, 후레자식 소리는 엄마의 자존심에 깊은 상처를 입혔다. 오빠는 엄마의 신앙이었다. 엄마는 오빠가 잠든 머리맡도 지나다니지 않았다. 오빠가 다 쓴 책이나 공책도 선반 위에 차곡차곡 쌓아두고 신주단지처럼 받들었다. //

"이것아, 계집애 공부시키는 건 아들 공부시키는 것하고 달라서 순전히 저 한몸 좋으라고 시키는 거지 집안이 덕 보자고 시키는 거 아니다. 느이 오래비 성공하면 우리 집안이 다 일어나는 거지만 너 공부 많이 해서 신여성되면 네 신세가 피는 거야, 이것아. 알았지?"

—박완서 「엄마의 말뚝 1」(1980)

「에민 너한테 이까짓 장작단 심부름이나 하는 효도 안 바란다. 넌 더 큰 효도를 해야 할 외아들이야. 공부 잘해 출세해서 큰돈 벌거던 우선 청량리 나무장에서 통나무를 한 바리 들여다가 쓱쓱 톱질하고 짝짝 패서 한광 가득 차곡차곡 쟁여놓고 겨울을 나보자꾸나.」

—박완서 「엄마의 말뚝 2」(1981)

그런 치욕을 겪고도 우린 떡두꺼비 같은 아들을 얻었단 말이다. 천대 만대 대를 이어 갈 튼튼한 아들…… 문하야, 이제 내 얘기는 끝났다. 니가 이 에미를 부인해도 좋다. 그러나 이 땅에서 살아 온 배씨 집안의 영원한 끈임을 너는 부인할 수 없을 것이다.

—윤정모 「에미 이름은 조센삐였다」(1982)

형님, 전 한 번도 창환이 목숨을 제까짓 것들과 비교하거나 바꿔치기 해서 생각한 적 없어요. 맹세코, 아들딸을 충하하지 않겠다는 지어먹은 마음 따위하곤 달라요. 창환인 전무후무한 하나뿐인 창환이고 아무하고도 비교할 수 없이 잘났기 때문이에요. //

저는 별안간 그 친구가 부러워서 어쩔 줄을 몰랐어요. 남의 아들이 아무리 잘나고 출세했어도 부러워한 적이 없는 제가 말예요. 인물이나 출세나 건강이나 그런 것 말고 다만 볼 수 있고, 만질 수 있고, 느낄 수 있는 생명의 실체가 그렇게 부럽더라구요. 세상에 어쩌면 그렇게 견딜 수 없는 질투가 다 있을까요?

—박완서 「나의 가장 나종 지니인 것」(1993)

할머니는 등나무 사건을 계기로 틈만 나면 이층으로 올라와 아들 얘기를 했다. 올라올 때마다 아들의 인터뷰가 담긴 비디오테이프며 사진 그리고 신문 쪼가리들을 배달했는데 할머니는 아들이란 존재의 마약에 중독된 환자 같았다. 딸과의 싸

움 끝에는 아들에 대한 집착이 더욱 강해졌다. 아들의 어릴 적 그러니까 할머니의
젊은 적 얘기를 할 때는 찌그러진 두 눈이지만 강렬한 광채로 번쩍였다.

—함정임 「병신 손가락」(1995)

　오빠는 여태도 사막에서 돌아오지 않고 있었다. 사하라 사막에서도, 고비 사막
에서도 마라톤 대회가 열리고 있었다. 세계 곳곳에서 사막을 달리려는 사람들이
사하라 사막이나 고비 사막으로 모여들고 있었다. 나는 언젠가 오빠가 사막에서
돌아오리라는 것을 의심하지 않았다. 동경과 기대와 경이가 사라진, 고단하고 쓸
쓸한 모습으로 아버지와 어머니, 그리고 내 앞에 나타날지도 모른다고.
　아비가 그랬듯 오빠는 사막에서 모래를 한 삽 가지고 올지도 모르겠다. 아니면
사막에서 돌아오자마자 백치가 되어 버릴지도…….

—김숨 『백치들』(2006)

　남편은 그 애가 태어나기 전부터 그 애를 무척이나 두려워했다. 임신 7개월이
조금 못 되었을 때 나는 배 속의 아이가 사내아이라는 것을 알게 되었고, 그 사실을
남편에게 귀띔해주었다. 그는 배 속의 아이가 자신을 닮았을까봐 두려워했고, 두
려워하던 대로 아이는 그를 꼭 닮아 있었다. 그는 자신을 닮았다는 사실 때문에
그 애를 더욱 두려워하게 되었다.

—김숨 「룸미러」(2008)

　숱한 학병들 틈에 끼여
　아들이 입영한 지도 여러 달 전

　등잔 심지를 돋우며 돋우며
　농 속에서 어머니는
　아들의 편지를 또 꺼냈다

　읽고 다시 읽고
　겉봉을 뒤적거려
　보고는 다시 보고

—노천명 「아들 편지」(1945)

　아들아
　오늘도 무거운 장총엔
　충분한 실탄

배낭엔
꿈도 가득 채웠는가

포위망을 뚫고
가시철망을 끊으며
녹슨 빗장을 제끼는 손

내일을 여는
확신의 손에
끝없이 밝은 집단의 햇살이 튄다

어디서나 쏟아지는 함성이 되고
어디서나 산화하는 꽃잎이 되는
우리들 시대의 아들아

　　　　　　　　　　　　　　　　－홍윤숙 「우리들 시대의 아들아」(1978)

아버지가 아들을 부른다
아버지가 지어 준 아들의 이름
그 좋은 이름으로
아버지가 불러 주면
아들은 얼마나 감미로운지
아버지는 얼마나 눈물겨운지

아버지가 아들을 부른다
아아 아버지가 불러 주는
아들의 이름은
세상의 으뜸같이 귀중하여라
달무리 둘러둘러 아름다워라

　　　　　　　　　　　　　　　　　　　　－김남조 「아버지」(1988)

맨발로 달려나가
온몸에 맞아보건만
한번 가서 오지 않는 우리 애기
봄비에도 가을비에도 살아나지 않으니

철아 이놈아 에미가 왔다
네가 나를 찾아와야제
내가 너를 찾아오다니
철아 이놈아
에미가슴에 무덤 만들어 놓고
새가 되어 날아갔냐
물이 되어 흘러갔냐
아적에 밥 먹고 나간 자식아
눈이 오면 누가 쓸어줄까
비가 오면 누가 덮어줄까
좋은 것만 봐도 생각키고
궂은 것만 봐도 생각키고
에미 제상 받아먹는
아 무정한 놈아!
목소리 한번만 들었으면 좋것네

　　　　　　　—고정희 「넋이여, 망월동에 잠든 넋이여」(1989)

아들아
너와 나 사이에는
신이 한분 살고 계시나보다

왜 나는 너를 부를 때마다
이토록 간절해지는 것이며
네 뒷모습에 대고
언제나 기도를 하는 것일까
(중략)

너와 나 사이에는
무슨 신이 한 분 살고 계셔서
이렇게 긴 강물이 끝도 없이 흐를까

　　　　　　　—문정희 「아들에게」(1991)

우주의 어머니에게 두 아들 있어
어머니 무릎에 앉혀 키웠다는구나

이제 둘 다 무릎에 앉힐 수는 없으니 우주를 한 바퀴씩 돌고 오너라 먼저 오는
쪽을 무릎에 앉힐 것이니.
　아우가 살처럼 잔별들 사이로 달려갔고
　형이 일어나 어머니 주위를 세 바퀴 돈 후 절하고 그 무릎에 앉았다
　우주를 도느라 지칠 대로 지쳐 돌아온 아우가 소리쳤지
　어머니여 어찌하여 형을 무릎에 용납하셨나이까.
　아들아 중요한 것은 우주를 도는 것이 아니라 우주의 중심을 도는 것이란다.

—김선우 「얼룩 서사(書辭)」(2007)

　제 집에선 죽이 끓는지 밥이 끓는지 모르면서
　나라를 걱정하고 민족을 건지려던 옛날의 영웅,
　태평하게 거문고로 방아 찧는 소리나 내던 한심한 선비,
　그들은 오래 전에 죽고 없다
　먼 바다 파도와 싸워 태산 같은 물고기를 잡아,
　앙상한 뼈만 싣고 돌아온 남자,
　그 우렁찬 남자도 요즘 소설에는 없다
　가늘고 길게 비겁해도 좋아, 오래 살아남으려고 한다
　살아남는 일 중요하지 아암, 죽지는 말아야지
　세상이 갈수록 잘난 남자들의 기를 죽여서,
　나는 내 잘난 아들에게, 내 아들의 잘난 아들과 그 아들의 잘난 아들에게
　키 큰 쑥대밭길 숨어 걷는 법이나 가르치란 말인가
　내 아들이 건너야 할 걱정스러운 세상,
　내 아들의 청춘이 걱정스러운 세상

—이향아 「내 아들이 건너는 세상」(2009)

8
친구

여성에게 친구는 동일한 시간과 공간을 공유한, 자매이자 모녀이며 스승이자 제자이다. 특히 유년을 함께한 옛 친구는 추억을 환기하는 세월의 지표이자 기억의 통로이다. 여성 인물이 친구에 대한 기억과 대면하는 일은 자신의 잃어버린 과거, 상처의 기억과 대면하는 일과 같다. 그렇기에 그 시절을 회고하는 서사를 통해 친구에 대한 미안함과 자책을 풀어내고 무력하고 비겁했던 자신의 어린 시절과도 화해하게 된다.

여성들은 친구에 대해 경쟁적인 느낌을 갖기도 하지만 결국에는 서로의 내면에 접근함으로써 이해와 공감의 토대를 마련하게 된다. 친구는 동시대의 고민을 함께 안고 가는 동지이면서 자기를 마주보는 듯한 거울 같은 존재, 인간관계의 갈등 없이 신뢰하는 존재이다. 고전문학에서도 친구는 자신을 알아주는 지음(知音)이어서 가장 좋은 조언자이나 조력자이다. 소설에서는 죽음을 무릅쓰고 임금 앞에서 친구를 변호하기도 한다.

이렇게 친구는 공감과 동조로 감정적 지원을 해주기도 하지만, 일순간에 견제와 경계의 대상으로 바뀌기도 한다. 그래서 친구를 바라보는 여성의 시선에는 우월감과 열등감, 응원과 지지, 질투와 부러움 등의 복합적인 감정이 길항한다. 특히 현대소설은 도시에서 통용되는 신세대 여성들의 우정의 방식을 탐색하는데, 이들은 서로 간에 심리적 지원이라는 관계의 규칙에 동의하면서도, 타인의 상처를 일부러 파헤치지 않는 쿨한 윤리를 표방한다. 우월한 친구는 자기 존재의 결핍을 환기시키기도 하지만, 이때 친구에 대한 부러움이나 선망은 악의가 없는 무해한 선망이다.

나아가 여성들은 포용력과 다양성, 부드러움과 흡수성 등의 가치를 중심으로 하는 생태학적 상상력을 바탕으로 하여 자매애를 형성한다. 여성의 친밀한 관계 맺기는 비단 친구뿐만이 아니라 엄마, 사촌자매, 이복자매와 같은 혈연관계를 포괄하며 나이를 초월하여 이루어진다. 이처럼 동일한 경험과 헌신적인 보살핌에 기반을 둔 여성들의 관계는 긍정적이고 생명력 넘치는 연대와 결속을 지향하며 소외된 타자들의 고통에 참여하게 된다.

8.1. 친구 혹은 벗

친구의 어휘장　　　　　　친구는 사전의 뜻풀이에 의하면 "같은 사회적
　　　　　　　　　　　　　처지나 비슷한 나이로서 친하게 사귀는 사람"
을 의미한다. 이와 유사한 의미를 가진 단어로는 '벗, 동무, 붕우(朋友), 우인(友
人), 친우(親友), 친붕(親朋), 친고(親故), 친지(親知), 교우(交友)' 등이 있다. 이 가
운데에서 동무라는 말은 어려서부터 친근하게 지내온 벗을 다정하게 이르는 말
의 하나였다. 그러나 분단 이후 북한에서 나이와 관계없이 이른바 공산주의에
뜻을 같이하는 동지라는 뜻으로 이 단어를 사용하였기 때문에 남쪽에서는 사용
을 꺼리는 말이 되기도 하였다. 사람은 누구나 만남과 헤어짐으로 세상살이를
하게 되고, 더욱이 같은 사회에서 같은 목적이나 취지를 가지고 생활하는 사람
들은 자주 만나 어울리기 마련이다. 이때 친구 관계가 이루어진다. '벗을 삼다,
벗하다, 벗을 트다'는 말들은 사람들의 만남에서 서로 허물없이 친하게 사귐으
로써 서로 높임말을 쓰지 않고 터놓고 정답게 지내는 사이를 일컫는다.

　국어사전에 등재된 단어 가운데 친구의 어휘장에 속하는 것에는 90여 개가
있다. '친구'와 동의 관계에 있는 '벗, 동무, 붕우(朋友), 우인(友人), 친우(親友),
친붕(親朋), 친고(親故), 친지(親知), 교우(交友)' 외에도 80여 개의 단어가 존재하
는데 이 단어들을 통해 우리 사회가 친구에 관해 가져온 의식의 단면을 엿볼
수 있다. 친구의 어휘장은 일차적으로 친구 관계에 있는 상대방의 상황, 상대방
과의 관계, 교우 성립의 기간·시기·방식·공간에 의해 하위 분류된다.

상대방의 상황에 의한 분류　　친구 관련 어휘는 친구 관계에 있는 상대의 나
　　　　　　　　　　　　　　　이, 키, 품행, 상태 등에 의해 하위 분류된다.
'어깨동무'는 나이나 키가 비슷한 동무이며, '노우(老友)'는 늙은 벗이라는 뜻이
므로 상대방의 키와 나이를 문제 삼는 표현이다. 품행은 '좋다, 어질다, 나쁘다,
단아하다, 다정하다, 이끌어준다' 등으로 형용되는 특성인데 이러한 특성을 담
은 단어에는 '양우(良友), 호우(好友), 현우(賢友), 선우(善友), 악우(惡友), 아우(雅
友), 신우(信友), 사우(師友)' 등이 있다. '양우(良友)'와 '호우(好友)'는 좋은 벗으로

풀이되므로 '좋다'는 특성을 공유한 낱말이고, '현우(賢友)'와 '선우(善友)'는 두 단어 모두 어진 벗으로 풀이되므로 '어질다'는 특성으로 설명된다. '선우'는 어질다는 특성 이외에 착하다는 특성이 부가되어 '현우'와 변별된다. '악우(惡友)'는 나쁜 벗으로 풀이되어 '나쁘다'는 특성으로 해명되고, '아우(雅友)'는 단아하고 점잖은 벗, '신우(信友)'는 다정한 벗을 의미한다. '사우(師友)'는 스승으로 삼을 만한 벗이므로 '이끌어준다'는 특성을 지닌다. 이처럼 품행을 문제 삼는 부류의 단어가 가장 많은 것은 우리 사회에서 친구 사이의 가장 중요한 덕목으로 상대방의 품행을 꼽고 있음을 의미한다. 상대방의 상태를 문제 삼는 단어에는 '취우(醉友), 사우(死友), 망우(亡友), 고우(故友)'가 있다. '취우(醉友)'는 술 취한 친구라는 의미이며, '사우(死友), 망우(亡友), 고우(故友)'는 죽은 벗을 의미한다.

상대방과의 관계에 의한 분류   상대방과의 관계에 의한 분류는 친구 관계에서의 친소(親疎), 존비(尊卑), 손익(損益)을 문제 삼는 것인데 친소 관계에서 소원한 관계를 의미하는 단어와 존비 관계에서 비천함을 의미하는 단어는 존재하지 않아 빈자리로 남아 있고 친소 관계에서 친함과 관련된 낱말은 다양하게 나타난다. '지기지우(知己之友)'와 '지우(知友)'는 서로 마음이 통하는 친한 벗으로 풀이되고, '지음(知音)'과 '지음인(知音人)' 역시 마음이 서로 통하는 친한 벗으로 풀이된다. '지음인'은 백아(伯牙)가 타는 거문고 소리를 종자기(種子期)가 듣고 그 곡조를 잘 알아들었다는 고사에서 온 말로 거문고 소리를 듣고 그 뜻을 분간함에서 마음이 서로 통함이라는 개념 형성 과정을 거친 것으로 볼 수 있다. '막역지우(莫逆之友)'는 막역한 벗, 매우 친하여 허물없는 벗으로 매우 친밀한 관계라는 특성으로 해명되며, '단금우(斷金友)'와 '단금려(斷金侶)' 역시 우정이 매우 두터운 벗으로 풀이되므로 교분의 두터움이라는 특성을 공유한다. '단짝, 단짝패, 단패'는 매우 친하여 떨어지기 어려운 동무, 정이 깊어서 아주 가까운 짝패, 서로 뜻이 맞거나 손이 맞아 늘 함께 어울리는 동무를 의미하므로 매우 친밀하여 항상 함께 어울리는 관계라는 특성이 강조된다. '짝꿍'과 '짝지'는 '단짝'을 통속적으로 이르는 말이다. '사우(死友)'는 죽는한이 있어도 서로 저버리지 않을 만큼 극친한 벗으로 교분이 가장 높은 정도를 나타내는 낱말이고, '문경지우(刎頸之友)'와 '문경지교(刎頸之交)'는 생사를 같이

하여 목이 떨어져도 두려워하지 않을 만큼 친한 벗으로 풀이된다. '맹우(盟友)'는 장래나 그 밖의 어떤 일을 서로 굳게 맹세한 벗으로 절친함의 정도에서 매우 높은 정도에 속하는 낱말이다. '벗님, 현형(賢兄), 맹형(孟兄), 대형(大兄)'은 친구를 높여 일컫는 말이다. 다만, '대형'은 벗을 높이는 뜻으로 편지에 쓰는 말이라는 점에서 나머지 것들과 차이가 있다.

한편 '앙우(仰友)'는 존경하는 벗, 재주·학식이 자기보다 높은 벗으로 풀이되고, '외우(畏友)'는 가장 아끼고 존경하는 벗으로 풀이되므로 존비 관계에서 존경스러운 친구를 의미하는 단어이다. '익우(益友)'는 도움이 되는 벗으로 풀이되고, '손우(損友)'는 해로운 벗으로 풀이되므로 손익 관계에서 전자는 자기에게 유익함을 후자는 자기에게 해로움을 문제 삼는다. 자신에게 유익한 벗을 의미하는 단어로는 '삼익우(三益友), 익자삼우(益者三友)'가 있는데, 세 가지 유익한 벗이란 곧은 사람과 믿음직한 사람과 문견이 많은 사람을 뜻한다. 반대로 '삼손우(三損友)'와 '손자삼우(損者三友)'는 세 가지의 해로운 벗, 곧 편벽한 벗과 착하면서도 줏대가 없는 벗, 성실하지 못한 벗을 뜻한다.

| 교우 성립의 기간·시기·방식·공간에 의한 분류 | 친구는 교우 성립의 기간·시기·방식·공간에 의해서도 분류된다. |

'고우(故友), 십년지기(十年知己)'는 오래 전부터 사귀어 온 친구를 말하는데 교우 성립의 기간을 문제 삼으며, 두 단어 모두 오래된 관계라는 특성이 발견된다. '죽마고우(竹馬故友), 죽마교우(竹馬交友), 죽마구우(竹馬舊友), 죽마지우(竹馬之友)'는 대나무말을 타고 놀던 벗이란 뜻으로 어릴 때부터 같이 놀며 자란 벗을 의미한다. '어깨동무'는 서로 어깨를 나란히 하고 노는 친한 동무로 풀이되고, '소꿉친구, 소꿉동무'는 어릴 적에 소꿉질을 같이하며 놀던 친구로 풀이된다. 이들은 교우 성립의 시기를 문제 삼는 단어로 어린 시절의 친구라는 공통 특성을 가진다.

'술친구, 술동무, 술벗, 주우(酒友), 주붕(酒朋)'은 술로써 사귄 친구로 교우 성립의 방식을 문제 삼는 표현으로 술이라는 공통 특성으로 해명된다. '말동무'와 '말벗'은 서로 같이 이야기할 만한 사람을 말한다. '우리는 서로 좋은 말벗이 되었다', '옆자리에 앉은 사람을 말벗으로 삼아 여행을 했다'와 같은 예에서 볼 수 있듯이 이러한 관계에서는 일시성을 발견할 수 있다. 즉, 교우 성립 방식이 말에 의한 것이며 이러한 친구 관계는 일시적인 관계이다. '문우(文友), 글벗, 시우(詩友), 시붕(詩朋), 펜팔(pen-pal), 펜프렌드(pen-friend)'는 글로써 맺어진 친구를 의미하는데 이는 교우 성립의 방식을 문제 삼는 것으로 글이라는 특성을 공유한다.

'글동무, 글동접(-同接), 동연(同硯), 동접(同接)'은 교우 성립의 공간을 문제 삼는 낱말로 같은 공간에서 함께 공부하였거나 공부하는 동무를 뜻한다. '학우(學友), 교우(校友), 급우(級友)' 역시 교우 성립의 공간을 문제 삼는데 같은 학교라는 공통 특성을 지닌다. 여기서 '급우'는 다시 같은 학급이라는 특성으로 변별된다. '동료(同僚), 붕료(朋僚)'는 같은 직장이나 같은 부문에서 함께 일하는 사람으로 풀이되고, '요우(僚友), 요배(僚輩), 일벗, 일동무'는 한 곳에서 함께 일하는 벗으로 풀이되며, '사우(社友)'는 같은 회사의 동료로 풀이되므로 모두 교우 성립의 공간을 문제 삼는 것으로 같은 회사라는 특성으로 변별된다. '정우(政友)'는 정치계의 벗, '전우(戰友)'와 '군우(軍友)'는 각각 전장에서 공동의 승리를 위해 함께 싸우는 벗, 같은 전장에서 함께 전투에 종사한 동료를 의미한다. '향우(鄕友)'는 고향의 벗이며, '길동무, 길벗, 동행친구'는 길을 함께 가는 동무이므로 '정우(政友), 전우(戰友), 군우(軍友), 향우(鄕友), 길동무, 길벗, 동행친구' 역시 교우 성립의 공간을 문제 삼는 단어이다.

8.2. 경전 속의 벗

우리나라에서 벗의 관계를 밝힌 최초의 기록으로 대표적인 것은 『삼국사기(三國史記)』이다. 여기에서 6세기 후반기의 원화(源花)와 화랑(花郎) 등 청소년의 우정에 관한 이야기가 나온다. '믿음으로써 벗을 사귀어야 한다(交友以信)'는 것이 곧 그것이다. 이것은 유교의 덕목으로, 삼강오륜의 하나인 '벗의 도리는 믿음에 있다(朋友有信)'와도 같은 뜻이다. 이후에도 믿음은 벗을 사귀는 첫째 요건으로 여겨졌다.

벗을 사귀는 둘째 요선은 서로가 사랑하고 공경하는 것이다. 이이(李珥)는

『격몽요결(擊蒙要訣)』의 접인장(接人章)에서 무릇 사람을 대하는 데는 마땅히 화평하고 공경하기를 힘써야 한다고 했으며, 나이가 자기보다 20년이 위일 때는 아버지와 마찬가지로 섬기고, 10년이 위일 때는 형으로 섬기며, 5년이 많아도 공경해서 대접해야 한다고 했다. 사람들은 흔히 벗을 사귀어 친근해지면 공경하는 마음을 잃기 쉽다. 공경하는 마음을 잃게 되면 끝내 틈이 생겨 먼 사이가 되고 만다. 『논어(論語)』에서 공자가 "안평중(晏平仲)이야말로 사람과 사귀는 것을 잘한다. 그 사람은 오래 사귈수록 더욱 공경하는구나."라 한 것도 친한 가운데에 예의가 있어야 함을 말한 것이다. 불교의 『선생자경(善生子經)』은 벗을 공경으로 대하는 다섯 가지 일들을 구체적으로 들어 말하였다. 곧, "바른 마음으로 공경하며, 그 마음을 한하지 않으며, 딴마음을 먹지 않으며, 때때로 음식을 나누어 먹으며, 은혜의 두려움을 잊지 않음."이라는 것이다.

셋째로, 벗을 사귐에 있어서 서로가 책선을 다해야 한다. 『맹자(孟子)』에도 "책선은 벗의 도리다(責善朋友之道也)."라고 했다. 화랑도의 수양 방식에도 '서로 도의를 닦는 것'을 첫째로 들었다. 그 실증적인 보기로 임신서기석(壬申誓記石)을 들 수 있다. 이 돌은 두 화랑도가 3년 안에 『시전(詩傳)』, 『상서(尚書)』, 『예기(禮記)』를 습득할 것을 맹세하여 그 뜻을 새겨 놓은 것이다. 『효경(孝經)』에서도 "벼슬하는 남자에게 불선을 간해주는 벗이 있으면 그 몸은 세간에서 호평을 받는다(士有爭友, 則身不離於令名)."고 하였다. 불교의 『육방예경(六方禮經)』에는 "죄악을 짓는 벗을 보면 으슥한 곳으로 혼자 찾아가 간해 깨우치고 꾸짖어 그치게 하여야 한다."고 했다. 이 모두가 벗은 책선하고 충고해야 한다는 것을 말함이다.

책선과 충고를 하기 위해서는 먼저 자신의 행실이 바르고 착해야 한다. 신흠(申欽)이 『상촌집(象村集)』에서 말한 "만인의 바다에 놀면서 제일류(第一流)와 더불어 벗을 하지 못하는 자는 선비가 아니다. 자기가 제일인이 되었는지를 돌아본 연후에야 제일류들이 이를 수 있는 것이니, 제일류와 더불어 벗을 하고자 하는 자는 마땅히 먼저 자기로 하여금 제일인이 되게 해야 할 것이다."라는 구절도 이를 말함이다.

『논어』에서는 사귀는 데 있어 유익한 벗과 해가 되는 벗을 들어서 말하기도 하였다. 익자삼우(益者三友)와 손자삼우(損者三友)가 곧 그것이다. 불경에서는 선우(善友)와 악우(惡友)를 구분하여 말하고 있다. 선우(善友)란 좋은 벗을 일컫는다. 좋은 벗은 "천성이 우둔하지 않고 총명하며 슬기로워서 악견(惡見)에 떨어지는 일이 없다(瑜伽師地論)."라 하였다. 악우(惡友)란 악한 벗을 일컫는다. 악한 벗이란 "첫째는 속에 원망하는 마음을 품고도 겉으로는 억지로 벗인 체 하는 사람, 둘째는 그 앞에서는 좋게 말하지만 뒤에서는 나쁘게 말하는 사람, 셋째는 다급한 일이 있을 때 그 앞에서는 걱정하고 괴로워하는 체하지만 뒤에서는 기뻐하는 사람, 넷째는 겉으로 친한 체 하지만 속으로는 해칠 음모를 일으키는 사람(六方禮經)"이라 하였다. 이러한 사람들이 있어 택교(擇交)라는 말이 생기기도 하였다. 벗은 가리어서 사귀어야 한다는 것이다.

8.3. 공감과 공유, 기억의 통로

예전에는 여성이 대체로 15세에서 18세경에 혼인을 했으므로, 우리가 일반적으로 생각하는 친구는 유년의 경험을 함께한 어린 시절의 사귐을 생각할 수 있다. 성년이 되어 여성은 어린 시절 곧, 친정 동네에서 사귀던 벗을 그리워하게 된다. 어린 시절의 추억은 절절하게 그립지만 다시는 올 수 없는 아련한 기억이다. 특히나 규방에 갇혀 살아야 하는 사대부가(士大夫家) 여성의 경우에는 더욱 그리운 추억이었다. 이와는 달리 기녀들에게 있어 친구란 동기(童妓) 시절 재예(才藝)를 함께 배우던 벗, 기녀 생활을 함께한 벗, 기적(妓籍)에서 벗어나 소실이 되어 함께 어울린 벗 등을 의미했다. 이들은 서로에게 형제와도 같은 존재이다. 그러나 관(官)에 매여 명령에 따라 이리저리 옮겨 살아야 했기에 한번 헤어지면 다시 만나기가 어려웠다. 우연히 만난다 해도 회포를 풀 넉넉한 시간이 주어지지 않았다. 소실이 되어 어울렸어도 남편을 따라 옮겨 다녀야 했기에 오랜 시간 만나기 힘들었다. 심하게는 벗이 사망하여 다시는 만날 수 없음에 절망해야 했다. 그래서 여성들은 벗을 그리는 애절한 작품, 조금이라도 늦게 헤어지고자 하는 작품 등을 남기었다. (허난설헌 「寄女伴」, 김운초 「贈別竹君故友」 「次瓊山寄示韻」, 소홍 「絕句」)

규방가사에서도 친구는 유년의 경험을 공유한 그리움의 대상이다. 친구와는 유년 시절에 한 고향에서 성장하면서 같이 노닐던 추억을 공유하고 있다. 하지만 이 친구들과는 대체로 혼인을 계기로 고향을 떠나오면서 이별한다. 그리하여 예전에 신행을 가면서 친구와 마지막으로 작별하던 장면을 회상하며 그리움을 토로하기도 한다. (「붕우상별가」, 「석별가라」) 따라서 친구에 대한 그리움은 자유로웠던 유년 시절과 친정에서의 생활, 그리고 고향에 대한 그리움과 얽혀 있다. 이때의 그리운 동무는 특정한 개인이기보다는 복수(複數)의 친구들이며, 유년 시절 이후 각자 떨어져 살면서 오랫동안 만나지 못한 친구들이다. (「동유리별가」, 노씨 부인 「기망가라」, 「동반송별」, 성산 이씨 부인 「한녀자유행원부모형제붕우」)

예나 지금이나 여성에게 친구는 동시대의 시간과 공간을 공유한 가장 평등한 인간관계이다. 유사 자매이자 유사 모녀이며 사제 간이자 멘토-멘티이고, 정서와 감성에 밀착된 공감을 나눌 수 있는 존재이기도 하다. 뿐만 아니라 유년 시절을 함께한 옛 친구는 그 자체로 추억을 환기시키는 세월의 지표이자 기억의 통로인 것이다.

친구에 대한 여성들의 시각은 경쟁적이고 때로 적대적이기까지 하지만 현대소설에서 여성이 동성의 친구를 초점화하는 경우, 최종적으로는 대상의 내면에 접근함으로써 이해와 공감의 토대를 마련하고 있다. 친구는 자신의 아픔을 들어주고 충고해줄 뿐 아니라 말하지 않은 상처와 불안을 속 깊게 헤아리고 함께 앓아준다. 남성-기성 이데올로기의 시선에서 볼 때 외적으로 열등하거나 신경증의 징후를 드러내는 여성일지라도 여성화자는 친구의 모습에서 끝내 삶의 수고로움과 고통의 내면을 발견해 낸다. (김명순 「나는 사랑한다」, 백신애 「낙오」, 임옥인 「젊은 아내들」, 한무숙 「명옥이」, 공지영 『무소의 뿔처럼 혼자서 기리』, 이명랑 「정직한 너에게」, 김인숙 『봉지』)

이렇게 여자 친구들은 세월의 중력과 압박을 이기고 어느새 거리감 없는 대화가 가능한 사이가 된다. 여자 친구들 간의 계산 없는 평등한 관계를 보여주는 가장 명백한 증거는 바로 수다이다. 평등한 인간관계를 전제하는 수다는 맺히고 풀린 것을 풀어내는 치유의 말이며 아픈 자들끼리의 교신이다. 서로의 상처를 드러내고 보듬는 이 수다의 현장에는 고백과 격려, 눈물과 웃음이 어우러지고 여성들은 이를 통해 생의 쉼표를 발견하고 때로는 카타르시스를 경험하기까지 한다. (박완서 「주말농장」, 「해산(解産) 바가지」, 김지원 「사랑의 예감」, 이혜경 「고갯마루」, 「봄날은 간다」, 김윤영 「전망 좋은 집」)

현대소설에서 유년 시절의 친구는 때로 기억 속의 '나'를 표상하기도 하고,

과거의 시절로 돌아가는 장치가 되기도 한다. 특히 의식적, 정서적으로 동일시하던 친구의 죽음은 여성인물에게 아무리 지우려 해도 지울 수 없는 생채기로 남아 있다. 따라서 어린 시절 친구나 유사 우정 관계를 형성했던 대상의 출현은 여성인물이 기억의 공백지대에 가두었던 비밀의 봉인을 푸는 계기가 된다. 따라서 여성인물이 친구에 대한 기억과 대면하는 일은 자신의 잃어버린 과거, 상처의 기억과 대면하는 일과 같은 것이다. 때로 여성인물은 작가로서 친구의 삶을 통해 불합리하고 부조리했던 그 시절의 이야기를 기록할 의무를 자각하기도 한다. 그리고 이 같은 회고와 회상의 서사를 통해 그 시절 미처 다하지 못했던 친구에 대한 애도와 미안함, 자책과 회한을 풀어내고 무력하고 비겁했던, 때론 옹졸하기까지 했던 자신의 어린 시절과도 화해하기에 이른다. (윤금숙 「들국화」, 양귀자 「한계령」 「유황불」, 신경숙 「직녀들」 「멀리, 끝없는 길 위에」 「모여있는 불빛」 『외딴방』, 공선옥 「내 생의 알리바이」, 이남희 「당신이 말한 것에 대해 그녀가 말하는 것」, 공지영 『봉순이 언니』)

현대시에서도 친구는 삶의 이치와 순리를 주고받는 벗, 동시대의 고뇌를 함께 안고 가는 동지, 자기를 마주보는 듯한 거울 같은 존재, 언제든 자매애 같은 우정을 신뢰하는 존재로 인간관계의 갈등 없이 등장하고 있다. (이진명 「장마철 여름 풀벌레 운다」 「괜히 김치를 놓고」, 천양희 「사의 찬미」, 나희덕 「삼킬 수 없는 것들」)

이렇게 여성들은 오래도록 세월을 함께 건너가면서 유쾌한 연대를 맺고, 때로는 친구의 죽음의 증인이 되기도 하며 노년에는 부담 없이 찾아가 늙어가는 육신을 의지하고 보듬어주는 돌봄과 허여의 관계가 이르면서 성숙한 우정을 나누어 간다. (윤성희 「잘 가, 또 보자」, 이명랑 「연이 떴다」, 정지아 「봄날 오후, 과부 셋」)

> 예전 놀던 길가에 초가집 짓고
> 날마다 큰 강물 바라다보네
> 거울 상자의 난새는 늙어가고
> 꽃동산의 나비도 이미 가을이네
> 찬 모래벌에 비로소 기러기 내려앉고
> 저녁비에 홀로 배 돌아가네
> 하룻밤에 비단 창문 닫히었으니
> 예전 놀던 일 어찌 생각하리
> 結廬臨古道 日見大江流 鏡匣鸞將老 花園蝶已秋

寒沙初下雁 暮雨獨歸舟 一夕紗窓閉 那堪憶舊遊
　　　　　　　　　　　　—허난설헌 「여자친구에게 寄女伴」(16세기 후반)

강선루 아래가 바로 내 고향이고
그대도 또한 평안도 옛 친구였지
노래하고 춤추던 곳에서 같이 어울려
고운 비단옷 향그럽게 차려 입으면 분간 못했지
어느 봄날 잠간 헤어졌다가 소식이 끊어졌는데
갈대밭에서 다시 만나니 귀밑머리 푸르스름해라
어찌하면 이웃하여 강가에서 함께 살며
남은 생애 고기나 낚으며 마음껏 노닐 수 있을까?

물가에서 꽃 꺾으며 가는 배를 세워 놓고
해오라기 내리는 모래밭에서 그대와 헤어지네
술 마시고 미친 듯 노래 부르다가
다시 가을이 오면 만나자고 달 보며 약속했네
밀려드는 강물을 보니 바다가 가까운데
높은 다락 그림자는 밤낮으로 떠 있네
아름다운 곳에 노닐었더니 정신이 가쁜한데
죽군은 어찌 잠시도 머물지 않나
降仙樓下卽吾鄕 君是關西故杜娘 影響相隨歌舞地 氛氳不辨綺羅香
烟花小別音塵隔 葭蘆重逢鬢髮蒼 安得隣居江上岸 餘生漁釣好翶翔

汀花採採爲停舟 作別伊人白露洲 酒後狂歌猶過境 月中佳約又淸秋
歸潮浩蕩滄溟近 高閣虛明日夜浮 勝地奇遊神所保 竹君何不少淹留
　　　　　—김운초 「옛 친구와 헤어지면서 贈別竹君故友」(19세기 전반)

동이 술을 수심에 한 없이 마시어도
수풀은 어찌 편치 않게 우는가
형제 연분 맺었으나 떨어져 있으려니
한밤 방황하며 기러기 소리와 벗하네
樽酒正愁無盡飮 林叢何意不平鳴 祗緣兄弟分離故 中夜彷徨鴈侶聲
　　　　　—김운초 「경산이 보낸 시에 차운하다 次瓊山寄示韻」(19세기 전반)

북풍에 눈보라 몰아쳐 발을 때리니
긴 밤 잠 못이루었네
무덤을 다른 해에 찾는 이 없으니
가련하구나 이 세상 일지화
北風吹雪打簾波 永夜無眠正若何 冢上他年人不到 可憐今世一枝花

─소홍 「절구(絶句)」(미상)

슬푸다 동유드라 셰상만스 셔른즁이 붕우이별 졔이일셰 익셕하다 우리동유 쥬
야로 한틔모여 온갖일를 셔로하며 단졍하기 지날젹이 곳구경 갓듯인연 풍월셔로
일품갓치 할졔 잠시라도 못보면은 울울한 심회을 금치못하야 이별마즌 밍셔듯이
셰월이 여루하여 차차 장셩한새 셔로 몬이져셔 졍 들자 출가하이 다졍하듯 우리동
유 차즈가셔 셔로셔로 이별할졔 손목을 셔로잡고 이별을 하돠한이 방방누슈 앞이
가려 긴긴한숨 이 흉졍이 막히여셔 굽이굽이 스린회포 주셔업셔 다못하고 한숨채
여 하난말리 (중략) 다졍한 나이동유 잘잇거라 부탁하고 산수 협한길이 잘가거라
잘가거라 신신부탁 하난듸답 갈여가가 업셔가내 동구박을 나온지라 오난길 도라
보면 전진 가난길이 이별애환 내셰가 한한일곡 슬피우려 나이간장 다피운 슬푸다
우리동유 애나 호시졀이 다시만나 무궁한 나의소회를 일너볼가 이만 기록한이
붕우이 스린회포 잇지못해가나 이만기록 하난이다

─「붕우상별가」(미상)

신행갈 동뉴들아 셕별가 드러보소 인간셰상 슬푼것이 이별박게 쏘인는가 이별
즁에 설운것이 생이별이 졔일일식 부모은덕 지즁ᄒ나 이별ᄒ면 그뿐이요 동류졍
이 자별ᄒ나 이별ᄒ면 다잇나니 이십년 놀던인졍 一朝에 끈탄말가 (중략) 왼집안
전후면을 다시한번 둘너보고 동류이별 다달으니 어렵고도 애달또다 언지다시 모
여놀고 치마폭 다젖는다 아자미야 형님늬야 잘있다가 수이보자 우리동류 동갑들
아 셰시편읏 언제노리 나오거든 편읏놀자 어는봄애 화젼ᄒ리 나오거든 화젼ᄒ자

─「셕별가라」(미상)

가엽산 우리동유 명분업이 이별되여 주소담락 질긴졍을 엇지라 이졀손야 주
주야야 생각하니 젼젼불매 잠못자내 모주젼에 모여앉아 화젼한번 언제할고 (중
략) 우롱 동무들아 옷자락 이별하고 실푸다 동유들아 고향산천 바라보며 편지나
마 한장붓쳐 소해나 풀어볼가 금년삼월 닷치거든 쳥춘으로 동유하여 부모님개
문안하고 동기친척 반긴후에 주야 읏을 놀고 모야 상육치기 원이로다

─「동유리별가」(미싱)

인간천디 광딕하고 산천이 묘묘ᄒ니 ᄒ쳐이 우리현우 잇싸ᄒ덜 만날소야 펼리
ᄒ 기차젼ᄎ 도로사 머잔으나 피ᄎ심규 깁히안ᄌ 종젹이 불문ᄒ니 차싱이 만나리
오 황당ᄒ 이닉디셜 보시나니 윗지마소 부모동기 싱각후이 유별다졍 붕우싱각
울젹ᄒ여 이런말 ᄒ여쏘다

－노씨 부인 「기망가라」(1922)

산비히벽 자모디뎡 오민의 경경ᄒ고 약상약하 노던동유 면면싱각 간졀ᄒ다 달
빌영아 자라ᄂ셔 운녕대 방초록의 풀을쓰더 싸움ᄒ고 셰류창창 버들가지 회덕부
러 내기할덕 낙니망 즐긴몸이 츈뭉의 낙화갓고 광풍의 취우갓치 각지동셔 ᄒ엿스
니 소식조ᄎ 아득ᄒ다 히주슈 깁고깁허 운산이 몽몽ᄒ니 어ᄂ고졀 지망ᄒ며 쳥조
시 업셔스니 어ᄂ누가 젼갈ᄒ며 안죽셔 업셔스니 쳑셔를 뉘젼ᄒ리

－「동반송별」(1935)

죽창을 반기하고 원산을 바릭올지 춘산무반 독상구의 벗님싱각 간졀한들 삽삽
한풍 고창한딕 상사불견 안보이니 이도쏘한 한이로다 일년삼빅 육십일에 일일ᄉ
항 십이시라 쳔추이 깁혼한을 뉘을딕히 셜화할고 삼촌화목 피난 ᄯ라 구추단풍
낙엽시에 모지동 간졀하니 불망지는 지여닉시 한식추식 명졀마다 민봉가졀 빅긋
친을 부운갓탄 이시상에 초로갓탄 우리인싱 한번죽어 도라가면 모창히지 일속이
라 부모형지 보고지고 고향싱각 졀노난다 붕우친쳑 보고지고 일촌간장 다녹는다

－성산 이씨 부인 「한녀자유행원부모형제붕우」(미상)

감각이 민활한 순희는 그 동무가 '무엇을 이렇게 희망하누' 하고 그 심정을 암연
히 헤아려보았다. 그는 생각하였다.

'이 애가 변하여졌다. 혼인 안할 때보담! 또 엊저녁 일도 변조(變調)가 아닐까?
의복을 잘 선택해 입기로 유명한 애가 시꺼먼 더러운 흑 모시치마를 왜 입고 왔었
나? 그래도 음악을 잘 들을 줄 아는 청중의 하나이었으니까 고마웠지마는. 필경
내가 아직 몰랐던 비밀을 저 혼자 가지고 있는 것이다. 옳지! 그 애가 왜 내가
우연한 일로 감정을 상하여서 1년 간 절교 상태에 이르렀던 일이 있었었다. 그동안
에 그 애는 고학한다고 하던 일이 기연가미연가하게 아직 내 기억에 남아 있는
듯하다.'

－김명순 「나는 사랑한다」(1926)

경순이와 정희는 3년 전 A고을 보통학교 교원으로 취직하게 되었으므로 알게
된 동무였다. A고을은 경순이에게 있어서는 고향에 가까웠고, 정희의 고향인 서울

과는 천 리의 먼 사이를 둔 끝이니만큼 나이는 비록 정희가 위이나 경순이가 형과 같이 앞을 서는 것이었다. (중략) 그러나 경순이와는 사이가 좋았다. 한 방에 기숙하고 있는 탓도 있겠지만 정희의 성격을 잘 이해하는 경순이였으므로 아직 한 번도 말다툼을 해본 적이 없었다.

학교에서도 무엇이든지 저질러 놓으면 뒷감당도 경순이가 제 일 같이 해줄 뿐 아니라, 학교에 갔다 오면 한 페이지라도 책 읽기를 권하는 것이었다.

— 백신애 「낙오」(1934)

"너 무슨 일 있구나."

남의 마음을 꿰뚫어보는 듯이 철애는 다시 육박해온다. 정숙은 어쩔까 말까 하면서 몹시 망설였다. 철애의 남편만 아니라면 자기의 심정을 얘기해 버리고 싶었다. 그럼으로써 억울하고 못마땅하고 짓눌린 감정이 조금이라도 펴질 것도 같았다. (중략)

"난 그렇게 생각해 남편이 바람나는 건 말이야…"

철애의 얘깃보는 터졌다. 무려 한 시간 반을 쉬지 않고 지껄였다. 오래간만에 정숙은 웃어 보였다.

'어쩌면! 어쩌면!'

정숙은 속으로 그렇게 감탄하면서 이 철애는 어쩌면 자기 속을 들여다보고 설교하는 건지도 모른다고 생각했다. 그러나 아무튼 자기와는 너무나 거리가 먼 사람 같이 느껴졌다.

— 임옥인 「젊은 아내들」(1950)

자유시장 입구에서이다. 어린 것을 업은 뚱뚱한 여인이 이쪽으로 뒤뚱뒤뚱 걸어오는 것이 눈에 띄었다. 불그스레한 블라우스에 검정 스커트, 맨발에 고무신을 끌었다. 명옥이었다. ─어린애를 업은 명옥이 너무나 뜻하지 않은 그의 모습이었다. (중략) 뙤약볕에 양산도 없이 등에서 곤드라진 어린애를 업은 명옥이의 모습이 그날같이 비참하게, 그러기에 그날같이 훌륭하게 진실하게 보인 적은 없었다. 비참으로 말미암아 어린것을 업은 그의 모습은 진실에 차 있는 것 같았다. 인사 없이 그저 가게 두어버리는 것이 얼마만큼 명옥이에게 대접이 되는지 모른다고 경주는 생각하고 명옥이의 뒤를 지키기만 하였다. 어린애를 업은 명옥이의 모습은 시장의 잡담 속에서 어른어른 보이다가, 이내 그 속에 묻혀 사라져버렸다.

— 한무숙 「명옥이」(1953)

'최영실'이라는 묘표가 무성한 들국화 속에서 빵긋이 영실이의 얼굴인양 반갑게 옥경이를 마저주었다. 그 앞에 머리를 숙으린 채 묵묵히 섰는 옥경이 눈에서는 하염없는 애수가 흐르고 소리도 없이 한숨이 흘러 나왔다. (중략) 영실이—그는 일즉 어머니, 아버지를 여이고 언제나 핏기 없는 얼굴에 웃음을 모르는 소녀였다. 영실이는 공일날이면 의례히 일과처럼 묘지를 찾아가서 하로종일 무덤과 가치 이야기하구 울구 어르만지기도 하다가, 해질 무렵이면 집으로 돌아가는 길에 옥경이한테 늘 들르군 했다.

옥경이가 꽃을 무척 좋아하는 것을 아는 영실은 가을이면 가끔 무덤에 핀 들국화를 한 아름씩 꺾어다가 옥경이 팔에 안겨 주었다. 옥경을 좋아서 얼른 받아들고 웃으며,

"애 영실아, 넌 꼭 이 들국화같이 애달파 보이는구나."

하고 말하면,

"그래⋯. 난 차라리 들국화로나 태여났던 들 얼마나 좋았겠니⋯. 어머니 아버지 옆에서 살 수도 있고⋯."

하며 입가에 쓸쓸한 웃음을 짓던 그 영실이었다.

그때의 옥경은 아버지와 어머니 무릎 아래에서 마음대로 어리광을 부리던 때라 그 무덤과 딩굴다가 돌아가는 그의 심정을 도모지 알 배 없었다.

—윤금숙 「들국화」(1976)

서로 깊이 좋아하면서도 일부러 만날 기회를 만들 필요 없이 생각만으로도 푸근해지는 친구가 있는가 하면 며칠만 목소리를 못 들어도 궁금증이 나서 전화질이라도 해야 배기는 친구도 있다. 오늘 아침 설거지를 하다 말고 나중 경우에 속하는 친구 목소리를 못 들은 지가 일 주일은 된다는 데 생각이 미치자 불현듯 좀이 쑤셔서 일손을 놓고 허겁지겁 전화통에 매달렸다. 용건 같은 건 따로 없었다. 애써 용건을 꾸며 대자면 나의 고질적이고 주기적인 우울증이 듣기만 해도 절로 세상만사가 별거 아닌 것으로 여겨질 만큼 낙천적인 그녀의 목소리에 의해 무산될 수 있길 은근히 바랐다고나 할까.

—박완서 「해산(解産) 바가지」(1985)

은자는 내 추억의 가운데에 서 있는 표지판이었다. 은자를 기둥으로 하여 이십오 년 전의 한 해를 소설로 묶은 뒤로는 더욱 그러하였다. 기록한 것만을 추억하겠다고 작정한 바도 없지만 나의 기억은 언제나 소설 속 공간에서만 맴을 돌았다. //

누구는 동구 밖의 고향을 확인하며 산다고 했다. 내게 남은 마지막 표지판은 은자인 셈이었다. 보이는 것들은, 큰 오빠까지도 다 변하였지만 상상 속의 은자는 언제나 같은 모습이었다. 은자만 떠올리면 옛 기억들이, 내게 남은 고향의 모든

숨소리가 손에 잡힐 듯이 다가오곤 하였다. 허물어지지 않은 큰 오빠의 모습도 그 속에 온전히 남아 있었다. 내가 새부천 클럽에 가서 은자를 만나 버리고 나면 그때부터는 어떤 표지판에 기대어 고향을 찾아갈 수 있을 것인지 정말 알 수 없었다. (중략) 수십 년간 가슴에 품어 온 고향의 얼굴을 현실 속에서 만나고 싶지는 않다, 라고 나는 생각하였다. 만나 버린 뒤에는 내게 위안을 주었던 유년의 소설도, 소설 속의 한 시대도 스러지고야 말리라는 불안감을 떨쳐 버릴 수가 없었다.

－양귀자 「한계령」(1987)

늘 저기에 대한 말을 하는 P에 의해 엘비가 된 강아지는, 멋도 모르고 바다를 향해, 파도 소리를 향해, 컹컹 짖어댔다. 엘비. 늘 저기에 대한 말을 하는 P는 엘비, 라고 다시 발음해 보면서 픽, 웃었다. 그들은 이름을 잃어버리고, 각자 늘 저기에 대한 말을 하는 P, 담배 피우는 C, 강아지를 사랑하는 S, 운전대를 잡고 있는 O…… 주차를 마친 O…… 말이 없는 O…… 배고픈 O가 되었다. 그들에게 남아 있는 이름이란 이숙이었다. 그들이 이름을 잃어버린 것이 이숙을 잃기 전인지, 이숙을 잃고 난 후인지는 모르지만, 아무튼 이숙은 죽어서 이름을 남겼다.

－신경숙 「직녀들」(1993)

소설가인 그녀, 그녀가 소설을 쓰기 시작한 것은, 아니다. 이렇게 쓰면 처음부터 소설을 썼다는 얘기가 되니까 틀린 말이다. 글? 그래 그녀가 글쓰기를 시작한 것은 속마음을 털어놓은 친구를 못 믿게 되기 시작하면서부터였다. 그녀는 이 고장에서 다닌 중학교 시절에 교내의 등나무 아래에서 배미경이라는 반 아이에게 처음으로 속마음을 털어놓았다. 그 속마음의 내용은 사회 선생님을 사모하고 있다는 것이었다. 지금은 그 사회 선생님 모습도 성함도 잊었지만 그 당시의 그녀에겐 그보다 더 은밀한 속마음은 없었다. 혼자만 간직하고 싶은 비밀이었지만 그녀는 배미경이가 좋았고 배미경이와 뭔가를 함께 나누고 싶었다. 그녀는 다른 이는 모르는 비밀을 공유하는 것이 그 사람과 친한 것이라고 생각했다. 그래서 배미경이에겐 이건 너에게만 얘기하는 것이야, 절대로 다른 아이한테 얘기하면 안돼, 라고 다짐을 받았다.

－신경숙 「모여있는 불빛」(1993)

언니가 뭐라구 해도 나는 언니를 쓰려고 해. 언니가 예전대로 고스란히 재생되어질지 어쩔지는 나도 모르겠어. 때로 생각했지. 언젠가 내가 그녀들을 친구들이라고 부를 수 있을 때, 그때 언니와 그녀들이 머물 의젓한 자리를 만들어주고 싶다고, 사회적으로 혹은 문화적으로 의젓한 자리 말야. 그러려면 언니의 진실을, 언니에 대한 나의 진실을, 제대로 따가가야 할 텐데. 내가 진실해질 수 있는 때는 내 기억을 들여다보고 있는 때도 남은 사진들을 들여다보고 있을 때도 아니었어. 그런 것들은 공허했어. 이렇게 엎드려 뭐라고뭐라고 적어보고 있을 때만 나는 나를 알겠었어. 나는 글쓰기로 언니에게 도달해보려고 해.

— 신경숙 『외딴방』(1994)

나는 태림이 사는 집까지 동행했다. 나는 그때 내가 할 수 있는 일은 모두 해주었다. 그리고 나는 바로 서울행 고속버스를 타야 했다. 태림이 사는 방문을 열어 태림을 밀어넣고 몇 마디 위로의 말도 제대로 건네지 못한 채 나는 그곳 골목을 서둘러 빠져나왔다. 내가 빠져나온 골목 끝으로부터 무서운 '절규'가 들여오기 시작했다. 동물적인 섬뜩함이 그 울음에 있었다. 나는 잠시 주춤했다. 그러나 나로서는 더 이상 어쩔 수 없는 사태인 것이 확실함을 짧은 순간에 깨달았다. 나는 가파른 골목을 달음박질치기 시작했다. 산동네의 길 양쪽에 장다리꽃들이 우우 키를 세우는 것을 나는 달음박질치면서 보았다.

이후로 나는 태림을 만나지 못했다. 그동안의 내 생은 악화일로의 선상에서 단 한 발짝도 비켜나지 않은 삶이었고 나는 그런 내 생에 코를 박고 사느라고 장차 내 새끼가 될지도 몰랐던 태림의 아이들조차도 까맣게 잊어버리고 말았다.

이튿날 '창밖이 아름다운 커피 전문점'에 수남은 나타나지 않았다. 수남을 기다리는 동안 나는 집중적으로 한 시간짜리 독서를 했다. 나는 더 이상의 기다림을 포기하고 집으로 돌아왔다. 수남에게서 전화가 왔다.

수남은 말했다. 태림이 죽었노라고.

— 공선옥 「내 생의 알리바이」(1994)

"넌 말야. 왜 그런 이야기는 소설로 쓰지 않니?" 갑자기 친구는 목소리를 높였다.

"뭘 쓰라는 말야?"

"인자 이야기 같은 거. 너 그런 걸 써야 되는 거 아니니? 또 전에 내가 얘기해준 것도 있잖아. 백화점 지하 주차장에서 납치됐다가 그거 때문에 이혼하구 정신병원에 갔냐는 우리 아파트에 사는 여자 이야기도 있구. 정말 그런 게 억울하고 가슴 아픈 이야기 아니니?" 친구의 목소리에는 분노가 들어 있었다. //

'너 윤인자 기억나니? 김효준 선생은?'

비수처럼 파랗게 벼려진 문장이 눈을 찔렀다. 흠칫 놀랐다. 오래전에 매장해버렸다고 믿어 온 망령이 되살아난 것만 같았다. 사람에겐 누구나 기억하고 싶지 않은 추억이 하나나 둘쯤은 있는 법이고 내겐 고등학교 시절이 그러했다. 특히 열여섯에서 열여덟, 그 어름의 가파른 나날들은 폐쇄공포증에 가까운 경련 없이는 기억하지 못하는 것이다.

—이남희 「당신이 말한 것에 대해 그녀가 말하는 것」(1997)

하지만 신의 바람도 있었다. 고맙게도 내게 여자로서 이 땅에 살아가야 하는 것의 의미를 가르쳐 준, 모욕과 참담함과 절망이라고 이름 짓고 싶었던 순간들을 베풀어주신 신.

1990년대에 서른이 된 사람들은 이러한 공통점을 가지고 있다. 그들은 대학 시절 그들이 살아왔던 나날과는 다른 계급들을 만났고 그들을 위해 구체적 삶을 바쳤던 직접 간접의 경험을 가지고 있었다. 나 역시 1981년 대학에 들어가 그들을 마주쳤다. (중략) 그곳을 떠나면서 나는 어머니가 봉순이 언니를 내쳐버렸듯이 내 마음속에 들어 있던 봉순이 언니를 내쳐버렸고 그후로 다시는 그녀를 떠올린 적이 없었다.

그런데 내 친구의 말을 빌자면, 내 생이 암전되어 버렸던 어떤 순간 나는 그녀를 떠올렸던 것이다.

—공지영 『봉순이 언니』(1998)

"선애구나. 어떻게 지냈냐? 내가 연락한다 한다 하면서도 연락을 못했네. 참 지난 번에 애들 숙모집에 갔다가 네가 만든 책 봤다. 그때 연락한다 하고서는… 여전히 바쁘지?

수화기 건너편의 민자는 여전히 느릿느릿한 말씨였다. 중학교 동창인 민자는 명천을 떠올릴 때면 가장 먼저 생각나는 얼굴이었다. 버섯요리가 특집으로 나가던 달, 나는 편집후기에다 민자 이야기를 썼다. 고향에서 뿌리내리고 사는 동창생, 이따금 그 친구가 보내주는 버섯상자를 뜯을 때면 떠오르는 고향을.

—이혜경 「고갯마루」(2001)

까르르, 종애의 웃음이 수화기를 두드린다. 종애의 웃음소리를 들을 때마다, 아주 오랜만에 웃는다는, 그동안 웃을 일이 없었으리라는 걸 깨닫는 지원의 마음이 스산해진다. (중략) 살랑살랑 날리는 치맛자락 같은 노래. 종애를 울게 한 게 무얼까 헤아리며 「비 내리는 고모령」을 듣던 지원은 그만 산판을 굴러내리던 통나무에 가슴이 지질린 것처럼 먹먹해진다. 아얏 소리도 내지 못하고 인생의 몰매를 맞으며 넘겨버린 종애의 봄날. 햇살 아래 햇순 피워낼 때 음지식물처럼 습한 곳으로만 숨어드는 아이. 그 봄을 빼앗은 그들에겐 봄날이 있었을까. 미모사처럼 오그라든 마음을 한 잎 한 잎 펴듯, 수화기 건너편에서 종애는 볼륨을 조금씩 높인다. 꽃이 피면 같이 웃고 꽃이 지면 같이 울던… 섬섬 거리는 노랫소리로 종애는 제

기척을 지워버린다.

―이혜경 「봄날은 간다」(2002)

H는 K에게 오래 전 W가 자신에게 해주었던 말을 해주었다. 일단 아무것도 달라진 것이 없다고 생각해야 해. 그리고 니가 하고 싶은 말을 그냥 하는 거야. K는 H처럼 혼잣말을 해보았다. 너 썰매타기에서 이겨놓고 왜 아무 말도 안 해. 뭐 사달라고 말해야지. 이건 알아둬라. 니가 치사한 방법으로 이긴 건데 우리가 그냥 봐주는 거다. 말을 하기 시작하자 멈춰지지 않았다. K는 자신이 넘어졌을 때 늘 손을 내밀어줬던 사람이 W였다는 게 생각났다. 남자친구에게 사기를 당했을 때 K 대신 실컷 욕을 해준 사람도 W였다. W는 O가 직장상사에게 괴롭힘을 당하자 상사의 집에 몰래 들어가 침대에 오줌을 싸놓기도 했다. 넌 늘 우리 대신 욕하고, 우리 대신 울었어. 그게 니 문제였어. K의 눈에서 눈물이 흘렀다. (중략) 이제 그들의 휴대폰은 영원히 24번지가 비어 있을 것이다. 처음 만났을 때처럼 H는 K의 오른손을 잡고 O는 K의 왼손을 잡았다. 그러자 K가 힘차게 손을 흔들었다. 잘 가, 또 보자.

―윤성희 「잘 가, 또 보자」(2004)

사실은, 너도 그렇지, 희진아? 삐걱거리는 나무계단을 밟고 지하에서 지상으로 올라서는 순간이면 너도 질끈 눈을 감아버리고 싶잖아. 그런 순간이면 너도 나처럼 그 밤에… 그 고속버스 안에서 우리가 함께 어깨를 나란히 하고 들었던 그 노래… (중략) 그래, 희진아. 나무마다 전설 하나씩은 품고 있다지만 잔가지 하나 없이 달랑 몸뚱이만 남은 채 직선으로만 가지를 내뻗고 있는 가로수를 보며 그 속에 깃들어 있을 세월의 녹을 짐작하기란 쉽지 않은 일이야. 그래도… 밑동에서 조금 올라가다 제 몸을 기꺼이 반으로 나누어 땅을 향해 휘어 있는 저 나무라면 그 뿌리로 전설 하나쯤은 움켜쥐고 있을 법도 하지 않니?

―이명랑 「정직한 너에게」(2004)

너나 나나 망가진 인생! 나이 삼십 넘으면 배운 년이나 안 배운 년이나 똑같고, 사십 넘으면 있는 년이나 없는 년이나 똑같고, 오십 넘으면 예쁜 년이나 못 생긴 년이나 똑같다잖냐! 인생 뭐 있냐! 인생은 짧고 예술은 길다! 한평생 식당 일을 한 그 투박한 손으로 금희 아줌마가 녹음기의 재생 버튼을 꾸욱 누른다. 그러면 향숙이 아줌마는 코를 팽 풀고 일어난다. 예쁜 여자와 힘이 센 여자 사이로 음악이 흐르고, 두 여자는 육 박자 리듬에 맞춰 앞으로, 뒤로, 옆으로, 과거를 지나쳐 오늘을 돌아 지루박 속으로 녹아들어간다.

대부분의 여자들의 우정이란 것이 전화통이나 붙들고 벤치에 앉아 수다 떨다가 생겨나서 수다로 끝장나는 데 반해 엄마와 금희 아줌마, 향숙이 아줌마의 우정은 춤으로 시작해서 춤으로 마감을 하는 것이다.

—이명랑 「연이 떴다」(2005)

"너는 대학에 가라. 그랬으면 좋겠다."
"그게 가고 싶다고 가지는 거냐?"
"내 친구 하나쯤은 대학생이었으면 좋겠다."
봉지는 대답하지 않았다. 어쩐지 가현과의 만남이 이것으로 마지막일지도 모른다는 생각이 들었고, 자신은 친구들로부터뿐만이 아니라 이제 그들과 함께 누렸던 세계로부터도 완전히 격리되어 버릴지도 모른다는, 우울하고도 스산한 느낌이 그녀를 사로잡았다.

"봉지야."
가현이가 봉지를 다시 불렀다. 그러고는 봉지가 왜, 라고 묻기도 전에 서둘러 말을 이었다.

"내가 제일 좋아하는 친구는 너다. 너 그거 잊어버리지 마라." (중략)
"난 너 전부 기억한다. 네가 이마에 빵꾸 뚫리던 날부터, 영주랑 싸우던 날까지. 네가 찍은 남자까지 다 기억한다. 언젠가 네가 찍은 남자가 우리 미장원에 오는 날이 있으면, 공짜로 깎아줄 거다. 그러니까, 너 나 잊어버리지 마라."

—김인숙 『봉지』(2006)

아, 맞아 맞아. 너 옛날에도 그걸 잘했지. 혜령은 아이처럼 천진하게 손뼉을 치며 친구를 바라보았다. 은호는 계속 히죽거리며 연기를 뿜어냈다. 별것도 아닌데 왜 이렇게 우습지

우리가 나이가 들어서 그래. 나이 들면 별로 웃을 일이 없잖아.

이제 혜령은 침대 가에 비스듬히 누워 은호를 계속 내려다보고 있었다. 십년 만에 만난 친구가 보이는 묘기를 이렇게 바라보고 있자니 이상하게 편안해서 잠이 올 지경이었다. 무심코 올려다본 천장에는 모서리가 나달나달한 포스터 한 장이 붙어 있었다. 그걸 보는 순간 그 옛날 은호의 기숙사 방에 다시 들어온 듯한 기분이 들었다. 생각해보니 그때도 벽이 아니라 천장에 체 게바라의 얼굴이 붙어 있었다. 기억이 났다. 그 시절 나는 뭘 했지, 생각하다가 가슴이 한결 편해지는 걸 느꼈다.

—김윤영 「전망 좋은 집」(2008)

사다코가 일어서자 관절이 요란하게 투둑거린다. 과부 셋이 하얗게 웃음을 터뜨린다. 열네 살의 사나코가 일어설 때도 서런 소리가 들렸다.

"상 치른 집에 먹을 거나 있어?"

집에 가서 뭘 좀 가져올까 싶어 그녀가 몸을 일으키며 묻는다.

"누가 밑반찬을 좀 가져왔어."

주는 게 없는데도 사다코 주변에는 늘 사람이 많았다. 젊은 때는 제 아무리 날고 기던 사람이라도 늙어 돈 없으면 찾는 사람이 없다는데 아직도 사다코는 찾는 사람이 있는 모양이다.

"하루코, 아직도 두릅 좋아해?"

냉장고를 뒤지며 사다코가 묻는다.

"그럼. 식성이 어디 가나? 아직도 두릅이 있어?"

"누가 좀 갖다준 걸 영감 주려고 아껴놨었거든. 오래 먹이려고 조금씩만 줬는데 다 못 먹고 갔네."

잠시 말이 끊긴다. 어룽거리는 봄볕처럼 두 과부의 눈에 눈물이 어룽거린다. 그 눈물이 흘러내리기 전에 그녀가 얼른 묻는다. "나 좋아하는 고기는 없어?"

"참, 에이코는 삼겹살 좋아하지? 여기 어디 얼려둔 게 있을 텐데……."

"치워라. 언제 죽을지 모르는데 돈 뒀다 뭘 해. 맛있는 생고기 사다 먹자. 오거리 봉성정육점 고기 맛있더라."

─정지아 「봄날 오후, 과부 셋」(2009)

친구는 어느 날 나이 들도록 힘들어하며 다니는 나의 직장을 들러주었다. 나는 잠시 손을 놓았고 다가온 친구와 얼마의 대화를 나눴다. 언제고 피곤했을 내 몰골을 건너다보며 친구는 말했다. 일, 이제 그만하면 안 되나. 돈벌이 하느라고 그렇게 애쓰고 결국 뭐야. 전기 제품이나 하나 더 들여놓는 거잖아. 나도 친구를 건너다 보았다. 맞군. 그렇군. 전기 제품. 그거나 뭐 좋은 걸 제대로 들여놓을 수나 있나. 오십이 돼도 남의 집 문간방에서 담배나 피며 사는 거지. 친구가 끄덕였다. 음…… 그것도, 괜찮지. 나도 끄덕였다. 음…… 그래, 괜찮지.

아주 다된 노처녀인 친구와 나는 다 알고 있었다. 두텁게 검은 고무로 둘러씌운 전깃줄 속 전기선의 전기처럼 시간 속에는 빨갛고 새파란 그 무엇이, 뜨겁고 예민한 그 무엇이 언제고 가운데를 가느다랗게 흐르고 있음을.

─이진명 「장마철 여름 풀벌레 운다」(1994)

죽고 싶다 하면서 살고 싶은 날
친구에게 전화 걸어
인생이 뭐길래 이렇게 힘드냐고 하면
그것도 모르냐며

인생이란 광막한 황야를 달리는 것이라고
「사(死)의 찬미」 한 소절 불러젖힌다

－－ 광막한 황야를 달리는 인생아
너는 무엇을 찾으러 왔느냐
(중략)
돈도 명예도 사랑도 다 좋은 것이라고
친구는 또 그런다

－천양희 「사의 찬미」(2005)

김치 잘 먹을게. 너 때문에 김치 걱정은 않는다.

얘, 근데 너 정말 갈 거니. 너 네가 끝까지 붙잡으면 안 갈 거지?

(나이 들어가는 친구와 나. 두어 달에 한 번씩 식탁에 마주앉아 실랑이한다. 김치
를 놓고. 괜히 김치를 놓고)

(그 옛날 여중고 시절, 그리고 이제 나이 들어가는 친구와 나. 기나긴 세월의 요구
에 우리가 얼마나 많이 헌신해왔는지를. 김치를 놓고 실랑이할 때, 밑으로부터 올라
오는 그 묵직한 느낌 지워지지 않는다)

－이진명 「괜히 김치를 놓고」(2008)

친구 미선이는 언어치료사다
얼마 전 그녀가 틈틈이 번역한 책을 보내왔다
『삼킴 장애의 평가와 치료』

희덕아. 삼켜야만 하는 것, 삼켜지지
않는 것, 삼킨 후에도 울컥
올라오는 것…… 여러 가지지만
그래도 삼킬 수 있음에 늘 감사하자. 미선.
(중략)
미선아. 삼킬 수 없는 것들은
삼킬 수 없을 만한 것들이니 삼키지 말자.
그래도 토할 수 있는 힘이 남아 있음에 감사하자. 희덕.

－나희덕 「삼킬 수 없는 것들」(2009)

8.4. 지음(知音), 조언자이자 조력자

지음(知音)이란 마음이 통하는 벗, 자신을 알아주는 벗이다. 이는 굳이 말로 표현하지 않아도 나를 알아준다는 의미이기도 하고 세월의 무게를 함께 견뎌냈다는 의미이기도 하다. 여성 한시문에서 지음(知音)으로서 벗의 존재는 기녀(妓女) 혹은 기녀 출신 소실(小室) 작가들에게서 나타난다. 그들은 서로를 알아주며 도움이 되는 친구였는데 서로에 대해 깊은 정을 지니고 서로를 인정하는 관계였다. 곧, 그들은 시를 잘하고, 음악에 뛰어나며, 자태는 곱고, 덕이 아름답고, 성정(性情)을 도야할 줄 아는 사람들이었다는 것이다. 그러므로 속된 기운을 뛰어넘었으니, 언젠가는 선계(仙界)로 돌아갈 것을 희망했다. 여성 시문에서 지음 혹은 지기(知己)의 존재에 대한 형상화가 기녀 출신을 통해 형상화되었다는 점은 생각의 여지를 준다. 고전시대 여성이 벗에 대해 언급하거나, 시문과 음악의 벗을 삼거나, 벗을 찾고 모일 수 있었던 것은 기녀이기에 가능했다는 역설이 나온다. 바꾸어 말하면 우리가 알고 있는 규방의 여성들은 지음조차 만들기 어려웠거나 지음이 있었더라도 이를 시문으로 나타내지 못했음을 알 수 있다. 인간관계에 신분 혹은 규범이 지대한 영향을 미쳤음을 다시 한 번 확인할 수 있다. (이매창 「贈友人」, 박죽서 「秋日歸錦園」, 김금원 「湖東西洛記」)

고전소설에서는 여성 인물의 친구가 거의 등장하지 않는다. 몇몇 작품에서 한 남자가 여러 아내들이 마치 친구처럼 미움을 디놓고 화목하게 잘 지내는 것으로 되어 있거나, 한 명의 대군을 섬기는 궁녀들이 친구처럼 지내는 것으로 되어 있는 정도이다. 특히 궁궐은 닫힌 공간이어서 가족들을 만날 수 없으므로 친구가 누구보다 가깝고 믿음직한 조언자이자 조력자가 된다. 글도 배우고 대군의 아낌을 받으므로 남부러울 것이 없던 궁녀이지만 갇혀 더 이상의 꿈을 펼칠 수 없는 신세를 한탄하던 차에 만나게 된 사랑, 몰래 도망가자고 달래는 정인(情人)의 말에 혼자 결정하지 못하고 친구에게 조언을 구한다. 여러 가지 이유로 도망해서는 안 된다고 하자 일단 마음을 접지만 사랑을 잊을 수 없고 대군도 그 마음을 알게 되어 큰 벌을 받을 상황에 이르는데, 절친한 친구들이 죽음을 무릅쓰고 그녀를 변호하고 나서서 용서받게 된다. 급기야는 자결하게 되지만 그 과정에서의 친구들의 변론은 절절하다. (「운영전」)

일찍이 동해에 시선 왔다 들었는데
좋은 글에 담긴 뜻 이토록 쓸쓸한가
구령산에 놀던 자취 얼마만인가
하늘에서 놀던 심정 장편시 이루었네
술잔 속 신선세계 차고 기움 없으나
이 세상 청춘은 젊은 시절 저버렸네
후일에 선계에 돌아가면
옥황께 나를 위해 말 전해 주시게
曾聞東海降詩仙 今見瓊詞意悵然 縱嶺遊蹤思幾許 三淸心事是長篇
壺中歲月無盈缺 塵世靑春負少年 他日若爲歸紫府 請君謀我玉皇前

                             —이매창 「벗에게 贈友人」(16세기 말−17세기 초)

슬피 울며 떼지어 나는 기러기 저물녘에 더 많으니
강 구름 고개턱 나무숲도 애 끊는 걸 어쩌겠나?
그리운 이 눈물을 동류수에 뿌려주면
삼호정서 이별한 후 그 강 물결 되겠구려
一陣哀鴻向晩多 江雲嶺樹斷腸何 相思淚灑東流水 去作三湖別後波

                            —박죽서 「가을날 금원에게 秋日歸錦園」(19세기 전반)

삼림 속 멋진 풍류 보지 못했지만
서신으로 평안함을 알게 되니 기쁘구나
깊은 계곡서 자란 난초 향기 되려 짙고
맑은 못에 비친 달 그림자 더욱 차다
다만 기쁘기는 고운 자태 지금도 그대로인 것
그 아름다운 덕은 옛날에도 찾기 어려웠네
나는 게으르고 항상 병이 많아서
서로 그리는 정 만 갈래임이 도리어 부끄러워라
林下風標縱未看 書來惟喜得平安 蘭生深谷香猶馥 月在澄潭影更寒
只喜芳姿今不改 欲求令德古應難 如吾懶散常多病 却愧相思意萬端

                            —박죽서 「유랑에게 奇柳娘」(19세기 전반)

다섯 사람이 서로의 마음을 알아 서로 도움이 되는 친구가 되고, 또 아름답고
한가로운 땅을 차지해서 꽃피고 새 울며 구름과 안개 끼거나 비바람 불고 눈내리며
달뜨는 때 모두 아름답게 여기지 않은 날이 없고, 즐거워하지 않은 날이 없었다.

혹은 더불어 거문고를 뜯고 음악을 들으며 맑은 흥을 내었다. 담소하다 틈이 나서 천기가 흘러 움직이면 그것을 드러내어 시를 쓰니 맑은 것도 있고, 고아한 것도 있으며, 건강한 것, 예스러운 것, 맑고 질탕한 것, 강개한 것이 있어 그 좋고 나쁨을 알지 못하나, 그러나 성정을 도야하여 한가로이 즐기는 것은 똑같았다. 오직 내 동생 경춘은 특별히 형제의 정이 있고 겸하여 관포(管鮑)의 의리가 있었다. 하물며 그 진세(塵世)를 뛰어넘어 속된 기운을 벗어난 모습과 뛰어나게 빼어난 재주까지 있었으니 더 말할 나위가 있었겠는가.

　五人相爲知心益友 又占勝地閒區 花鳥雲煙 風雨雪月 無時不佳 無月不樂. 或與彈琴聽樂 以遣淸興 而談笑之暇 天機流動 則發而爲詩. 有淸者 有雅者 健者 古者 澹宕者 慷慨者 雖未知其甲乙 而陶瀉性情 優遊自適則一也. 惟我瓊春 特以棠棣之情 兼有管鮑之誼. 況其超塵脫俗之姿 出類拔萃之才.

―김금원 「호동서낙기(湖東西洛記)」(1850)

"제가 어떻게 감히 낭군의 말씀을 거절하겠습니까? 다만, 자란은 저와 형제처럼 정이 두텁기 때문에 그녀에게 알리지 않을 수는 없습니다."라고 하고는 즉시 자란을 불러와, 세 사람이 삼발처럼 둘러앉았습니다. 제가 진사의 계획을 자란에게 말하자, 자란이 크게 꾸짖으며 말했습니다. "서로 즐긴 지 오래 되어서 이제 스스로 화를 재촉하려고 하는 것이 아니냐? 1, 2개월 서로 사귀는 것만으로도 충분한데, 어떻게 사람으로서 차마 담을 넘어 달아나는 짓을 저지르려고 하느냐? 주군이 너에게 마음을 기울이신 지 이미 오래 되었으니 그것이 떠날 수 없는 첫째 이유요, 부인이 사랑하심이 매우 깊으니 그것이 떠날 수 없는 둘째 이유요, 화가 양친에게 미칠 것이니 그것이 떠날 수 없는 셋째 이유요, 죄가 서궁 사람들에까지 미칠 것이니 그것이 떠날 수 없는 넷째 이유이다." (중략) 진사는 일이 성사되지 않을 줄 알고 탄식하며 눈물을 머금은 채 궁궐 밖으로 나갔습니다.

　郎君之言 何敢辭乎 但紫鸞 情若兄弟 不可不告 卽呼紫鸞 三人鼎足而坐 妾以進士之計告之 紫鸞大驚罵之曰 相歡日久 無乃自速禍敗耶 一兩月相交 亦可足矣 踰墻逃走 豈人之所忍爲也 主君傾意已久 其不可去一也 夫人慈恤至感 其不可去二也 禍及兩親 其不可去三也 罪及西宮 其不可去四也 (중략) 進士知事不成 嗟歎含淚而出

―「운영전」(17세기)

여성에게 친구는 배후에서 자신의 현재와 존재의 좌표를 환기시키는 바로미터가 되어준다. 때로 친구는 일정한 선에서 공감과 동의, 동조로 감정적 지원을 해주기도 하지만 일순간 견제와 경계의 대상으로 뒤바뀌기도 한다. 그래서 친구를 바라보는 여성의 시선에는 우월감과 열등감, 응원과 지지, 질투와 부러움 등의 복합적인 감정이 상호 길항하고 있다.

여자친구들은 친구에게서 취미와 생활방식의 공통분모를 발견하고 친숙함과 친밀함을 내세워 유쾌한 동맹을 맺지만 이들은 쉽게 경쟁과 선망의 대상으로 탈바꿈한다. 이때 결혼은 친구 간의 관계를 변화시키는 가장 주요한 요인으로 등장한다. 이것은 여성들의 삶이 결혼 후 남편의 신분이나 계층에 따라 변동한다는 점과 무관하지 않다. 남편을 잘 만나 신분 상승한 동창, 능력 있는 결혼 상대를 만나 처지가 달라진 친구들은 질투의 대상으로 바뀐다. 또한 오랜만에 만난 옛 친구의 외양과 치장에서 살아온 삶의 감정가를 매겨보는 여성인물의 은밀한 눈길에는 우월감과 열등감이 교차하는 경쟁심리가 묻어난다. 결혼생활의 권태로움에 빠진 중년 여성들은 미혼이거나 이혼한 친구의 자유로움을 부러워하고 결혼하지 않은 여성은 결혼한 친구들의 대화에 끼지 못한 채 소외된다. 이럴 때 친구는 초라한 자신의 현재 위치를 환기시켜 열등감과 적대감, 불쾌감 등의 감정을 불러일으키는 존재로 등장한다. (지하련 「결별」, 한말숙 「어느 여인의 하루」, 박완서 「부끄러움을 가르칩니다」, 신달자 『물 위를 걷는 여자』, 손장순 「속물학을 배웁니다」, 김윤영 「비밀의 화원」, 강영숙 「어떤 싸움」)

여자친구가 경쟁구도를 형성하게 되는 경우는 대부분 연적(戀敵)관계에 놓이게 될 때이다. 특히 남편이 그 대상이 되면 친구 간의 갈등은 증폭된다. 이때 작가는 한 남자를 사이에 두고 친구와 미묘한 신경전을 벌이는 여성인물의 복잡한 심리를 세심하게 따라간다. 물론 연정(戀情) 자체가 여성인물의 오해에서 비롯된 해프닝으로 끝나는 경우도 있지만, 대부분의 경우 이 상황은 관계의 결렬로 이어지기보다 당사자들의 성숙한 노력과 의지에 의해 그대로 세월에 묻히곤 한다. (최정희 「인맥」, 지하련 「산길」, 임옥인 「일주일간」, 윤금숙 「들국화」)

한편 신세대 작가들은 소설을 통해 도시에서 통용되는 우정의 방식을 탐색한다. 도시적 삶을 향유하는 현대 여성들은 여성 친구를 서열화하고 우정보다 사랑을 앞세운다. 그리고 이들은 남자 친구를 사귀기 전까지의 일시적이고 잠정적인 연대를 기약한다. 이와 같은 관계의 규칙에 암묵적으로 동의함으로써 이들은 서로 간에 심리적 지원과 물질적 지지를 약속하는 것이다. 이렇게 신세대 여성들은 타인의 상처를 일부러 파헤치지 않는 쿨한 윤리를 표방한다. (이명랑 『꽃을 던지고 싶다』, 정이현 『나의 달콤한 도시』, 김윤영 「블루오션연애학」, 고예나 『마이 짝퉁 라이프』, 서유미 『쿨하게 한걸음』, 정수현 『압구정 다이어리』)

우월한 친구의 존재는 결핍을 환기시키기도 하지만 동시에 여성인물로 하여금 자신의 정체성을 되찾고 남편과의 결속을 다지게 하는 정서적 순기능을 하기도 한다. 그래서 친구에 대한 부러움이나 선망은 악의나 적개심을 내포하지 않는 무해한 선망일 뿐이다.

> 나는 본능적으로 가리운 장애물을 떼려고 할밖에─ 힘을 다해서 가리운 손을 떼지 않았겠습니까. 그와 꼭같은 시각이었습니다. 내 눈을 가리우던 혜봉의 뒤에 한 사오 보(四五步) 가량 떨어져 서 있는 남성이 흐린 시야 속으로 들어왔습니다. 나는 이내 그가 사흘 전에 서울서 결혼 예식을 치르고 혜봉의 친정으로 신혼여행 겸 다니러 온 혜봉의 신랑인 것을 알았습니다. 이쪽을 향해 혜봉의 장난을 보고 있는 모양으로 언덕길을 오르기에 약간 상기된 얼굴에 미소를 띠우고 있는데 동글 같이 검고 깊숙한 눈이 어느 이야기 속에 나오는 귀공자였습니다. 아니 내가 금방 읽은 비너스의 애인인 아도니스였습니다.
>
> 그이가 가진 교양, 그이가 가진 정열까지도 희랍적일 것 같이 생각되었습니다. 그이의 글(詩)을 읽으며 내가 상상하던 그이와 똑 같았습니다
>
> ─최정희 「인맥」(1938)

> 생각하면 형예는 전부터 명순이 같은 애들이 그리 좋지 않은 폭이다. 명순이만 두고 말해도 처음 시집 갈 땐 그렇게 죽네 사네 싫다든 아이가 시집간지 얼마가 못 돼서부터 혹 동무들이 찾아가도 조금도 탐탁해 하지 않는 대신, 날로 살림 잘한다는 소문이 높아 가는 것부터가 싫기도 했지만, 그보다도 개개 두고 볼라치면 학교 때 공부 못하고 빙충맞게 굴던 군들이 시접가선 곧잘 착한 말 듣고 잘 사는 것이 참 이상하고 알 수 없는 속내이기는 했지만, 아무튼 그걸 부럽게 역일 맘보다는 일종 멸시하고 싶은 생각이 더 컸든 상 싶다.
>
> ─지하련 「결별」(1940)

이제 우리 두 사람을 나란히 세워 놓고 누구의 형상이 흠 없는가 한번 바라다보
십시오.

내 모양이 사뭇 고약할테니"

연희는 여전히 같은 태도로 말한다.

"아내란 훨씬 늙고 파렴치한 겁니다. 더 자랑을 가지세요!"

순재는 결국 그 노염을 이렇게 표현할 수밖엔 없었으나, 말이 멎자 연희의 표정
없는 얼굴이 무엇엔지 격노하고 있는 것을 놓칠 수는 없었다. 과연 모를 일이다.
이제 막 순재가 한 말은 순재로서 대단히 하기 어려웠던 말일뿐 아니라 또 어느
의미로 보아선 정말이기 때문이다.

— 지하련 「산길」(1942)

한 주일 동안에 무겁게 나려 덮였던 구름이 활짝 걷히고 밖앝과 같이 가정은
왼통 봄기운으로 충만하였다. 염숙이 다녀가기 전에는 정성껏 대접해 보내리라고
별렀건만 무슨 귀신이 씨였던지 남편과 염숙은 마치 연애하는 사이로밖에 보이지
않아서 그렇게 괴로워했고 남편을 원망하고 염숙을 미워한 것을 생각하면 정난은
또 가슴이 확확 달아 오는 것이었다. 남편과는 이미 종이 한 장의 틈사리도 없이
자기 맘이 누그러졌지만 바다 건너 울고 떠난 동무에게야 무엇으로 사죄가 되랴
싶었다. (중략) 너는 충분히 행복하다. 나도 네게 지지 않도록 나의 행복을 전취하
련다. 참, 이 선생님이 회사 일이 바쁘실 텐데 K역까지 바래 주셔서 어떻게나
미안한지 모르겠다. 어머니께서 갑재기 전보를 쳐서 오라구 한 건 다름이 아니야.
참 어머니도 기우(杞憂)셔. 글쎄, 내가 너의 스윗 홈에 일주일 이상 묵는 건 부부의
애정에 이상을 일으키기 쉽다나. 글쎄, 너와 너의 남편 같은 사이를 일개 내가
무에길래 흔들어 놓을 염려가 있단 말이냐?

— 임옥인 「일주일간」(1950)

"예뻐졌다 애."

"정말 몰라보게 예뻐졌어."

20여 년 만에 만난 친구라면 우선 눈에 띄는 게 늙음일 게다. 그런데도 그 대목은
살짝 건너뛰어 다만 예뻐졌다고 한다. 그게 아마 서울식 인산가 보다. 나는 뭐라고
답례를 해야 할지를 모른다. 그냥 나를 시골뜨기처럼 느낄 뿐이다. (중략)

희숙의 오렌지빛 한복은 질 좋은 실크여서 매무새가 흐르는 듯 아름다웠지만
유감스럽게도 낡은 싸구려 내복이 소맷부리로 넘실대고, 다이아반지를 낀 손은
거칠고 상스러웠다. 고생고생하다가 한밑천 잡은 지 얼마 안되는 남편을 가진 여
편네 티가 더덕더덕 났다. 한밑천 삽는다는 게 바로 서던 서도구나 하는 생각이

들자 입맛이 썼다. 영미의 양장은 수수하고 비교적 세련된 편이었으나, 중년을 넘은 직업여성의 피곤과 싫증 같은 게 짙게 느껴져 오랫동안 맞벌이로 알뜰살뜰 살림을 꾸려 온 티를 숨길 수 없었다.

나는 그것만으로 옛 친구를 다 알아 버린 느낌이었다. 마치 노련한 전당포 주인 영감이 물건을 감정하고 값을 매기듯이 나는 그녀들을 순식간에 감정했고 흥, 너희들도 별거 아니로구나 하고 값을 매겼고, 나는 내 감정을 추호도 의심치 않았다.

— 박완서 「부끄러움을 가르칩니다」(1974)

영실과 옥경은 처음에는 둘이 서로 약속하고, 같이 명수와 만날 기회를 다방이나 혹은 야외로 선택하여 그와 더불어 문학 이야기를 하고 자연을 감상하며 산책하는 것으로 그들의 사귐은 시작되었지만, 날이 갈수록 영실은 영실이대로 옥경은 옥경이대로 서로 한명수를 독차지하고픈 마음에서, 차츰 좀먹어 들어가는 우정을 어찌할 도리가 없었다. 마침내 옥경과 영실은 한명수를 사이에 놓고 사랑의 총부리를 겨누게 되자 영실이보다 미모를 가진 옥경은 보기 좋게 연적을 쓸어트리고, 졸업을 일 년 앞둔 늦가을 단풍으로 물들은 서울 거리를 떠나 머얼리 북간도에서 사랑의 보금자리를 폈던 것이다.

— 윤금숙 「들국화」(1976)

오랜만에 만난 민희와는 그렇게 결혼 없는 결혼을 각자 내리면서 헤어졌다.

민희가 뭐라고 하든 돌아서는 그의 뒷모습에서조차 안정감이 넘치는 성숙한 귀부인을 느끼게 하고 있었다.

민희에게는 언제나 조용한 압력을 느끼게 하는 힘이 있었다.

내가 너무 부부관계에 대해 예민한 반응을 보인 걸까.

스스로 자신의 흥분을 속절없이 한탄하면서 집으로 돌아왔다.

— 신달자 『물 위를 걷는 여자』(1990)

목련이 대화가 통하는 고등학교 동창과의 모임을 즐기는 것은 가장 대화가 잘 통하고 체질이나 취미나 생활방식이 비슷한 데서 오는 공통분모를 가지고 있어서다. R호텔의 카페테리아에는 두 친구가 이미 와서 무슨 이야기인지 열중하고 있다. 이 친구들이 시간을 엄수하는 것도 그녀와 잘 맞는 점이다. 다른 친구들은 시간관념이 없고 항상 늦는 것에 대해 평계가 많다. 허나 조직사회에서 오랫동안 생활해온 목련은 항상 시계처럼 정확하다. 이 친구들은 직장이 없건만 나태를 싫어하고 새로운 것을 추구하다보니 시간의 낭비가 없다.

— 손장순 「속물학을 배웁니다」(1992)

게다가 엄마가 그 아줌마를 친구로 여기는지도 확실치 않은데 그 아줌마는 당연히 친하다고 여기고 전화도 막 하고 집에도 막 놀러 오는 무서운 사람이었다. 너 그러면 안된다, 라는 강력한 서두로 기선을 제압하고 남 가르치기를 아주 즐기고 보람으로 아는 그 아줌마에게 우리 엄만 확실한 밥이었다.

정아 그대로 놔두면 애 바보 된다. 형편이 좀 안되겠지만 영재학교 보내, 지금도 늦었어. 너 왜 내 말 안 듣니, 네 남편 믿고 살다가 언제 차 사려고 그래? 우리 집 차 바꿀 건데 싸게 가져가라, 누가 팔려고 하는데 네 생각나서 그럴 수가 있어야지, (중략) 그렇게 걱정해주는 척하면서 복장을 벅벅 지르고 남 위장에 구멍을 내든 심장을 후비든 그러기 전에 물러서지 않는 고수의 자세를 항상 유지했다. (난 그게 직업병이라고 생각한다.) 그러니 섬세하고 남의 말을 경청할 줄 안다는 데 긍지를 가진 엄마는 주눅이 들어 아줌마한텐 깨갱 소리도 못 냈다. 정작 그 상황에선 말이다. 그러다 좀 시간이 경과하면 괜히 다른 사람들한테 분풀이를 하곤 했다. 특히 늦게 들어오는 아바가 주요 공격대상이었다.

—김윤영 「비밀의 화원」(1998)

먼 훗날 집으로 돌아가는 길을 찾게 된 진희와 다시 만나 웃을 수 있었으면 좋겠다. 그것이 나와 진희, 그리고 경진의 운명이라면 좋겠다. 멀고 먼 길을 돌고 돌아 결국 진희가 당도하게 될 그 집엔 진희의 조그만 비둘기들과 비둘기 할아버지가 미리 와 기다리고 있을지도 모른다. 해지고 낡은 신발을 끌고 경진이 되돌아왔을 때 경진은 자신을 옭아매고 있던 배다른 형제나 외로움 같은 것들은 모두 사라졌음을 알게 될지도 모른다. 그때까지, 나는 나의 소중한 친구들이 잘 버텨 내주어야 한다고 몇 번이고 혼잣말을 했다. 어쩌면 그것은 진희와 경진에게가 아닌 내가 나에게 하는 다짐 같은 것인지도 몰랐다.

—이명랑 『꽃을 던지고 싶다』(1998)

그렇다. 서른한 살의 미혼 여성에게 무엇보다 충격적인 소식은 옆자리 동료가 로또복권에 당첨되었다거나, 나보다 공부 못하던 여고 동창이 뒤늦게 환골탈태하여 사법고시에 합격했다는 종류의 것이 아니다. 그런 경우야 뭐 좀 얼떨떨하고 묘한 시샘이 일기도 하겠지만 내 힘으론 어쩔 수 없는 영역의 일이므로 금세 받아들일 수 있다. 서른한 살은 그 정도 가벼운 쇼크쯤은 웃으며 극복할 수 있는 나이라고 나는 믿고 있다.

그러나 이건, 이건 명백히 다르다. 늘 함께 어울려 다니던 친구가, 갑자기, 결혼을 선언한 것이다. 발 딛고 선 땅바닥이 흔들리는 진저리나도록 현실적인 날벼락이 아닐 수 없었다. //

우리는 입을 다문 채 창밖으로 눈을 돌렸다. 때론 타인의 상처를 일부러 파헤치지 않는 것이 이 도시에서 통용되는 우정의 한 방식일지도 몰랐다.

−정이현『나의 달콤한 도시』(2006)

그 결혼식의 신부와는 오랫동안 안면이 있는 사이였다. 보고 싶지 않아도 매달 한번 정도는 봐야 하는 모임의 멤버였다. 잘나가는 이십대 여자들에겐 그런 모임들이 중요하다. 내가 걸친 이런저런 모임의 멤버들은 다 그렇게 복잡한 네트워크를 지니고 있다. 웹디자이너, 파티플래너, 펀드매니저, 헤드헌터, 전시기획자, 카피라이터, 광고회사 AE, 숍마스터, 온라인콘텐츠개발자, 심리치료사, 감정평가사, 치과의사, 회계사, 변리사, 그리고 애널리스트 등. 남자들이 술자리를 통해서 우정을 돈독히 하듯, 여자들은 주말 오전에 브런치를 먹거나 스파를 하면서 정보와 우애를 나누었다. 물론 그들이 다 친구라고 할 순 없다. 잠옷바람으로 뒹굴거리면서 함께 아이스크림을 퍼먹는 그런 막역한 사이는 아니란 말이다. 전략적 동지, 혹은 제휴관계라고나 할까. 아무리 탄탄히 자립한 여성이라 해도 연애나 결혼 문제만은, 중도 제 머리 못 깎듯, 혼자 힘으로 해결할 수 없는 일이다.

−김윤영「블루오션 연애학」(2006)

R은 나와 같은 고등학교를 나왔다. 졸업을 하면서 소원해지는 듯했는데 같은 학교 같은 과에 다닌다는 사실을 알게 된 후로 다시 가까워졌다. 대학교 1학년 때 R은 남자 친구가 없었다. R이 그때 남자 친구가 있었다면 우린 친해졌을까.(R은 남자가 생기면 돌변한다.) (중략) B와 나는 정말 반대다. 그런 B와 어떻게 베스트(best)가 될 수 있었는지 의문이지만 어쩌면 당연한 이치인 것 같기도 하다. 극과 극은 원래 통하는 법이니까. (여자들 사이에선 베스트 서열이 중요하다. 남자들은 다 똑같은 친구라고 생각하여 순위를 매기지 않지만 여자들의 세계는 터무니없이 까다롭다.)

−고예나『마이 짝퉁 라이프』(2008)

선영과 나 사이의 거리가 이렇게 멀게 느껴지는 건 처음이다. 삼십대가 되고 나니 아무래도 학생 때처럼 시시콜콜 모든 걸 털어놓지는 않는다. 적당히 감추기도 하면서 완급 조절을 한다. 게다가 시기도 별로 좋지 않다. 나는 이년 동안 사귄 애인과 헤어졌는데 선영은 결혼할 남자를 만난 것이다. 선영 입장에서도 자랑 빼면 할 말이 없는 연애 이야기를 늘어놓기가 쉽지 않았을 것이다. 이해한다. 그래도 좀 서운했다. //

한번 사는 인생, 남에게 손 벌리지 않을 정도로만 즐기면서 살자,를 모토로 열심히 놀고 음악에 취해 살던 유쾌한 삐삐 선영이. 선영은 내게 자유, 휴식, 일탈, 아무튼 현재하는 청춘의 모습 그 자체였다. 모두들 이제야 철들었구나, 하면서 선영의 결혼을 긍정했지만 나는 의사 사모님이 될 선영이 좀 부담스러웠다. 선영만큼은 그 모습 그대로 있어주기를 바란 것 같다. 영원히 철들지 않는 히피청년으로, 그래서 선영의 변절 선언은 나를 조금 허전하게 했다.

― 서유미 『쿨하게 한걸음』(2008)

"어쩔 거야? 유라한테 말할 거야? 그 남자랑 사귄다고?"

"그래도 될까? 그럼 유라가 포기할까?"

"아마도 유라 성격에 친구 남자 채간 년이라고 널 아주 제대로 몰아붙일지도 몰라. 그리고 마치 자신의 희생양인 것처럼 굴겠지. 알잖아, 걔 남자에 목숨 거는 거." (중략)

"당연히 알지. 하지만 알잖아, 유라에겐 우정보다 사랑이 먼저라는 거."

"응"

나는 씁쓸한 미소를 지으며 대답했다.

지금 이 상황에선 나도 그녀와 마찬가지로 우정보다 사랑이 먼저인 사실이 살짝 한심스러웠다. 이미 입 안은 다 말라버렸다.

― 정수현 『압구정 다이어리』(2008)

가장 힘든 건 사람들을 만나는 일이었다. 아주 오랜만에 친구들을 만났다. 친구들은 자리에 앉자마자 누가 묻지도 않았는데 자기자식들 얘기부터 시작해서 남편 얘기, 남편 가족들 얘기까지 쫙 늘어놓고 나서는 "넌 왜 결혼 안하니?"라고 물었다. 여자는 너무 화가 났고 도무지 개별적인 화제라고는 없는 이런 싸구려 인간들과는 다시 만나지 않겠다고 다짐했다. 차라리 말을 하지 않는 게 낫다고 생각했다. 더 화가 난 건 다음 날 그 자리에 왔던 한 친구가 전화를 해서 "네가 결혼도 안하고 그래서 소외된 느낌을 받지 않았을까 다들 걱정했어."라고 말했을 때였다. 여자는 온몸이 떨리며 더 이상 참을 수가 없어져 소리를 지르고 말았다. "너희는 결혼해서 살 만한 모양인데, 난 너희 같은 무식한 가족 이데올로기 신봉자들과는 상종하고 싶지 않으니까 다신 전화하지 마." 여자는 전화를 끊어버렸다. 그러고는 또 그렇게 직설적으로 속을 다 드러내고 말았다는 것에 화가 나 견딜 수가 없었다. 온 집 안을 왔다 갔다 하며 주먹으로 가슴을 치고 혼자서 난리법석을 떨었다.

― 강영숙 「어떤 싸움」(2010)

8.6. 자매애의 성장, 레즈비언 공동체

여성들은 가족의 친밀감을 대신하는 여성 공동체를 형성한다. 정상적인 혈연의 질서 밖으로 밀려난 여성들은 자매애를 바탕으로 한 공동체 안에서 상호 간의 모성적 돌봄에 의해 새로운 관계를 형성한다.

여성의 자매애는 포용성과 다양성, 부드러움과 스며듦의 가치를 중심으로 하는 생태학적 상상력을 바탕으로 하고 있다. 이들을 결속시키는 힘은 근본적으로 남성 지배의 세계에서 동일한 희생자라는 연대의식이다. 남성중심적 이데올로기 속에서 여성을 열등하게 치부했던 가치들을 전복하면서 이들은 여성으로서 공유한 역사와 몸의 경험들을 통해 속 깊게 연대하게 된다. 이들이 형성하는 친밀함은 여성의 불행한 운명에 대한 정서적 유대감인 동시에 상처 입은 여성끼리의 연대가 아니고서는 이 사막 같은 삶을 건너갈 수 없다는 적극적 인식에서 기인하는 것이다.

여성의 친밀한 관계맺기는 엄마, 사촌자매, 이복자매와 같은 혈연관계를 포괄하고 나이를 초월해 이루어진다. 그리고 상처받은 이들을 향한 여성의 시선은 익명적 존재들을 묶어내고 남편의 연인, 아버지의 여인들처럼 적대적 관계에까지 확장되며 더 나아가 국경을 초월하기도 한다. 이렇게 여성들은 남자라는 섹슈얼리티에 대항해 '가짜 친구'일지언정 감정의 연대, 공모자 관계를 형성할 수 있다. 그리고 이와 같이 자신의 고통을 통해 다른 고통에 참여하는 여성들의 우정으로 인해 소외된 타자들의 연대가 성립할 수 있게 되는 것이다. (한무숙 「얼굴」, 김채원 「여름의 환」, 공선옥 「떠도는 나무」, 『오지리에 두고 온 서른 살』 「뭘 먹고 살까」, 「세한(歲寒)」, 「지독한 우정」, 김형경 『세월』, 조경란 「사소한 날들의 기록」, 차현숙 「나비, 봄을 만나다」, 강영숙 「갈색 눈물방울」, 이홍 『걸프렌즈』, 구경미 「거짓말」, 하성란 『A』)

현대시에서는 여성들이 여성으로서 공유하는 체험들을 통해 자매가 되는 양상을 좀 더 구체적으로 보여주고 있다. 이들은 서서 오줌 누는 남자들과 달리 땅 위에 앉아 오줌을 함께 누며 자분자분 퍼져 나가는 느낌에 깔깔거리고, 방바닥에 묻은 '징글징글'한 생리혈을 닦으라고 선뜻 건네준 친구의 흰 양말로 쓱쓱 문지르기도 한다. (김선우 「오동나무의 웃음소리」, 김민정 「민정엄마 학이엄마」) 이렇게 여성으로 살아오며 겪은 삶의 체험들은 이들을 역사 속의 자매애로 상상하게 한다. 신사임당과 허난설헌, 황진이와 이옥봉은 시간과 공간을 넘어 자매애를 유전하는 여성사를 쓰고, '너의 존재를 의심 없이 확신'하게 하는 결연한 친구들이 되어간다. (고정희 「사임당이 허난설헌에게-이야기 여성사 3」, 진은영 「나의 친구」)

따라서 자매애적 유대는 부권적 질서를 강요하는 강압적 이성애에서 벗어나는 새로운 관계맺기의 방식으로서 가부장제에 대한 도전이며 대안으로 해석될 수 있다. 현대소설에서 이들이 서로를 용납하는 사랑의 방식은 때로 유사 연애의 양상을 띠기도 한다. 그러나 이때 동성-연애는 친구에 대한 우정이나 의리 이상의 친밀함을 드러내는 감정 전유의 형태이다. 특히 '소녀'들의 동성연애는 여성의 성장 과정에서 이성애적 질서로의 입사(入社) 이전에 성별화된 정체성 획득 이전의 개방된 성적 지향을 보여주는 것으로 이해된다. 이처럼 동일화된 여성의 경험과 헌신적인 보살핌에 의거한 이들의 관계는 긍정적이며 생명력이 넘치는 여성 간의 연대와 결속을 지향한다. (최정희 「봄」, 『녹색의 문』, 신경숙 『깊은 슬픔』 「딸기밭」, 『바이올렛』, 윤효 「단편들」, 김이듬 『블러드 시스터즈』)

> 이때 심미는 차순의 손이 자기 두 팔을 그냥 끌르기만 하는 것이 아니고 좀 강렬한 힘을 그의 팔에 주어 심미의 몸과 자기 몸이 서루 부닺칠 수 있도록 하고 있는 것이라 느꼈다. 그러자 어느새 윤동숙이로 해서 생긴 불유쾌한 감정은 사라지고 차순은 좀더 가차히 자기 얼굴에 그 얼굴을 갖다 대여 줬으면 싶은 감정이 북받쳤다. 두 팔에 힘을 담뿍 넣어 자기를 껴안아 줬으면 싶었다. 그래서 자기는 차순이 하는 대로 암말 말고 가만있어 보았으면 싶었다.
> 그날 밤 심미는 차순이와 함께 잤다. 자리 깔 준비종을 쳐도 내려가지 않는 차순에게 사감은 어떠한 속 예산이 있었든지 심미를 동무해서 가치 자라는 허락을 내렸다. 밤이면 심미의 혼자 적적할 것을 염려하여 사감방과 새의 문 열어 놓기가 싫어서 그랬든지는 모르나 아무튼 심미는 차순이와 함께 잔다는 일이 가슴이 뛰면서 금방 열이 오르는 것을 깨달았다.
>
> —최정희 「봄」(1950)

나는 그녀의 심정, 내게도 꼭 알려주고 싶은 그 심정을 이해했다.
그리고 새로운 가능성이란 말에서 어떤 향기를 맡은 듯했다. 실지로 나는 그녀의 경험들을 내 경험으로 간접 체험 속에서 그간 삶의 경이로움을 맛보기도 했으니까. 그녀가 바닷가 모래밭에서 속옷을 벗고 치마만 입은 채 바닷바람을 껴안은 것도, 자동차를 타고 모르는 길을 밤으로 낮으로 흘러갈 대 우주의 중심 속으로 달려가는 것 같던 것도 어쩐지 그녀가 아니라 내가 체험했던 듯 느끼기도 했던 터이다.

그녀와 나는 육촌지간이지만 한집에서 자라서인지 친형제 이상으로 가깝다. 그녀는 어린 시절 고아가 되어 우리 집에 온 후 결혼하여 외국으로 떠나기까지 죽 나와 함께 지냈다. 우리는 화장실에도 같이 가서 하던 얘기를 계속할 지경으로 예나 이제나 얘기가 끊이지 않았다.

—김채원 「여름의 환」(1990)

그녀, 아버지의 여자, 그녀도 어쩌면 그렇게 사는 자신에 대해 진저리를 치고 있었을지도 모른다. (중략) 그 여자는 이따금 아버지의 여자를 생각해보는 때가 있다. 왜 인생을 그런 식으로 풀어나갔을까. 그러면 가슴이 답답해진다. 그 여자 역시 인생을 잘 풀어나갔다고 말할 수 없으므로. 그 가슴 답답함 속에는, 그들 두 여자의 유전자에 똑같이 녹아흐르는 억압, 남성 지배 이데올로기에 대한 복종의 벽이 있을 것이다.

—김형경 『세월』(1995)

내게 그녀는 그렇게 힘이었지만 하지만 나를 사랑하게 돼버린 그녀에게 나는 또 다른 상처의 이름이었을 뿐이야. 견딜 수조차 없는 상처의 벼랑이었을 뿐이야. 나는 그녀를 이해해. 그래 나는 그녀를 내 살갗 밑으로 흐르는 피처럼 느껴. 한 사랑을 힘겹게 넘어와 보니 더 벽이었던 거래. 그래서 그녀는 그만 삶을 끝내기로 결정했을지도 모르지. 하지만 그게 어쨌다는 거야? 그녀기 너를 사랑하게 된 긴 죄가 아니야. 그녀가 더 외로워서였어. 그녀가 더 아파서였어. 그녀가 더 슬퍼서였어.

—신경숙 『깊은 슬픔』(1994)

그랬다. 우리는 서로 이름이나 나이는 물론 그밖에 것도 알고 있는 것이 없었다. 그러면서도 숨겨온 자신의 가장 아픈 부분을 드러내고들 있는 거였다. 그 시간이 끝나면 서둘러 헤어지고. 그런 허술한 익명성에 안심하는 것일까 모두들. 그렇다면 나는 아무것도 믿고 있는 것이 없는 셈이다. 훗날 그들이 외딴 골목이나 혼잡한 거리에서 우연히 부딪친다면 어떤 느낌일까. 그건 어쩌면 서로에게 못 견딜 일일지도 모른다. 그러지 않기 위해서 사람들은 바삐 헤어져버리는지도 모르지.

—조경란 「사소한 날들의 기록」(1997)

어느 날 새벽 한시에 전화가 왔다. 훌쩍이는 목소리. 난 가슴이 덜컥 내려앉았다. 그녀가 아프냐 아이가 아프냐…… 외롭다는 거다. 갈수록 사는 일에 자신이 없다고, 무엇이 날 이곳으로 내몰았는지 모르겠다고. 그 흐느낌이 통곡으로 이어지더니… 툭 끊어지고. 다음날은 전화가 없었다. 난 걱정하지 않는다. 아마 그 아침에 회복되었을 거다. 바로 울어버렸기 땜에. 밖으로 터져나왔으니 안에 괴어 있을 리 없다는 건 에너지 역학의 법칙이 아닌가. 버리고 또 버리니 그득 차오를 수 있고, 고독이 영글 대로 영글면 타인에게로 쏘아올리는 힘이 되고. 어쩜 자신을 결핍 속에 방치할 수 있는, 진정으로 옷을 벗을 수 있는 것도 재능이니까. 그 그녀만의 것이 익을 대로 익어 노래가 차오르고 몸짓으로 피어나 어느 날 유유히 시작 바다으로 걸어나올 때를 난 기다린다. … 그 낡은 운동화를 신고 선물 받은 초록색 베네통 가방을 메고 아이처럼 도시 곳곳을 둘러보며, 전면 통유리의 환함으로 웃으며 누군가의 화농된 상처로 가 맑은 소금처럼 몸 부빈다면, 혹 새살이 돋을 줄 아는가. 그날, 내가 단 하루라도 구원받았듯.

—윤효 「단편들」(1997)

남편에 대한 괴로움보다 더 괴로운 것은 내가 당신을 더 갈망한다는 거. '봄'! 당신이 없으면… 우리 둘의 관계는 더 이상 이어질 수 없어요. '봄'! 나는 당신을 질투하는 여자가 아니에요. 당신이 허락하면 우리 셋은 스릴 있는 이 게임에서 각자의 행복을 은밀하게 누릴 수 있을 거예요. 절대 서로의 영역을 침해하지 않고, 그러나…

짧은 시간 남편을 통해 그녀에게 날라다준 풋풋한 생기와 활력… 그녀는 그를 통하지 않고 '봄'에게로 가는 길을 찾고 싶다. 슬픈 영혼만 남겨진 다섯 아이를 모두 합한 것 같은 '봄'의 생명력… 가야 한다. 문득 그녀는 손가락을 꼽아본다. 모두 살아 있다면 다섯 아이의 나이를 합한 그것이 '봄'의 나이일 거라구….

—차현숙 「나비, 봄을 만나다」(1997)

스물세 살의 처녀였던 나.

스치고 지나간 그 화사함의 주인이 유라는 것을 알게 되는 순간 즉시 유에게 매혹당한다. 그 연유가 무엇인지 정확히 말하기란 어려운 일이다. 처녀가 유에게서 발견한 것을 돌이켜보면 지금으로서는 너무 흔한 것이 되었지만 그때의 처녀의 시선 속으로는 오로지 유, 그녀의 고유성으로 여겨진다. 유가 지니고 있는 것을 처녀는 자기 안에서 느껴본 적이 없다. 자유로운 동작, 나직한 평화로움, 죽음의 상태까지도 이미 지니고 있는 것같이 여겨지는 유의 태도. //

딸기밭에서 돌아온 후 나는 금지된 것들 근처에는 가지 않는다. 생의 불가능성을 받아들인다. 내가 분석할 수 없는 또 다른 세계가 누군가의 인생 속에서 진행되고 있다는 것도, 그것이 인간을 변화시키리란 것도. 내 인생에 그 남자와 유를 통과시킴으로서 나의 욕망은 끝에 다다랐다.

—신경숙 「딸기밭」(1999)

나는 동남아 여자가 내 방문 앞에 놓고 간 작고 파란 동전 지갑을 항상 가지고 다녔다. 그러던 어느 날 영어 수업시간에 나는 드디어 입을 열어 말하기 시작했다. (중략) "내 친구는 스리랑카에 살아요. 스리랑카는 아름다운 곳이래요. 내 친구가 그날 밤 나에게 말했어요."

—강영숙 「갈색 눈물방울」(2004)

"엄마, 전화기 옆에 쪽지…."
"이미 봤어."
"미역 사가지고 갈게."
"벌써?"
"나 낳아놓고 못 먹었던 미역국, 이번에는 실컷 먹어보지 뭐."
전화를 끊고 나서 나는 한참 동안 시장통 한가운데 서 있었다. 장사하는 사람들이 외치는 소리, 손뼉소리, 물건 흥정하는 소리 들 틈에서 문득 악아, 하는 소리가 들려왔다. 나는 마른미역이 주렁주렁 걸려있는 건어물가게로 들어갔다. 비리고 짜고 쓰고 그러고도 달콤한 듯한 냄새가 확 끼쳐왔다. 그것은 바로 어머니와 내가 살아오면서 맺은 우정의 냄새인지도 몰랐다. 왜 말이 있지 않은가. 사랑은 가도 우정은 변치 않는다고. 하지만 변하지 않는 우정의 맛이란 그렇듯 비리고 짜고 쓰고 그러고도 달콤하기까지 한, 지독한 것임에는 틀림없었다.

—공선옥 「지독한 우정」(2007)

나에게 이 '걸프렌즈'가 그의 여자들이 아니라, 남자에 대한 비슷한 취향을 공유한 나의 여자 친구들로 다가온 것은 왜일까? 이제 그녀들과는 한 남자를 공유한 지하 단체의 비밀결사에서 동업자 관계가 되어 버렸다. 지금 그녀들과의 투명한 관계가, 나를 평온한 세계로 끌어주고 있다. //
우리도, 아기 낳아서 키울까?
아무도 우리의 앞날을 알 수는 없다. 지금까지 지나온 시간으로 미루어 보아 진의 말이 허무맹랑한 말만은 아닐 것이다. 우리들 중 누군가 아기를 낳거나 입양한다면, 우리 넷의 아기일까. 엉뚱한 희망. 어디까지나 상상일 뿐이다.

—이홍 『걸프렌즈』(2007)

새 술과 새 안주가 나오자 정선이 나이 순서대로 술을 따른 뒤 건배를 제안했다. 모두들 잔을 치켜든 채 오늘 있었던 일은 무덤까지 가지고 갈 것, 을 맹세한 다음 맹세의 표시로 한 방울도 남기지 말고 맥주를 다 마시기로 결의했다. 난 남들보다 숨이 짧아요. 자신은 봐달라고 어리광을 부리던 춘희도 예외가 될 수는 없었다. 자신에게로 향하는 날카로운 눈초리에 기가 죽은 춘희는 마시면 되잖아요, 하고 볼 부은 소리를 했다. 정선 지혜 수지 혜진 춘희 들이 마지막 한 방울까지 맥주를 쭉 빨아들이더니 머리 위에서 잔을 뒤집는 퍼포먼스를 선보였다. 그러자 비로소 지희의 얼굴에 미소가 떠올랐다.

―구경미 「거짓말」(2009)

그들 사이에는 혈육과도 같은 끈끈한 애정이 있었다. 나는 태어난 지 이틀 동안 갖은 양념 냄새는 물론 질감 다른 그릇들이 부딪히는 소리와 재료들이 불과 어우러져 내는 소리, 이모들의 높은 웃음소리를 물리게 들었다. 그 소리가 잠잠해질라치면 곧이어 저벅저벅 군홧발 같은 남자들의 발짝 소리가 식당으로 밀고 들어왔다. 남자들은 싸우는 것처럼 큰 소리로 떠들어대고 웃어젖혔다. 그때마다 나는 놀라 얼굴에 주름을 가득 잡고 울었다.

그녀들은 한 자매 같았으므로 우리는 그녀들을 이모라고 불렀다. 그녀들은 평균적으로 두 명의 아이들을 낳았다. 1980년대 가족계획연구원에서 내놓은 가족계획 인원인 한 명을 웃도는 수치였다.

'축복 속에 자녀 하나 사랑으로 튼튼하게'라는 표어 아래, 인생을 보다 알차게 설계하고 실천하는 젊은 부부 사이에 한 자녀 가정이 늘고 있다는 텔레비전 공익광고는 코미디가 무색하리만치 재미있어서 이모들은 그 어떤 죄책감도 느끼지 않은 채 웃어댔다.

―하성란 『A』(2010)

소리 한번 좋구나! 그중 맏언니가 운을 뗀 것이었다 젊었을 때 왜 그 소릴 부끄러워했나 몰라, 나이 드니 졸졸 개울물 소리 되려 창피해지더라고 내 오줌 누는 소리 시원타고 좋아라 하는 것이었다

그러고보니 딸애들은 누구 오줌발이 더 힘이 좋은지, 더 넓게, 더 따뜻하게 번지는지 그런 놀이는 왜 못하고 자라는지 몰라, 궁금해 하며 여자들 깔깔거리는 사이

문 밖까지 땅 끝까지 강물소리 자분자분 번져가고 푸른 잎새 축축 휘늘어지도록 열매 주렁주렁 매단 오동나무가 흐뭇하게 딸들을 굽어보시는 것이었다

―김선우 「오동나무의 웃음소리」(2003)

순간 나 터졌어 하며 일어서는 여자 아래
콧물인 줄 알고 문질렀을 때의 코피 같은 피다
너 아직도 하냐? 징글징글도 하다 야
한 여자가 흰 양말을 벗어 쓱쓱 방바닥을 닦으며
웃는데, 피 묻은 두 짝의 그것을 돌돌 말아가면서다
친구다

─김민정 「민정엄마 학이엄마」(2009)

경번당 허 자매
그대 나보다 뒷세상에 태어났지만
기실 명문가에 적을 둔 정실규방 신세 한가지로 살아왔으니
그 허와 실 뼛속에 사무치리라 싶어
꾸밈 없는 속이야기 서둘러 봉하외다
(중략)
또 내가 현모양처 모범이니
영원한 구원의 여인상이니 하여
칭송 아닌 칭송을 늘어놓는 것도
똑바른 사람이 할 짓이 아니외다
솔직히 말하건대 내
당대의 율곡을 길러 냈다고는 하나
당대의 여자 율곡을 길러 내는 일보다
자랑이 못 되며

사대부 집안에서 뼈가 굵은 탓으로 반상에 적응하는 자중을 조금 알고
시국관 거스르지 않는 지혜 조금 깨우쳤을 뿐
(이는 반가 정실부인들의
생존전략이외다)
규방에서 난초 치고 글 짓는 일이란
여자 한이 방울방울 아롱진 탓이로되
내 평생 절반을 친정집에서 살고
반평생 친정부모 모시는 데 바쳤으니
현모양처 계율로는 어림없는 일이외다
하물며 과학만능 우주시대 여자들이
어찌하여 현모양처 망령에 이끌린단 말이니까

오고 있는 시대를 좇아야 하외다

―고정희 「사임당이 허난설헌에게―이야기 여성사 3」(1990)

어둠 속에서는 어떤 보폭으로
야광오렌지 알갱이를 터뜨려야 하는지?
어떻게 기계와 자유가 라일락과 장미향기처럼 결합하는지?
우리가 인간이라는 창문을 열고 그토록 높은 데서 뛰어내릴 용기를 가질 수
있는지?
대답의 끝없는 삼가에
낯선 물음, 빛나는 피의 분수가 쉴 새 없이 솟는 법을 가르쳐주었다.
(중략)

그것을 믿자, 숱한 의심의 순간에도
내가 나의 곁에 선 너의 존재를 유일하게 확신하듯
친구, 이것이 나의 선물
새로 발명된 데카르트 철학의 제1원리다.

―진은영 「나의 친구」(2008)

9
이웃

'이웃'은 서로 접하여 가까이 있는 사람이나 집, 지역을 일컫는 말로, 공간적·사회적·심리적으로 근린의식(近隣意識)을 갖는 범위의 사람이나 지역공동체를 의미한다. 이러한 밀착 관계는 협력과 상생의 유대감을 형성하기도 하지만 오히려 갈등적 긴장 관계를 조성하기도 한다. 특히 개인적이고 폐쇄적인 생활방식을 추구하는 도시에서는 이웃과의 접촉과 교류가 희박하고 지역공동체 의식이 부재하면서, 공간적 가까움이 오히려 심리적 거리감으로 이어지기도 한다.

고전문학에서 이웃은 혈연 중심의 촌락 공동체 속에서 밀착된 친화 관계를 유지하는 대상인 한편, 접대를 잘해야 화목하게 지낼 수 있는 조심스러운 대상이기도 하다. 이웃은 평판과 공론이 형성되는 장으로써, 이웃으로의 출입이나 이웃에 대한 대접에서 그 행동을 삼가 경계해야 함이 강조된다.

익명성과 폐쇄성의 현대 도시에서 이웃은 오히려 사적이고 단절된 세계를 표상하게 된다. 그러므로 엿듣고 참견하고 무례하게 구는 여성 인물들을 중심으로 전개되는 이웃의 이야기는, 냉정하고 기계적인 도시의 모습과 대비되면서 인간적 생기와 활력을 드러낸다. 이웃과의 연대는 가족 이기주의와 개인주의가 만연한 도시의 삶에서 사회 문제로 시선을 돌리고 다른 계층의 사람들에 대한 연민과 애정을 보내며 여성적 삶의 보편성을 경험케 한다.

이웃은 때로 두렵고 공포스러운 존재가 되기도 한다. 이웃보다 뒤떨어지지 않기 위해 곁눈질하며 모방하는 생활은 몰개성적이고 비주체적이다. 무엇 때문에 경쟁해야 하는지도 망각한 감시와 추종의 일상이 펼쳐지고, 앞서거나 뒤서거나 서열화하는 '나'와 이웃의 삶은 두려울 만큼 획일적이고 닮아 있다. 획일적인 현대사회에서 느끼는 존재론적 불안과 공포가, 감시하고 모방하면서 주체를 몰각하는 '이웃'이라는 집단을 통해 드러난다. 이에서 더 나아가 이웃은 언제든 '나'를 가해할 수 있는 가장 가까운 악인으로 형상화되기도 한다. 개인의 삶에 깊숙이 관여하는 것이야말로 폐쇄적인 현대의 삶에서 가장 두려운 공포라는 점에서, 일상적 삶에 내재한 불안과 균열이 이웃이라는 친근한 존재의 치명적이고 위협적인 변모로 표현된다. 익숙해 보이는 이웃은 사실 서로 전혀 알지 못하는 이방인이며 두려운 존재인 것이다.

9.1. 이웃 관련 어휘의 변화

이웃의 어휘사   '이웃'이란 나란히 또는 가까이 있어서 경계가 서로 붙어 있음을 의미하는 것으로 가까이 사는 집, 또는 그런 사람을 의미한다. 그리하여 '-하다'가 결합한 '이웃-하다'라는 동사는 나란히 또는 가까이 있어 경계가 서로 붙어 있다는 의미를 갖는다. 이웃의 사전적 의미(『표준국어대사전』)는 다음과 같은데 즉, 이웃은 본래 가까이 있는 상태를 말하던 것에서 확장되어 가까이 있는 집, 혹은 그 집에 사는 사람을 의미하게 된 것으로 보인다.

1. 나란히 또는 가까이 있어서 경계가 서로 붙어 있음.
2. 가까이 사는 집. 또는 그런 사람.

이웃은 15세기부터 여러 어형을 보이며 문헌에 등장한다. 기본적으로 15세기에는 '이웆'으로 나타났다가 8종성법 표기규칙에 의해 '이웆'이 '이웃'이 되었다. '이웆'의 형태는 '이우지'에서 확인할 수 있는데 15세기에 나타나는 '이우지'는 '이웆'에 주격조사 '-이'가 결합된 것으로 볼 수 있다. 그러다가 18세기에 이르러 '隣 이오지'(『몽어유해(蒙語類解)』上(1768))와 같이 '이오지'가 등장하는데, 이것은 '이우지'가 벌써 그 이전에 명사화되었다는 것을 의미한다고 볼 수 있다. 따라서 16, 17세기에 나타나는 '이우지'의 경우 '이웆'에 주격조사가 결합된 깃으로 보지 않고 이미 단독 명사로 굳어진 것으로 본다. '이우지'는 19세기 이후 자료에서는 나타나지 않지만, 현재 충남과 경남 일부 지역의 방언에서 쓰이고 있다.

15세기에는 '이웆, 이우지, 이욷, 이웃' 등의 형태로 나타나는데 '이웃나라, 이웃사름, 이웃ᄒᆞ얏도다, 이웃집, 이욷짓' 등으로 나타난다. 이것은 이웃이 구체적인 대상을 가리키는 것이 아니라 '가깝거나 나란히 붙어있음'을 의미한다고 볼 수 있다.

> 흔 太子마다 히미 一千 사ᄅᆞ미 맛더니 이웃나라히 背叛ᄒᆞ거든 저희 가 티고 四兵을 니르완디 아니ᄒᆞᆯ씨 (『석보상절(釋譜詳節)』(1447))

王과 버디 ᄃᆞ외샤 ᄒᆞᆫ가지로 十善을 行ᄒᆞ야 衆生을 饒益ᄒᆞ더시니 그 이웃 나랏 內예 잇는 百姓이 한 모딘 이ᄅᆞᆯ 만히 짓거늘 (『월인석보(月印釋譜)』 21(1459))

집 알ᆞ핏 大棗 ᄐᆞ는 西ㅅ녁 이·웃:사ᄅᆞ·ᄆᆞᆯ 므던·히 너·굘·디니 ·밥:업스·며 아·ᄒᆡ:업슨 ᄒᆞᆫ 婦人·이니·라 (『두시언해(杜詩諺解)』 초간본 7(1481))

東城이 ·봄:묏·부리·ᄅᆞᆯ 아·낫ᄂᆞ·니 ᄀᆞ·ᄅᆞ맷 지·븐 돐 알·ᄑᆞᆯ 이·웃·ᄒᆞ얏도·다 (『두시언해(杜詩諺解)』 초간본 13(1481))

車馬 ᄐᆞᆫ 사ᄅᆞ미 이웃지브로 들어늘 다보즌 둘엣는 다ᄆᆞᆯ ᄀᆞ리왓도다 (『두시언해(杜詩諺解)』 초간본 9(1481))

홀른 이웄짓 달기 동산이 드러오나ᄂᆞᆯ 싀어미 자바 먹더니 (『삼강행실도(三綱行實圖)』 烈(1471))

　
한편 '이우지'라는 형태는 다음과 같이 '이우지 없거니, 이우지 아니로다, 이우지로다' 등과 같이 '이웆'에 주격 조사 '-이'가 결합된 형태 '이우지'가 나타난다. '이우지'가 단독 명사로 사용된 것인지, 주격 조사가 결합된 어형인지 확인할 수는 없지만, 기타 다른 조사가 결합된 형태, '이우즐, 이우제' 등과 같은 형태가 나타나지 않는 것으로 보아 이미 단독형으로 자리를 잡은 것이 아닌가 생각된다. '이우지'가 주격 조사의 결합에서 기원한 것이라고 본다면 이때 '이우지'는 '가까이 사는 집. 또는 그런 사람'을 의미하는 것으로 '가깝거나 나란히 붙어있음'을 의미하는 '이웆'과는 차별된다.

　
ᄒᆞ오ᅀᅢ면 이우지 업거니 界 므스글브터 셔리오 (『능엄경언해(楞嚴經諺解)』 3(1461))

蜀ㅅ 나·그내 郣昻岑參·은 내·의 이·우·지 아·니로·다 (『두시언해(杜詩諺解)』 초간본 7(1481))

쏘:사ᄅᆞᆷ:업스·니 오·직 虛헝空콩·이 ·이:넷 이·우·지로·다 (『남명집언해(南明集諺解)』(1482))

　
16세기에 이르면 15세기와 마찬가지로 '이웆, 이운, 이우지' 등이 나타나고 예외적으로 '이붓'이라는 어형도 나타난다. 15세기에도 그랬듯 단독으로 나타나거나 다른 말과 결합할 경우 '이웆'의 어형이 일반적이지만 '이웆'이 주어로 사용된 경우에는 '이우지'라는 형태가 사용되었다.

隣 이웃 닌 (『신증유합(新增類合)』 上(1576))

이웃 單位옛 사룸과 雜 말솜 아니 ᄒᆞᄂᆞᆫ다 (『선가귀감(禪家龜鑑)』(1579))

혼인이며 상ᄉᆞ애 이우지 서르 도오며 녀름지시를 게을이 말며 (『번역소학(飜譯小學)』 6(1518))

그ᄂᆞᆫ 劉淸甫의 수울 ᄑᆞᄂᆞᆫ 館이니 이 내 이우지니 엇디 모ᄅᆞ리오 (『번역노걸대(飜譯老乞大)』 上(16세기경))

네 닐우듸 덕기 호온자 아니라 모듸 이우지 잇ᄂᆞ니라 (『정속언해(正俗諺解)』(1518))

婚姻이며 상ᄉᆞ애 이우지 서르 도오며 녀름지이를 게을이 말며 (『소학언해(小學諺解)』 5(1586))

모든 아ᅀᆞᆷ과 이운짓 늘그니들히 말여 닐오듸 네 엇디 씌드라 숩피디 몯ᄒᆞᄂᆞᆫ다 ᄒᆞ야든 (『번역노걸대(飜譯老乞大)』 下(16세기경))

그러나 다음의 예들을 살펴보면 '이우지'가 16세기에 단독 명사로서의 지위를 획득한 것을 알 수 있다. '이웃 어엿비'에서 '이웃'은 '어엿비'의 목적어로 사용된 것인데 이러한 경우 '이우즐'과 같은 어형은 나타나지 않고, 단독형 '이웃'을 목적격 조사가 생략된 형태로 사용하고 있다. 이것은 본래 고형인 '이웃'의 목적격 형태를 만들지 않으면서 '이우지'라는 어형을 변형하지 않고 단독형화하고 있음을 알 수 있다. 이것은 '이우지블'에서 더 명확해진다. '이우지블'은 15세기에 '이웃집'으로 나타난 것인데 '이우지'와 '집'의 목적격인 '지블'이 합쳐진 것으로 짐작된다. 한편, '이붓'의 형태가 나타나는데 '이붓'을 '이웃'의 고어형으로 추측할 수도 있다. '이붓'이 팔종성 표기가 적용된 것이라고 가정하면 본래 '이븢'을 추정할 수 있다.

이웃 어엿비 너교믈 버거 ᄒᆞ노라 (『정속언해(正俗諺解)』(1518))

이우지블 화ᄒᆞ면 환라늬 서르 구ᄒᆞ디 아니ᄒᆞ며 (『경민편언해(警民編諺解)』 중간본(1579))

어버시도 不孝ᄒᆞ며 겨집 子息은 제 ᄆᆞᅀᆞᆷ로 ᄃᆞ니다가 이붓짓 머섬 사괴야 남진도 어러 家門도 더러이며 (『칠대만법(七大萬法)』(1569))

17세기 이후에는 '이웃, 이우지, 이운' 등 그 전 시기의 어형들이 나타나면서 동시에 모음조화의 파괴로 인한 '이웃, 이오지' 등의 어형도 동시에 등장하였다. 여전히 다른 명사와 결합('이웃사ᄅᆞᆷ, 이웃 비, 이웃 ᄆᆞ을, 이웃 집, 이욷 사름, 이욷 ᄆᆞ을, 이욷 집')하거나 단독형('이웃')으로 쓰일 경우 '이웃, 이욷, 이웆' 등의 형태가 사용되었다.

> 집 알ᄑᆡᆺ 大棗 타는 西ㅅ 녁 이웃 사ᄅᆞᆷ 므던이 너골디니 밥 업스며 아히 업슨
> 흔 婦人이니라 (『두시언해(杜詩諺解)』 중간본 7(1632))
> 이웃 비예셔 흔 번 듣고 해 슬허 ᄒᆞ노니 (『두시언해(杜詩諺解)』 중간본 16(1632))
> 車馬 튼 사ᄅᆞ미 이웃 지브로 들어늘 다보즌 둘엣는 다믈 ᄀᆞ리왓도다 (『두시언해
> (杜詩諺解)』 중간본 9(1632))
> 藥으란 이웃 사ᄅᆞ미 파 가믈 許ᄒᆞ고 (『두시언해(杜詩諺解)』 중간본 10(1632))
> 亂兵이 드르오믈 爲ᄒᆞ야 시름ᄒᆞ니 이제 오매 ᄒᆞ마 이욷 사ᄅᆞ미 아닌가 젼노라
> (『두시언해(杜詩諺解)』 중간본 21(1632))
> 녜 사던 짜히 플 기어 브으왜엿도소니 이욷 ᄆᆞ을도 제여곰 흐터 가도다 (『두시언
> 해(杜詩諺解)』 중간본 2(1632))
> 이욷 지비 블이 브터 쟝춘 신쥬 인는 듸 믿게 되거늘 (『동국신속삼강행실도(東國新
> 續三綱行實圖)』 孝(1617))
> 이웆 닌 隣 (『유합(類合)』(1664))

'이우지'나 '이오지'는 17세기에도 여전히 서술형이 후행할 경우, '이우지 ᄃᆞ외다, 이우지로다, 이우지 도으며, 이우지니' 등과 같이 사용되고 있었음을 알 수 있다. 또한, 본래 '이웃'이 사용되던 명사와의 결합형이나 단독형에서 '이우지'가 대신한 경우가 간간히 등장하고 있음을 알 수 있다. 즉, '이웃 늘근이들히'를 대신하여 '이우지 늘근이들히'가 쓰였으며, '이웃과 ᄆᆞ을흔'을 대신하여 '이오지며 ᄆᆞ을흔' 등이 사용되었다.

> ᄆᆞ쇼 머기는 아히 누네 잇느니 받 가는 아비 眞實로 이우지 ᄃᆞ외옛도다 (『두시언
> 해(杜詩諺解)』 중간본 7(1632))
> 일후믈 덜어 淸江애 流配ᄒᆞ니 그 짜흘 巫峽ㅅ 이우지로다 (『두시언해(杜詩諺解)』
> 중간본 8(1632))
> 蒼梧앳 님금 묻ᄌᆞ왯는 짜히 아ᄋᆞ라ᄒᆞ니 孟母의 이우지 올마가놋다 (『두시언해
> (杜詩諺解)』 중간본 8(1632))
> 어려온 일에 권당이 서로 救ᄒᆞ며 婚姻이며 상ᄉᆞ애 이우지 서ᄅᆞ 도으며 (『경민편
> 언해(警民編諺解)』(1658))

그는 劉淸甫의 술 ㅍ는 館이니 이 내 이우지니 엇디 모르리오 (『노걸대언해(老乞大諺解)』 上(1670))

져제와 녀기 ㅍ져의 드러가 간대로 쳔을 ᄡ거든 모든 권당과 이우지 늘근이들히 말려 니로ᄃᆡ 네 엇디 슬피디 못ᄒᆞᆫ다 ᄒᆞ면 (『노걸대언해(老乞大諺解)』 下(1670))

이오지며 ᄆᆞ올혼 비록 권당의게 비기면 소ᄒᆞ나 (『경민편언해(警民編諺解)』(1658))

그러던 것이 18세기에 이르면 전 시기에 등장했던 '이오지, 이옷, 이욷, 이우지, 이웃, 니웆' 등이 그대로 나타나지만 '이우지'형 어휘의 쇠퇴가 발견된다. '이웃'형 어휘들의 쓰임은 활발하나, '이우지'형 어휘들은 '이우지 사름, 이오지' 등으로 제한되어 나타나고 있음을 알 수 있다.

부졀업시 임의흔 짜홀 次知ᄒᆞᄂᆞᆫ 사름과 이우지 사름을 疑心ᄒᆞ여 刑罰ᄒᆞ여 (『청어노걸대(淸語老乞大)』 2(1765))

隣 이오지 (『몽어유해(蒙語類解)』 上(1768))

반면, '이웃'형 어휘들은 본래 '이우지'형 어휘들의 영역, 즉 주격 조사의 의미가 함축된 곳에서의 쓰임에까지 그 사용 영역이 확장되고 있음이 발견된다. '이우지거나'와 같이 나타났어야 하는 곳에서 '이웃이어나'가 나타나고 있고, 전 시기에 주격의 의미가 함축된 곳에서 '이우지'가, 그밖에 목적격, 부사격 조사 등의 의미가 함축된 곳에서는 조사가 생략된 '이웃'형 어휘들이 단독으로 쓰였음에 반하여 '니우슬' 등과 같이 목적격 조사와 결합한 형태가 나타났다. 이것은 '이웃'형 어휘들의 곡용이 그 이전 '이우지'형 어휘에 의해 차단되어 허용되지 않다가 곡용 되기 시작했음을 의미한다. 이것은 '이우지'형 어휘에게만 허용되었던 곡용의 영역이 '이웃'형으로 확장되면서 '이우지'형 어휘의 쇠퇴를 가져오게 되었다.

先期ᄒᆞ야 그 ᄃᆞ라나 피ᄒᆞ게 노코 다만 먼 이웃이어나 或 老人과 婦人과 成丁티 못흔 사름을 아히라 잡아 塞責ᄒᆞ고 (『증수무원록언해(增修無冤錄諺解)』 1(1792))

집이 부요커든 친척을 거느리며 흉년이어든 니웃슬 진졔ᄒᆞ며 (『경신록언해(敬信錄諺解)』(1796))

19세기에 이르면 '이우지'형 어휘는 사라지고 '이웃'형 어휘인 '이옷, 이웃,

니웃'만이 나타나며, 20세기에는 '이웃'형으로 통일되었음을 알 수 있다.

> 밧그로는 착훈 벗과 니웃이며 안흐로는 집사룸과 겨레 그 덕을 우러러 ᄇᆞ라고 (『성경직해(聖經直解)』 2(1892))
> 집이 부요커든 친쳑을 거느리며 흉년이어든 니웃슬 진졔ᄒᆞ며 (『경신록언해(敬信錄諺解)』(1796))
> 내가 잠이 든 동안에 이웃에 불이 난 일이 있다. (『날개』(1949))

이러한 과정을 보면 15세기에는 '이웃'과 '이우지'가 그 의미 영역과 사용 영역이 분리되었던 것으로 보인다. '이웃'은 '가깝거나 나란히 붙어있음'을 의미하여 '이웃ᄒᆞ얏도다' 등과 같이 쓰이거나 다른 명사와 결합하여 '이웃나라, 이웃사룸, 이웃집' 등과 같이 사용되는 경우가 많았다. 반면, '이우지'는 본래 주격조사와 결합한 형태에서 기원한 것으로 대부분 서술어를 동반한 쓰임이 확인된다. 이것은 '이웃'이 어떤 상태를 의미했다면 '이우지'형 어휘는 구체적인 대상인 '가까이 사는 집. 또는 그런 사람'을 의미했다. 그리고 주격 조사가 결합하는 곡용은 '이우지'형 어휘에만 한정되어 나타났으며 그 밖의 곡용형은 나타나지 않았다.

그러던 것이 16, 17세기에 이르러 '이우지'형 어휘는 '이웃'형 어휘의 사용영역으로 확장된 양상을 보여주며 '이우지'와 '이웃'은 유의 경쟁을 하게 되었고, 18세기에 들어서면 '이우지'형 어휘가 유의 경쟁에서 밀려 급속히 쇠퇴하고 있는 양상을 보여준다. 결국, '이웃'형 어휘들은 그 사용 영역을 확대하게 되었고, 지금의 의미와 쓰임을 갖게 되었다.

이웃의 의미 변화

'이웃'은 서로 접하여 가까이 있는 사람이나 집, 지역을 일컫는 말이다. 지금은 지구촌이라는 말이 생겨 전 지구적 개념이 들어와 '이웃나라'의 쓰임도 활발하지만, 대체로 이웃사람, 이웃집, 이웃마을 하듯이 공간적으로 근린의식(近隣意識)을 갖는 범위의 사람이나 지역공동체를 의미한다. 이러한 물리적 거리뿐만 아니라 '이웃사촌'이라는 말처럼 사회적, 심리적 거리의 가까움도 포함된다.

이처럼 이웃은 전통적으로 근린의식에 바탕을 두고 형성되었는데 우리의 전통사회에서 이웃의 근린의식이 가장 잘 나타나는 곳은 자연 촌락을 단위로 하는 마을이었다. 한 촌락 안에 여러 성씨들이 모여 지연적 유대에 의해 결속되어 있는 마을을 '각성촌락(各姓村落)'이라고 불렀는데, 이들은 생산활동의 편의성을 도모하기 위해 공동체적 특징을 형성하는 사회관계를 형성했다. 이들 간의 사회적 관계의 내용은 노동력을 교환하거나 물품이나 도구를 빌려주고, 집안의 길흉사를 함께하거나 놀이, 오락 등을 공유하는 것들이 포함되었다.

이러한 각성촌락의 경우 민촌의 성격이 강하여 개개의 가족이 각자의 풍습을 소유, 유지하려는 성향과 근린의식이 강하게 작용한다. 또한, 각성촌락은 촌락 공동체적 속성을 지녀 공동으로 마을의 보나 담수지를 사용하며 동제나 기우제를 지내는 등 촌락구성원 서로가 긴밀한 유대관계를 형성했었고, 1930년대까지도 우리나라 촌락의 반이 각성촌락의 성격을 갖고 있었다.

각성촌락은 방대한 농토를 공동으로 경작하기 위해 주민들이 이주한 것이 그 시초가 아니었나 추정한다. 이처럼 각성촌락은 혈연관계를 바탕으로 하여 이루어진 것이 아니기 때문에 촌락 안 인간관계는 위계관계보다는 근린관계에 입각한 평등의식, 수평의식에 위에 형성되었다. 따라서 각성촌락이 민촌일 경우 생활권 내, 즉 이웃들 중 근린관계에 입각한 혼인관계가 많았고, 촌락 내에서도 혈연중심의 가문이 강조되기보다는 경제적 능력이나 농업의 생산성이 더 큰 영향력을 발휘했다. 이것은 경제적 생활변화에 잘 적응하여 경제적 생활수준을 향상시키는 결과를 가져왔다.

그러나 친밀감이나 심리적 유대로 연결되기보다는 갈등관계에 있는 이웃 관계도 많았다. 즉, 물리적 거리와 사회적 거리는 비례하지 않는데 이웃 관계가 부계의 인간관계로 형성될 경우 그 촌락의 성격에 따라 이웃 간의 상호관계와 속성이 달라지기 때문이다. 부계 혈연관계를 사회관계의 기본으로 하고 있는 촌락을 '동족마을' 혹은 '동성(同姓)마을'이라고 하는데 이러한 촌락에서는 혈연관계에 바탕을 둔 씨족공동체적 속성을 지니고 있으며, 구성원 간 혈연관계의 원근이 근린관계와 협력관계의 척도가 된다. 따라서 공간적으로 혈연적으로 가까운 집들이 이웃해서 위치하는 경우가 대부분이었다.

우리나라의 동성마을이 한층 발전한 것은 조선시대인데 동족마을 중에는 군현(郡縣) 수령(守令)의 통제를 받지 않고 그 자체의 운영조직인 '사구회(社構會)'에 의해 자치적으로 운영되던 것도 있었다. 동성마을은 '반촌(班村)'의 성격을 띠고 있었기 때문에 유교적인 생활관습이 크게 작용하였다. 동성촌락에서는 선조를 정점으로 한 조상숭배관념과 시조로부터 자기에 이르기까지의 출계의식(出系意識)이 씨족성원들을 지배하였다. 따라서 묘지나 사당을 지키고 제사를 받들어 조상을 모시는 일들이 중요시되었고 종가(宗家)를 중심으로 하여 동족마을이 형성되었다. 그래서 동성마을에서는 흔히 혈연관계와 이웃 관계가 중첩되어 나타나며, 그 결과 이웃 관계는 대등한 관계에 있기보다는 촌수, 항렬, 유소에 의한 위계관계가 형성되었다.

그러던 것이 광복, 전쟁, 농지개혁, 급속한 경제 발전을 거치면서 전통 사회 가치의 붕괴, 자본주의 경제의 발달, 전쟁으로 인한 전출입 인구의 증가, 도시화로 인한 도시 인구밀집 현상 등으로 인해 동족마을은 점차 와해되어가고 있다.

이웃 관계는 지연적 관계의 하나로 마을의 사회구조를 이해하는 데 매우 중요하다. 일반적으로 도시에서는 근린의식이 강조되지 않기 때문에 지역공동체 의식이 약하고, 가족, 친족, 이웃 관계와 같은 1차적 집단 내에서의 관계가 상대적으로 약화되는 경향을 보인다. 또한, 사회계층에 따라서 이웃 관계의 성격이 달라지는데 중산층 주거지역은 일정한 지역공동체 의식이 존재하고, 이웃 간에 상호부조와 잦은 사회적 교류를 통하여 친밀한 이웃 관계가 유지되고 있다. 반면에 상류층의 주거지역은 개인적, 고립적, 폐쇄적 생활 방식을 추구하는 경향으로 이웃과는 거의 접촉이 없는 것이 특징이다. 반면, 도시 영세민의 주거지역은 지역의 특성상, 그리고 주민들의 경제적 조건상 이웃 관계가 매우 중요하게 여겨지며 농촌마을에서의 이웃 관계와 유사한 특징을 보인다.

9.2. 병든 도시, 타자와 연대하는 여성 의식

한 동네에 사는 친한 사람을 이웃이라고 했을 때에, 고전소설에서 주인공의 이웃으로 나오는 사람은 주로 할머니이다. 노파(老婆), 노구(老嫗)라고 지칭되는 그녀는 동네를 휘젓고 다니면서 수다 떨기를 즐기고 소문을 만들거나 전달하고 남녀 간의 중매 역할도 한다. 그래서 이웃 노파는 애정 소설에서 중요한 역할을 하는데, 지나가는 미모의 여성을 다시 만나고 싶어 하는 남성이 그녀에 대한 정보를 얻어 내기도 하고 그녀의 상황을 물어 대처할 방법을 궁리하기도 하는 등 만남의 실마리를 제공해 준다. (「심생전」) 어떤 경우에는 남성이 유부녀 여성을 만나기 위해 애를 태우는데 무려 여덟 번의 아슬아슬한 실패를 거치고 아홉 번째에야 사랑을 나누게 된다. 이때에도 이웃 할머니가 두 사람이 만날 수 있는 자리를 마련해 주거나 소식을 전해주는 과정을 거쳐 겨우 만남이 성사되는데, 남성이 할머니에게 조금이라도 밉보이거나 섭섭하게 하면 금세 토라져 약속을 어그러뜨리거나 틀린 정보를 전달하여 애를 태우면서 이야기를 흥미롭게 엮어 간다. (「절화기담」)

규방가사 창작의 중심지인 지방은 혈연 중심의 촌락 공동체를 이루고 있다. 이에 여성들은 이웃들과 근거리 거주라는 물리적 의미를 넘어서는 밀착된 친화 관계를 형성하고 있다. 이웃은 친구이기도 하며, 친지이기도 하다. (「성회가」, 권종태 씨 부인 「화전가라 3」) 그렇기에 이웃은 접대를 잘해야 하며 화목하게 지내야 하는 대상이다. 또한 이웃은 평판과 공론이 형성되는 장이기도 하며, 이웃으로의 잦은 출입과 이웃에 대한 대접을 잘할 것을 경계하고 있다. (「녀ᄌ힝신가」, 「여아의 훈기셔」)

익명성과 폐쇄성의 현대 도시에서 이웃은 오히려 사적이고 단절된 생활을 보장하는 세계를 표상하게 되었다. 옆집에 누가 사는지도 알 수 없는 삭막한 도시에서 이웃은 무관심한 예의와 무표정한 관계를 지향한다. 이런 와중에, 엿듣고 참견하고 무례하게 구는 인물들을 중심으로 연대하는 이웃의 이야기는 냉정하고 기계적인 도시의 모습과 대비되면서 인간적 생기와 활력을 드러낸다. (전경린 「염소를 모는 여자」, 하성란 「곰팡이꽃」, 정미경 「달은 스스로 빛나지 않는다」)

현대시의 화자들은 이웃에 사는 고단한 여성노동자, 실종된 아들을 잃어버리고 슬픔 속에 사는 이웃의 어머니, 사우나에서 만난 '그년이 그년인' 동네 여자들, 갓 이혼한 이웃집 여자의 자유와 공허에 대한 공감 등을 통해 이 병든 도시에서 타인들과 공감하고 연대하는 감정을 배운다. 폐쇄적인 가족이기주의와 개인주의가 만연한 도시적 삶에서 이웃들의 삶을 통해 사회 문제에 대한 시선, 다른 계층의 사람들에 대한 연민과 애정, 여성적 삶의 보편성 등을 경험하면서 그들과 연대하는 의식을 갖게 된다. (고정희 「우리 동네 구자명씨」, 조은 「골목안」, 김이듬 「사우나 잡념」)

보자기가 걷히는 순간에 버들 눈, 별 눈동자의 네 눈이 서로 부딪혔다. 놀랍고
또 부끄러워서 보자기를 추슬러 다시 덮어쓰고 가버렸다. 심생은 어찌 이를 놓칠
것인가. 바로 뒤쫓아서 소공주동 홍살 문안에 당도하자 처녀는 한 중문 안으로
들어가 버리는 것이었다. 그는 멍하니 무언가 잃어버린 것처럼 한참을 방황했다.
그러다가 어떤 이웃 할멈을 붙들고 자세히 물어 보았다. 호조에 계사로 있다가
은퇴한 집이고, 다만 열 예닐곱 살 된 딸 하나를 두었는데, 아직 혼사를 정하지
못했다는 것이었다. 그 딸이 거처하는 곳을 물었더니 할멈은 손으로 가리키며 말
했다. "이 조그만 네거리를 돌아서면 회칠한 담장이 나오고, 담장 안의 한 골방에
바로 그 처자가 거처하고 있지요."

袱旣褫 柳眼星眸 四目相擊 且驚且羞 斂袱復蒙之而去 生如何肯捨 直隨 到小
公主洞紅箭門內 處子入一中門而去 生茫然如有失 彷徨者久 得一隣嫗 而細偵
之 蓋戶曹計士之老退者家 而只有一女 年十六七 猶未字矣 問其所處 嫗指示曰
迤此小衕衕 有一粉墙 墙之內一夾室 卽處女之住也

―「심생전」(18세기)

원래 이씨의 집에는 한 노파가 살고 있었는데, 무슨 일에든 참견하길 좋아하고
말을 잘 해서 사람을 소개하여 맺어주는 일에 본래부터 노련한 솜씨가 있었다.
술잔이 몇 차례 돌자 이생이 조용히 말했다. "방씨집의 여종을 할미도 잘 알고
있을 터. 나를 위해 소개해 줘서 하룻밤의 인연을 맺을 수만 있다면 반드시 후하게
보상하겠네." 노파가 대답하였다. "어렵습죠. 그녀는 스스로를 곧게 지키려는 절
개가 있어, 이 늙은이의 둔한 말과 억지소리로는 꼬여낼 수가 없습니다. 한강의
얼음이 어느 세월에 단단하게 얼겠습니까? 쓸데없는 말로 헛되이 마음 쓰지 마십
시오." 이생은 노파의 마음을 돌리기 위해 무진 애를 썼으나 노파의 마음은 갈수록
돌이키기 어려웠다.

原來 李家有一老嫗 好事而利口 賣人場中 自來老熟手段 酒至數巡 李生從容
謂曰 方氏叉鬟 嫗我知之 爲我紹介 各得一宵之緣 則必重報母矣 老嫗對曰 難哉
是女有自貞之節 非老身之鈍辭强辯所可誘也 漢江之氷 何日得堅 願無以無益
之說 徒費心懷也 李生勸解甚勤 而老嫗之心 去益難回

―「절화기담」(19세기)

잇씌에 우리들이 미련고 철안들어 부모교훈 안비우고 쥬야로 놀기 힘쎠 아침후
동즉집과 전역후 셧즉집에 션후를 셔로 돗타 구름갓치 모혀들어 담화하고 우슴
우셔 여한업시 유쾌하야 평생에 이웃키를 닉남업시 아랏든이 유슈광음 홀홀하야

십오륙세 도엿고나
—「성회가」(1923)

금연봄 춘삼월이 모춘이 되기전에 어천만사 제외하고 화전놀음 하여보세 웃마
을 통문노코 아리마을 회문돌려 앞이웃 전달하고 뒷이웃 기별해셔 가가호호 집집
마다 노소동락 노러보세 앞집에 맏동셔님 뒷집에 아이동셔 앞집질부 뒷집질부
쌀내며날 모아노니 담소랑랑 웃음소리 인간부귀 오날이라
—권종태 씨 부인 「화전가라 3」(미상)

흐다음식 음복봉기 자리마다 뭇고하딕 층하업시 고로히라 층하잇기 하기되면
이웃사람 공논ᄒ되 그집풍속 고약드라 사람이 층ᄒ잇지 음식조차 층하잇나 온갖
허물 공논한다 부듸부듸 조심히라 늬말부듸 잇지마라 (중략) 질급이 듸졉힛서 관
후하게 듸졉히라 이웃손은 손안인가 노소간이 오그늘낭 반갑기 마조나가 영접하
야 모셔드려 천연히 안친후이 말소리 낫초왓셔 일간안부 무려후이 조석쩌 오난사
람 힘듸로 듸졉ᄒ되 요기되게 권졉히라
—「녀주힝신가」(미상)

부인이 행동거지 이웃집출입 조화말고 다른사람 흉이잇셔 환난이 들거들낭 그
일을 웃지말고 내몰내라 카지말고 불질애 가드라다 장환이 험담마라 험담이 자자
ᄒ면 남의이간 쉬우리라
—「여아의 훈기서」(미상)

그는 검은 우산을 쓰고 한 손으로 그네를 끌고 가다가 놓았다. 그네에 쌓여 있던
눈이 푸스스 떨어졌다. 청년이 뒤돌아보며 웃었다. 그는 미끄럼틀 계단을 올라가,
눈이 소복하게 쌓인 미끄럼틀을 타고, 아 하하하—웃으며 내려왔다. 그는 잔디밭을
가로질러 가, 아파트 벽에 가려져서 사라졌다가, 곧 나타나 나무들을 흔들고 지나
갔다. 꼿꼿하게 든 검은 우산 위에는 눈이 소복하게 얹혀 있었다. 나는 커피에
비스킷을 적시며 쿡쿡 웃었다. 그를 불러서 함께 커피에 비스킷을 적셔 먹으며,
남부 지방에 내리고 있는 푸짐하고 온순한 첫눈에 대해 이야기를 나누면 어떨까,
생각했다. 아니 나는 그의 검은 우산 속에 함께 들어가 나뭇가지에 쌓인 눈들을
툭툭 건드리며 그렇게 걷고 싶다고 생각했다. 이유 없이 찾아온 기쁨을 즐기며,
문득 빛나기 시작한 생을 함께 바라보고 싶었다. 그 첫날은 정말이지 청년이 든
박쥐 우산도 전혀 이상하지 않았다.
—전경린 「염소를 모는 여자」(1995)

남자는 그 여자를 기억할 만한 몇 개의 단어들을 적는다. 콩을 까고 버린 콩깍지는 수많은 쓰레기 봉투 가운데서 그 여자를 식별하는 유일한 단서가 될 것이다. 남자는 그 여자가 몇 호에 사는지 알지 못한다. 남자가 살고 있는 아파트는 다행히 한 동뿐이지만 모두 90세대가 살고 있다. //

도대체 알 수가 없다니까. 진실이란 것은 쓰레기 봉투 속에서 썩어가고 있으니 말야.

-하성란 「곰팡이꽃」(1998)

넌더리를 내던 이 집에 익숙해지듯 나는 밤이면 달려오는 미옥에게도, 승우의 카메라도 어느새 익숙해지고 있었다. //

난 좀 더 끈적이며 질퍽이며 절룩거리며 걷고 싶어. 나는 이 골목집에 조금씩 감염되고 있는 것 같아.

사실은 조금 무리하면 아파트에 가지 못할 정도는 아니었다. 감기 기운도 어지간했다. 오늘은 여기서 쉬고 싶다는 생각이 떠오른 건, 그랬다. 시멘트 바닥에 하염없이 떨어지는 빗소리, 마당을 가로질러 가며 부르는 승우의 노랫소리, 새로 촬영한 부분을 보여주며 가끔 복잡하게 헝클어지는 그의 눈빛, 시도 때도 없이 먹을 걸 들고 와서는 나는 이게 왜 이렇게 맛있는지 몰라 한숨처럼 내뱉는 미옥의 목소리에 나는 조금씩 중독되고 있었다. 여름이 끝날 때까지만, 방충망이 뜯어질 때까지만, 그런 마음이었다. 그런 한시적인 허용이 남루하고 짜증스러운 풍경 속에서, 사금파리처럼 무용하게 반짝이는 것의 아름다움과 이상한 생기를 발견하게 한다고 생각했다. 그것뿐이다.

-정미경 「달은 스스로 빛나지 않는다」(2004)

맞벌이부부 우리 동네 구자명 씨
일곱 달 아기 엄마 구자명 씨는
출근버스에 오르기가 무섭게
아침 햇살 속에서 졸기 시작한다
경기도 안산에서 서울 여의도까지
경적 소리에도 아랑곳없이
옆으로 앞으로 꾸벅꾸벅 존다

차창 밖으론 사계절이 흐르고
진달래 피고 밤꽃 흐드러져도 꼭

부처님처럼 졸고 있는 구자명 씨,
그래 저 십 분은
간밤 아기에게 젖 물린 시간이고
또 저 십 분은
간밤 시어머니 약시중 든 시간이고
그래그래 저 십 분은
새벽녘 만취해서 돌아온 남편을 위하여 버린 시간일 거야
　　　　　　　　　　　　　－고정희 「우리 동네 구자명씨」(1987)

실종된 아들의 시신을 한강에서 찾아냈다는
어머니가 가져다준
김치와 가지무침으로 밥을 먹는다
(중략)
웃을 줄 모르는 그녀의 가족들이
날마다 깜깜한 그림자를 끌고
우리집 앞을 지나간다
그들은 골목 막다른 곳에 산다

나는 대문을 잘 열어두기 때문에
그녀는 가끔 우리집에 와 울다가 간다
　　　　　　　　　　　　　－조은 「골목안」(2003)

우리는 같은 하우스에 다른 자세로 앉아 있다
두 명의 여자가 고스톱 치는 하우스
몇몇은 참견을 하며 오이를 분질러 먹고
막 냉탕에서 건너온 듯 아직 태연한 소녀가 내게 말을 건다
어디선가 뵌 것 같아요
내가 머리를 굴리느라 우물쭈물하는 사이
벗겨놓으면 그년이 그년이라고
불 앞에서 한 여인이 박장대소 넘어갈 때
제각각 사소함을 대단하게 견딘다
　　　　　　　　　　　　　－김이듬 「사우나 잡념」(2007)

9.3. 평균적 삶의 추종, 불안과 공포

현대 도시인은 획일적인 공산품으로 채워진 똑같은 모양의 아파트에서 고만고만한 일상을 영위하고 있다. 이웃보다 뒤떨어지지 않기 위해 곁눈질하며 모방하는 생활은 몰개성적이고 비주체적이다. (박완서 「포말의 집」) 무엇 때문에 경쟁해야 하는지도 망각한 감시와 추종의 일상이다. 앞서거니 뒤서거니 서열화하던 그들의 삶이 사실은 두려울 만큼 획일적이고 닮아 있음이 환상적 결말을 통해 충격적으로 제시된다. (김애란 「노크하지 않는 집」) 옆집의 구조와 세간, 장식과 취미 등을 동경하면서 그대로 따라하던 중 남편과 아이들마저 모두 똑같아졌음을 발견하는가 하면, 닮고 싶은 부러운 이웃이던 옆집 여자가 자신의 남편과 아이들마저 차지해 버렸음을 깨닫는다. (박완서 「닮은 방들」, 하성란 「옆집 여자」) 획일적인 현대사회에서 느끼는 존재론적 불안과 공포가, 감시하고 모방하면서 주체를 몰각하는 '이웃'이라는 집단을 통해 드러난다.

그러므로 익숙해 보이는 이웃은 사실 서로 전혀 알지 못하는 이방인이며 두려운 존재이기도 하다. (정이현 「오늘의 거짓말」) 이웃은 일상적 삶에 내재한 불안과 균열을 드러내는, 언제든 가해할 수 있는 가까운 악인 혹은 치명적 존재로 표현된다. 개인의 삶에 깊숙이 관여하는 것이야말로 현대의 삶에서 가장 두려운 공포이기 때문이다. 서로의 삶을 가까이에서 투명하게 들여다볼 수 있다는 것은 오히려 이웃 간의 호의적인 관계를 유지하기 어렵게 하기도 한다. 문 옆에 붙어 바짝 파고드는 이웃의 눈과 귀, 망치를 들고 서 있거나 오토바이의 굉음을 내며 불안하게 하는 이웃 등은 지금 이곳의 집과 가족을 언제든 위협하는 공포스러운 대상으로 돌변할 수 있다. 이웃은 '나'를 중심으로 이웃하여 사는 사람들, 혹은 이웃한 세계를 의미하지만, 때로 그 이웃들의 비정한 이웃인 화자 자신을 호명하기도 한다. (조말선 「투명한 이웃」, 김행숙 「네 이웃의 잠을 사랑하라」, 「당신의 이웃입니다」)

그런데 상대를 향한 공포와 낯설음을 공유한다는 점에서 의외의 연대감을 형성하기도 한다. 감정적 공유가 아이러니하게도 동질감을 생성하는 것이다. (김숨 「내 비밀스런 이웃들」) 이웃이 가장 낯설게 극화되는 죽음의 서사 속에서 오히려 이웃을 향한 친밀감과 동질감이 생성되는 것은 이런 이유이다. (신경숙 「오래

전 집을 떠날 때,) 가식적으로 만났을 뿐인 이웃의 죽음 앞에서, 그가 이제껏 행한 숱한 거짓이 자신의 남루한 삶을 이어가기 위해 어쩔 수 없이 택한 삶의 태도였음에 우리는 공감하게 된다. (정미경 「발칸의 장미를 내게 주었네」)

이렇게 나나 철이 엄마나 딴 방 여자들이나 남보다 잘살기 위해, 그러나 결과적으론 겨우 남과 닮기 위해 하루하루를 잃어버렸다. 내 남편이 십팔 평짜리 아파트를 위해 칠 년의 세월과 부드러움과 따뜻함을 상실했듯이. //

그후에도 내 생활은 여전히 끔찍하게 따분했다. 나는 내 이웃의 무수한 닮은 방들이 끔찍했고 내 쌍둥이 아들을 구별 못 하는 일이 끔찍했고 무엇보다도 한 눈을 애꾸를 만들어가지고 콩알만한 유리조각을 통해 퇴근한 남편의 얼굴을 확인하는 일이 끔찍했다. 천장에 달라붙은 이십와트 형광등 불빛 밑에서 비인간적으로 창백하고 냉혹해 보여 자기 남편을 아파트 살인범으로 착각해야 하는 일이 끔찍했다. //

나는 그의 옆에 누웠다. 그의 머리를 안았다. D포마드 냄새가 역겹다. 내 남편도 D포마드의 애용자다. 나는 참고 그의 입술을 찾는다. 매캐한 담배 냄새가 난다. 그도 내 남편도 골초다. 그가 조금씩 잠이 깨면서 귀찮다는 듯이 나를 뿌리친다. 나는 더욱 그에게 나를 밀착시킨다. 마침내 "언제 왔어" 잠꼬대처럼 웅얼대고 마지 못해 나를 안는다. (중략) 그런 모든 것이 내 남편과 너무도 닮아 있다. 나는 내가 간음하고 있다는 느낌조차 가질 수 없다. 나는 내 남편에 안겨 있는 동안에도 간음하고 있는 것으로 공상을 하는 못된 버릇이 있었는데 정작 간음을 하면서도 그것조차 안 된다. 죄의식도 쾌감도 없다.

일을 끝낸 그는 더 깊이 잠들고 나는 여기가 정말 철이넨가 그것조차 믿어지지 않아 아이들이 자고 있는 이층 침대로 가서 자는 애들을 더듬어본다.

— 박완서 「닮은 방들」(1974)

노인의 나체를 보는 건 참 싫은 일이다. 더군다나 살갗에 닿는 일은 그분이 그걸 즐기기 때문에 더욱 싫다.

아마 노인학교만 없었던들 나는 이런 싫은 일을 일주일에 한 번씩이나 하려 들진 않았을 것이다.

그러니까 시어머니도 싫어하고 나도 싫어하는 일을 오직 남의 이목 때문에 하는 것이다. 노인학교만 해도 그렇다. 나는 시어머니가 노인학교에 가서 어떤 즐거움을 맛볼 수 있으리라곤 생각 안 한다. 다만 이 아파트 단지에 사는 노인네들이 노인학교에 가는 게 유행이기 때문에 보낼 뿐이다. (중략) 노인학교가 열리는 수요 일이면 며느리나 딸이나 손자들이 성장을 한 노인을 부축해서 교회당으로 가는 모습을 어디서나 창을 통해 볼 수 있다. 그것은 어쩌나 아름다운 광경인지 노인네가 없는 가족도, 어머머, 우리 어머니도 우리하고 사셨으면 얼마나 좋아, 일주일에 한 번씩 노인학교에 가실 수 있고, 매일매일 효도도 받으실 수 있고 – 이러면서 애기 못 낳는 사람 유모차에 탄 애기 탐내듯이 노인네를 다 탐내게 했다.

— 박완서 「포말의 집」(1976)

그녀는 지레 놀라 손전등을 집어들었다. 아래층 여자였다. 여자는 스럭스럭 그녀 곁으로 오더니 난 이 불빛이 싫어요, 하면서 신발장 위의 촛불을 훅, 불어 꺼버렸다. 아래층 여자는 어둠 속에 잠시 서 있다가 그 집은 괜찮아요? 하고 물었다. 무슨? 그녀는 손전등을 든 채로 여자의 얼굴을 빤히 바라보았다. 아래층의 아이가 결국 죽어나갔대요, 아카시아꽃도 다 진 유월에 옆집 여자가 문앞에서 마주친 그녀에게 귀엣말을 했었다. 자다가 나왔을까? 아래층 여자의 얼굴이 좀 부은 듯했다. 사람들은 이상해요. 제 생각엔 아이를 잃었으면 부부지간이 더 서로를 위할 것 같은데 글쎄 아래층 여자의 남편이 짐을 싸 가지고 시댁으로 들어가버렸대요. 당분간 떨어져 있자고 하면서요. (중략) 아이가 우네요.

그녀에게 대드는 듯이 아래층 여자의 목소리가 높았다. 이봐요. 정신차려요. 그녀는 그만 손전등을 쥐지 않은 왼손으로 여자의 손을 끌어당겼다. 얼음장같이 차가운 손.

— 신경숙 「오래 전 집을 떠날 때」(1996)

어쩌면 명희는 내게서 빌려간 뒤집개를 아예 돌려주지 않았는지도 모릅니다. 드라이버를 남편의 서류가방 속에 넣은 것도 명희 짓인지 몰라요. 남편의 서류가방은 늘 거실 찬장 위에 있으니까요. 찻주전자를 태우거나 세탁해놓은 빨래를 널지 않은 건 누구에게나 있을 수 있는 사소한 일일지도 몰라요. 우리 집 열쇠도 명희가 숨겼는지 모릅니다. 명희가 내게서 빌려간 것들의 목록을 하나하나 떠올려봅니다. 세계 각국의 수도를 외우는 훈련이 내게 큰 효과가 있는 것 같습니다.

뒤집개, 드라이버, 병따개, 우산, 열쇠, 마늘다지기…… 그리고. 명희와 남편, 그리고 내 아들 성환이는 마치 한 가족처럼 보입니다. 남편과 내 아이, 다른 물건들처럼 이번에도 돌려주지 않을 작정일까요?

명희, 저 낯선 여자는 누굽니까. 507호, 옆집 여잡니다.

— 하성란 「옆집 여자」(1999)

이 집에는 서로 얼굴을 모르는 다섯 여자가 산다. 그중에는 대학생도 있고 직장

인도 있다. 자세히는 모르겠으나 그런 것 같다. 아마도 그녀들은 모두 이십대 초반
일 것이다. 그녀들이 무슨 일을 하고 살며, 어떤 얼굴을 가지고 있는지는 모를
일이나, 이 집이 가정집이 아닌 것만은 분명하다.

매일 아침 얼굴을 모르는 다섯 여자는 같은 변기를 쓴다. 나는 가끔 얼굴을 모르
는 사람이 물을 안 내리고 간 흔적을 본다. 혹은 그녀들의 빨래를 보고, 그녀들이
먹는 음식냄새를 맡는다. //

그리고 세 번째, 그리고, 끝끝내 마지막 방까지. 나는 기어이 목격하고야 만다.
내 방과 가구에서부터 옷, 장신구, 책, 그리고 방바닥에 난 담배빵 자국까지 하나
의 오차도 없이 징그럽게 똑같은 네 여자의 방을. //

복도를 가로질러 슬리퍼 끄는 소리가 들리고 또각, 방문 손잡이 꼭지를 누르는
소리가 난다. 나는 가슴이 터질 듯하여, 당장 이 방을 뛰쳐나가 소리지르며 그녀들
의 방문을 사정없이 두들기고 싶다. 그러나 나는 끝끝내 그녀들의 얼굴을 봐서는
안 되는 것이다.

—김애란 「노크하지 않는 집」(2003)

"용서해달라는 말은 안 할게. 어차피 그럴 자격도 없는 놈이니까. 하지만 우릴
제발 그냥 있는 그대로 봐줘. 휴, 나 진짜 병신 같지만 이렇게는 도저히 못 끝내겠
다. 우리 이렇게 쉽게 끝낼 수가 없어. 당신이 조금만, 조금만 도와줘."

남편은 도와달라는 말을 거듭 되풀이했다. 대체 나더러 뭘 어떻게 도와달라는
건지 알 수가 없었다. 숨을 혹 들이마신 것은, 남편이 자연스레 반복하는 '우리'라
는 말속에 내가 들어 있지 않음을 깨닫고 나서였다.

"그래서, 당신이 죽인 거야?"

그러고 싶지 않았는데 목소리가 갈라져서 나왔다. 남편이 나를 멀거니 건너다보
았다.

"……그게 무슨 소리야?"

"불쌍한 애들인데, 왜 그랬어."

남편은 눈이 튀어나올 듯 커졌다. 이 남자는, 아니 어쩌면 나는, 지금 혼신을
다해 일생일대의 명연기를 펼쳐 보이고 있었다.

—정이현 「어두워지기 전에」(2004)

"전혀 모르겠어요."

사실은 아무것도 궁금해 하지 않는 듯한 표정의 그 경관과 몇 가지 질문과 대답
을 주고받는 동안 재이는 오래전에 보았던 영화가 생각났다. 젊은 날의 말론 브란
도가 나왔던 영화. 까맣게 잊고 있었던 영화의 장면이 어쩜 이렇게 생생하게 기억

날까. 난 몰라요. 그 남자를 몰라요. 고개를 젓던 여자의 깜찍한 표정. 삶과 영화는 어느 순간부터 서로를 표절하는 것 같다.

모른다는 게 터무니없는 거짓말은 아니다. 재이는 함께 지내지 않을 때의 그에 대해선 거의 몰랐다. 마지막 입었던 셔츠가 그를 무척 사랑하는 아내가 보내준 선물이라는 것, 그리고 그 셔츠가 유사상표일 뿐이라는 것, 그 정도 외에는. 그는 셔츠가 오리지널이 아니라는 사실을 몰랐을까. 그런데 그날 밤 그 셔츠가 진짜가 아니라는 걸 자신은 왜 말해주지 않았을까. 말한다면 그가 재이에게 퍼부었던 길고도 현란했던 진술들이 대부분 진실이 아님을 알고 있는 것처럼 보일까봐 그랬던 건 아닐까. 남루한 삶을 이어가기 위해서는 생각보다 많은 비밀이 필요하지.
— 정미경 「발칸의 장미를 내게 주었네」(2004)

1202호의 초인종은 아래층 우리 집과 똑같은 모양으로 똑같은 곳에 달려 있었어. 당연한 일인데 좀 이상하게 느껴지더군. 벨을 힘껏 누르고 한참을 기다려보았지만 아무도 나오지 않았어. 다시 한 번 누르려는 찰나 스륵 문이 열렸지. 누군가 얼굴을 내밀었어. 덩치가 작고 깡마른 남자였지. 얼굴 전반을 가린 새까만 선글라스가 맨 먼저 내 눈에 들어왔어. 한밤에, 실내에서 선글라스라니. 갑자기 덜컥 겁이 나더라. (중략) 이상하게도 노인의 얼굴이 낯이 익더라. 분명히 전에 어디선가 만난 적이 있는 얼굴이었어. 노인은 말 대신 매서운 눈빛을 쏘며 너는 누구냐고 물었지. 정신을 가다듬고서 나는 방문 용건을 밝혔어. (중략) 당신이 죽었다는 사실을 모르는 한국인은 하나도 없었어. 당신은 이미 오래전에 죽은 사람이었어. 부하의 총을 맞고 철철 피를 흘리며, 아주 오랜 전에 절명했지.
— 정이현 「오늘의 거짓말」(2007)

그러고 보니 나는 302호 여자의 얼굴을 한번도 제대로 본 적이 없었다. 그녀는 언제나 얼굴에 뭔가를 덕지덕지 바른 상태로 나를 찾아왔다. 이를테면, 석고팩이나 참숯팩이나 곡물팩 같은 것을 얼굴에 잔뜩 바르고. 나는 손톱을 날카롭게 세워, 그녀의 얼굴을 가면처럼 뒤덮고 있는 진흙을 긁어내고 싶은 충동을 느꼈지만 꾹 참았다. //

이틀 내내 나는 두문분출했다. 나는 혹시라도 현관문을 열고 밖으로 나갔다가 주인할머니든, 그녀의 아들이든, 302호 여자든, 202호 남자든 마주칠까봐 두려웠다. 참을 수 없이 무료해지면 욕실로 들어가 욕조 속 자라들의 수를 셌다. 자라들은 셀 때마다 매번 그 수가 달랐다.

저녁때가 다 되어서야 베란다에 빨래를 널던 나는 깜짝 놀랐다. 빌라 앞 양옥집이 감쪽같이 사라지고 없었다. 내가 두문분출하는 동안 감쪽같이 철거된 것이다.

나는 **빨래**를 마저 널고 베란다 창문을 꼭 닫은 뒤 욕실로 갔다. 욕조 속을 **빤히** 들여다보며 자라들의 수를 또 한 번 셌다. 자라는 스물네 마리였다.

─김숨 「내 비밀스런 이웃들」(2009)

당신의 코 앞에서 문을 닫으면
세계는 당신의 코 앞에서 닫힌다

당신의 눈 앞에서 커튼을 치면
세계는 당신의 눈 앞에서 부풀어오른다

당신의 표정 앞에서 눈꺼풀을 내리면
당신의 표정은 되돌아와 당신의 납작해진 뒤통수를 바라본다

문과 커튼과 표정이 훌륭한 이웃의 역할을 수행하고 있다

─조말선 「투명한 이웃」(2012)

오토바이가 깨운 것은 너의 이웃들이었다. 아침이 되면 친절한 사람들로 돌아오겠지만 한밤중에 이불 속에서 뛰쳐나온 사람들은 오토바이로부터 적의 영혼을 감지했다. 악몽의 부리가 바깥에, 바로 여기 있었어. 우리 전사들의 분노의 나무는 싱싱하고 몽롱해. 한밤에 천둥소리를 내는 저 최후의 오토바이만 우리 마을에서 없어진다면 우리는 모두 편히 잠들 수 있을 텐데. 저마다의 십자가를 가슴에 얹고서 공동묘지처럼. 우리들이 한 번도 밟아 본 적이 없는 고층 계단처럼 외롭게. (중략) 사악한 오토바이는 그 빛을 잃고 쓰러졌다. 당연하다는 듯이 쓰러지는 것들은 언제나 승리의 기쁨을 줄이고, 이번에는 우리들의 잠까지 줄였다. 젠장, 잠이 부족해. 그러나 하루쯤은 참을 수 있지. 오늘은 부녀회에서 주최하는 자선 바자회가 열리는 날이야. 다정한 아빠들도 귀여운 아이들도 도왔지. 우리는 헌 옷가지를 세탁하고 다림질하며 오늘의 행사를 준비해 왔어. 주말에도 우리 주위에는 불행한 이웃들이 많아.

─김행숙 「네 이웃의 잠을 사랑하라」(2010)

이웃이 바뀌었어요. 딩동댕, 나는 옆집입니다. 새로운 이웃은 망치를 들고 서 있었어요.

망치는 비명의 도구입니다. 대못은 4센티미터 나아갔고 나의 비명은 4센티미터를…… 더.

(중략)

　오늘 제가 드릴 말은, 당신이 이웃에게 베푼 떡은 쩝쩝 먹었단 인사. 접시를 깨끗이 씻어 왔어요. 오늘 당신의 슬픈 얼굴이 잠깐 비칠 만큼. 내일은 당신의 얼굴이 거기에서 쭈욱 미끄러질 만큼.

─김행숙 「당신의 이웃입니다」(2010)

어학 참고문헌

〈사전〉

국립국어원 편, 『표준국어대사전』, 두산동아, 1999.

권오경·서은아, 『인터넷 통신어휘 사전』, 동인, 2002.

김광해 편, 『유의어·반의어 사전』, 한샘, 1987.

김민수·최호철·김무림, 『우리말 어원사전』, 태학사, 1997.

김병제, 『방언사전』, 한국문화사, 1995.

김복협, 『평북방언사전』, 한국정신문화연구원, 1981.

김영배, 『평남방언사전』, 태학사, 1997.

김종도, 『남해사투리사전』, 남해신문사, 2005.

김종훈·박영섭·김태곤·김상윤, 『은어, 비속어, 직업어』, 집문당, 2005.

김태균, 『함북방언사전』, 경기대학교출판국, 1986.

김형규, 『한국방언사전』, 서울대학교출판부, 1974.

남광우, 『고어사전』, 교학사, 1997.

남영신, 『우리말 분류사전』, 한강문화사, 1989.

동아출판사편집부 편, 『동아국어대사전』, 동아출판사, 1981.

문화관광부·국립국어원 공편, 『21세기 세종계획 최종 성과물(CD)』, 문화관광부·국립국어원,
    2007.

민중시각 편, 『(최신)국어대사전』, 1991.

박영준, 최경봉 편, 『관용어사전』, 태학사, 1996.

박용수, 『우리말 갈래사전』, 한길사, 1989.

박재연, 『고어사전』, 이회문화사, 2001.

방종현, 『고어재료사전(전집)』, 동성사, 1946.

_____, 『고어재료사전(후집)』, 동성사, 1947.

사회과학원 언어학연구소, 『조선문화어사전』, 사회과학출판부, 1973.

서정범, 『국어어원사전』, 보고사, 2000.

신기철·신용철 편, 『새우리말 큰사전』, 삼성출판사, 1975.

안옥규, 『어원사전』, 한국문화사, 1996.

양주동,·『(현대)국어대사전』, 범중당, 1980.

_____, 『(정통)국어대사전』, 학력개발사, 1990.

연세대학교 언어정보개발연구원 편, 『연세한국어사전』, 두산동아, 1998.

우리말 편찬회 편, 『국어대사전』, 대한서적, 1990.

운평연구소 편, 『금성판 국어대사전』, 금성출판사, 1991.

유창돈, 『이조어사전』, 연세대출판부, 1964.

이기갑 외, 『전남방언사전』, 태학사, 1997.

이상규, 『경북방언사전』, 태학사, 2000.

이희승, 『국어대사전』, 민중서림, 1975

조영언, 『한국어 어원사전』, 다솜출판사, 2004.

주갑동, 『전라도 방언사전』, 신아출판사, 2005.

최학근, 『한국방언사전』, 명문당, 1987.

한국문화상징사전편찬위원회, 『한국문화상징사전』, 동아출판사, 1994.

한국민족문화대백과사전 편찬부·한국정신문화연구원, 『한국민족문화대백과사전』 1~28권, 한국정신문화연구원, 1991.

한국사전편찬회 편, 『국어대사전』, 삼성문화사, 1991.

한국사회언어학회 편, 『문화와 의사소통의 사회언어학』, 한국문화사, 2002.

한국정신문화연구원 편, 『한국방언자료집』, 한국정신문화연구원, 1990.

_____, 『17세기 국어사전』, 태학사, 1995.

한글학회, 『우리말 큰사전』, 어문각, 1992.

한진건, 『한조동물명칭사전』, 료녕인민출판사, 1982.

〈저서 및 논문〉

강신항, 「현대국어의 가족명칭에 대하여」, 『대동문화연구』 4집, 1967.

_____, 「現代國語에 관한 語彙論的 硏究」, 『동방학지』 46~48집, 연세대 동방학연구소, 1985.

_____, 「현대국어 어휘사용의 양상」, 태학사, 1991.

강영경, 「한국 여성사 연구의 현황과 과제 -고려시대까지」, 『여성과 역사』 6집, 한국여성사학회, 2007.

강진옥, 「고전 서사문학에 나타난 가족과 여성의 존재양상」, 『한국고전여성문학연구』 10집, 한국고전여성문학회, 2005.

구본관, 「어휘의 변화와 현대국어 어휘의 역사성」, 『국어학』 45집, 국어학회, 2005.

권재선, 「여대 친족 및 남녀호칭어에 대한 고찰」, 『한국어문학대계2』, 형설출판사, 1975.

김기수, 「친족어 은유의 인지적 연구」, 『세명논집』, 세명대학교, 1994.

김복순, 『페미니즘 미학과 보편성의 문제』, 소명출판, 2005.

김선희, 「여성어에 관한 고찰」, 『論文集』 19집, 목원대학교, 1991.

_____, 「한국문화와 고부갈등의 문제」, 『철학과 현실』 50집, 철학문화연구소, 2001.

김선희·이석규, 「남성어·여성어에 관한 연구」, 『어문학연구』 2권 1호, 목원대학교 어문학연구소, 1992.

김숙자, 「유교 전통사회의 어머니 역할과 아동양육」, 『교육학연구』 35권 5호, 한국교육학회,

1996.

김용욱, 『한국의 고부관계: 시어머니와 며느리의 관계』, 청림각, 1977.

김원표, 「가시와 각시의 어원에 관한 한 고찰」, 『한글』 12권 3호, 한글학회, 1947.

김인홍, 「아버지상의 역사적 변천」, 『교육사회학연구』 7권 1호, 한국교육사회학회, 1997.

남광우, 「중세어문헌에 나타난 순우리말과 한자대역어 연구 (1)」, 『어문연구』 8집 4호, 한국어
    문교육연구회, 1980.

_____, 「중세어문헌에 나타난 순우리말과 한자대역어 연구 (2)」, 『어문연구』 11집 3호, 한국어
    문교육연구회, 1983.

박경래, 『충북 지역어 조사 보고서』, 국립국어원, 2005.

박부자, 「'어미'형과 '아비'형 친족어휘의 사적 고찰」, 『국어사연구』 11집, 국어사학회, 2010.

박부진, 「한국현대가족에서의 가부장 지위」, 『여성가족생활연구』 7집, 명지대학교 여성가족
    생활연구소, 2004.

박정희, 『고부관계의 심리학』, 학지사, 2008.

박종갑, 「낱말밭의 관점에서 본 의미 변화의 유형」, 『한민족어문학』 21집, 한민족어문학회,
    1992.

박창원, 『언어와 여성의 사회적 위치』, 태학사, 1999.

박환영, 「속담과 수수께끼 속에 보이는 가족과 친족의 민속학적 연구」, 『강원민속학』 17집,
    강원도민속학회, 2003.

배해수, 「〈어버이〉 명칭에 대한 고찰」, 『우리어문연구』 4권 1호, 우리어문연구회, 1989.

_____, 「〈아버지〉 명칭에 대한 고찰」, 『국어국문학』 106호, 국어국문학회, 1991.

서민정, 「한국어 여성 지칭, 호칭어의 변화 양상」, 『우리어문연구』 30집, 우리어문연구회
    2008.

서정범, 「여성에 관한 명칭고」, 『아세아여성연구』 8집, 숙명여자대학교 아세아여성문제연구
    소, 1969.

서진숙, 「국어 여성어 변천 연구」, 경희대학교 박사학위논문, 2010.

소강춘, 『전북 지역어 조사 보고서』, 국립국어원, 2005.

송재룡, 「한국 사회의 '삶의 정치학'과 아버지」, 『현상과 인식』 94호, 한국인문사회과학원,
    2004.

신재홍, 「신라 사회의 모성과 향가」, 『한국고전여성문학연구』 14집, 한국여성고전문학회, 2007.

신정숙, 「한국 전통사회부녀의 호칭어와 존비어」, 『국어국문학』 65·66호, 국어국문학회, 1974.

심재기, 「'아빠'와 '부군'」, 『국어생활』 1집, 국어연구소, 1984.

양동휘, 「낱말 내용과 분절에 대한 연구」, 고려대학교 석사학위논문, 1988.

여증동, 「여자가 시집가서 사용해야 되는 말에 대하여」, 『여성문제연구』 10집, 효성여자대학
    부설 한국여성문제연구소, 1981.

_____, 「남편 아내 사이 말하기에 대하여」, 『모국어교육』 6권 1호, 모국어교육학회, 1987.

_____, 「자기남편을 남들에게 일컫는 말에 대하여」, 『배달말교육』 5권 1호, 배달말교육학회,

1987.

오주영, 「남성어와 여성어의 差異」, 『논문집』 4권 1호, 경성대학교, 1983.

왕문용, 『여자의 말, 남자의 말 그리고 의사소통』, 강원대학교 출판부, 2000.

유성곤, 「여성어에 관한 연구」, 『東西文化』 21집, 1989.

유임하, 「모성의 근대성」, 『국어국문학』 124집, 국어국문학회, 1999.

유창돈, 「여성어의 역사적 고찰」, 『아세아여성연구』 5집, 숙명여자대학교 아세아여성문제연구
　　소, 1966.

윤영무, 『대한민국에서 장남으로 살아가기』, 명진, 2004.

윤유경, 「한국의 고부관계 변화에 관한 연구」, 이화여자대학교 석사학위논문, 1986.

이관식, 「어른의 어원 재고, 어문연구」 27권 2호, 한국어문교육연구회, 1999.

이기문, 「아자비와 아즈미」, 『국어학』 12집, 국어학회, 1983.

이기갑, 『전남 지역어 조사 보고서』, 국립국어원, 2005.

이기문·김진우·이상억, 『국어음운론』, 학연사, 2007.

이남덕, 『한국어어원연구 I ⅡⅢⅣ』, 이화여대 출판부, 1985.

이덕호, 「언어와 성의 연구 현황과 앞으로의 과제-특히 여성어 연구를 중심으로」, 『사회언어
　　학』 5-1, 1997.

이동석, 「'가시내(갓나히)'의 어원 분석」, 『아시아여성연구』 43권 2호, 숙명여자대학교 아세아
　　여성문제연구소, 2004.

이배용, 『우리나라 여성들은 어떻게 살았을까』, 청년사, 1999.

＿＿＿, 『한국 역사 속의 여성들』, 어진이, 2005.

이상규, 『경북·강원 지역어 조사 보고서』, 국립국어원, 2005.

이상직, 「한국사회에서의 맏이 콤플렉스에 대한 연구」, 계명대학교 석사학위논문, 2003.

이선화, 「공공상황에서의 한국어 호칭 연구」, 연세대학교 석사학위논문, 2002.

이옥련, 「현대 한국여성의 남성칭어고: '형, 자기, 아빠'를 중심으로」, 『아세아여성연구』 23집,
　　숙명여자대학교 아세아여성문제연구소, 1984.

＿＿＿, 「국어 부부호칭의 사회언어학적 고찰」, 『아세아여성연구』 26집, 숙명여자대학교 아세
　　아여성문제연구소, 1987.

＿＿＿, 「언간의 친척 및 부부 호칭고」, 『아세아여성연구』 28집, 숙명여자대학교 아세아여성문
　　제연구소, 1989.

이익섭, 「'아재'고: 방언조사 방법의 한 방법」, 『동양문화』 13집, 대구대학교 동양문화연구소,
　　1976.

이현희, 『한국 근대 여성 개화사』, 한국학술정보, 2003.

이혜영, 『한국어와 일본어의 젠더표현 연구』, 한국학술정보, 2009.

장기문, 「〈벗〉 명칭에 대한 고찰」, 『한국어내용론』 1집, 국학자료원, 1994.

＿＿＿, 「〈여자〉 명칭에 대한 고찰」, 『한국어내용론』 4집, 국학자료원, 1996.

＿＿＿, 「현대 국어의 〈여자〉 명칭에 대한 고찰 (2)」, 『우리어문연구』 10권 1호, 우리어문학회,

1997.

전영수, 「부부의 역할관계에 대한 연구」, 『가정대학연구보고』 3집, 부산대학교, 1977.

전재호, 「겨집과 안해의 의미변천」, 『청계 김사엽 박사 송수 기념 논총』, 학문사, 1973.

_____, 「의미소 〈夫〉, 〈男〉의 어형교체와 어형 〈지아비, 셔방, 스나히〉의 의미변천」, 『선오당 김형기 선생 팔질 기념 국어학 논총』, 창학사, 1985.

조항범, 「국어 친족 호칭어의 통시적 고찰(II); [父·母] 호칭어를 중심으로」, 『同大語文』 5집, 동덕여자대학 국어국문학회, 1987.

_____, 「국어 친족 호칭어의 통시적 고찰(III-1); [숙·백부, 숙·백모] 호칭어를 중심으로」, 『제산 최세화 박사 화갑 기념 논총』, 최세화 박사 문집 간행위원회, 1987.

_____, 「친족 호칭어의 통시적 고찰(IV); [祖父·祖母] 호칭어를 중심으로」, 『개신어문연구』 5·6집, 충북대학교 사범대학 국어교육과, 1988.

_____, 「국어 어휘론 연구사」, 『국어학』 19집, 국어학회, 1989.

_____, 「'앗'계열 어휘의 형성과 의미」, 『한국어의미학』 19집, 한국어의미학회, 2006.

지경헌, 「부권의 기능과 가정윤리의 확립」, 『정신문화연구』 19권 2호, 한국정신문화연구원, 1996.

천소영, 「부모호칭어의 再考」, 『국어학』 13집, 국어학회, 1984.

최강현, 『조선시대 우리 어머니』, 박이정, 1997.

최명옥, 『경기 지역어 조사 보고서』, 국립국어원, 2005.

최명주, 「한국어에 있어 남녀 동위호칭의 대립관계 연구」, 이화여자대학교 석사학위논문, 1987.

한경혜·여성한국사회연구회 편, 「아버지상의 변화」, 『남성과 한국사회』, 사회문화연구소, 1997.

한영옥·김일도, 「한국인 장년층의 부부호칭에 대하여」, 『논문집-동남보건대학』, 20권 2호, 동남보건대학, 2002.

한영옥, 「상하·친소관계를 중심으로 본 한국인의 부부호칭 변화」, 『한국언어문화학』 2권 1호, 국제한국언어문화학회, 2005.

한희숙, 「한국사 속의 섭정(攝政)을 통해 본 어머니 리더십」, 『숙명리더십연구』 6집, 숙명여자대학교 숙명리더십연구원, 2007.

함인희, 「현대사회 아버지상의 재발견」, 『가족과 문화』 2집, 한국가족학회, 1997.

홍사만, 「중세·근대국어 어휘의미 연구(8)」, 『언어과학연구』 19집, 언어과학회, 2001.

_____, 『국어 어휘의미의 사적 변천: 유의어의 의미 기술』, 한국문화사, 2003.

홍윤표, 「국어어휘 문헌자료에 대하여」, 『소당천시권박사화갑기념 국어학논총』, 1985.

M. LYNNE MURPHY, 『의미관계와 어휘사전』, 임지룡 역, 박이정, 2008.

작품 출전

【한문학】

김지용·김미란 역저, 『한국 여류한시의 세계』, 여강출판사, 2002.

김지용 역저, 『한국 역대 여류한시문선 (상)』, 명문당, 2005.

김지용 역저, 『한국 역대 여류한시문선 (하)』, 명문당, 2005.

이능화 저, 김상억 역, 『조선여속고』, 동문선. 1990

이능화 저, 이재곤 역, 『조선해어화사』, 동문선, 1992

오세창 저, 동양고전학회 역, 『국역 근역서화징』, 시공사, 1998.

이혜순·김경미, 『한국의 열녀전』, 월인, 2004.

이혜순·정하영 역편, 『한국 고전여성문학의 세계 한시편』, 이화여자대학교출판부, 1998.

이혜순·정하영 역편, 『한국 고전여성문학의 세계 산문편』, 이화여자대학교출판부, 2003.

장지연, 『大東詩選 상』, 아세아문화사, 1980.

장지연, 『大東詩選 하』, 아세아문화사, 1980.

허경진 옮김, 『매창 시집』, 평민사, 1986.

허경진 옮김, 『삼의당 김씨 시선』, 평민사, 2008.

허경진 옮김, 『옥봉·죽서 시선』, 평민사, 1987.

허경진 옮김, 『운초·부용 시선』, 평민사, 1993.

허경진 옮김, 『최송설당·오효원 시선』, 평민사, 2008.

허경진 옮김, 『허난설헌 시집』, 평민사, 1986.

허미자 편, 『조선조여류시문전집 1』, 태학사, 1984.

허미자 편, 『조선조여류시문전집 2』, 태학사, 1984.

허미자 편, 『조선조여류시문전집 3』, 태학사, 1984

허미자 편, 『조선조여류시문전집 4』, 태학사, 1984.

【고전소설】

「구운몽」, 김병국 역주, 『구운몽』, 서울대학교출판부, 2007.

「만복사저포기」, 심경호 역주, 『금오신화』, 홍익출판사, 2005.

「명주보월빙」, 한국고대소설대계 1, 『명주보월빙』, 한국정신문화연구원. 1980.

「박씨전」, 김기현 역주, 『박씨전·임장군전·배시황전』, 고대 민족문화연구원, 1995.

「방한림전」, 장시광 역주, 『방한림전: 조선시대 동성혼 이야기』, 한국학술정보, 2006.

「배비장전」, 신해진 역주, 『조선후기 세태소설선』, 월인, 1999.

「사씨남정기」, 신해진 선주, 『조선후기 가정소설선』, 월인, 2000.

「삼한습유」, 조혜란 역주, 『삼한습유』, 고대 민족문화연구원, 2005.

「소현성록」, 조혜란·정선희·허순우·최수현 역주, 『소현성록』 1~4권, 소명출판, 2010.

「숙영낭자전」, 황패강 역주, 『숙향전·숙영낭자전·옥단춘전』, 고대 민족문화연구원, 1993.

「숙향전」, 황패강 역주, 『숙향전·숙영낭자전·옥단춘전』, 고대 민족문화연구원, 1993.

「심생전」, 실시학사 고전문학연구회 역주, 『이옥전집』, 소명출판, 2001.

「심청전」, 정하영 역주, 『심청전』, 고대 민족문화연구원, 1995.

「열녀춘향수절가」, 송성욱 역주, 『춘향전』, 민음사, 2004.

「운영전」, 이상구 역주, 『17세기 애정전기소설』, 월인, 2003.

「위경천전」, 이상구 역주, 『17세기 애정전기소설』, 월인, 2003.

「옥단춘전」, 황패강 역주, 『숙향전·숙영낭자전·옥단춘전』, 고대 민족문화연구원, 1993.

「옥루몽」, 김풍기 역주, 『옥루몽』, 그린비, 2006.

「완월회맹연」, 김진세 편, 『완월회맹연』, 서울대학교출판부, 1987.

「유씨삼대록」, 한길연·김지영·정언학 역주, 『유씨삼대록』 1~4권, 소명출판, 2010.

「이생규장전」, 심경호 역주, 『금오신화』, 홍익출판사, 2005.

「이춘풍전」, 신해진 역주, 『조선후기 세태소설선』, 월인, 1999.

「임씨삼대록」, 김지영·최수현·한길연·서정민·조혜란·정언학 역주, 『임씨삼대록』 1~5권, 소명출판, 2010.

「장화홍련전」, 신해진 역주, 『조선후기 가정소설선』, 월인, 2000.

「절화기담」, 김경미·조혜란 역주, 『절화기담·포의교집』, 여이연, 2003.

「조씨삼대록」, 김문희·조용호·정선희·전진아·허순우·장시광 역주, 『조씨삼대록』 1~5권, 소명출판, 2010.

「주생전」, 이상구 역주, 『17세기 애정전기소설』, 월인, 2003.

「창란호연록」, 김기동 편, 『필사본고전소설전집』 9·10권, 아세아문화사, 1980.

「청백운」, 김기동 편, 『필사본고전소설전집』 24권, 아세아문화사, 1980.

「포의교집」, 김경미·조혜란 역주, 『절화기담·포의교집』, 여이연, 2003.

「창선감의록」, 이래종 역주, 『창선감의록』, 고대 민족문화연구원, 2003.

「하진양문록」, 이대형 교주, 『하진양문록』 1~3권, 이회문화사, 2004.

「현몽쌍룡기」, 김문희·장시광·조용호 역주, 『현몽쌍룡기』 1~3권, 소명출판, 2010.

「현씨양웅쌍린기」, 이윤석·이다원 교주, 『현씨양웅쌍린기』 1~2권, 경인문화사, 2006.

「홍계월전」, 김기동·전규태 편, 『토끼전, 장끼전, 김진옥전, 홍계월전』, 서문당, 1984.

【고전시가】

고전자료편찬실 편, 『규방가사 Ⅰ』, 한국정신문화연구원, 1979.

권영철 편, 『규방가사 신변탄식류』, 효성여자대학교 출판부, 1985.

권영철 편, 『규방가사 I 』, 가사문학관, 2002.

문화방송 라디오국, 『한국 민요대전』, 1992.

이대준 편저, 『낭송가사집』, 세종출판사, 1998.

이대 한국어문학연구회, 「내방가사자료」, 『한국문화연구원논총』 15집, 이화여대 한국문화연구원, 1970.

임기중, 『역대가사문학전집』 1∼50권, 아세아문화사, 1987-1998.

조애영, 『은촌내방가사집』, 금강출판사, 1971.

최송설당, 『송설당집』, 조선인쇄주식회사, 1922.

한국정신문화연구원, 『한국구비문학대계』 총 89권, 1980-1989.

홍재휴 주해, 『월촌가사』, 단양우씨 월촌판서공파 종중, 2001.

「화전가 1」(「화전가 5-3」), 고전자료편집실 편, 『규방가사 I 』, 한국정신문화연구원, 1979.

「화전가 2」(「화전가 5-4」), 고전자료편집실 편, 『규방가사 I 』, 한국정신문화연구원, 1979.

「화전가 3」(「화전가 5-9」), 고전자료편집실 편, 『규방가사 I 』, 한국정신문화연구원, 1979.

「화전가 4」(「화전가 5-10」), 고전자료편집실 편, 『규방가사 I 』, 한국정신문화연구원, 1979.

「화전가 5」(「화전가 5-16」), 고전자료편집실 편, 『규방가사 I 』, 한국정신문화연구원, 1979.

「화전가 6」(「화전가 5-18」), 고전자료편집실 편, 『규방가사 I 』, 한국정신문화연구원, 1979.

「화전가 7」(「화전가 5-20」), 고전자료편집실 편, 『규방가사 I 』, 한국정신문화연구원, 1979.

「화전가 8」(「화전가(1)」), 한국어문학연구회 편, 「내방가사자료」, 이화여대 『한국문화연구원논총』 15집, 1970.

「화전가 9」(「화전가(2)」), 한국어문학연구회 편, 「내방가사자료」, 이화여대 『한국문화연구원논총』 15집, 1970.

「화전가라1」(「화전가라 5-2」), 고전자료편집실 편, 『규방가사 I 』, 한국정신문화연구원, 1979.

「화전가라2」(「화전가라 5-5」), 고전자료편집실 편, 『규방가사 I 』, 한국정신문화연구원, 1979.

「화전가라3」(「화전가라 5-11」), 고전자료편집실 편, 『규방가사 I 』, 한국정신문화연구원, 1979.

「화전가라4」(「화전가라 5-12」), 고전자료편집실 편, 『규방가사 I 』, 한국정신문화연구원, 1979.

【현대소설】

「가면」, 이경자, 『살아남기』, 작가정신, 1993.

「가족 드라마」, 백영옥, 『아주 보통의 연애』, 교보문고, 2012.

「갈색 눈물방울」, 강영숙, 『빨강 속의 검정에 대하여』, 문학동네, 2009.

「감자 먹는 사람들」, 신경숙, 『감자 먹는 사람들』, 창작과비평사, 2005.

「개망초」, 하성란, 『푸른 수염의 첫 번째 아내』, 창작과비평사, 2002.

「거짓말」, 구경미, 『게으름을 죽여라』, 문학동네, 2009.

『걸프렌즈』, 이홍, 민음사, 2007

「결별」, 지하련, 『지하련 작품집』, 지만지, 2010.

「경희」, 나혜석, 『나혜석 전집』, 태학사, 2000.

「계산서」, 이선희, 『이선희 소설 선집』, 현대문학, 2009.

「고갯마루」, 이혜경, 『꽃그늘 아래』, 창작과비평사, 2002.

「고요한 밤」, 하성란, 『푸른 수염의 첫 번째 아내』, 창작과비평사, 2002.

「곡상(穀象)」, 최정희, 『최정희 선집』, 어문각, 1972.

「곰팡이꽃」, 하성란, 『옆집 여자』, 창작과비평사, 2005.

「광고맨 강과 그의 사랑하는 아들」, 윤영수, 『내 여자 친구의 귀여운 연애』, 민음사, 2007.

「광인수기」, 백신애, 『백신애 선집』, 현대문학, 2009.

「그녀의 눈물 사용법」, 천운영, 『그녀의 눈물 사용법』, 창작과비평사, 2008.

「그린란드」, 강영숙, 『아령 하는 밤』, 창작과비평사, 2011.

「그림 그리는 여자」, 김인숙, 『유리구두』, 창작과비평사, 1998.

「그림자 여행」, 서하진, 『책 읽어주는 남자』, 문학과지성사, 1998.

「그 여름의 수사」, 하성란, 『제32회 이상문학상 작품집』, 문학사상사, 2008.

「그의 즐겨찾기」, 함정임, 『버스, 지나가다』, 민음사, 2002.

『길 위의 집』, 이혜경, 민음사, 1995.

『김약국의 딸들』, 박경리, 지식산업사, 1980.

「깊은 숨을 쉴 때마다」, 신경숙, 『감자 먹는 사람들』, 창작과비평사, 2005.

『깊은 슬픔』, 신경숙, 문학동네, 2006.

『꽃을 던지고 싶다』, 이명랑, 웅진출판, 1998.

「나는 사랑한다」, 김명순, 『김명순 문학전집』, 푸른사상, 2010.

『나도 한때는 자작나무를 탔다』, 김연, 한겨레출판사, 2012.

『나목』, 박완서, 세계사, 2009.

「나무 불꽃」, 한강, 『채식주의자』, 창작과비평사, 2007

「나비, 봄을 만나다」, 차현숙, 『나비, 봄을 만나다』, 문학동네, 1997.

「나비의 꿈, 1995」, 차현숙, 『나비, 봄을 만나다』, 문학동네, 1997.

「나비학 개론」, 차현숙, 『나비, 봄을 만나다』, 문학동네, 1997.

「나의 가장 나종 지니인 것」, 박완서, 『박완서 단편소설 전집 5』, 문학동네, 2006.

「나의 어머니」, 백신애, 『백신애 선집』, 현대문학, 2009.

「나의 피투성이 연인」, 정미경, 『나의 피투성이 연인』, 민음사, 2004.

「낙오」, 백신애, 『백신애 선집』, 현대문학, 2009.

『난 유리로 만든 배를 타고 낯선 바다를 떠도네』, 전경린, 생각의나무, 2001.

「내 비밀스런 이웃들」, 김숨, 『간과 쓸개』, 문학과지성사, 2011.

「내 생의 알리바이」, 공선옥, 『내 생의 알리바이』, 창작과비평사, 1998.

「내 아내의 모든 것」, 김연경, 『내 아내의 모든 것』, 문학과지성사, 2005.

「내 여자의 열매」, 한강, 『내 여자의 열매』, 창작과비평사, 2000.

「너는 모른다』, 정이현, 문학동네, 2009.

「노스웨스트로 떠난 아버지」, 이경자, 『꼽추네 사랑』, 동광출판사, 1990.

「노크하지 않는 집」, 김애란, 『달려라, 아비』, 창작과비평사, 2005.

「단편들」, 윤효, 『허공의 신부』, 문학동네, 1997.

「달려라, 아비」, 김애란, 『달려라 아비』, 창작과비평사, 2005.

「달은 스스로 빛나지 않는다」, 정미경, 『나의 피투성이 연인』, 민음사, 2004.

『달콤한 나의 도시』, 정이현, 문학과지성사, 2006.

「닮은 방들」, 박완서, 『박완서 단편소설 전집 1』, 문학동네, 2006.

「담배 피우는 여자」, 김형경, 『담배 피우는 여자』, 문학과지성사, 2005.

「당신」, 김인숙, 『당신』, 솔, 1996.

「당신은 잠이 잘 옵니까」, 서영은, 『서영은 중단편전집 1』, 둥지, 1997.

「당신의 물제비」, 최윤, 『저기 소리 없이 한 점 꽃잎이 지고』, 문학과지성사, 2011.

「당신이 말한 것에 대해 그녀가 말하는 것」, 이남희, 『슈퍼마켓에서 길을 잃다』, R&DBOOK,
    2002.

「대낮에」, 이혜경, 『꽃그늘 아래』, 창작과비평사, 2002.

「도도한 생활」, 김애란, 『침이 고인다』, 문학과지성사, 2007.

「동경(銅鏡)」, 오정희, 『저녁의 게임』, 동아출판사, 1995.

「들국화」, 윤금숙, 『해방기 여성 단편소설 1』, 역락, 2011.

『들에 핀 백합화를 보아라』, 임옥인, 어문각, 1976.

「딸기밭」, 신경숙, 『딸기밭』, 문학과지성사, 1997.

「떠내려가는 유서」, 박화성, 『박화성 문학전집 17』, 푸른사상사, 2004.

「떠도는 나무」, 공선옥, 『오지리에 두고 온 서른 살』, 삼신각, 1993.

「라벤더 향기」, 서하진, 『라벤더 향기』, 문학동네, 2000.

『라이팅 클럽』, 강영숙, 자음과모음, 2010.

「러브호텔」, 이청해, 『플라타너스 꽃』, 미음사, 1999.

「룸미러」, 김숨, 『간과 쓸개』, 문학과지성사, 2011.

「마른 꽃」, 박완서, 『박완서 단편소설 전집 6』, 문학동네, 2006.

『마이 짝퉁 라이프』, 고예나, 민음사, 2008.

『마지막 춤은 나와 함께』, 은희경, 문학동네, 2012.

「매소부」, 이선희, 『이선희 소설 선집』, 현대문학, 2009.

「멀고 아름다운 동네」, 양귀자, 『원미동 사람들』, 문학과지성사, 1987.

「멀어지는 집」, 이혜경, 『꽃그늘 아래』, 창작과비평사, 2002.

「명랑」, 천운영, 『명랑』, 문학과지성사, 2004.

「명백히 부도덕한 사랑」, 은희경, 『행복한 사람은 시계를 보지 않는다』, 창작과비평사, 2006.

「명옥이」, 한무숙, 『한무숙 작품집』, 지만지, 2010.

「모델하우스」, 서하진, 『라벤더 향기』, 문학동네, 2000.

「모두들 어디로 가는 것일까」, 서하진, 『착한 가족』, 문학과지성사, 2008.

「모든 벽은 문이다」, 윤영수, 『사랑하라 희망 없이』, 민음사, 1994.

「모여 있는 불빛」, 신경숙, 『감자 먹는 사람들』, 창작과비평사, 2005.

「모자(母子)」, 『강경애 전집』, 소명출판, 1999.

「목련초」, 오정희, 『목련초』, 범우사, 2004.

「목숨」, 공선옥, 『피어라 수선화』, 창작과비평사, 1994.

무소의 뿔처럼 혼자서 가라』, 공지영, 푸른숲, 2006.

「무에의 호소」, 임옥인, 『임옥인 소설 선집』, 현대문학, 2010.

「무월의 시간」, 서하진, 『라벤더 향기』, 문학동네, 2000.

「문」, 김인숙, 『유리구두』, 창작과비평사, 1998.

「물속의 방」, 강석경, 『숲속의 방』, 민음사, 1986.

『물 위를 걷는 여자』, 신달자, 서정시학, 2011.

『미망』, 박완서, 세계사, 2012.

「민달팽이」, 김형경, 『단종은 키가 작다』, 아침바다, 2003.

「민둥산에서의 하룻밤」, 김형경, 『민둥산에서의 하룻밤』, 이수, 1999.

「밀랍 호숫가로의 여행」, 최윤, 『첫만남』, 문학과지성사, 2005.

「바람벽의 딸들」, 윤정모, 『밤길』, 책세상, 2009.

「바람의 넋」, 오정희, 『바람의 넋』, 문학과지성사, 1986.

『바람이 분다, 가라』, 한강, 문학과지성사, 2010.

「바위 위에 눕다」, 김인숙, 『브라스밴드를 기다리며』, 문학동네, 2001.

「발칸의 장미를 내게 주었네」, 정미경, 『발칸의 장미를 내게 주었네』, 생각의나무, 2006.

「밤의 일기」, 양귀자, 『귀머거리새』, 민음사, 1980.

『백치들』, 김숨, 랜덤하우스코리아, 2006.

「병신 손가락」, 함정임, 『동행』, 강, 1998.

「병아리」, 강신재, 『해방기 여성 단편소설 1』, 역락, 2011.

「봄」, 최정희, 『해방기 여성 단편소설 2』, 역락, 2011.

「봄날 오후, 과부 셋」, 정지아, 『숲의 대화』, 은행나무, 2013.

「봄날은 간다」, 이혜경, 『꽃그늘 아래』, 창작과비평사, 2002.

『봉순이 언니』, 공지영, 푸른숲, 2004.

『봉지』, 김인숙, 문학사상사, 2006.

「부끄러움을 가르칩니다」, 박완서, 『박완서 단편소설 전집 1』, 문학동네, 2006.

「부덕(婦德)」, 박화성, 『박화성 문학전집 단편집 18』, 푸른사상사, 2004.

「부르는 소리」, 김향숙, 『겨울의 빛』, 창작과비평사, 1986.

「부인내실의 철학」, 전경린, 『물의 정거장』, 문학동네, 2003.

「부처(夫妻)」, 임옥인, 『임옥인 소설 선집』, 현대문학, 2010.

「부처님 근처」, 박완서, 『박완서 단편소설 전집 1』, 문학동네, 2006.

「불신시대」, 박경리, 『불신시대』, 지식산업사, 1987.

『블러드 시스터즈』, 김이듬, 문학동네, 2011.

「블루오션 연애학」, 김윤영, 『그린 핑거』, 창작과비평사, 2008.

「비밀의 화원」, 김윤영, 『루이뷔똥』, 창작과비평사, 2002.

「비어있는 들」, 오정희, 『유년의 뜰』, 문학과지성사, 1998.

「비오는 달밤」, 공선옥, 『명랑한 밤길』, 창작과비평사, 2007.

「비탈」, 박화성, 『박화성 문학전집 17』, 푸른사상사, 2004.

「비하리에서, 나는」, 이현수, 『토란』, 문이당, 2003.

「빈처」, 은희경, 『타인에게 말걸기』, 문학동네, 1996.

「사람 대신 얻은 것」, 송원희, 『잃어버린 날개』, 유림사, 1983.

『사랑을 선택하는 특별한 기준 1,2』, 김형경, 사람풍경, 2012.

「사랑의 예감」, 김지원, 『사랑의 예감』, 푸른사상, 2009.

「사랑의 인사」, 김애란, 『달려라 아비』, 창작과비평사, 2005.

「사소한 날들의 기록」, 조경란, 『불란서 안경원』, 문학동네, 1997.

「사십 세」, 이남희, 『사십 세』, 창작과비평사, 1996.

「산길」, 지하련, 『지하련 작품집』, 지만지, 2010.

「산중기」, 김채원, 『초록빛 모자』, 나남, 1984.

「살림살이」, 임옥인, 『한국문학상수상 작품전집 제1권: 소설편』, 신태양사, 1960.

「삼십·세」, 윤효, 『허공의 신부』, 문학동네, 1997.

「삼십삼 세」, 차현숙, 『나비, 봄을 만나다』, 문학동네, 1997.

「상속」, 은희경, 『상속』, 문학과지성사, 2002.

「새」, 윤효, 『허공의 신부』, 문학동네, 1997.

「새는 언제나 그곳에 있다」, 전경린, 『염소를 모는 여자』, 문학동네, 1996.

『새의 선물』, 은희경, 문학동네, 1996.

『생강』, 천운영, 창작과비평사, 2011.

「성가족」, 윤효, 『베이커리 남자』, 생각의 나무, 2002.

「세모(歲暮)」, 박완서, 『박완서 단편소설 전집 1』, 문학동네, 2006.

「세상에서 제일 무거운 틀니」, 박완서, 『박완서 단편소설 전집 1』, 문학동네, 2006.

「세월」, 정지아, 『봄빛』, 창작과비평사, 2008.

『세월』, 김형경, 사람풍경, 2012.

「소독부」, 백신애, 『백신애 선집』, 현대문학, 2009.

「속물학을 배웁니다」, 손장순, 『두 개의 얼굴』, 문화공간, 1997.

「수국」, 한무숙, 『감정이 있는 심연』, 을유문화사, 1992.

「슈퍼마켓에서 길을 잃다」, 이남희, 『슈퍼마켓에서 길을 잃다』, R&DBOOK, 2002.

「술 먹고 담배 피우는 엄마」, 공선옥, 『내 생의 알리바이』, 창작과비평사, 1998.

「슬픔이 자라면 무엇이 될까」, 서하진, 『착한 가족』, 문학과지성사, 2008.

『시장과 전장』, 박경리, 지식산업사, 1979.

「신과의 약속」, 한말숙, 『덜레스 공항을 떠나며』, 창작과비평사, 2008.

「신혼여행」, 박화성, 『박화성 문학전집 17』, 푸른사상사, 2004.

「십오만원 프로젝트」, 김재영, 『폭식』, 창작과비평사, 2009.

「아기 오던 날」, 한말숙, 『중단편선집 2』, 어문학, 1970.

「아내의 상자」, 은희경, 『상속』, 문학과지성사, 2002.

「아무도 기다리지 않았다」, 공선옥, 『멋진 한세상』, 창작과비평사, 2002.

「아버지의 엉덩이」, 천운영, 『명랑』, 문학과지성사, 2004.

「아빠의 사생활」, 서하진, 『착한 가족』, 문학과지성사, 2008.

「악부자」, 백신애, 『백신애 선집』, 현대문학, 2009.

「안개」, 강신재, 『강신재 소설 선집』, 현대문학, 2013.

「안녕, 엘레나」, 김인숙, 『안녕, 엘레나』, 창작과비평사, 2009.

「안마당이 있는 가겟집 풍경」, 전경린, 『염소를 모는 여자』, 문학동네, 1996.

「알파의 시간」, 하성란, 『제54회 현대문학상수상 소설집』, 현대문학, 2008.

『압구정 다이어리』, 정수현, 소담출판사, 2008.

「야만인」, 서영은, 『서영은 중단편전집 1』, 둥지, 1997.

「양갱」, 정지아, 『봄빛』, 창작과비평사, 2008.

「양관(洋館)」, 강신재, 『강신재 소설 선집』, 현대문학, 2013.

「양수리 가는 길」, 김인숙, 『칼날과 사랑』, 창작과비평사, 1993.

「양털모자」, 강영숙, 『흔들리다』, 문학동네, 2002.

「어느 여인의 하루」, 한말숙, 『신과의 약속』, 휘문출판사, 1968.

「어느 해의 봄날」, 김인숙, 『브라스밴드를 기다리며』, 문학동네, 2001.

「어두워지기 전에」, 정이현, 『오늘의 거짓말』, 문학과지성사, 2007.

「어둠」, 강경애, 『강경애 전집』, 소명출판, 1999.

「어떤 싸움」, 강영숙, 『아령 하는 밤』, 창작과비평사, 2011.

어머니와 딸」, 강경애, 『강경애 전집』, 소명출판, 1999.

「어미」, 공선옥, 『내 생의 알리바이』, 창작과비평사, 1998.

「엄마들」, 김이설, 『아무도 말하지 않는 것들』, 문학과지성사, 2010.

『엄마를 부탁해』, 신경숙, 창작과비평사, 2008.

「엄마의 말뚝 1」, 박완서, 『엄마의 말뚝』, 세계사, 1994.

「엄마의 말뚝 2」, 박완서, 『엄마의 말뚝』, 세계사, 1994.

『엄마의 집』, 전경린, 열림원, 2007.

「에미 이름은 조센삐였다」, 윤정모, 『에미 이름은 조센삐였다』, 고려원, 1990.

「여름의 환」, 김채원, 『가을의 환』, 열림원, 2003.

「여인 명령」, 이선희, 『이선희 소설 선집』, 현대문학, 2009.

「여인 입상」, 윤영수, 『사랑하라 희망 없이』, 민음사, 1994.

「여인행로」, 임옥인 외, 『해방기 여성 단편소설 2』, 여락, 2011.

「연미와 유미」, 은희경, 『타인에게 말걸기』, 문학동네, 1996.

「연이 떴다」, 이명랑, 『입술』, 문학동네, 2007.

「옆집 여자」, 하성란, 『옆집 여자』, 창작과비평사, 2005.

「옛우물」, 오정희, 『불꽃놀이』, 문학과지성사, 1995.

「오늘의 거짓말」, 정이현, 『오늘의 거짓말』, 문학과지성사, 2007.

「오래 전 집을 떠날 때」, 신경숙, 『오래 전 집을 떠날 때』, 창작과비평사, 1996.

「오, 아버지」, 하성란, 『자전 소설 2』, 문학동네, 2010.

『오지리에 두고 온 서른 살』, 공선옥, 삼신각, 1993.

「온천장의 봄」, 박화성, 『박화성 문학전집 17』, 푸른사상사, 2004.

『외딴방』, 신경숙, 문학동네, 1999.

「우리 생애의 꽃」, 공선옥, 『피어라 수선화』, 창작과비평사, 1994.

「우리들의 떨켜」, 이혜경, 『그 집 앞』, 문학동네, 2012.

「우정」, 임순득, 『임순득, 대안적 여성 주체를 향하여』, 소명출판, 2009.

「울산엄마」, 정길연, 『나의 은밀한 이름들』, 향연, 2007.

「웃음은 거품처럼」, 서영은, 『서영은 중단편전집 1』, 둥지, 1997.

「원고료 이백 원」, 『강경애 전집』, 소명출판, 1999.

「월경」, 천운영, 『바늘』, 창작과비평사, 2001.

「유년의 뜰」, 오정희, 『유년의 뜰』, 문학과지성사, 1998.

「유령을 힐난하다」, 한유주, 『창작과 비평』, 2006년 가을호.

「유령의 집」, 천운영, 『바늘』, 창작과비평사, 2001.

『유리로 만든 배』, 전경린, 생각의나무, 2005.

「유황불」, 양귀자, 『귀머거리새』, 민음사, 1980.

「이라기(梨羅記)」, 손소희, 『이라기(梨羅記)』, 시문학사, 1949.

「이십세기 모단걸-신 김연실전」, 정이현, 『낭만적 사랑과 사회』, 문학과지성사, 2003.

「인맥」, 최정희, 『최정희 선집』, 어문각, 1972.

「일주일간(一週日間)」, 임옥인 외, 『해방기 여성 단편소설 2』, 역락, 2011.

「잘 가, 또 보자」, 윤성희, 『거기 당신』, 문학동네, 2004.

「저 언덕」, 오정희, 『옛우물』, 청아출판사, 1994.

「저녁의 게임」, 오정희 『유년의 뜰』, 문학과지성사, 1998.

「저문날의 삽화 3」, 박완서, 『박완서 단편소설 전집 5』, 문학동네, 2006.

「저수지」, 편혜영, 『아오이 가든』, 문학과지성사, 2005.

「저회」, 장덕조, 『해방기 여성 단편소설 1』, 역락, 2011.

「전망 좋은 집」, 김윤영, 『그린 핑거』, 창작과비평사, 2008.

「젊은 느티나무」, 강신재, 『젊은 느티나무』, 문학과지성사, 2007.

「젊은 아내들」, 임옥인, 『해방기 여성 단편소설 2』, 역락, 2011.

「점액질」, 강신재, 『젊은 느티나무』, 문학과지성사, 2007.

「정적기」, 최정희, 『정적기』, 삼천리문학, 1998.

「정직한 너에게」, 이명랑, 『입술』, 문학동네, 2007.

「중국인 거리」, 오정희, 『유년의 뜰』, 문학과지성사, 1981.

「중굿날」, 박화성, 『박화성 문학전집 단편집 18』, 푸른사상사, 2004.

『즐거운 나의 집』, 공지영, 푸른숲, 2007.

「지독한 우정」, 공선옥, 『명랑한 밤길』, 창작과비평사, 2007.

「지진과 박쥐의 숲」, 김숨, 『투견』, 문학동네, 2012.

「지하촌(地下村)」, 『강경애 전집』, 소명출판, 1999.

「직녀들」, 신경숙, 『풍금이 있던 자리』, 문학과지성사, 1993.

「진달래 능선」, 한강, 『여수의 사랑』, 문학과지성사, 2012.

「짧은 여행」, 김인숙, 『그 여자의 자서전』, 창작과비평사, 2005.

「착한 가족」, 서하진, 『착한 가족』, 문학과지성사, 2008.

「착한 사람 문성현」, 윤영수, 『착한 사람 문성현』, 창작과비평사, 1997.

『착한 여자』, 공지영, 한겨레신문사, 1997.

「찻집 여자」, 양귀자, 『원미동 사람들』, 쓰다, 2012.

「창구있는 묘지」, 정연희, 『신동아』, 1966.8.

『채식주의자』, 한강, 창작과비평사, 2007.

「처의 설계」, 이선희, 『이선희 소설 선집』, 현대문학, 2009.

「천맥」, 최정희, 『천맥』, 지만지, 2008.

「천사는 여기 머문다」, 전경린, 『제31회 이상문학상 작품집』, 문학사상사, 2007.

「천사와 미모사」, 한지수, 『자정의 결혼식』, 열림원, 2010.

「철길을 흐르는 강」, 한강, 『내 여자의 열매』, 창작과비평사, 2000.

「침이 고인다」, 김애란, 『침이 고인다』, 문학과지성사, 2007.

「칼자국」, 김애란, 『침이 고인다』, 문학과지성사, 2007.

「콩쿠팥쿠」, 윤영수, 『착한 사람 문성현』, 창작과비평사, 1997.

『쿨하게 한걸음』, 서유미, 창작과비평사, 2008.

『토지』, 박경리, 솔, 1994.

「투견」, 김숨, 『투견』, 문학동네, 2012.

「페르마타」, 한지수, 『자정의 결혼식』, 열림원, 2010.

「포말의 집」, 박완서, 『가는 비, 이슬비』, 문학동네, 1999.

「폭식」, 김재영, 『폭식』, 창작과비평사, 2009.

「풋고추」, 권지예, 『폭소』, 문학동네, 2003.

「풍경」, 김인숙, 『유리구두』, 창작과비평사, 1998.

「풍금이 있던 자리」, 신경숙, 『풍금이 있던 자리』, 문학과지성사, 1993.

「하수도공사」, 박화성, 『박화성 문학전집 단편집 17』, 푸른사상사, 2004.

「하계령」, 양귀자, 『원미동 사람들』, 문학과지성사, 1987.

「해산(解産) 바가지」, 박완서, 『박완서 단편소설 전집 4』, 문학동네, 2006.

「형란의 첫 번째 책」, 조경란, 『풍선을 샀어』, 문학과지성사, 2008.

「호도(湖途)」, 백신애, 『백신애 선집』, 현대문학, 2009.

「호텔 유로」, 정미경, 『나의 피투성이 연인』, 민음사, 2004.

「혼명에서」, 백신애, 『백신애 선집』, 현대문학, 2009.

『혼불』, 최명희, 한길사, 1990.

『혼자 눈뜨는 아침』, 이경자, 푸른숲, 1993.

「확인」, 이혜숙, 『마음이 하는 일』, 문예마당, 1996.

「환각의 나비」, 박완서, 『박완서 단편소설 전집 6』, 문학동네, 2006.

「회전문」, 서하진, 『라벤더 향기』, 문학동네, 2000.

「후처기」, 임옥인, 『임옥인 소설 선집』, 현대문학, 2010.

「흑흑백백」, 박경리, 『불신시대』, 지식산업사, 1987.

「흔들리다」, 강영숙, 『흔들리다』, 문학동네, 2002.

『A』, 하성란, 자음과모음, 2010.

「2와 2분의 1」, 차현숙, 『오후 3시 어디에도 행복은 없다』, 문학과지성사, 2000.

【현대시】

「가족극장, 이리 와요 아버지」, 김언희, 『말라죽은 앵두나무 아래 잠자는 저 여자』, 민음사,
　　2000.

「가족극장, 클레멘타인」, 김언희, 『말라죽은 앵두나무 아래 잠자는 저 여자』, 민음사, 2000.

「가족극장, TE」, 김언희, 『말라죽은 앵두나무 아래 잠자는 저 여자』, 민음사, 2000.

「걸친, 엄마」, 이경림, 『상자들』, 랜덤하우스, 2005.

「경대와 창문」, 김소연, 『눈물이라는 뼈』, 문학과지성사, 2009.

「골목안」, 조은, 『따뜻한 흙』, 문학과지성사, 2003.

「괜히 김치를 놓고」, 이진명, 『집에 돌아갈 날짜를 세어보다』, 문학과지성사, 1994.

「굶어죽을 뻔했던 마을을 나는 어떻게 살려내었나」, 노혜경, 『뜯어먹기 좋은 빵』, 세계사,
　　1999.

「그놈의 커다란 가방 때문에」, 성미정, 『사랑은 야채 같은 것』, 민음사, 2003.

「그러나 죽음은 정시(定時)가 되어야 문을 연다」, 김민정, 『그녀가 처음 느끼기 시작했다』,
　　문학과지성사, 2009.

「그림엽서」, 김승희, 『달걀 속의 生』, 문학사상사, 1989.

「꿈으로 내려가는 길」, 박서원, 『이 완벽한 세계』, 세계사, 1997.

「나의 일과」, 차정미, 『눈물의 옷고름 깃발삼아』, 동광출판사, 1989.

「나의 친구」, 진은영, 『우리는 매일매일』, 문학과지성사, 2008.

「남편」, 문정희, 『양귀비꽃 머리에 꽂고』, 민음사, 2004.

「남편이라는 이름의 남의 편」, 김민정, 『그녀가 처음 느끼기 시작했다』, 문학과지성사, 2009.

「내 아들이 건너는 세상」, 이향아, 『물푸레나무 혹은 너도밤나무』, 고요아침, 2009.

「내력」, 김선우, 『내 혀가 입 속에 갇혀 있길 거부한다면』, 창작과비평사, 2000.

「너는, 달을 아니?」, 황인숙, 『나의 침울한 소중한 이여』, 문학과지성사, 1998.

「넋이여, 망월동에 잠든 넋이여」, 고정희, 『저 무덤 위에 푸른 잔디』, 창작과비평사, 1989.

「네 발 달린 사랑」, 김승희, 『빗자루를 타고 달리는 웃음』, 민음사, 2000.

「네 이웃의 잠을 사랑하라」, 김행숙, 『타인의 의미』, 민음사, 2010.

「다시 태어나기 위하여」, 최승자, 『이 時代의 사랑』, 문학과지성사, 1981.

「당신의 이웃입니다」, 김행숙, 『타인의 의미』, 민음사, 2010.

「동기」, 노천명, 『창변』, 매일신보출판부, 1945.

「동행」, 이사라, 『가족 박물관』, 문학동네, 2008.

「동화-가방엄마」, 성미정, 『대머리와의 사랑』, 세계사, 1997.

「두 개의 문」, 황인숙, 『슬픔이 나를 깨운다』, 문학과지성사, 1990.

「딸아! 연애를 해라!」, 문정희, 『문학의 도끼로 내 삶을 깨워라』, 다산책방, 2012.

「딸을 낳던 날의 기억」, 김혜순, 『아버지가 세운 허수아비』, 문학과지성사, 1985.

「레이스 짜는 여자」, 김혜순, 『우리들의 陰畵』, 문학과지성사, 1990.

「만파식적」, 김승희, 『왼손을 위한 협주곡』, 문학사상사, 2003.

「모계」, 안현미, 『이별의 재구성』, 창작과비평사, 2009.

「못 위의 잠」, 나희덕, 『그 말이 잎을 물들였다』, 창작과비평사, 1994.

「몽고메리 클리프트는 없다」, 이선영, 『포도알이 남기는 미래』, 창작과비평사, 2009.

「물을 만드는 여자」, 문정희, 『양귀비꽃 머리에 꽂고』, 민음사, 2004.

「미스터 엄마」, 김승희, 『냄비는 둥둥』, 창작과비평사, 2006.

「민정엄마 학이엄마」, 김민정, 『그녀가 처음 느끼기 시작했다』, 문학과지성사, 2009.

「배꼽을 위한 연가 5」, 김승희, 『왼손을 위한 협주곡』, 문학사상사, 1983.

「백년해로」, 김소연, 『눈물이라는 뼈』, 문학과지성사, 2000.

「봄날, 오후」, 김선우, 『내 혀가 입 속에 갇혀 있길 거부한다면』, 창작과비평사, 2000.

「부부관계」, 노혜경, 『새였던 것을 기억하는 새』, 고려원, 1995.

「부부의 성」, 김승희, 『냄비는 둥둥』, 창작과비평사, 2006.

「뿌리에게」, 나희덕, 『뿌리에게』, 창작과비평사, 1991.

「사랑 9」, 김승희, 『빗자루를 타고 달리는 웃음』, 민음사, 2000.

「사실적인, 사실, 적인-상자들」, 이경림, 『상자들』, 랜덤하우스, 2005.

「사우나 잡념」, 김이듬, 『명랑하라 팜 파탈』, 문학과지성사, 2007.

「사의 찬미」, 천양희, 『너무 많은 입』, 창작과비평사, 2005.

「사임당이 허난설헌에게-이야기 여성사 3」, 고정희, 『여성해방출사표』, 동광출판사, 1990.

「삼킬 수 없는 것들」, 나희덕, 『야생사과』, 창작과비평사, 2009.

「새에 대한 생각」, 천양희, 『마음의 수수밭』, 창작과비평사, 1994.

「선녀의 선택」, 유안진, 『다보탑을 줍다』, 창작과비평사, 2004.

「숨은 모녀」, 이경림, 『시절 하나 온다, 잡아먹자』, 창작과비평사, 1997.

「시소의 감정」, 김지녀, 『시소의 감정』, 민음사 2009.

「시인 아버지 노릇의 어려움」, 성미정, 『사랑은 야채 같은 것』, 민음사, 2003.

「싱글 맘」, 신현림, 『해질녘에 아픈 사람』, 민음사, 2004.

「쌍봉낙타」, 김승희, 『달걀 속의 生』, 문학사상사, 1989.

「아내」, 노천명, 『별을 쳐다보며』, 희망출판사, 1953.

「아내, 집안의 태양」, 유안진, 『알고』, 천년의시작, 2009.

「아내라는 이름의 아, 네」, 김민정, 『그녀가 처음 느끼기 시작했다』, 문학과지성사, 2009.

「아내의 소원-신라때의 장군을 생각하고」, 모윤숙, 『빛나는 지역』, 조선창문사, 1933.

「아들에게」, 문정희, 『어린 사랑에게』, 1991.

「아들 편지」, 노천명, 『창변』, 매일신보출판부, 1945.

「아버지」, 김남조, 『바람세례』, 문학세계사, 1988.

「아버지가 가라사대」, 신달자, 『시안』제43권 2009년 3월호, 2009.

「아버지는 지게」, 성미정, 『상상 한 상자』, 랜덤하우스, 2006.

「아버지, 아버지」, 김언희, 『트렁크』, 세계사, 1995

「아버지의 방」, 이규리, 『앤디 워홀의 생각』, 세계사, 2004.

「아버지의 자장가」, 김언희, 『트렁크』, 세계사, 1995.

「아줌마」, 김상미, 『검은, 소나기떼』, 세계사, 1993.

「아직은 안해의 거울을 부술 때가 아닙니다」, 성미정, 『사랑은 야채 같은 것』, 민음사, 2003.

「양계장집 딸」, 나희덕, 『그 말이 잎을 물들였다』, 창작과비평사, 1994.

「어머니 1」, 김초혜, 『어머니』, 동학사, 1992.

「땅의 사람들 8-어머니, 나의 어머니」, 고정희, 『지리산의 봄』, 문학과지성사, 1987.

「어머니」, 모윤숙, 『빛나는 지역』, 조선창문사, 1933.

「어머니와 나」, 김상미, 『현대시학』 2003년 3월호, 현대시학사, 2003.

「언니라는 이름의 언짢음」, 김민정, 『그녀가 처음 느끼기 시작했다』, 문학과지성사, 2009.

「언니라는 존재」, 성미정, 『대머리와의 사랑』, 세계사, 1997.

「언니에게」, 이영주, 『언니에게』, 민음사, 2010.

「언니 오시는 길에」, 김명순, 『조선일보』, 조선일보사, 1925.2.16.

「언니의 생각」, 김명순, 『조선일보』, 조선일보사, 1925.2.16.

「얼룩 서사(書辭)」, 김선우, 『내 몸속에 잠든 이 누구신가』, 문학과지성사, 2007.

「엄마」, 김혜순, 『아버지가 세운 허수아비』, 문학과지성사, 1985.

「엄마 버리기, 또는 뒤집기」, 김정란, 『다시 시작하는 나비』, 문학과지성사, 1989.

「엄마와의 전쟁 9-푸른 말」, 노혜경, 『캣츠아이』, 천년의시작, 2005.

「엄마의 발」, 김승희, 『달걀 속의 生』, 문학사상사, 1989.

「엄마의 뼈와 찹쌀 석 되」, 김선우, 『내 혀가 입 속에 갇혀 있길 거부한다면』, 창작과비평사,

2000.

「에고, 에고 재미없는 자매놀이」, 김민정, 『그녀가 처음 느끼기 시작했다』, 문학과지성사, 2009.

「여보」, 김승희, 『냄비는 둥둥』, 창작과비평사, 2006.

「여보, 띠포리가 떨어지면 전 무슨 재미로 살죠」, 성미정, 『사랑은 야채 같은 것』, 민음사, 2003.

「여식(女息)보아라─아버지의 옛 편지」, 천양희, 『한 사람을 나보다 더 사랑한 적 있는가』, 작가, 2003.

「여자의 말─세기말, 적극적인 죽음」, 김정란, 『그 여자, 입구에서 가만히 뒤돌아보네』, 세계사, 1997.

「오동나무의 웃음소리」, 김선우, 『도화 아래 잠들다』, 창작과비평사, 2003.

「오래된 농담」, 천양희, 『나는 가끔 우두커니가 된다』, 창작과비평사, 2011.

「오빠」, 문정희, 『오라 거짓 사랑아』, 민음사, 2001.

「오빠라는 이름의 오바」, 김민정, 『그녀가 처음 느끼기 시작했다』, 문학과지성사, 2009.

「오빠의 눈에」, 모윤숙, 『빛나는 지역』, 조선창문사, 1933.

「오아시스」, 조말선, 『매우 가벼운 담론』, 문학세계사, 2002.

「완경」, 김선우, 『도화 아래 잠들다』, 창작과비평사, 2003.

「요술」, 이근화, 『칸트의 동물원』, 민음사, 2006.

「용용 죽겠지」, 김민정, 『날으는 고슴도치 아가씨』, 열림원, 2005.

「우리 동네 구자명 씨─여성사 연구 5」, 고정희, 『지리산의 봄』, 문학과지성사, 1987.

「우리들 時代의 아들아」, 홍윤숙, 『夏至祭』, 문지사, 1978.

「이식」, 조말선, 『둥근 발작』, 창작과비평사, 2006.

「자라는 오이디푸스 나무」, 조말선, 『둥근 발작』, 창작과비평사, 2006.

「자매는 어떻게 모녀가 되나」, 이진명, 『세워진 사람』, 창작과비평사, 2008.

「장마철 여름 풀벌레 운다」, 이진명, 『집에 돌아갈 날짜를 세어보다』, 문학과지성사, 1994.

「재롱」, 김명순, 『김명순 전집』, 현대문학, 2009.

「저승에 계신 아버지가」, 이경림, 『시절 하나 온다, 잡아먹자』, 창작과비평사, 1997.

「제도」, 김승희, 『세상에서 가장 무거운 싸움』, 세계사, 1995.

「중앙박물관 길」, 김혜순, 『우리들의 陰畵』, 문학과지성사, 1990.

「즈믄가람 걸린 달하─여성사 연구 1」, 고정희, 『지리산의 봄』, 문학과지성사, 1987.

「칼로 사과를 먹다」, 황인숙, 『우리는 철새처럼 만났다』, 문학과지성사, 1994.

「토마토」, 이민하, 『환상수족』, 열림원, 2005.

「투명한 이웃」, 조말선, 『재스민 향기는 어두운 두 개의 콧구멍을 지나서 탄생했다』, 문학동네, 2012.

「푸른말─3장 지하실의 곳간」, 노혜경, 『캣츠아이』, 천년의시작, 2005.

「피에타」, 김언희, 『말라죽은 앵두나무 아래 잠자는 저 여자』, 민음사, 2000.

「한 집 눈물」, 정끝별, 『흰 책』, 민음사, 2000.

「혈연들」, 김승희, 『냄비는 둥둥』, 창작과비평사, 2006.
「호랑이 젖꼭지」, 김승희, 『세상에서 가장 무거운 싸움』, 세계사, 1995.
「幻身의 고백」, 김소연, 『극에 달하다』, 문학과지성사, 1996.

찾아보기

【작품 색인】

▌저자 약력

• **김미현** : 이화여자대학교 국어국문학과에서 현대소설을 전공했다. 논저로『한국여성소설과 페미니즘』,『판도라 상자 속의 문학』,『여성문학을 넘어서』,『젠더프리즘』등이 있다. 여성문학을 젠더적 시각이나 문화론적 시각, 타자적 시각에서 탈경계적으로 연구함으로써 여성문학의 외연과 깊이를 확장·심화시키는 데에 관심을 갖고 있다. 현재 이화여자대학교 국어국문학과 교수로 재직 중이다.

• **최재남** : 서울대학교 국어국문학과에서 고전시가를 전공했다. 논저로『사림의 향촌생활과 시가문학』,『서정시가의 인식과 미학』,『체험서정시의 내면화 양상 연구』,『장르교섭과 고전시가』(공저),『조선후기 시가와 여성』(공저),『서포연보』(공역),『역주 목은시고』1~12(공역) 등이 있다. 현재 이화여자대학교 국어국문학과 교수로 재직 중이다.

• **최형용** : 서울대학교 국어국문학에서 국어학을 전공했다. 논저로『국어 단어의 형태와 통사』,『열린 세상을 향한 발표와 토론』(공저),『주시경 국어문법의 교감과 현대화』(공저),『현대어로 풀어 쓴 주시경의 국어문법』(공저),「파생어 형성과 빈칸」,「합성어 형성과 어순」,「국어 동의 파생어 연구」,「유형론적 관점에서 본 한국어의 품사 분류 기준에 대하여」등이 있다. 문법의 경계 현상과 한국어 형태론의 유형론적 보편성과 특수성에 관심을 갖고 있다. 현재 이화여자대학교 국어국문학과 교수로 재직 중이다.

• **곽승미** : 이화여자대학교 국어국문학과에서 현대소설을 전공했다. 논저로『1930년대 후반 한국문학과 근대성』,『근대의 첫 경험』(공저),『일제 시기 근대적 일상과 식민지 문화』(공저),「『소년』소재 기행문 연구 –글쓰기와 근대문명 수용 양상을 중심으로」,「근대 계몽기 서사의 이국취향을 통해 본 문화의 재배치 과정」,「〈순애보〉에 나타난 관계의 미학으로서의 통속성」 등이 있다. 근대 초기 다양한 서사와 통속성에 관심을 갖고 있다. 현재 이화여자대학교·연세대학교 강사로 재직 중이다.

• **김경숙** : 이화여자대학교와 서울대학교에서 한문학을 전공했다. 논저로『우리 한문학사의 여성인식』(공저),『조선 후기 서얼문학 연구』,『조선후기 지식인, 일본과 만나다』,『일본으로 간 조선의 선비들』,「여성 漢詩文에 나타난 '딸'의 형상화 고찰」,「紫霞 申緯와 그 시대 여성들 또는 女性像」,「조선후기 漢詩에 나타난 創新風 연구」 등이 있다. 조선후기의 문학과 문화, 주로 서얼과 여성과 조선통신사에 대해 관심을 갖고 있다. 현재 한경대학교 강사로 재직 중이다.

• **박나리** : 이화여자대학교 국어국문학과에서 국어학을 전공했다. 논저로『초급 한국어 "듣기"』(문화관광부)(공저),「'-는 것이다' 구문 연구」,「'-다니'에 대한 한국어 교육문법적 기술방안 연구」,「음식조리법 텍스트의 장르기반적 구성담화 분석」,「장르기반 교수법에 근거한 학술논문 쓰기 교육방안」 등이 있다. 국어의 문법화 표현, 다양한 텍스트 장르에 나타나는 텍스트 자질, 담화의 기능과 특징 등을 한국어 교육에 접목시키는 데에 관심을 갖고 있다. 현재 서울시립대학교 국제교육원 교수로 재직 중이다.

• **양현진** : 이화여자대학교 국어국문학과에서 현대소설을 전공했다. 논저로「손창섭 소설의 환상적 타자성 연구 –여성인물의 타자화 양상을 중심으로」,「현대소설에 나타난 여성 의복·장신구와 여성 의식 연구」,「한국현대소설에 나타나는 새의 이미지와 여성 의식 연구」,「김숨 소설에 나타나는 눈의 상상력 연구」 등이 있다. 현대소설의 장르적 실험 양상에 주목하고 있으며, 특히 여성적 시각과 의식의 독해에 관심을 갖고 있다. 현재 인천대학교 기초교육원 교수로 재직 중이다.

• **유정선** : 이화여자대학교 국어국문학과에서 고전시가를 전공했다. 논저로 『18·19세기 기행가사 연구』, 『한국시의 미학적 패러다임과 시학적 전통』(공저), 『규방가사의 작품세계와 미학』(공저), 「화전가에 나타난 여성의 놀이공간과 놀이적 성격-'음식'과 '술'의 의미를 중심으로-」 등이 있다. 기행가사와 규방가사에 관해 관심을 갖고 있다. 현재 가천대학교 강사로 재직 중이다.

• **이은정** : 이화여자대학교 국어국문학과에서 현대시를 전공했다. 논저로 『현대시학의 두 구도』, 『김수영 혹은 시적 양심』, 『공감-시로 읽는 삶의 풍경』(공저), 『한국여성시학』(공저), 「자궁의 시적 상상력과 여성주체의 전개 양상」, 「여성 민중주의 시인의 애도 혹은 사자후-고정희론」 등이 있다. 한국현대시의 젠더에 관한 주제, 현대시의 미학을 새로 밝혀나가는 방법론, 문학 텍스트를 삶 읽기와 글쓰기로 연동하는 문제 등에 관심을 갖고 있다. 현재 한신대학교 교양학부 교수로 재직 중이다.

• **임정연** : 이화여자대학교 국어국문학과에서 현대소설을 전공했다. 논저로 「근대 젠더담론과 '아내'라는 표상」, 「임노월 문학의 악마성과 탈근대성」, 「여성 연애소설의 양가적 욕망과 딜레마」, 「근대소설의 낭만적 감수성-나도향과 노자영의 소설을 중심으로-」, 「여성문학과 술/담배의 기호론」 등이 있다. 일제 강점기 지식 문화 담론의 근대성과 식민성, 한국문학의 감수성 형성 과정과 낭만주의 소설의 계보를 밝히는 데에 관심을 갖고 있다. 현재 이화여자대학교 국어국문학과 교수로 재직 중이다.

• **전진아** : 이화여자대학교 국어국문학과에서 고전소설을 전공했다. 논저로 『청백운 연구』, 『조씨삼대록』(공역), 『금오신화 전등신화』(공역) 등이 있다. 국문 장편소설과 한문 장편소설의 관련 양상 및 고전 장편소설의 미학에 관심을 갖고 있다. 현재 이화여자대학교 강사로 재직 중이다.

• **정선희** : 이화여자대학교 국어국문학과에서 고전소설을 전공했다. 논저로 『국문장편 고전소설의 인물론과 생활문화』, 『고전소설의 인물과 비평』, 『19세기 소설작가 목태림 문학 연구』, 『소현성록』(공역), 『조씨삼대록』(공역), 「17세기 후반 국문장편소설의 딸 형상화와 의미」, 「〈조씨삼대록〉의 악녀 형상의 특징과 서술 시각」 등이 있다. 국문장편 고전소설의 인물 형상과 서술 시각, 소설에서 드러나는 여성들의 생활과 문화에 대해 관심을 갖고 있다. 현재 목원대학교 국어국문학과 교수로 재직 중이다.

• **조경하** : 이화여자대학교 국어국문학과에서 국어학을 전공했다. 논저로 『국어의 후두음 연구』, 『열린 세상을 향한 발표와 토론』(공저), 「현대국어의 사잇소리 현상」, 「국어의 후두 자질과 유기음화」, 「'부엌' 계열 어휘의 변화에 관한 일 고찰」, 「온라인 게임 금칙어의 조어 방식에 관한 연구」 등이 있다. 현대국어의 공시적인 음운 현상, 언어의 변화, 언어에 반영된 사회문화적 요소에 관심을 갖고 있다. 현재 이화여자대학교 국어국문학과 교수로 재직 중이다.

• **조남민** : 이화여자대학교 국어국문학과에서 국어학을 전공했다. 논저로 「여성 신체어의 출현과 의식의 변화」, 「한국어 교육과정에 반영된 사회문화적 현상에 대한 연구」, 「여성어의 변화에 관한 연구」, 「여성 호칭어 '아주머니'계열 어휘의 의미변화에 대한 연구」, 「문화 표제어 설정과 문화 통합 교육의 내용 구성에 대한 방안」 등이 있다. 한국어 음성학과 음성, 어휘 측면의 사회언어학적 연구에 관심을 갖고 있다. 현재 한국기술교육대학교 교양학부 교수로 재직 중이다.

한국어문학 여성주제어 사전 1 - 인간 관계

2013년 6월 10일 초판 1쇄 펴냄

저 자 김미현 최재남 최형용 곽승미 김경숙 박나리 양현진
    유정선 이은정 임정연 전진아 정선희 조경하 조남민
발행인 김흥국
발행처 도서출판 보고사

책임편집 이경민
표지디자인 오동준

등록 1990년 12월 13일 제6-0429호
주소 서울특별시 성북구 보문동7가 11번지 2층
전화 922-5120~1(편집), 922-2246(영업)
팩스 922-6990
메일 kanapub3@naver.com
http://www.bogosabooks.co.kr

ISBN 979-11-5516-011-4 94810
    979-11-5516-009-1 94810(세트)

정가 28,000원 (세트 150,000원)
사전 동의 없는 무단 전재 및 복제를 금합니다.
잘못 만들어진 책은 바꾸어 드립니다.

이 도서의 국립중앙도서관 출판시도서목록(CIP)은 서지정보유통지원시스템 홈페이지
(http://seoji.nl.go.kr)와 국가자료공동목록시스템(http://www.nl.go.kr/kolisnet)
에서 이용하실 수 있습니다. (CIP제어번호: CIP2013005862)

* 이 저서는 2008년 정부의 재원으로 한국연구재단의 지원을 받아 수행된 연구임.
(KRF-2008-322-A00076)